一代水圣
李仪祉

高鸿 著

作家出版社

目录

1　序

1　楔子
3　第一章　劫后余生
14　第二章　耕读传家
30　第三章　郑白宏愿
49　第四章　人生大事
66　第五章　孜孜不倦
84　第六章　京师大学堂的高才生
98　第七章　热血青年
110　第八章　漂洋过海
122　第九章　青青子衿
139　第十章　参加革命
148　第十一章　拳拳赤子心
162　第十二章　因材施教，良师益友
174　第十三章　情系河谷

192　第十四章　一筹莫展
203　第十五章　路漫漫其修远兮
221　第十六章　泾惠伟业
236　第十七章　疾恶如仇，两袖清风
248　第十八章　水利惠民，科教兴国
258　第十九章　大河上下
276　第二十章　江淮赤子
291　第二十一章　一腔热血，壮志未酬
307　第二十二章　鞠躬尽瘁，死而后已

附录

325　回忆先父李仪祉
328　中国近代水利事业的奠基人——李仪祉
338　李仪祉家族名人辈出

355　后记

序

文 / 李建军

中国是一个水患和旱灾都非常严重的国家。黄河流域的水患和旱灾，尤其严重，正像司马迁在《史记 · 河渠书》中所说的那样："河灾衍溢，害中国也尤甚。"李仪祉在担任陕西省水利局局长期间，曾对陕西省自公元前1136年到公元1912年发生的自然灾害，做了一次认真的研究和全面的调查，结果发现，三千余年间，灾年有162年，其中水灾为15次，蝗灾为12次，蝗而又旱者7次，蝗而又水者1次，其余127次均为旱灾。李仪祉还发现，近五百年来，陕西每隔十年，必遇一次严重旱灾。

显然，如何在治河患的同时克服旱灾，就成了一个关乎"诸夏艾安""百姓飨其利"的大问题。传说中的大禹疏九川，郑国之修关中渠，郑当时之议开漕渠，其"唯是为务"的目的，皆在解决黄河流域的水患和旱灾。

李仪祉无疑是大禹和郑国一类的非凡人物。他在中国水利建设方面的成就，他对中国尤其是关中的民生方面的贡献，无论怎么评价都不过分。因而，给这样一个惠我中国的伟大人物立传，就是一件不容恝置的大事情。薄待如此功德无量的人物，实在是不可容忍的负恩忘义。就此而言，高鸿《一代水圣李仪祉》的写作，就有了非同寻常的意义。

高鸿高质量地完成了自己的写作任务。

这是一部李仪祉的个人传记，也是别样形态的陕西甚至中国的水利史。

他写出了一部成功的李仪祉传。

他塑造了一个形象清晰而饱满的传主形象。

李仪祉天资过人，幽默风趣，有着超乎常人的意志品质。

他是一个好心肠的人，内心充满对他人和世界的善念。

善良是一个伟大人物最重要的德行。一个恶人可能会成为物理学意义上的庞大人物，但很难成为精神现象学意义上的伟大人物。也就是说，形式上的庞大和实质上的伟大，是完全不同的两回事。很多不可一世的人物，只是虚张声势，显得庞大而已；他们的庞大，就仿佛冬天落满污垢的巨大雪堆，总有一天会化成黑黑的雪水，流到人们看不见的阴沟里。

李仪祉之所以伟大，是因为他心性善良。他富有同情心。他善待每一个值得同情和爱的人。有一个难民偷了他的东西，他不仅没有惩罚这个难民，反而给了他一块银圆，还给他找了工作。那个可怜的难民感动得眼泪涟涟，"不停地说，我今天真是遇见活菩萨了，趴在地上向李仪祉连连磕头"。他的宽厚和仁慈，使人想起了《悲惨世界》中的米里哀主教。

善与美是相通的。所谓诗性，不过是具有美的形式的善而已。李仪祉是一个具有诗人气质的人。他是一个宅心仁厚的诗人。他的诗风，颇有汉魏风骨，朴实而肫挚，别有一种打动人心的力量。

李仪祉不仅具有造福人类的伟大抱负，而且还是一个脚踏实地的行动主义者。他不是那种口惠而实不至的人——这种人最大的本事，就是徒发高论，甚者，则是好话说尽坏事做绝。李仪祉跟这样的人完全两路。他属于埋头苦干的人。他要通过艰苦的努力来切切实实地改变人们的生活。他全力以赴，心无旁骛，简直到了"孔席不暇暖，墨突不得黔"的程度。他实现了自己的目的。就泽被万民的实际功业来讲，他是近现代以来，最伟大的人物，是可以与大禹、郑国和李冰相提并论的圣人。是的，圣人，这样评价他，一点也不过分。

高鸿的叙事视野是开阔的。他将李仪祉置放在世界的大语境中来写。他用了很多篇幅来写李仪祉在德国的留学生活。李仪祉的崭新的文化意识和人格形态，与他所接受的这种全新的教育，是密不可分的。这种教育培养了他纯粹的知识分子气质，培养了他对真理和知识的热爱，也培养了他现代形态的责任意识和利他精神。他彻底摆脱了"学而优则仕"的旧格局和老路子。他不再是那种官迷心窍的“拜权教”分子，也不再是那种唯利是图的“拜钱教”分子。为了全力投身水利事业，他数次放弃高官厚禄和工资很高的教职。这对那些未曾受到现代性教育洗礼的旧形态的知识分子来讲，简直是无法理解且万难做到的。

无论小说叙事，还是传记写作，都必须介入到特定的历史语境和时代氛围中。每一个人都是时代之子。他必须在特定的时代情境里生活和奋斗，同时，也折射着这一时代的复杂面影。在高鸿的叙事文本里，我们借助李仪祉这一镜像，认识了他所寄身其中的时代。这是一个充满变革机遇的时代，一个充满进取精神的时代，但也是一个极度混乱的时代，一个战争和天灾频仍的时代。在这样的时代里，人民承受着巨大的痛苦。苦难的时代需要拯救者。李仪祉就是这样的拯救者。苦难的时代也考验拯救者。李仪祉经历了很多的磨难。然而，他屡踣屡起，百折不回。

高鸿常常在与其他同时代人物的对比中，来写李仪祉的伟大。他写郭希仁，写张謇，写于右任，都是在相似性的意义上显示李仪祉的伟大；他写康有为，则是在相异性的向度上，显示李仪祉的高尚。康有为是一个极为复杂的人物。他有非凡的抱负和言说的勇气，但是，狂傲，自私，缺乏成熟而健全的人格。他 1923 年的陕西之行，简直就是一次“败德”之旅。他的自私，他的市侩习气，在攫取卧龙寺经书等事件上，表现得淋漓尽致。李仪祉对康有为的近乎豪夺的行为，很是不屑，并以机智的方式，制止了康有为的“大盗”行径：

> 李仪祉见康有为一意孤行，与杨叔吉、高介人等商人，成立了文物保管会，并立即呈警察厅备案。
>
> 仪祉等人以文物保管会名义到地检厅控告康有为，要求立即出面拘留康有为，夺回被抢的珍贵文物。康有为闻讯后大发雷霆，骂李仪祉狗咬老鼠，多管闲事！李仪祉不依不饶，康有为恼羞成怒，寻找刘镇华说事。刘镇华早已风闻此事，知道自己引狼入室，于是托病不见。康有为去了几次见不到刘镇华，于是强行带着车马离开了。
>
> 地方检察厅很快发来传票。不过自恃督军刘镇华撑腰，且认为自己是交换而非偷盗，又立有字据，康有为仍拒不交还，并传出话来：“要打官司，康某愿意奉陪到底，敝人要在大堂上讨个公道，还

我清白！”

康有为的傲慢使得围观民众越来越多，火药味也越来越浓。抗议、叫骂声不绝于耳。

眼见事情闹得不可开交，刘镇华随即派政务厅长郭伍芳前往中州会馆调解。然而，士绅们丝毫不为所动，仍然声称，如不还经，绝不放人。

李仪祉见事态紧急，于是给刘镇华出主意，让他挽留康有为迟走一天，用心招待，让经书先行一步，以避风头。康有为不知是计，于是就留宿了一晚，李仪祉借此机会带人将经书全部倒换，然后通知刘镇华放人。康有为追上载有经书的车辆后，发现自己被骗，写信责问刘镇华，要求赔偿名誉损失二十万元！

这一段叙述，充满小说叙事的紧张感，极为有趣，也极为重要。我们从这对比性的叙事中，看见了“康圣人”人格的渺小，也看见了李仪祉人格的伟大。

为了写好这部书，高鸿孜孜矻矻，认认真真，花了很多时间和精力来搜集和阅读相关的资料。但是，他没有被材料所淹没和压倒，而是将那些材料有机地整合到自己的叙事中来，显示出一种成熟的风格。例如，关于1900年慈禧的亡命西逃，1926年的“西安之围”，高鸿的叙述就极为生动和细致，但却不是为了猎奇，而是为了塑造传主的人格发展和精神成长的需要。

沉闷和无趣是传记写作中常见的问题。高鸿将传记写作的严肃和真实，与小说写作的生动和有趣，极为和谐地统一了起来。这是一本“其事核”的传记，也是一部细节鲜活丰富、叙事起伏有致的小说。也就是说，你会体验到阅读小说的快乐，也会收获阅读传记的知识，体验到纪实性写作应该有的真实感。就此而言，《一代水圣李仪祉》可说是一部有趣味而可信赖的人物传记。

2017年3月1日

北京平西府

楔子

1882 年注定是一个不平凡的年份。

这一年是清光绪八年，马年。上海玉佛寺建成；上海《申报》记者通过天津—上海间有线电报电路，拍发新闻专电，这是中国第一则新闻电讯稿；丹麦大北电报公司在上海开通了第一个人工电话交换所。

这一年，美国颁布了排华法案，在移民方面对中国劳工严加限制；5 月 20 日，德、奥、意三国在维也纳签订同盟条约，即《三国同盟条约》，它的签订标志着三国同盟的形成。至此，欧洲两大军事集团的对峙局面正式形成，它们之间的矛盾和斗争是引发第一次世界大战的主要因素。9 月 30 日，美国在威斯康星州爱波顿市狐狸河上的水坝设置全世界第一座水力发电厂。

这一年，一些中国历史著名的人物相继问世。1 月，中国近代著名的政治家、教育家邵力子诞辰；3 月，国民党军政要员程潜诞辰；4 月，国民党三元首之一宋教仁出生；6 月，中国当代经济学家、教育学家、人口学家马寅初诞辰；11 月，国民革命军陆军一级上将冯玉祥诞辰；12 月，中华民国陆军上将、中国著名爱国将领蔡锷诞辰。

这一年，世界上也诞生了一些著名的人物，他们是：

美国历史上唯一四届连任的总统富兰克林·罗斯福。罗斯福在 20 世纪的经济大萧条和第二次世界大战中扮演了重要的角色，被学者评为“美国最伟大的三位总统之一”；

20 世纪爱尔兰作家和诗人詹姆斯 · 乔伊斯。乔伊斯是 20 世纪最伟大的作家之一，后现代文学的奠基者，其作品及“意识流”思想对世界文坛影响巨大；

南京大屠杀时的活跃人物约翰 · 拉贝。拉贝生于汉堡市的德国商人家，以其在 1937 年至 1938 年的南京大屠杀期间的人道主义行为，以及作为南京大屠杀翔实证据的《拉贝日记》而著名，被世人尊敬地称为“中国的辛德勒”。

这一年，英国生物学家、进化论的奠基人查尔斯 · 达尔文去世。达尔文的《物种起源》提出了生物进化论学说，从而摧毁了各种唯心的神造论以及物种不变论。恩格斯将“进化论”列为“19 世纪自然科学的三大发现之一”，认为其对人类有杰出的贡献。

当然，如果你用历史的目光在 1882 年的中国大地上扫描，清光绪八年农历的正月初三，在贫瘠干涸的关中大地上，还诞生了一位我国近代著名的水利科学家。这个后来被称为“治水龙王”和“一代水圣”的人叫李仪祉。

第一章　劫后余生

1. 渴死寡妇

张寡妇已经几天没有喝水了。她嘴唇干裂，浑身乏力，形容枯槁。她不愿坐以待毙，抱着罐子，步履蹒跚，蹚着一尺厚的尘土向河谷走去。

已经大半年没见雨水了，地上干得嘶嘶冒烟。车马过处，厚厚的尘土溅起一团团浊浪，世界在一瞬间进入混沌状态，除了满目的尘雾，什么也看不见了。临近村边的田地里纵横交错的是深深的裂缝，像张开的大嘴，无助地望着苍天。田地里稀稀拉拉的庄稼早已蒙上了一层厚厚的尘土，蔫头耷脑，了无生气。村里的水窖早就枯了，几十丈深的水井开始还可以打上黏稠的黄水，后来黄水变成了泥糊子，人们只好扶老携幼去十多里远的河谷挑水。河谷深长陡峭，道路崎岖，回来时水已洒得差不多了。男人用肩挑，女人挑不动，用坛装，用罐抱。这些往返二十多里翻坡越沟挑回来的水，那是比金子还珍贵呢。它是活命的水，人饮尚不够，土地的干涸更可想而知了。

从富塬村到河谷需翻越山峁，跨过沟壑。十里的路，张寡妇走走停停，停停走走，到达河谷的时候已近正午。日头毒辣辣地在头顶晃来晃去，一会儿成了两个，一会儿又成了三个。由于洛河几百万年来的持续冲刷，黄土山峁被切开一道深深的峡谷，有二三十丈深。她探身往谷底一望，但见危岩陡峭，道路崎岖，只觉得一阵阵眩晕。但生的愿望给了她巨大的力量。那哗哗流动的河水虽然浑黄，毕竟能够救命啊!

妇人抱着水罐，小心翼翼地往下走。走了两步，一脚踩空，差点跌下去，幸亏拽住了旁边的一棵荆棘。她惊呼了一声。前面的一个男孩见她浑身发抖，于是返上来帮她拿罐，扶着她慢慢走。她不敢看谷底，眼睛只盯着脚面，一步步地往下挪……

每一个取水的人到达谷底后的第一件事是趴在河沿上，先把自己灌饱。女人自会拿出梳子汲着水梳头，然后再洗一把脸。这些看似很日常的行为，如今也成了一种奢侈。由于连年干旱，河面越来越窄，河床也越陷越深。老天爷如果再不下雨，连这股水都会断掉的。

张寡妇喝饱了，拿起罐子汲了水，准备返回。喝了水，人便有了力量，脚下不再是轻飘飘的感觉了。这条路，连滚带爬，也不知走过多少次了。罐子不是很大，但装满水后，足以让她感到很吃力。刚才携自己下来的少年早已不知去向，毕竟是男孩啊！她一手用力将罐子搂在怀里，一手抓着岩土，慢慢地往上攀。由于挑水的人多，路上又湿又滑，一不留神便会摔倒。妇人每走几步都会停下来喘息。毕竟，身子是虚空的啊！有了水便可以做饭，先熬一锅粥，美美地喝上一顿。这样想着的时候，她的脸上甚至绽出一丝红润。她闭上眼，让那种美好的感觉在心头荡了荡，身子突然一晃，水便洒了一大半。幸亏爬了还不到一半的路，妇人复又回到谷底，将水灌满。

第二次攀爬的时候，张寡妇小心翼翼，心无旁骛。无奈走到中间的时候，水还是洒了。想想自己来一次实在不易，她再一次来到谷底。等到盛满水，感觉已筋疲力尽了。

妇人歇了歇，坚持往上走。不知是燥热还是身虚，她浑身发软，汗流浃背。不足百米的陡坡，爬了足足一个时辰，不过总算上岸了。

妇人喘着粗气，撩起大襟袄揩了揩脸上的汗，望着仅剩大半罐子的水，脸上露出一丝欣慰。这时，路上过来一位衣衫褴褛的男子，呻吟着说："大娘，我渴得喉咙里都冒起火了，把你的水让我喝一口吧？"话刚说完，也不管妇人愿不愿意，拿起罐子咕隆咕隆便喝了起来。妇人说这是我预备做饭的，你喝些就行了！那人也许是渴坏了，一口气喝得点滴不留，放下罐子扬长而去。

张寡妇拿着空空的罐子，望着深深的谷底，泪湿襟衫。她实在没有力气再下到谷底去汲水了啊！回想那年大旱，自己在外面捡得一条活命，回到家里，一家人全都饿死了！

天空没一丝云彩。太阳依旧在空中晃荡，毒辣辣的，将地上的每一滴水分都吸干了。这场大旱，何时是个尽头呀！

突然悲从中来。活着有什么用？与其苟延残喘，还不如做个了断，与家人团聚吧。

她主意拿定，一转身，用尽平生力气跳了下去……

当地乡约知道后，派人捞上了寡妇的尸体，呈报县官。县官冒着烈日前来验尸，见没茶没水，怒斥乡约："为何点心都不预备？"乡约见责，急忙给县官端上一盘干炒豌豆，县官口渴难忍，见此豌豆，勃然大怒："干食豌豆这不是把我当驴吗？！"乡约回道："大爷息怒，本地缺水，虽有米面，不能成饭啊！"县官拍案而起，急速催轿进城，尸也不验了……

此事后来在民间传开，于是便有了"龙山马湖，渴死寡妇"之说，一直流传到现在。

李仪祉便出生在马湖乡的富塬村，地处蒲城县东北五龙山脚下。这里属渭北黄土高原，被洛河、白水河、大峪河切割成千沟万壑，自然条件极差，有名的"渭北旱腰带"穿县而过。马湖一带十年九旱，水窖难以蓄水，水源极其匮乏。井深几十丈也很难探到水源。长期以来，当地人"种地靠天，吃水靠担"。担水要去十多里以外的洛河河谷，人挑或驴驮。遇到冰天雪地，经常人仰驴翻。没有牲口的老人或妇女只好用坛装，用罐提，往返二十里，其艰难可想而知。穷人乞讨，宁给一个馍，不给一碗水。

吃水难的情景，给少年时代的李仪祉留下了深刻的印象。站在沟沿举目东望，沟壑纵横，丘陵起伏，苍凉荒芜的山峁鳞次栉比，连绵不断，一片灰蒙蒙的景象。他凝视着由北向南流淌的洛河，哗哗的河水切割着河床，滚滚流去。然而塬上的老百姓却只能望而兴叹，饱受干旱缺水的煎熬。

如果能把这些河水引到塬上，那该多好啊！李仪祉突发奇想。可是河床距离塬面有近百米深，他的想法在当时来说，无异愚人说梦，痴心妄想！

2. 死里逃生

李仪祉出生在一个大家庭里。他出生时，家里有曾祖母，有祖父、祖母、伯父、伯母及父、母和哥哥。他名协，哥哥名博，长他三岁。李姓一族，本是微族，前代已不太清楚，至明末时籍在山东，有一位李十三者，行侠仗义，杀了坏人后逃到陕西，因此落户。富塬村本是个大村子，因遭“回乱”，又遭光绪三年大荒，人死家绝，剩余不足百户。

19 世纪末叶，清政府昏庸无能，对外奴颜婢膝，卖国求荣；对内横征暴敛，倒行逆施。中华民族陷入了重重灾难，社会黑暗，民不聊生，生灵涂炭。特别是那场震惊中外的“回汉战役”，可谓触目惊心，惨绝人寰。陕西人口在战乱中损失达 622 万，甘肃(此时的甘肃省包括今甘肃省以及宁夏回族自治区、青海省东部大部分地区）人口损失达 1355.5 万。

仪祉的祖母虽未读过书，但富有才艺，知晓大理，宽宏大度，高瞻远瞩，处事果断，乃女中之英杰。祖父李智盛是一位老农，心地忠厚，唯知辛勤劳作，诚恳待人。李家后来的发达，全仗祖母的力量。

仪祉从小跟祖母睡，哥哥跟祖父睡。祖母对自己的这个孙子是有所偏爱的，把自己的慈爱都倾注在他的身上。有时，哥哥也想跟祖母睡，她不同意。夜里睡不着，祖母便给他们讲故事。祖母说大荒年以前那场战乱的时候，村中房屋被烧的，人被杀的，不知道有多少。许多村子的人因为没来得及跑，所以被杀得精光。

天下不安定，老百姓背井离乡，颠沛流离，命如草芥。

“那一年，听说回人要来了，我连夜带上你们的父亲、母亲还有你伯父、伯母他们，一大家人往山里逃去。咱村子周边的山都不太高，连年干旱缺雨，树都长不起来，光秃秃的，没法躲藏啊。腿脚好的去了北边的黄龙山里，腿脚不好的就地寻找地方。那场荒乱持续了七八年时间，一家人整天东躲西藏，提心吊胆，受尽了煎熬呀！”祖母幽幽地说。

“奶奶，那你们是如何躲过灾难的呀？”小仪祉问。

“我们一开始是藏在山谷中的，后来发现那地方不安全，就躲在地窖中。

可是地窖毕竟不是长久的藏身之地，躲在里面别人不杀，也会活活饿死。后来我们在河谷发现了一个洞穴，在那里躲了一段时间。白天一家人窝在里面不敢说话，夜里你爷爷带着你父亲和伯父出去寻找吃的。有时候形势不好，一连几天都不敢出动，饿了就喝几口洛河水……后来，一些无处可藏的人也住到洞穴中来，人一多，目标就大了。我和你祖父都感到不安全，于是在一个夜里顺着河谷往北逃去。不知走了多少天，发现两边都是高不可攀的山崖，山上有许多树，我们于是就慢慢地攀爬上去，在一个山坳里发现一处伸出来的山岩，下面可以住人。那个山坳十分隐蔽，看样子很少有人来过，我们一家人于是决定就住在那里了。”

“可是奶奶，你们住在那里吃什么呀？”仪祉问。

“是呀。人是铁饭是钢，一顿不吃心发慌。那时候一家子十几口人，每天一张嘴都要吃饭，可是附近没有村落，也没地方找吃的。你爷爷于是带着你父亲和伯父上山采野果子。光吃野果子也不行，于是就设下陷阱，捕捉野物。山里的野兽很多，有野鸡、野兔、野羊、野猪，人总是比动物聪明，只要想办法，就能捕捉得到。有一次，你父亲和伯父还打死了一只大苍狼！那只狼很凶猛，整天在山峁上嚎叫哩。终于挨到了开春，天也暖和了，你爷爷不知从哪里弄来一些玉米和菜籽，又不知从哪里弄来一把老镢头，靠着这把镢头，我们在山谷低凹的地方开了好几亩地，这样一家人就有了吃的东西。后来我们又养了一些鸡还有猪，光景过得虽然十分辛苦，却是平平安安，整天不用把心吊在嗓子眼啊！”祖母说着的时候，眼睛里透着熠熠的光彩。

“那后来呢？咱们在那里住了有多久呀？”仪祉问。

“那时候，你和你哥哥都还没有出世呢。”祖母笑了笑，接着说，“我们在那里待了大概有三年的光景，后来你爷爷从外面回来，说听说他们走了，村里的人都回去了。听到这个消息后，我们一刻都不想再待下去了。毕竟，家里有房有地，地方平展，不像那吊在半崖上的山洼，做什么事情都不方便的。

“几年没有回去，村里已衰败得不像啥了：房倒屋塌，田地荒芜，荒草疯长。那个时候，从外面陆陆续续已经回去了几十户人。邻里相见，都庆幸还活着呢！一时说不完的辛苦，道不完的恓惶啊！”祖母说到这里，长长地叹息了一声。

“幸亏跑出去了，要不咱们也活不了的。”仪祉说。

“娃呀，可不要以为这次回来就没事了，祸事在等着呢！正当大家都在庆幸捡了一条命，准备修缮房屋，开地种田，他们忽然又来了！一村子的人来不及逃走，只好躲在村旁一个谷中的地窨子里。这个地窨子十分隐蔽，外人根本看不出来里面能藏人。我们藏在里面一躲就是好几天，没有吃的，也没水喝。小孩饿得哇哇哭，大人就用手绢塞了他的嘴，怕被上面的人听到。大家都惶惶不安，胆战心惊，不知要熬多久才能出去。常常听见上面人喊声，马蹄声，往来不断，震得地窨子里的土唰唰往下掉。躲在里面的人吓得大气都不敢出。也许是太压抑了的缘故，我感觉心里闷得慌，一刻都不想在那里待了。就觉得那个地方不吉利，立即要搬到别处。当时，地窨子里藏的人也不少，都说这里再稳当莫过了，虽说在他们的眼皮底下，但谁也不会注意到的。外面别的地方凶多吉少，还是不要挪腾的好！我当时就觉得心慌，不顾他人的劝阻，挨到二更时分，趁着夜深人静之际带领着一家人偷偷地爬了出去，把窨口掩饰到原来的样子。

“外面黑魆魆的，我们路过一个村庄时，发现村中便扎着他们的营盘。营盘的空地上架着一口大锅油，胳膊粗的灯芯，照得四周亮堂堂的，一片通红。一家人从村头摸过，不敢立着走，个个提心吊胆，伏地而行。按说已是二更时分，可他们却操着短刀长矛正在操练，刀光剑影，让人胆战心惊！如果被他们发现，后果不堪设想。

“好容易绕了过去，一家人藏在另一个所在。谁料得就是那天夜里三更多时，那个地窨子给他们踏破了！”祖母说到这里，顿了顿，眼里闪着莹莹的泪花。

仪祉兄弟望着祖母，大气也不敢出。

“凡是藏在里面的人，一个也没留下，都被杀死了！——唉，真是造孽啊！早知道，就该劝他们都出来呀！可惜没人听我的……”祖母喃喃地说。

“那咱村子，后来就剩了我们一户人了吗？”仪祉眨巴着眼睛，表情凝重。

“不是。那场战乱之后，外面逃难的人陆续又回来了不少。谁知接着便是一场大旱，没被杀了的人，几乎都饿死了！”祖母说着，又长叹了一声。

3. 积善成德

一个关键的人对家族的影响是十分重要的。这个人也许没有文化，没有地位，但只要有远见和胆识，以及宽厚，以及仁爱，便可以改变整个家族的命运。

李仪祉的祖母无疑便是这样重要的人。

仪祉听祖母说，他们原先同对门本家没有分家的时候，祖父兄弟三人，他排行老二。祖父名智盛，伯祖父名智成，叔祖父名智信。伯、叔祖父，他都没有见过。兄弟三人本来处得很好，家业在村中也算最盛，大家都很羡慕。然而自从伯祖母去世，伯祖父续娶了渭南郭氏，家中从此便进入了多事之秋。

仪祉的祖母系出尧堡王氏，她虽未进过学堂，却才艺兼备，通情达理，宽厚仁慈，做事公允，处事果断。在仪祉的心目中，祖母集中国妇女的优秀品德于一身，是中国妇女传统美德的杰出典范，也是他所见到的中国女性中最好的了。祖父性情敦厚，为人善良，富有孝心，得仪祉祖母内助，家业乃得兴旺，实为三生有幸!

那时候，仪祉的伯祖父有一个前房儿子，即大伯父。伯祖父续娶的渭南郭氏生一子，即四叔父。大伯父生了两个儿子，一家人都到他家来了。

自从郭氏来到李家，仪祉的伯祖父性情大变，待两个兄弟，再不念以前的手足之情，而是一味的刁钻刻薄。仪祉祖父每天只知道在地里做苦，祖母胸襟坦荡，与人和善，更是能够容忍。那时候，仪祉的大伯父、伯父及父亲都跟着一个先生读书。大伯父生性木讷，比较笨，人又懒惰，不求上进。伯父及父亲勤奋好学，刻苦用功，与大伯父形成鲜明的对比。先生常说大伯父没出息，不如两个兄弟好。伯祖父知道之后，一怒之下立即便停了儿子的学，不让他读书了。

伯祖父不让自己的孩子上学罢了，他还大吵大闹，赶走了先生，令仪祉的伯父和父亲也无法上学了。祖母什么样的冤屈都可以忍受，唯独孩子读书一事，决不屈服。无论如何，她也要让自己的两个儿子上学的。然而先生被伯祖父赶走了，祖母没有办法，只好送仪祉的伯父和父亲到尧堡王吉庵先生那里去上学。王先生博学多才，为人和蔼，见仪祉祖母非常热诚，两个孩子又勤奋好学，特别高兴。伯祖父知道后，勃然大怒，认为祖母违抗了他的意旨，声言谁也上不成学。王先生知道后，念在仪祉祖母及两个勤学好问的孩子分上，情愿不收伯祖父家孩子的学费。即便这样，他还是骂骂咧咧，摔盘子摔碗，令一家人不得安宁。后来，三个孩子的学费祖父不但都出了，并且每日推车子卖瓮，供给他们伙食。

仪祉祖母原以为这样可以相安几日了，谁料伯祖父在后妻的挑拨下，无风兴浪，不断寻找事端。家里的鸡被后妻偷偷吃了，伯祖父前来找仪祉祖母兴师问罪，祖母就赔他一只鸡；后妻和面不小心把瓦盆掉在地上摔了，说是祖母在院子咳嗽了一声，让她受惊了——前来闹事，祖母于是就赔他一个盆子；后妻感冒卧床，说是祖母诅咒的结果，于是恶言秽语，整整骂了好几天！祖母常说：吃亏是福，爱占便宜的人，往往吃的都是大亏——人在做，天在看呢！所以她不愿与那样的人一般见识，任凭伯祖父无理取闹，泰然处之。仪祉知道，这样的气量在当时是非常罕见的，何况她还是个女流之辈啊！后来他还发现，吃亏的人活得轻松，活得洒脱，心态平和。他们实际上用乐观和诚信赢得了众人的敬佩和信任，极端自私的人则只会使人避而远之，不屑一顾。后来，李仪祉悟出了一个道理：经常吃亏的人既非软弱可欺，也非胆小怕事，因为他们具有宽厚的人品，礼让的美德。吃亏，虽然意味着舍弃与牺牲，但也不失为一种胸怀，一种品质，一种风度。

——祖母便是这样豁达大度、胸怀宽广的女人。

然而，大荒年来了！

那是一个要命的荒年。关中地带三年没下一场透雨，田地干旱皲裂，庄稼成片枯死，颗粒无收。各村饿死的人有一大半，许多地方甚至发生了人吃人的悲剧！到了光绪三年，地里索性连草也不长了，树都没皮了，全被人扒光了……走在大路上，到处是饿死的尸体，屡见不鲜，一村一村完全死绝的，也不知有多少……

由于祖父祖母勤俭持家，胼手胝足，栉风沐雨，辛勤耕耘，李家一大户在正常的年月还是可以丰衣足食的。荒年来临之际，仪祉家里还有存粮七八十石！这些粮食可以救活多少人的性命啊！然而大伯祖父不但不允许周济别人，连自己兄弟也不管了。他们一家自己吃饱，每天分给祖母一茶碗麸面，做些面汤，一家六口人分着吃。由于连日饥饿，仪祉的祖父身体极度虚弱，以致躺在床上不能起来。仪祉的父亲饿得走路跌倒，爬不起来。伯父眼看一家人将要饿死，央求伯祖父匀给他们一点粮食，谁知大伯祖父非但不给，掂起铁箸劈头盖脸便是一顿打，伯父一时头破血流，差点回不到家……

祖母知道大伯祖父是不可能给他们粮食的，即是一家人都饿死了，他也不会管。祖父躺在炕上有气无力地说："早知这样，我们应该给自己藏点粮食啊！现在咋办，难道一家人就这样眼睁睁都饿死吗？"祖母说暂时还不要紧，窑里还有一些枣子，能够救命的。

接下来的日子，祖母每天分给两个儿子几颗枣充饥，自己和祖父每人只吃一颗，再喝一些清得能照见人的面汤维持生命。谁料有一天，仪祉伯父或父亲吐的枣核让大伯祖父看见了，他立即打发大伯父拿着口袋来抢。仪祉祖父那些天已饿得人事不省，祖母一边侍病一边流泪，见大伯父气势汹汹而来，什么话也不敢说。情急之下，她用力将仪祉祖父摇醒，说："窑里就这点枣子，都给他们拿去，两个儿子都要饿死了。"祖父有气无力地说："你……把我扶……起来，给我手里一条棍！"祖父手握着棍，对侄子说，"丁亥，你敢进来……我就与你拼命……不然，你就把我打死吧！"大伯父见仪祉祖父怒目圆睁，奋不顾身要与他拼命，悻悻地离开了。

一家人的性命，就这样被那些枣子救了下来。

仪祉祖父祖母觉得兄弟们在一起实在过不成了，祖母提议不如另过为好，结果被扫地出门，每人仅带了一双筷子一只碗，从本户逃出，搬在对门的马房住。后来，荒年终于熬到头了，天下了雨，亲戚们主持公道，给他家分了些薄地，都是离家五六里远的山坡沟沿。没有牲口耕种，祖母于是在村里借了些粮种，带领一家老小齐上阵，拿着镢头去刨种，历尽艰辛，万般不易。

即使在最困难的时期，祖母也没有忘记督促两个儿子读书，一伺情况好转，便令两个儿子重拾学业，走进学堂。后来仪祉的伯父李仲特及父亲李桐轩同时中了秀才，大伯祖父因妒成仇，决定伺机报复。

忽一日，仪祉的叔祖父因病而亡。他没有子嗣，大伯祖父硬说是仪祉的伯父及父亲将他叔父害死的，并告到了官府，督促官府将两个侄子抓了起来，刑事拘留。后来，官府将仪祉的父亲放回，伯父坐了多天监狱后，也被释放了。县官说这么两个文弱的书生，哪会杀人啊！何况又没有证据，原告口说无凭，于是将案子批驳不准，将人放了回来。

大伯祖父见栽赃不成，心中仇恨的火焰愈烧愈烈，他把一腔愤怒都倾注在仪祉祖母的身上，几次前来寻衅闹事，甚至对仪祉祖母大打出手。

伯祖父多次无理取闹，犹觉不解恨。特别是一想到仪祉的伯父和父亲双双考上秀才，自己的孩子一点也不成器，他认为这些都是仪祉的祖母造成的，因此对她耿耿于怀，铭心镂骨。

一天上午，伯祖父发现仪祉家里人都出去了，于是便藏在他们家门外，看见仪祉祖母出来喂猪，突然蹿出来，从后面双手扼住仪祉祖母的脖颈，想把她掐死。仪祉祖母拼命挣扎，大声喊叫，正好邻家有人经过，大伯祖父一溜烟便跑了。

常言道：善有善报，恶有恶报。

大伯祖父没想到，自己的苦日子很快便到来了！

那是几年后的一个冬日，大伯祖父出门时不小心跌了一跤，于是便瘫在了炕上，生活无法自理。那个续妻郭氏伺候了几天便失去耐心，索性将他抬到牲口圈旁的破房里，每天令大伯父给端一碗饭，够不够也不管。大伯祖父吃喝拉撒都在炕上，屋里污秽不堪，不能靠近。郭氏被熏得吃不下饭，于是令大伯父将自己的父亲扔在了村边的一间破房里，记得了给吃上一口饭，记不得了几天也没人管。大伯祖父生不如死，夜里发出瘆人的叫声，令村人不安。这样挨到春天，人已瘦得失了形，样子十分可怕。

那个郭氏自从把大伯祖父转移到外面以后，更是不闻不问，每天只顾自己吃喝玩乐，快活得不得了。后来仪祉的祖母实在看不惯，于是带去了吃的，并把屋子收拾了一遍。谁知这件事让郭氏知道了，指着仪祉祖母的鼻子骂她狗咬耗子多管闲事，纯属丧扬她的名声！仪祉祖母听了虽有些冤枉，但仔细想她就那样的人了，何必认真计较？那时候仪祉的伯父和父亲已经结婚了，祖母于是就趁着夜色偷偷地带上两个儿媳妇去收拾屋子，并带去吃的东西。屋里臭气冲天，人很难进去，但见大伯祖父赤身裸体，浑身都是蛆……两个年轻的媳妇捂着嘴跑了出来，不愿再进去。祖母强忍着恶臭给大伯祖父清洗了身体，换上祖父的干净衣服，然后安顿他吃饭……大伯祖父终于良心发现，热泪盈眶。他大骂郭氏及自己的儿子不是东西，后悔自己听了女人的谗言，恩将仇报，错怪了仪祉的祖母……

几天后，他便死了，死得恓恓惶惶，惨状不堪。

仪祉的祖父和祖母买了一口棺材，安葬了大伯祖父。郭氏带着自己的儿子远走高飞，改嫁他乡了。

此后，仪祉的家里终于回归太平，生活步入了正常的轨道。

在李仪祉的记忆里，还有一位曾祖母，是祖父的继母。因为大伯祖父不愿意养活她，随着祖父祖母生活。虽然是继母，祖父和祖母对待老人孝顺极了，每天家里有好吃的先孝敬老人，即使在最苦难的日子，宁愿自己饿肚子，也不让老人受罪，把她当作自己的亲娘一样对待。每天晚上，祖父都会亲自来问安，看老人渴不渴，身上舒服不舒服。如果炕不热，添些柴火才去睡觉。祖母更是经常给老人洗衣服，梳头，洗澡。老人在炕上不能动，祖母把屋里收拾得干干净净，一点异味也没有。记忆中曾祖母喜欢一只灰色的猫，仪祉没事的时候便同那只猫坐在曾祖母的左右，她抚抚猫，又抚抚他，样子很慈祥。

曾祖母去世的时候仪祉刚三岁，哭得悲悲切切，涕泪横流……

第二章　耕读传家

1. 卧虎藏龙

蒲城古称重泉，西魏时始称蒲城，周边有唐桥陵、唐泰陵等雄伟的唐代帝王陵墓。唐帝王陵 20 座，18 座位于关中，其中唐睿宗桥陵、唐玄宗泰陵、唐宪宗景陵等五座位于蒲城县，史称“五陵闲云”。

秦汉隋唐关中鼎盛时期，蒲城乃京畿之地，孕育了许多名将，从明清到民国，更是人才济济，豪杰辈出。如明万历年间进士米万种是宋书法家米芾的后代，他精通金石书画，有好石之癖，善山水，花竹，书法行、草俱佳，既有南宫篆法，也有章草遗迹，与董其昌齐名，称“南董北米”，和董其昌、邢侗、张瑞图并称“明末书法四大家”。其孙米汉文为清代顺治年间进士，也是有名的书画家，祖孙两人分别称“大米”和“小米”，享誉书坛。雍正壬子科陕西乡试全省中举 18 人，蒲城就中 14 人。在此前康熙己酉科中举 10 人、丁酉科中举 9 人，雍正癸卯科中举 9 人、己酉科中举 11 人。

清代的王鼎为嘉庆进士，官居宰相之位，他为官刚正不阿，清正廉洁。蒲城有“刁蒲城”之谓，据说便是因为王鼎的“刁钻”而名。

王鼎曾经是清道光帝的老师，因道光年幼贪玩，贻误学业，王鼎罚他下跪（按皇家规定，皇子有错只能罚打陪读者，不能打罚皇子）。适逢嘉庆至此，看到皇子被罚跪在地，心中有些冒火——臣子欺君，这还了得！正要发作，但觉王鼎乃赤胆忠心，在朝中声望颇高，便压下了火气，拉起了皇子说："读书，将来是皇帝；不读书，将来还是皇帝。"王鼎却不卑不亢地说："读书，将来是尧舜；不读书，将来便是纣桀。"老嘉庆一听，顿时心头一亮，顺手将皇子肩头向下一压，皇子又端端正正地跪在原地。道光时，鸦片战争爆发，身为当朝相国的王鼎当着道光皇帝，大骂弛禁派与主和派首领的首辅大臣穆彰阿是秦桧、严嵩，祸国殃民，要求罢免穆彰阿，重用林则徐。穆彰阿面对王鼎的怒骂，笑而不答。道光帝感到王鼎借势向自己施压的不礼做法，是"故意使人为难"，便说："王蒲城（鼎），你醉了。"命人将王鼎搀扶下去。当道光帝离开龙椅退朝时，王鼎这时"刁"性大发，跃上前去，愤怒地扯住了道光帝的龙袍，被道光帝狠狠地甩开。王鼎感到回天无力，非常失望，便写下了"条约不可轻许，恶例不可先开；穆不可用，林不可弃也"的遗书，向道光帝进行尸谏……

在中国历史上，蒲城是一个生产力很不发达的地区，特别是清末民初的几次大旱，赤地千里，哀鸿遍野。然而就是这片贫瘠的土地上却诞生了一大批鼎鼎有名的人物，如"西北革命巨柱"井勿幕，陕北国民军总司令井岳秀，爱国将领杨虎城，著名作家王独清，数学家李仲特，语言学家、社会教育家李桐轩，政治家和书法家寇遐，以及杰出的水利科学家李仪祉等。辛亥革命时期，加入同盟会的会员，仅蒲城一个县就达 56 人之多，约占全省会员总数的五分之一。李仲特、李桐轩及其子李约祉、李仪祉四人都是同盟会员，被于右任称为"一家人四口，革命党两双"。蒲城卧虎藏龙，英才辈出，成为有名的礼仪之邦。

2. 书香门第，科学世家

李仪祉的父亲李桐轩生于 1860 年，名良才，号莲舌居士。在祖母的坚持下，李桐轩与哥哥李仲特从小便跟着先生刻苦学习，即使在大灾之年也没有放弃。1878 年，李桐轩与哥哥同科考中秀才，成为当地的一大新闻，李家一时成了人们关注的焦点。李桐轩后来去华州任私塾师，回到家里，亲自教导自己的两个儿子学习。1888 年，他因参加同州府院试成绩优异，被拔入三原宏道书院。他平生最好读《孟子》《楚辞》，尤其喜欢《楚辞》中屈原的《离骚》，

《离骚》倾诉了诗人对楚国命运和人民生活的关心，“哀民生之多艰”，叹奸佞之当道。屈原为祖国的前途而焦虑，为祖国的命运而担忧的急迫心情，令李桐轩深受感动。1902 年，李桐轩为了发展民族文化，改善落后的陕西教育现状，与同县举人张拜云在同州创办了“求友学堂”，以科学知识和爱国思想教育学生和子女。李桐轩为人正直，思想开明，“居于乡，则乡里辑然。举年老有德者以为乡董，即有争讼，皆自处息。故村民翕然，有频年不到县城之乐，自治之精神，盖早已具之矣。”（李仪祉《南园忆胜》）他的身上即有传统儒士亲民、入世的责任感，又有一种诗人的浪漫情怀。

李桐轩应知县李体仁之聘重修县志。在编写的过程中，他没有沿袭以前的旧章，而是力主改革以往志书的传统写法。他侧重于地理、自然、物产、文化等条文，大刀阔斧，尽量删去有关女子节烈等内容，为民间“豪杰”“刀客”改名立传。初稿完成后，县令李体仁阅后大为震怒，指责李桐轩离经叛道，并下令销毁书稿。看到自己辛勤编修的县志被付之一炬，李桐轩痛心疾首，加深了对腐朽清王朝的认识，为后来加入同盟会奠定了一定的基础。

1905 年，在日本留学期间加入同盟会的井勿幕奉孙中山先生之命，回陕西建立同盟会组织。井勿幕回陕后便奔赴渭北各县，宣传同盟会纲领，秘密发展了三十多名成员，成立了同盟会陕西支部，任陕西分会支部长。由于其工作很有起色，被孙中山誉为“呼为后起之英，招为指臂之助的西北革命巨柱”。辛亥革命前夕，陕西反清浪潮汹涌澎湃，这与井勿幕的精心策划、积极奔走是分不开的。

李桐轩深受革命思想的影响，对孙中山先生提倡的三民主义竭诚拥护。1906 年任蒲城高等小学堂教习期间，他便加入了同盟会，次年与同盟会会员常自新等组织蒲城县教育分会；1908 年他与焦子静、王子端、张拜云等在西安创办健本学堂，作为同盟会培养革命骨干的重要场所，积极发展会员，宣传三民主义精神。

教育分会成立后，同盟会利用教育分会的合法地位，在学生和城乡群众中开展革命活动。并组织讲学队、演出队，利用星期天和城乡集会向群众进行讲学和演出街头戏，宣传民主思想，揭露帝国主义的侵略和清政府的卖国罪行，痛斥贪官污吏的丑恶行径。李桐轩还编写了《黑世界》《一字狱》等戏本，广为宣传。

县教育分会的活动，引起了蒲城县知县李体仁的惊恐和注视，他写信给陕甘总督升允说："中国祸患，将来不在外洋，而在萧墙之内。"1908 年 7 月，高等小学堂管理刘友人调升勉县教谕，李体仁企图派其心腹苏民章、冉澍川继任管理，暗中监视学堂师生活动，被学生识破阴谋，表示拒绝，以致彼此相持。至 9 月 1 日，李体仁来到学堂，学生提出自治二十条，要求准予自治，大意是暂不续派管理，有事请由监督（李体仁自任监督）亲临办理，俟至年终另举妥人。李体仁迫于学生要求，勉强同意，并于学生自治规则上增加"不遇星期，学生不准外出"一条，其用意仍在限制学生活动。

9 日晚，教育分会会员雷电因厨夫魏姓常私自外出，疑有他故，潜侦其所向。至巡警局见他与县署轿班人员在一起赌博，雷便集合十几名学生冲散赌场，拿获赌具和何问章等四名赌犯，移送县府处理。李体仁竟恼羞成怒，一面上禀提学司，谓教育分会常会长越权妄为，要求解散教育分会；一面唆使贡生苏民章、冉澍川等诬告说："教习唆使学生自治，以固禄位；学生博欢教习，图积多分。"李体仁在禀文上批了"禀如属实，教习、学生均欠文明"，并令将禀批传示学堂。常铭卿、陈同熙等教习见禀批气愤辞职，于 12 日搬出学堂。学生为挽留教习，于 13 日向李体仁具禀辩诬，言多顶撞。李体仁阅之大怒，疑禀文出自常铭卿手，即派差役驱逐学生出学堂，锁了大门，贴上蒲城县正堂封条。学生不能上学，于是暂时到北街关帝庙内，成立"自治公学"，推年长的学生雷忠诚、李望古、苏炳吉任教习，继续学习，并推选王之翰等三人密赴西安控告李体仁。同时李体仁亦向省提学司诬禀："学生迁出学堂，系教习指使，请准解散另招。"提学司余堃不察实情，批将教育分会解散，并将学生解散另招。

10 月 16 日，李体仁亲领差役二百余人，手持武器，先到教育分会逮捕常铭卿，后与劣绅原烈到关帝庙逮捕学生，学生虽尽力抵御，终以寡不敌众，四十余名学生全被缚绑。同时派人到教育分会和县城大什字巷井崧生家中搜查同盟会的文件，又派人追捕外出教习和在家的学生。

李体仁回署后，立即坐堂，先将年龄较小的何绍仁叫出来毒打拷问，继叫雷忠诚问："你是自治会会长，学生代表，派人上省告我，一定是革命党。"雷答："我只知办学堂是力行新政，不知道什么是革命党。"李愈怒，喝令打嘴。打一百无招，又打三百，雷被打得手皮尽脱，仍然无招。接着又把其余学生逐一唤出，严刑拷问，要他们招供搬出学堂的指使人及当地革命党活动情况。学生冯士斌因在关帝庙抵御中打落了李体仁的帽子，被打尤为残酷，曾绝气数次，用水激活，前后被杖一千，几至殒命。这些学生受刑后，虽嘴肿如瘤，臀血淋漓，但都正气铮铮，无一人招供。李打完学生，又把常铭卿提出，说他是革命党，常不承认。先打嘴二百，再打手掌五百，致使手已见骨，连身子都浮肿起来，但常始终没出声。时已半夜，李始退堂，师生被严加管押。学生原斯建受刑过重，被释回家，不久死亡。

这便是震惊全国的“蒲案”。

“蒲案”发生后，李桐轩立即联络全省教育界师生员工集会声援，抗议关押无辜。“蒲案”的消息很快传到西安、上海、北京及日本东京等地，各地革命党人和各界进步人士纷纷向陕西当局提出抗议和质问，省内商州、凤翔、同州等地中学，三原宏道学堂以及西安和各县的不少学堂相继罢课，以示声援。李桐轩给在京读书的两个儿子写信，约祉和仪祉兄弟联络陕籍京官刘华、晏安澜等在京进步人士共三十多人，具本参劾李体仁。省城的师范、高等、陆军等学堂的师生代表在省教育总会集会抗议，并以教育总会名义发出三项决议：一、各学堂一致罢课，声援“蒲案”师生；二、推举代表向巡抚衙门请愿；三、坚决要求惩办李体仁。次日即到巡抚衙门请愿。西安各界人士还隆重为“蒲案”死难学生原斯建举行了追悼会，到会三百多人。

清朝政府迫于形势，不得不谕令陕西巡抚恩寿“将所呈各节，秉公确认，认真究办，据实具奏，毋稍回护”。

翌年 1 月，经恩寿奏准，将李体仁“即于革职，不准援例捐复”。

1910 年，陕西咨议局成立，李桐轩被选为副议长。辛亥革命后，李桐轩受聘在省上撰写民军革命史。由于他性格耿直，疾恶如仇，革命史尊重史实，不做粉饰，所写文稿得与蒲城县志同样的命运。不久，陆建章奉袁世凯之命率师入陕，搜捕与杀害革命党人，一时风声鹤唳，许多进步人士惨遭杀害。李桐轩在同盟会中颇有影响，也被列入黑名单，因早有提防及时逃匿，免遭毒手。

1911 年 10 月，西安起义之时，因土匪蜂起扰乱，陕西与外界断绝音讯，李桐轩以与鄂军大都督黎元洪有旧，故代表陕西革命党自请去武昌，甘冒性命风险，向湖北军政府通报信息，与革命军进行联络。民国建立后，李桐轩婉拒省长署、省政府、督军府相邀为官，赴京开会担任全国读音统一会会员，研究制定国音字母并为之撰写专著，他自创的《注音字母教学法》，利用纸牌游戏，贯穿识字整个过程，使学习者易学易记兴趣不减，且学之数日可通。

李桐轩回陕后，担任陕西修史局总纂。在与修史局修纂孙仁玉同心协力整理史稿时，常常研究社会教育问题。李桐轩深感戏曲对移风易俗有着重大作用，遂与孙仁玉等发起创办陕西易俗伶学社（后改名为陕西易俗社）。该社以“辅助教育，启迪民智，移风易俗，推陈出新”为宗旨，按照资产阶级民主制度制定章程，建立领导机构。李桐轩先后担任第一任社长、评议、编辑及名誉社长等职。他用后半生心血倾注于易俗社，被誉为陕西“新剧界之星宿”。李桐轩极力提倡使用白话文。他编写的《甄别旧戏草》，对过去流行的几百个剧目，进行了分析评价，划分为可去者、可取者与可改者三大类，取舍标准“以影响于人心为断”，《甄别旧戏草》是评判传统剧目的重要理论著作。李桐轩在二十年间编写了《一字狱》《孝子金》《文山殉国》《鲁相拔葵》《人伦鉴》等三十多本以表现社会现实的剧本，题材新颖，文笔犀利，深刻泼辣，直指封建统治者及其爪牙，皆为宣扬爱国思想、破除封建迷信、提倡科学民主的新戏剧本。时人评论：“其为戏也，若陶渊明之诗，冲微淡远，耐人寻味，选句之佳，尤非他人所能及。”他的遗著还有《民兴集》《兵农说》《慈幼篇》《集孟政谈》及《莲舌居士传》等十多种。

李仪祉的伯父李仲特生于 1858 年，名异材，晚号一如居士。他自幼熟读四书五经，虽习“八股”，但学不泥古，好天文数理。那时候，大多数国人还不知算学为何物，李仲特先生在没有任何参考读物的情形下，通过刻苦钻研，不但求出质数的平方根，而且著书《开方数理图论》，影响后世。

1888 年，李氏兄弟俩同时参加同州府院试，当时西方科学初入中国，学使柯巽庵，独出心裁，增加了算学试题，全场考生皆瞠目结舌，唯独李氏兄弟用心算得到答数而震惊学使等人，而被拔入三原宏道书院。毕业后，李仲特应聘入陕西舆图馆，参加陕西省地图测绘，后被浙江学使徐季和所聘做幕僚，给他以“国士”级的丰厚待遇。李仲特不负众望，测绘完成了绘制《秦晋豫三省黄河图》等。李仲特在工作之余常独自“夜观天象，按图索骥”，逐渐通晓了各大恒星和行星的名字及运行规律。他偶得古代算学《算法统宗》一书并刻苦钻研，从而对数学产生了浓厚的兴趣。此后，李仲特把毕生的精力都投入到对数学的研究上。他对曲线、椭圆、圆周率、对数之研究，均具有开创性，尤其对微积分的研究，更是引起国际数学史专家的重视和推崇，成为造诣很深的数学家。

1898年，李仲特应陕甘总督陶勤肃之聘，赴兰州兰山书院担任主讲，教授数学。后回西安受聘于陕西高等学堂任算学教习。在当时科考的大环境下，李仲特却刻苦钻研数理化等自然学科，更学以致用，自制测量仪器，在野外实习，进行测量计算绘图。1903年，四川省筹划兴建川（四川）汉（武汉）铁路，跨江越涧，穿山过岭，地形十分复杂，进行科学准确的测量，是首要的难题。时任四川提学使的郑叔晋，久闻李仲特大名，重聘李仲特到成都，担任工程师，负责勘察测量川汉铁路。李仲特还极力倡导并参加西潼铁路筹建工作，倡议开发延长油田、兴办北山牧场。凡此种种，李仲特已经大大超越了“数学家”这一名号，致力于为民谋福祉。

1906年，李仲特加入了孙中山领导的同盟会，并当选为同盟会西北分会会长，与同盟会盟友恭祭黄陵，誓言推翻腐朽封建王朝、建立民主共和政府，“誓共驱逐鞑虏，光复故物，扫除专制体制，建立共和国体，共赴国难，艰巨不辞。”李仲特曾如是说。革命成功后，民国建立伊始，李仲特却婉拒一切委任，或飘然远行，或杜门学佛。尽管如此，历任政府官员皆礼聘李仲特为顾问、咨议，李仲特亦为之尽心尽力，以尽国士之责。

1930年，李仲特在七十二岁高龄之际，完成了他最后一本数学专著——《级数比类》第五卷，为我国数学的进步和发展做出了杰出的贡献。1937年春，李仲特结束了他伟大传奇的一生。时任陕西省政府主席、李仲特的好友邵力子为其写了墓志：“生平行谊，略近禹墨。厚人薄己，衣不帛，食不肉，夏不持扇，淡于荣利，独喜科学，好著书……皆苦思冥索不屑傍依，其天性也。”

……

李仪祉就是出生在这样一个进步家庭。父辈们的渊博学识令他十分钦佩，爱国思想使他深受教益。仪祉从小耳濡目染，接受熏陶，刻苦学习，严于律己，终成宏伟事业，一代水圣！

3. 问题少年

李仪祉的小名叫王臣，又叫臣儿，也叫刨针。

“为什么叫刨针呢？原来我母亲有一次不留神，将一个绣花针，窜在我的衣裳去了，一个全针，完全刺进在背上肉里去了。我又不会说话，整天只是哭，连哭了两三天。祖母说：这孩子平时是不爱哭的，怎么会这样？又看不出有什么病症，才把我衣服脱光，身上齐齐摸一摸，才摸出背上细细一条硬东西，就用刀划开肉皮，刨出一个针。为这事，祖母认为母亲粗心，打了她一个耳光。从此人家便把我叫作刨针。”李仪祉说。

后来他又生了一场病，几天不吃不喝，非常严重，看样子几乎要死了。父亲请来郎中，吃了许多药也不管用。村里的人都说这孩子不济事，预备埋了吧！祖母痛哭流涕，抱着他日夜不睡。母亲更是悲痛欲绝，无可奈何。一家人眼睁睁地看着他奄奄一息，束手无策。

那时候，由于医疗条件非常差，农村的孩子生了病如不能及时好起来，很可能便会夭折，死亡率很高。祖母逃避战乱的时候生了个女孩，只活了几岁；李仪祉有两个弟弟，都是活到一岁多便死了。因此小孩未成年而夭折，是司空见惯的事儿。

眼看着孩子气若游丝，命在旦夕，一家人也不抱什么希望了。这个时候，他们族间的一个曾祖母来了，她见这孩子几天不吃不喝，说让我试试吧。

曾祖母用一指掰开仪祉的小口，拿一粒石榴子，用指捏破在口中——几乎处于昏迷状态的小仪祉居然将那石榴汁儿咽了。再一试，咽得很好！连试了好几粒，孩子慢慢地便有点生气了。

就这样，李仪祉被从鬼门关拉了回来，病很快便痊愈了。一家人非常高兴。大家都说这孩子大难不死，必有后福，以后肯定是个成事的人呢。

那位堂曾祖母救活了仪祉的命，一家人自是非常感激，经常请她来家吃饭。仪祉的祖母称她叫二婶，后来小仪祉慢慢学说话了，也跟着叫二婶。堂曾祖母见这孩子聪明伶俐，活泼可爱，抱上他唱道：“我个哥哥乖得很，见我就先叫二婶。今天天气热得很，二婶给你吃凉粉。”一家人都乐了。

多年以后，仪祉每每想起这段曲儿，都会觉得很温暖。

那时候，仪祉的哥哥约祉身体也不好，经常生病。他肚子鼓起，脸上蜡黄，人很消瘦。有人说孩子大概是肚子有虫呢。仪祉的父亲请来医生开了些打虫药，病果然就好了。

约祉比仪祉大几岁，很快便到了开始读书的年龄。他从小便很懂事，喜欢学习，刻苦认真，受到先生的褒奖。仪祉整天贪玩，除了不学习，还经常缠着哥哥陪他玩，要不就恶作剧，或将他的帽子自己戴上，将书藏了起来，哥哥因此迟到，被先生批评。为此，祖母曾狠狠地批评过他，仪祉仗着祖母宠他，依然我行我素，完全不当回事儿。

童年的李仪祉似乎对什么都很好奇，要探个究竟。村里的井很深，大概有几十丈。绞水的时候一人摇辘轳，一人拽着绳索。那绳索很粗，光溜溜的像蛇一样，盘了一大团。小仪祉不明白为何要把井打那么深？父亲告诉他，因为咱们这里是台塬，地下水位很低，打得浅了没水啊！仪祉就问为何不把洛河的水引上来呢？父亲说那很麻烦的，不是小娃娃想得那么简单。仪祉站在河沿上说，有朝一日，我会让河里的水上塬的。

大家都笑，说他是个憨娃娃。

童年的仪祉非常好动，整天都闲不住。看见公鸡围着母鸡献殷勤，他就与几个小伙伴上去捣乱，公鸡落荒而逃，他们一阵猛追，直追得公鸡飞上了墙头，嘎嘎叫个不停。仪祉拿起弹弓就打，结果鸡没打着，石子飞到外面，打在一个孩子的头上。孩子哇哇大哭，家长闻讯后到家里找麻烦，仪祉被祖母狠狠地教训了一顿。

春来了，山青了，树绿了。孩子们脱去了厚厚的棉衣，一下子变得轻盈了许多，感觉自己快要飞起来啦。树上的鸟儿也变得欢快起来，叽叽喳喳叫个不停。仪祉和小伙伴们发现一些鸟窝十分显眼，强烈的好奇心驱使他们爬上树梢，掏得鸟蛋。仪祉回到家里向祖母炫耀，没想到又被批了一顿。祖母说春天的鸟蛋掏不得的，每只里面都有一个小鸟啊！更何况，掏鸟蛋十分危险，一来怕摔下来，二来鸟巢里有蛇，咬一口可不得了啊！

被祖母训了一顿，灰溜溜地出来了。仪祉对小伙伴说："大人不让我们上树掏鸟了，总得干点别的什么吧？"关系最好的郭珍说："王臣（仪祉的小名），我发现窖里有许多青蛙，咱们下去捉青蛙吧？"仪祉一听，觉得这个主意不错。不让掏鸟蛋，捉青蛙总可以吧？

几个男孩子找了一根绳，来到窖子跟前。

这是一个用来蓄水的土窖，有十多米深。夏、秋里面经常会蓄满了水，可用来浇灌和饮牲口。春冬雨水少，经常是干涸的。他们趴在窖口听了听，里面果然有青蛙。

仪祉自告奋勇要下去。他把绳的一头绑在腰上，郭珍与另一个孩子拽着绳索，慢慢往下溜。快到下面的时候，绳子不够了，距离窖底还有二尺多，仪祉一用力便跳了下去，上面郭珍和那个孩了没拽住，绳子跟着也下来了。

窖底下很潮湿，几只青蛙受了惊吓，呱呱叫着四散而逃。仪祉抬头看，井口竟那么小。井壁滑溜溜的，爬满了不知名的小虫子。窖底下很大，能容纳十几个人，是用来蓄水的。绳子掉了下来，他已经没了捉青蛙的兴致，盘算着如何上去。郭珍和另一个孩子趴在上面喊着他的名字，嘤嘤地哭了起来。

"别哭，总会有办法的。"仪祉不慌不忙，抓着井壁往上爬，谁知刚爬了不到三尺就掉下去了，一屁股坐在稀泥里，溅得满身满脸都是泥。郭珍说王臣，我回去喊大人来吧！仪祉说先不要，奶奶知道了会打屁股的。他歇了歇，铆足了一股劲，再次往上攀爬。这一次爬得比刚才高，摔得也比刚才重。只觉得眼冒金星，屁股生疼！后来他又试了几次，都失败了。郭珍不顾仪祉的劝阻，回去叫来了大人，用一根更长的绳索将他吊了上来。

仪祉回到家里，浑身是泥，脸上也是泥，成了个泥娃娃。祖母又好笑又是气，扒下他身上的衣服，用一支竹尺在屁股上狠狠地打了几下。仪祉知道自己理缺，忍着疼硬是没吱声儿。祖母见屁股打红了，又心疼得不得了，打了一盆热水给他洗了澡，关在家里不让出去玩了。

仪祉在很长一段时间没有再惹祸，祖母便渐渐放松了警惕。

洛河在冬日的时候会结冰，村里的孩子们会选择背阴处冰厚的地方滑冰。滑冰很危险，因为许多地方冰并不严实，受到冲击后便会开裂，于是就会有孩子掉下去。有一年还淹死了人，大人们于是严加看管，不让孩子们下去。

夏天来了，洛河的水涨了不少，许多地方几乎将谷底铺满了，奔腾咆哮，很有气势。孩子们早就憋不住了，在大一些的孩子带领下，纷纷下河耍水。仪祉和郭珍虽然比较小，看到大一些的孩子玩得那么尽兴，于是也跟着在浅滩玩水。对于旱塬上的孩子来说，哗哗流淌的河水太有诱惑力了。听说洛河每年都会淹死人，但大家前仆后继，毫不畏惧。

那天中午，孩子们正玩得尽兴，仪祉忽然发现郭珍不见了。他大喊大叫起来，大孩子们发现了，一起寻找，结果在河中间深水区发现一个孩子探出头来扑腾了几下，忽地又沉了下去。大孩子们赶快游了过去，费了很大的力气才将郭珍救了出来。郭珍因为灌了许多水，肚子胀得像一面鼓。几个孩子于是将他倒提起来，拼命拍打，郭珍哗哗地吐了一会儿，这才醒了过来。

这件事后来让大人知道了，仪祉的祖母上门向郭珍家道歉，回家后将仪祉关在屋里，不让他出去了。

被“囚禁”的滋味很不好受，仪祉被关几天后便憋不住了，趁着大人不注意悄悄溜了出去。不过这次他学乖了，不再惹是生非，每次要都能按时回来，几个月相安无事。

冬季是农闲的时候，男人们喜欢聚在巷子口的向阳处拉话，女人则三五个凑在一起忙针线活。到了晚上，一些人为了省油，早早就睡了。孩子们睡不着，照例会在炕上耍闹一会儿，被大人一顿呵斥，很无奈地躺在炕上。炕上热乎乎的，仪祉辗转反侧就是睡不着，于是就缠着奶奶讲故事。奶奶的故事很丰富，似乎一辈子都讲不完。有时候，村里会来演皮影戏的，于是一村子的人几乎倾巢而出，挤在一起看热闹。当地皮影戏一般唱的是秦腔，最受欢迎的有《杨家将》《白蛇传》《秦香莲》《宝莲灯》，还有《三娘教子》等。

皮影戏俗称灯影戏，是中国最古老的戏剧形式之一。在陕西又叫“影戏”“影子戏”，几乎遍及陕北、陕南及关中各地。

陕西皮影戏起源于汉代以前。《海阳竹枝词》中有首描写皮影戏演出的诗：“张灯作戏调翻新，顾囊徘徊知逼真。环佩姗姗连步稳，帐前活见李夫人。”相传汉文帝时代，太子刘启出生后啼哭不止，整个皇宫为此苦恼不堪。一次，一个宫女偶然发现年幼的太子盯着窗外树叶投在地上的影子出神，忘记了啼哭，并高兴得手舞足蹈。于是，宫女们用树叶剪成各种人形、动物的道具，用灯光投影在白布上哄逗太子开心。由于树叶很快就会干枯，保存时间太短，后来宫女们发现用牛皮做成的道具韧性好，易保存，易收藏，皮影由此而生。

陕西皮影保留着民间说书的种种痕迹，它是近代陕西多种地方戏曲的前身。皮影造型质朴单纯，富于装饰性，同时又具有精致工巧的艺术特色。皮影除了人物形象设计非常讲究，对配音演员的要求也很高。常常是幕后的人唱得凄凄切切，台前的人听得如痴如醉，泪水涟涟。在那个几乎没有任何娱乐活动的年代，一到冬天，大人娃娃都在盼演皮影戏的人来呢。

因为皮影戏经常走村串巷，许多人甚至追着看。第二天，大人娃娃都能哼几句秦腔，兴致勃勃。

仪祉对皮影戏特别痴迷，每有皮影戏来村里，都会跟着祖母从头看到尾，回到家意犹未尽，还要给大人演唱一遍。他演唱的时候有板有眼，神态毕现，祖母乐不可支，说这孩子博闻强记，那么长的台词都能背下来，长大后一定会有出息。村人知道了，看见仪祉便让他唱秦腔。小仪祉也不推让，模仿皮影上的人物，扯开嗓子就是一出戏，把大家听得一愣一愣的。

一天，仪祉正在和郭珍等小伙伴玩耍。他们站在门外的石头上往下跳，看谁跳得远。那天，村里来了一个半瞎子，名叫富太，他本来在皮影戏上拉胡琴的，这天挑一个空水担立在石头旁，同别人说话。仪祉与伙伴们正玩得起劲，根本没注意水担的存在，接着继续跳，结果下去后水担上的一个铁钩子由口里插进他的喉中，血顺着嘴唇流了出来，把大家都吓坏了！半瞎子的富太更是惊慌失措，一屁股坐在地上。

大家都说不怨他，怪王臣这孩子太调皮了！

“这孩子生性顽劣，真是个凉凉子（当地方言，傻瓜的意思）啊！”一个村人说。

“王锁（李约祉的小名）将来会读书成名，王臣（仪祉的小名）就是个放牛的——不信等着瞧。”另一位说。

水担钩子插在仪祉的喉咙里，一时血流如注。仪祉的祖母知道了，拧着小脚往外跑，刚走几步便跌倒在地。仪祉母亲扶起婆婆，两个小脚女人跌跌撞撞，见仪祉的父亲李桐轩抱着儿子往郎中家赶，后面一个人拿着水担。仪祉母亲见此情景，吓得瘫倒在地，大声地哭了起来。

郎中见此情景，也吃了一惊。

仪祉受伤后，由于伤口感染，持续发烧。咽喉肿胀，不能进食。一家人爱莫能助，眼睁睁地看着他一天天消瘦，颜色憔悴，形容枯槁。祖母说这孩子命大，小时候已经“死”过一次了，这一次也能逢凶化吉的。大家只当是安慰的话。这个时候，仪祉的伯父李仲特从西安带回了消炎止痛的西药，要仪祉母亲将药片碾成粉末，用温开水灌下去。几天后，仪祉的病情便好了许多，能吃一些流食了。过了一段时间，终于恢复了健康。

那时候，仪祉的哥哥约祉跟着伯父李仲特上学。伯父在洛河东永丰镇坐馆，仪祉时常想念哥哥，就跑到伯母家，问哥哥啥时候回来。

一天刮大风，仪祉问伯母要哥哥。

伯母说：“臣儿，你站在门外去叫，风儿会把你的声音传到哥哥耳朵去呢。”仪祉信以为真，站在门外用力地喊：“哥哥，我是王臣。我想你啦，快回来吧！”声嘶力竭。村人路过，说：“王臣，你憨着哩！你哥哥在永丰镇上学，离咱村几十里地，你把喉咙喊破了，他也听不见的！”仪祉不信，说：“风儿会把我的声音传给哥哥的。”于是接着喊，小脸憋得通红，惹得大家哈哈大笑，说：“这娃娃还真是个凉凉子啊！”

那时，仪祉的父亲李桐轩在华州坐馆，不常回来。有一次回来了，发现仪祉已经七岁了，只知道贪玩，调皮得出了格，于是便教他认字。父亲将字整整齐齐一格一格写在一个本子上，然后另用一张纸在中间剪成一个方孔，按在字本上，只露出一个字，教儿子认。父亲教得很认真，仪祉却心不在焉，总想着出去玩耍，一个字也记不住。

不久，父亲便出门了，仪祉恢复了自由，每天要到天昏地暗才回来。

一年后，仪祉已经八岁了。哥哥像他这么大，已经能识许多字了。祖母决定让他也跟着伯父，到永丰镇上学。

仪祉从小顽劣，伯父是知晓的，说：“我看王臣不是读书的料，跟上我，多少认几个字罢了。”祖母说：“臣儿还小哩，你怎就这么早下结论呢？娃娃家，还不是在人调教嘛！你权当臣儿是自己的儿子，他若不听话，就好好教训一番。”仪祉的伯父李仲特结婚多年，一直没有孩子，视兄弟李桐轩的儿子如己出，特别是约祉聪明伶俐，勤奋好学，他一直带在身边。

仪祉第一天进学房，总想着与村里孩子们玩耍的事儿，坐立不宁。半天下来，一个字也没认，一句书也没念。

中午吃饭的时候，学生都回去了，他也要去吃饭。伯父说：“臣儿，来。”仪祉说：“什么事？”伯父说：“你吃过麻糖板板没有？”仪祉想：麻糖板一定是好东西，于是大声地说：“没有啊！”伯父问：“你要不要吃？”仪祉高兴地说：“当然要呀。”伯父不动神色地说：“要吃，张开手。”仪祉于是便张开手。伯父轻轻打了他一板子。问：“还吃不吃？”仪祉以为伯父在跟他开玩笑呢，于是笑嘻嘻地说：“还吃。”伯父便加重些再打了一下。问：“还吃不吃？”仪祉说：“还吃。”伯父用足力气狠狠地打了一下，仪祉的小手瞬间便红了起来，疼得他眼泪都出来了。伯父接着问：“臣儿，你还要吃吗？”仪祉哭着说：“不要了不要了……”

学房在城西门外。仪祉与哥哥晚上跟着伯父在学房睡觉，吃饭时到城内一个亲戚任老老家去吃。任老老是仪祉祖父的舅父。当时，他们也有一个儿子在上学呢。

一次，伯父李仲特回家去了，预先告诉学生，好好念书，不许胡闹。谁知他刚走出大门，孩子们便像麻雀一样乱了窝，上蹿下跳，沸反盈天。他们跳桌子、翻板凳，各尽其能，忙得不亦乐乎。一个学长说："我们打社火吧！"大家都说："好。"打社火是蒲城的一种民俗，每年农历正月十五和大型庙会都要举行，各村各寨都会组织表演，十分热闹。教室里一时间成了秧歌场，孩子们各显神通，闹得热火朝天。他们第一天闹到晚，第二天意犹未尽，接着又是半天，谁也没动一下书本儿。

仪祉因为到学堂时间不长，书没念几句，字也不识几个，整天稀里糊涂，就盼着和孩子们玩呢。伯父这一走，大家没了管教，学堂乱成了一锅粥，正是他所希望的。

下午的时候，伯父回来了。

伯父召集学生，询问功课的情况。孩子们一个个眼睛瞪得门框一般大，一声儿都不吭。伯父问："我不在，你们是怎么样胡闹玩耍的？"大家都说："没有。"伯父问仪祉："臣儿，你说实话吧。"仪祉见伯父的样子很严厉，便如实交代："你走后，大家就开始玩社火呢。学长生华当社火头，一鳞打鼓，成儿放炮，卯儿打锣，平生拍铙钹……"一个个都说了。伯父说："那你做什么呢？"仪祉说："学长叫我打旗呢。"伯父板着脸在教室里环视了一圈，拿起板子每人狠狠地打了十几下。哥哥约祉向来是不胡闹的，没有参与，所以也没有受罚；仪祉因为年纪小，并且不造谎，所以也免了。

此后，全塾的学生都开始恨李仪祉了。大家团结一致，不跟他玩耍，也不跟他说话。

那年夏天，学馆散了，仪祉的伯父及父亲都为柯巽庵学使选为宏道书院上舍生，一同去了。

仪祉与哥哥回到家中，耍了一夏。

有一次，仪祉同哥哥出去玩，看见邻家地里的白菜很大很嫩。一个孩子说："王锁，这菜好吃得很，你拔一个回去，让你妈妈给你炒着吃吧。"哥哥果然拔了一棵拿回去了。祖母及母亲知道这菜不是自己的，叫他还给人家，要不不许他吃饭。哥哥流着泪拿着白菜送还邻家，才算了事。

一天，仪祉与郭珍等一帮小孩在一个园子里玩耍，独自一人的时候，他捡到一文钱，兴高采烈地拿回家向母亲炫耀。母亲板起脸来问钱从哪来？仪祉说园子里捡的。母亲拉着他的手来到那个园子，找到园子主人，把钱还给人家了。

这件事后来让父亲知道了，把兄弟俩叫在一起，跟他们说："勿以恶小而为之，勿以善小而不为。唯贤唯德，能服于人。"李桐轩见两个孩子一脸懵懂，于是进一步解释道，"这是《三国志·蜀书·先主传》里面的一段话，是刘备临终前对儿子刘禅讲的。什么意思呢？就是说不要以为坏事很小就去做，不要以为善事微不足道就放弃它。只有德才兼备，才能服人啊。孔子说：吾日而三省吾身。你们每天睡觉之前都要想想，自己这一天做对了什么，做错了什么。"

"那……有些事，别人不知道，我也要说出来吗？"仪祉问。

"你是说自己捡钱的事吗？"

"是呀。我当时捡的时候，他们都不知道呢。"

"这件事，天知，地知，你知，怎么会不知道呢？"父亲板起面孔，给他们讲了"四知"先生杨震的故事。

父亲说，东汉人杨震是个颇得称赞的清官。他做过荆州刺史，后调任为东莱太守。当他去东莱上任的时候，路过冒邑，冒邑县令王密是他在荆州刺史任内荐举的官员，听到杨震到来，晚上悄悄去拜访杨震，并带金十斤作为礼物。

王密送这样的重礼，一是对杨震过去的荐举表示感谢，二是想通过贿赂请这位老上司以后再多加关照。可是杨震当场拒绝了这份礼物，说："故人知君，君不知故人，何也？"王密以为杨震假装客气，便说："幕夜无知者。"意思是说，晚上又有谁能知道呢？杨震立即生气了，说："天知、地知、你知、我知，怎说无知？"王密十分羞愧，只得带着礼物狼狈而回。

父亲的教诲对兄弟俩触动很大。后来，无论遇到什么事，他们都会严于律己，廉洁奉公，胸怀坦荡，光明磊落。

麦收以后，天气渐凉，富塬村里立了一个书塾，请马户冀六斤来当先生。村里的孩子于是都去那里读书了。

先生给李仪祉的头一本书是司空图诗品（即《二十四诗品》，是古代诗歌美学和诗歌理论专著。旧提为晚唐司空图撰，实则作者存疑）。这是仪祉父亲离家前吩咐他的。"大用外腓，真体内充。反虚入浑，积健为雄。具备万物，横绝太空。荒荒油云，寥寥长风。超以象外，得其环中。持之非强，来之无穷……”孩子们一天到晚叽里呱啦地念着，因不知其意，所以感觉莫名其妙，跟诵经似的，枯燥乏味，了无生趣。学生中调皮捣蛋的很多，他们一有空闲就在玩弹皂荚子，仪祉的哥哥依然很勤奋，从不贪玩，老师很喜欢他。仪祉整天热衷与同学们玩耍外，对读书不感兴趣。书塾离他家有一里多路，仪祉同哥哥每天上学都会拿一根棍，棍头有一反钩，用来防身。一天，哥哥正在先生面前背书，仪祉眼看中午了，肚子饿得咕咕叫，急着想回去吃饭，说：“先生，把我哥哥放了吧，我们要回去吃饭呢！”冀先生说：“书还没背完呢，不准回去吃饭。”仪祉绕到冀先生后面偷偷拿起那钩，钩着先生的嘴，要求他放人。先生被钩疼了，连声说：“放，放，放！”仪祉这才把他饶了，拉上哥哥就走。

转眼便到了冬天，非常寒冷。祖父怕天晚了路上有狼，让仪祉弟兄俩晚上不要回来，就同先生一块儿睡。家里给他们拿的烧馍，饥了就吃。一天晚上仪祉起来小解，把放在炕墙上的一个烧馍撞掉在尿盆里了，他捞出来放在原来的地方。第二天先生叫他吃，他说什么也不肯，只说掉地上了，不干净，扔掉算了。先生说：“这么好的馍，扔掉太可惜了。”于是用手绢擦了擦便吃了。仪祉想阻止，见他吃得津津有味，于是便把话吞了回去。

后来，仪祉总觉得这件事对不住先生，在家拿馍的时候，会有意多拿一些给他。

第三章　郑白宏愿

1. 诗书传家

年底的时候，仪祉的父亲回来了。李桐轩知道冀先生教书不行，于是自己另外组织了一个家塾，就在他家对面的一个偏院。李桐轩请来马户的刘时轩先生为师。刘时轩是一个秀才，是三原贺复斋先生的高足弟子，学问很不错，就是道学气太重。

父亲安置好后便走了。书塾里，亲戚朋友的子弟来上学的也不少。大家都说来了个好先生，机会难得啊。

第一天进学房，仪祉的哥哥把家里许多书都带了去，摆在书架上。其中有一部是《西厢记》，先生看见后大怒，斥责约祉不务正业，胡乱看书。约祉不明就里，稀里糊涂被批了一顿。因为那时候他还是个孩子，根本不知道《西厢记》写的是啥内容呢。

刘先生了解了仪祉兄弟的学习情况，知道他们把《司空图诗品》已经读完了，于是就开始让他们念毛诗（指西汉时鲁国毛亨和赵国毛苌所辑和注的古文《诗》，也就是现在流行于世的《诗经》），并且念叶韵的字，都要念成古音。比如“爰居爰处，爰丧其马。于以求之，于林之下”。马字读母，下字读户，以求与处字叶韵。刘先生这样教，都是按照李桐轩吩咐做的。

刘先生是讲宋学大家的弟子，每日里坐必端端正正，行必圆规方矩，对人和蔼可亲，做事一丝不苟，富塬村的人都很钦佩他。仪祉与哥哥的书桌就摆放在先生同一房间里，耳濡目染，都成了小道学先生。一次，仪祉的祖父因为与别人生气，回家来看见孙儿在门外未归，大声呵斥他。仪祉于是拿出不迁怒的道理，对祖母说起祖父的不是来，竟有条有理，头头是道。哥哥约祉更为迂腐，看见村上人有丧事婚事，就拿上古礼去批评。因为那时候他正在读《礼记》呢。

刘先生是个孝子，因为丁了母忧，从来不饮酒，不食肉。有许多人以为他是个居士，显得过于古板。有一次，仪祉私下学画人物。他画了一个老头儿，反穿皮马褂。画完后便夹在书中，结果拿上背书的时候让先生看见了。刘先生等他背完书转过身来，问："这是谁画的？"仪祉说："我画的。"先生问："穿的什么？"仪祉说："穿皮马褂。"先生说："画得好，应该赏。人家有赏金银的，玉帛的，我都没有，我赏你几根麻糖板子罢。"说完便令仪祉伸出手，在手心上狠狠地打了十几下。

仪祉觉得有些冤，可又无法申辩，只好默默垂泪，自认倒霉了。

刘先生交往广泛，各色人等无所不容。常来拜访的人，有两个令仪祉十分讨厌。其中一个叫作行运，是个假居士，吃斋念佛，劝人为善。据说他修行得快成仙了，有一次驾着云上天去，走了一半路，摔下来了，因而走路一瘸一拐。这个行运来了便整日连宿不走，说是喜欢同刘先生谈道，其实为的就是混饭呢。刘先生也十分讨厌他，但又不好下逐客之令。有一次，行运信口开河，说："天地之道，造端夫妇。夫妇者，阴阳之谓也。"刘先生问："什么是阴？什么是阳？"行运说："清为阳，浊为阴。"刘先生又问："什么是清？什么是浊？"行运说："大便为浊，小便为清。"刘先生闻听后哈哈大笑，不愿听他胡说了。

另一个人叫作"昼夜忙"，也是一个教书的。据说他白天教书，夜里回去还要忙家事，因而叫"昼夜忙"。这位"昼夜忙"先生人高马大，高喉咙大嗓门，嗓子嘶哑，像漏气的风箱，嘶啦啦的，听得人浑身起鸡皮疙瘩。他说话的时候像与人吵架，唾沫星子乱飞，全然不顾对方的感受。这个"昼夜忙"对刘先生表示，自己的道行很深，相当不凡，十分了得！他拿出自己特别得意的一首叫《戒色》的诗歌，要念给刘先生听。只见他铆足了劲，摇晃着身子，手臂挥舞着在空中画了个很大的圈，然后运了运气，鼓着破锣似的嗓子大声喊道："美而艳，不得看！不得看，心中私欲一刀断！"念到"不得看"两句，口边像有十匹马力的劲喷涌而出，如泛滥江水，滔滔而下。仪祉当时正读着书，被他吓了一大跳，捂着耳朵到一边去了……

刘先生学识渊博，待学生也很友善。旱塬上经常缺水，到了夏天更甚。几个月不下雨，地上干得冒起了烟，呲呲地吐着烈焰。庄稼几乎都枯萎了，这种现状如果再不下雨，秋后将会绝收，饥荒不可避免。庄稼受旱，人也缺水喝。家家缸里的那点水感觉比油都要珍贵，得算计着用。

学堂里，每人一天供两碗水，上午一碗，下午一碗。即使这样，孩子们的嘴唇都干得裂开了缝。

一天午后，天气十分闷热。刘先生见仪祉在门洞里看书，满头大汗，嘴唇干得起了一层皮。他说："李协，你为什么不喝水？"仪祉小声地说："先生，我的水已经喝完了。"刘先生于是回到房间，端着自己舍不得喝的那碗水让仪祉喝掉。仪祉感觉心里过意不去，喝了一口便放下了。刘先生说我刚在别的地方喝过了，你喝吧！喝了水才能安心地看书啊！

还有一次，刘先生带着学生去一个学馆看书，途中要过洛河。河水虽不是很深，但水流湍急，看起来十分凶险。刘先生脱下长袍，挽起裤腿，背着孩子们一个个过河。最后一个背的是李仪祉。先生快到岸边的时候摔了一跤，衣服全湿了。他检查了一下藏在里面的书，发现没有湿水，脸上露出欣慰的笑容。

终于下了一场雨，大人们喜笑颜开，孩子们欢呼雀跃，奔走相告。大家都站在外面，大声地喊叫着，任雨水把自己淋得精湿。

有了雨水的滋润，看似濒临死亡的庄稼便呼呼蹿了起来，几天一个模样。农忙的时候学堂照例要放假。学生都是农家孩子，放假后就在地里帮忙，或割麦子，或打连枷、拾麦穗。收麦的时候，女人负责给地里送饭。她们挑着担子，一边是米汤或扁豆汤，一边是馍、面筋和豆芽菜。田间地头，女人们拧着一双小脚，扭着好看的腰肢款款而来，地里干活的人拿起肩上的毛巾擦一把汗，吆喝一声："吃饭啦！"迎着女人而去。男人们未及到了跟前，孩子们早就围上去了。女人脸憋得红突突的，沁出细密密的汗珠儿，像一朵临风绽放的打碗碗花，携雨带露，颜色明媚。男人痴痴地看着，竟一时忘了疲劳，也忘了饥饿。女人打开馍笼，盛出米汤，娇嗔地说一句："痴愣啥呢？还不快吃啊！"

吃饭的时候，要先撮些菜，倾些汤，敬敬天，祭祭地，以求来年也会有好收成。

这种古风，已流传好多年了。

仪祉家的打禾场中有一棵大楸树，蔽荫甚广，是一帮小孩子们最爱玩的地方。场南有一片地，地里有五棵大杏树，都是祖父手栽的。另外，地里还有两棵小梨树、一棵小杏树、一棵小桃树，此外还有林檎树、椒树等。每年果子不等成熟，便被村里的小孩们侵害完了。

一次，仪祉同哥哥跟祖母来到打禾场。那时候，桃杏时期已过了，仪祉望着桃树还在寻桃，哥哥笑他痴，说这个时节，哪里还会有桃呢？仪祉不理哥哥，仰着头仔细寻找，结果居然真的找着了一个！祖母攀着枝条，令哥哥摘下来。祖母把桃分作两半，弟兄俩一人吃一半，自己却舍不得吃。那桃是熟透了的，又香又甜，入口即化。仪祉坚持让祖母尝一口，祖母咬了一点，赞不绝口。此后，仪祉无论在哪里吃到再好的桃，也没有这般美妙的滋味了。

转眼又到了年底，仪祉的伯父李仲特及父亲李桐轩都回来了。那时候，陕西设了一个舆图馆，测量各县地方，仪祉的伯父及父亲都为馆长，招致测量。他们所绘地图比较精细，还自己制造了简单仪器。

仪祉的伯父李仲特天资聪慧，敏而好学，颖悟绝伦。他兴趣广泛，许多领域无师自通。他自读书之时便不喜欢八股（明清科举考试的一种文体）及帖括（唐制，明经科以帖经试士。把经文贴去若干字，令应试者对答。后考生因帖经难记，乃总括经文编成歌诀，便于记诵应时，称“帖括”。后泛指科举应试文章）。伯父名异材，字仲特，是个数学奇人。他喜欢研究算术，无人教授，全凭阅读书籍，自己领悟，无师自通。他先从算法统宗入手，慢慢到几何原本，熟读梅定九、李士叔、华衡芳等书。仪祉记事以来，家中的算术书籍，新的旧的，厚厚一摞。伯父除了算学，还自制经纬仪、天象图等。父亲李桐轩以研究古文为主，有时也会涉猎些算术，耳濡目染，仪祉兄弟对算学一点也不陌生，为后来的应试打下一定的基础。

仪祉十岁的时候，弟弟五岁了。弟弟小名叫天赦，他生的时候，父亲查了查皇历，是个天赦日，于是就叫他天赦。年底父亲回来的时候，教天赦认字。父亲给他订了一个小本子，书皮上写了几句话：“日知其所无能乎？曰，不能。月无忘其所能，可乎？曰，不能。月计不足，岁计有余，可乎？曰，不能。曰，乌，是何言耶。是不为也，非不能也。”天赦性情急躁，很不和顺，但伯母非常溺爱他。这一年，天赦到了上学的年龄，也跟上哥哥们念书。先生因为他不乖，拿指头拧他的脸蛋儿。天赦大声喊道："先生拧我哩！你听，大伯来了。——我把你个先生，为啥拧我娃呢？"天赦一个人自说自演，惹得先生扑哧一声也笑了。

2. 我们祈雨吧，保管比他们神婆子灵

夏天的时候，父亲李桐轩回来了。与他一起的还有一位叫周心斋的人，都是搞测绘的。他们带了几个马夫杂役，在蒲城各地进行测量。仪祉对他们测绘的那些仪器很感兴趣，感觉很神秘。那位周心斋先生侃侃而谈，看样子对测量很精通。后来听人说，那时候的测量不过到处走走，大约记载各村位置以及道路的方向罢了。那些仪器，也不过是最普通的测量工具而已。

夏秋以后，天气便非常干旱。那时候，十年九旱是常有的事，雨水充沛的年份非常少。富塬村在台塬上，距洛河峡谷五公里。从富塬到洛河峡谷呈慢坡渐下之势，山梁交错，沟壑遍布。站在富塬村头东眺，远山近壑，莽莽苍苍，令人心潮澎湃，感慨万千。

富塬村西面对绵延十数公里的五龙山脉，因山行宛若游龙而得名，系关中十八座唐陵龙凤穴的龙抬头（凤摆尾在凤翔县，绵延三百余公里）。南面北面是一条台塬向洛河峡谷延伸的沟壑，把富塬紧紧地夹在沟壑之中，因此富塬与外界的连接只有东西两个出口。

富塬村所在的位置，决定了这里是个干旱缺水的地方，地下水贮存较深，地表不易存水，人们经常举行仪式向老天祈雨。另一方面，洛河从脚下滔滔而过，但人们无力把水引上塬，只能眼巴巴地看着河水白白流走，徒唤奈何。当地人畜饮水长期困难，只能挖土窖收藏雨水，靠天吃饭了。

小时候，仪祉曾询问父亲，为什么不把洛河的水引到塬上来浇灌庄稼？父亲说那是一个复杂的水利工程，需要投入很多的人力物力才能启动呢。关于治水，历史上早在四千多年前就有大禹治水，他三过家门而不入，历经十三载，凿开了龙门，挖通了九条河，最终完成了一件名垂青史的大业。公元前237年，水工郑国赴秦兴修水利，修建了郑国渠，灌溉一百多万亩，使秦国的关中平原成为富庶之地，雄霸一方，后来完成了统一大业。还有李冰父子修造

的都江堰水利工程造福后代，至今都在利用呢。

“关于洛河引水，早在两千多年前的西汉时期，有个名叫庄熊罴的人，上书汉武帝言道：临晋县（今大荔县）民众愿意引洛河之水灌溉农田，以改变重泉县（今蒲城县）以东万余顷盐碱地，如果修渠引水成功的话，就可以使当地粮食亩产达到一石的好收成。”父亲说。

“那后来有没有成功呢？”仪祉问。

“汉武帝非常高兴地采纳了庄熊罴和大荔百姓的意见，并立即下令征调了一万多名士卒和民工开渠。从徵县（今澄城县避难堡）引洛河之水，至商颜山（今大荔县铁镰山）下。在修渠穿过商颜山时，因渠深岸陡，土质疏松，渠岸不断崩塌，工程难以进行，于是改为凿井。他们先在商颜山上按渠线布置情况，每隔一段距离打一个竖井，再根据比降，从井下向两端开凿，井下相通，形成地下输水渠道，水从地下渠道流出，进入干渠，然后再流向平原农田，这就是当时所说的井渠。《史记·河渠书》记载：‘岸善崩，乃凿井，深者四十余丈，往往为井，井下相通行水，水聩以绝商颜，东至山岭十余里间，井渠之生自此始’，经过十几年艰苦建设，渠道得以修通。因为在修渠过程中挖出了深埋地下的龙骨，故而把这条井渠起名叫龙首渠。”

父亲的一段讲述勾起了仪祉浓厚的兴趣。一有空闲，他就跑到洛河岸边观察那里的地形。从那时起，李仪祉就把兴修水利作为自己的终生夙愿，希望有一天修治洛河，造福桑梓。他把自己称为“洛河小儿”，决心效法秦汉时水工郑国和白公，立下了郑白宏愿。

“奶奶，等我长大了，就把河里的水引到塬上来，浇灌庄稼。”仪祉说。

“傻孩子，那河里的水在深沟里，如何引得上塬啊！”祖母笑着说。

“奶奶，我想那个时候，一定会有办法的。”仪祉说。

“臣儿，你又不是龙王，那些水会听你的话吗？不过古代倒是有大禹治水的传说，大禹千辛万苦，造福于人，百姓世世代代都忘不了他呢。”祖母说。

后来，祖母又给仪祉讲了共工治水的神话传说。祖母喜欢搜集民间故事。在仪祉的记忆里，祖母的故事神秘传奇，总是讲不完。

祖母说：“古时候的黄河经常泛滥，十年九害，对于生活在这里从事农业生产的部族是一个严重的威胁。据说当时浩浩荡荡的洪水经久不息，一些猛兽出入其间，危害百姓，凶猛的大鸟常常攫食老人和孩子。面对经常泛滥的洪水，为了发展农业生产和部族的安全，共工组织部族民众筑堤防洪。他们取高垫低，堵塞洪流，想以此断绝水患，取得永远的安宁。共工与颛顼因为水的问题经常发生冲突。共工在取得了一些局部的成绩，保证了自己部族的发展，因而也有了资本后，决定与有一定实力的颛顼一争高下，夺取帝位。

“据说，当时他们两个部族发生战斗，打得非常激烈。从天上打到人间，从东方打到西方，一直打到不周山（指昆仑山）下，难分胜负。不周山是支撑天穹的巨柱。共工看到自己不能取胜，怒气勃发，一头向不周山撞去，将巨柱拦腰撞断。天穹失去支撑，向西北倾斜。从此，日月星辰都移动了位置，东南大地陷成了一个深坑，江河的水都向东流去，汇成一片大海。”

“后来呢？”仪祉问。

“后来，共工治水失败了。他采取了错误的治水方法，后来又高估了自己的力量与颛顼打仗，因而遭到了失败。又过了许多年，洪水还是泛滥，尧帝于是派大禹的父亲鲧去治水，结果还是失败了。大禹接过父亲肩上的担子接着治水，最终完成了一项伟大的基业。

“水火无情啊！特别是这水，人和动、植物谁都离不开的，但太多了又泛滥成灾，需要好好治理才行。”祖母说。

干旱在持续。因为严重缺水，家中饮食，无论大人小孩，都有定额。仪祉家里给刘先生每日晨膳，菜四碟，馍一盘，豆汤两碗。先生每顿只用一碗，留一碗置之案上，用纸盖住，等到天午正热的时候，赏给仪祉弟兄两个分用。这样的情景已经多次。

人在干渴的时候，那汤感觉比甘露琼浆都滋润呢。

种麦时候快到了，天还是不下雨。到处灰蒙蒙的，树叶耷拉着，一派衰败的气象，令人揪心。眼见得一天天艳阳高照，黄土漫天，乡亲们都非常着急，纷纷去龙王庙、观音庙求雨。求雨的时候，那些居士婆子一天到晚都在庙里念经，乡亲们跪在外面跟着祈祷。

富塬村的东边是一个大沟壑，名叫东沟。沟里有一个堡子，叫东沟堡子，是个逃避贼乱的所在，没有住人。堡内有一个庙，里面供着观音。那庙是仪祉的伯父早年因侄儿约祉生病，许愿修的。庙成之后，富塬村搭起了戏台子，唱了几天大戏敬神。那时仪祉只三四岁，还记得唱戏时候的情景，非常热闹。据说这庙里供的观音有灵有应，远近各村，到那里祈雨的很多。眼看着干旱持续，大家于是又云集在那里进行祈雨，可无论他们多么虔诚，居士婆子多么用心诵经，老天就是不下雨。

一天，仪祉约了三个同学——哥哥、郭珍和成成，连他四个人。仪祉说："天这么旱，庄稼都要死了，我们祈雨吧，保管比他们一干神婆子灵。"大家一致赞成。

晚饭后，几个孩子聚在月光下面，开始祈雨了。他们祈雨的法子很简单，约祉拿一个铁箸，敲着铁铛；仪祉拿一个苇子去舞。其余的人，一齐跟上唱《旱既太甚》之章：

旱既太甚，蕴隆虫虫。不殄禋祀，自郊徂宫。上下奠瘗，靡神不宗。后稷不克，上帝不临。耗斁下土，宁丁我躬。

旱既太甚，则不可推。兢兢业业，如霆如雷。周余黎民，靡有孑遗。昊天上帝，则不我遗。胡不相畏？先祖于摧。

旱既太甚，则不可沮。赫赫炎炎，云我无所。大命近止，靡瞻靡顾。群公先正，则不我助。父母先祖，胡宁忍予？

旱既太甚，涤涤山川。旱魃为虐，如惔如焚。我心惮暑，忧心如熏。群公先正，则不我闻。昊天上帝，宁俾我遁？

旱既太甚，黾勉畏去。胡宁瘨我以旱？憯不知其故。祈年孔夙，方社不莫。昊天上帝，则不我虞。敬恭明神，宜无悔怒。

旱既太甚，散无友纪。鞫哉庶正，疚哉冢宰。趣马师氏，膳夫左右。靡人不周，无不能止。瞻卬昊天，云如何里？

唱完了，大家便各回各家，睡觉。

说来凑巧，夜里仪祉和哥哥刚入睡，忽听得打雷闪电，紧接着大雨滂沱，倾盆而下。一家人听见雷声，早就睡不着了。大家赶紧起来，端肃静坐。仪祉和哥哥更是十分激动，期待这雨能一直下到天亮。

第二天早晨，雨停了。富塬村的人欢呼雀跃，走上村巷。仪祉问祖父："这雨够不够？"祖父说："不够！再下些就好了！"第二天晚上，雨又来了，下了整整一夜，天亮便停了。仪祉又问祖父："雨够了么？"祖父说："够了，不要再下了，放晴一天，我们就好收拾地了。"上午天晴了，下午又下了起来。

到晚上，仪祉说："我们谢雨吧！"一帮小伙伴于是改唱《大田甫稼》之章。

第二天，晴空万里，蓝天如洗。喝饱了的土地透着勃勃生机。大家兴高采烈，欢呼雀跃。一班神婆子自居其功，得意得不得了。村人也把求雨的功劳归到她们身上。好在谢神必得演戏，也是小孩子们最欢迎的。

3. 冬娃，来生我们还一起玩

仪祉兄弟俩自从在本塾读书以来，晚上总是跟祖父母睡觉。祖父性刚烈，祖母性温柔，两个自然都喜欢祖母。可是祖母独宠仪祉，不教哥哥亲近，把祖父分给他。约祉虽不愿意，也无可奈何。有一夜，祖父梦见出游，路上有一小牛犊。正疑谁家小牛犊走失了，忽迎面来了一只狼扑小牛。祖父着急，一面喊狼，一面抡着拳头就打，一拳正打到孙子的脸上。约祉稀里糊涂挨了一拳，疼得哇哇大哭。仪祉在祖母的怀里觉得好笑。第二天，约祉要和弟弟换，仪祉说什么也不同意。

记忆中，祖父从来不睡懒觉，每天天不亮便早早起床了。冬日天寒地冻，他老人家照例早早起来，点上油灯，烧起火盆。祖母也跟着起来，帮仪祉兄弟俩穿衣服，梳辫子。梳洗完毕，祖父便送他们去上学。

路上黑洞洞的，风卷着树叶，哗啦啦地响。偶尔的几声狗叫，更显得一片寂悄。仪祉拽着祖父的手，机械地挪动着脚步，感觉睡意蒙眬，懵懵懂懂。到了书房，先生照例坐在炕沿上，一面摸黑梳着自己的头发，一面口吟邵尧夫的诗：

纷纷五代离乱间，一旦云开复见天。
草木百年新雨露，车书万里为江山。
寻常巷陌陈罗绮，几处莺歌奏管弦。
天下太平无事日，樱花无限日高眠。

邵尧夫是宋神宗天子朝中的一个名儒，《水浒传》便是以他的这首诗开头的。有时，刘先生也会吟诵程朱（宋代理学家程颢、程颐兄弟和朱熹的合称）

等诗。祖父将两个孙子送到门口便会离去，仪祉兄弟进屋后先点灯，然后开始念文章。念过几篇后，天便亮了。

随着年龄的增长，仪祉已经脱去了顽童的稚气，学习刻苦勤奋，废寝忘食。几年间，他熟读四书五经，并完全通了本，可以从头到尾背诵一遍。与此同时，他也开始学习作诗作论了，开宗明义的第一篇论文，题目是《颍考叔论》，居然就作了百余字。其中有两句说：“凡事贵有本，有本乃有恒，颍考叔之孝，无本者也，故夺伦而忘其亲。”先生十分赏识，圈得密密的。他作的第一首诗是《满城风雨近重阳首尾吟》，诗开了个头便写不下去了，所以也没让先生看。

天气越来越冷了，滴水成冰。仪祉每天上学，尽管穿着棉鞋，脚还是冻烂了。那段时间他是跟母亲睡觉的，一早起来，袜子穿不上去，母亲一看，原来仪祉的左脚已冻肿生疮了。母亲见儿子的脚肿得不成样子，冻疮已溃烂成两个大窟窿，十分严重，让祖父跟先生请假养病，每天给仪祉用热盐水清洗，把生姜切成片在患处擦拭，然后包裹。由于冻伤严重，仪祉休息了一个多月才能下来走路。这段时期他的学业并没有荒废，哥哥每天都会把功课带回来让他做，第二天再带到学堂，让先生批阅。除了先生布置的作业，仪祉还利用空闲时间阅读诗句，写出心得体会，然后给先生看。先生非常惊奇，夸他是少年才俊，天资过人，日后必有大作为。

快过年的时候，父亲回来了。刘先生因为别处出重金来请，父亲第二年也无重要的事，就准允先生辞馆，自己教书。家里新盖了一间书房，过了年，他们便搬进新屋了。

那一年，仪祉已经十一岁了，成了一个翩翩少年。他生来皮肤白皙，额头及鼻翼都比较高，加之头发泛黄，村里的人都叫他洋娃儿，家里人则叫他黄毛儿。这个洋娃儿因为生得俊俏，村里的孩子都喜欢和他玩。特别是女孩子。然而少年仪祉有一个牛脾气，就是不喜欢女人，村里除过祖母、母亲以外，没有一个他喜欢的妇人，女孩子都别想同他一块儿玩耍。

唯一例外的是伯父有一个义女叫郭冬娃，大眼睛水灵灵的，脸蛋胖乎乎的，仪祉非常喜欢她。冬娃爱笑，笑起来脸颊像红红的柿蛋，非常可爱。冬娃到他家来，他一定同她玩耍。冬娃的母亲见仪祉喜欢自己的女儿，于是托人跟祖母说，把冬娃给仪祉做媳妇儿。仪祉当时也不知媳妇是怎样一种关系，听说把冬娃给他做媳妇，非常高兴。祖母说：“臣儿，你要媳妇做什么呢？”仪祉说：“一块儿玩耍啊！”祖母说：“现在一起玩耍，长大了怎么办呀？”仪祉说：“长大了就各回各家嘛。”祖母说：“我的臣儿，你憨着哩！娶了媳妇就要在一起生活一辈子的，你可愿意？”仪祉想了想，说：“要是冬娃愿意的话，我就愿意！”祖母说：“为什么？”仪祉说：“冬娃长得好看，脾性又好，我说什么，她从来不顶嘴的。我就喜欢她啊。”祖母笑了笑，说：“你憨着哩，这件事，以后再说吧。”后来仪祉才明白，祖母不同意的原因是因为冬娃太小了，比仪祉小三岁呢。冬娃的母亲知道后，说冬娃还有一个姐姐叫桂华，和仪祉年龄相仿。仪祉说我除了冬娃，谁也不要的！后来，祖母也觉得这个冬娃十分乖巧，说可以让她给仪祉的弟弟做媳妇儿。谁知冬娃的母亲嫌仪祉的弟弟天赦是个烂眼子，坚决不同意。天赦小时候经常害眼，眼睛又红又肿。这桩亲事就此作罢了。

对于仪祉来说，只要能跟冬娃在一起玩耍，成不成媳妇都无所谓的。

然而就在那年的冬天，冬娃竟然得病死了！

一家人一时都很伤心。祖母、母亲、伯母都流泪了。父亲也唉声叹气，似乎冬娃就是他们家的一个孩子，突然便走了！匆匆，太匆匆了。令人猝不及防啊！

仪祉长这么大，第一次为一个人流泪了，并且是为一个比他小三岁的女孩子。一闭眼，冬娃“咯咯咯”地笑着向他奔来，手里拿着一根麻麻糖，脸上绽成了一朵花。冬娃说王臣哥，吃吧，可甜啦！仪祉咬了一口，笑嘻嘻地点了点头。地上积着厚厚的一层黄尘，冬娃说王臣哥，你背我走吧。仪祉蹲下身来，冬娃趴在他的脊背上，把麻麻糖塞进他的嘴里……

“王臣哥，人家都说我是你的媳妇儿，你愿意娶我吗？”

“嗯。”仪祉用力地点了点头。

“王臣哥，是不是做了你的媳妇儿，咱们就可以天天在一起玩了？”

“嗯。”仪祉再次点了点头。

“那要是我死了，你该咋办呢？”

“你不会死的。”仪祉说。

“要是真的死了呢？”

“傻女子。我说过不会死的……要是你真的死了，我也不会跟其他女娃玩耍了！”

一语成谶。谁会相信，这么一个天真烂漫像小精灵一样活泼可爱的小女孩，说走就走了呢？

仪祉抬起头，仰望苍天，任凭脸上的泪唰唰流淌……

一连几天，他茶饭不思，萎靡不振，感觉像丢了魂似的。

“奶奶，要是你答应了冬娃做我的媳妇，她会不会就不死了呢？”

“傻孩子！冬娃得的是猛病。即使她做了你的媳妇儿，也照样会死的。”

当地有一种风俗，叫“鬼婚”。一家死了一个男孩，另一家死了一个女孩，两家父母情愿，托媒说合，然后让两个死人结婚，合葬一处，免得黄泉之下孤寂。永平村有一人家，儿子死了，托媒来求婚于冬娃的父亲。据说那男孩长得十分丑陋，然而冬娃的父亲因贪图一点彩礼，竟允准了。仪祉的父亲知道后很生气，说冬娃这娃可怜，没遇到好老子。仪祉知道后非常伤心，打听得冬娃的坟地，放声哭了一回，被祖母劝了回来。

多年以后，仪祉想起冬娃，恍惚如昨。他深情地为她写了一首诗《忆冬娃》，前面有一段话：

冬娃，余幼时嬉戏侣也，两小无猜，最为契合。乃八岁夭折，为余平生恨事。

婀娜杨柳树，下有饮马池。
我来骑竹马，妹在洗罗衣。
相逢缘岸上，佯若不相知。
问为若溪女？答云是西施。
愿载西施去，去作吴王妃。
愿随哥哥去，吴王知是谁？
吴王即是我，竹马二人骑。
骑到陇西头，吴国即在斯。
臣民何处是？禾黍正离离。
莫倾我城国，五湖任所之。

皎皎床前月，照人魂与魄。

暗暗疏竹影，习习凉风发。
哀哀夜莺啼，噩耗惊寝闼。
嗟余胡不闻，妹病已逾月。
逾月竟不起，生离成死别。
泣咽不成声，肝肠为碎裂。
欲招吾妹魂，妹魂何处泊？

我年已华发，忽忆髫龄时。
闲庭及闾里，任我顽与痴。
同居富塬里，形影常相随。
眄盼之美目，绰约之多姿。
奄忽竟物化，她为秋水伊。
伊若不相识，悠悠系我思。

那一年乡试，父亲应试去了。临行时，他给了儿子一本《步天歌》，限仪祉在他回来之前，要完全背诵得过。《步天歌》为一部以诗歌形式介绍中国古代全天星官的著作，有三百七十多句，两万六千多字。父亲要求他在这么短的时间内背诵《步天歌》，无非是希望分散他的注意力，忘记冬娃死后的悲伤。

仪祉的族间有一个五堂祖父，近亲的没有人了，就算他家离得较近一点。五堂祖父年纪比伯父还小，他的妻子还是祖父看着给娶的，因此与他们家来往得较密切。五堂祖父在县西兴市镇有一个花炮房做营生，家里一妻一女，住在富塬村的东面。一天晚上，仪祉的祖父不在家，哥哥跟伯母走亲戚去了，只有仪祉跟祖母睡。祖母向来睡觉很好的，这天夜里她忽然惊醒，起来把灯点着，并且把仪祉推醒，教他坐下。祖母说我心中很觉得惊慌，不知怎么回事。仪祉睡眼蒙胧，感觉莫名其妙。这时，门外似乎有人呼“二嫂”，喊了三声。祖母搂着仪祉，四眼相瞪，都不敢应声。接着又是一种怪声，呼啸而去，令人更觉森然。好不容易挨到天明，有人在外面叫门。祖母开门一看，发现是报丧的。说五堂祖父死在外边，几个人抬棺材送回来了。

原来祖母夜里做梦，看见两个人，都戴着红缨凉帽，闯进房门，背着炕沿，磕了两个头，就出去了，也没看清是谁，就此惊醒。祖母心中惊慌，接着又听见有人喊她“二嫂”，声音有些凄厉。如今有人前来报丧，祖母因此怀疑，自己的这个五堂弟在外边死得不明不白。

“人是怎么死的？”祖母诘问送灵柩的。

“是得猛病死的。”那人说。

祖母动起族人，说：“人不能下葬，须禀官验尸后再说。”

送灵柩的听后有些生气，说：“验就验，是福不是祸，是祸躲不过。”口气很强硬。

后来报了官，官来验尸，发现人浑身发青，是中毒死的。于是便打起了官司，罚该铺唱了几天大戏，葬埋祭奠，并抚恤死者寡妇孤女。后来事情的真相大白了。原来五堂祖父因一些琐事与掌柜的发生口角，一时气愤难忍，服毒自尽了。

谁料想这掌柜的，就是仪祉哥哥未来的老丈人。

父亲回来了，正是人命官司热闹的时候，仪祉的《步天歌》一点也没有念熟，提心吊胆，唯恐父亲问起。谁知父亲因为家里事多，似乎将此事已经忘记了，仪祉侥幸没有受批。

后来，仪祉就慢慢地学起作八股合八韵了。起初只作个破承题，作两韵四韵诗，慢慢八股全篇，六韵八韵诗，也作起来了。仪祉从一开始便对八股文章不感兴趣，所以全不当回事，结果闹出许多笑话来。

书塾里每逢五和十的日子，为作文日。每逢这一天，仪祉便十分高兴。因为下午以后，不要念书的。先生出下题目，赶到晚上或第二天清早交卷就行了。至于如何写，什么时候写，父亲和先生都不过问的，他们只看第二天的文章就行了。题目出来后，仪祉便到荒山野外溜达一圈，徜徉在茂密的荒草中，或看明月当空，闲云飞渡；或听蛐蛐鸣唱，洛河咆哮。回到书塾，他摊开稿纸挥挥洒洒，天马行空，把自己对自然的感受写出来，好不得意。

这些文章因为不合八股八韵，被先生一顿臭批，扔到一边去了。

4. 在城隍庙里应考

仪祉刚满十二岁的时候，父亲便领上他们弟兄到县里去应小考。他们住在父亲的朋友王居亭家。王家有一个老太爷，居亭及他的弟弟卓亭，都是孝廉，还有一个老三，是个猴儿王，不好生念书，一天只是玩耍。这个老三人高马大，傻里傻气的。见仪祉长得眉清目秀，文质彬彬的样子，于是玩性大发，让仪祉与他一起玩耍。仪祉自恃自己是个小先生了，不愿与他胡闹，结果被拦腰抱起，一口气跑出好远。仪祉拼命挣脱，说你再这样我就恼了！老三并不生气，抱起他又是一阵猛跑。仪祉又羞又恼，却又无可奈何。后来还是居亭先生出面制止，老三这才作罢了。

那时候，蒲城连一个正式的考院也没有，居然在城隍庙里考试。考生们天未亮便需进去，然后点上蜡烛。坐在狰狞可怕的小鬼判官旁边，许多人都吓得浑身发抖，哪里做得出好文章！

小考共分五场，每场发榜，删除些人名。应考的童生，有一千多名。

第一场榜出来，仪祉兄弟的名字便不见了。

父亲似乎早就预料到了，说："没关系，这不过是教你们经经场面，长长见识而已，不要当作回事儿。"领上孩子们便回去了。

在仪祉的记忆里，父亲和伯父一直都很忙，匆匆地回来了，匆匆地又走了。特别是伯父，一年半载也难得见上一次。仪祉兄弟参加完小考回到家里，发现伯父也回来了。结果刚待了几日，听说舆图馆保举进京，于是又得收拾行李上路了。仪祉来到伯父家，见伯母边收拾行李边哭，眼睛红通通的。他知道，伯父这一去不知又是一年半载，伯母一个人待在家里，连个拉话的都没有，日子实在不好过啊。

当时没有邮政，都是捎书。伯父出外，家里得到一封信，一家人如获至宝，一睹为快般。伯父到京后，舆图馆保举的事，被一个人捷足先登。陶中丞推荐他为徐季和督浙学政幕宾，伯父于是又到浙江去了。临行前，他托人给仪祉弟兄俩带回铜字尺及墨盒，上面镌刻"仲特为阿博作，为阿协作"，兄弟俩特别高兴，拿着铜字尺及墨盒爱不释手。伯父还写了几首诗，有一首是："都门一别上征骖，仆仆风尘苦上甘。正是杏花新雨后，沿途饱看到江南。"还有给仪祉父亲的诗："富贵无求遵母训，江湖多水谨吾身。膝下承欢全赖汝，窗前攻苦胜求人。更有一言应记训，先贤忧道不忧贫。"

伯父这次一去就是两年。两年间，仪祉一边在学堂学八股八韵，一边在父亲的教授下，学习九数通考及九章之术。

与仪祉一起学习的还有一个堂兄，仪祉叫他二哥。二哥做事笨手笨脚，脑筋刻板，为人又刻薄，好恶作剧。父亲不在时，他便开始胡闹，欺侮比他小的孩子。有天晚上，大家都睡了，他突然一顿狂呼乱叫，把所有的人都惊起来，然后这个身上碰一下，把那一个人头上弹一下，弄得人人都恨他了。第二天，大家合伙来整治他。有促狭之学生捉了蝎子偷偷放他被窝，二哥被蝎子美美地蜇了一刺，痛得妈呀妈呀一通乱喊，大家都笑了。

有一次，仪祉父亲李桐轩出了一个诗题，赋得《秋云暗几重》。二哥诗作得不通，他竟将题写掉了一个“云”字，又将“秋”字错成“我”字，成了一个《我暗几重》。李桐轩给他批了一个“你暗千万重，岂止几重而已哉！”李桐轩平常喜欢读楚辞，桌上又摆一种洋版书，天天看得很勤。仪祉去仔细翻阅，原来是一部《西学大成》，上面有重学（即力学）、声学、电学等等，都是平日里很少听到的新名词。后来父亲把那书的内容也讲给两个儿子听，让他们开阔眼界，不仅仅局限在作八股文方面。这部《西学大成》令仪祉兄弟受益匪浅，激发他们对科学探究的浓厚兴趣。除了《西学大成》，父亲还给他们讲授《梅氏丛书》等算书。《梅氏丛书》的作者梅文鼎是清初著名的天文学家和数学家。梅文鼎一生致力于中西历算的研究和传授，著述等身。通过《梅氏丛书》的学习，仪祉兄弟接触了算术、代数、平面几何、立体几何、平面三角、球面三角以及古代开方术等数学领域，涉猎线性方程组的解法以及结合代数方法来解决传统的勾股相求问题，为后来的科学研究打下坚实的基础。

这一年夏天，麦收的时候，仪祉生病了。

麦熟一晌，正是大忙的季节，家家都在抢收庄稼呢。然而因为仪祉生病了，祖母放下了所有的活，专心致志地照顾孙儿。

病是寒热病，即疟疾。这种病起初是头疼，怕冷怕热，严重时致人昏迷，甚至在很短时间内致人死亡。好在仪祉家里有伯父买回来的消炎药，吃了一些，感觉好多了。不料因为他吃东西不小心，结果又犯了。这一次来势汹汹，十分危险。仪祉高烧昏迷不醒，浑身抖动，不能说话，后来竟几度休克。祖母彻夜抱着他，不停地流泪。

后来，祖母听别人说这种病需要发汗。大热的天，祖母用厚厚的被子把仪祉蒙起来，一个时辰后，见他浑身汗流浃背，于是用毛巾擦了，换上薄一些的被单盖上，再用热毛巾敷头。到了晚上，人已感觉轻松了许多，主动要求喝水了。祖母给他做了拌汤，打了一颗鸡蛋，放上葱花和姜片，仪祉吃得又发了一头的汗，将息了一些时间，病情好多了。

仪祉的病刚好，伯母又生病了，症候与仪祉相同。村里人把这种病叫疫症，其实就是疟疾。疟疾是传染的，然而已经生过此病的人，则不会再被传染了。家里于是让仪祉来伺候伯母，他按照祖母伺候自己时的程序，让伯母发汗，又吃了一些西药。几天后，伯母的病也好了起来。

在外人看来，仪祉家的光景是殷实的，其实不然。伯父常年在外，父亲那段时间也很少出去，家里少有收入，开支又格外的大，常常捉襟见肘，全凭祖母会操持料理，要不早就过不下去了。

每年的农历正月初五，俗称破五，是送穷的日子。年俗中，这一天要把穷神赶走。人们燃放鞭炮，拿起扫帚把垃圾清扫出门，希望喜庆的气氛能带旺人气，赶走牛鬼蛇神，带来一年的好运气。

每到这一天的时候，李桐轩都会给孩子们讲授韩愈的送穷文，仪祉记得有一段写道："三揖穷鬼而告之曰：'闻子行有日矣，鄙人不敢问所途，窃具船与车，备载糗粻，日吉时良，利行四方，子饭一盂，子啜一觞，携朋挈俦，去故就新，驾尘彍风，与电争先，子无底滞之尤，我有资送之恩，子等有意于行乎？'"颇觉有趣。李桐轩讲授完韩愈的文章，自己也作了一篇《送穷三章》：

恶穷送穷穷不去，去到何方能免恶？作穷穷人转自穷，何苦往来人间世？

莫怪送穷穷不去，去我适人心已误。不如不送由他穷，穷到十分便自主。

穷言："我在人心住，无所从来无所去。果尔心通穷自无，送穷韩愈舒多事。"

在仪祉的记忆里，父亲的诗文很多，尤擅仿离骚体。纪事之文，则酷好纪晓岚。父亲所作日记，于乡间极其平淡之事辨析理义，以明是非。所作之文，不喜高谈阔论，引经据典，大而化之，而是就眼前事件实事求是，客观公正，表述清晰，简明扼要。父亲说："为文之道，不说多余的话；涉世之道，不做多余的事。”李桐轩书法崇尚颜鲁公，气势恢宏，气概凛然，骨力遒劲，端庄雄伟。他特别推崇张仲景“不为良相，必为良医”之言，经常研究岐黄之术，并教授孩子们医者仁心，悬壶济世。

清光绪二十年（1894年），甲午战争爆发。前方战事如火如荼，对于居住在内地的乡下人来说，则稀里糊涂，感觉莫名其妙。

那时候，因为各地方还没有报纸，上海的《申报》乡下人又看不到，隐隐约约只知道洋鬼子非常凶残，仗打得很激烈，剩下的便只有道听途说，或自己的想象了。仪祉的祖母整天待在家里，不知道外面的形势，整天挂念着大儿子仲特，愁得吃不下饭。仪祉父亲每天给祖母解说，并且在地面上用手指画着地图，说这是北京，这是山东，这是杭州，这是日本，这是台湾。祖母说，那不都是紧靠在一块儿吗？枪炮打过来，谁能逃得了啊！仪祉父亲说远着哩！我在地面上画一寸，实际就有五百里远的距离呢。祖母的心这才稍微放宽了些。几天后又开始忧心忡忡，任凭仪祉父亲如何解释，就是不信。也难怪，儿行千里母担忧啊！仪祉伯父远在杭州，海上战事不断，祖母怎能不牵挂呢？

“烽火连三月，家书抵万金。”终于盼来了伯父从杭州捎回的信，又寄回了照片，祖母看到后，这才放心了。

家里给约祉定的亲，是汉村的秦家。谁料定亲不久，那个姑娘便生病了。

定了亲便是一家人了，祖母和父亲去看她，姑娘自知病不会好，拉着祖母的手不停地哭泣。祖母说女子莫要哭，好好将息身体，会好起来的。姑娘闭上眼摇摇头，眼泪流得更欢了。那姑娘见祖母戴着一个戒指，于是卸下来戴在自己的手指上，请求死后能葬于李氏之茔。祖母含泪点了点头，姑娘惨白的脸上露出了一丝欣慰的笑容。

几天后，秦家的姑娘便死了。娘家送来女儿的灵柩，仪祉家里按照明媒正娶的媳妇规格举办了葬礼，葬于李氏坟地。其时哥哥已经年满十七岁了，村里像他一样大的人，都抱上孩子了，于是祖母又托人给哥哥说永平的韦氏之女。

不料想此女的父亲，就是从前打人命官司的三和炮房的韦掌柜！

这个时候，县里又要小考了。小考回来，仪祉作了一首《客愁吟》的诗：

> 茅屋上檐月，柳池树间风。
> 月即昨夜满，风从何处通？

疑从故乡来，藉兹夜月明。
故乡非故乡，秋风总多情。
忆昔别故乡，月黑风凄凉。
故乡千里隔，风峭月彷徨。
月似鉴而悬，何无故乡影？
风可御而行，何不入乡井。
月光不可扫，风来不可倒。
宇宙一风月，偏兹个人老。
待晓月将落，客眠风不歇。
城南听击柝，客愁时又发，
客愁自客愁。

后来，他评价自己的这首诗为“无病呻吟”。因为那个时候，他几乎没有出过远门，也没有客居他乡的经历，完全是模仿古人的心态而写的。

仪祉的父亲带上两个儿子去参加考试。考到第三场，仪祉兄弟便落榜了。

第二年，仪祉十五岁了，哥哥约祉十八岁。他们在父亲的带领下，又到同州府去应试。

那时候，知府是一个旗人，姓英。此人非常狂妄，刚愎自用，做事独断专行，我行我素。他出的题目乖谬不经，荒诞极了。同州府共辖十县，十县童生一同应试。有一场题是“一、二、三、四、五、六、七、八、九、十”，一县一字。“一”为“定于一”的“一”字；“二”为“二吾犹不足”的“二”字。蒲城县序居第七，便是“善人教民七年”的“七”字。有一场的题目，也是一县一字，蒲城是“蒲芦也”的“蒲”……

这样的题目，教人怎能做好文章？！所以仪祉兄弟也就一场之后，便落了榜了。

第四章　人生大事

1. 稀里糊涂便有了媳妇

年后，有人来给仪祉说媒了。

仪祉实在想不明白，男人为什么一定要娶个媳妇？如果在一起能耍得来，比如冬娃，青梅竹马，有说不完的话——那还差不多。和一个陌生的女人待在一起，低头不见抬头见，别扭不别扭？

“奶奶，我不要媳妇！”仪祉明确表态。

“臣儿，你这么大了，咋还说傻话呢？要不要媳妇儿，你说了能算么？”祖母正色道。

“反正我不要，谁要给谁说去！”仪祉说。

“臣儿，都说你长大了，咋还是个凉凉子啊！这件事没有商量的余地。娃呀，以后再不敢说那凉凉话了，人家笑话哩！”祖母神态严肃，看样子有些生气了。

第二天一大早，媒人便来了。媒人一来，仪祉便溜了出去，不让她见面。吃饭的时候，家里到处寻他，仪祉藏在郭珍家的一间厢房里，郭珍在外面做掩护，见仪祉祖母匆匆来寻，大声说没有见。

那天仪祉在郭珍家一直藏到天黑，想着媒人等不上，早该走了，于是悄悄溜了回去。其实他不想定婚的原因还有一个，那就是怕学堂里的同学笑话。

哥哥因为定了婚，成了他们玩笑的对象，仪祉听见了都觉得不好意思呢。

如果冬娃还在就好了。冬娃如果活着，该有十多岁了，一定出落得比原来更加漂亮，更加可爱了。唉，那么好的一个女娃娃，咋就不长命呢？

媒人果然走了。仪祉心里有些暗自得意。哼，就让你见不上，看你还说媒？！多嘴多舌的，谁让你操这份心啊！祖母说你跑哪去了？害得我到处找不见。仪祉说去村外耍了，一时高兴，回来得就迟了些。祖母说吃饭吧，锅里给你热着呢。仪祉原以为祖母会提说媒的事，结果她似乎已经忘记了，一时好不高兴。

他想，如果媒人再来，自己还会躲出去，让她吃闭门羹，必知难而退了。

然而他想错了。这门亲事，居然一说就成了，连问他一声都没有。祖父说好，祖母说好，父亲说好，母亲没意见，他们就给定了。也难怪，婚姻之事，父母之命，媒妁之言嘛，做儿女的没有发言权的。

稀里糊涂便有了媳妇儿，仪祉感觉好不懊恼！那女娃有多高，长啥样，什么品行——他啥都不知道啊。祖母见他痴痴地发呆，只是觉得好笑。后来仪祉听见父亲对祖母讲："那女娃聪颖贤惠，相貌端正，就是皮肤黑一点。"祖母说："皮肤黑点没关系，她针线茶饭样样都行，脾性又好，脸上带着福相，给咱臣儿做媳妇，没问题的。"他们在谈仪祉的婚事，却好像与他无关，完全不需征求他的意见。仪祉想你们爱咋整就咋整吧，反正我也管不着。

一个人的时候，就想：人为什么要媳妇呢？翻阅家里的书籍，似乎也没有这方面的解释。只知道男大当婚女大当嫁，是所有人必须经历的。那么，可不可以不结婚呢？

不结婚的人有两种，一种是和尚，一种是道士。

不想当和尚，也不想当道士。

当然，也不想结婚。

仪祉感觉心乱如麻。

不如不想了，随他去吧。反正这件事暂时跟自己也没啥关系，是大人一厢情愿的。

……

几天后，父亲带领仪祉兄弟又赴院考去了。

每次考前，父亲都让他们不要有压力，轻装上阵，权当是一次模拟测试。

这样的考试参加过几次后，兄弟俩也真的不紧张了，不像那些考了一辈子的老童生，每次参考如临大敌，考前寝食难安，考试高度紧张，战战兢兢，甚至浑身发软，满头大汗，被人抬出考场。兄弟俩一路走来，意气风发，精神抖擞，全然没有那种考前的综合征。

那天，仪祉在街上碰见一个老头儿。他问仪祉一些家长话，仪祉便随意作答——因为又不认识他。老头倒是十分热情，问长问短之余，硬拉着仪祉到他的寓所，给他吃茶点。仪祉感觉有些莫名其妙，坐了一会儿便起身告辞。一路上都在想：非亲非故，为何待他那么热情？

后来那老头儿来看父亲，人家才告诉他，那就是他的岳父。

不觉哑然失笑：媳妇还没见过呢，老丈人倒是领教了。

有意无意间，就听见祖母向前来串门的村人夸仪祉的媳妇张孟淑，人长得俊，心灵手巧，知道疼人，针线活是出了名的。祖母眉飞色舞之际，时不时向仪祉瞟一眼，似乎也是说给他听的。

院考落第了，哥哥倒中了一个佾生，俗称半个秀才。

那一年，仪祉已经十六岁了。

十六岁的少年开始注意自己的形象了。与郭珍在一起的时候，他们会比较谁的辫子长，梳得好。谁的衣服洗得干净，穿得整齐。仪祉小的时候头发是黄色的，现在已经变得乌黑发亮。梳头的时候他会对着镜子看，发现自己的嘴唇上面长了一层细细的绒须，比汗毛要黑一些。再看郭珍时，比他的还要严重。郭珍看见漂亮女娃的时候，眼睛会透出欣喜的光，并津津乐道。仪祉很反感这一点。长这么大，除了冬娃，还没有让他心动过的女人呢。郭珍说王臣，你如今也是有了媳妇的人，为啥对女娃就没一点感觉呢？那结婚以后每天要住在一起，咋办？仪祉说我也不知该咋办，想起来都觉得恐怖呢。郭珍说，要是我，就对女娃儿好一些。人家都把终身托付给你了呀！

仪祉未置可否，只是不知媳妇长啥样儿。

——要是像冬娃就好了。

仪祉回到家里，发现伯父回来了。

一家人欢天喜地，特别是祖母，脸上竟挂着泪，却是喜极而泣，精神比平日里好多了。伯母的脸上透着平日少有的红润，变得好看了许多。几年了，一家人天天盼，日日等，这两年沿海战事不断，大家的心其实都悬在半空里。

如今伯父平安归来，大家能不高兴么？

仪祉见了伯父，感觉有些生疏，不敢说话。伯父埋怨他没有礼貌，甚至怨父亲没有好好教养他。

其实在仪祉的心目中，伯父是他最景仰的人。他上知天文，下通地理，是个干大事业的人，乡里的大人物。外人跟他说话都毕恭毕敬，仪祉自是觉得骄傲。伯父没有儿子，哥哥约祉是过继给他的，但伯父待他们兄弟是一样的慈爱。他回来带的箱子不少，打开一看，十有八九都是书。亲戚朋友听说仪祉伯父回来了，纷纷前来看望，家里一时门庭若市，好不热闹。

仪祉伯父回来的第一件事，便是要看给两个孩子定的媳妇。祖父于是分别派了马车，把她们从娘家接过来。

远远便听见马车回来了。仪祉突然感觉有些莫名的紧张。为啥紧张？他也弄不明白。

郭珍说：“该是日思夜想的吧？”

仪祉说：“哪里话？我又不知她甚模样，如何去想呢？”

“听说，你媳妇可是个大美女哩！”

“跟我有什么关系？”

“你这瓜娃，你的媳妇跟你没关系，跟谁有关系呀！”郭珍感觉好笑。

“可是郭珍，我对媳妇真的没有一点概念，不想结婚的。”

“想不想结婚，恐怕不是你娃说了算的事儿，届时家里大人一定夺，由不得你了。”郭珍说。

两人正嘀咕着，马车已到门前了。先下来的是约祉的媳妇，款款迈着碎步，村人的目光于是都集中在她的脚上。

那是一双标准的三寸金莲，比仪祉母亲的还要小。村人发出啧啧的赞叹声。

接着下来的便是张孟淑了。只见她穿着大红的棉袄，黑色的裤子。脚是缠过，但不是很到位，大概在家经常干活的缘故，看起来很健康。她刘海齐眉，面如满月，一双大眼睛羞答答的，专注着脚下……

祖母早就迎了出来，一手一个，心疼地这个看看，那个望望。显然，她对自己的这两个孙媳妇是十分满意的。

仪祉的母亲和伯母也出来了，热情地和村人打招呼，邀请他们到家里喝茶。

一阵寒暄后，人便都进院子去了。

仪祉愣在那里发了会儿呆，突然发现大家不知什么时候都散了，连郭珍也不见了，外面只剩下他一个人。

家里自是热闹，却好像与他无关。两个未过门的媳妇一进门似乎都反客为主，忙着烧火做饭。祖母坐在炕上，高声地与伯父和父亲拉着话。母亲与伯母会时不时搭讪两句，笑声盈盈。

哥哥出去不知干啥去了。一时间，仪祉突然觉得自己似乎成了个多余的人！他希望寻找一个接近她的理由，比如祖母说："臣儿，这是你的媳妇孟淑，赶快认识一下吧。"可是没有。祖母只顾着和自己的两个儿子拉话，时不时看地上的两个孙媳妇一眼。

也难怪，张孟淑这次来，本来就不是让他见面的。他想走近她，仔细地看个清楚。刚才进门的时候，郭珍在一旁煽风点火，羞得他抬不起头。这郭珍，整天大大咧咧的，没有正经的时刻。

突然，仪祉发现张孟淑向他瞥了一眼，见他在看自己，羞得忙低了头，急急地舀水去了。仪祉在一瞬间也红了脸，仿佛自己心中的风景，都被她看穿了！这个女人长得真的很好看，一举一动，透着大家闺秀的味道。但她一点也不像冬娃，所以心里究竟有些失望的——谈不上讨厌，也说不上喜欢她。

张孟淑待了两天便回去了。几天后，她不知为何又来了一次，待了好几天。然而两个人始终都没有说话，羞答答的，看见对方便低了头，不敢正面接触。

仪祉伯父对两个侄子的媳妇很满意。趁伯父在家，家里决定给约祉娶亲。

于是又是一番热闹，忙得不亦乐乎。

哥哥结婚后，祖母问仪祉可想娶媳妇儿？

仪祉说："我才不稀罕呢！"

2．一鸣惊人

19 世纪末，世界主要资本主义国家英、法、美、德、意、日、俄和葡萄牙相继进入帝国主义阶段，因此加紧对落后国家和地区进行侵略，西方列强趁机掀起侵略中国的狂潮，偌大的中国被分割成了一块块列强的"势力范围"，整个国家已呈豆剖瓜分之势，中国边疆地区出现了新危机。甲午战争的惨败更加速了中国社会半殖民地化的进程，《马关条约》的签订，中国再次遭受割地、赔款，以及大量主权进一步丧失的厄运，亡国灭种的危急形势迫使一些先进的中国人开始寻找新的救国救民道路。

康有为打着“托古改制”的旗号，将西方资本主义政治学说与中国传统的儒家思想相结合来宣传变法。他借用孔子的名义来宣传西方的政治制度，思想在当时极具震撼力，为维新变法奠定了理论基础。

1898年6月11日，维新派人士通过光绪帝进行倡导学习西方，提倡科学文化，改革政治、教育制度，发展农、工、商业等的政治改良运动。主要内容为改革政府机构，裁撤冗官，任用维新人士；鼓励私人兴办工矿企业；开办新式学堂吸引人才，翻译西方书籍，传播新思想；创办报刊，开放言论；训练新式陆军海军，同时规定，今后科举考试废除八股文，取消多余的衙门和无用的官职。

这场运动，史称“戊戌变法”。

然而“戊戌变法”因损害到以慈禧太后为首的守旧派（顽固派）的利益，1898年9月21日，慈禧太后等发动“戊戌政变”，光绪帝被囚至中南海瀛台，维新派的康有为、梁启超分别逃往法国、日本，戊戌六君子谭嗣同、康广仁、林旭、杨深秀、杨锐、刘光第被杀，历时103天的变法失败。

“戊戌变法”的失败，激起了民众对清政府的愤恨，推动知识分子由维新向革命转化。变法失败后，支持孙中山革命的人增多了，不少对清政府抱有幻想的知识分子转变为革命党人。这其中便有李仲特和李桐轩兄弟。后来，他们在井勿幕的影响下，先后加入了同盟会，成为陕西同盟会的主要成员。

这一年，仪祉兄弟又去县里应小考了。

戊戌维新失败后，激起了新一轮向西方寻求救国真理的热潮。许多西方学说被译介到中国，更多的年轻人出国留学。李桐轩希望两个儿子好好学习，以后有机会能到国外进一步深造，成为国家的栋梁之材。

这一回进城，仪祉自然便住在了岳父的铺子里了。岳父做的是土行生意，代客买卖。他对女婿的考试，自是十分热心。住宿伙食一应关怀周到，十分殷勤。这一次，仪祉也十分争气，一连五场都没有落榜。最后被录取的人，照例由官方管待一顿酒饭，名叫吃官饭。其实那饭也没什么特别，甚至很不好吃。

然而岳父却高兴得不得了，认为这是一种荣誉的体现——这样的官饭，不是谁想吃就能吃上啊！

那天十分寒冷，街上到处是冰，一不留神就跌倒了。岳父把炉火烧旺，屋里暖烘烘的。他从外面弄了些菜，又买来酒，与女婿对饮了几杯，以示祝贺。这个女婿堂堂相貌，又有才华，女儿嫁给他以后，必然会享福的。

李仲特回来以后，给侄儿约祉带回一些几何和代数方面的书，然后详细讲解。每当伯父给哥哥讲课的时候，仪祉就跟上留神听。伯父问他懂不懂？仪祉点了点头。伯父于是就问了他一些问题，仪祉都能回答正确。伯父非常高兴，于是让他跟着哥哥一起听。伯父先讲几何原本，后又给仪祉讲李士叔的《四元细草》，晚上灯下，第一晚天元会了，第二晚地元会了，第三、第四晚人元、物元都会了。伯父喜欢得不得了，说他从前是想了七日七夜，才把四元想通的，没想到你四个晚上便学会了——孺子可教啊！伯父命他自演四元玉鉴上各题，仪祉得心应手，居然都做得来。伯父于是接着教他演代数，此外还有八线、勾股等。

伯父带回来的书很多，大多是江南制造局及湖南官书局印制的，多为新书。此外关乎八股之类的书，诸子百家、四史（指西汉司马迁的《史记》、东汉班固的《汉书》、南朝宋范晔的《后汉书》及西晋陈寿的《三国志》）及《资治通鉴》等等，任他去看。还有一部铅印的《红楼梦》，装帧非常漂亮，仪祉也偷着去看，结果越看越有趣，不时与郭珍讨论里面的人物命运，甚是痴迷。后来，他又发现了伯父带回来的一副黄杨木象棋，做工十分精致，爱不释手，于是与哥哥偷偷拿着玩，一玩便上瘾了，吃饭时也不愿搁下。伯父说玩物丧志，这些不是你们现在玩的东西，你们现在要全心全意去学习才行。后来又发现仪祉在偷看《红楼梦》，一怒之下竟要将书烧掉，把棋毁了！

几年后，伯父要教仪祉下围棋，他的牛牛脾气上来了，偏不学，伯父也没辙。

仪祉最喜欢看的是诸子百家，可是那个时候八股要紧，无暇顾及，只好忍痛割爱。后来中了秀才，才索性把八股束之高阁，诸子百家给他涉猎完了。此外《十三经注疏》《皇清经解》等，伯父也教他看。奈何仪祉对这些书实在提不起兴趣。

又过了一回府考。到同州住在一个姓周的家里。

同州有一个大寺院，里面有褚遂良写的《圣教序》碑。因为文好、字好、刻工好，所以被称为“三绝碑”。寺院有一座大佛殿，佛像庄严。天气炎热的时候，经常有人在里面纳凉。那时候，仪祉如初生牛犊，什么也不怕。对那些佛像，更是觉得搞封建迷信，斥为异端。回到家中，他洋洋得意地向母亲发表了一番自己的“高见”，结果被狠狠训斥了一顿。

同州井水碱苦，在药王庙吕祖洞前，有一个井是甜水井。与庙之间，有石条砌的两个方塘，也是人们喜欢游玩的地方。一个有钱人从外面买回一个手压汲水的机器，拿在池塘边试验。这是仪祉头一次看见机器，他感觉很好奇，走上前左右端详，又详细问询了一番，搞清了机器的原理，这才作罢。城内有个福音堂，父亲带着他们去看，听教士讲解。主讲的柏教士是瑞典人，带着女人和孩子。

这是李仪祉头一次看见洋人呢。

柏教士送了他们几本书，李桐轩带回来给两个儿子讲解，里面有恒星、行星和卫星统系。仪祉才知道，原来宇宙中有许多像太阳一样的恒星，都有自己像地球一样大小的行星，而行星的周围又绕着卫星，像月球一样围着地球转动。这些众多的星系构成了银河系，银河系以外还有河外系，宇宙无边无际，浩渺无穷。

这些天文知识听起来即新奇又好玩，大大地激发了仪祉对科学研究的兴趣，令他十分着迷。

李桐轩每次考试都带两个儿子。他自己已是个廪生，保童生，童生来请保，磕一个头，拿上揭，请保人画一个押，入场点名时，保人随唱：某人保。每一童生求保时，进贽敬钱一百文，或五十文，用红纸包裹，这个钱就够他们在州多日的盘费了。一场两场，落了名了。李桐轩城里有事，就让一帮孩子先回去了。

仪祉等一帮孩子五六个为伴，走回永丰镇。一路上他们追逐嬉戏，好不热闹。因为路上贪玩，所以走得很慢，结果又迷失了道路，等到天黑了下来，才发现步入了一片坟场。

坟场阴森森的，上面游荡着幽灵般的“鬼火”。这些鬼火时大时小，时远时近，时而发青，时而发黄……大家都怕得不得了，紧紧挤成一团，瑟瑟发抖。仪祉在家看过一些格致书，知道这是磷火，但因为是坟地，所以心里也有些害怕。一个小一点的孩子吓得呜呜嘤嘤地哭了起来，被大一些的孩子捂住嘴巴，脸憋得通红。

空气中氤氲着一种恐怖的气息，大家都不敢说话，只是往前走。其中一个人领着头，其余的都鱼贯跟着。因为慌不择路，忽然一个大些的喊道："你看，走到哪儿来了？"大家这才一激灵，发现眼前是一条深不见底的大沟，黑黢黢的，升腾着一股森森的凉气。大家赶紧后退，好容易找着大路，看看永丰镇也不远了，鼓起勇气往前跑。有一个小男孩因为身体很胖，怎么也跑不动，渐渐便落在了后头，吓得哇哇大哭。仪祉兄弟只好住了脚步，拉着他的手一步一步往前走。夜深了，永丰镇已经封了门，他们只好到王家湾的一个亲戚家去投宿。

十七岁那年，仪祉同哥哥及一伙同学跟上父亲和伯父再一次去赴院考。仪祉的岳父虽年已不惑，精神抖擞，也来了兴趣。他练习武艺，准备去赶武考。

天刚蒙蒙亮，祖母和伯母便起来了。仪祉母亲那些天生病，身体很虚弱。祖母前一天晚上已经将第二天要带的东西交代了一遍，第二天早晨又交代了一遍，唯恐赶考的人有所遗漏。母亲挣扎着起来，硬撑着做好了早饭，伺候着爷儿几个吃了，交代两个儿子衣服穿厚，行李拿好，考试的时候莫慌张。父亲说这些不用你交代，徒增添压力耳！

天阴沉沉的，走到半路的时候，突然下起了雨。雨越下越大，他们只带了两把雨伞，仪祉与父亲打一把，约祉与伯父打一把。

风越来越大，雨斜斜地泼了过来，仪祉虽然与父亲打着伞，也被淋得浑身湿透，不停地打喷嚏。到了同州（今大荔县），仪祉便开始发热，头晕目眩，浑身发软，卧床不起。父亲赶紧给他请了医生来看。医生开了一个方子，给仪祉吃了药，便昏昏沉沉地睡去。谁知到了晚上，他发烧更厉害了，昏昏沉沉，口里说着胡话。仪祉说我的病要天减甲，便减热。若是天加甲，便更热了。大家都说这孩子给算学学迷了，害病都是算学呢，实在可笑！其实仪祉的意思是，医生的药让我不但没减热，反而更热了。父亲说不行了就放弃这次考试吧，反正以后有的是机会呢。

这天夜里，仪祉出了一身大汗，次日早晨醒来后，感觉神志清醒了许多，只是身子软得爬不起来，且浑身疼痛，吃饭恶心。在同州将养了几天。他们住在一个姓冯人家的房子，房东是一个老太太，人甚和善。

仪祉将息了几天，感觉有所好转，但仍觉头有些晕，浑身发软。考试那天，大家都担心他上不得考场，父亲也劝他不要硬撑，不行了就等来年再考。仪祉说我既然来了，就要搏一搏。人生难得几次搏呢。

大家都替他捏着一把汗。

院考的督学是叶伯皋（宗卿）先生，是一位思想进步的官员，颇有志于提倡新学。这时候八股虽然尚未废黜，叶老先生就借考古这一场，加上许多新的学科，例如算学、格致、历史、地理，五花八门，应有尽有。这样的试题可害苦了一般童生，这些名词他们闻所未闻，梦也没有梦见过，如何应考啊！

许多人壮着胆子去报名，笑话五花八门，层出不穷。有一道试题是“致知格物论”，一个考生写道：“铁路亦物也，轮船亦物也，格之而已矣。”有一道题是“秦始皇与拿破仑”，一位考生望文生义，写道：“秦始皇拿个破车轮……”这也难怪。科举时代，东南沿海一带视野开阔，接触新生事物比较方便，所以国外的许多新名词他们还能理解，陕西居于内陆，特别是像蒲城、同州这样的地方，消息闭塞，人们思想僵化，对外来事物闻所未闻，知之甚少，他们无论如何都想不到这些洋学会加入试典里。

然而李仪祉一家就不同了。因为仪祉伯父去了一次南方，带回许多新书，父亲又喜欢同人谈新学，有益实用。伯父从小就给他们教算学，父亲给他们讲格致、历史和地理，在大多数考生视为怪物的试典，他们早就接触过了，习以为常。其中算学考的几何是“证半圆中之周角常为直角”。代数考的是“一元一次方程式”，这些题，他们都做对了。郭珍因为从小与仪祉在一起玩耍，仪祉有时会教他一些算学方面的知识，所以也勉强做对了几个。至于正场八股，他们胡诌了一场，也不在乎，三个人居然都获中了，被高高录取。

李氏兄弟的算学之名，从此大震于关中。

仪祉正场的密封号是“西阙六”。发榜时候，他偷偷跑出去看了，见“西阙六”首列第一，哥哥的号数列第七，郭珍第二十八位，长吁了一口气，心中的一块石头哗地落了地。因为这次感冒，多少影响到了发挥。

看完榜单后，仪祉默默地回到住处，往炕上一坐。父亲及许多人当时都在同一房间等候看榜的人回来呢。

一会儿回来了一个人，喊道：“博（约祉）中了！”问：“协（仪祉）呢？”说：“没有看见。”

一会儿又回来一个人，问，还是同样的话。

大家都在替仪祉惋惜，说真不凑巧，遇上了感冒发烧啊。父亲说不要紧，莫丧气，来年再考，一定会中的。伯父也觉得十分惋惜，大家于是都开始安慰他。

仪祉见大家都在同情自己，终于忍不住说："你们都没有向第一名看呢，怪不得看不见我！"父亲于是赶快差人再去看榜，回来一迭声说："李协高中第一名啊，可喜可贺！"大家于是都怪仪祉看榜回来，稳稳地坐在那里，什么也不说，让人虚惊一场！

当时最高兴的是老丈人了。见女婿高中秀才第一，他又是给仪祉买青衿（青色交领的长衫。古代学子和明清秀才的常服。《诗·郑风·子衿》"青青子衿，悠悠我心"），又是买靴帽。自己不进学，倒觉得无所谓了。

仪祉高中头名秀才，一下子成了当地的名人，认识不认识的人都赶到同州，希望一睹他的风采。

仪祉哪见过这样的场面？被众人簇拥着，众星捧月似的，弄得他都不好意思了。有一个考了大半辈子秀才的老头子不知从什么地方赶来，看见仪祉便拉着他的手往外走。仪祉想挣脱，见老头十分虔诚，也很用力，不知要被拉到哪里去。

老人拉着仪祉的手来到考院门前，指着壁上榜单仪祉的密封号，说："——这就是你啊？"连问了好几遍。仪祉回去后，老人又拉着他来到这里，指着榜单问他，连着好几次。

仪祉疑惑他连年不中，有点疯癫，心里便有些怕他。老人说我问你：秦始皇拿破仑，究竟作何解释？仪祉说这是两个历史人物，秦始皇不用解释，灭六国，建统一大业，成为我国历史上的第一位皇帝；拿破仑是法国皇帝，他的全名叫拿破仑·波拿巴，是一位伟大的军事家和政治家。这两位皇帝的共同点都好战，一个统一了中国，一个建立了法兰西帝国……仪祉的话还没有说完便被老头打断了，他说外国人的名字咋这么奇怪啊！他爹娘真没文化，给娃再没啥起名了，叫个"拿破轮"，多难听啊，不吉利！仪祉说外国人的名字都是音译，人家的本意跟车轮没任何关系的。老头只是不信，又问了许多奇怪的问题，没完没了。后来还是约祉和郭珍来，才把他解救了。

复试的试题是"吾为之范我驰驱"。这是《孟子·滕文公》里的一句话。

原文是:“吾为之范我驰驱，终日不获。”仪祉洋洋洒洒作了两大股，也不知道都写了些什么，结果会考还是第一，可见叶宗卿有意提倡新学术。

面试的时候，叶督学询问李仪祉的算学是怎么学的，为何如此精通？仪祉说自己是跟伯父学的。督学知道李仲特的鼎鼎大名，很是敬仰，想见一面。发榜后，叶宗卿又将仪祉兄弟提为崇实书院的上舍生，并加了很好的评语，说他兄弟二人少年识算，气度大雅，是非常难得的人才。

从此李博、李协便名扬乡里，成了同州和蒲城的名人，几乎无人不知、无人不晓了。

仪祉兄弟俩同时高中秀才，在乡里十分罕见。二十年前，只有他们的伯父和父亲李仲特、李桐轩兄弟同时高中过，一时成为美谈。这次回家，大有衣锦还乡之势，“春风得意马蹄疾，一日看尽长安花”，与前几次大不相同。他们骏骡铟车，一路风光无限。

回到富塬村，乡人锣鼓欢迎，好不热闹，亲戚朋友前来助兴的也很多。

仪祉发现母亲也坐在门首张望，心里想她的病好多了。

3. 燕尔新婚，懵懵懂懂

高中秀才，自是一大喜事。一番热闹的庆祝后，亲朋散去，家里决定给仪祉结婚。其时仪祉已经十七岁，村里跟他年纪差不多的，几乎都娶了媳妇。有的小孩都几岁了。

对于娶亲，仪祉自是没什么兴趣。说实话，他对张孟淑的印象是非常不错的，老丈人待他更是亲如父子，特别是考上秀才以后，感觉比父亲还要高兴，凡事全力以赴，十分殷勤。但从此便要和一个自己不太熟悉的人住在一起——还是个女娃，怎么想都觉得十分别扭。当然，他知道这件事不是他能做得了主，如同当初定婚时一样。

大婚的日子定在正月初八。这是一个传统的婚嫁日，娶亲的人很多。

就要结婚了，一般人都是十分兴奋，十分期待的样子，然而仪祉不是，每天静静地看书，内心波澜不惊，似乎这件事与自己无关。

“臣儿，结婚要有结婚的样子，以后你就是大人了，不要让人家笑话。”

祖母说。

“反正我又不懂，你们想怎样就怎样吧。”仪祉说。

“亏你还是个秀才呢！结婚乃人生大事，岂能视为儿戏？——我娃，这几天就不要看书了，家里要准备的事多着呢，特别是新郎，许多礼仪都要知晓的。”祖母有些生气了。

“奶奶，你们说咋办就咋办吧，我配合就行了。”仪祉说。

蒲城的婚礼很讲究，特别是大户家族和有些声望的人家，都会严格遵守礼仪的。即使普通人家省去许多环节，大的步骤也不会乱来。结婚时，男方叫“娶媳妇”，女方叫“打发娃”——嫁出去的女儿泼出去的水，从此便是人家的人了。因此婚礼的这一天男方欢天喜地，女方特别是做娘的，心里五味杂陈，泪水挂在脸上。女儿上轿时难舍难分，母女抱头痛哭是必然的，这叫“离娘泪”。

因为女儿嫁的是蒲城有名的才子，又是秀才，书香门第，张孟淑的父亲自是觉得脸上有光，高兴得合不拢嘴。孟淑和母亲对这门亲事也是称心的，但毕竟嫁到一个陌生的环境，孟淑心里还是有些忐忑。女儿这一去，再也不能与自己朝夕相处了。女婿是个读书人，功名在身，常年在外，女儿一个人待在家里，必是寂寥无助……想到这里，母亲便开始抹眼泪了。

吉日确定后，仪祉家便将新媳妇上、下轿时辰和沿途忌讳、礼仪程序等书于红笺，交媒人送来了。几天后，仪祉家将备办婚用之首饰、彩礼及其他物品托媒人也送来了，这个程序叫作“送礼”，必不可少的一个环节。作为回应，孟淑家给女儿置办的嫁妆也十分丰厚，这样女儿出嫁后就会有面子了。孟淑的父亲张老先生在城里开着铺面，也算是小康人家了。

结婚那天的清晨，母亲专门请了村里德高望重的婆婆为孟淑开脸（用瓷碗片除去额头和颈部汗毛），然后盘头。新娘子打扮得漂漂亮亮，就等着迎亲的一到，便可以上轿了。

那天，仪祉家在堂屋供奉祖先牌位后，按所择吉时，请傧相骑马引花轿偕媒人、鼓乐至女家迎亲。按照风俗，轿内需要一个十二三岁的小孩，由新郎的小弟弟或兄弟姐妹的小孩充任，称之为“垂轿的”或“压轿的”。那一年，仪祉的弟弟天赦正好十二岁，于是便理所当然成了“压轿的”。除了压轿娃，还要给轿内放公鸡、宝剑和书，以图祛邪吉利，并用红纸书“一路福星”贴于轿帘。轿至女家，女方饭食招待后，新娘头顶红盖头，着凤冠霞帔，穿绣花红鞋，拜祖、拜双亲，由姑嫂搀扶上轿，按所择方向盘腿而坐。兄弟数人扶轿，吹鼓手奏乐于前，女家亲友送嫁妆者尾随，谓之“送女”。

按照当地风俗，迎亲花轿须按来时路线返回。途中有的地方村民还有索要“买路钱”。入村时，遇见井、碾子皆用红布遮盖，以示吉利。轿至男家门口，新郎披红插花，着礼帽长袍，胸挂大红花，由傧相陪同走向花轿施礼。在鞭炮、鼓乐声中，傧相向花轿撒“铜钱”，新郎揭开轿帘，新娘由女喜傧扶拽下轿。新娘下轿时，寡妇及属相相克者需要回避。这时，由一个“全命人”（指父母双全，妻子健在，儿女双全的人）手提烧红铧尖，用食醋浇注，冒白烟后，围花轿转三圈，俗称“打醋胎”；有的先以四个蒸馍在花轿四角轮番投掷，再举干草火把绕轿三周。随之，由一能说会道的热闹男子充任“相风的”，向新娘身上撒草料（麸、谷草秆、核桃、枣等），唱“撒草歌”，如“一撒金、二撒银、三撒媳妇进了门”等，同新郎、男女傧相引导新娘脚踏红毯直入洞房。

仪祉被这一系列热闹而又烦琐的议程早已搞得晕头转向，机械地听从着大人的指挥，进行着下一步。进入洞房时，新郎需给新娘头上插筷子，意为“快生贵子”，然后用擀面杖挑去新娘盖头，拉手上炕，绕炕角转一圈，俗称“踏四角”。这些议程提前一天祖母已有所交代，怕他忘记，早晨又提示了一遍，仪祉便按祖母所说一一履行，尚无差池。新娘进屋后，需按所择方向盘坐于备好的酒曲（或醋曲）之上，谓之“坐福”，洞房的议程方告一段落。

出洞房时，年轻人争着给新郎脸上抹黑，谓之“贺喜”。村里的一群年轻人在郭珍的带领下一哄而上，把仪祉按住，在他脸上抹了许多黑和红，成了个大花脸。围观的人哈哈大笑，仪祉机械地配合着，恼也恼不得，笑也笑不出来，只想着这议程赶快结束，让自己早早休息。

新媳妇娶回来后，自是要大宴宾客的。宾客入席后，新郎新娘按男左女右，在“天地桌”前行三叩首礼，称为“拜天地”，然后再拜祖先牌位，接着夫妻互拜。宴席间，还有请新郎新娘抓饺子、馄饨的习俗，抓住饺子示生男，抓住馄饨示生女。

宴毕，送走女方宾客，新娘给本家及亲友长者倒茶，长者赠送礼物，俗称“认亲”。到了晚上，新郎新娘需吃合喜面，再饮交杯酒，称之“合卺”。新婚之夜，小伙、姑娘都来“闹房”，多以猜谜、磕头、打趣等方式取闹，俗称

“耍媳妇”。习惯上有三日不空房，三日不熄灯，三日无大小之俗。郭珍等一帮玩伴自是不会错过这个机会，他们一直玩到深夜方离去。

闹房的人离开后，仪祉觉得自己的眼睛都睁不开了，于是倒头就睡。孟淑怕他着凉，拉开被子给他盖上，自己和衣而卧，不觉也沉沉睡去。一觉醒来，天已大亮，自是觉得有些羞愧——因为新媳妇是要早起的。好在祖母和母亲并不计较，还体贴她连日劳累，多休息一会儿。

孟淑心里暖暖的。

第二天需要回门，新郎新娘一起去女方家住一晚，然后再回来，婚礼的议程才算结束了。

宾客散去，客走主安，一家人都松了口气。特别是仪祉母亲身体一直不好，连日劳累，婚礼一结束便躺下了。父亲请了郎中给她开了些药，安顿她多多休息。

几天来，仪祉感觉自己像一只陀螺，被人用鞭子抽着，不停地旋转，晕头转向。他至今都没有想清楚为什么要结婚？还有那些要命的议程，折腾得人够呛。好在终于结束了，繁华散尽，一切又归于平静，生活如昨。所不同的是屋里多了个女人，她叫张孟淑，是自己的妻子。几天来，他们因忙忙碌碌，谁也没有跟谁说话。到了晚上，她更是像小猫一样乖巧，给父母请完安，早早就睡了。这样当然是好的，仪祉拿出书本，静静地看到半夜，然后一觉睡到天亮。

一天过去了，两天过去了，三天过去了……白天，仪祉温习他的功课，孟淑和嫂子伺候公婆及祖父祖母，做饭洗衣服收拾家务，偶尔还会与嫂子出去串个门，与年轻媳妇们交换窗花样儿。看得出来，她是个温柔贤惠的媳妇，除了干活麻利，做针线也很利索，受到祖母的夸赞。

一晃，正月就要完了，天气暖洋洋的，阳面的一些青草已成绿茵茵一片，成为牛羊的美餐。庄稼人开始收拾地了，除了用模耙把麦子模一遍，地塄刷一遍，还没播种的地耕一遍，谋划着该种什么庄稼了。

伯父与父亲已经出门了。国家多事之秋，局势动荡不安，伯父和父亲总是忧心忡忡。

他们在谋划着更大的事情呢。

哥哥约祉结婚已有一年时间，小两口卿卿我我，总有说不完的话。仪祉一直不太明白，两个人在一起有什么好说的呢？白天各忙各的，几乎很少照面。到了晚上，孟淑收拾完家务，把尿盆提进来便上炕了。她睡觉的时候十分安静，如果不留神，几乎感觉不到她的存在。她很少起夜，仪祉晚上也尽量少喝水，不起夜。即是起夜也到院里的茅厕，从不在屋里小便——一个女娃睡在炕上，怎么好意思呀！想想都觉得脸红呢！

新婚第二十天，两人不小心撞了个满怀，措手不及，相互都有些尴尬。孟淑冲他莞尔一笑，仪祉脸憋得通红，终于说了一句话："把你的脚放开吧，不要再缠了。我最痛恨让女人缠脚呢。"孟淑愣了一下，默默地点了点头。

第二天早晨，她便将自己的脚放开了。

李仪祉对女人缠脚一直深恶而痛绝之，他目睹了女人缠脚的凄惨痛苦，那种活生生地把脚掌折断，把一双健康的脚缠成竹笋似的三寸金莲，真是惨无人道，丧心病狂啊！记得跟冬娃在一起耍的时候，她还没有开始缠脚，仪祉便与她约法三章：不许缠脚。冬娃也痛快地答应了。想起冬娃他就感觉有些心疼。尽管她离开人世已经六年了，一闭眼似乎就能看见，感觉她从未走远。

后来，仪祉还写了一首《女子不缠脚歌》，以示自己对这一封建陋习的愤慨。

他在《新闺怨》中写道：

夹幕重帘深院垂，美人间坐颦蛾眉。不怨薄幸郎，不怨久别离，只怨枝头嘶啭鸟，朝朝暮暮语侬痴。

汝语侬痴侬实痴，侬痴更有不尽辞。朝来见汝冲霄去，阿侬正守窗前曙。岂不羡汝天际翔，恨无六翮轻风御，侬还诫汝避网罟，慎勿陷入人樊笼，笼中饭食已供具，笼中天日似阿侬。

这首诗哀婉凄切，形象深刻地描绘出缠足女子身心的痛苦和对自由的渴望，受到同学和先生的高度好评。

一天夜里，仪祉在读罗贯中的《三国演义》，读得如痴如醉。这本小说里面的曹操、刘备、孙权、诸葛亮等人的形象，与陈寿的《三国志》大有出入，人物形象更加丰满，生动鲜活，战争场面宏大，惊心动魄，波澜壮阔。不觉已是三更，妻子一觉醒来，发现他还在灯下读书，轻声地说："相公，夜深了，睡吧。身子当紧呢。书永远也看不完的，明天再看也不迟啊。"

这是妻子与他结婚后一个月来，主动说的第一句话。仪祉心里有些感动，说："你先睡，我马上就休息了。"看完那一章后，犹觉不舍，发现妻子其实并未睡着，怕影响她休息，于是便吹了灯。

许是熬过了夜，怎么也睡不着，脑子里全是那些刀光剑影，怀疑自己是否走火入魔。平静了一会儿，感觉好多了，再看炕的那边，妻子似乎也没入睡。唉，如果她也能识字就好了！她会读书了，夫妻之间就会有更多的语言沟通，书中自有颜如玉，书中自有黄金屋——她一定会和自己一样，不觉得生活有多么寂寞了。

还有，大丈夫志在四方，自己不可能一辈子待在家里，如果她识文断字，就可以给她写信了。

想到这里，仪祉萌发了教妻子识字的想法。

第五章　孜孜不倦

1. 崇实书院

仪祉母亲的身体一直不好。从他记事起，母亲就时常生病，所以他和哥哥几乎都是祖母在带着。那时候因为年龄小，也不知母亲生的什么病，她在儿子面前从不提及。母亲常常带病干活，表现得很坚强，家里的生活安排得井井有条，所以往往便被人疏忽了。母亲在生完天赦以后，又生了两个孩子，结果先后夭折，令她悲痛万分，落下了病根。父亲常年在外面忙碌，家里的事有时也无暇顾及。母亲的病他虽然也揪心，请来大夫医治，无奈药吃了不少，病却迟迟不好。

两个儿子结婚后，母亲越发瘦弱得不成样子了。过了麦秋，病乃大发，一家人都开始忧愁了。祖母说母亲的病是肺痨，传染人的，于是专门雇了一个丫头跟前伺候，外祖母见女儿病重，也前来照料。祖母害怕传染，禁止两个孙媳妇及仪祉兄弟入侍。

仪祉坚决不肯，不顾祖母禁令来到母亲跟前，给她端水喂药，被祖母发现了，大发雷霆，让他立即出去。仪祉见母亲病成那样，大哭了一场。父亲因儿子惹祖母生气，罚仪祉跪在院里，不准回屋。孟淑见丈夫被罚，惶惶不知如何是好。仪祉从早晨跪到中午，祖母说可以起来了，仪祉偏不。想起母亲病成那样，自己不能尽心服侍，便觉心如刀割，万分难过。孟淑见他不停地流泪，拿来毛巾递上去，被拒后又端来茶水，希望他能喝一点，仪祉坚决不喝，就那样一直跪到天黑……

母亲的病情越来越严重了，几乎汤水不进，吃啥吐啥。后来更是昏迷不醒，连人都不认识了。父亲请来郎中，郎中看后连连摇头，让家里准备后事。

几天后，母亲便与世长辞了。一家人悲从中来，特别是仪祉兄弟哭得撕心裂肺，肝肠寸断。可怜母亲操劳一生，还没来得及享儿女的福就撒手而去，怎能不令人悲痛呢？不知历劫历世，还有和母亲再见的时候吗？

过了新年，仪祉已经十八岁了。父亲领他们兄弟连郭珍三人，同到泾阳县，住崇实书院。

书院是新设立的，即在味经书院之旁，建立新屋。刘古愚先生当时任崇实书院院长兼总教习。刘古愚先生是近代著名爱国主义者，曾积极参与戊戌维新运动，享有盛誉。他主张教育救国，重视学用结合，大力宣传“西学”，将算学列为必修课程。时有“南康（有为）北刘（古愚）”之称。康有为称他是“海内耆儒”，梁启超称其为“关学后镇”，是后来的陕西三杰于右任、张季鸾、李仪祉等人的老师。

后来，古愚先生告老，新聘山长是刘老先生的弟子王绍庭先生。书院另外又聘了两个教员，一位是景第光，来自同文馆，教授英文；一位是张星藩，教授算术。书院不分教室，统一在大堂授课，中间为山长桌案，东西分设两教员桌案。虽感觉不成其为学校，然而与味经书院并立，则已分新旧门户了。

在书院的大堂前面，左面设一大斜石面，中心立一橛，画有度数，上书午初、午正、午既、未初等字，仪祉询问后，知是日晷。右为砖造之台，高约二丈，上立立横大铜圈各一个，可相随横转竖转，各画有度数，立圈上并有瞄孔，询问后知是经纬仪，夜间可以测天。再往前，左右两斋。仪祉等人住在东斋第八号一间大房子，前后有窗子，父亲说这间空气通畅，住人挺好。寝室与自修室不分，晚间大家同卧在一张大炕上。

那天晚上，仪祉睡在这样的地方，感觉十分怪异。

房间的门是用很粗的杨木板做的，两扇合后留一条缝，有并指宽。奔波了一天，大家都睡着了，仪祉翻来覆去就是睡不着。月光透过窗棂把屋里照得通亮，有人在打呼噜，有人在咬牙，也有人在说梦话。这样的夜晚，仪祉突然想起妻子一个人睡在屋里会不会害怕？结婚近一年了，虽然谁也没碰过谁，但每天睡在一起，心里还是比较踏实的。

忽然，月光之下，门缝里透进来一股带点蓝色的气。那气进门后还是扁的，竟直扑仪祉胸前，他一时便觉梦魇，呼吸困难，喊叫不出，十分恐惧。仪祉心想它既是一股气体，就一定风扇得动，于是便两手用力扇着被子，使其成风，果见那一股蓝气离开他胸口，仍从门缝钻出……

“李协，你怎么啦？”旁边的一个同学问。

仪祉这才发现自己真是梦魇了。

书院里的功课主要有英文和算学，两门功课轮流着，每两天各上一次课。山长（院长）初一和十五各讲一次书。英文第一次课教了四个真书大体字母，第二课真书小体同字母，依次草书又是两个课时。这样 26 字母便是 26 课。半年完了，算学也没上几次课。两位教员徒有虚名，教授全不用心，感觉纯属混日子。大家颇有微词，却又无可奈何，于是送那二位教员一副对联，上联是：“朝三暮四，暮四朝三，张星藩何足算也。”下联为：“南腔北调，北调南腔，景第光是何言欤。”又有人给添了一幅额子：“世德作俅”。世德是山长的讳，大家心领神会。

书院每月还有各大宪（旧时府吏对上司的称呼）轮流月课一次。大部分学生把这些课看得比院里的功课要紧。因为这些课是有奖赏的。那时生活费很便宜，包饭每人每天五十制钱，每两银子可换一千三四百文，故每月能得一二两的奖赏，便可维持生活了。

父亲待了一段时间便回去了。书院里老师不好好教，学生也不用功，只知道瞎玩。这样的学习几乎没有成效，仪祉觉得真是浪费自己的时间呢！

书院里有不少淘气的学生，仪祉也算是一个。隔壁味经书院的彭山长嗜好甚深，八股习气太重，他养着一头驴子，每天叫他的用人放驴到崇实书院荒地上吃草，同学们很生气。仪祉说：“我们的书院，岂是放驴之地！”于是由他提倡，大家前者挽，后者推，竟将驴由曲曲折折一层一层的台阶，送上观星台去了！

后来驴夫寻驴不见，一看在台上观星呢，不知如何上去，吓得不轻。驴夫叫人费了很大的劲，才将驴抬了下来。

由于老师教之无方，大家对学习了无兴趣，一帮大孩子只知道贪玩。一天，同学赵义先被蝎子蜇了，疼得嗷嗷叫。大家于是排起队来寻找蝎子，一会儿工夫便捉了三十余尾，放在一釉瓷盆中，让它们自咬自杀。谁知十多日以后，不见死蝎，于是大家用开水一浇，蝎子全死了。

同学中，年纪最大的是赵重九，是年三十三岁；年纪最小的是陈会亭，只有十三岁。别看这陈会亭年纪甚小，人却非常聪明，说话刁钻轻薄。一天，他听说赵重九过三十三岁生日，于是便送他一副贺联："菊卮丁寿筵，良辰九九；松龄甲书院，妙算三三。"重九大怒，说会亭有意嘲他老大无能，是可忍，孰不可忍也！大家一顿劝说，一场干戈方平息下来。

诸同学中，仪祉与赵义先感情最厚。赵义先的夫人怀孕了，便要指腹寄给他，仪祉不假思索便答应了。后来，赵夫人生下一个儿子，按照当地风俗，仪祉需要给干儿买一双箸，一个碗，另外还加送了些别的东西。赵义先知道仪祉结婚也有一年了，就问什么时候准备要孩子？仪祉说早着呢，八字还没一撇！赵义先说早要孩子早成就，再说你在外面上学，夫人在家里有孩子为伴，也不孤单了。仪祉未置可否。婚后一年，夫妻连手都没拉过呢，如何要得孩子？

以后再说吧。

2. 风声鹤唳

1900 年，"义和团运动"爆发，引起国外列强武力干涉。清朝廷在外国列强的挤压下，对义和团忽而剿杀忽而安抚。1900 年 1 月，慈禧发出袒护义和团的诏令，于是义和团的首领大师兄到天津开坛聚众。1900 年 6 月，义和团团民开始大举入京，在北京放火烧掉教堂和一切与外国有关的事物，同时四处抢掠，屠杀教民，攻打使馆，英、法、德、美、日、俄、意、奥八国，借口镇压义和团，联合发动侵华战争。

八国联军从天津向北京进犯，在廊坊附近遭到义和团和清军爱国官兵的顽强阻击，被迫退回天津，但不久又增派兵力，于 7 月占领天津，再次向北京进犯，8 月攻陷北京。联军统帅德国人瓦德西的司令部就设在北京城内。慈禧太后携光绪帝仓皇出逃，并部署与侵略者议和，八国联军就在北京烧杀抢掠，颐和园的大量珍宝，成为侵略者的囊中之物。

北京沦陷，皇太后西逃，英法联军火烧圆明园……一时风声鹤唳，举国哗然。时魏光焘抚陕，陶子方自甘督任归，留陕助魏主持大计。当时有谣言说义和团要打入陕西，陶子方力禁邪谣，明确义和团不至蔓延于陕。然而乡下的谣言，还是不断。不明就里的百姓把义和团想象得比妖魔鬼怪还要可怕，惶惶不可终日。

李桐轩忧国忧民，寝食难安。见许多士大夫犹对朝廷抱有幻想，沉浸在歌舞升平中，遂口占一诗，令子记之。

《庚子口占》：

攘攘复纷纷，番舶来海上，莫傍我郊圻，我国有良相。大界严华夷，斯文赖不丧，藐彼蛮夷人，敢与大邦抗。

蛮夷真蛮夷，德威两难施。黜邪崇正学，符咒有神奇。率我义和拳，请我张天师，神兵自天降，高兴不可支。

兴高不可支，神兵人难用，焚掠编京邑，朝士跪乞命。血流成川渠，血骨邱山壅。西洋数百人，中华千万生。

万性莫怨嗟，良相谟猷远。欲宣背城战，先送妻孥返。大将提重兵，京城围使馆。月余未能克，啧啧称勇敢。

勇敢复何如，一战失京都。相臣欲走避，挟君作护符。荒古未缢者，闻风卷甲趋。不道败北来，只道保路途。

徒路迂且长，平明逾太行。那有知名士，献赋声琅琅，上颂銮舆过，下斥维新狂。年来无一事，涕泣说国亡。

存亡国家事，儒生未可言。奕奕长安城，我来自太原。闻说燕京里，夷人区以繁，演枪文华殿，牧马颐和园。

殿是列圣座，园是太后宅。如何惩祸首，反被西邻责。皤一二三老，相顾无颜色。明诏屡罪己，臣终不误国。

上诗盖纪要也，先君忧时之心，于以可见。既遭乱世，复值饥馑，痛国哀民，情殊悲已。

这一年，关中一带又是天旱麦薄，秋未种，粮价大涨，人民饿死者数众。祖母是受过饥荒的人，深知饥荒的可怕。祖母对仪祉兄弟说，今年不要上学去了。她令仪祉到泾阳将行李搬回来。那时候，家中尚存有麦子六十余石，祖母与父亲商量后，决定以大半周济亲族中的孤贫者，自己家中人则加杂吃麸皮树叶和槐豆，勉强度日。有一次，祖母上树采杏叶，不留神跌了下来，当即便昏过去。家人给她灌了些童便，睡了两天才好。接着仪祉因为采摘树叶也从树上掉了下来，父亲急忙给他灌了一些药物，方苏醒过来。

西太后便是这个时候来到陕西的。皇太后、皇帝西巡来了，外省于是便给陕西供应粮米，皇太后施赈，一个荒年才算轻轻过去。

这年秋天，仪祉的哥哥得了一个儿子。伯父由甘肃寄信回来，因为两宫西巡，赐名赋京。

终于下了一场大雨，农民抓住时机赶快播种。麦子种上了，来年就有了希望，大家便不会出去逃荒了。

多年来，仪祉的伯父李仲特一直没有孩子，成为祖母的一块心病。祖母以伯父乏嗣为念，买了一个河南人的女子为婢，预备给伯父收房。后来，祖母打听得这女子是已许字于人的，其未婚夫亦在，于是原人退回，七十多两银子，算周济他们了。那家人十分感激，带着一块牌匾磕头谢恩，牌匾上书“衿全节命”四字。

那年冬天，天寒地冻，仪祉居家无事，每天除了读诸子百家外，开始学习著书。那段时间，他还读了严几道先生的《天演论》，非常倾仰。严复是近代著名的翻译家、教育家、新法家代表人，先后毕业于福建船政学堂和英国皇家海军学院，曾担任过京师大学堂译局总办、上海复旦公学校长、安庆高等师范学堂校长、清朝学部名辞馆总编辑。在李鸿章创办的北洋水师学堂任教期间，培养了中国近代第一批海军人才，并翻译了《天演论》、创办了《国闻报》，系统地介绍西方民主和科学，宣传维新变法思想，将西方的社会学、政治学、政治经济学、哲学和自然科学介绍到中国，提出的“信、达、雅”的翻译标准，对后世的翻译工作产生了深远影响，是清末极具影响的资产阶级启蒙思想家、翻译家和教育家，是中国近代史上向西方国家寻找真理的“先进的中国人”之一。《天演论》是英国生物学家赫胥黎的著作，宣传“物竞天择，适者生存”的观点，在当时引起巨大的社会反响。这本书对李仪祉的触动很大，他决定模仿《天演论》开始写书。

仪祉自著的那本书叫《权论》，力言社会之偏敝，辟驳迷信鬼神及宗教，满纸尽是天演论的话头。他还写了一本《神道设教辟》的书，可惜稿子后来不知哪去了。那些闪耀着他早期思想光芒的著作虽与他后来的思想有所相悖，但观点新锐，锋芒毕露，展示出咄咄逼人的才华。

第二年，仪祉兄弟来到泾阳书院学习。书院山长毛俊臣先生特别爱护学生，他为诸生请了些仓谷米，体恤寒畯。书院每餐炒豆芽一盘，吃大米饭，伙食感觉尚好。

毛先生是"三原学派"的主要成员之一。"三原学派"又称"关学别派"。以明王恕为代表的学派。因王恕及其门人多为陕西三原一带人，故名。乾嘉以后，在三原学派中涌现出了几位很有影响的关学大师，代表人物有毛汉诗、毛班香父子、毛俊臣和朱佛光。

朱佛光，名光照，字漱芳，晚年改字佛光，以字行。清末西安府三原县朱家湾（今三原县徐木乡朱家湾）人。光绪十九年乡试中举。幼受家庭影响，不满清朝统治。自谓明秦王后裔，以种族革命为己任。甲午战争以后，外患日深，遂究心于经世之学，与孙芷源发起成立"励学斋"，广购科学书籍和新闻报纸，以劝导有志之士，宣扬科学知识。曾设塾于三原县城，并曾执教于泾阳崇实书院，长期从事教职。中国同盟会成立后，他赞同孙中山的政治主张，劝学生踊跃参加反清革命。而对于康有为保皇立宪诸说，则随时随地指斥其非。辛亥革命时，西北主持革命者多是他的门生。陕西都督府成立后聘为顾问，他仍继续执教，自食其力。1918 年任教于西安时，对陈树藩督陕极为不满，遂辞去督署顾问，回到三原，应于右任之邀，至靖国军总司令部讲解经史、政治。时因腿疾，总部为他备舆而不乘，仍扶杖蹒跚，颠顿于街衢间。同时兼任县城两所中学课程，风雨泥泞，从不间断。课毕，往往在街头一粥一饼，以了一餐。当时军、学、文、商各界，多为其精神所感动。他常说："昔人遇父言慈，遇子言孝，我则遇人言革命而已。"他讲解经史疑义、科学新知、革命原理，议论风发，诙谐有趣，座无虚席。

其时，因毛俊臣亦以经术授学者，朱佛光与为昆弟，故关内称"朱毛二经师"。

在泾阳书院，因李仪祉博览群书，思想激进，深受毛俊臣的赏识。毛先生是汉学家，对中国古代文学颇有研究，造诣很深。这个时候，学界的风气发生了很大的变化，影响最大的人物当属梁启超和康有为。

戊戌变法失败后，梁启超逃往日本，开始了他新的办报历程。1898 年 12 月，梁启超在日本横滨创办了《清议报》，以介绍民主自由、传播西方先进文化，而成为中国报界的先锋。《清议报》将“倡民权”“衍哲理”“明朝局”作为新的办报特色，以吸收西方文化精华、传播中华固有之文明、启迪人民心智为己任。梁启超规定该报以维持中国之清议、激发国民之正气、增长中国人的学识、发明东亚学术为宗旨，“陈宇内之大势，唤东方之顽梦”，此时的《清议报》成了刺向清王朝封建专制统治的尖刀利刃。

《清议报》创办以后，深受国内爱国人士的喜爱。他们通过各种渠道得到报纸，了解报纸的内容。泾阳书院有人从外面偷偷带回来后，李仪祉等进步学生争相传阅，深受鼓舞。当时比较关注的还有康有为的几次上书，有些人偷着带来，他们都一睹为快。在父亲李桐轩的影响下，李仪祉对孙中山也十分仰慕。“戊戌变法”失败后，革命党领袖孙中山当时在日本，密切关注着国内的形势发展。孙先生提出的“驱逐鞑虏，恢复中华，创立民国，平均地权”的口号，深深地鼓舞着千万爱国人士的心。李仲特、李桐轩兄弟借自己在当地的声望，联络各界进步人士积极组织民间团体，宣传爱国思想。

辛亥革命前夕，陕西风气不开，妇女裹足之习，牢不可破。李仪祉与赵义先等人组织“天足会”，到处演说裹足之害。仪祉曾作的一首《女子不缠足歌》，和那篇乐府《新闺怨》，毛先生见之，颇为称许。

3. 学而不厌

这一年的春天有岁考，其时仪祉已免了母服，预备同哥哥去往同州赴考。

兄弟二人收拾好行李，预备第二天一大早便走。第二天早晨，约祉忽然感觉头昏脑晕，坐立不稳。仪祉摸了一下，发现哥哥的头很烫，发烧严重，于是复又拉开行李，铺好被褥，让哥哥躺下休息。

书院中人，差不多都走了，仪祉昼夜间伺候哥哥的病，整整十多天。他明知这病会传染，也毫不顾避，精细照料。慢慢地哥哥的病好了，仪祉接着又病倒了，于是哥哥交换义务，又来伺候他。仪祉的病更加来势汹汹，比哥哥还要厉害，前后二十余天才恢复了。大病期间，仪祉想起了远在蒲城老家的妻子。结婚三年了，他们虽然彼此尊重，举案齐眉，但夫妻有名无实，没有任何肌肤之亲。按说婚后在一起的时间也不短，但他们似乎已经习惯了那种安静的生活，默默相爱，互不干扰。有时夜深了，孟淑会劝他早点休息，仅此而已。仪祉上床后，孟淑会打水给他洗脚，开始他不同意，后来建议两个人一起洗，孟淑不同意。冬日的早晨，孟淑会提前起床生一盆木炭火，把屋里的寒气赶走。仪祉起床后，她会伺候他洗漱，然后端一杯热水让他喝下。一次，他与哥哥去镇上赶集，回来后给妻子买了一条围巾，孟淑很高兴，每天都围着。有时，她在灯下也会做一些针线活，仪祉兴趣来了，便要教她认字。孟淑说我笨，怕学不会。仪祉说没事的，一天学几个，慢慢就多了起来。有一次他感冒了，也是发烧，孟淑守在跟前一宿没睡，流了不少眼泪。

下次回去，一定要待她更好些。至于如何好，他想得并不深入，也无法深入。如果说刚结婚的时候懵懵懂懂，不知婚姻的实质为何物，现在已经明白了。毕竟，他已经二十岁了，知晓男女之间的那些事儿了。但一想到要和妻子睡在一起就觉得羞，脸颊阵阵发烫……刚开始是觉得彼此不太熟悉，现在则是十分不好意思啊！

如果妻子能够主动一些就好了。可惜张孟淑似乎比他更加不解风情。他曾观察过嫂子看哥哥时的眼神，热辣辣地喷着火，能把人熔化。张孟淑不是。她对自己关怀备至，温柔有加，眸子里流露出的更多是敬畏和崇敬，平静得如一汪山泉，清澈透明，坦坦荡荡。她似乎十分乐意目前的这种现状，夫妻像兄妹般坦然相处，平平淡淡，相敬如宾……

难道就这样厮守一生吗？

仪祉兄弟生病的时候，两人都是请教算学的张星藩先生看的。张先生自己研究西药，他的药也不多。仪祉初病时头眩，张先生给了他一瓶阿么尼亚水，叫他闻着。第二天，张先生又给他吃了些镁磺养四，病情持续恶化，仪祉高烧不退，张先生又给他吃了两大粒金鸡纳丸。这场病折腾得他够呛，仪祉本来就有些瘦，这回整个形销骨立，快失形了。好在这病在张先生的医治下，总算好了起来。仪祉从此便迷信西医了。他在家中曾看过《全体阐微》，知道西医科学严谨，疗效神速，许多中医多年难治的病都能治好。

病好了，兄弟俩都耽误了考试。当时的督学是嘉兴沈淇泉先生，爱才如渴，礼贤下士，不拘一格。沈先生早就听说李博、李协兄弟是可造之士，然而这次考试，却未见他们的名字。沈先生不知道仪祉兄弟病了，还以为他们清高，无意八股旧业呢。那时候，各省已纷纷改办学校了。西安设了一所高等学堂，是关中书院改的。沈先生因为自己辖有三原宏道、泾阳味经和崇实三书院，不能听其都废，乃合三书院并为一高等学堂，迁于三原宏道书院旧址，名为“宏道高等学堂”。

清朝末年，外侮日亟，国势日危。“废科举、兴学堂”的呼声日高，代表大多数人的心声。

光绪二十八年（1902 年），清廷颁布新学制，令全国废除科举制度，改旧儒学书院为学堂，废读四书五经，停习八股文体，中学西学并重。沈淇泉便是在这一年改宏道书院为宏道高等学堂，派同乡胡均、张广文赴日本，请教习、购织染机器，聘请日本人设计建西式教学楼，宏道高等学堂初具规模。

宏道高等学堂为当时陕西传播新学的最高学府之一。1905 年，陕西省派遣官费留日学生，名额定为 30 名，宏道占其半数。

宏道书院以“父子亲，君臣义，夫妇别，长幼序，朋友信”的儒教当作学习的核心内容，把“博学、审问、慎思、明辨、笃行”作为办学的宗旨，并依据宋朱熹所办白鹿洞书院《书院教条》订立学规二十条，对“明德、游艺以及会食、归宁（指回家省亲）”等都有严格规定，考经堂内存有上千卷书籍资料，每日向学生讲四书五经。书院学生分二十岁左右和十岁左右两种，有堂上学生与堂外学生的区别，都按勤奋与懒惰、成绩优劣作为升、降级的标准。吴宓（哲学家、文学家）、张奚若（新中国成立初教育部长）、范紫东（戏剧家）、张季鸾（《大公报》总编辑）、于右任、李仪祉等人都曾在此求学。

这年夏天，沈淇泉先生把三书院的诸生一起召集到三原，然后甄别了一次。仪祉当时报考的有算学考试。在察院内场中，书院给每人预备一碗肉丝面。仪祉吃过面后正做算题，忽然感觉头晕目眩，痛如爆裂，于是急急请假。沈先生叫人给他送来两包药，仪祉一面出场，且走且吐。到了寓所，仪祉开水冲下药，连吐泻了七八次，方觉清醒。他自以为这下绝不会被录取了，谁知揭榜之后，还高高取在前面。

沈先生奖掖之德，令他终生难忘。

这一年的冬天，仪祉便搬到宏道，与哥哥约祉及同学赵重九、赵义生同住一号。年假将到的时候，伯父从甘肃回来，路过三原，遣人召他们兄弟到南关店中相见。

伯父在甘肃纳了个小妾一同回来，仪祉兄弟以新年将至到学堂请假，然后随伯父而归。

4. 第一次与妻子抱在了一起

仪祉兄弟回到家里，一家人自是十分高兴，但是祖母得知他们因病而耽搁了考试，显得忧心忡忡。仪祉说奶奶，不当紧的，沈先生十分爱惜人才，我们后来都被录取了。

这次回来，仪祉发现妻子的变化挺大。首先是她瘦了许多，身子感觉很单薄。还有两个人在一起的时候，她的眼神里有一丝忧郁的光，不像以前那么平静了。问哪里不舒服，孟淑摇摇头，眼泪便下来了。

这一年仪祉已经二十一岁，他们结婚也整整四个年头了。仪祉突然想起自己这些年经常在外，一去数月，妻子一个人孤零零地守在屋里。哥哥虽然也在外面求学，但嫂子因为有赋京相伴，所以不会太寂寞的。祖母曾问过他，为何不要孩子？仪祉吞吞吐吐答不上来。祖母说要不带媳妇去郎中那里瞧瞧，看看有没有问题。仪祉红了脸说："奶奶，没问题的。这件事您就不要操心了啊！"

其实在学堂的时候，也有同学关心这个问题。"亲家"赵义先与他一年结婚，如今已经是两个孩子的爹了。郭珍比自己结婚还晚，也是孩子的爹了。自己再这么拖下去，也不是个事啊。

可是，一想到两个人睡在一起，他就觉得脸红心跳……迈不过那个坎儿。

进入腊月，家家户户都在忙了。腊八一过，年的气息便弥漫开来。孩子们的脸蛋冻得通红，但喜气洋洋。他们或比赛打石头，或比赛滚铁环，忙得不亦乐乎。女孩则穿着鲜艳的衣服，坐在炕上剪窗花。张孟淑心灵手巧，每年都把所有的窗子贴得红红绿绿，引得村里的女人们前来观看。

"相公，我想听你讲一讲外面的事情呢。"晚上，孟淑给丈夫洗完脚后，突然说。

"你想听啥故事呀？"仪祉感觉很好奇。因为结婚几年来，她从来没有要求过。

“怕耽搁你的时间呢，所以……不过你也该歇歇啦，每天晚上看书，会把身子累坏的。”孟淑微笑着说。

“好吧。把水倒了，赶快上炕吧，地上冷得很呢。”孟淑把炕烧得热乎乎的，仪祉拉开被子，将枕头竖起来靠在墙上，预备给妻子讲故事。

仪祉先是讲了学堂里的一些趣事，逗得孟淑不住地笑。接着给她讲了《范进中举》的故事。讲到范进中举后疯疯癫癫的样子，张孟淑忍不住又笑了。

“真希望朝廷把科举制度给废除了，不知会害死多少人呢。”仪祉说。

第二天晚上，仪祉给妻子讲了大禹治水的故事。

仪祉说：“大禹是黄帝的后代。三皇五帝时期，黄河泛滥，大禹的父亲鲧受命于尧帝治理洪水。鲧采取兵来将挡水来土掩的传统方式，采用以土筑造大坝的方式，前后一共用了九年时间，才将堤坝筑好。谁知一场洪水便将大坝冲垮了，水灾反而加剧，当地老百姓被洪水淹得更厉害了。鲧治水失败后，尧帝一怒之下杀了他，命他的儿子禹接着治水。面对滔滔洪水，大禹从鲧治水的失败中汲取教训，改变了‘堵’的办法，对洪水进行疏导，体现出他具有带领人民战胜困难的聪明才智。大禹为了治理洪水，常年在外与民众一起奋战，置个人利益于不顾，‘三过家门而不入’。大禹治水十三年，耗尽心血与体力，最后终于完成了治水的大业。”

接着，他又给妻子讲了郑国治水的故事。

郑国是战国时期韩国人，当时是一位水工。韩国为阻止秦国东伐消灭各国，派遣郑国赴秦，游说秦王政（即后来的秦始皇），倡言凿渠溉田，图谋削弱秦国国力，使其无力征伐。秦王采纳郑国的建议，命其开凿引泾渠道。施工途中，秦国察觉到韩国的用意，欲杀死郑国。郑国坦诚相告说：“大王，这件事开始时，的确是想借助修筑水渠而消耗秦国的国力，所以派我前来。然而水渠修成后，可以灌溉数万亩良田，对秦国的利益非常巨大啊！”郑国进一步辩解说，修此渠不过为韩国延续短期的寿命，为秦国却是建万世之功啊！始皇觉得他说得非常有道理，于是让他继续主持这项工程。令韩国人始料不及的是，郑国渠的修建，使关中地区更加富饶，秦国更加强大。韩王的如意算盘落空了，他是在苦心为秦人做嫁衣呢。

郑国渠从仲山（今陕西泾阳西北）引泾水向西到瓠口作为渠口，利用西北微高、东南略低地形，沿北山南麓引水向东伸展，注入北洛水，全长三百多里。郑国渠工程宏伟，规模宏大，称得上是两千多年前之壮举。它利用泾水含沙而有肥效的特点，用以灌溉，并冲压、降低耕土层中的盐碱含量，收到改良土壤的效用。灌溉土地四万余顷，使每亩增产到一钟（六石四斗）。使关中一跃成为全国最富庶的地区。《战国策·秦策》赞美说："田肥美，民殷富，……所谓天府。"据《史记》记载，此渠修成后，"于是关中为沃野，无凶年。"

郑国渠的建成，使关中的干旱平原成为沃野良田，粮食产量大增，直接支持了秦国统一六国的战争。

为纪念郑国的功绩，时人遂称该渠为"郑国渠"。郑国渠和都江堰一北一南遥相呼应，如同张开的两翼，东方六国都处在其阴影之下，为秦灭六国奠定了坚实的物质基础。

一连两天，仪祉都在给妻子讲故事，她听得津津有味，如痴如醉，第二天精神状态大有改观，脸上也有了红润的颜色。那天，仪祉把以前给妻子教的字考了一遍，然后又教她认识新的汉字。

第三天晚上，仪祉见妻子兴趣正浓，于是接着讲故事。

那天他讲的是《聊斋志异》里面的故事。他先讲《聂小倩》。仪祉说聂小倩是一个美貌的女鬼，生前只活到十八岁，死后葬在浙江金华城北的荒凉古寺旁，不幸被妖怪夜叉胁迫害人。后浙江人宁采臣暂居寺院，小倩受妖怪指使，前来谋害，却被采臣的正气打动，便以实相告，助采臣转危为安。采臣也不负小倩重托，助她逃脱魔爪，并收留她侍奉母亲和久病的妻子。小倩勤劳善良，深受宁家人喜爱。小倩因长期接触活人，逐渐犹如常人，宁家人亦绝口不提她的身份。宁采臣的妻子病逝后，小倩遂嫁给宁采臣做鬼妻，之后，又指点宁采臣除掉前来报复的金华妖怪。几年后，宁采臣考中进士，小倩也生下一子。宁采臣又纳了一个小妾，小倩、小妾又各生一子，儿子长大后，都成了有名望的人。

张孟淑第一次听这样的鬼故事，觉得非常有趣，但十分紧张。她把自己的枕头靠近丈夫，挨着他坐下。仪祉能感觉到她浑身微微在抖动，就问她是否再听，孟淑虽感觉害怕，却又按捺不住好奇心，于是冲着他点了点头。

仪祉接着讲的故事叫《画皮》，也是《聊斋志异》里面的。当他讲到女鬼将王生剖腹，捧着他血淋淋的心而去时，张孟淑吓得一声惊叫，不顾一切地扑进丈夫怀里。

那天晚上，夫妻二人第一次紧紧地抱在了一起……

5. 每次考试，都是第一名

过了年，仪祉兄弟匆匆又要西去，继续他们的学业。

仪祉很快便融入到学校的生活中去，每天按时上课，忙忙碌碌。

他的“亲家”赵义先也来了。看见仪祉，热情得有些肉麻，令人生厌。赵义先喜欢与人辩论，声音刺耳，滔滔不绝，旁若无人。仪祉嫌他说话声音太大，跟哥哥说与他分开来住，谁知赵义先坚决不同意，硬把他们的行李搬回号里，然后大声地说：“李协，你要同我分家？告诉你，一辈子也分不开的！”

当时，学生中有一派是三原朱素芳先生的弟子，倾向革命一方面的，于伯循（即于右任）为其中翘楚。仪祉很想同他们接近，赵义先则极力阻之。赵义先是刘古愚一派，仪祉当时没有派别。朱素芳一派还有茹怀西及卓亭兄弟，清节高标，是李仪祉最钦仰的。但是朱先生的儿子志筠，实在不是好东西，令人十分厌恶。

这一年，陕西新通邮政。宏道高等学堂总教是咸宁薛寿轩先生，张星藩仍教算学，景弟光教英文，王绍庭教物理，毛俊臣教历史和地理。宏道高等学堂虽改办学校，但书院习气仍未脱，每月还是论课奖赏。

当时，科举制度虽然废除了，许多人八股流毒已深，一时怎么也转不过弯来。一些人执迷不悟，仍在那条路上徘徊。学堂经常考试，总教的课，仪祉连应了三次，每次都是第一名，总教薛先生因此十分欣赏他，非常推崇。然而薛总教讲的是经学及汉书地理志，每日强迫学生背书，背不过便要打手心，仪祉颇有些不以为然，说，学校不是这么办的！

眼看在学校学不到什么东西，仪祉觉得纯粹浪费时间，于是便托祖母有病，向薛总教请假回家。总教不准，说今年还有几场重要的考试，正好用功，因何而荒废学业？仪祉去意已决，执意请假。薛总教见无法挽留，命他限日回学堂。仪祉写限三十日，不准；改写十日后方被放行。

仪祉溜回家后，便不准备再去了。每日在家中读书吟句，闲暇时教妻子识字，好不惬意。沈督学知道这件事后，勃然大怒，命令仪祉的哥哥写信叫他归校，仪祉接到哥哥的信后一笑了之，决意不去了。

转眼便到了暑期，各地学堂都开始放假了，宏道也不例外。父亲有感于一些学堂误人子弟，决定与友人准备在同州开办学堂。这件事仪祉很感兴趣，于是便随父亲一起到同州。父亲的朋友百云先生是从北京回来的，曾在《顺天时报》当过主笔，颇知道些办学堂的规矩。奈何学堂开学后，招不下几个学生。沈督学听说后，曾来看过一次，仪祉因逃学之事，不敢与他见面。

母亲去世后，祖母便成了仪祉最牵挂的人了。

因为母亲身体一直不太好，仪祉兄弟从小便跟着祖父祖母睡，并且，祖父是哥哥的，祖母是仪祉的——这件事哪怕哥哥有一百个不情愿，也无法改变。记忆中的点点滴滴，几乎都和祖母有关。学习走步时，是祖母拧着一双小脚在院里陪他练习，每有进步，祖母便会赏他好吃的东西；牙牙学语时，是祖母一字一句教的，偶有“惊人”之句，祖母会乐半天，并且大肆宣扬，让家里所有人都跟着高兴。小时候仪祉体弱多病，几次生死关头，他都是在祖母怀中度过的。每当生病或不舒服，只有祖母的怀抱才是最安全的港湾，能够踏实地睡去……当然，祖母也有生气的时候，那就是他在外面惹是生非，祖母会毫不留情地打屁股。这样的情形似乎有好多次，印象深刻的一次是上树摘杏子摔了下来，幸亏被人接住了，无伤大恙，回去后被祖母在屁股上狠狠打了两巴掌。还有几次都是因为下河耍水，被祖母收拾得够呛……当然，这些在他长大后都成了爱的记忆，青涩而甜蜜，柔柔的全是温暖。

如今，祖母老了，满头白发，步履蹒跚。一个人行走的时候已经不方便了。然而祖母走路的时候还是很有气势的，红酸枝雕刻的拐杖在地上“当当”有声，点数清楚，节奏坚定。那个红木拐杖是伯父从南方买回的，据说花了好几两银子呢。祖母颇是觉得有些奢侈，曾拒绝使用了一段时间。

祖母老了，时时会觉得浑身疼痛。仪祉说奶奶我带你去大医院看病吧？祖母说那得花多少钱呀？我不去。一把老骨头快散架了，经不得折腾呢。仪祉说现在条件好了，有车马劳顿，您坐在上面，睡一觉就到了。祖母说当真？仪祉说那还能有假？再说了，您早就说过想去西安城看看钟楼，再不去，以后怕是没有机会了。祖母想想觉得也是，自己行将就木，说不定哪天就不行了，于是同意孙儿带着她去省城看病。

仪祉雇了一辆马车，车上比较宽敞，可坐好几个人。张孟淑坐在祖母一旁招呼着她，仪祉则坐在另一旁，嘱咐车夫走慢些，不要摇晃。谁知路上遇到了雨，道路泥泞不堪，骡子不得力，走得十分艰难，苦楚不堪。幸亏车上可以躺卧，要不祖母真是吃不消的。也许因为出远门，要去西安，祖母虽形容枯槁，但精神矍铄，似乎病已去了大半。

到了渭南，一家人准备住店休息。祖母下车后，到一家小憩。这家客店虽不大，但很干净整洁，店主母女二人，未见男主人在家。祖母歇息一晚后，精神大为缓和，吃完早饭预备走，店主见仪祉在外面招呼马车，拉着祖母问道："婆婆，你们家小伙长得那么清秀，我想以小女攀附高门，可否愿意？"祖母笑着说："我们家小伙已经有媳妇了。"店主说："这个不当紧的，我家小女可以做二房呀。"祖母说："谢谢你的美意，以后再说吧。"

一行人到了灞河，因水大不能渡，于是便找了家店住宿。这家店的条件很差，到了晚上，雨越下越大，祖母甚是着急。第二天终于渡河，来到灞桥镇，因浐、灞河水大涨，道路被淹，只好又在灞桥住宿。第二天雇了两个人，一个在前面拽骡子，一个在后面推车，仪祉和祖母等人方才进入西安城。

进了城道路也不好走。城内石条铺路，一路坎坷，车子颠得很厉害。仪祉将祖母抱在自己的腿上，孟淑在一帮招呼着，尽量减轻颠簸震荡。祖母原想着省城一定是繁华锦绣，没想到到处也是低矮的民房，破破烂烂，与蒲城差不多。那天晚上他们住在伯父的好友李耀先生家里，主人一家十分殷勤，令人感动。连日车马劳顿，祖母的病情渐渐加重。李先生为祖母请来医生，乃西安传教的外国人。这些传教士以医药济人，但实不识医药。祖母的病系蛔虫作怪，传教士开的西药医治无效后，祖母便不愿再服他们开的药了。祖母闻听八国联军侵略中国，攻打北京城，英法联军火烧圆明园，作恶多端，因此对洋人颇有偏见，认为他们不会给人治病。眼见的病情加重，祖母一刻也不愿在省城待了，闹着要回去。仪祉见祖母奄奄一息，怕有个三长两短，无法向父亲交代，于是匆匆赶了回去。

祖母回到家中，腹痛难忍，面色蜡黄，病情更加加重。伯父和父亲这时都从外面赶回来了，忙着给祖母治病，无奈不见效果。

一天，仪祉从永丰镇为祖母取药物回来，遥望门前幡旌张猎，西风凄紧，双腿一软跪了下来，手中的药撒了一地……

祖母去了！那个世界上最疼他的人，去往另外一个世界了！从此，再也听不见那拐杖当当的声响了，听不见“臣儿，我娃乖……我娃快吃呀，看把娃饿的”的召唤了！

转眼间已是泪流满面。泪眼蒙眬中，似乎看见祖母向他走来。祖母身材高大，尽管缠着小脚，一路碎步，一般小孩都赶不上的。祖母说臣儿，我去了，再也不害你们了。我去看看你妈在那边好不好，还有逃荒中死去的两个孩子，不知见了我还能认得不？臣儿，我娃是干大事情的人，等你学成了，跟你哥哥一起号召年轻人，把那些欺负我们的洋人赶出去……还有，你说过，要把洛河的水引到塬上来，浇灌庄稼。等到成功的那一天，记得来奶奶坟上烧两张纸，告诉我一声呀！

会的，奶奶。如果有那么一天，我学会了水利，一定会像郑国一样，把水引到塬上的。奶奶是个有大爱的人，一辈子在大是大非上从不马虎。几次大旱，她宁愿让自己一家人吃野菜树叶，拿出家里的粮食救济穷人。给伯父买回的丫鬟准备做小妾，闻听家里定婚后立即放人，七十两银子分文不要……这一点，许多男人都做不到啊！

仪祉几乎是踉踉跄跄地回到家中。快到门口时，便听见妇人们的哭声，凄凄切切。他知道，那是伯母、继母、嫂子和孟淑在哭呢。祖母在家里的威望虽高高在上，但从不居高临下，颐指气使。家里无论是伯母还是母亲，或者两个孙媳妇儿，祖母都会和她们心平气和地说话，循循善诱，谆谆教导……

伯父和父亲戴着重孝，目光呆滞，眼圈发红。父亲一看见他，不觉眼泪便下来了，竟哽咽不能语……仪祉扑向了灵堂，跪在祖母跟前放声大哭了起来……

父亲坚持为祖母守灵，长跪不起。下葬的那天，伯父尚能自持，父亲因伤心过度，加之连日操劳，竟昏厥了过去……在其后的一年中，父亲哀毁失形，形容憔悴。仪祉虽心里难过，但看见父亲如此伤心，劝他节哀顺变，保重身体。

埋葬了祖母后，第二年学堂开始，在父亲的坚持下，仪祉同哥哥又去宏道高等学堂上学了。

仪祉离开后，学校请来了两个日本教员，一个叫小山田建南，一个叫早崎梗桔。小山田年少，好中国文学，因仰慕陆建南，故以自名，担任英文、日文教员；早崎担任图画和体操的教员。沈督学听见仪祉又回到学堂来了，十分高兴。询问学堂监院后兴奋地说:“李协果然又来了！”监院说:“他怕大人革他衣襟，不敢不来呢。”沈督学说:“他哪儿如此，他知道有两个日本教员来了，所以才来了。”其实仪祉那时候本是就要来的，倒不在乎日本教员之故，因为他答应过沈督学，说必来的。

仪祉在宏道学了半年的日文，便翻译了一部冈田雄治的《日本国史》。然而英文不太长进，因为日本人也不会教。每天早晨，他们跟着早崎学习体操，一天“シニアシニノシリヱシタリ”地乱喊，也不清楚是啥意思。仪祉的图画还比较有样子，几何画、线描画等，这为他后来水利测绘绘图打下了一定的基础。

仪祉在宏道上了半年课，因刻苦用功，表现突出，沈督学大事甄别，居然又给他取了个第一名！

那时候，榆林的张季鸾也是一时英秀，因丁母忧未考。于右任被商州杨吟海聘为西席，早早便离开了学堂。沈督学后来见了张季鸾，说:“可惜你没有来考，不然，你和李协会争第一的。”

第六章　京师大学堂的高才生

1. 换太平以颈血，爱自由如发妻

早崎梗桔喜欢古董，并从中谋取利益。他到陕西来的主要目的便是因为这个。陕西是文物大省，民间各类古董比比皆是。日俄战争爆发后，早崎非常害怕自己被召回充兵，于是想尽千方百计方免以服役。后来他便是靠着倒腾中国的古董而发家的，赚了不少钱。小山田脾气很坏，教授的学生都不喜欢他，沈督学于是便找了个理由将他辞退了。

这年冬天，仪祉的父亲李桐轩在三原任胡家西席（旧时家塾教师或幕友的代称。古人席次尚右，右为宾师之位，居西而面东。据清梁章钜《称谓录》卷八载："汉明帝尊桓荣以师礼，上幸太常府，令荣坐，东面，设几。故师曰西席。"后尊称授业之师或幕友为"西席"）。仪祉颇以学堂功课腐败为憾，印发传单指陈之，决计明年不入学堂了。其时，于右任帮助扬州尹在商州办一中学堂，招仪祉与茹卓亭同往任教员，仪祉答应了。哥哥亦由学堂退出，任三原教谕王右益西席，教授其子。

那一年，哥哥得了次侄赋都，伯父之妾也生一女，因为难产，孩子夭折了。这是伯父唯一的骨血，可惜没有活下来，一家人都很难过。

仪祉来到商州中学堂，开学后，于右任便匆匆到开封应会试去了。原来因经庚子之变，各国联军不准在京开会试科，乃改于开封举行。也是科举的末运，余下最后一次。仪祉第一次当教员，兢兢业业，凡事都很认真，唯恐误人子弟。两月以后，哥哥突然来了一封信，说于伯循曾作了许多诗，印出来，题为《半哭半笑楼诗草》，这些诗大多是攻击清政府及满族大臣的，他又照了一张相片，披发下垂，手执长刀，旁题“换太平以颈血，爱自由如发妻”。

于伯循不知道，他这下把娄子捅大了！

三原因有贺复斋先生的倡导，理学人很多，有所谓理学毛，理学皮，于右任最憎恨这一般人。有个姓米的理学先生，有人告诉他：“于右任怎么骂你来？”米某说：“他娃骂我哩。他的把柄，还在我手里拿着呢！”米某拿着于右任的照片及他反清的诗集，到省上去见巡抚恩寿，献与巡抚。巡抚一见大怒，命令三原县知事严加查办。

1879年，于右任出生于三原县东关河道巷，原名伯循，字诱人。“诱人”二字典出《四书》“夫子循循善诱人”。1905年，他在《新民丛报》撰文批驳钱基博《中国舆地大势论》中的荒唐论点，首次署名“于右任”。“右任”，既是“诱人”的谐音，亦暗含反清之意。中国一向以“左衽”来指受异族统治，故“右任”之“任”，系从“衽”而来。于右任早年“读经史，学诗文”，打下了坚实的国学基础。青年时代往来于三原宏道书院、泾阳味经书院、西安关中书院。与李仪祉一样，得识学贯中西的朱佛光及以经学辞章著称的毛臣俊，并以师礼事之。后来，他又谒见关中国学大师、泾阳味经书院山长刘古愚先生。1898年学问渊博的叶伯皋入关督学，激赏于右任的文章，誉其为“西北奇才”。

年少的于右任是个热血青年，公开排满，颇不安分。前山西巡抚毓贤因义和团案被清廷诛杀，其弟毓俊受株连隐居三原期间，遍游名胜古迹随处题诗，官绅多指其怨而不怒，深寄同情，于右任则愤然在其诗旁题“乃兄已误人国家”等字。宏道学堂总教习薛寿轩以其言语不羁，斥以“暴戾恣睢”，右任怒不可遏，立即召集同学，声称：“‘暴戾恣睢’四字，是太史公司马迁罪盗跖之词，现在总教习加之于我，我倒成了盗跖一类人物了。这我还承受得了？这个学堂我住不成了！”言毕愤而离校，引致校内学潮风起云动，总教习差点辞职。

1900年，八国联军攻占北京，慈禧太后与光绪出逃西安。陕西巡抚岑春煊命学堂师生恭迎圣驾，参加“跪迎”的于右任看到国家已成这个样子，慈禧还要摆架子，血气方刚的他致书巡抚岑春煊，希望“手刃西太后”，拥护光绪皇帝重新实行新政。幸被同窗王麟生发现阻止。他写下“误国谁哀窃窕身，唐惩祸首岂无因？女权滥用千秋戒，香粉不应再误人。”的诗歌，借古喻今，把矛头直指慈禧太后。后来，他又在自己的照片旁题写那样的“反诗”，三原县令德锐见此，认为大逆不道，向陕甘总督升允告密，升允再向西太后密奏，慈禧下旨升允缉捕于伯循就地处决。

光绪三十年（1904 年），清廷下令拿办于右任。

此时，于右任已经在壬寅正并科中了举，这时正在开封赴会试场，全然不知自己捅下的娄子。李约祉因和于右任是同学，当时又在三原，在友人处得到消息后，大吃一惊。他当时未动声色，赶快去见于右任的父亲，告知此事。老太爷吓得手足无措，不知该如何办。约祉说：“现在官场还不知道于右任在开封会试，若是知道，一封电报就把他拿了。”于右任父亲说：“那我们先打电报吧！”约祉说：“现在千万不能打电报，那等于走漏消息，自速其祸呢！”右任父亲沉思了一会儿，说：“我是商人，拟个商人电报‘货已及申，速行’！你看行不行？”约祉说：“电文尽可含蓄影射，但是姓名不能不提‘于右任’三个字，怎么隐藏呢？”右任父亲一时便没有办法了。约祉说：“现在唯一的办法，就是专人去送信，先尽人事，后由天命，有效无效，听凭他的命运罢了。”右任父亲又沉思了一会儿，觉得也只有这样会稳妥些，于是写好信，出重资雇专差，跑了九天送到开封。

也该于右任命大，恰在这时，西安的电报局和路驿均发生故障，致使清廷缉捕于的公文反比于的家信晚到，于得以迅即逃离开封到上海，幸免于难。

仪祉接到家里来函，说祖父病危，乃亟请假同去。回家后，祖父的病已经痊愈，他于是又来到了三原，听哥哥说起于右任的事情。约祉说于右任在开封接到他的密信后即逃往上海，第二天缉拿他的人便来了，只是迟了一步，好不惊险！

于右任成功逃走，苦了陕西许多赴试的举子。他们回来时，沿途关津节节盘查，凡人必问是否知道于伯循之下落，严加审问，受尽连累。

后来，于右任为感谢李约祉救命之恩，特作七律四首赠李约祉，以抒铭感之情。其中有两句这样写道：“都门书到诵回环，闻道欢迎白浪庵。”

这时候，京师大学堂开办师范馆及预科，请各省考送学生。陕西省由关中、宏道两学堂各送六人，仪祉与哥哥同去应考，结果双双被京师大学堂录取，成了又一件轰动当地的新闻。

后来，督学朱益藩对人讲，李协与于伯循都是旷世奇才，文采出众，思想敏锐，独树一帜，日后必成就大事业。

仪祉同哥哥回到家中给祖父辞行。祖父送他们一里之外，落了两滴老泪——谁知此行竟是最后一次相见！人生苦短，光阴荏苒，岁月蹉跎。祖父去世的时候，他们都未能再见上一面。

兄弟二人到了三原，又给父亲辞了行。父亲平时不吸烟，家中也是严厉禁止儿辈吸烟的，那天忽然买了一大匣云龙牌纸烟，让两个儿子上路带上，说是一路防防瘴气。父亲慈亲爱子，竟会如此通权达变。

临行前，父亲作了一首诗鼓励他们：

惟华人昔神明胄，不可奴兮不可虏。
我心之忧又如何，上失其道民散之。
四千年来自陶唐，设都禹迹渺茫茫。
闭关绝使不可得，遂乃厕身争竞场。
场中争竞浑不见，农工商业皆剧战。
华山蒙耻华水羞，华人骄气犹满面。
封豕长蛇肆荐食，人方刀俎我鱼肉。
婉转求脱几不脱，顽皮昏童又钳东。
人生自古谁无死，死于愚弱甚可耻。
雀鼠临迫能返嘴，况有气性奇男子。
男子立身戒自轻，要知科第非功名，
英雄事业一念定，再休大梦度浮生。

父亲昂扬激越的文字，令仪祉兄弟一扫即将远离故土的依恋之情，好男儿志在四方。“人生自古谁无死？留取丹心照汗青！”他们立志要做一番轰轰烈烈的大事业。

当时，因为京汉铁路北段只修到顺德，仪祉兄弟于是雇了一辆马车，辞过了父亲，赶着马车整整走了半个多月才到达山东顺德，换乘火车。一路上，连同送行的袁委员，大家谈古论今，针砭时弊，倒是很热闹。

上了火车，同行中有一个姓赵的到处寻觅，问火车之火何在？大家都笑他。其实许多人都是第一次坐火车，哪知道火车是怎么一回事呢？大家心里都悬着这个疑问，不好意思说出来罢了。当时他们坐了个三等车，便如列子御风而行，风驰电掣，两边的景物唰唰退去，车内却平静如水，笑语喧哗——这是马车无论如何不能比的。

2. 初到北京

到了北京西车站，旅客照例要被检查一次。仪祉兄弟雇了一辆马车，出火车站后刚走了几步，有一个人便拦住去路，伸手说："拿钱来！"仪祉问："要的什么钱？"那人口里呜喇呜喇，他也没听清楚。仪祉说："要多少钱？"那人说："四毛。"仪祉说："两毛行不行？"那人略一迟疑，说："也行。"仪祉于是便给了他两毛钱。

后来，一路上遇到许多这样的人，都是伸手要钱的。约祉嘱咐弟弟不要理会他们，只管埋头走路，这才躲过了一番纠缠。

一行人住在关中会馆里。距离京师大学堂复试之期还有几天，他们只能在外边温习功课，边耐心等候。

当时的北京城完全不是他们想象的天子脚下繁华大都市的模样，就如同祖母第一次进西安城，水阻车堵，到处一片泥泞。后悔把心中的美好景象都打破了，急急便往回赶。常言道"看景不如听景"。又云"好出门不如赖在家"。其实正是这般道理。

在北京，马路除过东交民巷，所有的大街上，中间一条甬道，宽仅一轨，高有三尺，两旁尽是污水坑。前门大街被做小生意搭的木棚小铺占领了，一个街道分作三条了。街上的土尽是黑的，发出一股刺鼻的臭味，令人掩鼻而过。这是晴天，一俟下雨，到处泥泞一片，深的地方有一尺，一脚踩进去半天拔不出来。也有漂亮的小姐太太拧着小脚踏着碎步，忽然不留神被人一撞，一声尖叫，仰面便倒在泥污里。围观者哈哈大笑，看她狼狈的模样，竟没人上前救助。到了晚上，路上没有灯，黑魆魆的，也没有警察。一两个人出去提心吊胆，煞是害怕。

那时的街道是五城御史管的（五城御史，官名。又称“巡城五城御史”，简称“巡城御史”。为清代五城察院主官，专门负责巡察京城治安）。到了晚间便听见各处呜呜地响，说是夜间巡守的。有些街道是有路灯的，像耄耋老者的眼神一般浑黄，若明若暗，没精打采的样子，跟没有差不多。

京城的乞丐非常的多。有一次仪祉他们到天桥去游玩，他们之中有一个年长的叫侯敬初，大家都称他“侯爷”。适时，来了一个叫花子，侯爷扔了一个大（那时北京的钱一个抵外省两个制钱，叫个大，四十九个大便是一百钱）。又来了一个，侯爷再扔了一个。结果又来了一个，他只能接着再扔。这一下可不得了，哗啦啦一下子来了二三十个花子，一齐跟涌了上来。侯爷一看不好，扔了一把乱钱，撒腿就跑，好不容易才跑出了花子围。

这些花子中，有自称考过秀才的，口里背他的入场起讲，滔滔不绝。然后说：“善心的老爷，你体上天好生之德，赏一个大罢。”

仪祉兄弟住的关中会馆，是在顺治门大街。菜市口处决囚犯，这里是必经之地，常常看见囚车经过。

仪祉兄弟目睹了清政府最后的一次凌迟行刑过程。这个被处死的人叫王维勤。王维勤是山东某县一个举人，乘庚子之乱，杀死李际昌一家十二命，妇孺无遗。此案最后惊动了光绪皇帝和慈禧太后，责成刑部秉公定谳。刑部很快召集都察院和大理寺对命案重新进行审理，最后判其凌迟处死，其子斩决。当时还有一位因勾引奸夫害死本夫的妇人，也陪着凌迟处死。这是清廷末最后的一次凌迟之刑，因为已有上喻废了这野蛮刑法。王的案情太大，所以自此案后起，停止此刑。

行刑的前多日，便有许多人在刑部打听。到了行刑那一天，由顺治门大街到骡马市大街，人山人海，房顶上都被人租遍了。李仪祉看见王维勤坐在囚车上过去，神色倒是自然。想想这么一个身体健壮的人，一会儿便会被活生生地千刀万剐，令人不寒而栗。这一天推出去十几辆车子，顺治门大街上，有一家酒铺，照例给死囚每人敬几杯酒，以醉为度，或者只是三杯而已。

凌迟王举人的时候，现场人山人海。先是把犯人的衣服剥光，双手反绑在一棵木桩上，刽子手个个气定神闲，拿着明晃晃的刀子寻找着开切的地方。这样的凌迟，一般都是先从胸脯开始割起，至肋骨暴露在外，血淋淋不忍直视。犯人发出骇人的惨叫声，胆小之人捂上眼睛，或背过身去。有一个洋人站在房顶上看，吓得骨碌碌滚了下来……

这是一种惨无人道的行刑方式，历史上曾有一些著名的将领遭遇此刑，如明朝一代名将袁崇焕，太平天国将领林凤翔、李开芳及英王陈玉成、翼王石达开等。据说石达开被行刑时，一旁同时行刑的另一位将领发出瘆人的叫声，石达开说："何遂不能忍此须臾？！"此后直到行刑完毕，至死寂无声。

那时候北京没什么公园，想找一个干净没有污染的地方散步也很难。吃过晚饭后，大家便来到西车站月台上踱来踱去。那时出入车站尚不要月台票，很自由的。站台上有几杆煤气灯，亮得刺眼。站台很长，较远的地方便黑得看不见了。

一天晚上，仪祉等几个同学照例月台上散步，侯爷领头，脚底下漆黑一片。仪祉说："侯爷小心，不要踏空，跌到台下去。"侯爷说："何至于同王老先生一样呢。"仪祉不懂王老先生是怎么回事，便请他说给大家听。侯爷说："王老先生是郃阳县的一个乡学究，教有几个大童生。王老先生自己也是一个老童生。每年科岁考，照例领上一群学生，到同州去应试。半路里过一个街镇，得歇一宿。有一次，他们仍过那个街镇。天气暖热，王老先生提议大家不住店，在街上买些东西吃，晚上便宿在过街戏楼上。众学生都赞成。那天晚上睡觉的时候，王老先生特别吩咐学生们：夜里起来小解，不要失足跌下楼去。不料半夜间学生正在睡觉，忽听'咚'的一声……"

侯爷刚说到这里，大家果然听到"咚"的一声响，侯爷不见了！

原来侯爷由于故事讲得太投入，当时他正要说学生们睡觉时给"咚"的一声惊醒，掉在楼下的不是别人，就是王老先生。不料一时大意，竟然现身说法，当真"咚"的一声，大家已听见侯爷在月台下"哎呀哎呀"地叫，一时便直笑得肚子疼了起来……

返回的途中，看见街上有卖鲜蟹的，大家因从来没有吃过，命长班（随身仆从）买了十数个，面对张牙舞爪的螃蟹，都不知该如何下手。弄了半天，不得要领，于是仍赏给长班吃了。

侯爷独宿一房。有一次，李约祉与他开玩笑，夜里乘侯爷熟睡时，用刀子将侯爷门闩子拨开，蹑手蹑脚溜进去，偷了侯爷一只鞋，藏在外面的一条破烂板凳之上，出来仍替他把门关好。第二天一早，侯爷起来后只见有一只鞋，到处寻找另外一只，没有影子。他检查了一下，见门关得好好的，感觉非常奇怪，于是便对大家讲，夜里恐怕有狐仙造访，偷走了一只鞋。大家抿着嘴不敢笑出声来，都说就是狐仙，或者是那聂小倩来了，要与侯爷续一段鬼缘呢。

此次以后，侯爷每日睡觉都疑神疑鬼，先将鞋子藏好，担心狐仙鬼怪会偷走。

有一个同乡叫徐海门，在八旗学堂教书。学堂就在煤山跟前，他邀请陕西同乡到煤山上游玩。仪祉说："煤山是崇祯皇帝上吊的地方，乃皇家禁地，不让参观吧？"徐先生说不要紧，大家便跟着他去了。

进门的时候，看门的兵不在，大家跟上徐先生一直跨进了门。看门兵回来后，问你们是干什么的？徐海门撇京腔说："我们八旗学堂。"看门兵说："八旗学堂也不让进！"徐先生说："瞧瞧就出去了。"看门兵一生气，把门用杠子上了。徐先生着急了，又去求他："我们不去了，放我们出去吧。"说了许多好话，开门的才开了门，瞪着眼，伸着指，喊道："奶奶的，就是洋鬼子来，也不让进去的，你们好大的脸啊！"

大家无故地被抹了一鼻子灰，都觉得有些晦气。

3. 丰富多彩的大学生活

沈淇泉先生时在北京，听说他的得意门生来到北京，在京师大学堂读书，非常高兴，邀请仪祉吃饭。

沈先生请的是西餐。餐厅里简洁大方，灯火通透，风格别致。餐桌上放着刀叉，擦得明光锃亮。每人跟前一套餐具，下面放着餐巾。服务生着装干净整齐，脖子上打着领结，显得风度翩翩。沈先生点了牛排和水果沙拉，还有比萨饼，每人要了一杯啤酒。这种完全有别于中餐的食品，仪祉第一次品尝，怎么都觉得不合口味。那啤酒更是难喝，一股说不上来的味道。沈先生笑着说："李协，这些西餐你要适应，以后到国外留学，每天吃的可都是这些食品啊！"仪祉说："难道外国人不吃面条吗？"沈先生说："面条是有的，意大利面，跟咱们关中的面食完全不同的。"仪祉勉强吃了一些，特别是那奶油沙拉，甜腻腻的，实在难以下咽。

吃完饭，沈先生带着仪祉来到琉璃厂的一个花园里，合影留念。沈先生说：“李协，我一直看好你的。以你的雄才大略，以后在历史上一定会留名的。沈某为有你这样的学生而骄傲啊。”仪祉忙颔首致谢，说：“先生过奖了。李协不才，有负先生栽培，当更加努力才是。”

京师大学堂的入学考试，分为三天时间，英文、算学、历史、地理、国文、物理、化学都有，每天差不多两门。历史的第一个问题便是：“日俄战争爆发是哪一年？”

试题不是很偏，仪祉自然都会。所幸陕西来的学生大部分都被录取了，除过一个干州姓赵的向隅。姓赵的本来就什么也不知道，火车上到处寻火的人就是他。赵向隅懊丧之极，作了一首辞别诗，头两句是：“有兴赴京来，无兴回陕去。”灰溜溜地回家去了。

发榜之后，仍隔了好多日，不见通知大家进学堂，因为新宿舍没有修好。好不容易等到 8 月，大家才搬了进去。

仪祉兄弟开始是分在师范馆的。当时，师范馆是新成立的专业，前景广阔，许多学生翘首以待，希望分在师范馆，毕业后当先生教授学生，薪资丰厚，受人拥戴。然而李仪祉不情愿。他希望学习外文，研习工科。他在给父亲的信中写道：“儿之志欲以哲学为终身之成名，以工学为平日之生计。”对自己攻读的目标和日后的职业有了明确的目标。

当时，转专业也不是一件容易的事。仪祉想起了自己的恩师沈淇泉先生，于是将自己的想法对他说了。沈先生支持他的想法，即刻出面给学堂负责人打招呼，仪祉被改拨到预科德文班，哥哥约祉改到法文班。英、德文是第二类理工预科，法文是第一类法政预科。学堂的监督是张亨嘉。当时还有陕西榆林的高晋伟与他同班，学习德文。那时住学堂很便宜，伙食、课本、书籍、洋烛、制服等等，都是学堂供给的，每月还有考试，成绩好的可得奖赏，优秀者十元、二十元，成绩差的也有两三元，加之各省又有津贴，每月每人银八两，算是十分丰厚了。一个学期后，学校才将奖赏一事裁了。一些学生们还闹着不肯，不依不饶，似乎前来上学，就是为了那些补助的。仪祉颇有些不屑。

同班级中，与仪祉关系好的几位学生都品学兼优，每月考试轮流一、二名。如萧县的霖之烈，年轻、聪明、勤苦；丹徒的仰先祖，特别能干，当过好几次班长，都是仪祉最好的朋友。有两个德国来的教习，*G.Schendler* 先生年纪很轻，是个动植物学家，主要教德文。他教学兢兢业业，一丝不苟，对学生要求很严厉，大家进步便很快；另一位 *Phaiper* 先生第二学期才来，教授物理、化学、地质、矿物、天文地理、化学实验等，为人和善，教学也很认真。一年之后，有一大半学生嫌 *G.Schendler* 先生太凶，硬要求监督将他辞退了，非常可惜。他后来去了上海，成了同济学校的教员。学校辞退 *G.Schendler* 先生以后，聘请直隶的薛镜山来教德文，薛性格缓慢，脾气温和，学生自由散漫，学习很难长进。一些热爱学习的同学颇有微词，却无可奈何。

仪祉兄弟来京之前，有人谣传说伯父病故四川，父亲说绝不会的，因为他心上向来很安静的，如果伯父病故，自己一定会感知到，让他们兄弟放心上京去。到京后的第二年，荆姚的张振之先生由四川来引见，带着伯父的信，他们这才彻底放心了。

光阴荏苒，仪祉兄弟在京师大学堂的学业进步很快。他们刻苦用功，心无旁骛，一心用在学习上。到北京后的第三年，哥哥回了一次家，仪祉送他到长辛店，兄弟依依惜别，不觉泪落如雨。

哥哥回去的时候，遵照父亲的嘱咐，买了许多纺织机件。父亲又派郭珍之弟宝田到天津学习纺织。

约祉返回陕西的时候，铁路已通到了郑州。郑州以西，因路上遭遇大雨，车马劳顿，受了一路的罪。约祉返回京城时亦不顺畅，学校开学多日后才回来。这个时候，仪祉才知道，祖父竟于一年前逝世了！父亲怕耽搁儿子的学习，写信时并未提及。一时伤心落泪，在所难免。祖父一生辛勤治家，俭朴严厉，儿孙之福，都是祖父母白手造出来的，怎教人不哀痛呀！

这年冬天，伯父由四川回到了陕西，被关中高等学堂聘为算学教习，免了一家人的牵挂。

仪祉在京城学习，一待就是五年。五年间，他一直没有回家。这期间，大学陆续换了四个监督，张享嘉、李家驹、朱一藩、刘廷琛。朱、刘都曾任过陕西提学使。几年间，国内国外发生了许多大事，仪祉身居京城，第一时间便能感知得到。

这其中有文化方面：梁启超在日本创办《新民丛报》；张之洞创立湖北师范学堂；上海复旦大学创立。

政治方面：上海商务会宣告将专设总会，联络各埠，抵制美货，京师学堂均决议不用美货；中国留日学生在东京正式成立同盟会。中国同盟会机关报《民报》在日本东京出版，在发刊词中，孙中山首次提出“民族”“民权”“民生”三大主义。

法度方面：清廷下诏废除延续一千三百余年的科举制度；清廷将重刑：凌迟、枭首、戮尸三项永远删除，凡死刑至斩决为止。

其他的大事件还有：日俄战争爆发，日军占领大连；我国第一条自建铁路——京张铁路开工，詹天佑为总工程师；美国莱特兄弟试飞人类第一架飞机；中国红十字会成立。

1905 年 4 月，京师大学堂举办了第一次运动会。校方特别强调开运动会的目的是培养青年“临事不辞难，事君不惜死”的精神。在这次运动会上，还要运动员一再高呼“皇太后圣寿无疆，皇上圣寿无疆”等口号，令人啼笑皆非。比赛除了田径项目以外，还有举重、射箭和游泳。许多学生第一次接触足球、篮球和乒乓球，感觉很稀奇。运动员在场上你争我抢，乱成一团，裁判不得不一次次中断比赛，笑料百出……

那时候，李仪祉因年轻气盛，敢作敢为，得罪了不少人，包括同乡王御史。当时，“吴樾炸五大臣案”轰动一时，令许多年轻人激情澎湃，热血沸腾。

吴樾（1878−1905）是安徽桐城人，年轻的时候，就在族人吴汝纶的推荐下，入保定高等师范学堂读书，并在那里初步接触了大量革命书刊，逐渐走上了推翻清政府腐朽统治的道路。1904 年，吴樾与杨守仁、赵声等组成“北方暗杀团”。1905 年 2 月，湖北省反清革命小团体“科学补习所”成员王汉谋刺铁良未成，投井自杀。这起刺杀未遂事件，给吴樾以极大的刺激，因此他也把铁良作为主要暗杀对象，同时，也因为满清亲贵中，唯有铁良掌握兵权，又经常外出，防范松弛。

1905 年，当时革命运动风起云涌，维新舆论遍及朝野。清廷为了缓和革命气氛，愚弄人民群众，放出“预备立宪”的空气，并派载泽、戴鸿慈、徐世昌、端方、绍英等五大臣出洋考察宪政。吴樾认为清廷行此事，是蒙蔽群众，他怒不可遏，于是由刺杀铁良转而目标指向炸死五大臣。他随后写下绝命书——《意见书》，并潜往北京。

是年 9 月 24 日，清廷五大臣准备出国考察宪政，吴樾假扮成仆人，怀揣炸弹混进北京正阳门火车站，并踏上五大臣乘坐的高级包厢。由于受到一个卫兵的盘问，吴樾慌乱中点燃引信，正要将炸弹掷向五大臣的车厢，不料列车此时发动，车厢砰然相撞，随着一阵剧烈震动，炸弹被震落在他的脚下，并且立刻爆炸，只听“轰”的一声巨响，烟雾弥漫，车穿地陷。吴樾当场牺牲，五大臣中的绍英伤了右股，端方、戴鸿慈受了轻伤，载泽在慌乱躲藏时擦破了头皮。

吴樾这次英雄壮举产生了极其重大而深远的影响。刺杀事件后，清朝各王公大臣惶惶不安，人人自危，五大臣更是被吓破了胆，逃回府邸后龟缩不出，推迟出洋考察行程。

吴樾的血肉之躯并没能阻止清廷大臣出洋考察宪政，12 月，新任命的五大臣又先后踏上了旅途；不出所料，“预备立宪”只是清政府蒙蔽群众的权宜之计，出洋考察也没能挽救清王朝倾覆的命运，在随后的几年里，暗杀此起彼伏，革命形势风起云涌，在腥风血雨中，一个崭新的时代即将诞生。

在社会大变革的时代，当时的京城也发生了一些变化，如城内改革了许多道路，建发电厂，修复前门楼、东西交民巷、二牌楼及总理衙门等，设立学部、警部、外交部、实业部等，慢慢有了一些新气象。然而这些表面的兴旺并不能掩盖其腐朽的本质，历史的车轮滚滚而来，人民革命的风声如火如荼、愈演愈烈——陕西井勿幕、云南李根源、浙江徐锡麟、湖南马福益等，都曾掀起过不小的波澜，使清廷人心警乱，惶惶不可终日。袁世凯把北洋新军练成自家军队，每月亲自点名，给士兵发饷，养精蓄锐。

一天，德国公使馆军械库失火，仪祉当时已经上床睡觉，忽听“轰”的一声巨响，震得床板晃动，接着哔哔啪啪，响声不绝。宿舍一下子乱成一团，个个惊慌失措，说不得了啦，革命党来了！仪祉抬起头看了看，复又睡下了。第二天一大早，他骑着一辆自行车由东交民巷过，才打听出来是怎么事情。

同寝室有一个西安来的学生叫君丹午，喜欢把仪祉叫“水兽”。究其原因，因为仪祉对江河很感兴趣，地理书上讲到的大江大河他如数家珍，滔滔不绝地能讲上很长时间。仪祉最感兴趣的几条河流除了黄河、长江，便是陕西的渭河、洛河和泾河，因为这几条河与关中地区息息相关。长期以来，关中大旱，而泾河、渭河及洛河的水又很难引来浇灌。郑国渠、白渠因年久失修，许多地方或淤泥堆积堵塞，或已经坍塌，无法引水上来，令当地农民望洋兴叹，徒唤奈何。在与同学谈论的过程中，仪祉常有高谈阔论，引得大家一片赞叹声。君丹午说：“李协，你对水资源如此感兴趣，前生该不会是只水兽吧？”

大家都笑了。仪祉未置可否，接着谈论与水相关的话题。仪祉说：“我们学过地理，大家都知道，地球有‘水球’之称。‘三山七水一分田’这句俗语，比较形象地概括了地球表面的情况。水对我们的生命起着重要的作用，它是生命的源泉，是人类赖以生存和发展的不可缺少的最重要的物质资源之一。人的生命一刻也离不开水，水是人生命所需最主要的物质。水是农业的血脉，没有水的滋润，庄稼植物便无法生长，枯萎而死。长期以来，我们几乎都是靠天吃饭，天下大旱，民不聊生，灾难深重。如何利用我们学到的知识改变这一自然现象，才是我们以后需要努力研究的方向啊！”

“说你是水兽，还真把自己当成大禹了！”君丹午听得有些不耐烦了。

“只要回去有官当，有钱赚，上孝父母，不辱使命；下荫妻儿，荣华富贵——其他，想那么多干啥呢？”另一位同学也在耻笑他。

“尔等鼠目寸光，不足与谋——燕雀安知鸿鹄之志哉？”仪祉笑了笑，不愿再理会他们了。

京师大学堂每学期都会进行考试，年终大考。每次考试，仪祉的成绩都会名列前茅，深受老师和同学的拥戴。

同寝室的侯爷年纪大了，最害怕学英文。他们师范班因为都是些老先生，英文没有任何基础，都是来北京才开始学的。他们所用的课本名叫“泼拉买”（*Primer* 英文启蒙读本），侯爷最怕的就是这个了！他年老而淘气，喜欢招惹仪祉，仪祉急了便拿上一本“泼拉买”吓唬他，侯爷立即便跑了。因为这个法子很灵，所以仪祉常摆一本“泼拉买”在床头，专门对付侯爷的各种捣乱。寝室还有一个山东人叫刘星楠，两个眼眉长成一横，看起来很奇怪。他松松地梳了一条辫子，一副慵懒相。仪祉提醒他这个装扮不太好。他说管得着吗？我就喜欢这样儿！后来刘监督见了，从后面抓着他的辫子说：“你这根辫子太奇怪了，再不收拾我就给你收拾了！”吓得他马上就改过了。此人功课全不当事，十月间单衣不离身，皮衣又穿到三月间，常常是几个月不洗澡，半年不洗衣服，身上一股浓重的汗腥味，令人作呕。还有一位贵州人叫王孔滋，好逛胡同吃酒。仪祉规劝他那些地方腌臜，又折腾钱，王孔滋勃然作色道：“李协，各人有各人的自由，你无权干涉。”从此仪祉便不再说他了，他也不同仪祉说话了。有一次，王孔滋从胡同回来，吃得醺醺大醉，拉洋车的拉他到学堂门口，他竟一点知觉也没有。当时已经是夜里十点多了，拉洋车的叫开门，仪祉听见听差的用抬雪土的木箱把他抬进来，放在床上。到了半夜，只听“咚”的一声，仪祉被惊醒了，只听见王孔滋哼啊哼啊地趴在地上。仪祉下了床扶起他，问他要干什么？王孔滋说我要小便。仪祉于是便扶他到外边小便处，完了又扶回来，放他在床上。怕他着凉，仪祉把自己的一床被子给他搭上。

第二天早晨，王孔滋起床后看见地上有一摊血，才发现一个门牙被碰掉了。他摸了摸，身上的八块洋钱和十两银票也丢了。王孔滋见仪祉给自己盖上被子，说了声“谢谢”。从此以后看见仪祉便十分客气，直到毕业。

同班中还有个湖北的学生叫王鷭伟，一副公子派儿，十分贪玩，不愿用功，学习成绩很差。有一次把德文教师气急了，说：“王鷭伟，我不为两只手插在袋中，非打你一顿不可！”不久，他便退学了。

仪祉除了一帮奇葩同学外，还有极品老师呢。有个地理教员叫温之甲，来自浙江，特别喜欢吹牛。他说自己对天文地理无师自通，生来就知道地球有两极，太阳比地球大。还说自己知道宇宙中有多少星星。他的地理讲义中，连前门、大智门的火车时刻表都抄入在内，却不见高原、河流的详细描述。他的弟弟叫温之乙，桌子上摆一本五国会话，自命能通英、法、德、俄、日五国文字，其实一窍不通，笑话百出。这位同学一开始与仪祉在一班，后来降在乙班。等到仪祉他们毕业了，他又从头学起。结果又过了四年，还是没有毕业。学堂中因此有两句流言，其一：“温之甲牛皮甲天下”，其二：“温之乙牛皮大于温之甲”！

人啊，靠吹牛是不能战胜别人的。标榜自己可以，但也要有度，过分的吹嘘只会使自己处于更尴尬的境地，成为别人的笑料！

第七章　热血青年

1. 书生意气

京师大学堂创办于1898年7月3日，是中国近代第一所国立大学。作为“戊戌变法”的“新政”之一，其成立标志着中国近代国立高等教育的开端。

1862年，清政府在总理衙门设立了京师同文馆。同文馆的设立是我国创办新式学校的开端，此后，清政府又决定设立算学馆，学习天文算学。京师同文馆是中国近代第一所新式高等学校。

1895年8月，康有为、梁启超等在北京组织“强学会”，购置图书，收藏报刊，供群众阅览，并经常开会讲演，讨论学术，批评时政，宣传介绍西方资产阶级的社会政治学说和近代科学知识，鼓励人们学习西方，以学以致用的原则来培养人才，最终达到民族自强的目的。两年后，创办京师大学堂，是当时国家最高学府，也是国家最高教育行政机关，行使教育部职能，统管全国教育。《京师大学堂章程》中提到其办学方针是“中学为体，西学为用”，后历经“戊戌政变”、义和团运动、八国联军侵占北京等变故，京师大学堂屡遭摧残，以致停办。1901年，清政府重建京师大学堂，设速成、预备两科，创办于1862年洋务运动期间的京师同文馆也并入大学堂。1902年，京师大学堂仕学馆、师范馆成立，即西北大学、北京师范大学、西北师范大学的前身。1912年5月4日，京师大学堂更名为“北京大学”，旋即冠“国立”，是中国历史上第一所冠名“国立”的大学。

京师大学堂师资力量雄厚，聘有许多外教，教授英、法、德、俄、日等外语。大学图书馆藏书丰富，种类齐全，令仪祉兄弟大开眼界。这是任何民间小书斋所不能比拟的。

每天，除了上课及食宿，仪祉的大部分时间都是在图书馆度过的。这期间，他接触了大量的外国书籍，包括文学、历史、天文、算学、地质、机械、化学等各个领域，视野大为开阔。几年间，他做了大量的笔记，受益匪浅。他在图书馆会经常忘记时间，误了吃饭和作息的时间，同宿舍的人都以为他着了魔，成了地道的一个书呆子。

仪祉每天除了刻苦学习，对当时的社会风云变幻和时局动荡也十分关注。1905 年，京师大学堂的学生掀起了反对中美不平等条约的学潮，仪祉兄弟首当其冲，积极参加了这一革命活动。其间，仪祉曾亲笔上书侍御史王仙洲，反对卖国贼将祖国大好河山拱手让给洋人的丑恶行径。他在书信中写道：“天下事以万千人之力成之而不足，以一人败之而有余。纵观历史，从古如斯；但不愿此等事乃见于先生，先生不为全国人民计，独不为一身名誉计乎？”语言恳切，言辞锋利，一针见血。

然而，在当权者眼里，一名普通的学生的上书是微不足道的。仪祉的一腔爱国之情，道出了当时许多学生的心声。

1907 年，仪祉与京师大学堂的同学由 *Kaiper* 领队，到汉口、汉阳、武昌、大冶各处旅行，参观各工厂、学校、矿山等。时张文襄督鄂，梁鼎芬任布政司，对京师大学堂的师生们热情接待，并合影留念。去时由海道经天津、上海，然后到汉口。仪祉第一次看见海，激动的心情难以名状。这个覆盖了地球百分之六十以上的海洋，是生命最初的发祥地。面对茫茫无际的大海，他大声喊叫，欢呼雀跃。同学中许多来自海边，笑他放浪形骸，孤陋寡闻。是啊，陕西身居内陆，仪祉小时候见过的最大水域便是洛河，后来又见到渭河与黄河，以及北京的一些湖泊水域。然而几天的水上之行，仪祉没有晕船，他们却大抵都晕了。

到了上海，海船换江船，需要上岸。他们在四马路附近浏览了一圈。当时的上海灯红酒绿，是中国最繁华的城市了。街上行人熙熙攘攘，两边房子结构多石质构造，与北京相异。当时的人力车可乘二人，跑起来飞快。与北京的胡同不同，这里的妓女出局时，一人扛在肩上而行，纤足垂于扛者胸际，成为一道特有的风景。

坐了几天船，大家都希望上岸吃一些可口的东西。找到一家餐厅，上来的不是鱼虾便是蛤类，仪祉感觉样样不可口。

从上海乘江船逆流而上，“滚滚长江东逝水，浪花淘尽英雄！”站在船甲板上，仪祉心潮澎湃，感慨万千。如此丰富的水系，滔滔东去，注入大海。如果能引一些给北方多好啊！那样一来，渭北高原便可以旱涝保收了。

两天后，他们来到了汉口。汉口自古是中国四大名镇之一，地处长江西北、汉江以北的地域，隔长江与其东南侧的武昌相望，并汉江与其南侧的汉阳相望。旧时汉口曾有“天下四聚”之称，“北则京师，南则佛山，东则苏州，西则汉口。”是长江重镇。

同北京相似，汉口的卫生状况也不好，蚊蝇猖獗，令人夜不能寐。无奈何，大家上街买了蚊帐，方才能入眠。那些蚊子叮咬后痛痒难忍，面部肿胀，搔多了便皮肤溃烂，迟迟难以恢复。仪祉回到北京后找了一位医生，抹了几天药才好。

上海、汉口、武昌及大冶之行，令仪祉大开眼界，特别是汉口是清政府被迫对外开放最早的口岸之一，外商云集。目睹各地工业发展状况，了解到许多学校不曾学到的知识。

1908 年是李仪祉在京师大学堂学习的最后一年，由于品学兼优，他升任为班长职务，负责班级纪律及学生与学校之间的一些协调工作。当时，有一位江苏籍的学生叫陈锡畴，才思敏捷，文辞纵横，颇有章彩。其文有“自汉以后，君臣之分愈严，上下之隔愈甚，后儒之罪，可胜诛乎”。学监刘廷珍看后勃然大怒，认为这学生胆大妄为，自以为是，思想不纯正，准备立即开除。各班学生推举班长为陈锡畴求情，李仪祉首当其冲。众班长见到那个刘学监后，怯于他的淫威都不敢说话。刘廷珍知道大家的来意后，斥责陈锡畴道德败坏，思想极不纯正。李仪祉说：“我以为陈锡畴的那句文论题就事论事，也不见得其人便不纯正。”刘学监见有人竟敢为陈锡畴辩护，火冒三丈，瞪圆双眼，气势汹汹地问：“你叫什么名字？”李仪祉不卑不亢地说：“我叫李协。”这时，一起来的学生纷纷发话。刘督学半晌不语，继而摇头吟道：“后儒之罪，可胜诛乎——这还说不是不纯正吗？”仪祉欲与之再辩，被一个同学用肘捣了一下，方默然未作声。

此事后来不了了之，陈锡畴得以继续学业。只是从此李协之名，被刘学督记在心里了。

2. 挥斥方遒

京师大学堂的校服很有特色：一身蓝布长袍，中间系一条带子，头戴藤编草帽，脚踏黑色皂靴。大学堂的学生出去，人家一看便知。

也就是这一年，蒲城发生了震惊全国的“蒲案”。蒲城县令李体仁派拘役到学校抓捕多名学生，大堂上拷打，说是有革命嫌疑。然后戴脚镣手铐，投进监狱。一个学生甚至不堪残酷折磨，伤重身亡。仪祉的父亲李桐轩时任教习，见事态扩大，无法挽回，于是给在北京大学堂求学的两个儿子写信，倾诉冤情。仪祉接到父亲的来信后，急求同乡周权伯御史上了一奏折，陈述李体仁的斑斑劣迹。同时，仪祉兄弟联系师大学堂其他陕籍学生，联络陕籍京官刘华、晏安澜等在京进步人士共三十多人，具本参劾李体仁。清朝政府迫于形势，不得不谕令陕西巡抚恩寿“将所呈各节，秉公确认，认真究办，据实具奏，毋稍回护”。翌年1月，经恩寿奏准，将李体仁“即于革职，不准援例捐复”。被诬告者无罪释放，这件事方告一段落。

那段时间，孙中山领导的民主革命如火如荼地进行着，清王朝风雨飘零，摇摇欲坠。

1908年11月14日晚上，三十八岁的光绪皇帝突然在北京中南海瀛台去世。

第二天下午，他的母后与政敌慈禧太后也病死在中南海仪鸾殿。

消息公布后，立即在全国引起种种的怀疑和猜测。因为这对母子自“戊戌政变”后一直处于对立的微妙状态中，现在两人几乎同时死去，又是光绪死后慈禧才殁，于是，社会上对光绪之死产生了种种不同的说法：

第一种说法，以徐珂《清稗类钞》为代表，认为慈禧在病危时，不愿在她死后让光绪再掌朝政，派亲信去窥探光绪动静，得知光绪“竟有喜色”，大怒说：“我虽病，当不致先他死，他休痴想！”于是派人将光绪毒毙。中国古代宫廷斗争多有先例。

第二种说法，以德龄《瀛台泣血记》为代表，认为是慈禧的太监亲信李莲英平日狗仗人势，常迫害光绪，害怕慈禧死后光绪上台危及自身，故瞒过慈禧，暗中毒死光绪。

第三种说法以康有为的公告与溥仪的《我的前半生》为代表，认为袁世凯在戊戌政变中出卖了光绪，当慈禧病危时，担心光绪重新上台，便以重金买通内监，借向光绪进药之机，暗中下毒，谋杀了光绪……

慈禧、光绪两宫相继而崩，北京城到处都搭起了经棚，为死者超度。马神庙街外面的景山街旁也搭起了无数的经棚，京师大学堂的学生们每天必须得哭两次。学生们腰里勒一条白带子，列队前去吊唁。督学刘廷珍哭得恓恓惶惶，如丧考妣。学生中也有哭者，但大多数人都在装模作样，甚至哭出笑声来。大家嘻嘻哈哈，对慈禧的死更多是幸灾乐祸。仪祉私下对同学说，慈禧这个祸国殃民的女人终于寿终正寝，真是一件大快人心的事啊！于右任当时在上海，得知这一消息后，哈哈大笑，预计庆祝一番。后被同僚制止，怕他又捅了娄子不可收拾，方作罢。

很快就毕业了。这几年中，仪祉师学的课程很多，分别是德文、英文、物理、化学、定量分析、地质、矿物、岩石、几何、代数、解析几何、微积分、图画等，各门功课都是优等。那一年，仪祉利用课余时间还翻译了一本《平面几何》及《*Withelm Tell*》，均未出版。同班中还有廖能同、罗勿四、陈献廷、毛耀东、李守正等，学习都很优秀。他们班的同学大多数都比较正直，疾恶如仇，因此在历次学潮运动中都冲锋在前，思想非常激进。

他们之中的许多人后来都加入了同盟会，包括仪祉兄弟。

毕业考试后，哥哥约祉留在了北京，等待榜单。当时，伯父李仲特任西潼铁路筹备局秘书，推荐仪祉派赴德国留学，仪祉知道消息后便先回家去了。

回到家里，仪祉先到祖父、祖母及母亲坟上痛哭了一场。离家五年，祖父去世，家里发生了很大的变化。妻子孟淑见他回来，自是非常高兴。仪祉离家五年的日子，她一直在家侍奉公婆，毫无怨言，与仪祉的继母相处非常融洽。

这次回家，仪祉住了两个多月。其间，嫂子生病，迟迟不好。后来他才知道，嫂子自生了第三个孩子赋林之后，便得了干血痨症，病情十分严重，无有良医。仪祉回来刚一个多月，嫂嫂便病逝了。

哥哥约祉从北京回来后即任省视学，被派往商州去了，仪祉只好张罗着将嫂嫂埋葬了。

安顿好家里的事务以后，仪祉来到蒲城县城。县令陈次云当时正在筹办小学，热情地留仪祉参加学校活动。晚上，他住在井嵩生家，同井嵩生、井勿幕兄弟聊得十分开心。那段时间，井氏兄弟每天长枪短棒，忙着练武。后来他又去了省城，未能见到哥哥，于是给他留了一封长信，便与伯父、父亲拜别而去。父亲那时任咨议局局长，郭希仁任副局长。

在省城西安，仪祉与井勿幕、陈会亭前往参观一所叫“健本”的学校时，井勿幕指着一名长得特别胖的学生说：“他叫胡景翼，才华出众，品行端正，将来一定有出息。”胡景翼是陕西富平人，同盟会员，辛亥革命时期，胡景翼在耀县组织起义失败后流亡到日本。1915 年护国战争时期，胡奉派回国。1917 年护法战争期间加入于右任在陕西组织的靖国军，任第四路司令。

健本学校是仪祉的伯父李仲特同张拜云创建的，因伯父思想进步，学校同盟会员很多，因此被称为“革命学校”。大家都知道仪祉要到德国留学，同乡的李襄初说现在局势紧张，战争不可避免，建议仪祉到德国学洋人制炸裂品，改变国内土枪土炮的局面。有同学又建议他学电报电话，日后必有前途。大家莫衷一是，最后也没讨论出个结果。

仪祉准备返回北京，昼行夜宿，来到河南地界时，遇见一辆车子，插着河南陆军学校的旗子。车上坐着三名学员。他们车慢人多，仪祉的车轻而快，因此每次下店，总是他先到，占了上房。那几个陆军学员颇露愤愤不平之色。路上买吃的，给人家小钱，不要便瞪起眼睛骂。卖东西的人与之吵了起来，旁边一个老头劝他莫与之争，说：“你都不看那是干什么的吗？”那个卖东西的见这伙人气势汹汹，趾高气扬，只好忍气吞声，自认倒霉了。

一次，仪祉又先下了店，幸而有两个上房，他占了一所。陆军学员们随后赶到，一下车便怒冲冲地闯入仪祉的房子。仪祉见他们进来，便很和气地招呼他们，他们置之不理，出去到隔壁那间房去了。

那天晚上，仪祉听见他们舞拳试剑，闹腾了大半夜。

第二天退房时，车夫悄悄告诉他：“昨晚店中幸有两间上房，不然，他们便预备打你一顿，然后赶你出去，住进你的房间呢。”仪祉听后有些愕然，想不到每天快走一步抢个好房子也会有错。

车夫说：“其实，他们那帮人看似凶神恶煞，来势汹汹，其实也没甚武艺。

昨晚我见他们摩拳擦掌，舞拳试剑，都是花架子，不堪一击的。如果真的打了起来，不但我会帮你，连他们的车夫也都帮着你的。那个车夫一路上受他们的辱骂，早就忍够了！”仪祉听后十分感激，说：“看不出来，你还是个有武艺的人啊！”车夫说：“谈不上什么武艺，经常出门在外，学点功夫，用来防身还是不错的。”

京师大学堂发榜后，仪祉本来样样功课都是最优等的分数，却因为物理不及格，被降为中等。他仔细回忆，考完后物理答案无一不对，并且画的图也很工整，为何会不及格呢？

仪祉在学校找到了 *Kaiper* 先生了解情况。*Kaiper* 先生也感觉很诧异，说：“你的物理答得很好，怎么会不及格呢？”

原来大学堂的毕业试卷，教席评定甲乙后，复由学部会同学堂监督，教务提调复评。他们抑之扬之，上下其手，搞平均主义。王仰先与李仪祉同例，德文不及格降为中等，大闹了一场，索要原卷交公众评阅，主试者又复提为优等。

类似笑话很多，不一而足。

京师大学堂毕业后便同时获得举人之衔，最优等的学生以内阁中书任用，中等任七品小京官。仪祉被分发到一个部门做录事，他哪有心思做官？所以也不与他们争究，领了毕业文凭。举人官照需花十二两银子取领，仪祉觉得没用，决定放弃了。举人之衔是许多人一辈子梦寐以求的，仪祉却视其如浮云，许多同学表示不理解，说他在大学堂辛苦了几年，都白学了啊。

仪祉不以为然，即此便到上海去了。

3. 在上海

李仪祉这一次到上海，还是循京汉而下，由汉口转往上海的。

羌白的李厚生要到上海读书，与仪祉同行。到了汉口，栈房替他们定了一个野鸡船（指官有三大公司之外的船舶），这种船官舱每位只需七元钱，非常便宜。到了上海，他们在公馆马路旁找了一家客栈。客栈房间很小，设施简陋，仅能容身而已。这样的房间每人每天连伙食只需四角钱，仪祉觉得很划算。

西潼铁路局同时派出留洋的人还有刘宝谔，他是赴美学习。刘宝谔的祖父在上海做候补道（清制职官称谓。通常，此官职是以几种情形体现。一种情形是高级职官丁忧后再请职者，正常任用，提升任用为道员职时会作为“候补道”。另外就是纯粹以捐纳方式，所获文职最高级之职道员，捐纳得官后，赴吏部报到，等候吏部依法选用，称为候选。吏部再分发某部或某省，听候委用，称为候补），刘宝谔（1884—1952）字梦锡，陕西洋县人。从小随曾任苏州知府、上海候补道员的祖父生活，毕业于上海南洋公学（上海交通大学的前身），后在上海从事工程建筑。在这之前，两人只是互相仰慕，从未见过面。

刘梦锡听说李仪祉到上海来了，晚上便到栈房访他。两人一见如故，相见恨晚，谈得非常投机。第二天，仪祉到梦锡家里回访，拜见他的祖父和他的叔父文卿。梦锡的祖父年事已高，然鹤发童颜，精神矍铄，和善可亲，一看就是一位年高有德之人。刘家待仪祉非常热情，盛情留他吃饭。席间，刘梦锡的祖父对仪祉赞不绝口，夸他少年才俊，有远大抱负，以后必成国家栋梁之材。随后几天，李仪祉与刘梦锡多次相会，共谈人生理念，国家大事。很快，他们便成了莫逆之交。两人相约学成回国后振兴中华、振兴陕西。1911 年 10 月，辛亥革命爆发，公费资助暂时中断，刘梦锡半工半读完成了学业。此后他又访见了于右任及同乡商人义厚、宋子才、刘鸿臣等人，去中国公学拜访了同乡严敬斋、张奚若、王岐山等。

一日，刘梦锡邀请仪祉与几个同乡吃饭，去了一家蕃菜馆（即西餐，中国最早的西餐厅叫蕃菜馆）。三人占了一张桌子，服务员送上菜单后，严敬斋一看，牛扒、猪扒一概都不懂，大喊道：“什么牛扒猪扒，怎么吃啊？！”见菜单上有“蛋炒饭”，不知是什么东西。说：“好，来个蛋炒饭吧！”服务员果然送上一盘蛋炒饭，带一个铜质羹匙。严敬斋大怒，说：“三个人，一个匙，怎么吃啊？混账东西！”仪祉一看就知道他们都没吃过西餐，而他在北京已经吃过两次了，又不好意思说，只是暗自发笑。服务员果然又添了两个匙，三人于是一同吃。吃完了，梦锡问：“还吃什么呢？”仪祉说：“算了吧，再吃也吃不饱。”于是结了账出来。刘梦锡本来想让仪祉品尝新鲜的东西，没想到大家都没吃好，感觉有些对不住。仪祉说：“这没什么，西餐就这样，洋人吃的东西，未必就合我们的口味呢。”几天后，王岐山见到仪祉，说：“他们请你吃大菜吃不饱，我带你到一个徽州馆子吃面吧。”仪祉说：“好。”两个老陕要了大碗的面，吃得满头大汗，痛快淋漓。

在上海，李仪祉见到了于右任。当时，于右任正在上海轰轰烈烈地办报。

于右任到上海后，为呼吁民主革命，曾多次办报。他所办的报纸最出名的当属所谓的三“民”报，即《民呼日报》《民吁日报》《民立日报》，为辛亥革命造舆论。

1906年秋，于右任在日本考察报业期间，孙中山曾会见他并郑重指出：“当前的迫切任务是为革命做宣传工作。”于右任从开封逃到上海后的第三年，也就是光绪三十三年（1907年），与杨笃生一起创办了《神洲日报》，但刊行不足一年，一场突如其来的火灾殃及报馆，后来报馆又发生了内部分歧，他只好离职而去。

初次办报受挫，并未动摇于右任的意志。第二年，在朋友的帮助下，他又开始筹办《民呼日报》。于右任在报纸上刊登了一则启事：“今特发起此报，以民命为宗旨。大声疾呼，故曰民呼，辟淫邪而振民气。”这则启事阐明了他办报的宗旨。但因为资金困难，直至宣统元年（1909年）三月二十六日才宣告出版。《民呼日报》除了于右任担任社长外，还特聘戴天仇、吴宗慈、王无生、范光启、周锡三等人担任主笔。所刊文章大胆泼辣，锋芒毕露。对于时政得失、官僚腐败等均有严格的批评，因此深受民众的欢迎。与此同时，报纸也遭到同行和官府的嫉妒和憎恨。

《民呼日报》每天出版对开两大张，辟有“社说”“要件”“电报”“新闻”“谐文”“文苑”等栏目，创刊号的“社说”指出：“我同胞三千年来，已受扼于独夫民贼之手，莫或一伸，而今者又并区区言论权亦不可得，爰用愤激纠合同志，创为此报。”该报“宁便让官场恨我，不欲使国民弃我”，以大量篇幅披露清廷出卖路权、矿权，斥之“以傀儡自待”；猛揭官场黑幕，抨击官僚腐败；报道甘肃等地发生严重灾荒，主要官员只顾保乌纱而对上隐瞒，不免田赋，以致饥民“易子而食”。因此，该报“未出版而预订者已及数千份”，很快“销行已逾万纸”。

上海道台蔡乃煌在《民呼日报》印行数日，就发函给相关官员要求饬查。7月30日，受谴责的护理陕甘总督毛庆蕃也进行发难，致电蔡乃煌：“《民呼日报》馆内所设之甘肃筹赈公所收款不多”“如有侵吞情事，应行按律严惩”。蔡乃煌马上与租界当局接洽，于8月2日晚拘捕于右任。大家一看便知，于右任虽为“甘赈”发起人之一，但《民呼日报》仅是给予支持，甘肃筹赈公所由专人主持，以此为借口把他抓起来纯属陷害。范光启等马上邀集“甘赈”主事者和经办赈款的银号上堂做证，并由律师严正申明：“甘省灾赈，另有刘道经办，派司账两人管理进出，均有账据，与该报主笔并不关涉。”

于是，按照官府的授意，原皖省铁路协理候补道朱云锦、已故前上海道台之子蔡国帧和湖北新军飞划营统领陈德龙相继出面控告《民呼日报》“毁谤”。这样，于右任就难以恢复自由之身了。他顽强地从监房里传出“宁死不停报馆”的话，但报馆同人明白“报纸一日不停，讼案一日不了”，看到他“被系狱中，备受苦楚”，遂忍痛于8月15日停办该报。

官府整垮《民呼日报》后，遂于9月8日结案。

于右任出狱后，立刻又带原班人马筹备新的报纸，并在申城各报登载《〈民呼日报〉之最后广告》：“本报自停歇招盘业经多日，近始将机器生财等过盘与《民吁日报》社承接。”

《民呼日报》被查封后，于右任并不气馁，又在上海各大报刊登《民吁日报》创刊启事：“本社近将《民呼日报》机器生财等一律过盘，改名《民吁日报》。”对于报名，于右任的解释是：“以吁之与呼，字形相近，用以表示人民愁苦阴惨之声；而分析‘吁’字，又适为‘于某之口’，于沉痛中，尤含有幽默的意味”；另外，“吁”即“呼”去两点，这也暗喻即便清廷扬言要挖掉他的双眼，依然将不停地呐喊。《民吁日报》日出对开两大张，版面安排大致类似《民呼日报》，以“宣达民情，鼓舞民气”“与专横政府对抗，与强霸列强对抗”为宗旨，销量很快直线上升，名声几乎超过老牌的《申报》和《新闻报》。

《民吁日报》以提倡国民精神、痛陈民生利病、保存国粹、讲求实学为宗旨。坦言《民吁日报》即是《民呼日报》的继续，其宗旨，似乎更加鲜明了。所不同的是，该报虽然仍是于右任为创办人，但为避免清政府的破坏，更换范光启为社长，朱葆康为发行人，并在法国领事注册，以备不测。该报创刊后，正赶上日本侵略满蒙，情势危急，举国上下莫不痛心疾首。但上海各大报刊迫于威力，噤若寒蝉，不敢大胆报道。唯有《民吁日报》，不畏强权，实事报道，并警告国民提早做好日本侵略的准备。

那时，正值日本加紧与沙俄勾结，阴谋共同攫取我国的锦齐铁路。日本前首相、侵华元凶伊藤博文在访俄途中，窜至我国东北进行活动，于10月26

日在哈尔滨火车站被朝鲜爱国志士安重根击毙。《民吁日报》在事发第二天，率先用大字标题做整版报道，发表评论揭露日本对华野心："伊藤之满洲旅行，非独为满洲，为全中国也"；而且，称双手沾满鲜血的伊藤博文是"大浑蛋"，死有余辜。同时，该报为了号召人们奋起革命，大声疾呼："清政失纲，东夷乘衅，陵铄诸夏，惧将倾覆国家，沦丧区宇，斯诚志士致命致节之日矣！"

日本驻沪代理总领事松冈获悉此事，照会上海道台蔡乃煌："民吁报言论大欠和平，且任意臆测煽惑破坏，幸灾乐祸，有碍中日二国邦交，请将该报惩办，以戒后来。"上海道台蔡乃煌觉得《民吁日报》几乎就是《民呼日报》，他见松冈发怒正中下怀，一面敦促法国驻沪领事馆取消该报注册，一面要求"将该报馆封禁具报"。

十月初六，《民吁日报》遭到查封。

宣统二年（1910 年）九月初九，于右任又创刊《民立日报》，内容以唤起国民责任心为宗旨，报刊栏目分论说、批评、记事、杂录、图书五部分。主笔人主要有景耀月、宋教仁、张季鸾、吕志伊、谈善吾、范光启、王无生、徐血儿等人，可谓人才济济，一时之盛。此时，清朝政府正在倡言立宪，国内言论出现了较为自由的环境。这些主笔人，同时又大多是一些革命者，并以《民立日报》为中心，成立了"中部同盟会"。黄花岗起义失败后，《民立日报》借此宣传民族主义，鼓动革命精神，以激励国人。随使全国革命风潮，出现了风起云涌的现象，最终带来了"武昌起义"的胜利。辛亥革命以后，南京革命政府成立，《民立日报》的主要人员大多被任命要职。于右任任交通部次长，宋教仁任法制局长，范光启任安徽铁血军司令，陈其美任沪军都督，景耀月任教育部次长，吕志伊任司法部次长等。

于右任每天都很忙，但听说李仪祉来了，非常激动，立即前来相见。两人相谈甚欢。后来，他们又与刘梦锡一起谈人生，谈思想，谈革命，三人志同道合，非常投机。

那一年甘肃大旱，于右任当时正在替甘肃筹赈，组织演员在"九亩地"新舞台搞赈灾演出，邀请李仪祉和刘梦锡一同观看。这出戏演的是饥民杀子供父母食用的故事，表达饥民在万般无奈之下的一种痛苦抉择。仪祉看后觉得过于血腥。这样的事情也许现实生活中会有发生，如同二十四孝中的"埋儿奉母"，但李仪祉觉得太残忍了，无法直视。仪祉把自己的想法对刘梦锡说了，他也深有同感。

赈灾演出结束后，仪祉对右任说："这出戏虽然感人肺腑，令人潸然泪下，但上海是中外观瞻之地，这样的戏，未免显得我们中华民族太野蛮了啊！"于右任想了想，觉得仪祉说得有道理，于是决定重新撰写剧本。

于右任带着仪祉到同济学校参观，在那里他们见到了曾经在京师大学堂教授他们外语的 *Schendler* 先生，当时他因对学生过于严厉而被辞退，便来到上海同济学校。几年未见，大家都很高兴。*Schendler* 先生在京师大学堂时兢兢业业、一丝不苟，对仪祉非常欣赏，仪祉对他也很尊重。此时在沪相见，两人都少了拘束，畅所欲言。*Schendler* 先生带领仪祉参观了医学校，又到宝隆路参观建筑中的新校址，又忙着替他订船票，办西装，然后教他怎么样穿着，一连几天都忙忙碌碌，非常热情。分手的时候，*Schendler* 先生又给了仪祉两封介绍信，一封是写给他父亲的，一封给柏林的一个朋友，嘱咐仪祉到了德国后给予照应。

在上海，仪祉发现于右任的辫子不见了，脑后空荡荡的。开始时怎么看都觉得有些别扭，像洋人一样。后来，在于右任的动员下，仪祉也剪掉了自己的大长辫子，宣告与一个腐朽没落王朝的决裂。其实他早就有这个想法了，只是在家时大家都编着辫子，剪掉则成了异类，为人所不容。后来到了京师大学堂，繁重的学习任务弄得他很紧张，每天早早起来还要梳头，甚觉讨厌，即恨不得剪去，又思这根辫子相随自己二十余载，一旦抛却，有些惋惜，所以才留到现在。几天后，仪祉见到了刘梦锡，发现他也剪了，只是人家理了个像洋人一样的发型，自己则显得有些不伦不类。刘梦锡带着他到百老汇一家日本人开的理发馆，理发师一阵修理，这才像模像样，有些风采了。那时上海人几乎都不会讲官话，上海话李仪祉一句也听不懂，因此无论上街买东西还是打听情况，刘梦锡都帮了不少忙。

第八章　漂洋过海

1. 异域风情

说起中国人出国留学，时间最早要追溯到清道光二十七年（1847年）。广东香山人（今珠海一地）容闳，非常了不起地开创了中国留学教育之先河。

1847年，十九岁的容闳，经过三个多月海上之旅到达美国，就读耶鲁大学，成为中国留学史上第一个留学生。

容闳1854年毕业后于第二年回到了中国，先后担任香港英府高等审判厅翻译、上海英商丝茶公司书记。

容闳后来加入了美国国籍，但他依然热爱中国。容闳认为，如果国家每年都向海外派遣一定数量的留学生，坚持一百年，中国现代化建设所需要的人才就不会匮乏，古老的旧中国就可以慢慢地变为像美国那样强大的新中国。

为了说服清政府向美国派遣留学生，他不辞劳累奔走呼号。经过日以继夜的18年的艰辛努力，终得结果，其后才在曾国藩、李鸿章的同意和帮助下，于1872年到1875年间，容闳分别率领120名十至十五岁的幼童到美国求学，这可视为中国近代史上第一代公派留学生。

1894年中日甲午海战后，国内有识之士面对赔款之巨、国弱民穷的窘境开始深思，认为要使祖国强大，必须学习西方先进科学技术，派遣留学生到国外学习。

光绪年间，清政府派遣出去的留学生逐渐增多，即使在北洋政府时期和民国初年，这一阶段政局动荡、战事不断，但留学教育依然在困境中不断地发展。

辛亥革命后出现军阀混战的黑暗局面，迫使许多爱国知识分子思考中国的出路和命运。当时出国留学就是途径之一。

20 世纪初，中国留学生规模每年大约一二百人，主要集中在欧洲诸国，留学生大多数学成归国都能尽忠竭诚报效祖国，成为中国现代科学和民主政治的开拓者。

李仪祉先生就是在这样的历史背景下赴德留学的。

仪祉离开上海的时候，好友于右任、刘梦锡都到吴淞口来送行了。那时候外洋大船还不能进吴淞口。看着轮船渐渐远去，岸上的人依然在频频挥手。想起沪上这几天来他们畅所欲言，几乎无话不说，仪祉的眼睛有些湿润了。他想起了李白的那首诗《赠汪伦》：

李白乘舟将欲行，忽闻岸上踏歌声。
桃花潭水深千尺，不及汪伦送我情。

与仪祉同行前往德国的，还有一位江苏籍的同学叫徐子寿，他是前相徐郙之子。徐郙是同治元年的状元，先后授翰林院修撰、南书房行走、安徽学政、江西学政、左都御史、兵部尚书、礼部尚书等职，拜协办大学士，世称徐相国。徐子寿气概阔绰，德国公使、德华银行总办等机构都同他家有交情，一切出洋之事，早在北京之时已办得妥妥当当了。

开船的前几日，徐子寿由北京赶来。他订的头等舱位，仪祉订的是二等舱。在上海时他们见过面，约船上再见。

那是宣统元年（1909 年）的 7 月，李仪祉二十七岁。轮船离开吴淞口后，岸边的景物便渐渐矮了下来，犹能看见送行的人执着地站在那里向他们挥手。仪祉走近自己订的舱位，整顿行李入舱。船员来后，仪祉拿出两块银圆赏给他，洋船员非常高兴，此后便特别地招呼他。

他们乘坐的船叫“*Luiow*”，一路乘风破浪，气势豪迈。

徐子寿时常到二等舱找仪祉拉话。这位公子哥儿对仪祉倒十分友善，两人谈得也很投机。好在他们都不晕船，不像有些人一上船便吐得稀里哗啦，浑身发软，哪有心思拉话？徐子寿告诉仪祉许多笑话。子寿说头等舱中的便桶很特别，上面的坐板有弹簧，时常翘起，一坐压下去，便有水哗哗流出。子寿一坐，听见屁股下面有水声，吓得跳起来，一看什么都没有，又大着胆子去坐，才知道不过如此。他们头等舱最讲究，吃饭非穿礼服不可。子寿慌慌张张找到餐位，结果大家都对着他看，他自己一瞧，原来外面的大衣没有脱去，于是赶紧脱了，又坐下，然而大家还是对着看他，弄得他莫名其妙。子寿站起来仔细瞧了瞧自身，原来脱大衣的时候，连燕尾服一齐脱掉了！“奶奶的，这洋人的臭规矩也太多了，穷讲究嘛！嗨，早知道这样，还不如订个二等舱方便呢。”子寿说完哈哈地笑了。

船上二等舱的船员都会奏乐，每日到头等舱去奏一次，其余都在二等舱上。船上一路莺歌燕舞，倒是十分热闹。

船到福州以后，刚靠岸便涌上来一群卖东西的商贩，男女老幼皆有。他们大多卖的是工艺品，以漆器雕像为多。

头等舱上有一个姓刘的华侨，住在马来西亚的槟榔屿，经营锡矿，家庭非常富有。这个人不但会说中国话，像广东、福建、上海、北京的口音，都通畅流利，而且对外国语言英、法、德、日、意等都比较通，马来语更不用说。他先是和陈子寿认识，子寿又介绍他认识了仪祉。

船到新加坡以后，刘先生说：“我事儿忙，不能奉陪，给你们请一个招待吧。”说完便打电话请中国领事馆派一个人来。不久便来了一个穿着短装制服，戴着顶大帽子的人，刘先生对他说：“我有两个朋友，请你招待他们各处看看吧。”那人奉命维谨。可见这位刘先生做事是十分靠谱的。仪祉与子寿跟上那位招待员在新加坡逛了许多地方。新加坡地处赤道，非常炎热，没有四季。一天之中时常会下几场雨，一会儿却又晴空万里，蓝天白云。那里的植物与国内也大相径庭，许多仪祉和子寿均未见过。

他们先是参观了一个博物院，里面陈列最多的是鳄鱼，都是本地产的。还有一些商业贸易区，商品琳琅满目，令人目不暇接。有些首饰看上去很璀璨，国内从未见过。问了一下价格，倒也不是很贵，只是他们要前往德国留学，要不给家人可以带一两件的。这里除了中国人和马来西亚人，肤色比较黑的都是印度人，干的都是最脏最累的工作。另外还有菲律宾和印尼人在这里打工，华人在这里的地位相对要高一些。仪祉知道马六甲海峡是世界上最繁忙的水道之一，码头上船舶很多，颜色不同，各国均有。

船到了槟榔屿，那位刘先生说："到达我自己的地盘了，我必须亲自招待你们才行。"两人见难以推脱，于是客随主便，跟着刘先生来到他的铺子里。他们刚一落座，便有许多伙计前来请示。有讲马来话的，有讲英国话的，言语莫衷一是，刘先生一一应付，感觉甚是随意。

刘先生请他们吃了一些海鲜，两人对这类东西都不感兴趣，却又不好驳他的面子，凑合着硬吃了一些。用晚餐以后，刘先生便领他们去游玩。同行者还有一位美国少年和一个印度人。

一行人坐上马车跑了许多街道，进了一回戏园子，听了两出，刘先生说："你们从北京来，还看得上这个戏吗？"便出来了。这时天色向晚，他们走到一条街上，差不多家家门户都挂一个碌碡大的红纸灯笼，仪祉感觉很奇怪。刘先生领着他们径直走到一家门口，一样也有红灯笼的。上了楼，在一个大堂屋里，有许多粉白黛绿，仪祉这才明白是一个妓院的所在。可怜他长这么大，还是头一次进妓院，还是在国外。

刘先生进了一个房间，早有一名妓女殷勤地迎了过来。刘先生开了几张条子，一会儿又来了两个。这些妓女都是乌黑的脸蛋儿，上面抹着厚厚的一层粉，又抹得不匀，感觉真的像驴粪蛋外面挂了一层霜，样子十分可笑。她们衣着暴露，身上的皮肤也是黑的。每个人都是赤足穿草鞋，每足胫上戴一个粗粗的银圈，模样与国内的女人大相径庭，怎么看都感觉有些滑稽。

酒席很快便摆上来了，是燕菜席面，仪祉还是头一回吃。刘先生把三个妓女左右各抱一个，怀中拥一个，自娱自乐地说："我们商人便如此随便，你们求学上进，切不可学我的坏样呀，我也不过给你们见识见识呢。"仪祉笑了笑，心想这样的女人看见都觉得恶心，抱在怀里更加不是滋味啊！然而一旁的徐子寿见此情景，眼里几乎喷出了火。子寿是富贵子弟，生活奢靡。有一次他曾对仪祉说："我一夜不与女人同床，便要手淫，不然，会生病的。"仪祉很诧异，说："你为何会有那么大的欲望？"子寿不以为然，说："七情六欲，人皆有之。古代圣贤尚且林中御女，我年轻气盛，怎么就不能想女人了呢？"仪祉还是觉得不可思议。因为他自结婚后，几年间与妻子都没有接触，后来虽有了肌肤之亲，京师大学堂一去便是五年，其间虽有思念，但很少有那方面的想法。——难道人与人之间的差异有如此之大吗？

酒席散去之后，刘先生送仪祉和子寿等人上船，又送他们一大篓菠萝蜜。萍水相逢，如此隆厚，仪祉感觉心里暖烘烘的。他说了声“谢谢”，即与刘先生告别了。

第二天开船后，便是另外一番景致。轮船在南洋诸岛间穿行，船上兜售珊瑚的人很多。马来人撑极窄之船——窄到仅可容足，一长木横其上，向大船行乞。船上的游客掷钱海水中，他们便一跃而入，泅没水中如鱼虾般自在。在下面找到钱后，衔于口中，复跃而上，继续行乞。

船到锡兰岛的哥伦坡后靠岸了。仪祉在这里不但看见印度人、马来西亚人等肤色人种，还第一次看见了非洲人，诧异世界上居然还有这么黑的肤色！这些肤色不同的人们拉着人力车在招揽生意。看见仪祉他们，一个人力车夫大声地说：“*I bring you to Japanese Hotel*，*Japanese music.*（我带你去日本酒店，听日本音乐。）”很显然，车夫把仪祉他们当成日本人了。

他们雇了一个做向导。看了一座佛寺，前有佛冢，寺内藏一佛牙。殿内金玉佛像甚多，楼上有贝叶经无数。佛寺里有一人专门用小刀刻写经文，速度非常之快，一元印度钱一叶。仪祉觉得有趣，便买了一个。他们又逛了许多地方，随即上了船。

第二天一大早，*Luiow* 号客轮便开船了，又走了差不多一个星期，到达亚丁。亚丁是也门的首府，那时候还归英国人管。

仪祉等一行人上岸后，才发现岸上是一望无际的沙漠。这里没有多少上下货物，基本上都是装煤。装煤的尽是黑人，与煤混在一起，如果不是衣服，很难区分。干完活后，一群黑人在驳船上大跳其舞，且舞且唱，也听不懂唱了些什么，看起来十分有趣。

煤装好后船便开了。从亚丁湾再往北走，便进入红海了。两岸仍是黄色的沙漠，热腾腾的，蒸得人头痛。轮船在红海走了四天，来到苏伊士河口。这时候，苏伊士还没有放宽，仅能容一艘船过，需分站往来。对面如有船过来，先用电话通知这边，等候那船过来，方始放行。

这里是埃及的地界，上船做买卖的尽是土耳其人。他们卖的东西花样繁多，有土耳其花边、埃及式铜链、鸵鸟蛋、鸵鸟毛扇等。仪祉买了两把扇子。徐子寿上岸到开罗游了一趟，后来在亚历山大登船。*Luiow* 号客轮在那里停了一天后始获通行，他们沿着苏伊士运河进入地中海后，又走了三天，来到意大利的那不勒斯，仪祉同一个德国人上岸，游玩了一天。饿了，他们到一饭馆吃了一盘意大利面，又到了一座高山上喝了一杯红酒，那酒的味道非常纯正，饮后嘴角留香，久久难忘。上船后，他们又走了一天，来到热那亚，中欧大半的人，都由此上岸陆行了。仪祉与徐子寿没有下船，他们在地中海一直往西，出直布罗陀海峡后又经英吉利海峡，到达比利时后上岸，然后搭乘火车去布鲁塞尔游玩了一回，又从布鲁塞尔到安特卫普，然后乘船一直到不莱梅港（*Bremerhaven*），方才舍舟登岸。上岸后早有徐子寿的朋友前来迎接，随即搭了火车到不莱梅。刚下车，有一位德国老先生上前问道："有位李协君，是哪位。"仪祉答道："在下就是。"他说："是山德勒（*Schendler*）老太太派来招待的。"随即招呼他们到一家客栈歇息，每客一宿三马克。

2. 晚安先生

李仪祉上海启行之前，山德勒先生曾给他写了几封介绍信，有一封是介绍给山德勒父亲的。山德勒先生的父亲住在布里门，等他们的船到了意大利，仪祉在船上收到山德勒的一封信，说不要到他父亲家去了，因为他接到家信，他的父亲去世了。仪祉因此也就不打算到他家中去了。谁知山德勒老太太特托布里门中学的一位姓卫的老先生来车站招呼他们，令人感动。

当晚，卫先生把他们招呼在旅馆里，说今天已晚，明天可同往访山德勒老太太。说完便离开了。第二天一大早卫先生便来了，带领他们去到山德勒家。老太太看见仪祉他们，想起她已经去世的丈夫，不由得落泪。随即重托卫先生带领他们去到布里门几处地方游玩，并参观卫先生的学校。第二天，山德勒老太太又同仪祉他们逛了回公园，吃了些点心，仪祉一行人便要与他们分手，准备前往柏林去了。卫先生和山德勒老太太又送他们到车站，方依依不舍地告别。

到了柏林，同行王颂臣的两位朋友到车站前来迎接。他们在柏林和一家威斯敏斯特酒店（*Hotel Westminister*）比较熟悉，就安排他们住到那里。威斯敏斯特酒店的房间金碧辉煌，设施阔绰，每天只收他们三个马克。

仪祉他们在那里住了三天，准备另租赁房屋，住在 *Grohlmonn STR*。仪祉先是同徐子寿合住。住了一个月，两人要分开住，于是又另找地方。住在 *Leihnitgstr.c* 的一间房子。房东叫 *Makagki*。他的夫人非常贤惠，房钱每月二十五马克，另加灯费三马克，早点亦算在内。

这时候，中国驻柏林公使是荫昌。使馆是设在 *Kartürstendam* 187，使馆中有个参赞名叫向子和，帮助仪祉办了入学手续，他便于 10 月间报入皇家科技学院（*Gharllottenbury Königliche Technieche Hochschule*）的土木工程科，不久就上学了。

皇家科技学院是皇家建筑学院在 1879 年与柏林科技学院合并而成，第二次世界大战时停办，1946 年复校，改为柏林工业大学，是德国最大的科技大学之一。该校百分之二十的学生来自于国外，相比德国其他高校更具国际化色彩。其优势科目是环境科学。在皇家科技学院时代，不少著名的科学家在该校工作，且取得重要的成果，如诺贝尔奖得主 *Ernst Ruska* 发明电子显微镜，还有化学家 *Hermann Wilhelm Bogel* 的彩色菲林，*Alois Ricdler* 的无线电报等。因此，这所学校可称得上是电力工业时代的科学技术人才摇篮之一。

那时候，仪祉在柏林认识的朋友不多，除过王颂臣外，有广东的吴佩基——他们都叫他小吴。还有一个叫陈之达，大家都叫他小陈。此外还有马君武、夏元栗、阮介藩等，还有一位老先生薛君，是夫妇两个，是他们从前在北京的德文先生薛敬山的父亲。老两口常常请仪祉到他家吃饭。其他还有许多中国的同学，后来都很少联系，也就免叙了。德国同学中往来最密切者叫保罗，是 *Posen*（波森）人，其他都泛泛而已。

仪祉在皇家科技学院的第一年，教师中有莱曼，主讲数学、实验物理学、物理实验、力学、制图学、画法几何学、测量学、地质学与矿物学等课程。那些教师年龄都比较大，大多已经六七十岁了。其中以莱曼先生为最老，但老教授精神矍铄，思路清晰，神采奕奕。沃纳先生年龄也大了，非常健谈，精神也很不错。托尼年纪最小，教法别具一格，非常新颖。科特先生身材短小，言辞木讷，不善讲书，固听者寥寥。

学校的费用是以钟点计算的。每星期一点钟功课，讲义出四马克，练习出三马克，如每星期有二十点钟讲义，十点钟练习，则此学期需缴纳一百一十马克。外国学生则另外需缴纳“外国人税”五十马克。入学费三十马克，以后即免。

此外尚有零零碎碎的花费。

开学以后，学校监督召集新入学生训话，讲些工业上的经验，又送每人学校的章程规则，还有一本新书《科学与道德》(*Wissenschaft und Sitilidreif*)，是告诫青年的。仪祉曾把它翻译出来，稿子寄给郭希仁。后来他忙着革命，这稿子便失遗了。

历尽千辛万苦来到德国，仪祉非常珍惜这来之不易的学习机会，每天除了课堂便是图书馆，夜里常常熬到很晚才回宿舍休息。每天上完课，他便径直走进那里，如饥似渴地查阅自己想要的资料。往往其他同学都离开了，只有他还留在图书馆认真地看书。负责打扫卫生的管理员看他看得那么认真，也不好意思叫他起来，只好伴着他打哈欠。后来，管理员感到实在太晚了，忍不住客气地对他说:“先生晚安。”(*guten Abendmeine Herren*) 含蓄地催他离开。这样，他才收拾起书桌上的书本，匆匆而去。渐渐地他便得到了一个“晚安先生”的外号。后来，他的导师恩格尔斯教授答应收他入门时的第一句话也是诙谐地说:“晚安先生，您好。”

因为图书馆八点必须熄灯，仪祉回到宿舍后还要做算题、计划题等课程，常常忙到十一二点才休息。

李仪祉才思敏捷，思考问题的方式与众不同。一段时间之后，仪祉的各科成绩均名列前两位，德国教授们对这个来自东方、衣着朴素的学生刮目相看。有一次，一位教授想探探李仪祉的功底，出了一道十分复杂的设计题目，让李仪祉拿回去考虑。这道题目中涉及了一些课堂中尚未学习的知识。教授想着这下可难住他了，谁知仪祉当天便拿出了解题的方案及结果，步骤条理清晰，丝丝入扣，一向以严谨著称的德国教授由衷地向他竖起了大拇指。

李仪祉并不是那种死记硬背靠磨时间来学习的人，紧张的一周学习之后，到了周日，他便会选择与同学们三五成群到市区游览，了解德国风情的同时，让自己大脑休息，心情放松。柏林 (*Berlin*) 位于欧洲的中心，是一座拥有上百万人口的国际大都市，它以其众多的博物馆，长年不断的节日和文化盛事，传奇的夜生活和优美的绿色环境吸引着来自世界各地的游人。它是德国“最翠绿”的大都市，城中的森林、公园和人工绿地多过任何其他大城市。泰格勒湖和瓦恩湖以河流和运河等水域相连，像银链般蜿蜒穿城。漫游在市内，高雅艺术与街头民间艺术相结合，古典建筑和近代建筑相映衬，处处显出古城名都的雄伟气派，又随时提供给游人丰富多彩的体验感。柏林市内有动物园，有雄伟壮观的柏林大教堂，有碧波荡漾的湖水及绿茵茵的草坪，他们或登山林，或泛扁舟，浓郁的异域风情令人陶醉，流连忘返。

对于李仪祉来说，他最大的爱好当然是学习和读书，除此之外便是登山游览。孔子云："智者乐水，仁者乐山。"仪祉对这两句话的理解是："智者之乐，就像流水一样，阅尽世间万物，悠然、淡泊。仁者之乐，就像大山一样，岿然矗立，崇高、安宁。"游览的时候，仪祉喜欢一个人静静地待在一处，以草地森林为伴，与蓝天白云交心。秋日的山野静谧寂悄，除了潺潺的流水声，便是各种好听的鸟儿鸣叫了。突然想起刘禹锡的《秋词》：

自古逢秋悲寂寥，我言秋日胜春朝。
晴空一鹤排云上，便引诗情到碧霄。

异国他乡，难得有这么块好景致，也难得有这么好悠闲。常常，他会在星期天携一本书到树林中阅读，累了躺在草地上睡觉，醒来后触景生情，便作诗一首：

一卷相随势不孤，林中偃卧鸟相呼。
醒来神识忽颠倒，误认青天作碧湖。

山水而外，凡柏林所有的宫殿、寺观、园囿、博物馆、美术院，仪祉利用业余时间都看遍了。因为每到周末，别的同学喜欢娱乐，或者去逛妓院，尤其是与他同来的那个官二代，到德国以后，更是放浪形骸，花花公子本性暴露无遗。仪祉一开始还劝他："我们来德国留学，肩上是有责任的。咱们的学习时间非常宝贵，切不可骄奢淫逸，忘了初衷啊！"他不以为然，说："这些我都知道，但作为一个正常的男人，每天欲望冲动，惶惶不安，不发泄怎能安心学习呢？"仪祉说："人是高级动物，是有理性和理智的。七情六欲谁人没有？你要学会控制自己呀！"他摇摇头，说："李协，我做不到，真的做不到！那欲望来了像滔滔洪水泛滥，越控制它便越疯狂——我真不明白你是怎么做到的呢！——难道你是圣人吗？”

这种话，在京师大学堂的时候便有人说过，如今再次被提起，仪祉只觉得十分好笑。

几次劝阻后，官二代丝毫没有收敛的意思，后来看见仪祉便躲了起来。“道不同，不相为谋。”也罢。仪祉从此对他是敬而远之——这也是他喜欢一个人去大自然中读书散心的主要原因了。

仪祉素来好静，喜欢独处，静静地思考问题。有时他从图书馆回来，同舍的同学在外面娱乐还没有归，他便接着在宿舍温习功课。渐渐地，大家都觉得仪祉性情特异，清心寡欲，似不食人间烟火，他的那个外号被传了开来，从此大家都开始叫他“圣人”了。

在仪祉的记忆中，被称为“圣人”已不是第一次了。记得小时候在私塾读书的时候，笔下常常写不出来的字，他便随意臆造一个填上。刘时轩老师骂他说：“你是圣人吗？学会造字了！”于是同学们都叫他“圣人”。在泾阳书院及宏道学堂时，因他才华出众，自律能力很强，亦有此称呼。在京师大学堂时，因为他不肯随大家去逛胡同，视妓女如洪水猛兽，同学们亦呼他为“圣人”。

没想到来到遥远的欧洲大陆，这个称号再一次被提起。

“我可不是什么圣人。”仪祉说。为了避免大家呼他“圣人”，他给自己起了一个号，叫“葫芦”。“葫芦”之谓，源于“糊涂”。仪祉在京师大学堂求学之时，常常因善恶分明，言辞犀利而得罪别人，遭来非议。来到德国后，留学生生源更加庞杂，官员、商家子弟比比皆是——包括像陈子寿这样的纨绔子弟，夸夸其谈，不学无术，恣意妄为。仪祉一开始是把他们当作朋友对待，苦口婆心相劝，谁知人家并不买账，反倒渐渐疏远起来。无奈，他只能独善其身，“难得糊涂”了。

“难得糊涂”是郑板桥给自己写的一幅字，字的幅下有他题的一行款跋：“聪明难，糊涂难，由聪明而转入糊涂更难。放一着，退一步，当下心安，非图后来福报也。”这行款跋，当是郑板桥对“难得糊涂”的解释了，即对自己处世哲学的一种解释。一向正直、率真、清正廉明的郑板桥在当时黑暗的官场上很吃不开，常常受到恶势力的嘲讽、刁难。他一面以嬉笑怒骂来抗争，一面又彷徨悲观，产生了脱世思想。这时他的情绪，是压抑、苦闷、孤独、自嘲、彷徨、悲观、痛苦交织在一起。就是在这种情绪下，他写了“难得糊涂”的字幅，不久便辞官归隐。

“葫芦”——“糊涂”，别人当然不知道他葫芦里卖的什么药，所以便跟着叫了起来。

仪祉还给自己起了一个号叫“脱然”。这两个字最早见陶渊明的《归去来辞》中的序——“脱然有怀”，后来在明代方孝孺的《空同外史赞》中见过：“飘然轻举者，吾知其为仙；脱然无累者，吾知其为禅。”这里的“脱然”有“超然”之意，超凡脱俗，超之度外，仪祉比较喜欢，于是在与同乡李襄初秘密通讯时，便用这个“笔名”，后来不大用了。

仪祉给自己起的两个号“葫芦”是叫起来了，“脱然”则渐渐被人遗忘。

有一次，仪祉在梦中作诗：“未知葫芦里卖的什么药？”王颂臣同他关系好，没跟他说，写信跟李约祉说了这件事。约祉给仪祉回信说：“葫芦自葫芦，管他什么药？老王不相干，何需要他说。”仪祉看后哈哈地笑了起来。

仪祉替王颂臣起了一个徽号，叫“妖怪”——因为他的脖子是红的，后来大家就这么都叫起来了。

在仪祉的同学中，小吴年纪最小，而德语最娴熟；小陈的徽号叫“南蛮”。小陈少年才俊，聪明伶俐。他的曾祖便是前清大学者陈兰甫陈澧先生。小陈十三岁时曾在香港主笔办报，长于诗词，后生可畏，令人刮目相看。后来他的词进步更大了。然而他科学的根底太浅，仪祉经常帮助他，曾经在他们到德国后第二年的暑假中教会了他三角和解析几何，两人后来感情甚笃，成了关系要好的朋友。

仪祉与德国的同学来往得不多，因为他们都有团体，也就是一些学生会组织，什么日耳曼（*Germania*）、条顿（*Teutonia*）等。“日耳曼”是古罗马人用来指称罗马文明世界的东北边境之外，莱茵河东岸、多瑙河北岸——也就是现如今大约在德国、波兰、荷兰、丹麦、瑞典南部这一范围之内——那些操着相似的语言、野蛮而未开化部落的泛称。正如罗马西北方向莱茵河以西那些相对弱小而后由罗马征服的野蛮人被罗马人称为高卢人（*Galli*）一样，日耳曼人是个外来的称呼，此情形可类比为古中国对于西戎北狄的称谓；条顿是古代日耳曼人中的一个分支，公元前 4 世纪时大致分布在易北河下游的沿海地带，后来逐步和日耳曼其他民族融合，后世常以条顿人泛指日耳曼人及其后裔。

那些学生会的学生整天喝啤酒，舞剑比斗，弄得满脸都是剑痕，然而这便是他们的生活。日耳曼民族是一个好战的民族，崇尚武士精神。啤酒是德国的国粹，击剑是尚武的象征。说实话，仪祉很不欢喜这种生活方式，那些啤酒对于从小在中国长大的人来说实在是太难喝了。击剑看起来太凶险，弄不好便伤痕累累，仪祉也不喜欢。

当然，他们也不大欢迎中国人的生活方式，感觉太安静了。

既然与日耳曼、条顿等学生会不搭调，仪祉只好与基督教学生会接近了。因为他也不愿意让自己显得太另类，处处格格不入。他开始研究佛学。仪祉研究佛学不过是看见德国布雷斯劳人、马克格拉芙等提倡佛学，出有杂志《佛教世界》（《*Die Buddhische welt*》）。仪祉接触这本期刊，并不是想着如何去用功研究，纯粹出于好奇心理，于是便订购了一份看看。同基督教学生会接近，也无非去听听他们讲的道理，并不想入教。而会中人常与他辩论耶佛之是非，他们却又辩不过。仪祉在致胞兄李约祉的信中说："德人力闵脱者，福音教人，询弟何教，答以佛，竭力劝弟改为福音。与之辩二教之优劣，伊勿能胜，惟云佛以寂灭为主，引人入不幸。驳曰：耶以求福为主，贪妄之所由生，求而获则我幸人不幸；求而不获则我更不幸，所以云尔者，人世之幸不幸不足以形容之也。"又云："弟本非佛教，胡以佛教应？缘近世民贼，动据孔说以谄上虐下，弟不屑为伍。中国危亡之机尽人皆知，而近日其机若不可终日云云。"后来，仪祉还翻译了一本 *Mark Graf* 的《佛学问答》，又自著了一篇《涅槃解》及《耶、佛是非之辩》等。其实，仪祉当时也不知道涅槃究竟何意，完全是凭自己的想象去理解的。然而那篇文章的影响很大，大大地出乎他的意料。

其实德国学生中信教的并不多，大半信教都不过是个虚表。有一次两个同学问仪祉说："你想这儿有妓女吗？"仪祉说："不想。——我们学校监督不是于开学时发给我们每人一本叫作《科学与道德》的书吗？"他俩笑着说："谁管他呢！你们中国人也如是道学气呀！"仪祉问："你们每星期都到礼拜堂去吗？"一个学生耸耸肩笑着说："是我们常常路过！"

第九章　青青子衿

1. 不一样的风景

德国人的祖先是古代居住在中欧的日耳曼人。10世纪时日耳曼人建立神圣罗马帝国，后发生分裂。18世纪初普鲁士崛起，根据1815年维也纳会议，组成了德意志邦联。1848年德国各地爆发革命，普鲁士首相俾斯麦领导了艰苦卓绝的内政、军事和外交斗争。普鲁士于1864年联合奥地利击败丹麦，收回北方被丹麦占领的土地；1866年的“七星期战争”中击败奥地利，次年建立北德意志邦联；1870年发动普法战争，德国南部多个邦脱离法国统治，1871年普鲁士王国统一除奥地利帝国以外的日耳曼各邦国建立德意志帝国。后来，德国实现了工业化，煤炭、钢铁、机械、造船、汽车、石油等工业十分发达，国民经济飞速发展，成为欧洲强国。正因为如此，德国于1914年开始，先后发动两次世界大战，最后均以失败而告终。

1904年李仪祉留学时，德国经济发达，人民生活水准很高，相形之下，中国则是贫穷落后，沦落为帝国主义的半殖民地，财匮力尽，百业凋敝，生灵涂炭。百姓饥寒交迫，流离失所。

德国处于温湿的西风带，属于西欧海洋性与东欧大陆性气候间的过渡性气候。西北部主要呈海洋性气候，夏季不热，冬季不冷。东部和东南部的大陆性气候特征显著，冬冷夏热，最冷时气温可达零下十几度，比陕西关中地区还冷。每年的 11 月份，德国东部的许多地区便开始下雪了。特别是柏林因为靠近波罗的海，冬季气候湿冷，大雪纷飞。

那一年，柏林大雪封城，路面因积雪致电车三日不通，交通严重受阻。雪晴之后，太阳君临世界，大家倾巢而出，到山里看雪景，柏林成了一座空城。山里是冰雪的世界，银装素裹，琼楼玉宇。大家有带滑雪橇的，有带溜雪车的，也有驾小马的雪车，男女老幼，路上络绎不绝，像过节一样热闹。人们的脸上是兴奋而洒脱的，精神抖擞，表情愉悦。

仪祉突然想到了祖国——那个灾难深重的国度，此刻正处在水深火热之中。朝廷腐败黑暗，尔虞我诈，鱼肉百姓。百姓食不果腹，饥寒交迫，苦苦挣扎在死亡线上。他们的脸上，哪有半点喜悦之色啊！

仪祉来到一处山隈，突然一个少女扑面而来，手持雪球，打在他的身上脸上。仪祉一错愕，见女孩哈哈大笑，知道没有恶意，便报以微笑。来德国几个月时间了，这里的风俗与国内大相径庭。认识不认识的人们见面都会打招呼，甚至开玩笑。他们率真，洒脱，任性，与中国人的羞涩和矜持形成鲜明对比。

“*Stehen sie nichtörum*，*sie können auch Mich geschlagen*！”（别傻站着，你也可以打我呀！）女孩边说便抓起雪球，一股脑地抛了过来。

寂静的山野变成了欢乐的海洋。

那时候，柏林盛行轮履（*Rollnhuke*）之技，差不多成了人人必有之物。不论男女青年，甚至四五十岁的人都各备一副。因为柏林的街道宽平如砥，并且不像中国街道狭窄、人流拥挤。走在大街上，差不多有三分之一的人都穿着轮滑鞋。他们动作娴熟，从身边嗖的一声便超了过去。特别是早晨学生上学，成群结队的孩子们穿的都是轮鞋，成为一道时尚的风景。

每天，仪祉依然是先到教室上课，然后去图书馆看书，等到管理员三番五次地向他道“晚安”的时候便不得已离开。回到宿舍，仪祉往往会接着看书，或写老师布置的作业，常常忙到深夜。这个时候，徐子寿他们喝得醉醺醺地也回来了。有一次周末，他甚至带了一个女人回来向大家炫耀，当着同学的面拥抱接吻。这种场面仪祉在德国已屡见不鲜，德国人热情浪漫，男女当众拥抱接吻很平常，大家熟视无睹。可是子寿是中国留学生，如此放荡就令人生厌了。

紧张的学习往往会令他忘记了时间，老师要他注意劳逸结合，周末特意带着他去看戏。德国人是音乐的国度，产生了约翰·赛巴斯蒂安·巴赫、路德维希·凡·贝多芬、约翰内斯·勃拉姆斯、罗伯特·舒曼、理查·施特劳斯等音乐大师，令德国人引以为豪。在德国，最高贵的是歌剧（*Operá*），开始的时候只有一家，仪祉到柏林一年以后，德国大剧院（*Deutsche Theater*，*Haus*）也正式开放了，设施条件比前面的那家更好，每周都会上演歌剧，票价不菲，吸引了许多上流社会的人前去观看。

柏林的音乐会很多，最大的有几百人奏乐，场面恢宏，气势磅礴。

除了歌剧和音乐会以外，德国人还喜欢看马戏（*Zirkus*）和其他轻歌剧。仪祉到达柏林的时候已经有两家马戏团了。马戏因生动有趣，活泼热闹，吸引了社会各阶层的人前来观看。其他的新剧也有许多，每年总有一个时调出来，到处都听人唱。

仪祉在周末除了看歌剧和听音乐会以外，还常常去看一些电影。那时候，电影引进中国时间不久，中国电影还处在襁褓之中，许多人都没有看过电影。然而在德国柏林，已经有几家很大的电影院，经常会放映各种电影。仪祉最喜欢看的是一些与科学相关的科教片，这令他眼界大开，领略到不少科学知识。

在德国，每年的圣诞节是十分热闹的。圣诞节在西方和中国的春节一样，非常隆重，许多单位都会放假休息。狂欢节的那天晚上，大家会走上街头，奔走相告，互送平安。平安之夜，大家守候在家里，静静地等待圣诞老人的光临。仪祉的房东在圣诞节买了一棵圣诞树，挂起五彩丝线或蜡烛，并许多水果在上面，装扮得十分漂亮。可惜他们两口子没有小孩，所以家里的气氛显得有些平淡。

房东女人勤劳贤惠，任劳任怨。她每天在外面做裁缝工，辛苦一天回来还要伺候男人。她的男人喜欢喝酒，经常喝得醉醺醺的，要不就是烂醉如泥，被人抬着回来放在门外，扯铃叫开门，仪祉便帮着把他抬进去，放在床上。尽管如此，女人从来没有一句怨言，对男人体贴入微。房东除了爱喝酒，对老婆也很好。仪祉在他们家住了有一年时间，从未听见他们吵过架。两口子互相恩爱，待房客也十分友善，仪祉因此在这里住下来后，再也没有搬过家。

德国人十分讲究规矩。平日里在餐馆吃饭，他们从不喧哗；大街上非常干净，没有人乱扔垃圾。街道宽敞平坦，两边是郁郁葱葱的菩提树，人们徜徉在街道两旁，显得十分悠闲。回想京师大学堂上学的日子，北京也是个大城市，中国的首都，街道狭窄不说，到处坑坑洼洼，垃圾成堆，散发着刺鼻的臭味。皇城根下尚且如此，其他地方可想而知，与柏林相比，完全是另外一个世界啊！

圣诞节的时候，柏林街道两旁的树上都会挂起五色彩条做装饰，有些地方还点燃小蜡烛，到了晚上星星点点，看上去十分浪漫。德国人平时规矩很严，每晚十时以后，即不许大声说话。然而圣诞节那天则十分开放，大家涌上街头尽情地宣泄自己的激动之情，大声地呼喊着："新年快乐！""圣诞快乐！"平日里宽敞的大街被挤得水泄不通。这令仪祉想起了唐代诗人苏味道的《正月十五夜》：

火树银花合，星桥铁锁开。
暗尘随马去，明月逐人来。
游妓皆秾李，行歌尽落梅。
金吾不禁夜，玉漏莫相催。

圣诞之夜，由十点到十二点随便怎样热闹，没有人见怪。男人看见美丽的女子拥抱接吻，也没人见怪。一些人戴着高大的帽子，样子很张扬。忽然，帽子被人抛到空中，大家一片欢呼，再落下时，已不在他手中了。

然而无论如何热闹兴奋，一到十二点，秩序便立即恢复，街上寂静如常。

那个柏林的冬天给仪祉留下深刻的印象。

2. 每逢佳节倍思亲

新年过后，学校又恢复了正常的生活。

一个月后，中国的春节便来临了。同学们聚在一起，按照中国的传统方式过年。

每逢佳节倍思亲。转眼间，来德国一年多了，仪祉经常梦回故里。他梦见洛河，梦见那个被洛河切割后兀立于渭北旱原上的小山村，他与郭珍等一帮小伙伴一起在洛河里玩耍；梦见祖母和祖父。记忆里的祖父比较严厉，他和哥哥都有些怕他。而祖母就不同了。仪祉自小就跟祖母睡觉，祖母疼他胜过母亲。然而他们都走了，去了另外一个世界，比欧洲还要远，今生今世都不可能再见了。他梦见父亲和母亲，父亲常年在外奔波，特别是“戊戌政变”之后，父亲与伯父加入同盟会，成了革命党人，有时几个月都见不上面……记忆中的母亲身体一直不好，形容枯槁，一副病恹恹的样子。母亲可否有过青春？青春的母亲是什么样子？母亲被病魔侵蚀的身体里装的似乎都是痛苦，为了不影响家人，母亲强颜欢笑，硬撑着干家务，最后实在不行了，遽然倒下，然后再也没能醒来……

当然，仪祉梦见的还有孟淑。那个自嫁到李家就很少说话的女人，温柔贤惠，举止大方，聪明能干。她已经能识许多字了，甚至他在京师大学堂上学的时候，妻子已经开始给他写信了。信中说家中一切均好，让他不要牵挂，她牵挂的就是仪祉的身体，要他一定保重。德国一年来，父亲和伯父都给他写过信，哥哥约祉也写过信，可是一直没有收到妻子孟淑的来信。就想：她是否在生自己的气了？赌气不写信。仔细想，仪祉觉得她不是那样的人。她纯朴憨厚，没有那样的心计。父亲在信中要他安心学习，家里一切安好，包括孟淑。然而他还是有些放心不下，真想即刻飞回去，心里也许才会踏实。

仪祉哪里知道：在他留学德国的两年时间里，妻子给他写了一百多封信，寄托着浓浓的思念之情。孟淑怕耽搁丈夫学习，所以一直叠放着，整整齐齐地搁在箱子里……

德国青年富于冒险，喜欢追求刺激。那段时间，他们流行自己制作飞行器，然后骑上去，在山上往下飞。偶有成功的例子，但大多数都失败了。许多人摔得鼻青脸肿，甚至骨折，但他们毫不畏缩，乐此不疲。同学中也有喜欢玩这个的，并动员仪祉一起参加。仪祉觉得太危险，所以就委婉地谢绝了。

柏林附近的费尔德（*Verder*）河上有一座小山，夏天凉爽，秋天漫山红遍，层林尽染，冬季白雪皑皑，春天山花烂漫。特别是 2、3 月间，山上桃花盛开，粉红一片，非常浪漫，是游玩的好去处。

周末的时候，仪祉受几个朋友相邀，联袂去逛。山上到处都是卖酒的，有苹果酒、葡萄酒、威士忌，更多的则是啤酒，游览的人每人手持一瓶酒，且饮且逛，忙得不亦乐乎。那天风和日丽，女士穿着鲜艳的衣服出入花丛中，成了另一道亮丽的风景。更有老人孩子席地而坐，草地上铺着单子，摆放着丰盛的午餐。孩子们嬉戏游玩，快乐如小鸟小鹿，脸上漾着幸福的光芒。此情此景，仪祉不由得又想起了自己的家乡，老百姓一年四季面朝黄土日出而作，日落而息，风雨兼程，披星戴月，尚难有温饱的日子。什么时候祖国也强盛了，不受人欺侮了，老百姓的生活才有可能变好啊！

中午时分，山上的人越来越多。一些人喝得醉醺醺的，大声地歌唱，一时和声四起，满山尽是醉汉。

仪祉突然觉得心里有些无趣，这些人看来也忒无聊，令人生厌了。他谎称身体不舒服，一个人下山去了。

德国学校很重视参观实习，接下来的一学期里，仪祉他们参观了德国、波兰、希腊等不少工厂，有石矿、石灰厂、柏林马路工程、地下铁路工程，*Borsich* 和 *Schwargkopf* 机器厂，*Gross lichterfeld* 材料实验所等，并在一些地方实习。

在参观地铁时，同学们看到地下铁路发出惊诧叹声，李仪祉在感叹惊羡的同时对同学说："将来咱们中国的北平、上海、西安等地也要修地下铁路，信不信？你们不信？——嗨！反正我信呢。"

到了夏季，他们组织了更大的考察队伍，其中地质学教师 *Hir Schberg* 先生因年已高迈，不能行走。斯密斯教授也颇感兴趣，可惜他因年迈腿脚不行。他派 *Prof.Wagner* 结合了一个考察队，总共有十几个人，仪祉同马君武加入，准备去爬巨人山（*Rie Sengebirge*）。

巨人山是波希米亚东北苏台德山脉的主要部分，斯涅日卡山海拔 1602 米，为苏台德山脉的最高峰。拉贝（*Labe*）河发源于山脉南坡。当地居民以制造玻璃和机器以及木材加工为主要职业。山区有大片山毛榉、松和冷杉树林，是登山和滑雪胜地。

考察前夕，仪祉他们已在距柏林不远的一个采石场参观了一次。仪祉生性喜欢自然世界，对于岩石矿物等虽非专门研究，但饶有兴趣，所以遇到这样的考察机会，非常高兴参加。特别是跟随专家教授出去，每次都能学到不少知识，获益匪浅。加之他博闻强记，勤奋好学，不耻下问，考察结束后往往收获最大，令人肃然起敬。

德国青年最喜欢的便是喝啤酒。在德国，啤酒是最常见的一种饮料，男女老幼几乎都能喝一些。每逢假日，德国人都要喝酒；朋友聚会，必须喝酒；

餐馆吃饭也要喝酒。仪祉在国内时就曾品尝过这种酒，觉得非常难喝，一股泔水的味道。来到德国后，大家每天都在喝啤酒，常常也劝他喝一些。渐渐地，仪祉觉得啤酒也不是那么特别难喝了，偶然也会饮上一些，不像其他人喝得酩酊大醉，疯狂呕吐，颜面尽失。仪祉是个自律能力很强的人，即使他喜欢吃的东西也不会吃得太多，给自己留些念想，以后还能吃；喝酒的时候他更是保留，适可而止。

一处地区考察结束后，大家都会喝酒助兴。啤酒酒杯多为玻璃制造，口径较大，脖颈纤细，一杯酒倒满后需一饮而尽。仪祉开始时颇觉为难，往往别人喝几杯，他一杯还没完，大家便一起笑他。仪祉端起来也一饮而尽，大家就给他鼓掌。受此鼓舞，渐渐地仪祉也能喝上那么三五杯了，但出门在外，因学业在身，他每次都不会喝多的。有人搞不明白他如何有那么强的自制力，同学中便会祭出他“圣人”的绰号，感觉也不足为奇了。

其实，仪祉知道自己也是凡夫俗子，血肉之躯，哪会无七情六欲？所不同的是他“吾日而三省吾身”，每天临睡前都会检查一遍，自己这一天是否完成课业任务？该看的书是否看完？有没有做错的事，是否说了不该说的话？

有则改之，无则加勉，渐渐便成了一种良好的习惯——小时候“凉凉子”的痞性荡然无存，成为一个道德情操高尚的人，令人敬仰。

考察期间，斯密斯教授要求大家每人作一首诗，记述考察的过程给他看。德国青年作的都是新诗，自由体，方便记述。仪祉作的古体诗无论五言七言，他们都听不懂，解释半天才略知一二。开始时，仪祉对新诗是有些排斥的，觉得那些诗不讲究韵律，信马由缰，口水化很严重。渐渐便觉得不是那么回事了，觉得新诗其实有许多值得借鉴的地方。后来胡适、徐志摩等人将新诗引进国内，他也不觉得奇怪了。作为中国新诗第一人，胡适的尝试具有开创的意义，这是胡适的独特贡献。但是胡适学问有余，诗情不足，他的诗不是采取旧式的整齐排列，就是缺乏意蕴的大白话。相对而言，他的诗论比他的诗更有价值。徐志摩的诗则字句清新，韵律谐和，比喻新奇，想象丰富，意境优美，神思飘逸，富于变化，并追求艺术形式的整饬、华美，具有鲜明的艺术个性。

晚上，大家聚集在车站，包了个包厢，十多个人上去坐定，边打牌边喝酒，大谈大笑。仪祉不爱凑热闹，找了个隐蔽的地方躺了下来。三等车行走缓慢，设施很差，非常不舒服。第二天早晨，他们来到了巨人山脚下的鹿山。斯密斯教授下车以后，第一个先进了酒馆，然后再用早点。吃完早点，大家便开始上山了。同行的人行装都比较简单，每人披一件斗篷，持一根山杖，背一个帆布背包，生活用品等应用诸物都在其中了。

3. 云雾中，袅娜多姿的少女

巨人山是德国中部最大的山，其脚下便是鹿山。山中有一条河，名叫拉贝，上面有几条支流，虽流程不远，每遇暴雨，便在大山之中兴风作浪，洪水滔天。鹿山村适当其下，因此常遭水患。

拉贝河上游本来有两个水库，不敷容纳。1907 年，巨人山区域暴雨如注，拉贝河泛滥成灾，发了很大的一次洪水，当地政府在民众的要求下，修了一座很大的水库。这就是德国有名的 *Maner Tabspere* 了。

那里有一座六百多马力的巨人山水力发电站和几座大型水库，这一水利工程在当时世界上也是屈指可数的，在德国是最大的了。学习土木工程专业的李仪祉从不放过对任何一座比国内先进的工程建筑的考察机会，他们于是在那里逗留了十天，每天徒步六七十里山路，走遍整个库区，详细考察了水库的建筑和水力发电的各项工程设施。站在宏伟壮观的现代化水利工程前，李仪祉感慨万千：中国有着长江、黄河，家乡有着渭河、洛河，我们为什么就不能把这些丰富的水资源加以利用为民造福呢？

此刻，他脑海里反复想起的是自己年年遭旱灾的家乡渭北高原。如果在洛河上也能修一座水库，引水上塬，那该多好呀！这个梦想他小时候便有，只是现在越来越强烈了。联想起家乡井枯窖干的情景和父老乡亲求神盼雨的愁容，仪祉迫切感到了身上肩负的重任。他立志将来让中国“铁路运输四通八达，水利工程遍布全国”！

考察途中，李仪祉还爬上最高峰雪冠顶，考察了位于峰顶的气象站。站在德国中部最高的峰顶时，他想起的是秦岭的终南岱顶。那里也是常年云雾缭绕，气候变化无常啊！秦岭的主峰太白山更是终年积雪，成为一道独特的景观。

巨人山的地质结构与秦岭相似，都是褶皱山。进入大山时，先要经过一个“假山”。这个“假山”不是中国花园式的假山，乃是地质学家用天然石片仿照大山的地质情形，缩小做成的，所以全部大山的地质，只要一看这座“假山”，便会了然于胸中。巨人山除熔岩成的花岗石外，还有片麻石、黝绿石等。山上游人不少，男男女女，不管相识不相识，见面便呼：“你好！”山上绿茵茵的草坪像人修剪过似的，仿佛一张硕大的绿毯子铺在地上，令人心旷神怡。山上尽管游人如织，但草坪上很干净，没有乱扔的垃圾。路旁有公共座椅，供游人休憩。座椅旁有许多指示牌，像公园一样，每遇岔路口，便有一木牌，指此路至何处，若干里，步行几分钟，节节都有特别的风景，行者乐此不疲，兴致盎然。

一天，早晨起来便是大雾，仪祉一路上用山杖摸索而行。走到一个山脊上，云雾豁然开朗，现出一个婀娜的少女。少女赶着一头驴子，云里雾里，只露出上半身。仪祉疑是幻觉，揉了揉眼睛，发现她还在前面，明媚的眸子里荡着清波，正柔柔地看着他。仪祉自以为去过的地方不少，遇见的绝色女子也不少，然而这一次所遇，是那样的惊艳！——难道，这个美若天仙的姑娘是仙女吗？

仙女微笑着，悠闲地赶着她的驴子，于云雾缥缈中若隐若现，十分美妙。他定了定神，决定上前与她搭讪，因为欧洲的女子都比较开放，不像国内那么羞涩，遇见认识不认识的人，她们都会打招呼，甚至与你开玩笑。去年冬天在山上看雪时，仪祉就曾被一个美丽的姑娘用雪团“袭击”了。女孩发出银铃般的笑声，似乎他们已经很熟悉了，玩笑开得是那么自然……

这样想着的时候，仪祉便拄着山杖上前一步，准备与她打招呼。谁知那女子嫣然一笑便隐到云雾中去了。云开雾散，哪有她的影子呀！

那一幕是如此真实、如此鲜活呀！虽昙花一现，却令仪祉铭记于心，终生难忘。也许，在巨人山的山峦中，是住着仙女的，仙女飘飘荡荡，云游山中，偶然便被他看到了。仪祉后悔自己竟不会画，要不把那个美妙的少女画出来，一定会令人惊奇的。

越往高处，雾便越稠了起来。对面的山峦也看不见，脑子里若隐若现的，就是那个美妙的少女，挥之不去。仔细想，她的眉目是有些像冬娃的。冬娃的眉目很好看，眉如柳叶，目如山泉，纯得令你心颤。忽然又觉得那姑娘的脸蛋，是有些像孟淑的。孟淑面如满月，饱满丰腴，皮肤白皙，笑起来嘴角上翘，现出一对酒窝。渐渐地，他都弄不清楚，自己看到的究竟是仙女还是冬娃或孟淑了……

仪祉在脑海里存了那幅美人图，时时拿出来观摩，觉得她竟是融合了许多美丽女人的优势，像传说中的西施、貂蝉、王昭君，也许还有杨玉环了。

那天他们差不多都是在雾里行走的，仪祉的脑子也常常想象这一个无名的女子。她一会儿是冬娃，一会儿是张孟淑，一会儿又变成了西方少女的面孔，金发碧眼，高鼻红唇……忽然一个大屋当前，雾有点消散了，仪祉也顿然清醒，原来到了一个旅所了。

天渐渐黑了下来，前来旅馆住宿的人越来越多，男女都有。照例是要喝啤酒的，一时人声鼎沸，打破了山野的宁静。用完晚餐后，大家开始跳舞，伴随着手风琴、小提琴和萨克斯的音乐，大家都显得有些疯狂。仪祉因不会跳舞，只好静静地坐在一旁观看。

他们的音乐是有讲究的。一般是男子请女子跳舞的多，忽然换了一种音乐，便是女子来请男子跳舞。有一个少女走到仪祉跟前，请他跟她跳舞。仪祉非常尴尬，惶惶然，不知该如何应付。原来在欧洲人人都会跳舞，不能跳舞的人被大家视为另类，会遭到嘲笑。仪祉正要学古人“不能射，辞以疾”的法子去应付那位女子，他的同学马君武忽然跳起来说：“此位先生，不善跳舞，我来陪你吧。”那女子似乎有些失望，无奈只能和马君武去跳了。仪祉虽然觉得马君武的行为有些鲁莽，然而还是很感激他替自己解围了。

一天，大家上到一座山上，研究 *Angir* 变 *Olivine*，随即由一个较陡的山坡上往跑下，大家都疾驰而下，独有马君武跬步艰难，战战兢兢，不是像小孩一样坐在山坡上往下溜，就是连滚带爬，几乎走不下来。仪祉说你舞都会跳，这么一截山路却不敢往下跑啊！马君武惊魂未定，气喘吁吁地说：“尺有所短，寸有所长——不是每个人都是全能的。”

有个德国同学 *S* 君，很喜欢李仪祉，一路行必与他并肩，宿必与他同室。一天，他们来到一个地方，名叫雪沟。沟很深，盛夏的时候，沟底的雪还是很厚。去沟底没有路，平时也没有人下去。他们中间三个人想冒险下去，冲在前面的便是李仪祉和 *S* 君。行动开始后，他们两个往下爬得快，仪祉走错了路，爬到一处不可着足的地方，脚底下的石头又是松动的，忽然一脚不慎，向下滑了几尺。坡是壁陡的，撞得石头乱滚，他们俩在下面大喊：“李先生不要闹着玩，会碰破了脑袋的！”仪祉说：“对不起，我不是有意的。”言毕赶紧蹲下来，一步也不敢动。突然想起《礼记》“孝子不登高，不临深”之训，自己几万里来德国求学，又何必冒这个险呢？想到这里，仪祉决定返回去。他一脚换一脚，身背不敢离地，尺蠖一般地又爬上去了。

仪祉回到旅馆中等了有三四个钟头，还不见他们回来，心里只是担惊。出来望了几次，又隔了许久，才看见*S*君回来了，面色灰土一般。仪祉赶紧问那一位呢？*S*君说随后就来，他这才放心了。*S*君喘吁着气说：“李先生，你幸亏没下去。下面险象丛生，岌岌可危。我们差点都上不来了！”另一位同学也回来了，说：“三生有幸，平安归来。——唉，这辈子都不敢再冒这个险了哇！”

巨人山最高的山峰名叫雪冠顶（*Schneekopc*），是德国中部最高地。上去的路十分陡峭，举步维艰。大家几乎是手脚并用，慢慢地爬了上去。

山上的地面不大，有两家客舍，观象台一所。饮食等原料，都是由山下负运而上，颇不容易。有几只大缸，是盛雨水的。登高远望，一览众山小的感觉。仪祉曾登过一次终南山，当时上面也落着雪，与这里的情形相似。

在雪冠顶住了一宵，狂风怒吼了一夜。旅舍是完全用木头建的，到了夜里，仪祉觉得板壁门窗都呼扇扇着，摇晃不定，心中有些害怕，因此觉也睡不稳。回想白天遇见的那幅风景，觉得有些好笑。城中绮罗锦绣，声伎音乐漠然远之。偏偏到这荒僻山中，赏识一个赶驴子的赤脚女子！可惜那姑娘一瞥而过，也从不会想到有一个异邦之人欣赏她呢，并且念念不忘，把她的模样刻在脑海里一遍遍地联想，勾起许许多多的回忆。

莎士比亚曾经说过：“天地间未知的事物之多，远超过我们的哲思冥想。”是的，许多的神秘的事物，人们在未知之前，总喜欢冠以“迷信”的标签，这是一种武断的行为。若干年后，一层层谜底解了开来，如同坟茔上的“鬼火”，是客观存在的；人的心灵感应，是客观存在的；那些浮现在沙漠的海市蜃楼，虽不是神仙的所在，但也是客观存在的。

夕阳将落的时候，云山缥缈间，放出霞光异彩，无比绚丽。然而刹那之间，夜幕便将这些遮挡了起来，令人怀疑自己的眼睛——这还是同一块区域，同一处风景吗？其实人有时也是这样，你看到的并不代表他的真实面目，他呈现出来的往往只是一个侧面，他的灵魂深处你无法窥到。有些人道貌岸然，其实骨子里是非常虚伪的；有些人看似猥琐，却是一个堂堂正正的人。所谓以貌取人，仅凭感性的认识便过早地下结论，结果往往是荒谬的，甚至是悲剧性的。

人是矛盾的综合体。仪祉对于音乐是门外汉，然而天色天籁，偶尔入目入耳，便终身不忘。他清心寡欲，平生很少接近女色——包括妻子也是婚后数年才一起同房。妻子之外，几乎对其他女人从未产生过兴趣。然而他对云雾中的那位曼妙的少女却始终不能忘怀，怦然心动，铭记于心。圣人有云：“食色，性也。”所以嗜女色，喜韶乐，正是圣人所不免，不唯不免，且更较凡夫俗子超越一等。古往今来，成就大事业者，似乎很少听说有禁欲主义者，甚至英雄美人往往酿就佳话，千古留名。冯梦龙先生说：“饮酒不醉为最高，好色不乱乃英豪。”自己堂堂七尺男儿，血气方刚，看见天仙般的女子怦然心动，也不足为奇了。

那一夜，仪祉久久难以入睡。一闭目，那美丽的女子似乎就在眼前，令他不能自已。如此辗转反侧，胡思乱想，最后倦不可支，方沉沉入梦了……

“你可是李协君？”仪祉刚入睡，那女子竟来到跟前，坐在床头。

仪祉下意识地往后缩了缩，抬头看，室内同来考察的人不知都上哪去了，木屋里就他一个人躺在床上。

“我是李协。”仪祉忙披衣坐了起来，惊诧于那么冷的天，女子穿得竟那么少。他不由得又往后靠了靠。

“你是从中国来的吗？”美丽女子看着他，嫣然一笑。

“是的。请问你是哪里人氏？”仪祉问。

“我乃这巨人山山神之女，我叫莫莉卡。”姑娘一边抚弄着自己金黄色的头发，一边笑嘻嘻地说。

“这地方真有山神吗？”关于山神的故事仪祉早就听过，但如此近距离地接触，还是第一次。

“是呀！难道我是空气吗？”女子发出一串银铃般的笑声，接着说，“李协君，你不好好待在中国，不远万里来到这里做什么？”

“留学呀！就是学习德国的先进知识。你知道，中国曾经是文明古国，我们的大秦气势磅礴，大汉威武强壮，大唐疆域辽阔，长安城歌舞升平，国家兴盛强大，老百姓安居乐业，全世界的人都去取经学习呢。可是大唐以后，经历两宋、元、明、清，现在的清政府腐败黑暗，民不聊生，帝国主义列强虎视眈眈，企图瓜分我中华之沃土，清政府屡次签订丧权辱国条约，国之不国，有识之士拔剑而起，旨在推翻那黑暗的统治……”仪祉滔滔不绝地说着，姑娘也在认真地听着。

“那么，你这次来，就是为了让自己强大，然后回去推翻清朝的统治吗？”姑娘眨巴着美丽的双眸说。

“有这层意思。但我学习的主要目的是成为一个对国家有用的人，用自己学到的知识改变国家贫穷落后的面貌，扶大厦之将倾，救民众于水火。”仪祉说。

“想不到，你年纪轻轻，志向很大呀！”美丽的姑娘说。

“我知道，这是一项非常艰巨的任务，仅靠我自己可能还远远不够，还需要动员更多的学生到这儿来，学习德国先进的科学技术，回去再进一步传播，让我们的祖国快速富强起来。”仪祉说。

“你到这里来这么久了，不想你的妻子吗？”姑娘突然话锋一转问。

“当然想啊！但相隔这么远，想也是白搭。我只能把更多的精力用在学习上，刻苦用功，不辜负他们对我的期冀。”仪祉说。

“那么，如果有一个女孩也喜欢你呢？你会喜欢她吗？”姑娘用调皮的眼神望着他。

“她若是真心喜欢，我也无法阻止，因为这是她的权利。但我永远不会背叛我的妻子的。”仪祉说。

“哦，如果那女孩非常漂亮呢？”姑娘问。

“那我就把她记在心里……我会对她说：谢谢你的爱！”仪祉说。

“看来，你真是个圣人啊！比圣人还要高尚许多倍呢。”姑娘说完留下一串笑声就不见了。

仪祉睁开眼，发现自己还躺在床上，眼前黑魆魆的，哪有什么美丽的姑娘啊！

第二天一大早，他们准备下山了，山上仍是云雾沉沉，什么也看不清，他们以山杖探路而行。

中午时分，他们来到一家乡村餐馆，准备吃饭。这家饭馆主推的是锅饼（*Pfan*），如同陕西乡下的煎饼一样。那些德国同学都说味道好极了，仪祉咬了一口，觉得不怎么样。他多么希望有一家餐馆卖陕西的面条啊！最好是裤带面，又宽又厚，拌上红红的辣椒，蹲在凳子上吃得满头大汗——那才叫过瘾呢！一张大饼吃了不到一半，实在难以下咽，却又觉得饿得慌，于是便卷起来揣在怀里，等肚子强烈反抗的时候填充一下。

一行人吃过饭便继续上路。毕竟是年轻人，同学们蹦蹦跳跳，有说有笑。不知谁唱了一句，大家便跟着唱了起来。他们边走边唱，路过一个村庄时，许多妇女听见学生来了，一齐出来看。许是小山村太寂寞了，学生唱，她们也跟上唱。唱到一处，欢笑丛生，成了男女声大合唱，好不欢乐。学生们要忙着赶路，一路唱着离开了。妇人们依依不舍地跟他们告别。

仪祉知道，这种情形在国内是看不到的。

一天，他们走到一个地方，名叫石城（*Steinstadl*）。那地方的风景十分奇特，到处都是石林，突兀高耸，屹立如柱。沿着石林往前走，所见尽是数丈石岩，又如林木。引导的人指给他们说：这是某思想家，那是国王的皇冠；这个是犹太人的鼻子；这是一只大熊，那是一只猴子。还有一个形似老鹰展翅，扑面而来……总之只要你展开想象的翅膀，它们便能被联想成许许多多的东西，感觉特别奇妙。仪祉想如若晚上一个人来到这里，定会被吓呆的。

大自然鬼斧神工，真是很神奇啊！

一天晚上，他们歇到一处小地方，旅舍据说是16世纪的建筑，形状奇异，门窗之式，非常古怪。室内七床并列，仰视穹隆，有如仪祉家乡的石窟一般。那墙壁更是特别，足足有一米多厚。

对仪祉来说，一路上最困人的事不是爬山，不是走路，也不是伙食的不合口味，而是每天都要喝啤酒。他似乎生来便对这种饮料有抗拒性，看见就胃不舒服。然而不喝是不行的，什么理由都站不住脚，并且没有人同情你。同学们制定了许多罚酒的规则，仪祉每天都会被罚许多次。如喝酒时有剩余，罚酒一杯；倒酒时沫子太大溢了出来，罚酒一杯；有盖的啤酒杯子，不饮之时若不将盖盖上，也要罚一杯，凡此种种。德国的同学似乎很乐意接受罚酒，他们越喝越兴奋，手舞足蹈，载歌载舞，好不热闹。后来大家觉得这不公平，于是改为罚钱了，每次镍币一枚。所罚之钱，仍以买酒。瓦格纳（*Wagner*）教授兴尤不浅，什么笑话都是他领头的，他又最善说笑话。瓦格纳教授说：“有一个女教员给学生上课，她说：‘脚是行走的，鼻子是嗅东西的。’一个犹太小学生举手说：‘不对不对，我的父亲完全相反。’女教师惊讶着问：‘怎么回事？’小学生说：‘我的父亲鼻子是行走的，脚是嗅东西的。’这个看似莫名其妙的笑话的德语原文是：‘*Bel meinem vater Pönft die nuse und riecnen die füssen*。’盖鼻子行走‘*die nusc lank*’是常常流鼻涕之意；脚嗅‘*die Füssen riechen*’即脚臭之意。”大家哄然大笑，便要多吃上一杯酒了。

4. 同学们

那天，他们来到 *Bronau*。此处有一个大啤酒厂，大家便去参观。

啤酒厂依山而建，靠山而设，巨大的穴石被利用起来做酒库。参观者一入酒库，清冽芬芳的气味令人不饮自醉。一群学生在老师的带领下参观了一圈，厂主打了许多啤酒让他们品尝，同学们欢欣鼓舞，吃了个不亦乐乎。主人临别时又赠他们一个木桶酒，让他们带回去喝。学生们喝了许多酒，都有些半醉了，街道里遇见女子，便去同她耍笑。谁知此间风气与柏林不同，女子见学生来和她调戏，便趋而避之。学生不识风头，还要赶着去胡闹。街上有一个人见学生不住地纠缠那女子，勃然大怒，大骂学生们是混蛋、恶棍、流氓！瓦格纳教授愤然不平，赶上去和那人理论。教授说："我们是学生，喜欢打趣，并非歹人。"仪祉想，这事若发生在中国，调戏人家妇女，挨打受辱，还有什么说的？偏他说得理直气壮，加上学生一群跟上助威，竟说得那人理屈词穷，避入一家门内不出来。一群学生不依不饶地赶过去，站在门口喊道："你出来！"仪祉只觉得可笑。看来人喝多了酒便丑态百现——那么为什么要喝那么多的酒呢？

第二天，他们实在感觉太累了，于是雇了一辆乡下拉草的大车，两匹马驾着，十余个学生分两行而坐，把昨天酒厂送的那一木桶啤酒用绳绑在车上，凿了个孔，安上龙头，每人买了一个厚玻璃杯，预备摔打不破的，一路且吃且唱，毫不歇气。每逢路旁有酒店，他们还要停车下去，换饮白酒红酒等。

这一天，他们总是沿着德国和奥地利的边界走，出境入境好多次，都没人说话。不料走到一处，车子已经过去了，仪祉回头一看，见有一块木牌上悬着鹰旗，仪祉说这儿有德国税官吗？正在这时，后面有个官员模样的人赶了过来，叫车停住。那官员走到跟前，气势汹汹的样子。瓦格纳教授急忙跳下车子，赔不是说："对不起，我们大家都未留神，没有看见旗子。"那官儿拍着胸膛说道："哼，德国王家恁么大的旗子．都会看不见，好大的眼孔。车上有违税的货物么？拿出来我看看！"瓦格纳教授说："他们都是学生，并无货物。"那个官儿说："打开你们的背袋袋让我看看。"有几个学生带着面包香肠等物，预备路上充饥的，那官儿看见，喝道："输入外国的肉品，是我们王家章程严禁的！"学生们生气地说："我们带在路上，一边往肚子里送——这也是犯了禁章吗？"大家一起将所带的肉食，纷纷扔在地下，说："送给你这狗东西吃吧！"瓦格纳指着自己的鼻子说道："某人是柏林皇家工科大学的瓦格纳教授，犯了国法，到普鲁士法庭告去吧！"学生们随后附和着，一齐向那官儿发难，好一顿臭骂。那官儿无可奈何，跑回他的官署去了，学生们赶着一直骂到他的门口方才回来。

同学们坐上车子又走。走不多远，遇见另一个官员，帽上有金鹰，大家知道他是上级。瓦格纳教授又跟他说了一回怎么回事情，那个官儿忙赔不是不迭，他们便去了。这时，大家的酒已醒了一大半，索性将剩下的酒一饮而干。到了冶山（*Schmiedberg*），许多学生因不胜酒力，中途便跑掉了。

在冶山，仪祉他们参观了一处铁矿，深入矿穴有二百多米深。矿穴中间，岩尽系 *Gabro* 矿系 *Spatheisen*，仪祉当时有一个日记本，后来丢了。厂主请他们喝酒，是很好的白葡萄酒。有一个同学特别喜欢喝，一面同瓦格纳教授谈话，他接连不断地说着"祝领导健康"的话。当然，学生大半都是啤酒肚，换换肠子也好。

第二天，考察行程全部结束，大家都鸟兽散。

仪祉搭乘火车回柏林去了。

回到柏林以后，仪祉见到了小陈和小吴，大家又商量去瑞典事宜。

几天后，他们三人便由柏林乘火车到吕根（*Rügen*）。此处铁道轮渡的渡船上有铁轨，火车一列，便直接上了船。船上有寝舱。一夜之间，他们便漂过北海，次日早晨已经在瑞典的 *Möller* 泊岸了。

在 *Möller* 换乘火车，直到目的地 *Rullen* 的 *Rullergolten* 海边乡村。

那里又是一番风景，气候也非常凉爽。他们住的旅馆虽然是茅草盖屋，里面却十分整洁。每日的饮食，也是很丰盛适口。特别是新鲜牛奶，尤其甘芳。沿海都是花岗岩、长石等，俱显肉红之色。

三人之中，小陈胆儿最小，又怕狗。山坡稍微陡点他就不敢上下了。仪祉给他照了一张相，而在后面题写了一句话："背山而立，滨海而处，眼大如轮，胆小如鼠。"小陈怄气极了。他常常把仪祉叫大哥，小吴也跟上叫。仪祉因小陈的名字是陈子达，"——*Chen che ta*"要用德音念起来，便是"哼哈大"。仪祉说："古有哼大将，哈大将，没有看见你这哼哈大而不将的人呢。"仪祉经常跟他开玩笑，他也不恼。换着别人则不行，他很爱生气的。

小吴的笑话更多。他是一个看起来傻乎乎的人，曾在柏林爱上一个德国女子，爱得如痴如醉，难以自拔。然而那个德国女子显然是把他当作小鲜肉的，图个新鲜罢了。仪祉等几个朋友看那情形不对，硬给他拆散了。小吴伤心了一段时间，最后不了了之。

小吴很聪明，来瑞典几天后便学会了许多瑞典话。有一天，他们遇见一个德国人操着德语向一个瑞典人问路，瑞典人听不懂，小吴居然加入其间，给他当翻译。德国人向瑞典人冷笑了一声，拂然而去。瑞典人愤怒地说："这个德国佬笑我不懂德国话，我们在这里的趣话多得很呢！"

有一天，几个瑞典丫头硬要拉仪祉去跳舞，仪祉最怕的就是别人邀请他跳舞了，于是吓得赶紧跑掉了。仪祉在"小陈山"上（小陈山是仪祉起的名字。因为小陈胆小如鼠，稍微危险点的地方都不敢去，唯此山低平易上，他再上便是此山，因而仪祉他们把它就叫作小陈山了），正自伫目望海，忽然听得脚底有"嗒嗒"的声响，回头一看，大吃一惊！——原来是一条响尾蛇，有二尺多长。仪祉连忙逃了开来。迎头遇见几个女子，仪祉好意告诉她们山上有蛇，要小心，她们硬不信，要仪祉指给她们看。蛇见人自然便钻入石缝了，哪里还有等着人看之理呢？后来一个男人上山来，仪祉又对他说注意毒蛇，那男人非但不信，还说我们欧洲文明地方，哪里还有这种东西呢？你如果真的看见了，为什么不打死它呀！

好心没有好报！看样子，人们把他的话当成了谎言。

心里于是一股子气直往上涌——我李协岂是说谎之人啊！

第十章　参加革命

1. 是可忍，孰不可忍

瑞典是一个高度发达的地方，许多方面比德国还要先进。不识字率小于百分之十，比德国还要低。而当时的中国，百分之八十的老百姓都不识字，遍地文盲啊！

20世纪初期，电话在中国是新生事物，除官府和部分官宦人家，老百姓拥有量几乎为零，然而在瑞典，无论什么乡僻地方，都已经通上电话了，这一点比德国还要发达。仪祉利用假期在欧洲各国进行考察，了解各国情况，深深地感到自己祖国的贫穷落后，与西方国家相比，何止差了上百年啊！如英、德、法等国19世纪末已经开始拥有地铁，在中国，一直到20世纪末才在一些发达城市逐渐试行，21世纪初才在一些省会城市开始普及。

这次考察，仪祉先后去了瑞典和丹麦。印象深刻的是瑞典，民间风俗非常淳朴，令他难以忘怀。一个月后，皇家科技学院就要开学了，仪祉搭乘火车回到柏林，继续他的学业了。

这一学期里，学院开设了一些新的课程，这些课程都特别实在，如钢筋混凝土学、桥梁学、道路学、定积分和微分方程、高程测量和最小二乘法、机械制造学、建筑学、铁路学等。

新学期开始后，来了个四川学生，是个回民，名叫刘庆恩。这个刘庆恩好说大话，常常夸他在台湾战功赫赫，也不知是真是假。刘庆恩凭恃自己有点力气，随便就打人，德国人也被他打倒了几个。夏元栗在学会中吃过刘庆恩一个巴掌，羞愤之下要与他用手枪决斗！仪祉当时正在阅报，刘庆恩坐在他的身旁，述说夏元栗如何可恶，说他怎么怎么打得不亏。仪祉俯首看报，毫不理睬。刘庆恩说了有半个多小时，见仪祉始终头也不抬头，意兴索然而去。同学们之中，大家都说人人都怕刘庆恩，可刘庆恩就是不敢欺侮李仪祉，仪祉也不知其所以然。大概是他的凛然正气震慑了他吧，刘庆恩和仪祉说话，总是客客气气的。

快过圣诞节（*Weihnachten*）的时候，柏林有一位侯爵一时兴起，请了不少基督教学生会的学生晚上在他家里吃茶点，仪祉也被邀请了。同桌有一个叫*Dr.Moll*的人，对仪祉甚为轻侮，问了他许多不相干的话，仪祉一概置之不答。他又向仪祉说："李先生，我唱一首歌你听听怎么样？"说完后便用轻佻的语调唱了起来：

> 中国人都是穷光蛋
> 他们生性懒惰，相貌丑陋
> 他们留着长长的辫子，像动物的尾巴
> 他们是一群不可思议的人……

*Dr.Moll*边唱边走过来，在仪祉的后脑勺摸了一下，说："李先生，你怎么没有帽根呢？"仪祉勃然大怒，大声呵斥道："混账东西，闭上你的鸟嘴，给我立即滚开，否则老子对你不客气！"仪祉怒目圆瞪，*Dr.Moll*没想到他发那么大的火，灰溜溜地离开了。

那天晚上，仪祉越想越觉得气愤，"是可忍，孰不可忍！"突然想起他在考上京师大学堂之时，父亲送给他的几句诗："人生自古谁无死，死于愚弱甚可耻。雀鼠临迫能返嘴，况有气性奇男子。"他越想越来气，觉得这奇耻大辱不报，自己无法对自己交代。

仪祉找到那晚组织茶话会的人，询问*Dr.Moll*的下落。组织茶话会的M先生见他怒气冲冲，知道是为了白天的事情。

仪祉问："*M*先生，*Dr.Moll*住在什么地方？"

M 先生见他满面怒容，说："李先生，你莫非找他决斗不成？"

仪祉说："有需要时，决斗亦所不辞！"

M 先生说："不必了，我替你们调解吧，令他收回那些轻薄的话。"

当时，仪祉在气头上，就是为了出一口恶气，说到决斗，自己不远万里到这里学习，难道就是为了和那么个人决个高下吗？即使胜了，也是两败俱伤的事，何况自己若有闪失，如何对得起父老乡亲们的重托？

见 *M* 先生态度诚恳，仪祉也希望和平解决问题，于是便听 *M* 和解去了。

过了几天，*M* 先生果然领上 *Dr.Moll* 先生来了。几天不见，他像换了个人似的，向仪祉说了许多赔罪的话，并说自己那天喝多了，正式向李先生道歉！一团雾霾就此烟消云散。从此，外国学生在仪祉跟前说话都小心翼翼，生怕得罪了这个"二杆子"，拿着枪跟他们拼命！

此事过后，仪祉又同下雪沟之事一样反省自己，觉得自己准备决斗的想法有些莽撞了。孟子云："逞一朝之忿，忘其身以及其亲；圣训切著，有理不在高声，争且不必，况斗乎？"是呀，小不忍则乱大谋。与一条疯狗较劲，即使赢了，又能怎么样呢？

转瞬之间，又是一年过去。过了新年后，春假中因为莱比锡（*Leibzig*）开了一个建筑工程博览会，仪祉准备去看看，小陈也要去。他们于是给萧友梅写了一信，托他给他们觅一个住的地方。萧友梅是小陈和小吴的同乡，在莱城学习音乐，住在一个公寓里。萧友梅得到他们的信，就给他们二人在同寓中订了两间房子。他们等回信后便去了。在他们未到之先，萧友梅已向同寓的诸男女宾，夸称有两个同国的人快要来了。仪祉他们第一次上食堂吃饭的时候，大家的目光不约而同地都注视在他二人身上。萧友梅又黑又瘦，小陈也皮肤黝黑，其貌不扬，唯有仪祉皮肤白皙，相貌堂堂。众人视他与另外两个中国人大不相同，就问："李先生，你们都来自中国，为什么肤色差异这么大呢？"萧友梅说："我们中国面积甚大，有如欧洲全洲，当然气候不一，所以肤色也不完全相同。李君生在中国北方，我与陈君生在南方，所以黑白不一也。"一位女宾问道："李君住的地方是否与俄国人交界呢？"萧友梅说："他住的地方，便与俄国交界的，所以皮肤白皙。"仪祉知道他在胡说八道，也不好戳破，微微一笑了之。

莱比锡博览会规模很大，里面分铁道、桥梁、水工、电工、城市、卫生、工程、工程材料等许多部分，模型、标本、图画很多。各工厂有新制造，各学科有新发明，皆争陈于此地。仪祉认真地看了好几天，得益不浅。

陈列室除各类产品以外，还有不少花园点缀。有日本花园一所，风格独特，一看就是来自于东方；还有中国式的客堂、住室、厨房等设置，感觉都很精美。有一个很大的啤酒桶，桶端有门。大家启门而入，里面原来是一个啤酒肆，并且有楼，陈列有数十个桌位，服务员尽是漂亮的姑娘。仪祉一行几个刚进门，一群女子便同他们戏谑玩笑，他们慌忙退出。

萧友梅整天在琴房练琴，非常用功，很少抽时间陪他们几个参观。那时候，中国人到德国学音乐的就是他一个人，无论学得好坏，仪祉都觉得精神可嘉，值得钦佩。后来，有一个德国人对仪祉说："我想你们中国人错了，并没真意想输入西方的文明，无非想勉强成一个强国，抵抗列强，即如我们德国学术，可以算得超越世界各国的，一是医学，二是音乐，日本人来学的很多，你们中国来学的，直无一人。来求学于我们德国的，问起来，不是学陆军，便是学机器。"仪祉听了这一席话深有感触，觉得很能切中中国人的弊病。他想：幸而有萧友梅君一人学习音乐，为我们撑体面哩。萧友梅后来成为中国现代音乐史上开基创业的一代宗师、现代专业音乐教育的开拓者与奠基者，为中国音乐文化的建设与发展做出了不可磨灭的历史性贡献，在中国近代音乐史上享有崇高的地位。

在莱比锡参观了几天，仪祉又回柏林上学去了。

这年暑假，仪祉来到法兰克福（*Frankfort*）铁路去实习，在那里工作了几个月，小陈也跟着去耍了几天。小吴打去年年底就回国了，替他哥哥在天津办了一所榨油厂，是年夏后，又回来了。

他们在法兰克福（*Frankfort*）住在一座别墅（*Villa*）中，仪祉每天早晨去工作，小陈在屋里看书，等他回来。这里是大文豪歌德（*Götte*）的故里，歌德故居（*GöHes Hous*）陈列着许多歌德的作品，受人瞻仰。德国崇拜先贤之风，甚是可法。

歌德故里有一座很大的公园，叫作棕榈园（*Palm garten*），里面有一个湖，碧波荡漾，分外美丽。湖上有一座绳造的悬桥，旁边有假山，山下有一洞临水，洞口有瀑布哗哗而下，立洞中望之，如喷珠泻玉，很像《西游记》里描述的水帘洞。还有一个地方有五棵柳树，树下有岩石可坐，仪祉称它作"五柳先生”。那里还有一个动物园，虽不如柏林动物园之大，动物种类还是比较齐全的。在动物园内，仪祉发现了一个奇怪的现象：一只体型巨大的狮子和一只小狗同处一室，小狗很亲热地跑在狮前，狮以口吻之，狗得跳跃入石穴之内。两种完全不同类型的动物和睦相处，令人十分称奇。

仪祉所实习的工程是一座混凝土桥，还有一个铁桥的工程。小陈住了几天便回去了。别墅里的一个姑娘，看见仪祉每天看书到很晚才休息，对他颇有好感，每次遇见都会微笑着打招呼。有一天，仪祉正在看小徐给他寄来的照片，姑娘悄悄来到身后，趴在他的肩上仔细端详。姑娘边看边说：“他好胖，不像你的这么苗条，好潇洒哟！”说着便用手在仪祉的脸蛋上捏了一下，眉目传情。仪祉把她的手拿开来，说：“姑娘不要捣乱。我们中国人不喜欢开这样的玩笑啊。”说完微笑着请她离开了。

快开学了，仪祉又回去参加预考。考了两个星期，所有功课都顺利通过了。

2. 汹涌澎湃的革命浪潮

1911 年（农历辛亥年）在中国历史上注定是划时代的一年。

这一年，中国革命风起云动，波澜壮阔。革命者以摧枯拉朽之势推翻了腐败的清王朝，宣告一个崭新时代的到来。

中日甲午战争以后，以孙中山为代表的革命派登上了历史舞台。清政府迫于形势压力，对教育进行了一系列改革，于 1905 年末颁布新学制，废除科举制，并在全国范围内推广新式学堂，西学逐渐成为学校教育的主要形式。教育方式的根本性变革，从思想体系上动摇了清皇权的根基，大批思想进步锐意创新的社会精英及血气方刚的年轻新锐为后来风起云涌的革命积蓄了巨大能量。

从 20 世纪初开始，革命就成了不可阻挡的历史潮流。革命党人不断利用会党和新军发动武装起义。1906 年 12 月起，同盟会推动和领导了规模巨大的萍浏醴起义、潮州黄冈起义、惠州七女湖起义、防城起义、镇南关起义、钦廉上思起义、河口起义。光复会也在 1908 年 11 月发动安庆新军马炮营起义。这些起义因准备不足，敌我力量悬殊而归于失败。1910 年 2 月，同盟会员倪映典率广州新军三千人起义，又遭失败。连续的挫折，使少数革命党人对前途失去了信心，转而走上暗杀道路。

1910 年 11 月 13 日，孙中山在马来半岛的槟榔屿召集赵声、黄兴、胡汉民、邓泽如等中国同盟会重要骨干召开会议，决定集同盟会精英，在广州起义。

1911 年 1 月，黄兴、赵声、胡汉民在香港成立起义领导机关——“统筹部”，并在当时的香港屯门青山农场策划起义，又派人到广州附近各地，联络新军、防营、会党、民军，以备响应；同时在广州设立 38 处秘密机关，刺探敌情，转运军火，为起义做准备。

4 月 8 日，统筹部召集会议，会议议定起义时间为 4 月 13 日，计划十路大军攻打广州，因同盟会会员南洋华侨温生才 4 月 8 日同天单独行动，枪杀广州将军孚琦，以及吴镜运炸药被捕，原定起义被迫改期。

4 月 23 日，起义组织者在两广总督署附近的越华街小东营五号设立起义总指挥部，赵声任总指挥（留守香港），黄兴任副总指挥。将原定十路进军计划改为四路：黄兴率一路攻总督衙门；姚雨平率军攻小北门；陈炯明带队攻巡警教练所；胡毅生带队守南大门。

4 月 27 日下午，黄兴率两百名敢死队员分四路攻打两广总督衙门、小北门、巡警教练所和守南大门。黄兴首先发难，连发三弹，率队攻入总督衙门，决心生擒两广总督张鸣岐。不料张越墙逃遁。由于清朝部队人数众多，起义队伍得不到接应，各路队伍虽与清军展开激烈巷战，彻夜相攻，但都先后失败。黄兴侥幸脱险。由于实际起义以黄兴率部为主，黄兴为实际起义领导人。赵声、胡汉民 29 日率两百先锋队员出发，30 日凌晨抵达广州城外，但是大势已去，遂返回。

事后，同盟会会员潘达微多方设法收殓烈士遗骸 72 具，合葬于城东黄花岗，后改名“黄花岗七十二烈士墓”，成为“黄花岗七十二烈士”。

孙中山在《黄花岗烈士事略》序文中高度评价了黄花岗之役：

“是役也，碧血横飞，浩气四塞，草木为之含悲，风云因而变色，全国久蛰之人心，乃大兴奋。怨愤所积，如怒涛排壑，不可遏抑，不半载而武昌之大革命以成。则斯役之价值，直可惊天地、泣鬼神，与武昌革命之役并寿。”

广州起义虽然以失败告终，但革命党人在起义中英勇战斗、不怕牺牲的大无畏革命精神，给清政府沉重的打击，为同年 10 月 10 日武昌起义瓦解清政府统治奠下了基础。

1911 年 5 月，保路运动爆发。

清政府为了向四国银行团借款用来镇压革命，在邮传大臣盛宣怀的策动下，宣布“铁路国有”政策，将已归商办的川汉、粤汉铁路收归国有。四川修筑铁路的股金，不仅来自绅士、商人、地主，还有农民，而且农民购买的股份占很大比例。清政府颁布“铁路国有”政策以后，收回了路权，但没有退还、补偿先前民间资本的投入，因此招致了四川各阶层，尤其是广大城乡劳动人民的反对，从而掀起了轰轰烈烈的保路运动。

5 月 13 日，湖南绅、商、学界各团体发出传单，抨击清政府的卖国行径。14 日，长沙举行了各阶层人士参加的万人大会，决议拒外债、保路权。16 日，长沙、株洲一万多铁路工人游行示威，倡议商人罢市，学生罢课，人民抗租税。18 日，湖南各界人士聚集在巡抚衙门前，抗议卖国的“铁路国有”政策。在湖北，清政府宣布“铁路国有”政策后，各界人士奋起争路。宜昌到万县的铁路本已动工修筑，清政府迫令停工，筑路工人和商人立即聚集起来与之抗争。清政府调兵前来镇压，数千筑路工人抡起铁锤，挥动棍棒，同前来镇压的清军展开激烈搏斗，当场打死清军二十多人。

在广东，广东粤汉铁路股东召开万人大会，一致抗议清政府的“铁路国有”政策，提出“万众一心，保持商办之局”，并致电湖南、湖北、四川各省，谓“铁路国有，失信天下。粤路于十日议决，一致反对”。

在很短的时间内，湖南、湖北、广东的保路风潮连成一片，声势浩大。全国各地以及海外侨胞、留学生，也纷纷集会，并通电、写信予以声援。

清政府为了镇压革命，不惜丧失国家主权，将铁路收归国有，且大肆派兵屠杀保路人士。通过此举，全国人民充分看清了清政府卖国求荣的本质。

1911 年夏天，湘、鄂、粤、川等省爆发保路运动，运动在四川省尤其激烈。9 月 25 日，荣县独立，成为全中国第一个脱离清王朝的政权，把保路运动推向高潮。10 月 10 日晚，新军工程第八营的革命党人打响了武昌起义的第一枪。汉阳、汉口的革命党人分别于10月11日夜、10月12日攻占汉阳和汉口。起义军掌控武汉三镇后，湖北军政府成立，黎元洪被推举为都督，改国号为中华民国。武昌起义胜利后的短短两个月内，湖南、广东等十五个省纷纷宣布脱离清政府而独立。

1912 年 2 月 12 日，清朝发布退位诏书。至此，2132 年的帝制历史宣告终结。

3. 国家兴亡，匹夫有责

武昌起义爆发后，举国上下纷纷响应。中国的这一革命消息也迅速传到世界各地。在德国，留学生们听说辛亥革命之事，热血沸腾。下了课，大家便聚在一起谈论革命，群情振奋，一天比一天热闹。一天，学生项子和说革命军大败了，刘庆恩立即便给他一巴掌，大喊让他滚蛋。两人撕扯在一起，不依不饶。仪祉说：“有本事要革命，回去革去，在这里打人嚷仗，算革命吗？”仪祉买来一把手枪，收束行李准备回国参加革命。

当时，李仪祉在柏林皇家科技学院已经小有名气，他以品学兼优而赢得了许多教师和学者的赞赏。在他做毕业设计之时，柏林东方学院已慕名前来聘请他去东方学院教授中国文学，并已与李仪祉签订了合同。但此时的他“既念祖国之危，复思家门之难”，心早已飞回了祖国，因此拒绝了优厚的待遇，并做好回国的准备。

当时正面临毕业考试，许多同学纷纷劝他留下，等考完试正式毕业再走。仪祉认为：如要参加毕业考试，还需交五百马克的考试费，不就是要一张毕业文凭吗？我不能拿人民的血汗钱来买那个虚名！于是他还是放弃了毕业考试的机会，随身携带在德国买的手枪和子弹以及几件简单的行李，匆匆踏上了回归祖国的旅途。

仪祉一开始本来想走西伯利亚的，听人说走大连很危险，于是一个人乘火车过瑞士洛桑，经意大利米兰到达热那亚。到了热那亚后，他住在东方宾馆（*Hotolo riental*），然后搭了一艘德国船三等舱。仪祉上船后，遇见许多准备归国的留学生，一问，全是革命同志。他们有在英国留学的，有在法国留学的，也有同仪祉一样在德国留学的。大家聚在一起非常兴奋，大谈革命事业，畅想祖国未来。然而他们之中的一部分人只是口头上革命，回国后看到严峻的现实后，许多人就缩了回去，后来完全官僚化了。

船上很热闹。有一个美国人是做医生的，与仪祉住在同一个舱里，他初见李仪祉便问：“*Do you speak English*？ *Parloz Vons Fransaise*？ *Sprecnen Sie*

Deutsch？ *Parler Maliant*？”几种语言连珠炮式地问下去，仪祉不由得发笑了。这个医生是夫妇一同来的，他说自己精通七国语言，已经周游地球有三圈多了，这一次准备去中国。仪祉说你去中国干什么？美国医生说听说那里发生了大革命，我们去看看。仪祉说我也是回国参加革命的，正好一路同行呢。

船上的青年学生很多，因此经常开演说会。大家群情激荡，高声演讲，侃侃而谈。一天，船上组织了一次特别的演说会，请中国人与外国人演说中国革命之事。仪祉报名参加。他在演说中痛斥清政府腐败无能，卖国求荣，鱼肉百姓，高度赞扬孙中山先生领导的革命党人，还谈到自己父亲和伯父及哥哥都是同盟会员，仪祉自己在出国前也加入了同盟会，“一家人四口，革命党两双”。仪祉在德国时经常看《前进报》（*Vör Vorts zeitung*），这是一份进步报纸，上面宣传马克思主义和社会主义。一位荷兰老太太很不高兴，说是社会主义要不得，并与仪祉发生激烈的争论。仪祉高谈阔论，引用《前进报》的一些观点，驳得荷兰老太太无言以对，甘拜下风。

船上有一个德国少年，是不莱梅港人，据说是共产党，也不知犯了什么法，被德国政府驱逐出境了。他的父亲同这条船的船主有交情，托付船主照料儿子到东方去。至于东方的什么地方，这个父亲也没有明确指示。仪祉闻听后，非常同情这个小孩，处处呵护他，给他买饭吃。奈何这个小孩太淘气了。他在船上几乎上蹿下跳，经常恶作剧，把大家弄得哭笑不得。有一次这个少年假造中国革命党人在武汉和东三省失败的电报骗中国留学生，大家知道真相后非常愤怒，念他是小孩，也不认真计较；还有一次他吃完饭后，把下舱上甲板的门盖放了下来。他的本意是想作弄一个朋友的，无奈山西回民马骏急急匆匆步上楼梯，他的步伐本来就急促，再加上不留神，一头碰到板上，头顶霎时流血不止。船主知道后，船到锡兰（今伊斯兰卡，在印度洋北部，盛产各种宝石）后，便将这个淘气的孩子放了下去。

第十一章　拳拳赤子心

1. 硖石遇盗记

然而，经过漫长的航程，等到李仪祉赶到上海时，浙江的局势已经大定。但情绪激昂的他随即跑到江南造船厂内继续练习射击，准备为未竟的革命效力。可是随着南北和谈的开始，中华民国成立，他的枪弹最终都没能派上用场。

李仪祉从德国回来后，接到哥哥李约祉的信，让他不要回陕，袁世凯的爪牙正在到处捕杀革命党人，井勿幕等人都被捕入狱了。

辛亥革命取得成功后，黄兴组织元帅府等待孙中山归来。孙中山回归后，南京临时政府遂成立。参议院开始召集各路人马，大家都忙于自己的仕途。南北议和后，唯陕西战乱未已。当时于右任任交通总长，准备派李仪祉任津浦铁路局长。这是一个在当时很重要的职位，许多人图谋此位，梦寐以求。然而仪祉却以学未有成而拒绝了。于右任又给陕督致电，推举仪祉为参议员，他仍坚持不就。

辛亥革命成功后，来到上海的李仪祉将身上仅存的三百先令全捐给了豫晋秦陇四省红十字会，一时身无分文。此时，正巧父亲李桐轩从陕西经湖北来沪，得知儿子也在上海，欣喜非常。见面后仪祉见父亲冬天还穿着单衣，当即把手枪和子弹都卖了，给父亲买了件皮衣穿上。

李桐轩当时奉陕都督之命沿汉水南下，为陕西募集救助物资，一路历经艰辛，受了不少苦。李桐轩到达武昌后，才知道黄兴已到南京了。他准备去南京时，听说儿子在上海，于是便过来相见。

李仪祉随红十字会回陕。船行至汉口时，由河南人王溥沙多方协调，特开专车一列，驶至洛阳。火车因装了大量药品、医械，行驶得非常缓慢。

当时，平汉交通断绝已经有四个多月了，沿途车站兵士见有列车过来，都感到非常惊讶："太平了吗？火车都通行了呀！"一行人到达洛阳后，雇了八辆大车拉运医疗药品和器械。

仪祉同四个医生及随行的人一共十多个，第二天一大早由观音堂出发，前往陕西。

道路凹凸不平，车辆行驶缓慢。进入山区后更是十分艰难。仪祉见山路崎岖陡峭，车辆颠簸十分厉害，于是便决定步行。他的倡议得到另外四个人的赞同，他们之中一个是陕西的，一个是湖南的，一个是四川的，还有一个来自东北吉林，是个朝鲜族。

当时是农历的正月十三，雨雪刚停不久，山间背阴处还能见到皑皑的积雪，与山间的白云混在一起，难辨真假。

走了一会儿，大家都感觉有些热，额头微微出汗，于是提议在一块较为平坦的石头上歇息一会儿。几个医生听说仪祉刚从欧洲回来，十分羡慕，要仪祉给他们讲欧洲见闻。仪祉说了一些德国和瑞典的风土民情，他们大发感慨，说我们虽然生活在同一个地球上，却完全是两重天地啊！仪祉说其实德国最先进的是他们的医学和音乐，可惜我们中国人去了学的都是机械工程、物理、数学，忽略了这两门重要的学科。你们以后如果有条件，应该走出国门好好学习西方先进的医疗技术，改变我国落后的局面。几位医生频频点头，表示赞同。

"李先生，给我们唱一首外文歌吧？"四川籍的医生提议，其余的几个也跟着附和。

"我唱歌不好，不常唱的。"仪祉说。

"你就唱吧，反正你唱什么我们也听不懂。"河南籍的医生说。

"那好吧，我唱一首英文歌曲吧。"仪祉说完便唱了起来。

刚唱了几句，忽然听见有枪声。大家顿时慌作一团。

"我们到哪里了？"仪祉冷静地问。

"前面是硖石镇了。那里山匪出没，经常白天肆意抢劫呢。"河南医生战战兢兢说。

“不要慌，我们过去看看吧。”仪祉说。

大家接着往前走，到了硖石镇，都感觉饿了，于是就找了家餐馆准备吃饭，准备在这里等车子到来。

饭刚上桌，河南医生惊呼道：“不好了，有强盗在外面杀人呢！”外面人声鼎沸，哭爹喊娘声不断。几个人一看形势不好，准备藏起来时，几个强盗已经冲进来了！

冲在最前面的一个人大喊：“你们是干什么的？”仪祉说：“我们是红十字会的人员，有公事路过此地。”说完便出示护照。一个满脸横肉的人说：“狗屁公事！奶奶的，给老子都绑了！”

仪祉正要分辩，被一个强盗踹了一脚，让他闭嘴。这真是秀才遇见兵，有理说不清啊！

几个医生被捆绑后，吓得瑟瑟发抖，眼睛不约而同注视着李仪祉。

一个强盗拿起绳子准备捆绑李仪祉，仪祉说：“且慢，待我将饭钱给了再说。”说完掏出父亲给的路费，付了饭钱，然后从容被缚。

一个强盗看上了仪祉脚上的皮鞋，说一会儿到了我们的地方，把这双皮鞋脱下来给我！仪祉没理他。

一群土匪拿着枪押着他们，几个医生走得慢，被用枪托子砸了几下，不敢再拖延了。

走到半路时，途中遇到一条山涧，水流急湍。仪祉等人脱掉鞋袜过河，河水冰冷刺骨，里面的石头很尖锐，脚都割破了。

过河后强盗们拒绝让他们再穿鞋，说是都没收了。

几个人只能赤足行走在布满荆棘沙石的山路上，不一会儿脚就磨破了，鲜血直流。山匪们把自己的破鞋扔掉，换上仪祉的皮鞋及另外几位医生的布鞋，一时高兴得手舞足蹈，忘乎所以。回头看，几个赤脚的人脚上流着血，行走越来越缓慢，他们怕后面有人来追，用枪顶着他们让走快些，落在后面的人便会挨打。

有一个刚开始跟他们一起被绑的人，走了一段后被松绑并扶上马背，原来是早就串通好的。

行到半山腰，迎面走来一个乞丐。山匪大喝一声：“干什么的？绑了！”

乞丐忙跪地求饶："大爷，在下一个臭要饭的，求求你们放了我吧！"绑匪不为所动。仪祉忍不住说："他一个要饭的，身无分文，你绑回去还要管饭呢。"绑匪听了觉得也是，于是踢了一脚让他滚蛋。

走了大概有二十多里路，越过一个山头后，看见一所寺庙。寺庙前有一个广场，许多人在那里遛马。

寺院的名字叫崇明寺，前面有一面照壁，上面有榜文。门上有对联，上联是：青山不墨千秋画；下联是：绿水无弦万古琴。入其门内，但见两旁戈矛林立，气象森然。

看来，这就是土匪的老巢了。

仪祉等人赤脚走了几十里山路，脚上早已鲜血淋漓，踩在石板上一步一个脚印。山匪们把几个人绑在柱子上，一个土匪持刀坏笑着走到仪祉跟前，一手扶起他的脸，一面用刀刃在脖子上比画着。仪祉怒声喝道："士可杀，不可辱——要杀就杀，少给老子动手动脚！"劫匪嘿嘿冷笑一声说："呵呵，细皮嫩肉的，一看就是个白脸书生，哪来的胆量！"说完抡起大刀便要砍。

几个医生吓得一声惊叫，都闭上了眼睛。此时此刻，仪祉也有些后悔自己的冒失了！如果跟着车走，慢是慢一些，也不至于落到这伙土匪的手中。还有在山上就听到枪声了，硬是闯了下去，自投罗网啊！

很长时间了，仪祉做事都非常谨慎，小时候的牛脾气怎么又冒出来了呢？

仪祉这次回来的主要目的是参加革命，谁知满腔热血风尘仆仆跑回来，人家南北和谈了，练了几个月的枪法也没用上，连枪也卖了！如果参加革命，抛头颅洒热血他都在所不辞，大丈夫死得其所，轰轰烈烈，可是如今死在这伙山匪手中，也太窝囊了啊！

见劫匪抡起了大刀，仪祉喊了一声"且慢"，劫匪的刀便垂了下来。仪祉说："你们不能杀我，也不能杀他们。我这里有一副望远镜，对你们很重要。"劫匪从他的包袱中搜出望远镜，在身上又摸出一把小刀，还有其他物品。

劫匪们拿着望远镜玩弄了一会儿，不知如何察看。仪祉说："你们给我松绑，我教你们看。"劫匪放开仪祉，他拿起望远镜调好后，让他们看。

望远镜一下把很远的地方都拉了过来，远处的人也看得清清楚楚，山匪们十分高兴。奈何山上的土匪分为两股，一股为洛南来的，主张立即杀了仪祉他们，以免后患；一股为当地土匪，认为这伙人有油水可榨，不必立即杀掉。

两股土匪都想要望远镜，互不相让。

两伙人争执中互相打了起来，拼得十分激烈。仪祉刚上山时就发现他们不是一伙，望远镜只有一个，肯定会引起火拼。现在看来，果不出他所料，他们反倒相对安全了。

洛南帮土匪毕竟势单力薄，寡不敌众，最后落荒而逃。本地的土匪大获全胜，令手下人把仪祉他们送入一间土室内，点燃一堆麦草为他们御寒。

仪祉见局势有所缓和，请求松开他们的绳子。照看他们的土匪说："小的不敢，这个需要请示于元帅才行。"仪祉说："让你们的元帅来嘛，我跟他谈谈。"小土匪出去不久，一个头戴绸缎小帽，着蓝布棉袍、羽绫马褂，戴着一副石头眼镜，手持铜质水烟袋的人进来了。

这个人一进门便收起水烟袋对仪祉他们作揖，说："对不起诸位兄弟，在下哥老会人也。"仪祉听说他是哥老会的人，当即告诉他红十字会的性质及南方革命之真相，劝他弃暗投明。

那人说："此话先打住，明天我派人探明你们运送物资的车辆情况再说。"说完便起身告辞了。

仪祉等人见到了所谓的"元帅"，被移到了寺中的一间楼上，然后送来一块薄被，让五个人一起盖。

几个人被折腾了一天，中午也没吃饭，饥肠辘辘。山匪拿来几个窝窝头让他们充饥，然后从外锁上门，出去了。

仪祉等人被劫持后，运送物资的车辆来到硖石镇，他们原来说好在那里相会，谁知怎么都找不见人，询问镇上的人，大家都不敢说。

正当大家一筹莫展之际，那个被仪祉救了的乞丐站了出来，说："我见到他们了，被劫匪弄到山上去了！"

仪祉的父亲李桐轩当时也跟着车辆，得知这一消息后大惊失色，半天说不出话来。

李桐轩赏了乞丐酒食，又给了他一串钱。思量着如何解救人质。

这件事刻不容缓，山匪性情鲁莽，万一他们一时恼怒杀了人质怎么办？

李桐轩沉思了一会儿，觉得还是让乞丐给山上送一封信，说明道理。

乞丐吃饱了，又得了钱，自然乐意跑一趟。

第二天一大早，李桐轩的信送到了山上。奈何土匪中竟无人识字，不知信之内容。仪祉说我来给你们读吧："宜阳革命党同志伟鉴："山匪听了这一句非常高兴，欢呼雀跃。

仪祉接着念道："张其（硖石镇被杀者）为富不仁，同志等铲而除之，替天行道，大快人心！"山匪听到这里，更加高兴。信的后面便是仪祉等人被误会捕拿，请即释放等语。山匪有意允诺，说："我们已派人到镇上探查，等他们回来，你们就可以走了。"

黄昏的时候，探子回来了，说："情况我都探明了，是红十字会运送医疗物资的。人家待我很优厚，给咱送了不少药物呢！"原来山上的土匪大多生有疖子，李桐轩送给他们不少治疗的药物。

"元帅"听了十分高兴，说："我肯定会送你们下山的。不过明天是元宵节，当屈留一日。"仪祉等人虽然即刻便想离开，见山匪执意要留，所以也不能强违其意。

第二天，山上杀羊煮荞面为仪祉等人压惊。酒是大碗的酒，菜是大盘的菜，众土匪杯盘交错，轮流传饮，好不热闹。"元帅"拿出自己抢的自鸣钟请示李仪祉，说不知道该怎么用。仪祉拿起表上足发条，自鸣钟八音齐鸣，山匪们高兴得手舞足蹈。

"元帅"又说："我还有抢来的几把快抢，不知怎么用，也请教教我吧。"仪祉想他们若是学会用这些武器，不知会杀多少人，于是谎称自己乃一个文人，不会舞弄枪械。

"元帅"见仪祉相貌不凡，知之甚多，非常喜欢，希望他能留下来当军师，必然厚待。

仪祉说："等我去西安见到张都督为你们请功，然后我们共同干革命，如何？""元帅"非常高兴，端起大碗与仪祉相碰，然后一饮而尽。

第三天，也就是农历的正月十六日，山匪们用三匹马驮着五个人，派了两名非常健壮的汉子送他们下山。一路遇见许多人，都躲闪于石后，不敢露面。

护送他们的土匪大声呼喊，说："我们这次是送人下山，不抢东西的！"

仪祉一行离开后，山民们立即跑回山寨躲避。

仪祉见此情景，说："你先行一人，告诉沿途山寨我们不是土匪。"

二匪遣一个山民前面报信，山民手提鞋子跑了起来。仪祉问为何要把鞋子提在手里？山民说这样才能跑得更快啊！

仪祉说:“你真的相信我们不是山匪吗?”

山民笑着说:“你们一看就不像土匪嘛!”

快到硖石镇时,仪祉对送他们的山匪说:“你们任务完成了,可以回去啦。”山匪说:“不行,我们必须护送你们入城。”

从山匪所在的寺院到镇上大概有九十里路,到达镇上的时候已近黄昏,城门紧闭。外面的人一阵呼喊,幸亏里面早就知道他们要回来,所以门很快便打开了。

这次被绑,虽然只有三天时间,仪祉再次见到父亲时,竟恍若隔世!

父子相见,先是愣了一会儿,接着紧紧地抱在一起,眼泪便下来了……

第二天,李桐轩厚赏护送仪祉他们下山的两位山匪。硖石镇属陕州,陕州知事当时已逃,州政无人主持,山匪肆意横行,老百姓叫苦连天。后来一路所行,发现许多州县的知事都逃走了,一些人不敢西行便往东逃去,仪祉父子一行则继续向陕西进发。途中到处都能看见尸体,残骸断臂,树上悬挂着人头,森然可怖。幸亏攻打陕西的清军已经退去,仪祉他们才得以平安到达西安。

2. 哀民生之多艰

1912年初,李仪祉回到上海,南北已经议和。当年,陕西又遭大旱,渭北旱塬灾情尤其重,草根树皮采挖净尽,家乡民众逃亡过半,不少人鬻妻卖子换粮糊口。

目睹这些凄惨的景象,李仪祉悲痛万分,自愧无法解救家乡人民。所能做的便是倾其所有,拿出家里仅有的几百块大洋,分给乡亲。逃亡在外的每人二元,沿门乞讨的每人一元五,其余人等每人一元,才使全村无一人饿死。

然饥民太多,杯水车薪,令他十分焦虑。关中连年大旱,天灾虽无法抗拒,但如果像国外一样修建水利工程,引河灌溉,庄稼肯定不会颗粒无收,百姓也不至于绝粮断炊,鬻妻卖子,流离失所。可惜自己所学专业与水利无关,虽然在学习期间考察过一些水利工程,但真正要筑渠引水,必须得有专业的水利知识才行啊。

仪祉召集了一些同学和朋友,商量创办一所私立学校,培养陕西人才。

校址设在西安城西南方向的边家村，取名为“私立三秦公学”。

因李仪祉的学识以及老同盟会员的资格，民国当局请李仪祉担任津浦铁路局局长，陕西也委任他为省府参议，他开始都拒绝了。后来在伯父和父亲的建议下，决定出任津浦铁路局长之职。

李桐轩回陕后，担任陕西修史局总纂。在与修史局修纂孙仁玉整理史稿时，李桐轩常常研究社会教育问题，深感戏曲对移风易俗有着重大作用，遂与孙仁玉等发起创办陕西易俗伶学社（后改名为“陕西易俗社”）。李约祉继承父志，在易俗社早期，先后担任社长、评议长、教务主任、编辑主任等重要职务；创办《易俗日报》，为易俗社、为秦腔的发扬和传承，做出了不可磨灭的贡献。鲁迅先生曾为易俗社题写牌匾：“古调独弹”。

1913 年，李仪祉辞谢了南京临时政府委任的津浦铁路局长之职，决定二次留学德国，继续深造。

是年 3 月，李仪祉坐船启程。不想在船上遇到了赴欧洲考察德、法、荷、比、瑞等国的时任陕西省水利厅厅长郭希仁。因都是陕西人，且又是志同道合，李仪祉便以郭希仁德文翻译的身份，陪同考察。他们先后走访了多个国家，看到各国河渠整齐，“填闸灵便”，联想到国内水利颓废，都不免万分感慨。

郭希仁是陕西临潼人，是领导陕西辛亥起义、推翻清政府腐败政权的先驱者，曾先后担任陕西同盟会会长、清陕西咨议局副议长、民国军政府高级顾问、陕西教育厅长、水利局长、林务专员、禁烟局坐办等职。在他执政的那些日子里，心中始终装着“民生”，掌权惩腐恶，刚直不阿，清正廉洁。清政府陕西新军督练公所总办王毓江贪污受贿，滥用私人，引起官兵的极大不满。军官们列举王毓江的十大罪状，托省咨议局转陕西巡抚恩寿查处。由于王毓江为恩寿的亲信，因而坐视不理，激起了新军官兵的极大愤慨。

时任清陕西省咨议局副议长及同盟会会长的郭希仁知道此事后，利用手中掌握的弹劾权，与副议长、同盟会员李仲特等人一起，按照省咨议局的章程对王毓江提出弹劾案，将王毓江的罪行上达于北京清廷咨议院。

这一弹劾案的上达，迫使陕西巡抚恩寿撤了王毓江及其党羽十余人的职务。不久，陕西巡抚恩寿亦称病告退。

当时陕西贩毒、吸烟猖獗，三原街头竟有七百余盏烟灯，似人间地狱，陕西每年仅烟土收入三千五百万两银子。郭希仁在出任中华民国陕西军政府禁烟局职务后，赴西路查禁烟苗，到关中、陕南进行巡查，宣传禁烟。

一次，某军队包运烟土，大干禁政，事连当道刘某，各衙门承旨均不敢言，郭希仁得知此事之后，大义凛然，独自一人多次提出建议。建议无果后，郭希仁愤然辞去禁烟局坐办之职。其不畏强御，反腐惩恶，亢直感言之举，令人赞叹不已。

郭希仁在任中华民国陕西省教育厅长期间，凡是有利于国计民生的事，莫不竭尽心力而为之。如倡导成立“天足会”，提倡妇女放小脚，摆脱封建枷锁。他的三个女儿都听从父亲教导，参加“天足会”，不裹脚，展大脚。郭希仁还倡议成立省音乐、国语研究所、通俗博物馆、孤儿院等，并重修孔庙（今陕西碑林博物馆）。在任省水利局长期间，他带领测量人员，到泾阳河谷张家山，住在那里，测量绘图，为后来的泾惠渠设计、开洞提供了丰富的依据。后来，泾惠渠功碑上曾留下郭希仁的名字，李仪祉著文《泾惠渠之首功郭希仁》。

中华民国九年（1920年），陕西关中大旱，省义赈统一委员会开会，某灾区当急赈，几度会商，某洋员多方驳难，议总不决。

一天，他们又开会商量救灾之事，洋员坚持过去的意见。郭希仁见此状十分生气，冲到其面前怒叱之曰：“汝洋人视吾中国人命如草芥，今先毙汝命！”说罢便提起拳头准备揍他一顿。与会诸委员十分惊异，连忙上前相劝，使洋员才得以解脱。接着，继续开会商议，洋员没有反对，才立即做出了决议，次日即施赈。民国十年，华洋义赈会决定修筑浐河、橘河、灞河河堤五处，一位洋员勒不发款。在又一次开会商讨此事时，郭希仁扶病赴会，在会上与洋员抗辩。洋员惮其威，置悉从之，而大功已成。

辛亥革命成功之后，郭希仁身居陕西军政府高级顾问之职，又任陕西同盟会会长，军政府为其建造了一处住宅，他拒接收，转给陕西同盟会做了办公处所。而他自己一家，始终在端履门街租赁民房居住。在任陕西教育厅长期间，一天，有一个长武人托郭希仁办事，送来一只烤全猪，又油又香，年幼的儿女都馋得要吃。郭希仁闻知此事，立即令人将烤全猪原物送还。

游欧前夕，郭希仁将公物如数交公，在致大统领张凤翙的信中说：“护兵带回快枪四支，以及军装嘱弟缴祈查收。另有马一匹，家用有牛，且要食料，可置秘书厅公骑也。”后来，郭希仁的家庭生活极其艰苦，加之又患病吐血，无钱医治，将自己家的车马变卖，以度困日。当时，陕西督军刘镇华听到此事，即向郭希仁馈以千元现洋，他坚辞不受："俸薪其所以得，若怜其贪病而资之，某绝不受他人怜也。"

辛亥起义前后，郭希仁因足智多谋、善于处理政事，曾被同仁誉为"丞相"。在考察的途中，郭希仁对李仪祉说："我们的国家现在千疮百孔，百废待兴。你这次留学所学专业较多，任务非常重。以为之间，不如集中精力，专攻一门，回国后即可发挥作用。"仪祉点点头。郭希仁接着说，"比如说铁路工程吧，这个也很重要，但不是当务之急。当务之急是水利工程，救万民于水火。"这一点仪祉深有感触，不由得又点了点头。

郭希仁见仪祉洗耳恭听，于是接着说道："李协，你这次去，与其学其他技艺，不如专攻水利一项。我们家乡的郑、白渠废弛已久矣，等待着在我们这一代人手里复兴呢。希望你能不负重托，专攻水利，以继郑、白之事。"

所谓"继郑、白事"，就是能像郑国、白公一样，引泾河水灌溉农田。其实仪祉出国之前已亲眼目睹渭北大旱导致的凄惨世界，这次出国，重点便是攻读水利专业，兼修其他专业。郭希仁这么一说，他毅然决定放弃以前学的专业，改入德国丹泽工程大学专攻水利一门。

3. 二次求学

李仪祉进入德国丹泽工程大学以后，师从德国水利科学家恩格尔斯教授，攻读水利专业，在学业上进步很快。

随着学业的深入，导师恩格尔斯被李仪祉远见卓识的思想、宽广胸怀的气度、博览群书的学识、锲而不舍的追求及一心爱国的精神所深深地感动，他对这位多年罕见、极为优秀的学生则刮目相看，尽其所能倾情竭力地培养着李仪祉。按照导师的话讲，李仪祉像块硕大海绵，尽情地吸收着他的学识之精华。在恩格尔斯看来，此君将来前程无量，对人类必定有所贡献。

恩格尔斯（1854—1945）是近代国际河工界权威之一，当时已经是国际上很有声望的水利专家，是他开辟了河工模型试验之先河。难能可贵的是恩格尔斯三十余年孜孜不倦地把研究中国为害最烈的黄河作为他的主攻目标之一，他在国际上出版发行了《制驭黄河论》一书，引起业界开始对中国水利的极大注目和研究，以至于后来的美国人费礼门（1855—1932）、罗德民（1888—1974），德国人方修斯（1878—1936）、挪威人安立森（1885—？）等纷纷来到中国，并受聘于政府或进行有关水利之研究，或在高等学府进行教学。

李仪祉经常同恩格尔斯一起探讨治理黄河要策，因恩氏没有来过中国，所研究的内容完全凭借资料，而多数时间导师总是询问有关治理黄河的设想，后来他们二人成为学术上的朋友。

李仪祉在学完所有的课程之后，虽然和第一次留德一样，学习成绩依然名列前茅，但他依然没有参加学位考试。

这一做法使当时许多师生都百思不得其解。

在国外留学的中国学生都说，许多人醉心于考一个学位，一些人为奔学位，在国外数次考试不过关，在国外一待就是几年。而李仪祉成绩超群，拿学位可以说是唾手可得，他却屡次放弃学位考试，让人十分费解啊。

一些师生按捺不住好奇的心理，询问李仪祉。仪祉说：“我不远万里到德国来求学，求的是学问，而不是学位。学位对我丝毫没有用处。而且我是公费学生，我们的钱都是老百姓给的，能省一文是一文，无论如何是不可浪费的。”

看到他脚踏实地不图虚名、认真探讨科学奥秘的钻研精神，学习成绩优异、毕业设计优秀并用到实践中去，为公费坚持节省五百马克而不参加学位考试等现象，德国丹泽工程大学特别授予李仪祉一个荣誉称号：“特许工程师”。

在德国丹泽工程大学留学期间，李仪祉还查阅了大量与水利科学有关的资料，对德国乃至欧洲许多大中小型水利设施都做了翔实的调查，积累了丰富的资料。在留德的岁月里，李仪祉因其质朴直率，甚至有些刻板的“特异性情”而被同窗所拥戴。他与同学来往不多，既不好时兴的各种聚会，也不喜欢凑在一起喝酒聊天，每晚图书馆熄灯后，还是和柏林皇家科技大学时一样，在公寓继续用功。为了早日学成回国，他刻苦攻读，几乎把所有的时间都用在了学业上。

郭希仁回到国内，两人还不断通信。郭希仁鼓励他一定要完成水利大业，造福陕西。

为了抓紧时间学成回国，李仪祉不再休假，每天不是在教室画图，便是在实验室、图书馆读书。只学了两年，便学成启程回国。

1915 年初，袁世凯窃取了革命果实，出卖国家主权，疯狂地镇压“二次革命”，妄图复辟帝制，建立袁氏封建王朝。袁世凯的走狗陆建章在陕西也大搞白色恐怖，残杀革命党人。1915 年 12 月，袁世凯于北京宣布接受帝制，南方将领唐继尧、蔡锷、李烈钧等在云南宣布独立，并且出兵讨袁。袁世凯的军队受挫，南方其他各省之后亦纷纷宣布独立。袁世凯在内外压迫后宣布取消帝制，并于数月后病逝。

李仪祉学成归国，正值 1915 年初，国内时局动荡，民不聊生，他大失所望。当时国内北方大旱，南方则经常发生洪涝灾害。李仪祉觉得当务之急是需要培养一批水利人才。当时，张季直在南京创办河海专门学校，邀请李仪祉去任教，他欣然应诺。在仪祉看来，治理江河，兴修水利大业，首当其冲的便是培养专门人才。

张謇（1853—1926），字季直，号啬庵，祖籍江苏常熟，生于江苏省海门市长乐镇（今海门市常乐镇）。清末状元，中国近代实业家、政治家、教育家，主张“实业救国”。中国棉纺织领域早期的开拓者，上海海洋大学等校的创始人。

张謇创办中国第一所纺织专业学校，开中国纺织高等教育之先河；首次建立棉纺织原料供应基地，进行棉花改良和推广种植工作；以家乡为基地，努力进行发展近代纺织工业的实践，为中国民族纺织业的发展壮大做出了重要贡献。他一生创办了二十多个企业，三百七十多所学校，为中国近代民族工业的兴起、教育事业的发展做出了宝贵贡献，被称为“状元实业家”。

4. 张季直与“河海”

鸦片战争后，中国内忧外患交相危害，国贫民弱，众多水利工程年久失修，公共工程建设事业废弛，洪旱灾害频繁。尤其是原本富庶的黄淮海平原，由于历史上黄河多次决口改道，严重破坏了水系，几乎无年无地不遭水患。清末民初，社会各界治水的呼声日益高涨，以导淮为中心的水利建设问题被提上了议事日程。同时，面对列强的侵略和国家民族的危亡，许多怀抱救国救民理想的志士仁人力主学习西方的科学技术，富国强民，纷纷兴学校，办教育，开民智，培养各种专业人才的实用教育也开始兴起。

张謇曾多次聘请外国工程师勘查黄河、淮河等常年水患的河流，花费了不少时间，也耗费了大量的资金，但一次次勘查的结果也仅仅是提供了些原则性的报告，没有制定出具体的建设改造方案。张謇深感中国实力建设缺乏人才，决心创办这样的专门学校，培养我国自己的水利人才。

这一时期，张謇先生奉行“实业救国”“教育救国”的宗旨，力主培养人才。在任北洋政府实业总长兼全国水利局总裁的1914年，张謇即着手创建一所培养水利技术人才的学校。他多方呼吁，亲自联络，筹措经费，商定校址，聘请教师，审定办学方案。当时，办学经费问题是首要难题，张謇数次呈文申请财政拨款均无答复，于是提出一个解决燃眉之急的折中办法，即由国家承担开办之初应急资金两万元，每年的经常费用三万元则先由江苏、浙江、山东、河北四省均摊，四省选送的学生可免交学费，并可优先接受学校毕业生；待中央财政好转后再给学校拨款。呈文获准后，张謇又亲自出面与四省当局商定具体办法。但实际上中央财政一直未见好转，各省也往往不能如约拨款，致使学校经费经常窘迫拮据。

为节省开办费用，尽快招生开学，张謇决定临时借用校舍，并利用曾任江苏省咨议局议长的影响，借下了江苏省咨议局(即现湖南路南京警备司令部)的房屋，解决了校舍问题。

张謇先后聘请著名教育家、时任江苏省教育司司长的黄炎培和前都督府秘书沈恩孚为学校筹备正、副主任（开学后仍任评议），聘请留美归来的许肇南为校长，并聘任了李仪祉、杨孝述、沈祖伟、顾维精、刘梦锡、伏金门等一批教职员，其中多为留学欧美大学的工科毕业生，不少是蜚声我国教育界、科技界、水利界的前辈和名流。后来，李仪祉又先后聘请茅以升担任教授，请竺可桢来校讲学。

1915年3月15日，河海工程专门学校隆重举行开学典礼，张謇专程从北京赶到南京参加典礼。这是我国历史上第一所培养水利技术人才的高等学府，是辛亥革命后南京地区第一所招生开课的高校，学校隶属全国水利局，并由全国水利局转咨教育部立案照准。

“河海”建校第一年，共招收中学毕业生八十人，编为两个班，学制四年。为应导淮急需，选择其中数学、英文成绩较好者办了一期特科，学制两年，“授于切要功课，冀急可致用”。以后历年在校学生约二百人左右。学校设有教务部、事务部、进德部、出版部、注册处、图书馆等部门，建有水力实验室、材料实验室、物理实验室、化学实验室、测量仪器室、模型陈列室、地质标本室等教学单位，开设了国文、英文、图画、数学、物理、化学、测量、地质、力学、机械、路工、结构、水工、经济、管理、体育等四十二门课程，采用的多为美国教材。学校每学期及暑假期间都组织学生到水利工地进行实习实践，到江河湖海开展调查研究；还经常应政府和社会要求选派师生支援各地水利建设和抗洪救灾，屡获表彰并有数十人被授予“河工奖章”。当时的河海工程专门学校因师资力量强、学生管理严、教学质量高，形成了团结、爱国、谨严、朴实的校风，而深得社会好评，成为国内工科院校的佼佼者。

1924 年，东南大学工科并入河海工程专门学校，学校更名为河海工科大学，仍隶属全国水利局，由著名工程学家、教育家茅以升任校长。1927 年至 1937 年期间，学校建制多次调整，1937 年成为中央大学水利系，1949 年成为南京大学水利系。

在并入国立中央大学之前的十四年里，该校历年所造就的专门人才共四百多人，为我国诸多水利事业做出重要贡献。其中涌现出了沈百先、汪胡桢、须恺等近代著名的水利工程大家。

第十二章　因材施教，良师益友

1. 河海工程专门学校的多面手

那个时代，极少有人像李仪祉那样深刻地了解农业对中国人意味着什么。

李仪祉认为中国自古就是一个农业国家，他在所著的《重农救国策》中，提出一个令人难忘的观点，此论虽过极端，但由此可以看出其重要意义，即："在历史上，中国过去伟大的领导人都是农业方面的行家，凡是重视农业的年代，社会就稳定繁荣……以后中国的元首应该称为农首，各省长官称为司农，国民应该成为常农（经常从事农业劳动）或者隙农（间隙从事农业劳动），军队要成为农军。"

3 月的南京春意盎然，金陵街头樱花绽放，玄武湖畔垂柳吐绿，玉兰含苞待放。

河海工程专门学校，李仪祉正在给学生上课。他操着一口陕西话，向同学们发问："什么是水利？水利就是水的利用。水是自然的产物，有利于人，也有害于人。在地球上，哪里有水，哪里就有生命。一切生命活动都是起源于水的。水对人体而言的生理功能是多方面，而体内发生的一切化学反应都是在介质水中进行的。没有水，养料不能被吸收，氧气不能运到所需部位，养料和激素也不能到达它的作用部位，废物不能排除，新陈代谢将停止，人将死亡。因此，水对人的生命是最重要的物质。人体内的水分，大约占到体重的 65%。

其中，脑髓含水75%，血液含水83%，肌肉含水76%，连坚硬的骨骼里也含水22%哩！没有水，食物中的养料不能被吸收，废物不能排出体外，药物不能到达起作用的部位。人体一旦缺水，后果是很严重的。缺水1%至2%，感到渴；缺水5%，口干舌燥，皮肤起皱，意识不清，甚至幻视；缺水15%，往往甚于饥饿。没有食物，人可以活较长时间（有人估计为半个月），如果连水也没有，顶多能活一周左右。”

教室里鸦雀无声。大家都知道这个叫李协的老师曾两次留学德国，博闻强记，视野开阔，但是没想到他的知识如此渊博。他们不知道，李仪祉在德国留学期间，学的不仅仅是水利工程。

“我们都知道，水在自然环境和社会环境中，都是极为重要而活跃的因素。山清水秀，鸟语花香，风调雨顺，五谷丰登，是人类追求向往的美境，也是人类劳动创造和精心爱护的硕果。水在不停地运动，在人体里，在农田，在工厂，使世界充满生机和活力，污物被水流带走，稀释了，化解了，又被大自然净化了。当我们徜徉在大自然怀抱的时候，其实我们所面对的全部是水给我们的力量。水可以浇灌庄稼，水能载负轮船，水能可以发电，造福人类——然而，水同样也是有害的物质呢。”仪祉环视了一下教室里的同学，大家聚精会神的样子令他十分满意。

“山洪暴发可以摧毁房屋，河水暴发可以淹没庄稼，甚至致人死命。同样，海啸暴发也非常可怕，后果十分严重。当然，如果采用科学的方法进行治理，兴利除害，水便能够造福人类，不再成患。这个便是我们学习水利工程的宗旨。”李仪祉接着说。

“在我国，先人治水，源远流长。早期有大禹治水，后来有李冰父子兴建都江堰，郑国、白公建造郑白渠，有些至今还在造福人类。虽然那些治水先驱早已长眠九泉，但他们的功德圣绩永垂史册、千古流芳。”

李仪祉侃侃而谈，同学们听得津津有味，如痴如醉。原想水利专业的课程枯燥无味，没想到被李先生这么一讲，居然如此生动有趣呢。

李仪祉来到“河海”后，被任命为教务长。在教学中，他发现专业课本特别匮乏，一些英、美原版书的翻译内容不符合中国的国情，无法满足学生的需要。为解决课本缺乏、外国教材内容不切合中国实际的问题，李仪祉编写了《水工学》《潮汐论》《水工试验》《土积计算截法》等水利和数学教材。他所编订的水利教材，所撰写的科普文章，无论是从语义上还是逻辑上，与中国传统治水的思维体系都是能互通的。

《水工学》教材是李仪祉将他出国留学所得水利土木工程知识，用其多年接受西学教育所形成的理性态度，与中国传统水利技术内容相沟通的一部教材，被他的学生称为“仪师一生心血结晶，全国水利建设之模范，在遗著中最宝贵者”。该书是李仪祉从1915年开始撰写的，曾多次修订，作为水利学基础教材。《水工学》的重要性在于它具备中国水利学学科史史料性质，特别是在水利科学的内容体系上，体现了从传统河工向现代水利科学的过渡，充分表达了他在中国传统水利技术与西方近代工程知识之间取舍的态度：“中国治河之术，非不博且尽也。著述记载，非不多且善也。唯因测绘之事未精，计算之术未工，故其为治也，粗而不密，略而不周。枝枝节节而为之，愈治而愈不治。本书于水事测量，不殚详尽。借西人之所长，以补吾国之所缺。至治导方法，中西并举，参伍比较，以见优劣。至于灌溉工程，运河制度，在吾国发展更早。水利一端古今并重。然水利之学，古或有之，今则失传。故尤不能不多取材于外邦也。”

中国古代的水利著述非常丰富，仅水利专著就有五百种以上。然而由于水利学并没有形成专门的学科，这些著作类别极为分散，大部分属于史部地理类，如《史记·河渠书》《宋史·河渠书》《水经注》等。李仪祉的《水工学》既突破了中国传统水利著作的体例，体现了基础科学与工程技术的内容划分，又与现代水利科学内容体系有一定的区别，带有浓郁的时代烙印和传统特色。

《水工学》一书的主要内容有：河工学、治河通论、渠工学三个部分。作为一套水利基础教材，主要是“供大学土木学系教学之用为目的，然可作工程师参考用之。于学理不厌推求，于例题不厌多举，尤注重于本国实际情形”。关于“水工”的定名，李仪祉如此阐释：“水工历史，于吾华古矣。昔者行水之官，名曰水工。行水之事，名曰水功。水功二字，与德文 *Wasserbau*、荷兰文 *Waterbou* 之意义确相符合。故此门学术，予即为定名曰水工学，以视他本之译为河海工程，水利工程者，当更为浑括而鲜遗义矣。”

为提高教学水平和学生素质，李仪祉还筹建了一座水工展览室，内容除水工实验外，涵盖了水工、土建、桥隧等各个领域，假期还带学生到工厂参观，学以致用。宋尚希、沙玉清、汪胡桢等这些为我国水利事业做出杰出贡献的优秀水利专家，都是他在河海工程专门学校培养出来的。

李仪祉在河海工程专门学校期间，贯注精神，乐育不疲，穷搜中外治河书籍，搜集矿物标本、建筑材料等，制作各种河工模型，赴国内各河流流域视察形势，著为文章，用作课外教材。仪祉之学不限于水工，凡天文、气象、地质、地理、史地以及文艺宗教，莫不深入研究，被称为多面手的教授专家。

在河海工程专门学校任教的同时，李仪祉还兼任南京高等师范、上海同济医专的教授，往来于宁沪之间，每天在火车上都忙于读书和写作，可谓殚精竭虑，呕心沥血。

为了使学生进一步了解中外水利之所长，做到学以致用，李仪祉在教授现代化科学知识的同时，尽量搜集中外关于水利建设方面的论述及资料，然后进行认真对比，加以研究，从中汲取对教学有益的东西。

李仪祉在德国留学时，经常上实验课。实验课不仅有利于教员的直观教学，还能启发学生的感性认识，从而收到较好的学习效果。实验课在整个理工科教学中占有很大比重，然而河海工程专门学校因为初建时期经费十分紧张，没有实验室。这样的条件下，要达到教学大纲的要求是十分困难的。

为了弥补没有实验室这个缺憾，李仪祉费了不少心思。他经常带领学生到南京火车站及附近的一些工厂中参观，让学生亲眼观看有关机械和型钢等实物。在讲钢筋混凝土一章时，李仪祉带着学生跑到下关车站去参观正在兴建中的工厂，让学生们了解现场施工情况。在课堂上往往需要很长时间才能讲清的问题，学生们在现场一看便一目了然了。

当时，较近代的水利工程全国几乎没有一处，李仪祉不辞辛苦，带领学生跋山涉水来到陕西张家山，参观古代水利工程，给他们讲述郑白渠的兴建过程及灌溉原理。后来，他又带领学生到都江堰考察学习，让学生现场目睹，亲自体验。这样再回到课堂上后，教学效果事半功倍，尤其明显。

每次外出考察，由于学校经费紧张，李仪祉经常自己拿出钱来给学生做路费。每天考察十分辛苦，一天下来脚上都起泡了，晚上睡觉之前他会把血泡弄破，然后清洗。后来，他的脚底磨出了一层厚厚的老茧。

为了进一步开展直观教学，增加同学们的学习兴趣，李仪祉提议因陋就简，在校内修建一个水工展览室。大家动手把各种水工建筑物做成模型，在室内陈列，以供学生们观看及课外研讨之用。

他的建议得到校方和师生们的一致赞成。

筹建水工展示室是比较复杂的技术性工作。特别是缺少能够制作教具的技术工人。李仪祉利用周末时间到大街上去找，看到有一家做家具的店铺活做得不错，于是便进去打招呼。店主以为他要定做家具，十分热情。仪祉说明来意后，人家并不感兴趣。后来仪祉提出给他高额的报酬，那个木匠才答应跟他到学校试试。

他们首先制作的是渡槽模型。渡槽是输送渠道水流跨越河渠、溪谷、洼地和道路的架空水槽，普遍用于灌溉输水，也用于排洪、排沙等。其二是制作土石坝。土石坝泛指由当地土料、石料或混合料，经过抛填、碾压等方法堆筑成的拦水坝。当坝体材料以土和沙砾为主时，称土坝；以石渣、卵石、碎石料为主时，称堆石坝；当两类材料占相当比例时，称土石混合坝。

制作模型的工作开始了，一些热心的师生也来帮忙。李仪祉每日设计，画图，忙得不亦乐乎，还要给制作工人讲解原理。那个木匠一开始不理解他的用意，做得很结实，又笨又重。仪祉说这些东西都是展示用的，不必像家具一样讲究材料和坚固。

不久，水工展览室初具规模，展出了各种自制的模型，教具和教学仪器，内容十分丰富。仅属于水工模型的就有：重力坝、拱坝、土坝、溢流坝、渠道进水闸、分水闸及航渠船闸等多种，还有轴流式水轮机和冲击式水轮机。除此之外，李仪祉还考虑设计了一些属于建筑材料的各种管材与线材模型等；属于交通建筑物的有木檩、钢檩架桥以及可以解剖的铁路隧洞等；属于施工设备的有打桩机、卷扬机、矿车与轻便铁路等模型。它的内容远远超出了水工展室的需要。

水工展室落成以后，学生们怀着极大的兴趣，络绎不绝争先参观。一个个精致玲珑的展品，一座座生动逼真的模型，令大家赞叹不已。

2. 因材施教，以德育人

学校期中考试结束后，李仪祉带领学生来到南京的一家铸造厂参观。在参观中，仪祉看到工厂的设备简陋粗糙，年久失修，工人操作多靠体力，劳动条件落后，就向厂方提议，应设法提高机械化程度，减轻工人的体力劳动，加强设备维修等。后来，李仪祉特意为铸造厂设计了筛沙机，并让学生将设计图纸送到工厂。

在河海工程专门学校建设初期，张謇先生就为学生制定了三条教育方针，作为学校各项工作的依据和准绳：

（1）注重学生道德思想，以养成高尚之人格；

（2）注重学生身体健康，以养成勤勉耐劳之习惯；

（3）教授河海工程必需之学理技术，注重自学辅导、实地练习，以养成切实应用之知识。

对教师和教学工作的要求是：

（1）聘请富有工程经验而热心教学者为师；

（2）注重教学方法，使学生能活用理论，而不专致力于记诵；

（3）广储仪器设备，以供学生实验；

（4）组织参观工程以资感发，派遣实习以增阅历。

对于学生，则强调两点：

（1）必自问志愿，实有从事河海工程事业之决心然后来学；

（2）必自审体格，足胜从事河海工程事业之劳苦然后来学。

学校还请著名文学家柳诒征创作了校歌：

钟灵毓秀石头城，人才蒸蔚起。
河疏湖蓄水利兴，工学昌明时。
横流浩劫永断绝，拯救数兆黎。
大哉河海奋前程，毋负邦人期。

普下利物沐群生，智者惟乐水。
乘辇山行乘樏泥，祖述神禹绩。
天下有溺犹己溺，此志毋稍弛。
大哉河海奋前程，毋负邦人期。

因歌词辞义深奥，学生不易理解，故学生进校后教师首先对校歌及意义做讲解，以进行爱学校、爱水利专业的教育。

李仪祉不但在学问上深究精探，而且尤其注重培养学生的爱国思想和道德品行。李仪祉说："我们要树立高尚的理念，要做大事，不要做大官，一切事情要讲求实际，不要争取虚名。"他还经常向学生灌输爱国思想。在一次对学生的讲演中，仪祉说："水利事业，关系国计民生，至深至巨……古代为国主政者，有许多的工程家。大禹王就是个水利工程家。他把我们中华，从水里拯救出来……周公也是一个大工程家，最有名的指南车就是他发明的。他著有《考工记》一书，是开创我国工学之鼻祖；墨子和公输子也都是工程家，他们发明了许多武器；诸葛亮是个大工程家，发明木牛流马和许多机械，保家卫国。"李仪祉谆谆教导学生，"作为一个学工程的学生，也应学一些社会科学，应该懂得社会，明白是非曲直，而不能只知一味读书，变成一个书呆子……工程学是应用各种学科的科学，它的范围很大。工程家要对其他的基本科学如社会科学有相当程度的了解。这一点，在以前的工程家往往不加注意。因为以前的工程家所做的不外是几个军阀或资本家牟取利益的买卖，社会的真实情况，百姓的疾苦与他们是不关痛痒的。""做一个工程家——为民众谋幸福的工程家，对于经济学、法律社会等科学，均应当加以注意，虽然不必要有精专的研究，至少对于各学科的原则当有充分的理解。""民生问题的解决，全凭建设事业之完成，工程家是建设新中国的灵魂，是建设新中国的导师！""学工程的青年，于求学时代，便应存一济民利物的志愿，日展其所学，便时时想到如何可供一般人民受到我的益处……愿诸君努力奋斗，抱人溺己溺水之怀，一有所疑，必有所问，毋稍讳！"李仪祉还向学生们表示："余必尽我职责，倾我所知，莫隐乎尔。"他以学科的服务性和人民的满意度进而揭示学科的特点和学习的任务。在当时，无数的青年学子为之动容，以满腔的情感投身国家水利事业而终其一生。就如马克思在《黑格尔法哲学批判导言》里郑重提出的——

“思想一旦掌握了群众，他便成了武器。”而在这里，在李仪祉的心中，这种思想则是为中华之崛起而发奋，为事业的创新而发奋，为人民的幸福而发奋，这更是一种情怀，一种情操，一种人格魅力之所在。也是当前社会建设，文化建设，教育建设不可或缺的精神瑰宝。

1917年，华北地区发生特大水灾，永定河、北运河、蓟运河、拒马河、滹沱河等河系相继洪水泛滥。洪水之大，面积之广，令受灾惨重。洪水所到之处，几乎没有一座完整的建筑物幸存。整个灾区一片汪洋，死伤者不计其数。水退之后，瘟疫四起，景况十分悲惨，李仪祉闻讯十分痛心。他不顾瘟疫流行，亲自率学生奔赴河北，查勘工情、灾情，历时半年之久，先后查勘了受灾的五大河及海河，掌握了许多珍贵的第一手资料。

1919年5月4日，中国大地上爆发了人民反帝、反封建的革命，成千上万名热血青年和爱国学生投身到这一革命的洪流中去。

“五四”浪潮席卷全国，南京城一片沸腾，“河海”的师生们对“二十一条卖国条约”反应尤为强烈。他们组织了学生自治会，印发传单，宣传新文化运动。

李仪祉也与学生一起写大标语、抗议口号并亲自带领“河海”学生沈泽民、张闻天、严俦等一大批爱国学生与进步教员，迎着反动警察的棍棒与刀械，上街游行，发表演说。他在《工程家之面面观》一文中写道：“实行爱国，唯有工程家做得远大，实行打倒帝国主义，唯有工程家做得结实。”他把爱国与求学、政治与技术统一起来，既培养学生的爱国主义思想，又使学生懂得只有脚踏实地学好文化科学知识，才能把祖国的建设事业搞好，才能实现真正的爱国。

当时，以河海工程专门学校为首提倡与南京各高校联合组织的“南京学生联合会”还派出了杨成章等同学为学生代表赴京抗议，不料，学生代表均遭军警拘捕。消息传来，李仪祉非常愤慨，他连夜奋笔疾书，向当局要求释放被捕学生。

这期间，仪祉写了大量的文章，投书报刊声援学生运动。

在“五四”运动中，“河海”的进步学生层出不穷，严俦就是其中一个。他在共产党员萧楚女、恽代英的领导下，参与策划并参加了下关英商和记洋行工厂工人的大罢工。

这次罢工轰动了南京城，河海工程专门学校一时被称为“红帽子”大学，备受关注。

3. 良师益友

李仪祉在京师大学堂的时候虽然学过英语，到德国后也曾涉猎，但皇家科技学院主要是德文教学，所以他对于英文也仅仅是一般的阅读，不甚精通。然而到了河海工程专门学校以后，仪祉发现学校的教材多为英文版。要用英语向学生授课，给他带来了很大的困难。

为了克服这一语言障碍，李仪祉下决心自修英文。那段时间，他把每天教学之外的所有业余时间都用在学习英语上，非常刻苦。其间，仪祉的教学任务十分繁忙，他无论走到哪儿，身边都会带一本英文书籍，遇到不懂的句式，他便虚心向别的老师请教。个别学生英文流畅，他也会不耻下问，丝毫不端起自己的架子，故作深奥。由于他平易近人，教学认真，同学们都很喜欢他。

李仪祉克服重重困难，用了不到一年的时间便熟练地掌握了英语。除了能够熟读各种英、美版图书与资料，还能流畅自如地用英文编写讲义了。这一点令在校的师生们十分钦佩，许多英文老师觉得自愧不如。

一次，仪祉吃完晚饭与妻子一起散步，看见前面有个书摊，几个河海工程专门学校的学生正在那里翻阅，其中一个学生拿起一本与水利有关的书，爱不释手，然而一问价钱，要十块大洋，学生说能否便宜？卖书的人说这本书很珍贵，国内稀少，既然你喜欢，就八块钱拿走吧。学生说我每月生活费才十元，买了书，喝西北风呀！说完悻悻离去。李仪祉认出他是胡步川，一个非常勤奋的学生。他走上前，搜尽口袋里的钱发现还不够，于是把妻子身上的钱也凑在一起，将书买了回去，送给胡步川。

几年后，学生们学习期满，面临毕业了。在当时的情况下，要找一个合适的工作非常困难，仪祉于是出面各方协调，帮助学生找到合适的岗位。有一位河北籍的学生离校后一直没有找到工作，万般无奈之际又回到了学校，请李仪祉先生帮忙。仪祉热情地接待了他，并把他推荐给自己的一位朋友。不料那位朋友已经离开了水利界。学生屡次碰壁后心灰意冷，垂头丧气。仪祉一边鼓励他振作精神，一边与校方联系，希望将这个学生留在自己身边工作。谁知这件事竟引起了一些风言风语，说李仪祉这是徇私情，走后门。仪祉知道后，耐心地对大家解释说：“每个学生都是来自于一个社会家庭。学生来这里上学，辛辛苦苦几年时间，家里花费不少，老师也颇费了一番心思，把知识传授给他们。可是他们毕业后却找不到工作，这无论对于个人和家庭来说都是很大的压力。对于学校来说，如果你的学生毕业后都找不到工作，以后谁还来这里上学？在学校，培养人才是最终目的，如果我们的学生走向社会，不能成为有用的人才，那么这所学校还有办下去的必要吗？”一些老师不以为然，觉得我只要做好本职工作，学生离校后便与自己无关了。仪祉说：“这样的认识是错误的。老师是人类灵魂的工程师，不但要有丰富的学识，更要有高尚的品德，只有这样才能培养出德才兼备的好学生。对于一所学校来说，没有生源便没有生命。招生和就业，是学校的两大关键环节。就业好，生源就好。我们应该本着为学生负责，为家长负责的态度，像父母关心子女那样关心每一位学生的学习、生活、成长、成才和就业，真心实意关爱每一位学生。所以，我现在帮助学生介绍工作，其实也是我应尽的责任。”

后来，仪祉帮助许多学生都找到了工作，成为学生们的良师益友。他先后培养出宋希尚、沙玉清、汪胡桢、胡步川、刘钟瑞、沈在善等水利学家，在民国和新中国成立后，为中国水利事业做出了非常重要的贡献。其中胡步川、刘忠瑞等学生，后来一直追随李仪祉，参加了陕西乃至全国的水利建设。

李仪祉能够吸引一大批人才追随，与他在从事教育工作中所展现的个人魅力是分不开的。宋希尚曾在回忆李仪祉的文章中写道：“先生道貌岸然，待人接物，和蔼可亲，诚挚之态，尤盎于背，见于面，能令人肃然起敬，但兴之所至，诙谐百出。河海同学集会，于兴中，必强先生说中西笑话为乐。”他在河海工程专门学校的同事杨孝述也回忆道：“余于是年夏担任河校暑期课业，已耳先生名。民五之秋，余复应聘教职，始与先生相识，彼此一见如故。自民五至廿一，十六年之间，不但与先生为在校同事，抑且两家同居，早夕相从，谊同手足，此情此景，犹在目前。”

李仪祉在繁忙的工作之余，又相继编写了《实用水力学》《土压力》《固体物质在水中行动》《黄运交会诸问题》《修建计划之讨论》《五十年来中国之水利》《北五省旱灾之主因及其根本救治之法》及《德国水官制》等著作。他一面勤勤恳恳地教学，一面广泛收集中外水利建设的资料，在研究中提出了一系列适合中国国情的治水方案，写下了大量有关水力学的专著。他的大胆设想与研究，在当时的水利界引起了强烈的反响。

那段时期，李仪祉的侄子李赋京和李赋都都在德国留学，仪祉的薪水除了维持一家人生活费用之外，还要供两位侄子读书。家庭之间，情同手足。仪祉视侄子如己出，全力以赴地送他们到国外读书学习，并提供生活所需费用。为了使两个侄儿安心读书，李仪祉经常负债累累，日子过得很清苦。有一个月他领到薪金120元，还朋友60元，还学校30元，自己仅留30元为一个月的生活费。这样的举措，不是每个人都能做到的。

仪祉的这种无私奉献精神令人肃然起敬。

著名教育家胡庶华非常认可李仪祉从事水利教学工作的成绩："余与李先生相识，系在民国二年柏林康德街留德学会。时李先生肄业于丹泽工业大学，以暑假之便，到柏林一游。余见其寡言笑，慎举止，颇心仪之。民国四年，李先生回国，即从事水利工程教育，为今日水利工程界树之基础。其后人事变迁，相聚之机会极少，至民国十九年，余长同济大学时，刘先生曾至校参观，力言同济宜办水工研究室，其后同济之注重水利工程，职是之故。"

在河海工程专门学校教学期间，李仪祉将妻子张孟淑接了过去。那时候，妻子与他结婚已有十七年了，他们在一起生活的时间加起来还不到五年。十多年来，张孟淑在家里伺候公公和婆婆（仪祉的继母），与嫂子一起照料几个侄子及年纪小的弟弟，尽职尽责，任劳任怨，受到亲属及邻里的高度评价，令人十分钦佩。

1917年，李仪祉的大儿子李赋宁出生。这一年，仪祉三十六岁。距离他们结婚已经整整十八年了。

1920年，次子李赋洋出生。

李仪祉一生廉洁自持，自奉简约，而孝友成性，视侄如子。他在清宣统元年致胞兄书中有云："弟之耽搁，以嫂自县归，病体莫支，医药经营，种种需人。弟行时已见其实无可望，大概不出半月之内，衣衿棺椁已预备妥帖，不必挂念。林林日夜依其祖母颇驯适，都都愚顽尚含饴笑跃，惟京京知啼哭令人酸鼻。嗟嗟！吾兄弟失恃早，观诸儿情状，忆往感昔，五内欲裂矣。”仪祉在民国十七年回复友人赵玉玺《宝山书》中写道：“年来两侄留学，负债甚多，正欲作苦数年，还清夙负，刻大侄已归，二侄不久返程，国中失一老朽之留学生，而得崭新之二留学生，家中去无能之子而获二克承之孙。”

当时，仪祉的侄儿赋京在德国学医，赋都学水利专业。后来，李赋京成为我国著名的医学专家；李赋都继承叔父之遗志，成为我国著名的水利专家。

第十三章　情系河谷

1. 拉开序幕

1922 年夏，李仪祉怀着对故土的眷恋之情，从南京回到了陕西，任陕西省水利局局长，兼任渭北水利工程处总工程师及陕西省教育厅厅长，主持陕西的教育和水利事业。

李仪祉在担任陕西省水利局局长期间，对陕西省自公元前 1136 年到公元 1912 年发生的灾害做了一次详尽调查，统计显示这三千余年之间，灾年有 162 年，其中水灾为 15 次，蝗灾为 12 次，蝗而又旱者 7 次，蝗而又水者 1 次，其余均为旱灾。若以近五百年来计，李仪祉发现陕西每隔十年必遇一次严重旱灾。

两千多年前，泾河上曾有过大型的水利工程，但因为水位的变化，从战国时期的郑国渠到明清的引水渠，节节后退，到民国年间，取水口已经退入峡谷里两公里多，而且因为战乱灾荒，工程年久失修，引水功能丧失殆尽，旱涝灾害频频。

为了根治灾害，保障人民生活，李仪祉下决心修建关中地区的灌溉工程，首当其冲要为渭河北岸平原这个全省棉麦主产地修渠引水，开始筹划泾惠渠工程，组织测量队勘测渭北地形，积累了大量的资料数据和成果，并写出《引泾论》《再引泾论》《陕西渭北水利工程局引泾第一期报告书》等论著，为泾惠渠工程的实施提供了理论依据。

民国八年前后，陕西连年遭受旱灾，赤地千里，哀鸿遍野，民生凋敝。渭北各县士绅倡议引泾修渠。郭希仁为实现郑白宏愿，曾派人测量绘制泾河谷口 1∶2500 的地形图，派人送到南京，请李仪祉审查。仪祉认为地形图比例尺太小，基本资料收集不全，不能草率从事。他大胆地提出在张家山凿洞修坝的引水方案，内容包括勘察设计、土方估算、仪器购置、人员工资、工程造价、还贷方案等。民国十年（1921 年），第二次勘测开始。陕西靖军总司令于右任，总指挥胡笠笙倡议利用救灾余款，兴建引泾工程，成立了渭北水利委员会，公推李仲三为会长，在三原县下设渭北水利工程局，以李仲三、柏厚福为正副总办，特请李仪祉担任总工程师。

渭北水利工程局与“中国华洋义赈总会”联系赈款援助事宜。“中国华洋义赈救灾总会”联系全国水利局顾问方维推荐工程师吴凯来陕西一个多月，赴泾谷勘察，评测自钓儿嘴经妙儿岭至赵家桥的水准及地质状况，勘测引泾工程。

民国时期的政府，处在一种从传统“统治者”向现代“服务者”转型的过程之中。当时天灾人祸频频，政府在救济方面也确有一些难得的努力。如灾情信息的传递，芦山地震期间，国内通信公司对灾区实施免费通话、免停机等。国民政府曾制定了《赈务电报规则》，允许申请获取赈务执照的中外团体免费通过电报发布赈灾消息——电报是民国政府内部救灾信息传递的最关键工具，当时国内利用电报传递信息一般两日内即可到达。但中央赈务机关一般需要经过 4 至 12 天的时间才能了解基层情况。这是因为民国政府消息传递模式是逐级上报，层级太多，新技术所附体的仍旧是旧官僚体制的机构架设，其效率通常不尽如人意。此外，即便是免费的赈务电报，因具体政策限制太多，也常常带来诸多不便，如其中规定每一赈务团体请领执照至多以三张为限，有特殊需要者可酌予增加。这一规定，面对大灾时，往往起到负面作用。如救灾物资的运费及税费问题，民国政府也有特别政策。铁道部颁布的《铁路运输赈济物品条例》中规定，对赈灾物品减免税课及运费：“凡运输赈济物品经行各铁路依照各该路普通运价五折核收现款”，政策不限于官方赈灾机构，民间慈善团体也可向官方提出优惠申请。灾情重大之时，申请这一类程序也可临时取消，如 1928 年全国大旱期间，政府因灾情重大缘故，为了让赈务进行，一改条例规定，以院令形式对赈粮运输做出免税免费之指示，该政策实施了一年之久。此外，为鼓励商人向灾区运输物资，也曾一度有政策对商运物资减免运费税费。

但总体上来讲，民国政府在救灾方面虽然在政策上一般能够做到面面俱到，但因内外交困，效率低下，腐败泛滥，往往效果不佳，饱受民间舆论批评。诚如1920年《大公报》的一则社评《沪商业团体助赈感言》所言：

> 吾人平时持论，每嫌政府对赈务未免漠视，故迭为文代灾民呼吁，而于各省灾情又记载特多，意不过促当局之注意而尽吾人心之所安，……政府对于赈务机关设得太多，而主持者又即为各灾区最高长官，……宜由民间不在位而信用者负劝导散放之责，地方长官则于运输配布时出全力为之谋便利。如此上下合作，方易发挥办赈之效率。今则不然，……甚至赈灾会委员月享六百元之厚，而灾赈则一事不办，是直比以前恶棍者更为可恶。

如此情形下，民间慈善社团的救灾努力，就显得尤为重要和可贵。

民间慈善社团的出现，可以填补政府的低效和失职。因战乱频仍，灾情绵延数十年，赈灾事实上成为民间的经常性活动。故而民国时期民间慈善救助团体甚多，如同乡会、书画会、青年会、红十字会等等，还有临时为赈灾而组织的慈善团、联合会等。几乎每次出现天灾人祸，都有民间慈善社团的介入。而在这众多民间慈善社团当中，救灾成效最大、救灾经验最成熟，对后世最具借鉴意义者，莫过于“华洋义赈会”。

水利工程师吴凯看了钓儿嘴地形，测量了钓儿嘴至赵家桥的高程水准，提出了凿洞筑坝引水方案不如修治原有渠道有利的建议。

民国十一年（1922年）夏天，郭希仁因病辞去陕西省水利局局长职务，李仪祉回陕，接任水利局长，兼渭北水利工程局总工程师，主持陕西水利方面的工作。在接任大会上，郭希仁对水利局同仁讲：“李君天下奇才也，亦难得之人才也。他性格耿直，做事沉稳，意志坚韧，爱国心及事业心均极强，对治学不但能探钻透研，且术兼中西，是东方少有的水利学家。今国家衰弱至此，急需这类杰才。西北亢旱，更需发展水利，强根固本。他日郑国渠伟绩再现，舍李君莫属也。吾辈应合力襄赞，以期早展宏图！”李仪祉不负郭望，继往开来，把原渭北水利工程局改为工程处，直接归属陕西水利局领导。他兼任工程处总工程师，亲自主持筹划引泾工程，揭开了完成郑白宏愿的序幕。

2. 张家山，中国的自然水利博物馆

渭北灌溉工程立项后，北京华洋义赈灾会曾派总干事梅乐瑞，工程主任塔德等来陕勘察。来陕之后，他们与陕西当局召开过几次会议，前期勘查费用由华洋义赈灾会出面解决。

测量人员来到泾河河谷，由谷口溯河而上，测量两岸地形及河中横断面。然而泾河河谷两岸夹山，高数百米，多悬崖峭壁，无法前进。河床很深，水流急湍，且乱礁随处皆是，既不能徒步，也不能乘舟，所以只好无功而返。

到了冬季，泾河水量减少，他们又组织了一支三十多人的队伍，大举入山，沿河两岸，分两队由山顶行进。他们以三角纲互测并进，以测河流之曲折距离及两岸之高度。同时察其能达河床处，即测其地形及高度，并横断面。然而进入山谷以后，他们见山势如此险峻，许多人止步不前，最终仍是无功而返。

鉴于前两次失败的教训，他们商议另外一种方案，决定由岳家坡起，测导线水准。测量人员沿北仲山山麓向东，最后北折，过口字头至淳化西，越过咸仓下至田禾滩，以期绕过人迹罕至不能测量之山谷，而得其上游高度，则将来的大坝筑成后，水面是否能淹至淳化等处。这个由上游开始下测的方法，或许能够成功。

测量队到达田禾滩的鸡头关后，发现山势依然非常陡峭，与前面两次遇到的情形相似，无法攀登，所以泾谷测量一事，始终没有结果。

然而引泾工程迫在眉睫，没有测量数据便无法设计，更谈不上如何施工了。李仪祉来到陕西了解情况后，亲自带领测量队来到泾河河谷。他们携带着干粮和帐篷，以及各种测量工具，在当地找了一个常年采药的农民，给他们带路。

李仪祉一行首先来到张家山查看地形。

张家山位于泾阳县城西北二十五公里，是九嵕山与北仲山交汇处，泾河由此出谷，中国古代三大水利工程之首的战国秦修郑国渠遗址就坐落在此。由于河床逐渐冲刷下切，渠首逐渐向北迁移。秦郑国渠后历代又修了汉代白公渠、唐代三白渠、宋代丰利渠、元代王御史渠、明代广惠渠、通济渠、清代龙

洞渠等。

张家山挺拔俊秀，群峰起伏，奇岩林立，怪石峥嵘，钟灵独秀。清冽的泾河水沿着蜿蜒曲折的峡谷湍湍而下，似银发游弋。飞泉激石，似浪卷竹帘，河壁峭崖，腰吐流霞，崖悬短练，百眼矿泉游戏怪石之间，碧波暗绿，潺潺溪流向人们讲述着千年的苍变。

张家山陈列着公元1469年以来明、清、民国时期的大量碑石，有各渠惠泽乡里，造福人民的历史记述，有我国最早的地方管理法规，兵巡关内道特示碑石等。这些碑石文物记录了我国劳动人民开发农田水利工程的悠久历史和发展水利科学技术，造福千秋，惠及人民的丰功伟业。

位于张家山的蕉获泽在历史上是有名的，六千年前我们的先祖就在这里繁衍生息，并创造了灿烂的古代文化，遗留下大量的遗迹、遗物。据考证，这里的古人类部落遗址属仰韶文化、庙底沟类型，遗址面积达十平方公里。据《诗经》记载，北方的猃狁部落在蕉获泽一带整顿军旅，侵镐及方。

翻开历史的一页，在这块神奇的土地上，两千多年以来，先人治水的脚步从来就没有停止过：

秦王政元年（前246年），韩国水工郑国入秦凿泾为渠；

秦王政十年（前237年），韩国水工郑国主持修建的引泾灌溉工程历时十年完工。渠首起于瓠口（今王桥镇上然村西北），东入洛河，长约三百里，灌田四万顷，命名郑国渠；

汉元狩六年（前117年），左内史倪宽奏准，在郑国渠上建六条小渠，以灌高仰之田。命名为“六辅渠”；

太始元年（前96年），赵中大夫白公奏请修引泾工程。获准；

太始二年（前95年），赵中大夫白公于郑国渠之上修渠引泾。渠道起于谷口(在今张家山内)，尾入栎阳(今）命名为“白渠”。灌田四万顷，沿用千年；

前秦建元十三年（337年）苻坚重修白渠。广征王侯以下及豪望富室童隶三万，开泾水上源，凿山起堤，通渠引水，以灌冈卤之田。翌年，成；

北周建德（559年）三年、西魏大统十三年（546年），开白渠灌田；

唐贞观元年（627年），复修郑国渠；

大历十三年（779年），黎干整修三白渠，依法废渠上碾八十余年；

太和二年（828年），朝廷出水车样图，命京府造水车，发给沿郑白渠百姓，以灌田地；

宋淳化二年（991 年），朝廷遣将作监周约主持修泾河被毁石堤，半途而废；

景德三年（1006 年），太常博士尚宾主修郑白渠，在介公庙另开渠口，东南合旧渠以纳泾水，使渠道水量充裕；

熙宁元年（1068 年）至大观三年（1109 年），侯可、赵佺分两期修成丰渠，灌田三万五千多顷。大观元年（1107 年），永兴军路提举常平使赵佺重修郑白渠，于熙宁七年在上流仲山开凿石渠未竟之事业，由大观二年九月开工，至三年四月，完成土渠工程，四年闰八月，上流石渠修成，九月放水，灌泾、礼、三、高、云、栎、富平七县农田二万余顷。诏赐“丰利渠”；

窝阔台十二年（1240 年），命梁泰为宣差规措三白渠使，郭时为副使，补修三白渠自“蒙、金战争”以来的毁坏的渠堰。恢复灌溉；

元大德八年（1304 年），泾河暴涨，毁堰塞渠，陕西屯田府总管伯颜帖木儿及泾阳尹王琚负责疏浚；

元延祐元年（1314 年），西台御史王琚在丰利渠上续开石渠，五年完成，称王御史渠。行御史台治书侍御史李惟中著《泾渠图说》（附长安志内），详载该渠情况及用水制度；

天历元年（1328 年），六月，泾水因雨暴涨，毁泾渠洪口堰及小龙口；

天历二年（1329 年），三月，屯田总管兼河渠司事郭嘉议、耀州同知李承事鸠工修治，至十一月十六日完工；

明洪武八年（1375 年），长兴侯耿炳文主持疏浚本县洪口渠道十万余丈，灌泾、三、高、临五县二百余里农田。二十三年后再次疏浚本县洪口渠道十万三千余丈，水复通；

成化元年（1465 年）至十七年（1481 年），由项忠、余子俊、阮勤主持，在王御史渠上另辟渠口，凿成广惠渠，历十七年；

正德十一年（1516 年），陕西巡抚萧冲主持，将王御史渠弯曲段改直，总长三百六十米，此段工程称通济渠；

隆庆六年（1572 年），兵部侍郎张瀚奏修洪渠堰，当年完工；

清雍正五年（1727 年），以粮代丁，即摊丁入亩。挑挖疏浚被毁白渠、龙洞渠。用银八千两；

雍正七年（1729 年）己酉八月，改陕西西安府管粮通判为水利通判，驻泾阳县王桥镇木梳湾衙背后村，专管泾阳、礼泉、三原、高陵、临潼五县堤浚事务；

乾隆二年（1737 年），知县唐秉刚和淳化县令汪碧修龙洞渠，历四年，引泉（筛珠泉）；

民国八年（1919 年），陕西水利局长郭希仁勘测泾惠渠；

民国十年（1921 年），北京华洋义赈会吴沧雪勘测泾河峡谷水情和水质状况……

郑国渠暨历代引泾工程遗址是世界上保存完整、成年代序列的水利工程遗址，是研究我国水利、经济、政治、军事等历史的重要实物资料。古代引泾灌溉的历史，是我国封建社会以农为本、兴办水利发展生产的一部水利史诗，不仅记录了中国人民与大自然长期斗争的艰辛历史，而且是劳动人民智慧的结晶，是一笔十分珍贵的财富。

举世闻名的郑国渠大坝西自泾河西岸礼泉县界，东至王桥街西，全长两千六百五十米，泾河东岸现存长一千八百米。坝北地势低洼，为蓄水库，蓄水约一千五百万立方。郑国渠是秦王政元年（前 246 年）动工在关中兴建的大型引泾灌溉工程。秦花费了十余年时间，经历一场曲折的政治斗争，终于修成。现存的郑国渠拦河坝及蓄水库遗址是中国最早、世界上规模最大的拦水、蓄水工程。郑国渠开引泾灌溉之先河，其工程之浩大，设计之合理，技术之先进，效益之显著，在世界水利史上发挥过深远的影响。

白公渠是汉武帝太始二年（前 45 年），继郑国渠之后，由赵大夫白公主持兴建的大型引泾灌溉工程渠，今船头村西北处有遗迹可寻。郑白两渠曾使关中成为全国最富庶的地区。史载天下财富三分，关中有二。班固在《西都赋》中描述：

郑白之沃，衣食之源；
堤封五万，疆场绮纷；
沟塍刻镂，原隰龙鳞；
决渠为雨，荷锸成云；
五谷垂颖，桑麻铺菜。

赞扬了郑白渠的显著效益。当地民间也流传着歌谣称道郑、白云：

田于何所，池阳谷口；
郑国在前，白公在后；
举锸成云，决渠为雨；
泾水一石，其泥数斗；
且灌且粪，长我禾黍；
衣食京师，亿万之口。

丰利渠建于北宋末年（1068 年至 1109 年），先后两次施工，一期由侯可主持，工期九年，完成总工程量约百分之三十，因遭荒年而中止。二期工程于大观二年（1108 年）开始，两年完工，由赵佺主持。丰利渠渠首规模和艰巨程度比郑、白二渠大得多，是引泾史上第一座建立在岩石河岸上的工程。石渠尚保存 97 米，为矩形断面。渠口之内，两岸各有闸槽一道，系为控制停水或防淤之设，闸槽左侧刻有水尺。石渠与河道之间砌石堤以保护渠道，防备洪水冲击。

丰利渠建成后，效益大增。《侯可开渠记略》《泾渠故实》等记载："凡溉泾阳、礼泉、高陵、栎阳、云阳、三原、富平七县田三万五千九十三顷，赐名'丰利渠'。"

元王御史渠是继丰利渠运行二百余年后，于元代中叶修建的引泾灌溉工程。石渠口为喇叭形，渠宽为 7.3 米收缩为 4 米，距口门 6 米处有闸槽一道，河面为一大伽孤石，石上凿有多处石窝。

明广惠渠自王御史渠口之上，"穿山腹，凿石渠里三分，欲上收众泉，下通故道"，开创了古代引泾灌溉工程中凿洞引水的历史。现存石渠口遗址一百余米。

鄂山新渠是清宣宗道光二年（1822 年）由鄂山主事修凿的鄂山新渠渠口，左岸石壁上刻有"鄂山新渠"和"决渠为雨"字迹……

在张家山近十平方公里的三角形地带里密布着从战国至今两千二百多年的古渠口遗址四十多处，它反映了不同历史时期引水、蓄水灌溉工程技术的演变，是我国的一座天然水利博物馆。这些水利工程如同一块块水利的活化石，带领我们进入这个天然的水利断代史博物馆徜徉，领略中国古代的灿烂文化。

1996 年，张家山被国务院公布为第四批全国重点文物保护单位；2008 年 8 月，被国家评为国家级自然水利风景区。

3. 不畏险途，艰难测绘

李仪祉在勘测中，聘请其河海工程专门学校学生兼同事刘钟瑞、胡步川具体负责，借调陆军测量局人员测量地形和路线，其他陆地水文与地质亦各择专人。

民国十一年四月，在李仪祉的领导下，陕西省水利局组建测量队，正式勘探泾河河谷及灌区地形，展开水文观测工作。

测量队分陆、水两队。

陆队主测地形及渠道定线测量，队长刘钟瑞；水队主测水文气象（水位、流量、雨量等），队长胡步川。测量业务统一由总工程师李仪祉领导。

在测量期间，李仪祉对重要的山谷河道亲持测杆、仪器，攀登悬崖陡坡，七日步行上百里，现场指导。在测量过程中，李仪祉曾几次失足落水，仍坚持领队勘查，不辞劳苦。

泾河是渭河的最大支流，发源于宁夏泾源县六盘山中。它从崆峒山峡谷奔涌而出后，进入甘肃陇中粮仓——平凉、泾川的怀抱养精蓄锐，然后向东南缓缓流去。泾河进入陕西后流入长武、彬县的丘陵沟壑区域，河谷拓宽，性格开始有些暴躁不安，经常在夏季狂发脾气，冲入周边田野肆虐一番。浑厚瓷实的黄土大塬被泾河经年地切割冲刷，河道开始变得幽深曲折，又蜿蜒到达淳化县境内时，被一座巍峨的石质大山——北仲山迎面挡住。于是，泾河在高山危岩面前积攒起亿万年的力量，硬是刺啦啦地将北仲山从中划开，一劈两半，冲决切割出一条险峻的深谷——号称关中第一峡的泾河大峡谷。大峡谷全长 51 公里，呈 U 形，峡谷顶面至河床平面垂直深度四百至六百米，两岸对峙的崖壁之间宽八十米。峡谷的规模和险峻程度，已经超过秦岭七十二峪中的任意一个。

泾河以清澈著称，奔流千里与混浊的渭河相汇，仍能见到它清澈的一半，“泾渭分明”“泾清渭浊”成语由此而生。

泾河全长455.1公里，流域面积4.5421万平方公里，其中黄土塬区占42%；黄土丘陵区占49%；山区占4%；黄土阶地区占5%。泾河张家山站年径流量21亿立方米。年输沙量2.8亿吨，是渭河来沙量最多的支流。泾河水系呈树枝状，右岸来自六盘山、千山的汭河、黑河等支流含沙量较小；左岸来自黄土丘陵和黄土高原区的洪河、蒲河、马莲河等支流含沙量大，如马莲河来水只占泾河的20%，来沙量却占50%。

泾河下游是中国水利开发最早的地区，迄今已有两千多年的引水灌溉历史。然而，许多水利工程因为年久失修，未能发挥其应有的作用。

1922年8月，李仪祉带领着他的勘察队，携带帐篷干粮第二次入山，勘察泾河之趋势、山路之险易及山岩之情形等情况。

勘察队由岳家坡北起，过苗家、宗家沟、侯家山等地，然后西北折，沿山坡行及山顶，遇到一位樵夫，然后询问山路，略知梗概。他们沿着山路下山，抵祁家山，可以看到前年冬天测绘的地方。在那里，他们绘了一张图，拍了一张照片，稍事休息后沿着陡坡下到沟底。这个沟的名字叫十字沟，去年大批人马进山测绘，便是在这里折返的。

李仪祉率领测量队的人从另一个侧面上山。这里的路更加陡峭，几处悬崖峭壁，大多羊肠小道，人迹罕至。前面的测量队几次无功而返，仪祉却坚持往上攀登。越往上走，举步维艰，浑身大汗淋漓，每行走几步便要休息，然后描绘草图，摄影存档。一路上，李仪祉一直嘱咐大家小心攀登，谁知前面一个年轻人一个趔趄，仪祉被晃了一下，竟跌倒在地，顺着陡峭的山坡滚了下去。大家吓得失声惊叫。如果跌入谷底，后果将不堪设想。这时，当地的一个向导跟在后面，顺势拿起一根树干往一棵树上一架，幸亏这段山势不是特别陡，仪祉一把抱住了树干，惊出一身冷汗！几个年轻人要搀扶李仪祉下山，仪祉坚决不同意。

好不容易来到了山顶。山上有几孔土窑洞，住着十几个砍柴人。他们日出而作，每天可砍得三百斤柴，然后用驴骡运输到附近的乡镇卖掉。山上没有水，吃水要到十字沟下方去挑。山路陡峭，一担水挑上来顶多能剩半桶。

仪祉走进一孔窑，窑里住着父子俩，里面黑洞洞的，除了一张土炕，一个锅台，别无他物。仪祉问老人为什么不回家种地，老人说种地天旱，不打粮，难以维持生计，所以到山上砍柴。仪祉说你在这里待几年了？老人说三年了。仪祉问准备回去吗？老人摇摇头，说砍柴比种地强。村里前几年闹饥荒，死了好多人呢。仪祉说你对这块地形熟悉吧？老人微笑着点点头。仪祉说你每天砍三百斤柴，拉到镇上能卖多少钱？老人说三元。仪祉说你们父子别砍柴了，跟着我带路，每天给你们五元钱。老人摇摇头，有些不相信。一旁的胡步川说，老伯还不快谢谢先生？我们可是每天兑现的。

仪祉的考察队有了两个熟悉当地地形的向导，可以少走许多弯路了。他们在山上测量了一会儿，然后拍了照，沿着山脊向西南行进。山脊两旁的丛树已被砍伐殆尽，光秃秃的。他们用照相机拍了许多照片，然后测绘河谷两岸的地形图。

一行人来到西猴窝对岸（西猴窝为前年测量所及处），又测量了一阵，绘制出地形图。再北侧有深沟为界，不能前行，于是又折转山脊下，过黑林坡，发现有土窑洞，为放羊人居住。测量队又下到深沟，然后爬上对面山坡，沿着半山腰而北行，下面是滚滚的泾河水，可以测绘地形及河谷状况。仪祉让人在这里拍了许多照片，可作为考察的资料参考。他们又来到二涂沟，向北行进。曲径两旁，山柴丛生，嫩绿可爱，主要有山牡丹、紫荆、刺梅等植物，春季当姹紫嫣红，漫山红遍。再往前走，便来到了大车崖，崖高数十米，为旧日岩石之裂缝，今则下半崩圮成长方形，十分美观。到了山上，来到鹿角顶，有土窑数处及水窖一口，窑洞已久不住人，水窖也早已干枯。

沿着山路往下走，绕过两座山脊后，勘察队来到一处较为平缓的地方，这里有路可以直通河底，两岸多为石灰岩，非常滑，人不易行走。沿河上行五百多米，河宽约四十米，对岸山崖光齐，不能行人，洪水遗迹清晰可见，约高于平常水面五米左右。河旁有细泉四处，其味清纯甘洌，与龙洞泉水相同。

天色向晚，李仪祉和测量队的人扎下帐篷，生火做饭。他们休整了一夜后，第二天继续上山又西向北行走，测量地形后，又西折南下。

一行人南下的时候找不到路径，在那里徘徊了好长时间。后来还是砍柴的张家父子找到一条背炭放羊之路，可勉强行走，一行人跌跌撞撞，几乎是手脚并用才通过了那一段陡峭的山路，大家都长舒了一口气。胡步川说：“都说蜀道难，难于上青天。泾河河谷的山路比蜀道还要险峻啊！”仪祉揩了一把汗，笑着说：“你没去蜀道，怎知道此路比蜀道还难啊。”胡步川说：“天下险途，我想应该不会比这条路再难走了。”砍柴的张大爷说：“这条路的确很危险。我们砍柴的人平日都不走的。”

回望来路，大家都有些惊讶：刚才是怎么“飞”过来的？再看峡谷深处，泾河咆哮怒吼，看着便觉得有些眩晕。若是再折回去，怕是很难了。

仪祉说：“大家休息一会儿，补充点能量，后面说不定还有更难的路等着我们呢。”刘钟瑞说：“这么难走的路我们都过来了，还怕什么呢？”仪祉笑了笑，说：“是啊，路是人走出来的。只要你心中有路，那么就没有攀登不上去的高峰。我们这支测量队是好样的，战无不胜的，相信我们一定会成功的！”大家一声喊：“好！”胡步川带头鼓起掌来，后面的人也跟着鼓了起来。

险途过后，顺着山腰是一段较为平坦的山路，山花烂漫。仪祉说：“真乃山中之康庄也！两面加以杂花，实山中之园囿也。”众人点头称是。

在一处山梁上，仪祉要求测量队详细测绘了此处的高度及地形地貌，然后沿着山脊继续前行。山上到处是土窑洞，乃烧木炭之人所筑。此段泾河自西北而来，折南折东，又折东北，至河湾有十余处之多，故此梁三面环泾，若半岛状，因名之曰“三面水”。是一处测量的绝佳位置。脚下是奇岩绝壁，直落深渊，风景绝好。由于大雾弥漫，不能远视，所以也无法拍照，有些遗憾。胡步川站在悬崖峭壁前大呼一声，幽谷回荡着他的声音，久久不歇。

不知不觉，在山里测绘已有月余。仪祉在一次下山时不慎扭了脚，几天不能走路，待在大本营指挥测量。脚刚好了点，他便按捺不住，拄着拐杖与大家又上路了。

他们又来到上次测量的地方，沿着巉岩之上向前行走。天下起了蒙蒙细雨，路很滑，砍柴的老张说这种天气爬山很危险，稍不留神便会滑下去，建议大家到窑洞里避雨。

雨下了整整一天，半夜时分才停了下来。

上次测量了西北部高处的几个地方，西南方向因为没找到路，所以没去。老张看见对面有一空土窑洞，说有窑的地方肯定有路，估计是让灌木丛给遮住了。这一带灌木丛很茂盛，植被葳蕤，遮天蔽日。沿途见表面石灰岩风化成白色土壤，又见页岩数层，有烧炭及牧羊者之遗迹。

过山腰再往下走，即到沙坡。沙坡背后高山之后为黑沟，灌木丛生，采樵者数以千计，烧炭者亦以千计，名称各不相同。沙坡有四孔土窑，住满了烧炭的人。木炭烧好后，用驴或骡子驮下山去，然后再运输出去，售往关中各地。烧炭成为这一带农民的主要副业。

仪祉和他的测量队来到白草梁。白草梁距田禾滩约二十里，目能及之。去年田禾滩测量已至磨子岭，距此仅十余里，且水库之远，必不能至此，故此一段在白草梁上尽收眼底，可测泾河之梗概。测量队在此做了详细的测绘，又拍了许多照片，这一段勘察便可告一段落了。

仪祉他们来到田禾滩后，须两天时间才能回到岳家坡。如果翻越北仲山的话，一天便可到达。为了节省时间，他们决定翻越崇山峻岭，登钻天岭后，可尽览周边的地形。由北仲山北坡往东行走，路宽而平，为山前人由山中运柴之道。砍柴的老张说，这是清光绪年间柏公所创修，方便砍柴人进出峡谷。

黄昏的时候，他们终于回到了岳家坡，结束了将近两个月的地形考察测绘。

4. 风雨兼程

正午的阳光无遮无拦地倾泻下来，照在一群携带着长竿、仪器的人身上。走在前面的人光着头，大约四十来岁。他胸前挂着一副望远镜，身后背着一顶草帽，手里拿着长竿，裤腿挽到了膝盖上面，满脚都是泥巴。他的身后跟着一群人，他们有的拿着红、白小旗，有的拿着长竿，有的背着箱子。他们的身后还跟着一群看热闹的小娃娃。

李仪祉与他的测量队再次来到泾河河谷，沿着河谷逶迤而行。他们在一个个测量点架设好仪器，然后仔细观察。巍峨的北仲山高耸入云，层峦叠嶂，绵延数百里。测量队沿着一条羊肠小道往前行进，脚下是浑浊的泾河水，像一条巨蟒蜿蜒蠕动，冲出谷底。

这段河谷深度有三百多米，远远望去，他们像一个个小黑点在悬崖峭壁上移动。仪祉惊叹于大自然的鬼斧神工，这么巍峨的大山，硬是让泾河给切割开来，撕开一道裂缝。仪祉说：“这个世界，水是至柔的物质：上善若水，浪漫如水、柔情似水。然而，水也是最锋利的锐器：水滴石穿、水涨船高、水深火热、洪水猛兽……”大家点头称是。仪祉想：也许从盘古开天地的那时起，北仲山异军突起，挡住泾河的去路，它就在积攒着能量，一点点地冲刷，一点点地侵蚀，最后訇然一声奔涌而出，冲向肥沃的关中平原。那时的关中平原还是一片巨大的湖泊，逶迤蜿蜒，直通大海。泾河冲出河谷后终于找到自己的归宿，把自己变成大海的一部分……

峡谷渐渐变宽，眼前豁然开朗。出于测量的需要，仪祉决定下到谷底看看。

他沿着南岸垂直崖壁上专供施工人员上下行走的便道，蹑手蹑脚地往下走，一步三蹒跚。这些便道是以前修郑国渠时工人留下的。说是便道，其实就是在绝壁上凿出的向下倾斜六十度左右的壕堑，仅半米多宽，呈Z形绕来绕去挂在岩壁上。倘若稍不留神，便有失足之险，跌入滚滚的河水中。胡步川担心老师的安全，紧紧地跟在仪祉的身后。

仪祉下到谷底了，感觉人就像进到一个巨型石匣子中，仰望头顶的悬崖，岌岌可危，似乎随时都有倒下来的可能。天空只有巴掌大小，直射下来的阳光刺目晃眼，缠在绝壁上的"壁挂羊肠道"若隐若现，真不敢相信那是他刚刚走过的路。

在谷底河边，仪祉让人取了水样，测量泾河的含沙量。由于长武一带秋雨连绵，黄土挟带泥沙滚滚而下，泾河的泥沙含量已经高于渭河，"泾渭分明"早已不是原来那回事了。

泾河谷底，浑浊的河水似乎忍受不了空间的狭窄，咆哮着，宣泄着。湍急处，旋涡急速，溅起白沫，浊浪排空，撞击在河中突兀的巨石上，激起的浪潮排山倒海而下，溅起一簇簇绽放的菊花。河床是整体的岩石，最窄处二三十米宽，说明泾河还在继续地向下切割着。石隙、石罅、石疙瘩到处都是，状人状物，像兽像禽，或蹲或卧，或凸或凹，或如大盆小瓮，或如马蹄钵盘，不一而足……

李仪祉与胡步川坐在谷底河边的岩石上，望着泾水奔涌，听着泾水滔滔，想着"子在川上曰:逝者如斯夫"之类的警句箴言。峡谷里有氤氲的岚气升起，潮雾扑面，空中弥漫着浓重的土腥味儿。天光渐渐暗淡下来，这时，其他测量的人陆续也赶来了。

测量队沿着陡峭山崖的羊肠小道往山上爬。

这一次考察的是他们上次测量的对面，远远可望见上次测量攀登过的山峰。一行人沿着小路向东南方向走，来到山腰上的顶天寺。这里山地肥沃，森林极为茂密，里面时不时能听见动物的叫声，飞禽更是种类多种，叽叽喳喳，鸣个不停。这是它们的乐园，很少有人前来打扰。仪祉想，将来水库修成后，下面的一段山坡将被淹没，水面差不多会到半山腰，那么樵夫砍的柴就可以通过水路运输了，而不用再辛辛苦苦用牲口驮出山口，然后再进行搬运。水库修成后，这里有几处平缓的山洼可以变成农场，除了种植庄稼以外，还可以养殖一些牛羊，这样一来，数千年来人迹不到之穷谷，一跃便会成为一块富庶之地，养活多少老百姓啊！

沙坡的西边有一道深沟，即黑沟之出口，两崖壁立，宽可五米，一线通天，因名曰“一线天”。下雨之时，黑沟之水由此入泾，成为一道奇异的瀑布景观。沿河岸为极有规则的石灰石构成，坡度三十度，平滑异常，石质坚硬，且极美观，长度约二百米。仪祉要求大家在这里做详细测绘，然后拍摄了一组资料，并取了几块岩石作为样本回去研究。

他们从一处浅滩过了河，对岸石质疏松，杂铁质很多，又为立壁。河中石礁耸立，即由崩崖陷落所致。稍东有一处泉水，水很旺，约有 0.02 立方米之流量。两岸洪水位遗迹明显，一目了然。由沙坡过黑沟、花家窑上山，山势陡峭，贴着山崖往上走，山路崎岖蜿蜒，多为羊肠小道。测量队每到一处都要测绘数据，并拍照存档。

勘察队下山西行，来到华山子，有土窑及烧炭放羊者。再西即下坡，坡逼近泾河，高约一百米，水声如万马奔腾。他们在那里拍了几张照片，然后接着往前行走。路越来越窄，手抓着山上的灌木才能勉强通过。从这里下到河底，此处泾河宽约一百五十米，两岸为页岩，对岸则以砾石及丸石构成，有类似钓儿嘴的地貌特征，水的落差约五米以上。河岸旁的洪水位特别清晰，约高于常水面八米。沿河溯流可行八百多米，由山谷上山。山谷皆黄土，而深山旁谷，人迹罕到，腐木沤烂后成为肥沃的土壤，林木特别茂盛，以山桃、倭桑、刺梅及榆、柳等为主。爬上山脊后，可见泾河两岸已有人居处。勘察队复沿山脊向南测泾河地势，山势极为陡峭，幸有路螺旋而上，刺梅及紫荆夹道，芬芳扑鼻。

一行人来到山顶后，只见五峰辐射，像一张伸展的手掌，故名曰“五指山”。山的三面皆环绕泾河，曲水回环，仿佛妙儿岭下之钓儿嘴。

山顶土地肥沃，有数十亩。山上有古庙、古窑并一些枯树。仪祉他们测量的时候，发现山上有许多古庙，大多为龙王庙。当地老百姓希望龙王能将水引到田里，浇灌庄稼，所以修庙期盼。谁知千百年来，并没有祈来风调雨顺，每隔一段时间便会有一次大旱来袭，饿死千百万民众。

仪祉和考察队的人下山后来到泾河岸，测量那里的地形。这段河宽约一百五十米。河水湍急，浪涛滚滚。溯流而上约五百米，山以页岩成之，与前处之页岩同为一脉。再往上则为洪门，当地人称“鬼门关”。这一处河床两岸壁立高至二三百米，中为河床，宽仅四五米，水流缓而幽深，暗流涌动，乃泾河穿石灰岩而过，石质坚硬，不易崩圮，形成“鬼门关”，看起来森森可怖，令人不寒而栗。

出“鬼门关”后，山体多为页岩，水蚀风化比较严重，故峭壁之后豁然开朗，形成平坦宽广的河面。一行人在这里测量后，又拍了一组照片，然后沿山而上，可望泾河之来势，如广惠渠之形象。再往前走便人迹鲜少，冬青布满山崖。山径多为野兽驰驱，黄土、树根也多为野猪所松动。山坡虽陡，丛林很密，但尚可行走。俯临泾河，南望“鬼门关”，山势尤为险峻。沿山西北行走，可望见几孔窑洞，有牛羊的痕迹。窑洞前有几棵枣树和柿子树，看来有人在这里居住。测量队又翻过二陵沟，来到白草梁，然后在那里安营扎寨，汇总测绘成果。

这次测量，李仪祉他们主要发现泾河东岸山上有三条路径可走：

其一，由白王村至徐家山上山，经钻天岭分成两条路，一路入黑沟上至大险，长约五十里；一路经花家窑至白草梁等处，长约八十里；

其二，由范村李家北上山，过山后入大险，至黑林坡，长约五十里；

其三，由苗家过侯家山，到达喜峰山之后，至祁家坡长约二十里。

以上三条路为驴骡运柴运木炭之要道，采樵者及烧炭者必先以人力背负至以上等处，再以畜力运转。

……

整个勘测工作千辛万苦，历时两年时间。

1923 年冬，渭北水利灌区测量工作结束，副总工程师须恺主持的工程设计也于 1924 年冬竣事。李仪祉组织人员在西安召开了渭北水利工程模型与工程设计照片、图说等展览会，参观者无不啧啧盛称其计划周详，工程宏伟，真是一幅渭北农村富庶的美景图。

在认真调查陕西泾阳农业概况和水力资源的同时，李仪祉还进一步研究了引泾灌溉的历史，分析了兴办现代化水利工程的可能性和存在的问题。在此期间，他写了大量的文章，其中《陕西水利工程之急需》《陕西民国二十年建设工业计划大纲》《中华民国水利机关组织拟议》等。他满怀信心地指出："水渠成后，其灌田之效有大者，有小者，古人所未及者，且须图创发之。矧引古人已有过去之成绩，而能恢复之，庸非可耻。故吾辈宁至以郑国渠最大之效期，不愿以广惠、通济等渠故步自封也。"

1924 年年底，经过两年多辛勤测量与实地调查，李仪祉基本掌握了泾河流域的地貌、水情。他就测绘结果写成了报告书，并拟定了切实可行的引泾计划。

李仪祉提出打隧道通仲山，在泾河西岸钓儿嘴南侧筑起高坝，障河入洞，出赵家沟，澄泥东流，灌地润田。考虑到天旱缺水的情况，李仪祉还提议，就木梳湾汉堤洞等低地，为水库蓄水，以补天旱水源的不足。就如何刷深河道，合理设进水渠口等问题，李仪祉也一一深思熟虑，提出了具体的方案。

引泾工程的设计工作由李仪祉和须恺（副总工程师）共同主持。制定了甲、乙两种方案。

甲方案规模宏伟，预计灌溉 430 万亩，比郑国渠旧有规模更大，包括泾阳、礼泉、三原、高陵、临潼、富平、蒲城、渭南、大荔九县。渠首置钓儿嘴，设高坝，坝前建水库。这个方案完全放弃旧渠，另凿隧洞出谷，谷外设木梳湾水库，于冶、清、浊、沮诸河上建蓄水控制工程，设汉堤洞水库。干渠引水量 25 立方米每秒，沿兴隆塬，斩大小沟谷东进，越三原通富平、大荔，控制全灌区。

此种方案共需资金 700 至 800 万元。

乙种方案面积减为 140 万亩，放弃清河北岸和洛河灌区，渠首不移，置低坝，隧洞长度减至 1500 米。放弃木梳湾、汉堤洞水库计划。

此种方案共需 194 万元。

另外，在乙种低坝方案的基础上，李仪祉还提出第三种方案：

其一，引水工程在旧广惠渠口之上游 300 米内，拦河坝在渠口之上 230 米，洞口在渠口之上 310 米。拦河坝顶高程 448.5 米，坝高 15 米，坝长 75 米。由广惠渠口至大王桥，开挖隧洞长 1550 米，引水流量每秒 40 立方米，规划灌溉面积 85 万亩，所需资金 178 万元。

其二，在泾河兴建拦河坝，坝高 15 米，开凿引水洞，长 324 米，凿宽旧渠

2 公里。引水流量每秒 16 立方米，规划灌溉面积 50 万亩，所需资金 150 万元。

1925 年，设计工作完成。勘测设计费用 5 万元，由中国华洋义赈总会捐助。

引泾工程宏大，要在明、清石渠遗址旁筑坝引水，不是一件容易的事。而且需款巨大。由于社会政治条件限制，经费困难，引泾工程最终确定按乙种方案中的第三方案施工兴建。

当时李仪祉提出了“打开钓儿嘴，遍地都是水”的口号，编印了中英文《陕西钓儿嘴水利工程概况》的两本小册子，将引泾工程规划做成模型、照片、图表，在西安亮宝楼（南院门原陕西省图书馆）举办展览，广泛宣传，并在灌区各地巡回展出，进行动员。参观者无不为宏伟的规划和精巧的设计而鼓舞。

李仪祉的引泾工程模型使用纸浆泥制作，约一米宽，只用两个人就可以抬动。他让人把模型抬到三原县政府进行宣传，然后又抬到各乡镇让大家参观。渠道建成后，前来参观的人也是首先看模型。有一次，李仪祉陪同一个名叫白隆的外国博士来参观，李仪祉在模型前给他介绍情况，白隆博士连连点头称好，对渠系布设表示赞赏。

李仪祉先后写了《勘查泾谷报告书》《陕西渭北水利工程引泾策第二次报告书》《工程的社会问题》《请拨庚子赔款以兴陕西引泾水利说贴》等文章，为工程开工而奔走呼号。

第十四章　一筹莫展

1. 堂堂冯玉祥也会诳人

李仪祉历尽千辛万苦，引泾项目方案最后确定，然而落实项目需要大量的资金。

他开始四处奔波，筹集资金。

在北平，李仪祉意外地遇到了留学德国的同学陈秉哲。

陈回国后在北洋政府供职，还有一个不小的官位。在德国时他就对这个与常人不同、具有远大抱负的同学李仪祉敬佩不已，和别的同学一起戏称李仪祉为“圣人”。陈秉哲在得知李仪祉来北平的目的后，自告奋勇地为李仪祉联系他的好友——北平华洋义赈会的负责人塔德，自信能从华洋义赈会得到善款。

陈秉哲极力向他的老朋友塔德推荐李仪祉的水利才能，盛赞李仪祉造福桑梓的美好愿望和决心，但塔德未置可否。

李仪祉取出引泾设计图纸展放在桌子上，塔德开始无心瞄了两眼，继而走到图纸前专心致志地看了起来，好长时间才抬起头，情不自禁地竖起了大拇指赞叹道:“了不起，李君奇才。中国竟能有这样的人物！”但当李、陈二人提到希望华洋义赈会援助工程款项时，塔德却说，“中国眼下政局混乱，不是兴修水利的时候，即使援助你们一部分，按你们中国话来说也是杯水车薪，解决不了什么问题的。”李仪祉当即表示只要华洋义赈会能解决大部分工程款，其余部分由我们筹划。

塔德考虑片刻后说："我是从李先生设计的图纸看出此工程的切实可行和宏伟前景，鉴于此，华洋义赈会可以捐助。"

李仪祉大喜过望，刚要相谢，塔德紧接着说："只是用华洋义赈会的款项，要有切实的保障和措施，所以必须由你们陕西省政府出面，并要拨出和我们相等工程款一起使用，我们才能捐助。"

李仪祉只得反身回陕，找到杨虎城。杨虎城将军向冯玉祥将军进言说："治秦先治水，李仪祉先生乃留学德国的大水利专家，他带领勘察队攀崖跳涧，用两年时间制定了两套引泾方案，刘镇华就是不给钱，望总司令玉成此事，建万代功业！"冯玉祥闻听后说："杨将军只管放心上任，我一直提倡修水利，植树造林，工程款之事，不成问题。"

李仪祉得知杨虎城和冯玉祥这样一段对话后，立即提笔给冯玉祥写了报告书。

冯玉祥在西安新城兵营式的房子里细读了李仪祉的呈文，并立即接见了他。李仪祉见冯玉祥虽在大热天挥汗如雨，却仍然打着腿带，敦敦实实的个头，完全像一个普通的士兵，心中便有三分敬仰。

冯玉祥道："久闻先生大名，看了先生的报告，钦佩之至。兴修水利，植树造林，为老百姓办事，我冯焕章从不谎人，先生有什么想法就说出来。"听了冯玉祥的一席话，李仪祉对冯的敬仰之情又增加了几分。他将图纸铺展在桌上，将两套引泾方案向冯玉祥做了详细介绍。

冯玉祥听后连连称赞并说道："明天就请李先生陪我去泾河谷视察如何？"此时，李仪祉敬仰之情又增添了几成。

他在冯玉祥身上似乎看到了希望。

李仪祉以为引泾工程开工在即，不禁欣喜若狂，仿佛已经看到了渠成民安的丰收前景。他对当地的老百姓说："泾河引水工程指日可待，届时几十万亩荒地都会变成良田了！"老百姓欢呼雀跃，奔走相告。

然而，冯玉祥答应李仪祉工程款的承诺却干打雷不下雨，以至于到后来，竟如泥牛入海，渺无声息。像李仪祉这样一心为国为民的一介书生，岂能想到冯玉祥等军阀政客们的个人想法和打算？

在李仪祉苦等多时没见拨款回音后，正准备出门去找冯玉祥时，早年同为陕西商州中学堂教习的茹欲立来访。

茹欲立见李仪祉急着出门并知晓事态后说："冯公已经离陕去沪多日，宜之（李仪祉早期曾称过宜之）兄难道不知？"李仪祉简直愤怒到极点，顿觉眼前发黑险些跌倒，恨极道："什么？人走了？骗子，骗子，上了大当！"

茹欲立见李仪祉如此愤恨，不解道："冯公去沪与宜之兄何干？"

"他冯玉祥亲口答应的引泾工程款不日下拨，等了很长时间也不见兑现，现在竟然一走了之？！为什么当官的对利民工程都这么漠视？他们不为民办事，那还要这官有何用，这东西和军阀刘镇华有什么两样！"为缓解李仪祉的愤怒情绪，茹欲立调侃道："宜之兄身为陕西省政府委员，建设厅厅长兼水利局局长，如果两年前不力辞教育厅厅长的话，现在难得是一身三职的高官呀！"李仪祉愤愤地说："我从来就没有认为我是在做官，而是在尽力为民众去办每一件事！如以我身上所有官位作为交换而能使引泾工程早日开工，我都愿意，即便只做工地上一个小工头足矣。"

茹欲立闻此感慨地说："以宜之兄这种精神境界我是无法安慰了，像宜之兄这种并非为个人生存而追求，兄这种人生归属所追求的至上情操常人是理解不来的，但愚弟还是要以江文通之言相劝：雄心未已、千古一帝却莫名猝死在巡视途中的秦始皇，或病或害至今悬念，且其子扶苏不能继位还无故自杀，兄要是秦始皇你恨也不恨？贵为一国之君赵王张敖，成了秦始皇的阶下囚，家国天下美女巨富一夜之间成为梦幻而成日啼哭，兄要是赵王你恨也不恨？一世英名只因孤军深入弹尽粮绝才吃了败仗的李陵，只不过没有自杀死在疆场，就背负了几千年的叛国骂名，兄要是李陵你恨也不恨？孤傲狂胆书生嵇康，看不过好友被人诬陷而仗义执言，却被从前因为来看他而被拒绝，便在心底天天想着报复的钟会栽给同样的诬陷，临死前一曲广陵散动地悲天，兄要是嵇康你恨也不恨？"茹欲立说得兴起，立身走到李仪祉的巨型绘图桌前摊开绢纸，提笔疾书江淹《恨赋》之"试望平原，蔓草萦骨，拱木敛魂。人生到此，天道宁论？于是仆本恨人，心惊不已。直念古者，伏恨而死"。

见好友如此相劝，李仪祉愤心渐平，也终于意识到，一个大型水利工程的兴建必须要有一个稳定的社会和足够的财力作为支撑，更有着政治因素的制约，以己势单力薄、不谙政治，空有着一心为民办事的一腔热血激情而四处碰壁，无奈之下他给当局呈文道："协所虑者政治设施举凡一切倾向于革命一端，而于增加国家生产，减轻人民痛苦之道，曾无一注意及之者，则不但训政时期无以见革命之真旨，抑且革命时期亦将大失国人信心也。况乎泽已竭矣，鱼将何附，骨已见矣，肉将安取，勤民日少，游士日多，全国饥荒，又胡能免。协生于此国，长于此乡，救危定难，自愧无方，爱国悯人，亦何能后。”

李仪祉后来虽奔波于长江上下，却始终不忘陕西引泾工程。他在给好友赵宝珊的信中写道：“弟自民国十一年回陕，乡人之属望愈切，弟心神之苦痛愈甚。荏苒光阴，去我如天，前后五年，终无一事可以慰告乡民者。去春冯公（冯玉祥）来，注意郑白。弟行谷口，遍告乡中父老，谓锸云决雨，不日可期。无如时斯未至，终为画饼。于是弟羞见父老。”可见其心至苦之极。

2．四处碰壁

李仪祉刚回到陕西时，陕西督军兼省长刘镇华设宴为他接风。宴会上，刘镇华大放厥词，要求李仪祉放开手脚勘察设计，工程立项后，要多少钱给多少钱。仪祉信以为真，在华洋义赈灾会的支助下，历尽千辛万苦，完成前期的勘察及设计工作，兴致勃勃地找到刘镇华给他汇报。

刘镇华是一个军阀，当时主要忙于搜刮民财，购置军火，所以面对李仪祉的设计图纸两手一摊，说政府没钱。李仪祉万万没有想到他是如此之人，放他的鸽子。刘镇华让李仪祉理解他的难处，工程设计甚好，等以后有钱再说。

李仪祉怒不可遏，指责刘镇华作为省长，只顾扩展自己的势力范围，完全不顾老百姓的死活！然后拂袖而去。

李仪祉带着自己的设计方案去北京华洋义赈灾会，华洋对李仪祉的引泾工程设计方案赞不绝口，答应贷款一百万元，但提出三个条件：第一、实地考察。仪祉说这个没问题，他愿陪同对方一起考察。第二、承包一段工程。仪祉说这个在保证质量的前提下，也没问题。第三、政府主席刘镇华担保。仪祉想了想，觉得这个也没问题。刘镇华没有钱给他，做个担保应该没有问题吧？

华洋义赈灾会派人来到陕西，在李仪祉的陪同下，对泾河河谷及张家山一带做了实地考察，认为李仪祉的引泾工程设计非常科学，规划合理，造价低廉，值得投资。

李仪祉很高兴。他再一次来到省政府找到刘镇华，说明来意。

“不是我不想帮你，而是政府确实没有钱呀！”刘镇华说。

“我不要你的钱，你做个担保就可以了，华洋义赈灾会答应贷款一百万元，引泾工程便可以启动了。”李仪祉说。

“我又不是财神爷，拿什么做担保呢？”刘镇华说。

“引泾工程灌溉后，我们可以收取水费还钱啊，还有可以发行债券进行募集。”李仪祉说。

“兵荒马乱的，你认为会有人买你的债券吗？我不能拿绳子往自己的脖子上套，万一失败了，我拿什么还？那些洋人可是惹不起的。这件事从长计议吧，眼前光那些军费就够我头疼的了！”刘镇华两手一摊，一副很无奈的样子。

李仪祉见刘镇华铁心不干，义愤填膺地说：“堂堂督军兼省长，出尔反尔，言而无信，又怎能取信于民？”说完气冲冲地离开了。

辛辛苦苦几年奔波，肩负老百姓殷切的期待，到头来还是一张白纸，李仪祉非常伤心。他一个人来到张家山，在那里久久徘徊。泾河水哗哗流淌，不舍昼夜，可是两岸的田地却干得冒烟，庄稼几近枯萎。如果再不下雨又将绝收啊！

他想起了小时候，想起自己和郭珍在洛河玩耍，他们曾发誓要把洛河的水引到塬上浇灌庄稼；想起祖母讲过的那些闹饥荒的故事，惨绝人寰；想起自己因为采摘树叶从树上摔下来，昏迷不醒……如今，他想的不仅仅是家乡的父老乡亲，而是整个关中大地。引泾工程如果按照乙方案实施，也顾及不了蒲城那边的旱塬了。他想只要一期工程能顺利实施，就可以浇灌几十万亩良田，庄稼丰收，老百姓过上了好日子，便可以修第二期、第三期引水工程了，同时，陕北、陕南也可以引水灌溉，届时整个陕西将不再出现大饥荒了。

后来，李仪祉听说刘镇华还私自种植大烟，捞取钱财，重金购买军火设备。一段时间后，刘镇华在陕西站不住了，于是落荒而逃，前往山西投靠阎锡山，并将搜刮民脂民膏购置的二百万元设备作为见面礼，认贼做父，送给了阎锡山。

李仪祉捡起一块石头扔进河里，溅起一团浪花。他大声地骂道：“刘镇华，你有愧于陕西，有愧于百姓，你是个屠夫民贼，千古罪人啊！”

由于地方割据，战火不断，军阀刘镇华从中作梗，不兴水利，资金没有着落，引泾工程无法实施，李仪祉的规划蓝图只得束之高阁。

李仪祉不想放弃，他焦急万分，四处呼吁，想成立水利储蓄银行，以此法筹款，但多方号召，竟无响应者。继而，他又与华洋义赈会洽谈借款，华洋义赈会提出，必须先同意与地方政府各出一半，才可进一步商议，这又不可能。

李仪祉往来周折，煞费苦心，终一筹莫展。

3. 西安围城

1925 年春，李仪祉主持西北大学校务，先后赴京、津、沪、宁等处筹措引泾工程款及西大办校经费，终无所获。作为陕西省各界人士的代表，他还赴北京出席国民会议，反对段祺瑞的卖国政府。是年冬，李仪祉再次前往北京等地筹集引泾工程费用。这时，吴佩孚、张作霖在日、美、英的支持下，向国民军发动进攻。刘镇华受吴佩孚之命，与山西的阎锡山勾结，以“讨贼联军陕甘军总司令”的名义，纠其残部和收编的河南土匪，集结十余万兵力，卷土而来。

1926 年 3 月初，刘镇华在豫西全歼国民军第二军后，即率柴云升、贾济川、梅发魁、王振、武衍周、憨五珍六个师，及在陕叛附的麻振武、何梦庚、缑保杰三个师共计九个师约十一万人进攻陕西。

3 月 4 日，刘镇华攻克潼关，旋即占领渭南。16 日，陕西军务帮办、国民军第二军师长李虎臣自豫回陕，令所部于西安布防。

4 月 1 日，国民军在陕将领李虎臣、杨虎城、邓宝珊、卫定一、田玉洁、冯子明等齐集三原，重申孙中山的革命政策，决定各部联合抗刘。

国民军决定以李虎臣、杨虎城两部守西安，卫定一部负责兴平、武功一带防务及维护西安至咸阳间交通，田玉洁负责指挥渭北各部守卫后方基地，并相机支援西安。

4 月 11 日，刘镇华到达临潼，召集军事会议，决定以麻振武师配合梅发魁师进攻泾阳、三原、富平等地，断西安守军与渭北国民军联系，其余师旅围攻西安。会后，柴云升、万选才等部即向西安进逼。

4 月 15 日，双方在西安城郊十里铺等地发生激战。18 日，杨虎城部两个支队共计五千余人驰援西安，从而稳定了战局。

刘镇华见轻取西安不成，即部署兵力，从东、南、北三面发起围攻。

4 月 26 日，为切断西安至咸阳间联系，刘镇华部攻占西安西郊火烧碑，旋遭李虎臣部反击而后退。

5 月 9 日，卫定一率所部约两个团兵力，突破镇嵩军防线，进入西关，负担西城防务。

此后，西安被四面合围。

5 月 19 日，国民军各方将领举行联席会议，决定取消国民第二、第三军番号，统一改称陕军。以李虎臣为陕军总司令兼第一师师长，杨虎城为副总司令兼第三师师长，驻泾阳的田玉洁为副总司令兼第二师师长，邓宝珊为总指挥，卫定一为副总指挥兼第四师师长。统一编制和指挥后的陕军守城部队计三个师，总兵力约十二个团一万余人。

会后，根据分区负责的原则，司令部对各部任务做了明确分工，加强了防御力量。

刘镇华及其嵩军合围西安后，以强攻、偷袭、坑道爆破等战法，不断发起进攻。守军顽强抗击，战斗甚为激烈。其中较大的战斗有：4 月末的西郊火烧碑争夺战；6 月的小雁塔之战。

7 月下旬，镇嵩军以优势兵力及炮火，向东北城角发起大规模进攻，经一昼夜激战，终以损失敢死队六百余人而失败；

8 月，渭北各地陕军由咸阳渡河，与城内出击部队里应外合，向西北城郊的镇嵩军猛烈突击，欲解西安之围，终因众寡悬殊，经八昼夜激战后迫撤原防；

9 月中旬，陕军设置伏兵，将西北城角镇嵩军攻城部队歼灭大半。与此同时，咸阳、三原等地的陕军，亦挫败镇嵩军优势兵力围攻，守住了渭北基地。受镇嵩军及其帮凶吴新田等部压迫扰害的关中农民，也进行了大规模的武装反抗。直接或间接支援了陕军西安保卫战。但到 10 月中旬以后，西安发生严重粮荒，城内居民数万人被饿死。

进入 10 月，守城战斗到了危急关头。这时，得到苏联及中国共产党援助的冯玉祥举行五原誓师，加入国民革命。随即组成国民军联军，任命孙良诚为援陕总指挥，率两万余人由甘肃东进解西安之围。

10 月中旬，国民联军首解咸阳之围，随即强渡渭河，向西安西郊的镇嵩军发起攻击。刘镇华随即变更部署，缩短战线，将其渭北部队调往西安周围地区布防。孙良诚部经一个半月苦战，后以刘汝明师绕至镇嵩军侧后，突袭东郊十里铺刘镇华总司令部，迫使其全线溃退。

11 月 28 日，被围困达八个月之久的西安解围，史称“二虎守长安”。

此战双方投入交战兵力约二十万人。城内军民死于战火及饿毙者约五万人，镇嵩军伤亡约四万人。此战牵制镇嵩军十余万兵力，策应了国民革命军的北伐，为冯玉祥率部东征创造了条件。

刘镇华和阎锡山围城给西安、关中人民和山西、河南造成惨剧，有人作对联讽刺：

> 屠夫本无行，八个月祸陕围城，只赢得千秋唾骂；
> 阎王也作伥，一年来赠粮供械，苦害了三省人民。

4. 丈夫情怀

担任西北大学校长的李仪祉，因战火和交通的阻碍，不能及时返西安，学校群龙无首，便由教务长王凤仪代理校长职务，整天四处求告米粮，苦度日月。

西安围城达八个月之久，李仪祉全家老小，缺粮断炊，幸有杨虎城接济，才渡过了难关。

李仪祉出外不能回陕。无奈之下，只得滞留北京，在北京大学、清华大学担任教授，进行讲课，有时还去南京河海工程专门学校讲课，往返于京宁之间。

“无情未必真豪杰”。那段时间，李仪祉奔波在外，心中无时无刻不在思念着家中的亲人们。他给妻子张孟淑写了一封信，表达自己的思念之情：

> 淑妻爱鉴：
>
> 我想伯（伯父李仲特），我想爹，我想哥，我想弟，我想你，我想宁宁（大儿子李赋宁）、洋洋（二儿子李赋洋），全家人我都想！
>
> 天热了，班娃说：“四哥你吃凉粉呀！”隼娃（李知祉，仪祉的

弟弟）说：“你岂有此理。”如果，如果，我天天想，心里难过，难过，难过……行李收拾起，不管他兵咧，火咧，冒着险回来罢。却又想：回去难，出来更难，怎么好？想来想去，难过，难过。还是把我预备的路费寄回去，救救家中的急罢。该怎么办？索性不回去罢。老人家年纪老了，想到不孝的儿子在外胡闯，心中不知怎样的急！难过，难过，难过！我去到安庆，看看刘建侯，问问他的主意罢。行李索性带上，他说我该冒险回来，就回来！回来那一路闯得过，乃不知道。他说不该回来，再看罢。姓刘的都是我的好朋友，刘建侯、刘梦锡、刘鸿臣、刘静波，这些人都好呀！

半个多月没有家信了，报上也没有陕西的消息。得到韩闲说，刘（指刘镇华）又打到省城周围，打到东关，又打过了，也不知怎么样？陕西是地狱，我一家人都在地狱中。我好难过呀！这封信给邮件检查员拆拆看看，他们爱打仗的人，心里不知怎样想呀？世上的路给他断完，人给他们杀完，才甘心吗?!

……

那段时间正是西安围城，战火纷飞，西安城内许多老百姓被活活饿死，尸体遍地。李仪祉身在外地，怎能不思念被困在“地狱”中的亲人呢?

西安围城期间，李仪祉曾返回陕西，准备回到西安，参加保卫西安的战斗。他单枪匹马从潼关入陕，一路上看到因军阀割据、自然干旱造成的灾害，赤地千里，民不聊生，内心十分痛苦。随着距离西安越来越近，守军封锁严密，李仪祉多次闯关失败，不得不再次回到南方。

那段时间，于右任担任国民党中央执行委员，监察院院长。李仪祉给于右任写了一封信，陈述陕西旱情及引泾计划，提出让于右任想法筹资二百万元。于右任看了李仪祉写的信后十分激动，认为引泾工程是一项伟大的工程，功在千秋，利在后代，于国于民都应该支持。但当时的陕西战乱未定，像一座火药库。国民党顾此失彼，根本无暇顾及陕西的旱情，于右任一声长叹，爱莫能助，觉得有愧于自己的同乡，请求李仪祉谅解。

多方求助，资金一直没有着落，李仪祉只能待在南京。

民国十五年秋，李仪祉在河海工程专门学校讲学。一天，朋友刘梦锡突然来访，令他十分高兴。那年上海一别，已是数年过去，此次相见，仪祉很激动，亲自下厨，弄了好几样菜。刘梦锡说："想不到仪祉兄还有这样的手艺啊！"仪祉笑笑，说："尝尝，看看味道如何？"梦锡尝了一口，赞不绝口。两人把酒言欢，准备好好叙旧。

"经常做饭吗？"梦锡喝了一杯酒，说。

"不。哪有时间啊。今天是你来了嘛。"仪祉也仰起头，一饮而尽。

两人刚开始吃饭，忽然有使者前来，说："省长陈陶遣大人请李协先生前往。"

仪祉一愣。来"河海"虽有时日，但江苏省长陈陶遣他并不熟悉。两人素昧平生，陈省长叫他去干啥呢？

"仪祉兄，既然陈省长约见，想必有要事相商，赶快去吧。"刘梦锡说。

"那好，你先吃饭，我去去就来。"仪祉顿了顿，说。

原来汉西门外江堤决口，洪水泛滥成灾，政府组织人员派工堵塞已有三日，不见成效。无奈，省长只好亲自出面，请李仪祉前往指示方略，以求决口速合，以恤民命。

来人见仪祉还没吃饭，说您吃了再走吧。仪祉看着刘梦锡，说："让他替我先吃吧。"说完一笑，匆匆而去。

李仪祉来到决堤口，见口门宽约四丈，水势汹涌，淹没甚广。他命令从上新河找来两个木排，让工人四处采摘柳枝、芦苇，准备蒲包、麻袋等物，自内捆绑椿树做圈堤形，包抄口门。椿树两排，中档六尺，档间填充柳梢和芦苇，然后压上沙袋。椿树排内角也用柳梢芦苇和沙袋压护，外面用斜木支撑。圈堤圆半径约六丈，自口门上下两端并进。堤顶高出水面二尺许，留金门宽一丈四尺，进门上下加固椿树两排，比坝面宽出两丈多。

水流急湍。为了抢时间，大家一起动手。李仪祉也亲自上阵，编柳梢和芦苇，捆绑椿排。时值6月，烈日炎炎，不一会儿便汗流浃背，胳膊被阳光灼得生疼。大家从早晨五点开始，一直干到晚上看不见才收工。回到住所，仪祉感觉脊背火辣辣的，用毛巾一擦，褪了一层皮。众人齐心协力，夜以继日。

一连几天，学校都不知道他到哪去了。校长见李仪祉连日不归，担心他在外面发生意外，让人四处寻找，仪祉方以实相告。

第六天开始，李仪祉命令大小船只载石块沙包等物，靠上下坝而停，静以待命。一切布置就绪，石块沙包自上下堤及船上同时抛下，形如雨雹。十分钟后坝堤终于合龙，洪水不再泛滥，堵塞宣告成功！大家一片欢呼，忘记了连日来的疲劳，奔走相告。

仪祉回来后，给陈省长写了一封信，陈述了堵塞经过。想起西安围城，家乡父老仍处水深火热之中，他写道："余不惜精力，以卫苏民。今西安围城，已达三月，秦民方在倒悬中，盍一救之。"陈省长正在病中，得函大受感动，夜半扶病走访孙传芳，立电刘镇华缓攻，并每日定时开城以放城内难民，活人无算。

第十五章　路漫漫其修远兮

1. 奔走呼吁

1925 年 3 月 12 日，孙中山先生在北京病逝，举国哀痛。遗体安置在北京碧云寺内。先生曾嘱：辞世后愿“归葬紫金山”。

1926 年 6 月 1 日，孙中山治丧委员会决定为中山先生建陵于南京紫金山，国民政府在钟山第二峰茅山南麓开工修建陵墓，刘梦锡被聘为监修陵园的工程师，负责全部工程。陵园建筑图纸为刘的同学吕彦直设计，吕不久因病去世，有关设计、施工的所有任务都落在刘梦锡的身上。

南京中山陵兴建之间，城里突然停水，工程被迫停止。刘梦锡让人到处寻找水源。李仪祉听说后也非常着急，在中山陵附近到处寻找。经过一番勘察，他在明孝陵附近找到了一处茂盛的水源，工程因此得以复工，进展顺利。后来，爱国华侨胡文虎捐资在这里兴建景区，水源地经挖掘后成为一汪明媚的湖水，清澈荡漾，因与紫霞洞相连，取名“紫霞湖”，成为南京的一个新的旅游景点。紫霞湖面积约五万平方米，湖水清澈荡漾，风景独好，有“南京第一无污染湖”之誉，成为人们避暑纳凉的旅游佳地。紫霞湖附近原有一座定林寺，相传宋代政治家、文学家王安石曾在此读书，辟书斋名“昭文斋”，由书法家米芾题写斋名。在定林山庄以北，有一座“颜真卿碑林园”，占地面积约二千五百平方米，牌坊上“三教会宗堂”五字系颜真卿留下的手迹，笔墨浑厚遒劲，气势磅礴。

李仪祉在南京期间，南京鼓楼外车祸不断，大家都不知该如何是好。李仪祉查看地形后，认为道路设计有问题，于是设计了一条环形道路，车辆畅通无阻，车祸也很少再发生了。

在此期间，李仪祉除了担任北京大学教授及在河海工程专门学校讲课之外，还著写了《自供》《上新河江堤合龙记》《太湖东洞庭山调查记》《请恢复郑白渠设水力纺织厂渭北水泥厂恢复沟洫与防止沟壑扩展及渭河通航事宜》，并作西京围城纪事诗。

1926年冬天，西安解围，李仪祉返回陕西，1927年初被国民军联军驻陕总司令部任命为建设厅厅长。

当时正值大革命时期，工农大众革命情绪高昂，但却缺少建设经费。李仪祉克服重重困难，领导民众进行有利于国计民生又力所能及的建设事业。

时仅半年，冯玉祥附蒋反共，陕西时局大变，国民军联军驻陕总司令部被解散。

目睹现实，李仪祉感慨万千："协生于此国，长于此乡，救危定难，自愧无方。"遂愤然辞职，离开陕西，到上海任港务局局长，同时兼任南京第四中山大学教授。后来他又去了四川重庆，就任市府工程师，为成渝公路设计了老鹰岩盘道。这是他甚为满意的一项工程设计，被后人誉为"巧夺天工"之杰作。

李仪祉在重庆设计的盘山公路及桥梁对接工程，至今人们仍在研究。

那段时间，李仪祉虽然身在外地，心系陕西，始终不忘引泾工程。他在给赵宝山的信中写道："陕西父母之邦，弟何爱于涂山，遂忘泾渭。果当局有兴工之决心，聚集可靠之经费，弟亦不再为局长，但畀以工头之职，畚锸径施，弟即奋然归矣。"后又书："黄河水利委员会之主干任务在根本消除河患，其次乃及航道交通，又其次乃及农田水利。国家特设此机关，必求其能策进主干任务，若仅维持河防，则有三省河务局足矣，如但及农田水利，则各省有建设厅足矣，又何须特设此重大机关哉！所谓随测随作者，亦视何等工程。吾人造一房屋，测量、设计、估工、探验地基、选择材料亦费许多手续。治河工程视建屋重大多矣，谓独可以潦草为之乎？故随到随作施之于小工程无上下游关系之局部工程可也，而非施之于根本治河。治河之道虽一，裁弯取直之小工程亦必详审测度其上下游之结果，何况全体治导？协之意不欲邀一时之功，而在为国家莫永久之大计。小功利在一时，设计未周或一、二年而弊又见，是岂治河之道哉！且更不必虑及政局之变动，盖果吾人之事业确实为国为民，则人事虽有变更，而事业必不毁……”等，亦均文隽情挚，令人感佩不已。

1928 年，陕西遭遇了一场被称作“民国十八年年馑”的特大自然灾害，大灾之后，全省上下皆为救灾而奔走呼号。

眼看旱象愈甚，引泾工程久久不能开工，李仪祉心急如焚。他一面不断上书，一面要当政者为民着想，支持引泾工程。

李仪祉从 1927 年起亲赴京、津、沪、宁等地，奔走呼号，希望能筹到一笔修建经费，但当时一些官僚政客却讥讽他“发狂”，说引泾计划只能是“画饼充饥”。他毫不气馁，迎难而上，三进北平，两下南京，继续四处奔波，争取各方面的支持。

1928 年，李仪祉出任华北水利委员会委员长，1929 年又兼任北方大港筹备处主任、导淮委员会委员兼总工程师及工务处处长。他还一度担任浙江省建设厅顾问，设计了杭州湾新式海塘。1930 年在天津倡办中国第一个水工试验所，为中国水利工程研究创造了条件。

2. 绝秦灾——惨绝人寰的民国十八年

陕西“民国十八年年馑”那场特大的自然灾害，在中国以及世界的历史上，都是极其罕见的。

据民国十九年（1930 年）年底陕西省赈务委员会主席、民政厅长邓长耀的陕灾报告中统计，当时，全省有两百多万人活活饿死，两百多万人流离失所，逃亡他乡，八百多万人以树皮、草根、观音土苟延生命于奄奄一息。在旱灾发生的同时，又有风灾、雹灾、虫灾、瘟灾、水灾、火灾、兵匪之灾一起袭来，使全省九十二县尽成灾区。赤野千里，尸骨遍地。甚而人之相食，惨绝尘寰。

“民国十八年年馑”实际从民国十七（1928 年）年就已经开始了。看一下当时各县向省府的报告，便可从中了解灾情来势之凶猛。

民国十七年（1928 年）一月：年馑是如此的可怕，是如此地让人失去理智与道德。当时流传一个故事:年馑期间，有一个人在集市上刚买了一块烧饼，正准备吃的时候被一个乞丐夺取了。这位被抢者十分生气，一个劲地追赶，乞丐则拼命地奔跑。当乞丐眼看着被追上的时候立即停下来，将烧饼塞进牛粪里。被偷者看到这样的举动，只好骂咧咧地走了。而乞丐则从牛粪里取出烧饼，直接放进嘴里……

陕西人把一年中一料未收称为“饥年”，两料未收称为“荒年”，连续三料未收称为“年馑”。而“民国十八年年馑”是三年六料基本未有收成。有人说是百年一遇，也有人说是三百年一遇。

据近代大量史志和报刊资料记载，民国十七年（1928 年）陕西始露旱情，夏季二麦歉收，秋未下种，冬麦亦无透雨下播。民国十八年（1929 年）全省旱象更加严重，春至秋滴雨未降，井泉枯竭，泾、渭、汉、褒诸水断流，多年老树大半枯萎，春种愆期，夏季收成不过二成，秋季颗粒未登，饥荒大作，草根、树皮皆不可得，死者日众，殍满道旁，尸腐通衢，流离逃亡，难以数计。据当年 9 月 5 日陕西救灾委员会统计，在全省 92 个县中，发生旱灾的县达 91 个，除滨渭河各县略见青苗外，余均满目荒凉，尽成不毛之地。在 91 个灾县中，有特重灾县 24 个，重灾县 27 个，一般灾县 15 个，轻灾县 25 个。长安、武功、凤翔、扶风、乾县、岐山、眉县、兴平、咸阳、临潼、渭南、周至、蒲城、合阳、宝鸡、陇县、澄城、淳化、长武、褒城、礼泉等县为重灾区。全省九百四十余万人口，饿死者达二百五十万人，逃亡者约四十万人，有二十多万妇女被卖往河南、山西、北平、天津、山东等地。

民国十七年（1928 年）到十九年（1930 年）的这场持续大旱灾波及整个华北，但受灾最重就是陕西，而陕西的重灾区则是人口密集的关中，其中又以西府的悲惨为灾中之重。往年风调雨顺的西府连续三年没有下一滴雨，碌碡三年没翻身，路上的尘土厚得能埋人，三年六料颗粒未收。

关中西府地处八百里秦川最西部，这里土地肥沃，气候温和，物产丰富。因为临近秦岭最高峰——海拔三千五百多米的太白雪山，这里大多数年份都降雨量充沛，堪比江南气候。这种得天独厚的地理环境为西府人提供了极其优越的生存条件。因此，像“民国十八年年馑”这样的特大旱灾极其少见，也因此给西府造成的灾难更为深重。

从民国十七年（1928 年）开始，西府全境就夏秋无雨，冬季无雪，麦种子下地如同搁在楼顶，根本发不了芽，夏秋连料绝收。苦不堪言的农民期盼荒年过去时来运转风调雨顺，哪料民国十八年（1929 年）又遭遇了历史上罕见的大旱灾，这场雪上加霜的大旱灾使很多家无隔宿之粮的贫苦人家顿时崩溃，一场席卷西府全境的大饥荒铺天盖地而来，“十八年年馑”从此成为西府人心中最可怕的字眼。

据说当时宝鸡县一带热风四起，自春至秋滴雨未降，大旱十二个月，井泉枯竭，河道断流。宽阔的渭河平时可以通舟舸，而当年却在河道里行马车。甚至连根深叶茂的多年老树也大半枯萎。依靠杯水车薪的井水灌溉，夏粮勉强收成了不到两成，而秋粮干脆就颗粒未收。往年绿野千里的渭河平原，如今整个赤地千里，满目苍凉，令人惨不忍睹！

据当时调查，渭北省西一带人口每县约损 40%，乡间房屋约损 60%，树木约损 70%，农村凄惨不堪。国民政府冯钦哉、孙蔚如的部队入陕后，西路武功、扶风一带士兵回乡探亲，见不到父母、妻子，找不见家里房子，邻里不见者甚多，无不痛哭而归队。

国民政府监察院长于右任自南京回陕探望，带回二十万元现金救济灾民，目睹故里惨状，挥毫赋诗：“迟我遗黎有几何？天饕人虐两难过。河声岳色都非昔，老人关门涕泪多！”

因缺乏食物而上吊自杀身亡的人也不在少数。有一对夫妇因为饥饿难忍，先把自己不满三岁的小孩子活活勒死，然后夫妻双双服毒自杀。

在陇县：树皮已被剥食无存，酸枣、草根搜掘殆尽。全县六区已实有灾民八万以上，逃亡的五千口以上。不时有饿死人的消息，请求省上立即救济；

在泾阳：因缺乏食物而上吊自杀身亡的有李坊堡的吴草娃，县东里的赵裁缝，瓦王村的王玉善，首张里的杨增全四人。至民国十七年（1928 年）一月，全县已饿死的有男 45 人，女 20 人；

在白水：草根树皮早已被剥食干净。每天大路上东来西往的尽是饥饿的灾民。到处都有饿死的人。县城北马家堡，有个叫陈老六的，因为饥饿痛苦实在难熬，有意在食料中放了毒药，把全家六口全部毒死；

在三原：灾民吃的多是棉花叶、茨荆之类，大程镇附近的灾民，把房顶上霉烂的梁椽拆下来，捣碎磨细掺入棉花叶、麸皮中，做成饼子充饥。不时有人因吃了这种饼而致死；

在西安：1 月 15 日天下大雪后，北风凛冽，寒气刺骨。省城内已无多少食品可吃，灾民又冻又饿。据公安局连日来的报告：北大街老菜市以东，东大街古物商店，盐店街风火洞口，新城南门外，北柳巷口，浸礼会门口等处发现男女数十人的尸体。

……

天灾的同时，人祸也纷至沓来。各县土匪蜂起，残害人民。这些“土匪”，一部分是破产农民因饥饿而聚众抢富户的粮食，而被当局称之为“土匪”，其他大部分是一些地方军队，他们把持一个地区后，就胡作非为，欺压百姓。

在扶风：该县自被陈疯子盘踞后，一个月内，被土匪伤害致死的百姓就有 108 人，经济损失六十余万元。泥门闭户流亡他乡者到处都是；

在大荔：自麻老九（麻振武）盘踞后，早已敲骨吸髓，民不聊生。兼以战事频生，田园荒芜，农民全都失业。复又届此旱灾，城内成群的乞丐已由乞食而转为“抢食”。乡村里的灾民不等饿死，就已经开始寻死；

在宝鸡：自党拐子（党海楼）余孽窃踞该县后，奸淫掳掠，惨无人道，被匪害破产的有三千余户，毙命的一千余人，妇女被掳的三百余人。被土匪处死的十余人，钉死在城门上的四人；

在武功：该县被土匪抢掠烧杀几遍。兵燹之后，瘟疫流行。初染瘟时头痛发晕，时寒时热，浑身酸痛，慢慢地就全身出疹，胡言乱语，手足抽搐，有时腹痛发呕并泻黑水，不久就毙命而亡。全县十镇几乎成了病灾之国，死人一个压一个，腥臭熏天，人骼兽骨互相叠压无人掩埋……

从民国十七年（1928 年）至民国十九年（1930 年），全国各地都发生了不同程度的灾荒。各地为了有效地组织人力、物力进行赈灾救济工作，从民间到政府纷纷成立了赈灾组织。陕西省于民国十七年（1928 年）成立了“陕西省救灾委员会”。并在各县成立了“救灾分会”。民国十八年（1929 年），南京政府成立“全国赈灾委员会”，主席是曾任过北洋政府内阁总理的许世英。

由于陕西的灾情特别严重，引起了全国上下的重视。民国十八年（1929 年）九月，“全国赈灾委员会”派出以回杰生为代表的“西北灾情视察团”赴陕。民国十八年（1929 年）九月九日视察团抵达西安。省赈务会（即原省救灾委员会）主席、民政厅长邓长耀、教育厅长黄统、西安市长萧振瀛、赈务会常务委员杨仁天等在钟楼上接待了视察团全体人员，邓长耀、黄统备述陕西灾情奇重，希望视察团把这里的灾情电告全国，以期望得到国内外各界人士的重视与支持，拯救陕西及西北的灾民，否则“陕西将有灭绝人种之危险”。

第二天，视察团一行到省城附近的西北二乡、东菜园、含元殿、孙家湾、坑底寨、二府庄、大白杨、火烧壁、西十里铺等地视察。只见秋田枯萎，焦如火焚，玉米只有一尺来高，收获不足一成。地里的棉花也只有一拃高。吃的只有糠秕，有人甚至吃白土度日。视察团的车子行驶了不到五分钟，看见路旁饿死的人就有十多个。行走中，忽然觉得一股奇臭扑鼻而来，仔细向当地人一打听，才知那是“万人坑”里死尸腐烂后发出的恶臭。走到“万人坑”，大家看到了更凄惨的景象，偌大个土坑，塞满了尸体，四乡仍不停地往这里运死人，都来不及掩埋。目睹这番惨象，回杰生先生决定留在西安，并约定陕西赈务会的蔡雄霆、王淡如二先生共同负责视察工作，同时组织西安各主要报刊主笔联合组成“陕西灾情通讯社”，向全国各大报馆拍电，通报灾情。对全国上下了解陕西灾情的实际情况，积极支援陕西赈灾起了很大作用。

这里选出其中两封电报抄录如下：

12月1日电：

上海日报公会，南京复旦社，天津《大公报》，北平《益世报》，前外茶儿胡同十四号马芷庠先生均鉴：关中友重各县，除渭滨滩地稍有收获外，余皆秋收毫无，麦多未种。行其野田地荒芜，蓬蒿没胫。草丛中不时发现破烂衣服与零乱骸骨，盖未经掩埋已被禽兽啄食净尽之路毙也！入其村但见室多泥门堵窗，无人居住，盖自入春以来，饿毙者先后相继，多至绝户。村人埋不胜埋，只泥堵其窗户，希图苟安于一时，以致近日各县疫病流行，死亡枕藉。传染既易，死者益多，尤以省西之眉县、乾县、礼泉、武功、扶风等县，渭北之大荔、蒲城、澄城、合阳、三原、泾阳等为最甚。现天仍亢旱，洼地麦苗且日已枯死，滨水之区亦尘深尺许，高原更可想见。且入秋以来，陕南兴、汉所属共五县，亦迭遭水、旱、蝗、雹、匪各灾，日加惨重。灾民除采自树皮草根水之浮萍外，并有掘食一种白土，俗名“观音粉”者。食用既久，往往腹中结成石块，膨胀以死，灾情如此，中外善士若不设法救济，全陕将不免有绝人之患。

王淡如、蔡雄霆叩首。

次年2月6日的一通电文中又称：

顷据调查员报告！吾陕各县秋获未收，冬麦未种。兼之战争复起，交通又梗，灾民际此，惨痛愈甚。尤惨者，妇女被人贩卖者计达十余万；沦为娼妓者亦为数不少。长此以往，陕西人种将濒临绝境。又西安一带，于冬日落雪，厚二寸，但野无青苗，与灾无补，反令饥民冻馁，以故死者日益增加。

王淡如、蔡雄霆叩首。

由于省内外众多绅士学人的呼吁和宣传，全国不少政府机关，民间团体及个人纷纷捐款捐物支援陕西赈灾工作。至民国十九年（1930年）一月，共收到赈款1489500元，其中南京政府、全国赈灾委员会、冯玉祥将军、于右任、胡次珊、宋哲元诸先生及上海红十字会、北平世界红卍字会等慈善团体都捐了大量的款项。此外，还收到了几乎是从全国各地零星募捐来的款项三万七千七百多元。其中，有捐几百几千的，也有捐几十的。

有个捐款人署名“人民自卫团隐名氏”的捐了1元钱。虽然只有1元钱，但与捐几千、几万同样令人感动。

民国十八年（1929年）大灾之后，满目疮痍，元气重伤，百废待兴。李仪祉痛往思来，认为气象事业非常重要，遂于各县设立雨量及水文测站，并于1931年8月命李毅艇等人建测候所。1931年10月由李毅艇任所长的西安测候所在革命公园旁边正式成立（今水利厅内），并于9月1日就开始进行了每天两次（上午6时下午3时）的观测发报（由十七路军电台发南京气象台）。1937年西安测候所开始高空测风，并于4月1日起逐日7时30分拍发电报。由于当时经费十分紧张，为了顺利开展工作，李仪祉捐薪俸购置收发报机一部，收听各地气象报告，每日测绘天气图两张，以供预报使用。后因经费问题，这项工作停止了。西安测候所建立以后，观测未曾中断，其资料为解放前西安唯一最完整的资料，是李仪祉对陕西气象事业的重大贡献。

3. 引泾灌溉，救民水火

民国十八年（1929 年）特大自然灾害在中国以及世界历史上都是极其罕见的，引泾的呼声再次高涨。

1930 年，杨虎城将军任省政府主席，面对水利颓废、民不聊生的局面，毅然决定为民请命，兴修引泾工程，特邀时任导淮委员会总工程师的李仪祉回陕共商兴水大计。

李仪祉心情十分激动，准备回陕工作。蒋介石不同意，提出让他治理淮河，李仪祉坚持要回陕西，放弃高官厚禄（当时，他在南方身兼数职，每月薪资八百大洋，加之各大学授课，每月收入可达一千大洋。而回到陕西后，每月只有二百元的薪水），出任陕西建设厅厅长，负责引泾工程，并在泾阳县王桥镇的社树村设立工程指挥部，积极开展人员调集、经费筹措等开工前的准备工作。

杨虎城首先拨款予以支持，于右任也积极协助筹款，美国檀香山华侨和华洋义赈会也都踊跃捐款资助，终使泾惠渠工程于 1930 年开始动工兴建。

李仪祉回到陕西了解情况后，电令陈靖辞去华北水利委员会的职务即速回陕。陈靖是李仪祉的学生，在李仪祉创修陕西水利的过程中，曾担任过渭北水利工程处工程主任兼测量队长等职。陈靖接到老师的电报便即刻返回陕西。李仪祉见他后，非常高兴地说：“你回来了，正等着你做渭北水利呢！”一面说一面写手谕：“想叫你以工程主任兼测量队长的名义负责定线施工，没意见吧！”陈靖说：“我怕担不起吧！”李仪祉搁下笔看着他说：“是的，这么大的现代化大型灌溉工程，咱们国家现在还没有。可是，我们开头做嘛。不要胆怯！况且理论你学过，又有这几年的历练，也看到不少河道工程，应当虚心大胆地学着干，有困难就来找我。当然，还必须请许多专门人才，但一时也来不了，而开工又不能等待。要知道世间事只有实际去干，才能明白其中奥妙，做好事业。”说到这里，李仪祉略沉思了一下，接着说：“当然工程款差得不少，我想，土渠按计划完成；至于建筑物，先做简易性的；干支渠以工代赈，斗以下农渠由农民自修，我们指导。待放过水，再逐步改善渠道建筑物。这样干虽有些不合正规化，但总比摆着等待好。自白渠毁后，不是已等待了近千年吗？很难说，错过这个机会，就不容易再逢了。万事开头难，这个渠如能完成，以后就好办了，千万不要求全责备，尤其在现在。何况千千万万的穷苦百姓，都在日夜眼巴巴地盼望着工能早开；去年的大旱灾，饿死了多少人啊！现值年馑尾，又当寒冬青黄不接，不知还要死多少人！我们永远不能忘记民国十八年的这次惨象，无论如何，救百姓最要紧！”陈靖感动地低下了头，什么话也说不出口。多么伟大可敬可爱的老师长啊！李仪祉最后又提到了工程计划，他说："华洋义赈会认为，原拟甲种计划需款太多，乃就乙种计划加以变通，计需款约百万大洋，计划灌溉七十万亩。原拟引水洞口下游，建一泾河大水库，现计划改了，下游无复可以设法。以后计划在彬县断泾与下游嘴坪筑坝做水库，各蓄二百兆立米水，再加上冶、清、浊、沮，不难恢复郑国宏观。"陈靖领会老师的精神：抓紧时机，快出发，快开工，快放水！

陈靖自接受老师面交的任务后，即开始准备引泾施工具体内容。经与同学介烝、传岳笙、传建哉几人研究，一致认为：为慎重计，先在地形图上进行定线设计，然后在实际定线中加以核实；为了提前施工并节省材料，他们商议后拟将泾河两岸破旧而无历史文物价值的寺院庙宇拆除，用白灰砂浆砌筑渠道建筑物。这两个意见，经过面请李仪祉后，得到老师的嘉勉。

工程队全体员工三十多人由西安直赴灌区上游桥头（王桥）与桥底（石桥）之间的社树堡。至此，李仪祉与诸多热心的水利工作者希望和努力了几十年的恢复郑国渠的愿望，即当时的渭北水利工程，终于在 1931 年初春开始了工作。这是一件全灌区几百万穷苦农民最兴奋的大事，也是这里自宋初白渠废千年以来最大的喜庆事！

引泾工程破土动工的那天，泾河两岸披红挂彩，鼓乐阵阵，鞭炮声声。杨虎城将军也兴致勃勃地与好多十七路军的官兵前来参加开工典礼。

李仪祉看到自己梦寐以求的愿望就要实现了，不由得热泪盈眶，手握杨虎城将军的手，久久不放。工地上的许多人员也纷纷与李仪祉握手，李仪祉非常激动。

大家合影留念，共同纪念这个历史的时刻。

当时正值大灾过后，瘟疫在关中地区流行，建筑材料奇缺，引泾工程困难很多，因此倡导就地取材，拆庙宇，收碑石。

然而引泾工程受到各方面的阻力。除了工程建设资金困难，开挖渠道便受到多方阻碍。有人反对说：“泾水不富田。”泾阳县汉头区有个区长叫由云生，煽动群众说：“修渠挖壕，拆庙修桥，浇地捞毛。”意思是说修渠把地挖成壕把“风脉”斩断了，把庙拆了神不保佑了，浇不了多少地！李仪祉在泾阳县召集县长区长开会，当时参加会议的有泾阳的绅士周仲笃、何惠轩、柏厚甫等人。区长之中有的反对开渠，李仪祉在会上慷慨陈词，大声疾呼。他对当时的泾阳县长说：“把反对修渠、拆庙修桥的汉头区区长由云生逮捕法办！”吓得由云生外逃三年，不敢回家。

一些乡绅煽动老百姓前来闹事，阻止工程继续进展。有人说龙王庙是拆不得的。当地经常大旱，老百姓专门修了龙王庙，然后到那里祈雨。拆掉龙王庙惹怒了龙王，以后再也不给他们降雨了！

李仪祉苦口婆心地对百姓解释。他说多少年来，你们修了这么多的龙王庙，该旱的时候还旱，饿死了那么多人，龙王怎么一滴雨也不给降呢？说明这些龙王是靠不住了，我们要靠自己，把水引上来，引到庄稼地里，这样即使老天不降雨也不怕了。眼前咱们这个工程虽然已经开始，但经费十分紧张，到处筹来的钱恨不能一文钱掰成两半花。这些庙宇里面的石条石碑，可以节省一批费用呢！届时工程提前，清水灌田，我们就可以过上好日子了。如果不修引水工程，再来一次“十八年年馑”怎么办？

大家听了纷纷点头，觉得李仪祉是为民考虑，说得有道理，于是纷纷散去。

然而仍然有人闹事，一些人煽动群众阻拦拆庙修渠，另一方面向陕西省当局告状，使工程无法进行。

李仪祉耐心解释，接待一批又一批的群众。大多数人能够接受，一部分人说兴修水利工程拆庙他们可以理解，但搬用祖坟上的碑，无法接受。

李仪祉说大灾之年过后，百废待兴。眼前最急迫的便是引水工程，避免灾害再次发生。引泾工程除了政府筹集的一部分款项外，华洋义赈灾会、檀香山华侨以及社会各界人士纷纷捐款，使得工程得以开工。但因为经费有限，时间紧迫，所以因地制宜，借用老百姓坟地上的石碑用作石材，也是万不得已的事情，我想我们的先辈如果九泉有知，他们知道这是一件有德利民的事，一定会支持的。他们也不希望自己的后代在遭遇灾荒之年被活活饿死，那些石碑被用在了渠首的重要地方，他们应该感到欣慰的。我想他们也希望咱们引泾成功，庄稼丰收，过上了好光景，家业茂盛，那时候，我们再给祖先立一块更大的碑，怎样？

李仪祉的真诚感动了大家，他们于是便停止闹事了。李仪祉又亲自用纸浆泥制作了一个引泾工程大模型，让人抬到县政府大堂上，让乡绅和群众观看，并讲述修建泾惠渠的好处，他说："我是陕西人，我没有二心，决不会把水利变成水害，坑害百姓。要是咱们早能把渠修成浇地，哪会有死尸遍地的民国十八年大旱的悲惨景象啊！"一席话使反对者无言以对，周围群众亦心悦诚服，于是工程重新开始。

施工过程中，李仪祉经常深入工地，具体指导工程技术人员和民工施工。

陈靖陪老师李仪祉在枢纽（渠首）工程处见到了在那里工作的李赋林。他俩是同学。李赋林说："这里工程已开始多日，先打引水洞，同时也清理两岸的坝基，调运建筑材料，尚未动大工。他们自带一套火力发电设备，供应工程照明用电，条件较好，汽车也多。"他们进洞去看，李仪祉发现电力风钻正在工人手扶下钻洞壁岩石，石洞呈马蹄形，横竖各约五米，石质非常坚硬。他们三班工作，日夜不停，每班用管机、把钻和爆炸、运石等工人约三十名。里面铺有轻便铁道，进入较深时，全用斗车往外运石，洞子每日平均进度约两米。

李仪祉看周围的地形，很像当年的广惠渠口。明成化年间，副都御史项忠等三任，费时十七年，历尽艰辛所凿的石洞石渠，工成不久，即被湮废。如今，他们又要在这昔日失败的废址上，兴建一座造福后代的水利大工程，谈何容易啊！

施工之前先要给干渠定线。李仪祉和陈靖带领的小分队拉开了几里长的行列，展开了一个伟大工程的施工前奏。沿途村镇大人小孩看见他们，都争先恐后跑来看稀奇。他们知道是定渠线的以后，一位老人惊叹地说："今天已经是小年了，灶王爷都要回宫，你们还跑到野地受冻定渠线，真是太辛苦了！"李仪祉说："百姓遭大年馑，饿死多少人，我们为修渠消除旱灾，受点冻算得了什么？只希望你们给娃娃说，不要拔掉木桩，我们工作进行快点，就是帮了我们的忙。"老百姓异口同声地回答："这是给我们办事，谁敢拔桩，我们也不答应，你们放心好了。"一天工作后，经过连夜校核，结果令人十分满意。这说明原地形图质量非常好，前期的工作很到位啊。

在国穷民困、军阀混战年代，要干成这样一件大事非常艰难，最直接的问题就是资金问题。为保证顺利开工，杨虎城深明大义，毅然从军费中挤出了四十万元给予支持，并明确表示必要时动用军队参与修渠，同时从各方面大开绿灯，全力支持引泾工程。

为了筹措剩余款项，李仪祉将工程做成模型，辗转西安、灌区各县等地展览，宣传引泾工程益处，争取社会各界支持。他还利用与国民党上层关系争取资金，也曾遭一些达官显贵嘲笑讥讽，但引泾大业使他把个人的荣辱置之度外。

在李仪祉的奔走呼号和不懈努力下，特别是在他水利为民精神的感召下，筹款工作取得很大成果：北京华洋义赈会承诺捐款 40 万元、美国华侨捐款 15 万元，再加上国民政府拨款 10 万元、朱子桥先生捐水泥两万桶，引泾工程顺利开工。省政府主席杨虎城、陆军十七师师长孙蔚如、华北慈善联会委员长朱子桥等参加开工典礼，这项历经曲折、利国利民的重大水利工程终于付诸实施，老百姓为之欢欣鼓舞、奔走相告。

大灾之后，李仪祉采取以工代赈的办法，征集民工五千人，较好地解决了赈灾和劳力问题。工程采用现代化的施工方式，自备火力发电，轻便铁轨运输，一期工程进度很快。

施工分两期进行。一期自民国十九年（1930 年）至二十一年（1932 年）；二期自民国二十一年（1932 年）至二十四年（1935 年）。

施工开始时，正值大年馑后，因经费不足，方案多次更改、降低，与原设计甲、乙方案相差甚远。不仅渠首工程规模缩小，渠系亦因陋就简，尽可能沿用白公渠故道或裁弯取直。施工中，渠首工程已采用机械化，而渠系工程则以土法人力方式为之。

两期工程费用共计 162.5 万元，其中一期 120.4 万元，二期 42.1 万元。

引泾分为渠首工程和渠系工程两大部分，其中渠首工程主要有：

1. 拦河坝。建成初定名“檀香山坝”，以纪念檀香山华侨捐款。原坝址位于乙种设计方案坝址下游约 500 米处。坝基建于石灰石基岩上，为欧基式混凝土重力坝。坝顶长68米，宽4米，高程446米。设计最大引水流量15立方米/秒。

2. 进水闸。原为三孔平板式钢制闸门，每孔高 1.75 米，宽 1.5 米，总过水断面 7.87 平方米，以人力齿轮绞盘机启闭。

3. 隧洞工程。共有三个隧洞。1 号隧洞（引水闸），长 326.60 米，断面面积 14.80 平方米；2 号洞，长 315 米；3 号洞，长 26 米。2、3 号洞断面面积皆为 36 平方米。

4. 节制闸和退水闸。民国二十三年（1934 年）于引水洞出口处（俗名大麦囤）和二龙王庙处（今渠首管理站）以及赵家沟各置退水闸一座，二龙王庙前再建节制闸一座。

石渠工程：

石渠即进水闸至二龙王庙段长 1841.3 米之基岩石干渠，其中有隧洞长 667 米，后多次扩建和改造。

渠系工程主要有：

1. 总干渠。全部位于本县境内，旧总干渠全长 11.23 公里，包括渠首石渠1.84公里及其以下土渠9.39公里。王桥镇以上土渠系将古渠裁弯取直而成，主要为输水渠段，无斗门。至王桥镇西进入灌区，共设斗门 7 座，灌溉泾、礼两县面积 1.3 万亩（本县为主）。旧总干渠在王桥镇社树村设闸（又称两仪闸），分南、北二干渠和八支渠（今十支渠）。

2. 北干渠系。旧北干渠系由两仪闸开始，东至雪河乡汉堤洞分水闸止，长 17.52 公里。汉堤洞闸后分北、中、南 3 条支渠：北支渠沿汉白渠故道，至雪河乡湾子杨村入三原境，本县境内长 6.76 公里，又称一支渠；中支渠与北支渠略平行，经雪河乡武寨府、袁家、车文村，至探郝村入三原境，本县境内长 5.5 公里，又称二支渠；南支渠经雪河乡连家湾、三渠乡漫刘村后渐趋东北至管西村穿铁路入三原，本县境内长 10 公里，又称三支渠。旧北干渠系基本沿用汉白渠和清龙洞渠。

3. 南干渠系。旧南干渠由两仪闸起偏南与旧北干渠几乎平行东进，经燕王乡刘解村、县城北宝峰寺，东行至永乐镇东北磨子桥村分水闸，东南折入高陵境，全长 37 公里，基本位于本县境内。

4. 八支渠。由原两仪闸设渠首，与旧南干渠平行东进，经县城南关东至永乐镇南蔡村入高陵境，本县境内长 30.5 公里。

5. 泄水渠。泾阳县境内共两条：一为总干泄水渠，位于社树村东，泄水闸置两仪闸旧址以上 300 米处，渠长 3.37 公里，泄水入泾河；一为南干渠泄水渠，位于永乐镇西徐村西，长 6.78 公里，与雪河排水干沟末端合并，于崇文乡宋村附近注入泾河。

……

在举行开工剪彩仪式后，工地上鞭炮齐鸣，举镢破土，洒酒共庆，欢声雷动。几天前渠两岸已搭建窝棚，置好锅灶。开工之日，工程处大部分人和泾阳、三原、高陵、临潼、礼泉等五县代表都来参加，庆祝千年来的一次大喜事。一时车水马龙，热闹非凡。

工地上，队旗如林，迎风飘扬；渠沟镢锨奋飞，推车穿梭如织。堤上的夯工齐唱号子，整齐划一，昂扬激越，气势宏伟；运土的年轻人你追我赶，笑语欢腾。大家见此情景，不约而同地赞叹道：农民这样卖力地干，还是头一次看到，真是杨（虎城）、李（仪祉）二公雪里送炭，至诚所感而使然啊！一位农民激动地说："家里还有个老妈和一个女儿，剩下的都来了。若不是赶上这青黄不接时开渠，我们要度过春荒实在不容易，房地都卖着吃了。去冬以来，全靠挖菜根，吃干苜蓿吊命。在工地上干活，挣钱无所谓，每天都能吃饱肚子啊！我妈请人写了个杨主席、李厅长的牌位，成天早晚向两位活菩萨磕头，世上真有好人哪！"一位四十多岁的女人正在抡着镢头挖土。她虽然看上去很瘦弱，但还是竭尽全力地干着，挥汗如雨。李仪祉走上前，说大嫂歇歇吧，喝口水再干。女人揩了一把汗，说救饥如救火。不好好干，对不住那一日三餐啊……这工程早日完工，一家人就不用挨饿了！

1932年6月20日，泾惠渠第一期工程于工料奇缺、疫病盛行之下完成放水，历时一年半时间，当年灌溉20万亩，后来二期工程完成后，灌溉农田59万亩。当时关于该渠的命名问题，争议甚多。人民大众以感恩之情，倡议命名为"仪祉渠"，李仪祉闻知，断然拒绝。他说："引泾灌田，造福百姓，乃泾水之惠也！"提议命名为"泾惠"。陕西省政府委员会谈话会公定：引泾工程命名"泾惠渠"。嗣后修建的关中各渠及汉中抗日战争期间动工修建的汉惠、褒惠、湑惠渠均沿用"惠"字。民国三十一年（1942年）元月十五日，褒惠渠放水典礼，汉中人民为追念李仪祉先生，特题词："蒲城仪祉李，治水有师承。里慕秦国郑，家传蜀守冰。规模泾洛远，第次汉褒成。今日恩遗惠，石门纪典型。"

后来，陕西省政府按照李仪祉发表的陕西建设事业计划大纲，其关于财政者设陕西实业银行于西安，设分行于郑州、兰州；关于交通者设西潼、西长、咸同、咸榆、凤汉各公路及长途电话；关于工艺者设交口泾阳纱厂及西安电厂、机器厂、制革织呢厂等；关于水利者为引泾甲种计划；关于农林垦殖者为终南及华麓苗圃、渭南北植棉试验场、华州蚕桑试验场、延鄜一带垦殖区及各县开辟沟穴改良堆肥等；关于文化者设西安机器商品物品陈列馆、华山气象台、古物保管会、各县雨量站及修复华清池与完成西安革命公园等。以上种种，经十五年来之惨淡经营，十有八九均已做到。

农民初获灌溉之利，欢欣鼓舞，奔走相告。李仪祉与父老乡亲们相约：“凡渠水所到之处，概不得有一株毒卉发生。”老百姓感念李仪祉的恩德，传颂先生是“水神降生，龙王转世”。

杨虎城将军闻讯非常高兴，写下了《泾惠渠颂》，全文如下：

陕西为天府之国，号称陆海，顾地势高燥，丽泽不均。自秦用郑国开渠，西起迄谷口，循北山绝治、清、漆、沮诸水，东注洛，溉田四万五千顷，关中始无凶岁，是为引泾利民之鼻祖，汉太始初，赵中大夫白公，以堰毁渠废，上移渠口，引渠东行，由栎阳入渭，改名白公渠，溉田四千五百顷。以今考之，郑多而夸，白少而实。自汉迄明，代有修改，皆以堰口毁坏而上移。清乾隆二年，以泾水毁堤淤渠，于大龙山洞中筑坝，拒泾引泉，改称龙洞渠，溉田减至七百余顷。清末渠身罅漏淤塞，溉田仅二百余顷。弃利于地，殊可惜也！

民国初建，临潼郭希仁与蒲城李仪祉，屡谋续郑白功。九年，渭北大旱，富平胡笙僧等，复建议引泾，设立渭北水利工程局。十一年夏，仪祉回陕，长水利局兼渭北水利工程局总工程师。命其门人刘钟瑞、胡步川，组织测量队，测量泾河及渭北平原。继命须恺等设甲乙两种计划，并议借赈款施工，既以兵祸中止。十七年后，陕复大饥，死亡无算，陕当道宋哲元与北平华洋义赈总会，义举引泾大工，卒未果。迨虎城主陕席，复邀仪祉回陕，襄陕政，兼长建设厅，由陕政府筹款四十万元，华洋义赈总会筹四十万元为引泾工费，复得檀香山华侨拨款十五万元，朱子桥先生捐水泥二万筒，中央政府拨助十万元合力开工，议遂定。于是议赈总会担任上部筑堰、凿洞、扩渠、引水等工程，美人塔德任总工程师、挪威人安立森副之。陕政府担任下部开渠、设斗、建筑桥、闸、跌水等分工程，仪祉任总工程师，门人孙绍宗副之。自十九年冬，至二十一年夏工始讫，即于是年六月中旬举行放水典礼，邀请海内外名流参观，颇及一时之盛。而渭北荒废之区，得以重沾膏润，人民欢呼，是为第一期工程。其后三年内，复赖北平华洋义赈总会与上海华洋义赈会与全国经济委员会资助，由泾惠渠管理方面完成第二期工程，召刘钟瑞怀来陕襄工事。如修补拦河大堰，建筑引水退水闸，挖掘支渠，修理干渠，俾引水、分水工程臻于美善。管理方面，如保护渠道，改良用水及灌输农民灌溉常识，亦次第进行。至本年夏至，溉田已增至六十余顷。将来计划定蓄水方法，人民用水得当，尤可证润扩充。虽郑国陈迹不可发寻，而白公之泽则已恢复而光大之矣。

颂曰：秦用郑国，开渠渭阳，关中以富，秦赖以强。越四百年，渠毁待修，汉白公起，媲美千秋，历宋、元、明，代有改筑，渠口上移，入于深谷。有清一代，利用山泉，改名龙洞，仅溉低田。鼎革以还，渠更淤漏，饥馑连年，莫之知救，追怀前迹，思继古人。郭、胡倡如始，李主维新，涉足登山，远逾谷口，丝毫不苟。筹借赈款，即待兴工。胡天不吊，适降兵凶，扰扰数年，庶政俱废，救死不暇，遑论灌溉。天心厌乱，寓赈于工，华洋集款，得竟全工。二十一年，六月中旬，放水盛典，中外观钦。自后三年，设管理局，渠道修护，朝夕督促，民享乐利，实泾之惠，学始嘉名，流芳百世。

洛渭继起，八惠待兴，关中膏沃，资始于泾，秦人望云，而今始遂，年书大有，麦结两穗。忆昔秦人，谋食四方，今各归里，邑无流亡。忆昔士女，饥寒交迫，今渐庶富，有布有麦。秦俗好强，民族肇始，即富方谷，人知廉耻。登高自卑，行远自迩，复兴农村，此岂嚆矢。

泾惠渠放水，万民欢庆，李仪祉被民众誉为“活龙王”。李仪祉从泾惠渠回来，由于长期在工地日夜操劳，身体十分虚弱。为了让先生散心，解除疲劳，夫人张孟淑邀其外出游览。他们在曲江池附近转了一会儿，参观完王宝钏的寒窑出来，坐在曲江池边的石头上休息。这时，迎面来了两位德国人和翻译，走到李仪祉面前忽然驻足，上下左右打量他。翻译上前问道："你认识李仪祉先生吗？"李仪祉未置可否。翻译说他们看你和照片上的李仪祉很像，所以打问一下。李仪祉听后淡淡一笑，说我不认识。两位德国人打量着这个穿着朴素的人，深表遗憾。

两位德国人走后，张孟淑问先生为何不承认自己是呢？李仪祉说："一个人要实打实地为国为民，多做贡献，而不是贪名求利。"

夫人听完他的话，若有所思地点了点头。

第十六章　泾惠伟业

1. 大难不死

1932年春天，李仪祉的父亲李桐轩先生逝世，享年七十二岁。

李桐轩在1911年辛亥陕西起义时，冒险赴湖北与革命军进行联络，民国建立后历任陕西修史局总纂、省长署顾问、省政府顾问、督军府顾问等。1912年与孙仁玉共同率先发起创立易俗社，被推选为社长。后来又历任易俗社名誉社长、驻武汉分社社长、评议长等。1913年主持《易俗白话杂志》。先生注重对旧戏曲进行改良，强调剧本的社会作用，认为："声满天下，遍达于妇孺之耳鼓眼帘，而有兴致、有趣味，印诸脑海最深者，其唯戏剧乎？"提倡使用白话文，普及社会教育。他编写的《甄别旧戏草》是评判传统剧目的重要理论著作。

易俗社成立后，李桐轩先生二十年先后编写了三十多本宣扬爱国思想、破除封建迷信、提倡科学民主的新戏，其中大本戏11种，小戏19种。主要作品有《一字狱》《天足会》《双刀记》等。李桐轩先生的剧作，以表现社会现实题材见长，文笔锋利，泼辣深刻，直指封建统治者爪牙，被称为"吾陕新剧界之星宿"。时人评论："其为戏也，若陶渊明之诗，冲微淡远，耐人寻味，选句之佳，尤非他人所能及。"

父亲去世后，李仪祉回乡祭奠，好不悲伤。那时，他仍任陕西省建设厅厅长职务，每天忙于治水，所以也顾不上为父亲守丧，就奔赴引水工程工地去了。

1932 年夏天，泾惠渠第一期工程完成放水。当时，李仪祉还兼任国民政府救济水灾委员会总工程师职务，淮河治理方面的工程纠纷都要他亲自前往处理。盛夏酷暑难耐，堤坝还没有竣工，夏汛已至，马华堤决口。李仪祉亲自前往督促堵口。那时候暑气正重，霍乱盛行，医者束手无策，目睹大批工人相继死去，大家的心里都很不是滋味。大坝合龙后，即令停工，免得死人太多。

工程停歇后，李仪祉回上海复命后又去了北京，然后再回到陕西。由于事务太忙，他辞去了陕西省建设厅长之职，专任陕西水利局局长，开始筹划洛惠渠工程。

李仪祉在百忙之中，不顾身体虚弱，参加了全国经济工程新闻各界陕西实业考察团赴陕南考察水利项目。他们于 8 月 15 日进入秦岭，一路翻山越岭，沿着崎岖不平的山路，步履蹒跚。负责扛拿考察设备的人气喘吁吁，肩膀红肿，感觉筋疲力尽，令人目不忍睹。他们想找一个身体强壮的人，却又一时难以找到，只好跟随着他慢慢行走。8 月气温每天都在三十度以上，即使在秦岭也感觉炎热，何况他们每天都要跋山涉水，走六七十里的山路。由于一路行进在大山中，供给无法保障，一行人常常饿着肚子，摘一些山果充饥。

到达安康后，李仪祉觉得很不舒服，浑身发软，好像病了。到了南郑，他感觉自己疲惫至极，然而还是坚持跟随大家溯江而上，翻越嶓冢岭。嶓冢岭又名汉王山，位于陕西省汉中市宁强县境内。在《尚书 · 禹贡》中有云："嶓冢导漾，东流为汉；又东，为沧浪之水；过三澨，至于大别，南入于江。"按照所言，便是汉江源头(今陕西省汉中市宁强县大安镇汉王山)。《水经注》中"汉中记曰，嶓冢以东水皆东流。嶓冢以西水皆西流，故以嶓冢为分水岭"。

翻过汉王山，便是长江流域了。李仪祉他们循嘉陵江而下，山势陡峭，道路崎岖险峻，见识了什么叫"蜀道难，难于上青天"的艰辛。他们在巴渝地区考察了一段时间，然后徒步出山。一行人夜走栈道，白天渡河，泥淖险混，一步一颠——走得异常艰难。

在山里行走了四十多天后，终于在 9 月底回到西安。

李仪祉一回来就病了。他身体极度虚弱，加之人事纷纭，心情很不好。开始时病发于直肠，以为是痔疮，治了三个多月不愈，恶疾复发于腰和背，情况十分严重。仪祉感觉自己将不久人世，于是开始整理自己的日记诗文，他觉得十分不满意，认为没有传世的必要，于是便都烧掉了。妻子张孟淑劝他到医院治疗，他开始不肯，后来同意了，人软得站不住，扶着妻子的肩膀慢慢挪动。到了医院，仪祉对医生说："我把自己交给你们了，治好了算我命大，治不好在天，你们不必有什么顾虑，该怎么治就怎么治吧。"医生用刀将仪祉背上的痈疮割掉，十多天后，病情更加严重，仪祉于是嘱咐妻子准备自己的后事。张孟淑见丈夫骨瘦如柴，形容枯槁，含泪应允。仪祉说："我死后，衣服和被褥全部要棉布的，棺材里放的钱不能超过一百。然后把我葬在董子墓侧。"

李仪祉为什么要把自己葬在董子墓侧呢？董子即董仲舒，是西汉思想家、政治家、教育家，唯心主义哲学家，他提出了天人感应、三纲五常等重要儒家理论。李仪祉认为自己生平愿究天人感应之理而未得，欲近其居而求教之。他想，人是有灵魂、有思想的，那么灵魂和思想应该不会随着肉体的灭亡而消失，企冀于在另一个世界与贤者相遇，能够近距离地请教诸多问题。当然，仪祉最希望遇见的还是他的亲人，比如祖母，比如母亲和父亲……还有那个冬娃，不知她转世后去了哪里？如果在阴间相遇，她还能认识自己吗？"十年生死两茫茫"——这可是四十年后的相遇啊！不知她头上是否还扎着羊角辫？还是那个笑逐颜开活泼可爱的小姑娘吗？

病情越来越严重，仪祉整天昏昏沉沉，家人也知道他的病情非常严重，只是在一边安慰。张孟淑昼夜服侍在丈夫身旁，她虽然每日以泪水洗面，但坚信丈夫能够好起来的。他才五十岁啊，关中八惠除了泾惠渠一期，其他还都没有得到落实呢。事业未竟，他不会撒手人寰的，那么多的事情等着他去干呢！

仪祉高烧不退，一度处于昏迷状态。他看见有两个自己，相继脱离躯壳，坐于床边。他们一大一小，窃窃私语。大的对小的说："我先走了，你在这里再忍受一段时间吧。"小的喃喃低语，说："我还不想走呢，要走你走吧。"话音未落，大的便一溜风似的不见了……

难道自己的灵魂真的已经出窍，要离开自己了吗？那么，躺在床上的不过是一具带病的躯壳而已。

真的就这么走了吗？——匆匆，太匆匆了啊！泾惠渠二期还没有开始，渭惠渠、洛惠渠等资金还没有着落，那么多的黎民百姓翘首以待，眼巴巴地盼着他回到工地上呢，自己怎能说走就走了呢？

不！现在离开，还不是时候啊！

第二天，仪祉的病情更加严重，疽毒延播，上及脖颈，下及腰部，旁及肾脏，体温由 42 度骤降到 24 度，四肢冰凉。几个医生前来会诊了一番，也没有好的办法，只好让护理的人轮番看护，让家人在跟前守候，以防不测。

从来没有一个人的病像李仪祉那样牵动着千千万万人的心。省政府主席杨虎城及其他领导多次前来医院看望，嘱咐医生不惜一切代价治好李仪祉的病，回去后电话每隔一小时打一次，询问病情变化情况；泾惠渠周边的农民扶老携幼，守候在医院门口；大街上，认识或不认识的人，都在相互打听仪祉的病情，大家议论纷纷，默默地祈祷他能够平安；仪祉的朋友奉佛教者每天在佛祖前念经，祈求保佑仪祉平安，信奉基督教的人则在教堂里面做礼拜，希望耶稣能保佑仪祉，不再患病。老百姓有的在庙里烧香求菩萨保佑，有的请道士做法赶走病魔，大家各尽所能，目的只有一个，那就是李仪祉不能死，人民需要他治水修渠，为大众谋福利呢！

李仪祉远在重庆的堂妹李翥仪得知仪祉病情后，非常着急，连夜赶回西安探望。李翥仪幼年随经商的父亲李思忠到成都。1913 年入四川省立第一女子师范学校附属小学，次年越级考入女师附中，成绩优异，被编入留学预备班。1919 年被北京女子师范大学录取。因其母不愿女儿远离，自送她去女师大就学。1924 年，李翥仪毕业后遵父命回陕，在陕西省立西安女子师范学校教授数学。1926 年因刘镇华围困西安日久，学校一时难于复课，便受聘于四川省立第一女子师范学校任教务主任，兼教数学、物理。1928 年，李仪祉辞去重庆市政府工程师之职，就任华北水利委员会主席，李翥仪随族兄离川充当秘书。后为避军阀纠缠，先后去巴县女子中学和重庆女子师范学校任教。

眼前的仪祉形容枯槁，几乎失形，李翥仪眼泪簌簌便下来了。仪祉强忍着挤出一丝笑容，说你哭啥？我没事的。阎王爷不会这么快就让我走的，我还有好多事要做呢。李翥仪边揩眼泪边强颜欢笑，说仪祉兄，你心放宽些，会好起来的。想起自己与他一起工作的那些日子，仪祉精力充沛，每天工作到深夜，不知疲倦。他性格开朗，与人和善，遇事冷静，说话诙谐幽默，天大的事也难不倒他。可是现在，他孱弱得像个婴孩蜷缩在病床上，病魔随时都有可能夺走他的生命……想着想着，她忍不住跑到外面痛哭了一场，方平静了些。

李仪祉患病期间，哥哥李约祉一直守候在身边。他坚信弟弟一定能够好起来，并不断给他精神上的鼓励。李仪祉原想，如果老天真的要自己去死，那最好就在父亲去世的那一天吧，说不定在那边父子便能相遇。一段时间，他甚至非常笃定地认为，自己会在父亲去世那天随他而去的，故万念俱灰，静以待死。床头经常听到有人说他生平之事，喁喁私语，时断时续。时而看见面目狰狞之人闯了进来，要带他走，他一顿怒喝，不让他靠近……仔细辨认时，却又什么也没有，原来是自己虚幻妄想所致……

正月十五是父亲李桐轩的讳日，十五过后，李约祉对弟弟说："正月十五已过矣，吾弟可无虑矣！"仪祉点了点头，觉得自己似乎已经躲过了大劫，内心有些惭愧。自念父亲讳日已过，父亲并没有带走他的意思，何必每天昏昏沉沉，意志消沉呢？这个病魔折腾了自己大半年时间，也没把他怎么样，自己何必要害怕它呢？想到这里，他的心情变得开朗了许多，虽然身体极度虚弱，精神感觉比原来好多了。

这次患病以来，仪祉虽几度昏迷，但大多数时间神志是清醒的。特别是父亲讳日过后，他也觉得自己不该走，人一下子显得精神了许多，来人甚至与他们开一些玩笑。他本来就是个乐观的人，平日里喜欢说一些诙谐的段子。患病以来，无论如何痛苦，从未呻吟一声。前来看望他的人见仪祉状况有所好转，都长长地吁了一口气。

那段时间，李仪祉每天都在输液，液体里加血清及营养类的药物，如此多日，疽毒渐渐消退，可是由于患病时间太长，全身器官似乎都已丧失了功能，仪祉感觉自己目之所至，耳之所听，似乎都在另外一个世界。他骨瘦如柴，浑身肌肉似乎都没有了，皮肤紧紧地裹在骨头上，令人不忍直视。由于肠胃无力，他每天只能饮一些流食，刚喝下去就拉了，服药即吐，家人都感觉绝望，唯有他和哥哥比较乐观，相信能好起来。仪祉说："我的病，非药石之所可为力也。"一个朋友带来了苹果和茶叶，让仪祉的妻子每天煮苹果数片给他吃，饮茶两次。如此过了几天，他的胃有所好转，能消化一点食物了。背疮用电烤后，渐渐长出好肉，饮食也能吃一点东西了。这样又住了一段时间后，仪祉便出院了。

仪祉的背疮有所好转后，附在肠子上的疽毒仍在，时时疼痛，动作迟缓。因为他的身体太虚弱了，所以医生也不敢割治，只好就那么忍着。随着夏天的到来，黄河再一次决口，仪祉被召防堵。家人都劝他不要去了，仪祉不听，坚持拖着虚弱的身子到开封视察洪水情况。

因为大病还没有康复，加之连日操劳，他的病情再一次加重，不得已才请假回家，于是年冬天到北平入住德国医院进行手术。手术很成功，仪祉住了一段时间便出院了。

此次患病，前后一年多时间，李仪祉几乎死里逃生，捡了一条性命。他的病情康复后，老百姓非常高兴，都说是自己求菩萨显了灵，老天保佑李仪祉大难不死，他必定长命百岁的。

1932 年，李仪祉在患病之间，撰写了《灌溉有无自动方法之可能》《泾惠渠工程报告》《对渭北人民切切实实说几句话》等文章，并写了《祭父文》等著作。尽管大病一场，生命难保，他的思想却一直很活跃，病情稍微好转便思考水利事业，并奋笔疾书，不让一日光阴虚度。

2. 问渠哪得清如许

1932 年 6 月 20 日，无疑是中国水利史上的一个里程碑，也是陕西泾阳、三原、高陵等一带老百姓百年难遇的一次盛大节日！

这一天，泾惠渠第一期工程竣工通水，举行盛况空前的放水典礼，泾惠渠两岸人头攒动，村民们扶老携幼纷纷前来观看，还有许多人从西安、咸阳、三原、高陵等地赶来。

南京国民政府代表吴稚晖、于右任、褚民谊，华洋义赈会代表塔德、艾德敷、贝克，美国檀香山华侨代表陈福田以及杨虎城、朱子桥等出席了隆重的放水仪式。

正午时分，随着李仪祉一声“开闸放水”的口令，顿见滔滔泾河水伴随着人们的欢呼声顺渠而下。一大群孩子们跟着渠水喊叫着、奔跑着，许多村民纷纷拿出早已准备好的大碗舀水畅饮。一些白发苍苍的老婆婆坐在渠边，一边不断地向水里扔着篮子里的红枣、花生，一面不停地擦着眼泪。她们烧香供果求神、龙王一辈子，也没有求到过这么多的水啊！

这时出现了感人一幕：一老农用衣袖把手中大碗擦了又擦，迈向渠水，满满舀起一碗水，举过头顶，挤开人群走到李仪祉面前说道：“我们世代给庙里的菩萨、龙王烧了上千年的香、磕了几百年的头，保佑我们不要受到干旱，结果顶个屁用。修泾惠渠时咱们把庙拆了没神了，今后李先生就是我们的活菩萨、我们的活龙王。”说着老泪纵横，跪下就要叩头。李仪祉赶紧接过水碗，扶起老农，然后，对大家高声说道：“这次我陕西省政府主席杨虎城先生，不惜拨款四十万金钱，又承华洋义赈救灾总会、华北慈善联合会、美国檀香山华侨捐款合起来有百万元，为我们三秦父老兄弟办成了这流传万古的水利大业，大家都需向各捐款人刻骨铭心地感谢！”

典礼后，来自西安的陕西易俗社连唱三天大戏以示庆贺。

泾惠渠渠首为有坝枢纽，坝体为混凝土溢流坝，设置了节制闸和退水闸，总干渠设计流量16米每秒。

由于修建泾惠渠首次应用了经纬仪等新式仪器、水泥等新材料、机械施工技术等现代科学技术，从而使泾惠渠成为中国当时现代水利工程之典范，开创了我国现代水利的先河。

泾惠渠的灌溉方式主要有两种，其一为大水漫灌。泾惠渠建成初，用水以抗旱为目的，灌溉只追求大水淹足，因此灌区灌水定额普遍偏高，多大于100立方米每亩以上，造成大量渗漏损失。

其二为沟灌、畦灌及渠井双灌。泾惠渠建成后效益十分显著，粮食产量由以前每亩60斤左右增加到450斤左右，棉花由原来的20斤，增加到80斤，最高的达到120斤，泾惠渠成为全国著名的棉产区，收获时期银装素裹，车水马龙，非常热闹。1929年灾患期间，普通每亩地地价仅值一元，兹以得灌溉之利，每亩地价最高增至40元以上，流落他乡的百姓告别了流离颠沛的生活，纷纷归来，重建家园，恢复生产，种植粮棉，过上了幸福的生活。正如杨虎城在《泾惠渠颂并序》所记：“民享乐利，实泾之惠，肇始嘉名，流芳百世。洛渭继起，八惠待兴，关中膏沃，资始于泾。秦人望云，而今始遂。年书大有，麦结两穗。忆昔秦人，谋食四方。今各归里，邑无流亡，忆昔士女，饥寒交迫，今渐庶富，有布有麦……”表达了社会各界的欣喜之情。而大量富余的粮食和棉花有力地支援了抗日战争。

1935年二期工程完工，渠道全长270公里，能够灌溉泾阳、三原、高陵、临潼、礼泉等五县七十余万亩农田。

泾惠渠落成后，李仪祉在《陕西水利工程十年计划纲要》中写道：“泾渠落成，麦棉产量激增，区域内合作风起，昭示农田水利之功绩。洛渠工程，将观厥成，渭渠借款，一言而定，足证国人帮助水利之热心。实习河流，可引用灌溉者尚多，旧有水利待整理扩充者实繁。经两年来调查规划，于民二四年初，提出十年实施计划，作今后努力之准则。期此十年内，使农田水利，普及全省，成一模范农田水利区，以为他省之倡。而后及航运、水力等他项水利工程之设施。”

泾惠渠的建成受益，成为中国当时现代化水利工程之典范，在我国水利史上写下了光辉的一页。李仪祉的学生汪胡桢先生回忆说：“当泾惠渠开工时，我曾前往工地，时值大灾之后，农业凋敝已极，农民大都四处逃散，真有十室九空的情况。农民出走时，把室中物品和门窗屋顶木料全部卖掉，用泥土填塞墙洞而去，可见‘家徒四壁’竟非虚语。我于 1935 年再去泾惠渠，当时灌区已浇地六十万亩，农民连续两年获得大丰收，灌区之内情况大变，到处人民熙熙攘攘，喜气洋洋，无论男女老幼都穿上新衣服。集市百货充斥尤为热闹，最触目的为染坊晒布的木架高耸入云，像旗帜那样飘扬着各种颜色的土布。农家房屋均已修饰一新，找不出旧时破烂痕迹。水利建设效益的宏大，我非亲眼目睹也不敢相信的。”

泾惠渠竣工后，李仪祉辞去建设厅厅长职务，任省水利局局长，集中精力继续实施他兴建“关中八惠”（泾、渭、洛、梅、黑、涝、沣、泔）的宏伟规划。此外，在陕南，他几经勘测视察后，亲自拟定了汉惠、褒惠、泠惠等渠的修建计划。在陕北，织女渠、定惠渠都是经他设计而成的。

泾惠渠建成后，李仪祉十分重视管理工作。

1933 年 1 月 1 日，李仪祉将渭北水利工程处改为泾惠渠管理局，并推荐孙绍宗任局长、刘钟瑞任主任工程师。亲自起草和审定了《泾惠渠管理管见》《泾惠渠管理章程拟议》《泾惠渠管理局暂行组织规程》等管理制度，为泾惠渠的科学运行管理奠定了基础。《拟议》明确规定：“第一严禁种植毒卉，有犯之者，合全区域人民之力驱逐出境，其地充公。”水利设施的修建就是为了解决经济发展的问题，为了人民的体质与经济健康发展，禁毒是至关重要的，李仪祉提出“合力驱逐”，正是发动群众进行禁毒，有利于推动禁毒事业。

李仪祉指出管理的基本目标是：“水利之理想拟议；欲求水量配剂之均匀；欲求灌溉面积之最大；欲求水在田间效用之极佳；欲求人民经济之日趋富裕；欲求各项工程之垂于永久。欲达此五项目的，必须缔构一完善有力之组织以推行之，是则协拟议之旨所在也。”这五个方面，涉及到了分水制度、用水秩序等各个方面。总体而言，其管理的目的就是实现水资源的和谐有序分配，并使人民从中受益。

与此同时，李仪祉组织人员对灌区进行了清丈，注册登记，颁发用水权证。每年分别于春季和秋季召开水老会议，研究渠道维修、水费收取等重大事宜。

鉴于慈善组织对泾惠渠修建的贡献及其具有较高的专业水平，李仪祉指出：“华洋义赈总会、华北慈善联合会及檀香山华侨，于泾惠渠最有功德，应永远延之为顾问团体，并请求常派专家指导，襄助本省农工业之发展。”

1934年，李仪祉倡导成立了陕西泾惠渠管理局，建立了国家水利专管机构与群众基层水利管理组织相结合的管理体制。李仪祉亲自参加了泾惠渠第六次水老会议。严格选拔水老、斗夫，禁止欺压群众，禁止欺水霸水行为，而且水费每亩仅收一二角钱，最大限度地保护了贫苦农民的利益。泾惠渠干支渠分段设水老，斗设斗长，村社渠保，分级管理。实行按亩征收水费，建立了科学用水和工程管护制度。李仪祉清楚地意识到，要保证科学管理办法的顺利实施，还必须有一批专门人员进行监督管理。他明确规定，这些管理人员必须经过民众选举产生，并严禁吃过官司、抽过大烟、当过军阀走狗、做过地方官吏的这四种人进入到监督管理队伍。李仪祉十分重视农民的教育工作，他要求泾惠渠职员深入农户家中，与农民交朋友，并通过讲习班等形式，普及灌溉知识、文化知识，开启民智，促进农村发展。除此，他还进行水文、气象观测，开展农作物灌溉试验，使得沿渠农民大为获益，泾惠灌区成了陕西关中最富庶的地区，被陕西人羡慕地称为“白菜心”。

一天，李仪祉正在忙着办公，两个庄稼汉模样的人来了。他们手里提着两个篮子，里面是白白的蒸馍和大大的锅盔。父子二人喜笑颜开，说今年麦子丰收，新麦下来的第一件事就是蒸了馍、烙了锅盔来谢恩人。仪祉一看，原来来者正是给他们在泾河河谷带路的张家父子。他们以前因天旱田里无收成，在大山里砍柴为生。泾惠渠开通后重新回到田地里，庄稼获得了丰收，特意前来登门道谢。张老伯高兴地说，以后再也不用爬上崇山峻岭砍柴为生了。照这样收成，几年后就可以给儿子娶媳妇了。他的儿子因一直在山里砍柴，三十多岁了还打光棍呢。仪祉也很高兴，给他们倒水沏茶，盛情款待。张家父子说，以后要是再去山里测绘，他们还愿意去引路呢！

一连几天，省水利局门庭若市，都是前来感谢的百姓。冬季农闲时节，大家更是把李仪祉引水的事迹编成秦腔到处演唱，李仪祉在大家的心目中成了老百姓的保护神，地道的“活龙王”。

泾惠渠修成后，部分不法人员种植鸦片，李仪祉十分痛心。他发布了著名的《给渭北人民切切实实说几句心里话》，语重心长地告诉渭北人民：“这次引泾工程，承蒙陕西省主席杨虎城将军不惜数十万金钱，又承华洋义赈灾总会、华北慈善联合会及檀香山华侨爱心支助，合计起来有百余万元，在大家的共同努力下，修成了这件惠及千百万百姓的民生工程，在此，我们应该向各筹款人表示深深的感谢，大家要铭记在心，子子孙孙不能忘记！这些年的大旱，使我父老兄弟背井离乡，家破人亡，苦不堪言。庄房田地卖了，人逃散了，地荒了，牛没了。幸而有这一大工程，大家得做工糊口，不至于完全饿死。人回来了，牛买了，地又种了，又渐渐有生命了，可见工赈的绝大益处……现在有了引水工程，我们不会再听天由命，命运可以掌握在自己的手中了，因此，大家一定要珍惜，千万珍惜。不能好了伤疤忘了疼，用这来之不易的水浇灌那些有毒的罂粟，毒害更多的生灵！”李仪祉接着说：“我们渭北向来不种鸦片，但恐得了水利之后，奸民贪图小利，偷着去种，不得不预先警告。我为引泾之事，辛苦多年，若果有借水利而种洋烟，比用钢刀戳了我的心还要厉害！……水利成功，我亦丝毫不望报，但是有人偷着种烟，使我精神受着莫大的痛苦，这是大家对我该有的报复吗？如果那些好不容易引来的水浇灌出来的都是有毒的花朵，那么我们就是有罪的。我不能容忍这样的结果存在，希望父老乡亲们严于律己，互相监督，把珍贵的水源用在最该用的地方，使我们的粮食获得最大的丰收！”

“以后若有人偷种一棵鸦片，便是破坏引水渠的第一大罪，便是渭北人民的公敌。我们要将这类人驱逐出境，田产充公！这件事不是说说而已，我们是永远禁止种植鸦片的。此事如果办不成，大家还不如痛痛快快把我杀了！”

李仪祉义愤填膺的讲话很有震慑力，大家听了都纷纷表决心：坚决不种那害人的东西！

第二天，李仪祉又让人在各县县城张贴了禁止种烟的布告，他还吩咐各县区派专人下去，走乡串村宣传种植鸦片的危害，控制这股歪风的蔓延。

第二年开春，正值开闸灌水的高峰时期，李仪祉再次发布禁种鸦片的布告，并亲拟告文："今借春种时节，唯恐有人当作儿戏，特再重申前令。有则赶快铲除，无则更加自勉。如果查有偷种，勿谓法令森严。土地全数充公，家产不能保全。奉劝父老兄弟，务须听此忠言！"

李仪祉三令五申，泾惠灌区再无人敢种大烟了。这一下可惹恼了一些地方豪绅，禁了他们的财源。当时种大烟的多是这些人。他们做鸦片买卖，坑害社会，牟取暴利。这些人对李仪祉的禁烟之举大为恼火，恨之入骨。他们当面不敢反抗，背地里四处游说，散布流言蜚语。李仪祉当时在灌区提倡农村合作社，为老百姓办些实事，解决实际困难。那些人妖言惑众，说合作社便是"活捉社"，把你骗进去就出不来了。在他们的煽动下，一些农民一度对合作社产生了怀疑。李仪祉提倡的合作社都是由农民自己组织起来的，扶助了穷人，并且守信用，从而深得人心。时间久了，大家识破了那些坏人的别有用心，不再相信他们的谣言了。

地方上的邪恶势力一计不成，又生一计。他们削尖脑袋，百般周旋，寻找上层代理人。这些人既想用水，又不愿舍弃种大烟，还想多放高利贷巧取豪夺。在当时的社会，为官者利己者多，利民者少。许多当官的见钱眼开，一些人身居高位，见利忘义，为地方豪绅讲情疏通关系。他们暗备厚礼，公然向李仪祉行贿。

然而他们这一次的算盘打错了。李仪祉铁面无私，拒绝一切说情，不论其职位高低。对于行贿者，他更不客气，轻则令其拿走，重则绳之以法。李仪祉说："我不能一生一世做官，但我却要一生一世做人。我不能为了自己的利益而忘了大众的利益，忘了做人的根本！"

当时，也有一些李仪祉的亲朋好友学生们热心相劝，说在当今社会上办事，不必过于认真，免得惹是生非甚至影响到自己的人身安全。李仪祉听了之后非常生气，严肃地对身边的人说："假如现在对那帮人妥协，我就做了千秋万代的罪人。万事都可以让步，唯有真理不能让！万没有想到，你们也竟如此来劝我，若依了那帮人，水利就会变成水害！"

李仪祉一系列措施的实施及行为，遏制了鸦片的泛滥。泾惠渠建成后，李仪祉还规划建设陕南、陕北的水利工程，分别是汉中三惠，陕北两渠，总共十三个灌区，灌地三百余万亩，普惠秦岭南北，三秦大地。

3. 呕心沥血

李仪祉从 1930 年起，除领导陕西的水利建设外，1931 年还兼任全国救济水灾委员会委员、总工程师。主办江河复堤工程，来往江、汉、陕、沪间。这一年，他和水利界其他著名人士共同倡议，成立了我国水利界第一个学术团体——中国水利工程学会。

1840 年鸦片战争失败后，由于清朝政府更加腐败，中国从此沦为半殖民地半封建社会。国内一些有识之士努力寻求“富国强民”的道路，提出要学习制造“西洋奇器”，要“尽得西洋之长技为中国之长技”以达“救国救民”的目的，于是到外国留学的学生日渐见多，其中有相当一些人从事水文、气象、土木工程或水利工程等学科的学习和研究，努力吸取和引进西方先进的水利技术。

以李仪祉为代表的一批学者，积极引进，同中国传统的治水经验相结合，使中国水利事业发生了变化。

20 世纪 30 年代初，李仪祉会同著名水利科技工作者李书田、张含英、须恺、孙辅世、汪胡桢、张自立等，针对当时政府不重视水利建设水行政不统一、水利工作者涣散等情况，倡议创建“中国水利工程学会”。明确办会宗旨和任务是“联络水利工程同志，研究水利学术，促进水利建设”“集合全国水利人才之精力，求解全国之水利问题，期有贡献于国家”。

1931 年 4 月 22 日，中国水利工程学会在南京召开了成立大会。

在成立大会上，通过了会章，推定了董事，选任了职员，设立了各种专业委员会。李仪祉被选为第一任会长。

当时学会组织机构为：1. 董事会。2. 执行部。3. 特种委员会。4. 分会。董事会为领导机构；执行部为执行机构；特种委员会实际为学会下属的工作机构。学会初成立时，特种委员会有三个，即出版委员会，会员委员会，介绍委员会。以后因会务发展，又增设了水利工程标准委员会，水工名词编订委员会，汇集水利文献委员会，技术咨询委员会和孙中山实业计划水利建设研究委员会等。各委员会都分别聘请干事，开展工作。

中国水利工程学会的主要活动：1. 召开年会。年会是学会的综合性活动，也是每年最隆重的集会。2. 促进全国水利行政统一。3. 在学会建议下，成立了中国第一个水工试验所。4. 出版《水利》月刊。5. 编订水工名词。共有二千三百个单词。从此结束了我国水工名词混乱的局面。6. 编印中国水利珍本丛书和中国水利工程丛书。7. 培育水利人才。8. 制定会员职业首先信条。

从 1931 年起至 1947 年止，共举行年会十一届（另一说有十二届）。李仪祉开学会之先河，连任一至六届会长，就与世长辞了。

这六届年会概述如下：第一届年会于 1931 年 8 月在南京召开，会上发表了宣言，历述了水利对国计民生的重大意义，并针对当时水利建设中所存在弊端，提出统一水利行政，厘定水利法规，裕筹水利经费，培植水利人才等建议。对当时水利事业的开展，起了很大推动作用。第二届至第六届年会，分别于 1932 年至 1936 年在南京、杭州、镇江、天津、西安召开。在第三届年会上，明确提出了“水利”的范围包括：防洪、排水、灌溉、水力、水道、给水、污渠、港工等八种工程。第五届年会上，李仪祉会长特别阐发了科学治水的思想。1936 年，抗日战争爆发前夕，国势垂危之际，学会第六届年会，号召会员要尽个人力量，直接或间接地负起救国救民的重任。

此外，每次年会，还讨论了会员工作，主要是宣读论文，专题报告和讨论提案及建议等。为了会员之间的联谊，还举办参观、游览、有奖文艺和招待会等活动。

1933 年夏，李仪祉在百忙之中筹设黄河水利委员会。8 月，黄河在长垣、兰封、考城溃决，有五十余县被淹，李仪祉虽大病初愈，仍赶往南京，召开黄河水灾救济会议，并奔赴各处，求见权要，急谋救济，不止一次遭到冷遇。9 月 1 日，黄河水利委员会成立，李仪祉任委员长兼总工程师，领导堵口工程。

关于黄河水利委员会的职能，李仪祉在《论黄河水利委员会组织及工程致王荼庭书》中写道：“黄河水利委员会之主干任务在根本消除河患，其次乃及航道交通，又其次乃及农田水利。国家特设此机关，必求其能策进主干任务，若仅维持河防，则有三省河务局足矣，如但及农田水利，则各省有建设厅足矣，又何须特设此重大机关哉！所谓随测随作者，亦视何等工程。吾人造一房屋，测量、设计、估工、探验地基、选择材料亦费许多手续。治河工程视建屋重大多矣，谓独可以潦草为之乎？故随到随作施之于小工程无上下游关系之局部工程可也，而非施之于根本治河。治河之道虽一，裁弯取直之小工程亦必详审测度其上下游之结果，何况全体治导？协之意不欲邀一时之功，而在为国家奠永久之大计。小功利在一时，设计未周或一、二年而弊又见，是岂治河之道哉！且更不必虑及政局之变动，盖果吾人之事业确实为国为民，则人事虽有变更，而事业必不毁云云。”此种定论，上下几千年，岂独治黄为然！李仪祉在《论黄河水利委员会组织用人及防汛事致许心武、张含英书》中说：“惟河溢走故道，以愚之见尚不致为大害，亦决不致遂改道而南。盖目下情形，今道虽日高犹较故道深畅，如改道必不及于故道也，惟今年大汛以后，必须详细研究河流变迁趋势而筹划严密防范之策，报汛之制尤宜速事筹备。使上下消息灵通，各河汛水位皆得于三日前预知必至若干高，则人知所虞矣。”又云：“筹备时期用人尤宜审慎，须具有开创精神，不需之人勿用一人。前拟各简任技正须经一度常务会议议决后再行呈请任用云云。”足见李仪祉用人行政之一斑。至于河流改道方面，李仪祉烛照数计，可谓运筹帷幄之中，决胜千里之外。他在《为委托德国水利泰斗恩格尔斯代做治黄模型试验事致于右任请赞助经济书》中写道：“素仰我公饥溺在抱，于数千年来泛滥决口为害最烈、靡费至巨之黄河图心尤切，今幸得有根本治导方法，则此次终结试验关系民生国计机会尤不可失，务恳鼎力成全予以襄助。”足见李仪祉之实心实政。

1934 年秋，李仪祉不畏旅途艰苦和生命危险，亲赴甘肃、宁夏、内蒙古黄河上游进行查勘，对开发西北和治黄大业，寄予殷切期望。1934 年到 1935 年，黄河又相继在贯台和董庄决口。

1935 年，是李仪祉最辛苦的一年：他参加各项水利、治河工作会议，巡查黄河、沁河、不牢河、运河及微山湖，研究和验收贯台堵口工程，监修黄河金堤，检查董庄决口，并回陕视察各渠工程和灌溉情况，奔波于大河上下，席不暇暖。

李仪祉对于向来以灾难著称的黄河，悉心进行研究，提出了一些独到的见解。早在 1922 年，他于河海工程专门学校执教期间，就写出了《黄河之根本治法商榷》一文，探索了黄河致患的原因和根本治理的途径。1933 年夏至 1935 年，他任黄河水利委员会委员长兼总工程师，在此期间写出了《黄河治本的探讨》等四十多篇文章，进一步探讨了黄河的治本方策及具体治理措施。治理黄河要上中下游并重，防洪和航运、灌溉、水电兼顾，这是李仪祉总结了我国历代治河的经验教训，参考西方治河的方法而提出来的，改变了几千年来单纯着眼于黄河下游的治河思想，把我国的治黄理论和方略，向前推进了一大步。今天看来，仍然具有现实的意义。

李仪祉热爱水利事业，真正做到了鞠躬尽瘁，废寝忘食。在修关中三大渠时，有一次李仪祉回家吃饭，告诉夫人张孟淑："赶紧给我做两碗面条，我吃了还要看咱女儿洛惠去哩！"这句话说得夫人莫名其妙，便问道："咱就没有女孩子，哪来的什么惠？"李仪祉笑着说："正因为咱没有女孩子，我才认了三个干女儿，现在给你介绍一下：大女泾惠（渠），二女洛惠（渠），三女渭惠（渠），我们要像对待亲生儿女一样去爱她们。"这番话把张孟淑说得笑逐颜开。

第一次世界大战前后，李家第二代、第三代都有人出国留学，家里约法三章：学成必须回国报效祖国；不许娶洋太太；回国后要还债务，培养弟妹。李仪祉许多晚辈的学业都是由他资助完成的。他还经常资助有困难的亲友和乡亲们，并且常义务为村里穷苦人家的孩子教书。李仪祉在家乡工作时，虽然掌管着巨额工程经费，但却从不浪费国家一分钱。主持修建关中"八惠"的时候，不准家里人沾一分钱的国家经费，就连办公用的稿纸都坚决不准家中的孩子使用，如学习中须用，就用自己的薪金购买。

"大约在这个时期，李家的家训也逐步成形，除倡导民主、爱国、正直、求实之外，还有很重要的一条，即'做大事，不做大官'。"多年以后，李仪祉的后代回忆先辈的时候，如是说。

如此的做事和为人境界，非一般人所能及。

第十七章　疾恶如仇，两袖清风

1. 盗经风波

时间再回到1923年。

那时候，李仪祉从已经河海工程专门学校回到陕西，任陕西省水利局局长职务，积极筹备泾惠渠的勘探设计工作。

1923年4月，吴佩孚五十大寿，康有为特去洛阳祝贺，并献寿联："牧野鹰扬，百岁勋名才半纪；洛阳虎视，八方风雨会中州。"吴佩孚本好名，得联大喜，待为上宾。

其时，刘镇华为陕西督军兼省长，喜欢接纳名流。刘镇华听说康有为在洛阳为吴佩孚祝寿，于是给康发去电报，欢迎入陕。康有为接到刘的电报后非常高兴，欣然来陕，遍游关中名胜。康有为受到了高规格的接待，除了游览陕西各地外，还到处讲学。尽管在"五四"运动后新风日盛的背景下，康有为演讲的题目不免显得有些落伍，有人就曾指出，其"所演讲，非隐涉复辟之政治，即非驴非马之科学"。尽管康有为浓重的广东口音令很多听众并不知道他在说些什么，但这并不妨碍他"圣人"的头衔，尽享荣光。

康有为（1858—1927），近代资产阶级改良运动首领。原名祖诒，字广厦，号长素，又号更生，南海人，光绪进士。1888年第一次上书光绪帝，提出变法图存三项建议（变成法、通下情、慎左右），因受阻未上达。1890年后，在广州设万木草堂，聚徒讲学，培养变法骨干。其弟子有梁启超、陈千秋、徐勤等。1895 年赴京会试，时值甲午战败，《马关条约》即将签订，遂与梁启超等联络十八省会试举人一千三百人，上万言书，要求拒约、迁都、变法，史称“公车上书”。该书未能上达。康有为中进士后授工部主事，但未就职；5 月，康第三次上书，得光绪帝嘉许；7 月，康与梁启超创办《中外纪闻》报；8 月，与文廷式、陈炽等在北京组织强学会。后又至上海设强学会，出版《强学报》，以推动全国变法运动。1898 年 1 月，康有为呈递《应诏统筹全局折》，主张大誓群臣以定国是，设对策所以征贤才，开制度局而定宪法；4 月，康与梁启超在北京组织保国会，号召救国图强；6 月，在光绪帝颁布“国是诏”后，被任命为总理衙门章京，策划变法事宜。戊戌变法失败后，康有为逃亡日本，1899 年，在美洲、南洋、日本设立保皇会，宣传君主立宪。1913 年，康有为回国主编《不忍》杂志，宣扬尊孔复辟。1917 年，康伙同张勋复辟帝制，失败，终成为北洋军阀统治时期的政客。1927 年病死于青岛。著有《新学伪经考》《孔子改制考》《大同书》等。

1899 年 7 月 20 日，康有为在加拿大千岛与侨商李福基、冯秀石等创立“保救大清皇帝会”，简称“保皇会”。1900 年 2 月 11 日，清廷下令，严命李鸿章将康有为、梁启超在广东本籍的祖上坟墓尽皆铲平，以儆凶邪。14 日，清廷又命闽、浙、广东督抚悬赏十万两，缉拿康有为、梁启超，呈验尸身，亦一体给赏。如愿得官阶，亦必予破格之赏。如有购阅所发报章者，严拿惩办，并将所著各书严查销毁。

“戊戌变法”期间，康有为撰写了两部有关明治维新史的专著。一部是《日本书目志》，丁酉年（1897 年）冬由上海大同译书局出版。另一部是在故宫博物院发现的《日本变政考》，戊戌年进呈光绪帝御览。据日本学者研究，“在大量收集和阅读日本书籍的过程中，他对明治维新的史实进行不少改动和捏造，借以适合中国当时变法改制的需要。这些改动大都和作者所建议的具体变法措施有着密切关系。”

1898 年 9 月 21 日凌晨，慈禧太后宣布“临朝听政”，光绪皇帝被软禁，“戊戌六君子”被杀，康有为携仆人李唐于 9 月 20 日天未明时离京，从天津塘沽南下逃亡香港后辗转日本、美国、欧洲，自称持有皇帝的衣带诏，组织保皇会，鼓吹开明专制，反对革命。为获得国际支持，他曾游历列国，会见欧洲各国君主。1898年至1913年的十六年间，康有为四渡太平洋，九涉大西洋，八经印度洋，泛舟北冰洋七日，先后游历美、英、法、意、加拿大、希腊、埃及、巴西、墨西哥、日本、新加坡、印度等三十多个国家和地区。宣统元年（1909年）八月十二日（9月25日），杨锐之子杨庆昶诣都察院，将密诏上缴光绪帝的弟弟摄政王载沣，请昭雪杨锐，康有为篡改密诏从此真相大白。

辛亥革命后，康有为于1913年回国，主编《不忍》杂志，宣扬尊孔复辟。作为保皇党领袖，他反对共和制，一直谋划清废帝溥仪复位。在六位太太中，康有为似乎格外疼爱何旃理。何于1914年病逝，此后每逢周年忌，康有为都要在其灵前焚香哭拜；清明时节，则亲临墓地祭祀，偌大年纪的人，在坟冢前涕泪交加，长跪不起。

1917年，康有为和效忠前清的北洋军阀张勋发动复辟，拥立溥仪登基，不久即在当时北洋政府总理段祺瑞的讨伐下宣告失败。

在西安，康有为每到一处均前呼后拥，随从如云，好不风光！时人甚至认为其“所过之地，不下前清皇差”。

康有为在西安得到最高规格的礼遇，心情自然十分舒畅，在陕西他走马灯似的进行演讲，易俗会、青年会、孔教会、农会、旅陕粤籍同乡会、万国道德会等，能去的地方他都去了个遍。康有为登华山后，还给刘镇华写了两句诗：“华为五岳首，海纳百川流。”嵌刘名与其自号（南海），不露痕迹。

如果一切到此为止，康有为的西安之旅会画上一个圆满的句号。然而天意弄人，11月29日的卧龙寺之行，却使“圣人”变成了“大盗”。

卧龙寺始建于隋，初名福应禅院，北宋太宗时该寺住持惟果终日长卧，人称“卧龙和尚”，遂改称卧龙寺。

11月29日那天，康有为应卧龙寺佛教会之邀，到寺演说，饭后在僧人陪同下游览藏经楼，无意间发现一部明代御赐《碛砂藏经》。该经共分南北二藏，南藏为宋版，北藏为元版，分别在太平天国时期和民国初年毁于战火。康有为乃版本鉴定大家，自然知道其中价值。

目睹经书被随意堆放，有些经卷残缺不全已生书虫，有些经卷边角竟被僧人剪作鞋垫，痛心之余，康有为不免起了觊觎之心，当下向该寺住持定慧提出购买，声称自己恰好藏有该套经书另外半部，欲合成完璧，存放杭州西湖别墅，以供国人阅览。定慧虽非得道高僧，但如此赤裸裸的交易，显然不能马上答应。

或许是意识到金钱购买太过直接，康有为继而提出以北京内府佛藏经、哈同园藏经、商务印书馆续藏经各一部进行交换。身边的大弟子张扶万眼见其师求经心切，也从旁鼓动劝说。经过一番“威逼利诱”，定慧终于松口，双方随即立下字据。

12月30日，康有为派人通知卧龙寺，声称已经订好经柜，即日前来装运。

李仪祉的朋友黄健吾有极其珍贵的古钱一枚，有一个姓郑的人借去拿给康有为看，康有为当即拱拱手称谢：“诚珍物谨谢领矣！”将古钱占为己有。姓郑的一时不知所措，却又不好意思要回，回去后拿出三十元交给黄健吾，黄追悔莫及。

李仪祉听朋友说康有为在长安县购皮箱数十个，用来运卧龙寺地藏经，认为这是大事，于是询问西安佛教会是否知道此事，佛教会说不知道。

第二天，成德中学校长董雨麓在学校宴请康有为，邀请李仪祉作陪。李仪祉先到，告诉董校长将于宴席间质问康有为易经的事，董雨麓连忙说这个不合适，让李仪祉以后再问。

席间，李仪祉紧挨着康有为而坐，康有为言语不羁，叹三原古建筑之美，说：“此不可不善为保存也。”仪祉说：“先生之言诚是。不特古建筑，古物亦然；不特古物，古书亦然。”康有为不明白他的意思，仍狂谈如故。说：“昔沪上有富豪胡雪岩，卒后，其巨屋以七千两求售，余靳其值为他人所得，惜哉惜哉！盖非屋之可贵，而屋中之字画古物，靡不可实，他人得之弗能识，余精鉴别，得其佳者售之外洋可得巨赀。”仪祉听了觉得很可笑，差点把饭喷出来。他想，这个名扬四海的人，原来是个市侩之徒啊！

吃完饭后，李仪祉写了一封信给康有为，劝其不要欺骗寺僧，巧取豪夺，带走经书。康有为看了李仪祉写的信后勃然大怒，将信直接扔在地上，说：“这件事木已成舟，谁敢阻止我？”

当天夜里，康有为便用十七辆大车，从中州会馆浩浩荡荡来到了卧龙寺。僧人对张扶万的提前到来十分惊讶，但张扶万不由分说，即令手下士兵开始搬运经书。当时场面十分混乱，不少士兵知该经为稀世珍宝，乱拉乱塞，竞相藏匿，一些僧人也趁火打劫。装完了宋版和元版的《碛砂藏经》，张扶万又令人顺带搬走了清代的两柜经书。

定慧得知此事，忙从寺外赶回，试图加以阻止。许多僧人跪在康有为跟前，要求他留下经书。康有为对定慧师父说：“汝何虑者，随余之南，大寺院方丈可做也。”定慧说：“僧律全国一致，不能容于陕西，岂能容于他省？”康有为说：“余遣汝出洋，何如？”定慧半天没有说话，眼看着张扶万等人带着经书扬长而去。

搬经当晚，适值《新秦日报》记者在场，第二天即将该事登诸报端。陕西士绅对此十分震惊，纷纷前往卧龙寺询问实情，在得到定慧的肯定答复后，士绅们由怀疑变成了愤怒。不过，考虑到其是督军的座上客，同时也为了保存康有为的尊严，士绅们仍希望和平解决此事。

李仪祉见康有为一意孤行，与杨叔吉、高介人等商人，成立了文物保管会，并立即呈警察厅备案。

仪祉等人以文物保管会名义到地检厅控告康有为，要求立即出面拘留康有为，夺回被抢的珍贵文物。康有为闻讯后大发雷霆，骂李仪祉狗咬老鼠，多管闲事！李仪祉不依不饶，康有为恼羞成怒，寻找刘镇华说事。刘镇华早已风闻此事，知道自己引狼入室，于是托病不见。康有为去了几次见不到刘镇华，于是强行带着车马离开了。

地方检察厅很快发来传票。不过自恃督军刘镇华撑腰，且认为自己是交换而非偷盗，又立有字据，康有为仍拒不交还，并传出话来：“要打官司，康某愿意奉陪到底，敝人要在大堂上讨个公道，还我清白！”

康有为的傲慢使得围观民众越来越多，火药味也越来越浓。抗议、叫骂声不绝于耳。

眼见事情闹得不可开交，刘镇华随即派政务厅长郭伍芳前往中州会馆调解。然而，士绅们丝毫不为所动，仍然声称，如不还经，绝不放人。

李仪祉见事态紧急，于是给刘镇华出主意，让他挽留康有为迟走一天，用心招待，让经书先行一步，以避风头。康有为不知是计，于是就留宿了一晚，李仪祉借此机会带人将经书全部倒换，然后通知刘镇华放人。康有为追上载有经书的车辆后，发现自己被骗，写信责问刘镇华，要求赔偿名誉损失二十万元！

由于康有为是名人，此事当时闹得沸沸扬扬，各大报纸争相报道，一时成为社会热点新闻。渭南名宿武念南赠康有为一副对联：“国之将亡必有，老而不死是为。”横批：“寿而康”。

一场闹剧至此落下帷幕。

对康有为来说，西安之旅是不愉快的，但对这套珍贵的经书来说却是幸运的。正是由于康有为的“盗经”，它开始受到国人关注，1924年由卧龙寺移交给了陕西省立第一图书馆；1935年在朱庆澜、叶恭绰、丁福保等人的大力运作下又得以影印出版。

李仪祉成立的文物保管会，开启了我国文物保护的先河。

2. 洁身自好，不徇私情

李仪祉兴修水利，日理万机，但对家族的事总是时刻关注，一旦发现不良苗头，立即教育子弟要洁身自好。

在南京任导淮委员会总工程师时，民国政府给李仪祉配置了一辆小汽车，司机是年轻的上海人陈阿金。后来李仪祉回陕修建水利工程，把阿金也带到了陕西。李仪祉与陈阿金朝夕相处，感情很深。他对阿金就像对待自家人一样，不止一次对陈阿金说：“我走遍了大半个中国，发现泾阳、三原这地方确实不错，你的年龄也不小了，整天跟着我四处奔波忙碌，也该考虑成个家了。上海那边你也没有亲人，不如在这里安个家吧。”陈阿金表示愿意后，李仪祉极力张罗为陈阿金物色媳妇，并帮助他建立了美满家庭。

李仪祉有个远房侄子，人很精明能干，某日请陈阿金吃饭喝酒，趁机提出让陈阿金给他帮个忙。原来这个远房侄子李某的妻子是从小定的娃娃亲，过门没多久就患腿病，以后发展到腿瘸成了残疾人，平日连过个门槛都觉困难。李某想休了妻子另娶，但父母不同意。他想到李仪祉在家族中的威望，父母定会听李仪祉的话，而他又不敢直接去说此事，所以想托陈阿金去说情。

事隔许久，李某见没动静，又找陈阿金。陈说已经告诉过了李局长。李催促陈再次向李仪祉提起这事。孰料李仪祉沉着脸让陈阿金喊李某马上来见他。

陈阿金从来没有见过李仪祉对家人发过这么大的火。一见面，李仪祉就劈头盖脸对李某厉声呵斥：“你要是把人家给休了，她这辈子还怎么过？！不仁不义、不讲良心，不是我们李家人能做出的事！”

平时李仪祉总把陈阿金尊称为陈师傅，但这次却回过头直呼其名说道：“陈阿金，看你做了件多么愚蠢的事，今后任何时候都要动动脑子，像这类的事开始就不要搭理。”

此事给了陈阿金深刻的教训，他心中的李仪祉先生更为高大。他逢人便夸李先生的高尚品格，人格魅力。

1927 年，李仪祉任华北水利委员会委员长。此前，仪祉借钱自费把大侄子李赋京和二侄子李赋都送出国门学习。先生是希望中国能够有更多人才出现。他看出两个侄子的潜质智能属可造之才，认为他们将来定能成为良才并能为国家做出杰出贡献，事实证明了确实如此。

那时还很年轻的三侄李赋林，不远迢迢千里由西安去往天津找到叔父，希望能在叔父手下工作。尽管李仪祉手握大权，安排工作只是一句话，但他当时并不了解李赋林的工作能力，遂拒绝了侄子的求职要求，打发他回陕西去了。

在泾惠渠建设中，李仪祉才发现李赋林有着极强的天分和治水能力，悟性也很高，他不仅把总务后勤工作安排得井井有条，而且做起事来细致入微得心应手。后来，在各种水利建设实施中，李赋林便成了叔父李仪祉离不开的左膀右臂。

1935 年夏，蒋介石调遣张学良东北军移驻西安。西安绥靖公署主任杨虎城（1933 年 5 月，蒋介石免去杨虎城陕西省主席之职，派邵力子接任，只保留杨的西安绥靖公署主任职务）在知晓张少帅的嗜好后，特地嘱咐李仪祉的侄子李赋林，让他多陪少帅打网球，尽可能满足少帅在西安期间此方面的爱好。

由于双方都很忙，所以打网球的时间基本上都是事先商定好的。一次，少帅玩兴大发，在约定的时间之外突然打来电话，请李赋林马上去张公馆打网球。

由于时间紧张，李赋林只好硬着头皮对叔父说，希望能破例一次，叫司机用叔父的小车，把他送到张公馆。

李赋林后来回忆说，当时他的话刚一出口，顿觉后悔，果不其然，此要求立刻遭到叔父李仪祉的断然拒绝。

因为此前李仪祉就严格规定，他所用的小汽车，只限于公务，绝对不能私用，特别是禁止自己亲属使用。

事后，李赋林为他的不当张口悔恨不已，并多次诚恳地向叔父道歉。

还有一件事令李赋林刻骨铭心。他的堂弟、李仪祉最疼爱的小儿子李赋洋在十二岁时，有次发高烧，体温达摄氏四十度持续不减，家里着急打来电话求助。正在水利局办公的李仪祉，急忙叫来李赋林，并拿出两块大洋，让他赶紧乘坐“洋车”（两轮人力车）回家带李赋洋去医院看急诊。李赋洋后来被确诊为急性肺炎，要不是就医及时，后果不堪设想。

当时，李仪祉的专用小车就停在水利局机关大院里，但他依然坚持公车不准私用。

李仪祉廉洁奉公，公私分明，不仅仅体现在公车不能私用这样的“大事”上，日常生活细节上也处处显现出清廉美德。

一天，李仪祉手里拿着几张印有“陕西省水利局用笺”的纸张责问李赋林道：“这是你给洋洋的？”洋洋正是李仪祉的小儿子李赋洋。

“是。”李赋林答道，“洋弟要给京哥写封信，向我要信纸，我就顺便带回家几张给洋弟。”

李仪祉表情严肃地说：“今后绝不容许把局里的任何东西带回家，就是一张纸也不能带出水利局大门。国家财产，个人决不能动用一丝一毫。”

李仪祉问侄子李赋林：“我为什么要锁上家中书房，就是怕家里那几个不懂事的孩子乱翻胡折腾。他们已经十多岁了，必须要让他们知道，公家的东西决不能随便乱动。你今晚回去就向洋洋说你做错了，而且大错了。”

李赋林唯唯称是，铭刻在心。

一直追随李仪祉的浙江临海人胡步川，曾为恩师李仪祉撰写年谱。在李仪祉逝世多年以后，胡步川还在日记中怀着极为崇敬深厚的感情追思恩师：“仪师心里装着全中国的治水、水利大业，为之呕心沥血、殚精竭虑……但实在想象不出的是仪师在平时的一些小事上的做法，真让吾辈汗颜。

“有次去仪师办公室请示工作，亲眼看到仪师正在交代秘书让之寄发大堆文件，秘书刚走到门口，只见仪师站起身来，摘下眼镜对秘书强调说其中有两封是私人信件，要自费寄出。这个场景，永远定格在我的脑海。想想，那时寄出一封信件仅折合现在的三分钱。”

李仪祉除了对家人不徇私情外，对亲戚朋友也严格要求，大家都知道他的秉性，所以很少开口让他“帮忙”。仪祉疾恶如仇，除了对康有为那样的假圣人不留情面，即是对自己敬仰甚至有恩于他的人，也不例外。

李仪祉对杨虎城将军全力支持兴建泾惠渠充满感激与敬重。泾惠渠建成后，李仪祉专门立碑记之，在碑文《泾惠渠碑跋》中所书——

> 甚矣，成事之难也。引泾之事，自希仁、笠僧倡始，继之者迭有人，然十余年未能实施，至于民十七暨十九数年，大旱饥馑、流亡载道而莫之救，迨虎城主席，乃毅然为之。时余任导淮要职，亦决然舍弃，归而相助，诚以救民水火之举，不能漠视之也！

这是李仪祉对杨将军真心感激之真实写照。

但在原则问题上，李仪祉对杨虎城将军同样是面折不让。

就在修建泾惠渠最关键的时段，某日，国民党要员、曾是杨虎城的顶头上司的武汉行营主任何成浚莅陕，杨虎城派几名高官隆重接待。其时引泾工程正到了收官时刻，但工程材料眼看就要用完，工程款再接济不上就得停工待料。最为恐惧的是，当时渭北发生了瘟疫，泾惠渠建设工地上都有民工因此死亡。李仪祉心急火燎地从泾阳赶回西安，紧急找财政厅和民政厅厅长以解燃眉，但二人均不知去向，经询问才知都去接待何成浚了。

几天后，适逢省政府召开会议。刚一开会，李仪祉便冲着杨虎城高声指责："如今整个国家陷于民穷财困之中，外寇欺凌，陕西今年又是荒年，而西安的军政人员却撂下公务去花天酒地！"

杨虎城听了面有愧色忙回应解释说："李厅长误会了，何主任来西安，是我让他们做接待工作……"

话未及半，李仪祉即厉声骂道："什么何主任！什么接待！都是些混账王八蛋！"

李仪祉的雷霆之怒令在场的人都很震惊。大家听他的语气，简直像是在骂杨虎城。

杨虎城当时很尴尬。他了解李仪祉的脾气，火气上来了谁也不让，于是低着头半天不语。

李仪祉大骂之后说："我今天就辞职，这个厅长我不干了。"夹起皮包走出会场。

仪祉走后，杨虎城只说了一句："李先生脾气真大。"便宣布散会。

散会之后，大家都注意这件事如何了结。后来听说杨虎城当天晚上便到李家登门拜访，并当面承认了错误。

李仪祉在第二天也就照旧到建设厅办公，两人后来一直合作愉快，还是最好的朋友。

那时候，李仪祉身兼数职，自己生活却极为素俭。平日里他大多一身布衣，不着西装。有一次，李仪祉从华北去北平述职，偶尔携带骨牌，在车中做过五关消遣。到达浦口时，检查的人见其一身布衣，视为乡下佬可欺，责令他携带“赌具”，预备扣留。李仪祉泰然置之。到达地方后，检查者发现有人迎接，并为之介绍解围。检查的人表示歉意，说：“不好意思。——您为何不把身份告诉我呀！”李仪祉莞尔一笑，说：“携赌具者李某耳。”那个人告退后对人说：“不图时至今日，尚有此方正不苟之人，如李委员长者。”

我国长期浸淫于官僚政治，做官在古往今来的许多人心中，都是一生奋斗之目标，许多人虽不能至，但心向往之；有的人虽已经为官，但对更高的官员极尽谗言媚骨、阿谀奉承之态。李仪祉则从来把官位看得很淡，认为做官就是为民办事，除此无他。身处民国时代而能有此风骨的李仪祉，其高尚人格和精神境界，绝非他人所能比肩。

李仪祉生前特别喜欢摄影，他回国时带了一部德国“蔡司”照相机，在以后的泾惠等渠建设中，为存留水利建设工地现场第一手直观资料，这部德国照相机发挥了很大的作用，况且大多数情况下，都是由李仪祉亲自拍摄，亲自整理，集影成册数本，遗憾的是留存照片在“文革”始，毁于一焚，只留下一本没有照片的旧影集册。

陕西西安一收藏爱好者，偶得一本民国二十年（1931 年）由陕西省建设厅编印发行、蔡元培先生题写书名、李仪祉主持编写的《华山名胜》图册。近代史研究者认为，这本向海内外公开发行以宣传华山为内容的摄影画册，以前是绝无仅有的，具有很高的收藏价值。李仪祉出任陕西省政府委员兼建设厅厅长期间，不仅大兴水利，还就华山旅游开发做了不少有益的工作，如整修道路方便游客出行、专门选派一名高水平的摄影师，用他由国外带回的照相机到华山实地拍摄一批反映华山风貌的风光照片。在大量的照片中，李仪祉亲自精心挑选出二十幅作品：北峰、仙人碥、上天梯、苍龙岭、西峰、南峰、仰天池、东峰等；华清池五张照片：骊山华清池全景、华清池前门、华清池、贵妃池、夕佳楼以及陕西省建设厅照片一张，经由上海中国科学公司印制了图册《华山名胜》。李仪祉撰写序言，用中英文两种文字介绍景物的名称、位置、特点和典故等，显得十分明了、美观，在那个经济落后、观念滞后的年代，有一部以介绍华山胜景为内容的画册，同时还把中国的美丽山川向国外朋友宣传介绍，实属难得之举。现在还能看到保存完整的八十年前的华山、华清池风貌的照片，更是难能可贵。

3. 不把“小偷”送官，反倒给他找工作

李仪祉名义上有个私人厨师叫王崇义，陕西礼泉人，也是较长时间跟随李仪祉为兴修水利四处奔波。修建泾惠渠时，王崇义积极要求跟李仪祉来到泾阳。虽说他是李仪祉的私人厨师，但实际上他在泾阳给众多的测量、管理人员做饭。他曾给后人津津乐道一件事。

泾惠渠建成后，广大老百姓顿时受益，泾阳、三原、高陵一带农民生活很快上了一个台阶，过上了富庶的生活，这三地也被大家称之为陕西的“白菜心”。一天是休息日，地处泾阳王桥社树村的“泾惠渠建设指挥部”，整个大院内只有李仪祉在花园躺椅上看书。

一会儿，王崇义扭住一人到了李仪祉跟前，说是在厨房抓住这个小偷，请李局长看住这人，他去找绳子，捆住小偷去送官府。

李仪祉很奇怪，既然在厨房偷东西，那就是找吃的。可今年大丰收，不会有人为吃的来行窃啊。他和颜悦色询问那人，才知这是刚从河南逃荒来的难民，衣食无着，居无定所。

问完这些情况，李仪祉眼睛又落在书本上。稍稍过了一会儿，他抬头看看这人，说：“你还不走，是不是要等着绑你去送官。”

难民恍然大悟，转身就走，刚要走出花园门口，听身后李仪祉一声喊：“你站住！”

那人回转身，顿时傻眼。

只见王崇义拿着一条粗绳进来，吓得难民扑通一下跪倒在地。

王崇义上前要绑，却听李仪祉先生一声断喝：“你住手！”

先生起身亲自扶起难民，从口袋翻出一块银圆，递给难民，说："我看你年轻，身体也不错，如果你愿意，去工地干活，管你吃住，也是个营生。"

难民当即落泪，不停地说，我今天真是遇见活菩萨了，趴在地上向李仪祉连连磕头。

站在一旁的王崇义呆住了。

1933 年 8 月，黄河决口泛滥，国民政府在南京成立了黄河水灾救济会，李积极组织防洪抢险，救济灾民。1934 年，他长途跋涉，到黄河上游考察。同年，黄河在贯台决口，他组织抢险。1935 年，黄河又在山东甄县董庄决口，他奉命加修金堤。这两年他还巡查黄河、沁河、不牢河、微山湖、运河，研究验收贯台堵口工程，督筑金堤，并回陕视察指导水利工程，疲惫不堪。在黄委会工作期间，孔祥熙同族孔祥榕任副委员长，主持堵口之事，乘机搜刮民财，凡大事裁决取于占卜。孔是一个权贵的新信徒，迷信"金龙四大王"以扶乩定行止的腐败官僚。以科学治河与以神权治河的人难以合作，李仪祉采取了不妥协的态度，坚决辞职，拂袖而去。

第十八章　水利惠民，科教兴国

1. 爱国育才

李仪祉青年时代就表现出对教育事业的关切。1903 年，他曾在于右任任堂长的商州中学堂任教。1912 年又联合友人创办了在陕西教育界产生过巨大影响的三秦公学。三秦公学体制仿日本公学体制而成。学校为公立民助性质，开办费除“由发起人筹备外，更承当道诸公热心赞成，分任巨款”。三秦公学是一所介于高等教育和中等教育之间，并以理工教育和留学教育为主的新式学校，在陕西近代高等教育的起源中占有重要地位，与西北大学早期的发展也有密切关系。

公学成立后，李仪祉广聘社会名流与进步学者任教，设数、理、农各门主课和英、德、日各门外文及中学班，招收学生二百余名。魏野畴、刘汉初、杨钟健等为首批入校学生。

当时，陕西旱情十分严重，李仪祉冒着炎热徒步到重灾区查看旱情，目睹那赤地千里、饿殍遍野的惨景，心里焦虑万分。

后来，袁世凯派其亲信陆建章入陕，下令解散了革命党人创办的三秦公学，将其中学班归入省立三中（今西安市第四十一中学），其余则归入西北大学。

1915 年，李仪祉德国留学归来，便接受张季直延请，到刚创办的南京河海工程专门学校任水功课教授，不久兼任教务长，“一切课程编制，多出先生手”。在他执教的七年中，先后培养的二百多名学生，成为我国现代水利事业最早的一批骨干力量。

1922 年，李仪祉从南京回到西安，担任水利局局长，次年又兼任教育厅长，以极大的热情支持教育事业的发展，尤其关心水利技术人才的培养。

李仪祉在筹划引泾灌溉工程的同时，深感陕西水利人才匮乏，于是四处奔走，呼吁社会各界人士多方集资办学。他大力整顿省属各中学，聘请、支持进步教师到一些学校任教，创办了陕西水利道路工程专门学校，设在西安高级中学之内。

水利道路工程专门学校最早由水利道路工程技术传习所改组而成。因为李仪祉此时正忧心于陕西水利建设事业之举步维艰，所以痛心叹道：“长官重托，父老忧瞻，以全省水利见委。受命以来，日夜惶惶，未遑宁处，思如何治可以不负宠渥。乃时已累载，经济人才两行缺乏，计划多端一筹莫展。窃思时局未平，经济自有充裕之日，而培养无素，人才终无敷用之时。”正因如此，他急于设立水利道路工程技术传习所，初定三年制，意取专成，不愿草就。所授功课，切实简要。

当时，陕西政局动荡不安，社会方面对水利事业的重要性尚无认识，所以，报考水利道路工程传习所的人数很少，开始招生仅有七八个人。李仪祉“不以报考者寥寥而懈其志，常围坐庭院，讲述泾渠计划，农事改良，及吾国农田水利之切要”，使学生“获益良深”。

全国水利局总裁张謇对水利道路工程技术传习所的章程十分赞赏，谓“合乎国内情势，得当务之急，为他校所不及”。鉴于报考人数很少，李仪祉不得不重新分析判断，总结出传习所这种教育体制是存在缺憾的，不能吸引人才，后改为“陕西水利道路工程专门学校”，情况有所好转。

李仪祉为学校重新制定了章程，以及切实可行的教学方案，免纳学生学费及宿舍费，确定对优秀学生给予奖励。学校学制为三年，毕业后由本校咨各水利道路机关派差实习，并给予一定的薪水。

1924 年，陕西水利道路工程专门学校并入西北大学，改设工科。西北大学工科由李仪祉亲自教授他自己编写的《水工学》，蔡亮教授《水力学》，陆丹右教授《水文学》，须恺教授《测量学》《灌溉工程设计》，胡步川教授《道路工程》，形成一套较为全面的水工学科体系。李仪祉在 1924 年至 1926 年间，主持西北大学的校务，成为西北大学校长。

当时，军阀刘镇华把持陕西政权。刘对教育一窍不通，更谈不上重视了。因为办学经费十分困难，李仪祉几次呼吁增加经费，要求当局重视教育。刘镇华非但不增加教学设备和增拨经费，还别出心裁地将原有的“陕西政法专门学校”“水利工程专门学校”、渭北水利局附设的“水利工程学校”及其他学校强行与西北大学合并。

西北大学骤然膨胀，校舍、师资、经费均出现危机。李仪祉向当局申请扩建西北大学的经费，他们以种种借口加以推托。李仪祉对此十分恼火，但也无能为力。由于引泾工款和办学经费都很困难，李仪祉不得不亲赴京、津、沪、宁等地奔走呼吁，筹措经费。在此期间，他受聘于北京大学、同济医工专校、南京河海工程专门学校、南京第四中山大学等院校授课，为造就技术人才奔波往返，不遗余力。

2. 创建西北首个农业水利学系

在泾惠渠兴建之时，李仪祉深感人才缺乏，于 1932 年呈准陕西省人民政府，设立水利专修班，由陕西省立西安高级中学代办。1933 年春，开始招收预科一班，招收旧制中学毕业及有同等学力者，一年后入本科，三年制毕业。1934 年春季续招预科一班，按照新制初中毕业及有同等学力招生，两年后入本科，三年制毕业。

1932 年，杨虎城督陕，为李仪祉的水利教育事业创造了较为宽松的环境。此时适逢辛树帜来陕，游历了西安、武功等地，欲在中国农业鼻祖后稷的故乡创办一所农业大学。该计划得到于右任、焦易堂等人的支持。1934 年 3 月，西北农林专科学校在武功杨凌镇正式设立。

在讨论学校系科设置时，大部分教师认为，农校应全面设置农、林、水、园艺等专业，但设置水利专业尚有困难。李仪祉则认为，西北农校既有水利组，并入西北农林专科学校会比较方便。“吾华以农立国，而水利实为利农要图，故农功水利，自古并重，况西北地势高亢，旱灾时现，不有水利，农于何赖？本校特设立农业水利学系，培育专才，良有已也。”李仪祉说。他与于右任商量，请将水利专科两班学生，移归西北农林专科学校，蒙其许可。李仪祉于是函复陕西教育厅，申请提出政务会议，后来经由省政府第一百次政务会议议决准可。

1934年6月19日，省政府函请西北农林专科学校查照“移归之事定”。李仪祉担任水利组主任，西北农林专科学校的水利组得以提前成立。

1936年，南京国民政府教育部正式任命辛树帜为西北农林专科学校校长，辛树帜一呼百应，吸引了大批专家任教。他在西北农林专科学校校刊创刊号题词中说：“管子曰：‘积于不涸之仓，藏于不竭之府，积于不涸之仓者，务五谷也；藏于不竭之府者，养桑麻育六畜也。务五谷则食足，养桑麻育六畜则民富。’开发西北，道在其中矣。”李仪祉在繁忙的水利建设工作中抽身出来，亲自主持西北农专水利组。他除了为水利组讲课之外，还多次应辛树帜聘请为全校师生做报告。李仪祉为学校写下一首《咏武功农校》，热情地歌颂了学校得天独厚的地理位置，鼓励学生继承前人农业文化遗产，将中国农业科技文明发扬光大：

正襟危坐乎高岗，山巍巍兮水汤汤。
漆可濯缨渭濯足，天作笠兮云为裳。
倦来偃卧枕岐梁，梦入周公之故乡。
右手触文帝之寝堂，左手抚太宗之摇床。
倾耳以听音锵锵，似闻凤鸣于朝阳。
太白皑皑冰雪光，焕如明镜照我肺与肠。
无无周原黍稷黄，思我先民荐蒸尝。
吁嗟乎！孰维新命干旧邦，安得起后稷公刘文武于地下，使我民族复发扬！

当时西北农专尚在建设中，张家岗校舍缺乏，仍借西安高级中学校舍暂行上课，至1935年秋季迁回，学生照旧例招收，第一班同学24人，于1937年春毕业，1936年夏正式招考农专学生，1938年夏，西北农林专科学校与西北联合大学合并改组为西北农学院，教育部特将水利组改为农业水利学系，以纪念李仪祉。

西北农专水利系的学程总则是："以造就农业上应用之高级水利人才为主旨，课程先授以基本科学，及农林需要学识，次及工程原理，然后是水利专门问题。教授方法平时注重校课，多做习题，假期中必事工程练习，或分散农村服务，以获得实地之经验。"

李仪祉兼任水利组组长，在他的声望影响下，许多留学国外的水利专家也纷纷慕名而来，投奔李仪祉门下，从而壮大了西北农专水利系的人才队伍。西北农专水利组师资力量雄厚，16名教员中，除李仪祉外，有教授7名，副教授1名，讲师两名，助教和助理5名。7名教授都是毕业于国内名牌大学，并赴德、美、法留学取得学位的学者。教学计划十分严密，西北农专水利组每门课程都有《学程一览》，基础课与专业课兼顾，三年共设47门课。他要求教师不单纯只是知识传授，还要培养学生的想象力、判断力、操作设计技能。并努力改善办学条件，扩充设备，进口测量仪器，购置图书，开展实验，提高学生素质。

1936年10月21日，李仪祉去信汉诺威，转达了辛树帜校长的致意，希望沙玉清不要答应全国经济委员会的邀请，归国后，务请来学校授课。李仪祉说："在经委员会服务，不如西北事业之有实际。"

遵照李仪祉的嘱咐，沙玉清于1937年返国后，仅在江阴老家稍作安顿之后，便单人赶赴陕西报到，接任了西北农专水利组主任的工作。

李仪祉在西北农学院教学时，兢兢业业，一丝不苟。有天上午他在西安办事，下午学校还有课，但又逢天下大雨，老师和学生都认为李先生不会来上课，然而李仪祉还是从西安冒雨坐火车去武功为学生上课了。别的教授都不解地问："李先生有必要这样辛苦吗？"李仪祉答道："人家的子弟托付给我们，我们一点也不能耽误孩子。"

李仪祉常在一种肃静和谐的气氛中钻研业务，规划工作，百忙中还抽出时间给学生讲水工学理论知识，并出题鼓励写论文，提高学业水平。他用人以德为准，从无畛域之见，所以，无形中形成一股钻研技术、尽力事业的良好风气。

西北农专水利组自1936年8月经费固定后，力谋设备充实，购置了大批的测量仪器、图书，以及欧美整套水工杂志等，并设有图书馆，专供师生阅览。同时筹划兴筑水土经济馆，以便开展土工试验与水工实验，开辟灌溉试验场，做实验农田水利之用。

为了理论联系实际，西北农专水利组为学生准备的课题与正在进行中的关中水利事业息息相关，水利组设置了测定渭惠渠水位与面积流速及流量曲线的实验和流速计测流法实验、浮子测流法实验、渭惠渠携沙量分析实验等实训课程，使学生能在实践中加深对课程理论的理解，从而很快地把学到的知识应用到实践中去。

李仪祉主持水利组工作期间，提出要让西北农专在短时间内成为全国水利最高学府的设想，得到校长沙玉清的响应。西北农学院水利学系在后来的发展中，为新中国的水利事业特别是黄河泥沙科研工作等方面做出了很大的贡献。

李仪祉从事水利工程技术教育的效果是非常突出的，他为陕西以至于全国培养了许多优秀的专门人才，对水利事业的发展起到了奠基涂山，推波助澜的作用。

在此期间，李仪祉还编译了一部具有科普性质的读物《宇冰学说》。这本书按内容可分为三个主要部分：第一部分是李仪祉引介该学说的“导言”，“终论”，从内容上看，应该是原著所没有的，代表着编译者自己的思想；第二部分是“宇冰”的内涵及来源，其内容包括水、天汉、地上水的补偿及太阳之特象四个部分，阐述“地上之水有所损失，而不能觅偿于地上……是必觅偿于宇宙”“宇宙中有冰（水）”的观点以及用“宇冰”观点解释日晷、太阳黑子等现象；第三部分是用“宇冰”观点解释地球上的各种自然现象，如天气、天气剧变、雷电、地磁、地震、火山喷发、洋流、气流等。

早在1899年，李仪祉在崇实书院学习的时候，就模仿严复《天演论》的意思，撰写了《权论》和《神道设教辞》，可见他是重视哲学和自然哲学的。他在引介《宇冰学说》时指出：“吾人生存于地球之上，故地球之在太阳统系小岛中，在吾人视之，诚其最重要之一部。又可视太阳统系为一有生命之物，吾地球则其具体中之一微。虽微，然一合一开，莫不关乎具体肺叶中之一呼一吸；一消一长，莫不资乎具体心房中之一纳一吐。质而言之，即地球本身，及附着于其上之人群鸟兽昆虫草木，莫不享其命运于宇宙定则之下。以政治譬之则地球上固有其定则，而不逸出乎宇宙之定则，犹一省一县之有地方法，而不能逸出乎全国统一之法也。以此言之，今之自然科学家诚不能免于地方之见。”从“宇冰学说”出发，李仪祉想到的是蕴含在中国传统哲学中的唯物辩证思想。

3. 爱国为群，济民利物

李仪祉的教育实践活动之所以取得卓越成就，是和他先进的教育思想分不开的。

李仪祉是一位关心国家命运和民族前途的爱国主义科学家和教育家。在他的教育实践活动中，一向把爱国主义作为培养工程技术人员的首要问题。他要求学生必须树立“爱国为群”“济民利物”的思想，反对把技术当成敲门砖或谋生手段。在河海大学任教时，他“对中国治河书籍，穷搜博览”，尽力发掘整理中华民族治水导河的丰富经验，使现代科学技术同中华民族长期积累的治水经验冶于一炉。他通过课堂讲授、大会演讲以及为《河海日刊》撰文，向学生阐述水利事业和人民生活的直接关系，以及青年肩上的重任。在以《工程上的社会问题》为题的讲演中，李仪祉讲道：“学工程的青年，于求学时代，便应存一济民利物的志愿，日展其所学，便时时想到如何始可供一般人民受到我的益处。”并且恳切地希望青年工程家“不要脑筋里专存下工程上的算术定理，但作机械的事业”，而应“奋发尽智地为社会作一般事业”。当时，许多青年学生因看不到国家的出路而苦闷彷徨，他在讲演中大声疾呼：“军阀的末年快到了！”鼓励青年们不要悲观失望。“五四”运动爆发后，他亲自带领学生走上街头，勇敢地参加了反帝反封建的斗争；抗战开始后，他以“救危定难，自愧无方，爱国悯人，亦何能后”的急迫心情，号召青年和其他各界人士积极行动，为抗战救亡而献力。当时，李仪祉重病在身，他不顾衰弱之躯加入陕西抗敌后援会。“凡他人所顾忌不敢言，而不能言者，先生则侃侃言之，复常至西安广播电台，大声疾呼，陈述抗战利害，惊惕民众。又西安市防空工程之建设，秦中禁烟种麦之提倡，伤兵难民灾童之养护，救国公债之募集，及战时西北一切经济建设，多仗大力推进。又常亲作抗战宣传文字，寄登国内外各报章伸张正义。”（胡步川《李仪祉先生年谱》）他的爱国热忱和献身精神，极大地激发了学生爱国主义的思想感情。

李仪祉献身水利事业，以民众福利为归宿，对中国广大农村和生活极度困苦的农民寄予深切的同情。他在《西北农校水利组规划》中，明确规定了办学宗旨："水利实为利农要图。西北地势高亢，旱灾时见，不有水利，农于何赖？本水利组以培养水利工程技术之高级人才为宗旨。"这一宗旨贯彻于他的所有教育措施之中。当水利组从西安高中迁至武功新址时，他到校演讲，鼓励学生坚定地树立为西北农民服务的思想，在简陋环境中努力学习，培养吃苦精神，准备到农村做一番事业。他在对比一些国内名牌大学，虽有先进设备，但多在繁华城市，难免有种种干扰的情况时说："本校呢？地面旷开，气味清新，绝无湫隘嚣尘之苦；襟渭水而对太白，形势伟大。"他列举了实习场地的邻近、教学设备的简易便用等办学条件，鼓励学生做对西北农民有用的人才。李仪祉提出了一个合格有用的工程技术人员的四点要求："其一，求学要切实；第二，思想要高超；第三，胸怀要廓大；第四，要有坚韧不拔之精神。"号召同学们"将来学成到民间，改良农作物，指导农民复兴农业，挽救我们岌岌可危的国家，这么大的责任都要放到诸位的肩膀上，是多么大的使命！"自从他返陕主持水利局工作以来，多次到陕南、陕北、关中农村调查。陕西地区农村破产，农业凋敝的严重程度对他震动极大。李仪祉研究分析造成这种严重情况的原因并写文章或做讲演向学生讲解，向社会呼吁。他认为造成陕西农村破产的原因虽多，"水利未兴""耕地分配极不平均"为其中主要的原因。这充分反映出李仪祉进步的社会观。

李仪祉不但教育学生重视农业，而且还向社会广泛地宣传重农思想。他说："要使重农心理普遍于全国之人，人人皆可自命为农矣，宁有轻贱视农者哉？"他主张"各行各业，皆有一年或两年的习农义务"。这样一来，"农之位既贵，全国之人，将以农为荣。以农为荣，则以游食为耻。农既丰矣，由农而工，由农而商……其根本俱出于农，其实力焉有不厚之理？！"在各期学生毕业之前，他都要谆谆告诫学生牢记我国的国情和陕西农村的实际，树立重农为农的思想。在农校水利组第一届学生毕业典礼上，李仪祉做了感人至深的演讲："……现在你们已经毕业了，不久就要离开学校，到社会去做事了，我有几点忠告给你们：在做一件事业的时候，一不要嫌小，勿以事小而不为；二不要嫌低，凡事由低到高，循序渐进才能做好；三不要嫌难，万事开头难，做的过程中也许困难种种，一定要想法克服；四要做大事，不做大官。这个社会不缺当官之人，缺的是干大事的人才。一切事情都要讲求实际，不要争虚名。希望你们住在西北、毕业于农林专校的学生，应该以开发西北之农田水利为目的，西北的大好平原，等待着你们去开垦耕种。”由于李仪祉这种重农、为农的教育，奠定了学生献身水利、服务农村的思想基础。

李仪祉在倡办水利工程技术教育的过程中，非常重视对学生双基的培养和训练。主要表现在以下三个方面：

一、严格认真地选择教师。李仪祉深知教师业务水平高低是能否办好教育的关键。在河海大学掌教时，他就为学校选聘学有成就的科学家担任教授，如茅以升先生就曾受聘在“河海”任教。陕西水利专修班成立以后，李仪祉除亲自教授制图外，还通过各种途径，或亲自出面，或函授特邀，请来一批学行兼优的教师。他们精力充沛，学有专长，在条件艰苦、设备简陋的环境下，结合陕西水利事业实际，认真进行教学和科研工作，取得了很好的教学成果，受到陕西水利界和水利组的同学的尊敬和爱戴。

二、科学合理的课程设置。在李仪祉指导下，西北农校水利组的课程设置比较科学合理，它对于培养合格的水利工程人才起了保证作用。李仪祉在《西北农校水利组规划》中《学程一览》内，对课程门类、要旨、教学要求、教学方法都做了具体规定。

三、扩充设备，购置仪器图书，创造试验实习条件。李仪祉竭尽全力，多方筹措经费，想尽办法为学校扩充设备。如设法从国外为水利组进口测量仪器，添置水利专门图书六七万册。抗战开始后，从国外订购困难，李仪祉便鼓励教授自制水利试验仪器。

注重实际，学以致用，是李仪祉教育思想的又一特点。他一贯反对空谈，注重实际，坚持一切从中国现状出发，一切从陕西水利实际着眼。无论在“河海”任教，还是到陕西兴办水利工程教育，他都通过多种形式向学生介绍中国社会现状，介绍中国古代治水情况以及水利事业近况，分析我国黄、淮、长江以及陕西境内河流，西北、陕西的气象、地质、植被、土壤等条件与水利的关系等。他还善于抓住时机让学生到现场参观。如1917年华北大水灾，李仪祉亲率“河海”学生查勘河北五大河及海河，“历时半载，收获极丰”。他曾对学生讲：“书本知识是固有的，是有教授教给的，而实际情况是千变万化的。”在农校水利组计划中他将试验实习列入教程内严格执行，并亲自率领同学到洛惠渠工地实习。李仪祉在教学中强调学用一致，学练结合。重视在职职工的技术教育和普及农村科技教育。他在繁忙之中亲自为陕西水利局和工地技术人员组织短期训练班。1924 年春，泾惠渠工程计划已经完成，但“经费殊难，开工无日”，李仪祉召集在水利局工作的学生和同人说：“方今国是未上轨道，而我辈工程技术人员之学业不可一日荒废，故于即日起，余愿授投影画一小时，德文一小时，免致做事感觉干枯。”他还和同事们开展技术研究，编印水利刊物。每有著述文章，或工程计划初成，定要给有关人员手指口授，使之得到教益。当时的陕西水利局可以说是集全国水利、土木工程之秀。各地有志青年出于对李仪祉的仰慕，纷纷来到大西北，愿意在他指导下为水利事业献力。李仪祉在任用他们的同时，也设法予以培养提高。

丰富的教育实践，爱国益民的教育思想，使李仪祉为我国培养了不少既有坚实水利科学知识，有解决实际问题能力，又有献身精神的水利技术人才，成为一位承前启后，震古烁今的教育家。在 1973 年 2 月“陕西各界纪念李仪祉先生逝世三十五周年大会”上，与会同志高度评价了这位令人景仰的科学家、教育家，说他“不愧是一位杰出的水利专家，我国现代水利工程的先驱，也是一位爱国的教育家。他在水利科学技术教育和水利工程建设等方面做出了巨大的贡献，他的业绩是永存的”。

第十九章　大河上下

1. 母亲河，灾难河

黄河是中国的发祥地，如同印度发祥于恒河，埃及发祥于尼罗河，巴比伦发祥于底格里斯和幼发拉底河，她成就了中华民族五千年的文明历史。

人们景仰黄河，是因为她哺育了世世代代炎黄子孙；人们赞美黄河，是因为她创造了中华民族灿烂的历史文化；人们关注黄河，是因为她容易淤塞，容易改道，容易决口，容易发生洪涝，泛滥成灾。

黄河哺育了中华民族，她以占全国2.2%的天然径流量，滋养着全国12%的人口，灌溉着全国15%的耕地。但黄河又善淤、善决、善徙，历史上“三年两决口、百年一改道”，形象地说明了黄河是一条既可以兴利又可以为害的河流。

黄河历史上是条水灾频发的河流。黄河流域的洪水按成因主要分为暴雨洪水和冰凌洪水两大类。冰凌洪水在黄河下游发生在1月和2月份。宁夏、内蒙古河段多发生在3月末，融冰解冻开河的洪水流至下游适值桃花开放的时期，故称“桃汛”。

暴雨洪水主要发生在7月和8月份，称伏汛，发生在9月和10月份的称秋汛，两者时间相连，习惯上通称伏秋大汛。伏秋大汛是黄河流域的主要洪水期，历史上的洪水灾害大多发生在这一时期，对下游威胁最严重。

黄河洪水特性除与流域面积内的暴雨特性有关外，也与各河段的地形、地貌、土质、植被等自然条件有关。由于各河段的自然条件不同，其产流、汇流情况也各不相同。

黄河洪水主要来源于五个地区。由于这五个地区的自然条件不相同，来源于各地区的洪水也各有特点。其中河口镇至龙门、龙门至三门峡、三门峡至花园口区间是黄河下游洪水的主要来源区。

上游洪水进入中游的流量多为2000—3000立方米每秒，是组成中下游洪水的基流部分。有些年份兰州以上大洪水流至中下游也会组成花园口站洪峰。

河口镇——龙门区间属半干旱区，植被差，沟壑纵横，支流众多，暴雨频次多，洪水涨落迅猛，洪水过程线比较尖瘦。这一区间水土流失严重，而且是粗泥沙主要产区，河流含沙量大，输沙量占全河的55%。

龙门——三门峡区间有渭河、北洛河、汾河支流汇入。渭河南岸支流属半湿润地区，其余属半干旱区。暴雨特点与河龙间相似，但因汾、渭两河流域形状狭长，河道坡度较缓，且受秦岭北麓加水影响，洪水历时较长。这一河段也是泥沙主要产区，输沙量占全河的34%。

三门峡——花园口区间为半湿润区，区间有伊洛河、沁河支流汇入，大小支流河道坡度较陡。

黄河洪水以含沙量大著称，且有水沙异源的特点。由于黄河中游黄土高原丘陵区土层深厚，黄土土质疏松，暴雨径流强烈侵蚀，洪水含沙量大。据统计，黄河径流的50%以上来自上游地区，而泥沙的90%以上来自中游地区。黄河泥沙的这些特点造成下游的严重淤积。

历史上，黄河有几次大的决口改道。

河流决口后放弃原来河床而另循新道称为改道。黄河由于多沙善淤，变迁无常，改道十分频繁，中游的宁夏银川平原，内蒙古河套平原一带的黄河河道都曾多次变迁，但影响重大的是黄河下游河道改道。

通常认为，《尚书·禹贡》中所记载的河道是有文字记载的最早黄河河道。这条河道在孟津以上被夹束于山谷之间，几无大的变化。在孟津以下，汇合洛水等支流，改向东北流，经今河南省北部，再向北流入河北省，又汇合漳水，向北流入今邢台、巨鹿以北的古大陆泽中。然后分为几支，顺地势高下向东北方向流入大海。人们称这条黄河河道为“禹河”。

周定王五年（前602年），黄河发生了有记载的第一次大改道。洪水从宿胥口（今淇河、卫河合流处）夺河而走，东行漯川，至长寿津（今河南滑县东北）又与漯川分流，北合漳河，至章武（今河北沧县东北）入海。这条新河在禹河之南。

汉武帝元光三年（前132年），黄河在今河南濮阳西南瓠子决口，再次向南摆动，决水东南经巨野泽，由泗水入淮河。二十三年后虽经堵塞，但不久复决向南分流为屯氏河，六七十年后才归故道。

王莽始建国三年（11年），黄河在今河北临漳县西决口，东南冲进漯川故道，经今河南南乐、山东朝城、阳谷、聊城，至禹城别漯川北行，又经山东临朐、惠民等地，至利津一带入海。此后几百年中，黄河改道情况不是很频繁。北宋初期，决口不断，短时期、短距离的分流河道不少。直到宋仁宗庆历八年（1048年）六月，黄河再次改道，冲决澶州商胡埽，向北直奔大名，经聊城西至今河北青县境与卫河相合，然后入海。这条河宋人称为“北流”，十二年后，黄河在商胡埽下游今南乐再度决口，分流经今朝城、馆陶、乐陵、无棣入海、宋人称此河为“东流”。东流行水不到四十年便断流。

南宋建炎二年（1128年），为防御金兵南下，东京守将杜充在滑州人为决开黄河堤防，造成黄河泛滥，向东南分由泗水和济水入海。黄河至此由北入渤海改而南入黄海。直到1855年，黄河主要是在南面摆动，虽然时有北冲，但均被人力强行逼堵南流，南流夺淮入海期间，郑州以下、清口以上的黄河主流也是迁徙不定。由泗水，或汴水或涡水入淮，或由颍水入淮，或同时分几支入淮。直到明代后期潘季驯治河以后，黄河才基本被固定在开封、兰考、商丘、砀山、徐州、宿迁、淮阴一线，即今之明清故道，行水达三百年。

清咸丰五年（1855年），黄河又在河南兰阳（今兰考县境）铜瓦厢决口改道，再次摆回到北面，行经今河道，北流入渤海。

1933年的8月上旬，黄河中游河口镇至陕县间，发生了一次自1919年建立陕县水文站有水文记录以来的最大洪水。1933年的洪水，陕县站洪峰流量22000立方米每秒，为该站有实测资料以来的第一大洪水。由于这次洪水峰高量大，给黄河中下游造成了严重灾害。中游暴雨区内洪水横流，人畜漂没，下游多处决口。

黄河水灾主要在下游，集中表现为频繁的洪水决口泛滥和河流改道给两岸人民带来的深重灾难。洪灾的特点是，决口频次高，淹没面积广，水淹沙压灾情重，经济损失大，后果严重，影响深远。

两千年来，史书记载黄河决口泛滥543年，决堤次数1590余次，主河道经历26次大改道和迁徙，洪灾殃及25万平方公里。及至近代，黄河下游决口54处，受灾面积1.1万平方公里，受灾人口达360万人。黄河，可谓病骨支离了。

据记载，1915年至1922年，黄河六次决口泛滥给人民带来了巨大的灾难！洪水所到之处，万顷良田尽毁，安居荡然无存，瘟疫遍地蔓延，灾民死伤无数。此期间正在河海工程专门学校执教的李仪祉，看到如此惨景，痛心疾首，寝食难安，不顾瘟疫威胁，多次前往最重灾区，实地了解灾情，勘察决口现场，掌握洪水资料，进行分析研究，并以此写出了《黄河之根本治法商榷》论文，首次提出了“用古人之经验，本科学之新识”的治河思想，探索了黄河致患的原因和根本治理的途径。

当时的国民政府，虽然为了治理黄河也是煞费苦心，但结果往往不尽人意。1929年1月26日，政府公布了《国民政府黄河水利委员会组织条例》，其中任命冯玉祥为委员长，马福祥（安徽省政府主席马家军首领马鸿逵之父）、王瑚（山东省省长）为副委员长，冯玉祥、孙科、宋子文、李仪祉、阎锡山等十七人为委员组成的黄河水利委员会。从中不难看出，这种极高规格的组织是在任何朝代都是十分罕见的。仅从任命的人员来讲，除了李仪祉一人外，哪一个不是手握政、军、党、财实权的民国大员？！但遗憾的是除了李仪祉一人外，哪一个又是精通水利的专才？！

当时组建黄委会仅仅停留在一纸文告上，原因竟然是“旋以经费无着，而当事者又牵于其他职务”云云。

2. 效大禹之业、求郑白之愿

李仪祉出生在黄土高原、黄河流域，目睹了西北常年多旱、华北经年多涝的悲惨景象，从小就立下了效大禹之业、求郑白之愿，以终生治水为己任的鸿鹄之志。

李仪祉认为，过去欧洲治河和我国一样，都缺乏科学性和条理性，所以不能防止水害，使河流造福人民。只有到了近代，科学发展了，治水技术才有了很大的进步。

为把我国的水利事业由以经验为主的传统治水方法引上科学治水的道路，李仪祉进行了大量的拓荒工作。早在南京河海工程专门学校执教时，他就穷搜中外治河书籍，亲自翻译和编译写教材、讲义，为学生介绍和讲授近代水利科学技术，写了大量的科学论著，如《水工试验》《电力探水器》《固体物质在水中行动》等，将西方先进的水利科学技术介绍到中国来。现在我们水利科学上许多专门名词如“水文”“比降”“水库”等都是由李仪祉翻译定名的。

李仪祉治水的主导思想是“用古人之经验，本科学之新识”，主张在祖国丰富的文化遗产中，对古代治河名家的著述进行发掘研究，在总结历代治水经验的基础上，结合现实情况，引进西方先进的治河理论与技术。通过精确的测验，了解全流域的地形变化、气候变迁、流量增减、泥沙冲淤，以及河床变化的原因，制定详细的计划，尽量利用自然条件，减少人力物力的消耗，达到治河的目的。

在主持治黄业务时，李仪祉正是这样做的。

早在 1913 年德国留学时，李仪祉就结识了世界近代著名水利专家、河工界权威恩格尔斯。恩氏首创河工模型试验，兴建了世界上第一个水工试验所，并且以研究为害最烈的黄河为志，这和李仪祉的宏图大略不谋而合。

恩氏常向李仪祉咨询黄河概况以及黄河治理问题，对李仪祉提出的有关问题进行耐心解释。共同的理想，共同的志向，使他们两人结下了深厚的异国情谊。

李仪祉高度重视黄河科学研究并深受恩格尔斯的影响，他把恩氏的河道模型试验技术积极用于中国实践，李仪祉设计并促成了 1932 年在德国奥贝拉赫水工试验所进行的黄河河道治理模型试验，他推荐在德国留学的工程师李赋都参加试验，使治黄工作有了可靠的依据，这是我国治理黄河历史上第一次进行河道模型试验。

1931 年春，时任华北水利委员会主席和导淮委员会委员兼总工程师等职的李仪祉在华北水利委员会第九次会议上提出了《导治黄河重上游》的议案。这一议案随即发表在天津《大公报》上。此后，《大公报》又刊登了李仪祉的

《治黄研究意见》。

这几篇学术论文赢得当时水利界一片赞誉："……指破数千年治河之弱点，详示筹款之根本办法，意至善也。"

在有识之士大声疾呼下，1931 年 11 月 2 日至 5 日，国民政府内政部在南京同时召开废田还湖导淮入海会议和黄河河务会议，会议讨论了黄河防洪、治标、治本、经费等议案，并呼吁迅速成立治黄统一机构黄河水利委员会。

对于向来以灾害著称的黄河，李仪祉在总结我国历代治河经验的基础上，进一步探讨了黄河的治本方案及具体治理措施。他常说，一个流域的水系是个有机体，必须综合治理。李仪祉指出："古人治理黄河，皆注重下游，而中上游曾无人过问者。实则洪水之源，缘由中上游，泥沙之源，源于中上游……治黄河须从上游设法，请即派人测量研究。""诚以导治黄河，在下游无良策。数十年来，但注重下游，而漠视上游，毫无结果。"他提出治理黄河要上中下游并重，防洪和航运、灌溉、水电兼顾。在防洪技术中，主张固定下游中水位河槽，整治海口，开辟减河。并在中游干支流选择适当地点，修建蓄洪水库。同时他还提倡在上中下游普遍开展测量工作，加强水文、气象、地质、泥沙等方面的研究，开展中游地区的水土保持试验。

李仪祉还参与了其他大江大河的治理规划工作，他风尘仆仆，奔波于祖国各地，勤勤恳恳地查勘、访问，相继写了《永定河改道之商榷》《华北之水道交通》《导淮先从入海着手之管见》《对于治理扬子江之意见》等文，并和德国水利专家方修斯一起制定了《导淮规划纲要》，为我国大江大河的治理提出了方略。

李仪祉主办江河期间，往来江汉、陕沪之间，先后亲赴长江中上游和淮河上下游查勘，并视察运河，还赴江北一带调查导淮入海工程，拟定了导淮计划。对海河的水利进行过筹划，倡办华北灌溉讲习班等。同时，他对江、淮、海的治理也提出了重要的主张。

治理扬子江，李仪祉认为主要在于坚堤、护岸，消除洪水的暴涨，确保航道畅通。在坚堤方面"用潜坝似较为稳妥，且较省费"；要加强两岸大堤的维护；要增洪水河床的横断面，较好的办法是退后堤线与拉加提高；要达到减削洪水，一是上游觅相当地点设水库，一是利用江堤两岸湖涌起低地以消洪；要确保扬子江入海口的畅通。并且提出了具体实施计划、步骤、操作等。李仪祉在他的《对于治理扬子江之意见》等著作中都有较详尽的论述。

对于海河，当时重点在于对永定河的治理。《永定河治本计划》主要项目有：拦洪工程、分洪工程、减沙工程、河道整治。并且重视勘测研究，提倡模型试验；由华北水利委员会等七个流域机构和高等学校，在天津联合组建了中国第一水工试验所。李仪祉还加强了普遍开展测量工作，加强水文、气象、地质、泥沙等方面的研究。

3. 东奔西走，席不暇暖

在黄委会工作期间，李仪祉撰写了许多治黄论文，论证了黄患之要害及治黄之方针。1932年夏至1935年，他写出了大量关于黄河治理方面的文章，进一步探讨了黄河的治本方策及具体治理措施，改变了几千年来单纯着眼于黄河下游的治河思想，把我国的治黄理论和方略向前推进了一大步。

李仪祉所主张的对黄河上、中、下游的综合治理，无论在理论上或措施上，都把我国的治河方略向前推进了一大步。他在《治黄意见》中提出："治河之要，在上中游应速广开渠道，以分水量，藉资灌溉，并应广为造林，以遏沙患，在下游应认真堤防治导，在尾闾应修挖河口，使水畅流入海。"

黄河为害的根本原因是泥沙淤积，而泥沙的主要来源是上中游地区，如何减少上中游来沙，减除下游的淤积，这个黄河的严重问题早被古人所注意。汉代张戎就认为黄河下游的决溢灾害正是上中游带来的泥沙淤积，河床的抬高造成的。因此，他主张停止中上游的灌溉用水，集中水力以水攻沙。明代的周田，为了解决黄河洪水为患，主张在黄河上下游大搞沟洫治理，把治水与当地垦田结合起来，既有利于农业生产，又把黄河洪水所带泥沙分散到田间，以达到除害兴利的目的。明代徐光启很赞同这一主张，他还提出修整梯田的办法控制水土，这些措施尽管单一，但在古代治河主张中是难能可贵的。

李仪祉总结了前人的经验，对泥沙来源及形成有精辟的阐述，并根据实际情况提出，在上中游地区培植森林、平治阶田、开掘沟洫、立谷坊、设水库等主张，使中上游的治理方法向前推进了一步。

李仪祉认为森林在综合治理中有一定的作用，他说："造林工作，在上游可以防止冲刷，平缓径流，在下游可以巩固堤岸，充裕埽料，于治河有甚深之关系。应在中游干支流分别勘定造林区，及沿干流河防段大堤内外广植森林，并按土壤种植之宜，各为选定树木种类，分区分段设置苗圃，分年栽植。”建议广为造林。

李仪祉总结古代沟洫在治水中的作用，主张大力推广。他说：“皆谓沟洫可以容水，可以留淤，淤经渫取可以粪田，利农以利水，予深赞斯说。”对于山谷中来的沙，他建议“要在山谷中设置谷坊，平缓水势去减免”。对于黄土面来的泥“要平治田畴，开辟沟穴去减免”。以此减少泥沙的下泄量。

李仪祉还建议在中游恰当之处修建水库，切制洪水，避免沙淤。修建地点“以施于陕西、山西及河南各支流为宜。黄河之洪水，以来自渭、泾、洛、汾、雒、沁诸流为多，各作一蓄洪水库。山陕之间，溪流并注，猛急异常，亦可择其大者……作一蓄洪水库，如是则下游洪水必大减”。并且于“宁夏、绥远、陕西各省黄河流域及各省内支流，广开渠道，振兴水利”，以进一步消减下游洪水及泥沙。

历史上，黄河下游的治导方策如汗牛充栋，较有影响的治河人物如王景、贾让、贾鲁、潘季驯、靳辅、陈璜等的治河实践或治河理论，对于后世是值得借鉴的。李仪祉很注意总结古人的经验，并加以科学的发展，他认为，下游的防洪应尽量为洪水“筹划出路，务使平流顺轨，安全泄泻入海”。具体意见：一是整治河槽，即固定刷深河槽；二是开辟减河，以减异涨；三是浚治河口，使水畅流入海。李仪祉认为，要使河槽固定，必须有适当的横断面即适当的河槽，才能设法控制洪水的流向，以泄水行沙。而要刷深河槽，他主张“以坝治溜，以溜攻沙”，可以用顺坝、丁坝、浮坝、潜坝等逼大流远离堤根以及在加固堤防的同时要添修翼堤，这些都是为了使河流有正路，固定河槽而集中水流刷深河槽。他还建议修挖河口，筑海坝伸出口外，使河中之水沙能畅流入海。至于在异常洪水时，他主张开辟减水河，把一部分洪水分疏出动，由减河排泄入海。

1933年8月初，黄河上游的大夏河、庄浪等河，中游的清涧河、延水河、无定河、汾河、渭河等流域普降暴雨，上述各河水位急剧上涨，普遍发生洪水泛滥。

这场洪水使陕西、河南、河北、山东、江苏等省受到严重灾害，面积达

8637 平方公里，淹没农田 8500 多万亩，273 多万人流离失所无家可归，伤亡人数 1.27 万人，财产损失 2.07 亿元（银圆）。

“凡水淹之处，茫茫无际，只见房顶树梢露于水面，特别在决口门处，洪流倾斜、房塌树倒、人畜漂没、一片惨象”；“人民竟趋高埠，或蹲屋顶，或攀树枝，馁饿露宿。器皿食量，或被漂没，或为湮埋……情况之惨，不可言状”（《长垣县志》）。

这次洪水灾害的倒逼，加速了黄河水利委员会的正式成立。

重危之时国难当头，国民政府紧急任命李仪祉为黄河水利委员会委员长兼总工程师，责令其筹建黄委会。在此紧急关头组建的黄委会成员中，副委员长王应榆、委员沈怡（德国德累斯顿工学博士、国防部设计委员）、许心武（水利专家、教育家）、陈泮岭（水利专家、教育家）；秘书长张含英（水利专家），没有一位此前拟成立黄委会的军阀诸侯或民国大员。

1933 年 9 月 1 日，李仪祉临危受命，黄河水利委员会在南京正式成立，并分别于西安、开封设立办事处。11 月 8 日，黄委会总部由南京迁至开封办公。黄委会成立后面临最迫切的工作就是赈济灾民和堵口复堤。李仪祉作为第一任黄委会委员长和国民政府临时成立的黄河水灾救济委员会委员，亲领同人，抱病忘我地日夜奋战在抗洪救灾最前线。

黄委会成立之初，李仪祉即开展较大规模的水文、地形观测，设立水土保持试验站，成立下游河道模型试验所等，用以搜集基本资料，探索制定具体措施。另一方面，李仪祉还拟定黄河治理之规划，以期获得“十年小成，三十年大成”的效果。

由于着手解决抢险防汛等迫在眉睫的重任，李仪祉马不停蹄地奔波于山东、河南、河北、江苏等受灾现场亲自指挥救治，各省灾情刚一缓解，李仪祉便不顾疲惫不堪之躯，毅然在日理万机之时，于 1934 年 9 月，组成考察小组，亲赴黄河上游进行详尽的调研。

经过一番实地考察和深入调研后，李仪祉认为当时的治黄情况“如果随测随作，施于小工程，无上下游关系之局部工程，可也，而非于根本治河。治河之道，虽一裁弯取直之小工程，亦必详审测度其上下游之结果，何况全体治导。协（李仪祉之名）之意不欲邀一时之功，而在为国家奠定永久之大计。小功利在一时，设计未周，或一、二年而弊现，岂是治河之道哉！”

9 月 19 日，考察组第一站到达兰州的皋兰，首先重点考察黄河峡谷以及河道状况，对水文测站进行详细定位；接着对水车灌溉、黄河航运、黄河铁桥进行考察。李仪祉听取关于上游勘测汇报，并与当地政界、水利、教育界有关人员进行座谈，深入了解黄河上游治理开发情况，交流黄河治理意见。9 月 25 日，甘肃省教育厅慕名邀请李仪祉为兰州教育界人士进行演讲。李仪祉宣讲教育重德教育救国，尤其畅谈治理黄河的重要性，强调治水是中华民族之千秋大计。

考察组由兰州飞到银川，李仪祉在宁夏省建设厅厅长的陪同下，乘车换船，到吴忠、宁朔等县，重点考察黄河青铜峡，研究将来兴建水库，灌溉发电之可能，并先后考察汉延渠、惠农渠、唐徕渠等农田灌溉水利工程。

令随行者人感慨且印象最深的是，为准确掌握黄河流水量第一手资料，李仪祉不顾众人极力阻拦，冒险与同行多人挤坐在狭窄的牛皮筏上，由古城湾至堡登河，顺着浊浪滚滚的黄河直流而下，航行四十里到达宁朔县。李仪祉沿途观察黄河水势状况，亲测流速。

李仪祉这种为了治黄事业不顾个人安危、求真务实的精神，深深地感动了坐在船上的地方陪同大员，也极大地震撼了同行学生同人。时年，李仪祉已经五十二岁了。在那个年代，“年过半百”，是老先生了。

随后，考察组直奔当时绥远省的五原、包头等地，重点了解水文泥沙、黄河河道、河套水利等情况，同时又对小黑水河、大黑水河和民丰渠的运作进行详尽的考察指导。

经过一个多月的对黄河上游实地考察调研，李仪祉对甘肃、宁夏、绥远三省黄河上游情况有了比较深入的了解，他在繁忙的工作中抽出时间，很快地写出了一万余字的《黄河上游视察报告》。报告中详尽地论述了黄河上游河道两岸地形地貌、黄河宽窄深浅之变化，以及防洪除障、航运情况、商贸流通、灌区改造、桥梁建设、移民开发，等等。更对三省农田水利区域、灌溉渠道整治做出了合理的划分和规划，这也为李仪祉的治黄理论奠定了坚实的基础。

李仪祉对于宁夏的水渠，后套水渠及民生渠等的改善都有所论述。李仪祉认为于宁夏灌溉的缺点在于渠口太多，河水低落，水不入渠，控制不易，维持费用很多，而且排水不利，积潦难泄，卤碱不除。李仪祉主张在青铜峡筑渡桥，设活动堰操纵黄河水面，从桥堰两岸开渠分水，东岸的并括东岸诸渠，西岸的并括西岸诸渠，使之成为极有系统的灌溉渠系，其灌溉面积可以扩增至二百万亩以上。同时建设排水系统，使积潦可除，而卤碱不生，宁夏就更富庶了。操纵机关设于一处，则四季之水皆可以为用，而无溃决堤防及水不入渠之弊，人民免终岁征徭之苦，公家得统驭指导之方，功成可以垂久矣，而桥梁亦可利东西之交通。

1933至1935年，李仪祉在黄河水利委员会任职期间，大量引进国外先进科学技术，招收水利优秀人才，发展壮大科技队伍，在黄委会工务处新设测绘、设计、工程、林垦、河防管理五个组，并另组织测量队，扩大水文观测站网而使治河机构和管理焕然一新。

李仪祉把中国几千年来的治黄工作应用了现代科学技术的方法，使上中下游治理进入统筹兼顾、标本兼治的崭新阶段。

李仪祉的治水理论及防洪措施受到水利专家的高度肯定。在他去世四十多年后，全国政协原副主席、水利部前部长钱正英在纪念李仪祉先生诞辰一百周年大会上讲话中说：“李仪祉先生对于向来以灾难著称的黄河，悉心进行研究，提出了一些独到的见解……进一步探讨了黄河的治理方策及治理措施。治理黄河要上中下游并重，防洪和航运、灌溉、水电兼顾。这是李仪祉先生总结了我国历代治河的经验教训，参考了西方治河的方法而提出来的。

“在防洪工作中，他主张固定下中游水位河槽，整治海口，开辟减河并在中游干支流选适当地点修建蓄洪水库。同时他还提倡在上中下游普遍开展测量工作，加强水文、气象、地质、泥沙方面的研究，进行中游地区的水土保持实验。

“所有这些改变了几千年来单纯着眼于黄河下游的治河思想，把我国的治黄理论和方略向前推进了一大步。今天看来，仍具有现实的意义。”

李仪祉在黄河水利委员会工作虽只有两年多的时间，但却做了大量工作。

1933年夏，刚刚奉命筹设黄河水利委员会不久，黄河即发特大洪水，中下游决口七十余处，李仪祉闻讯之后立即抱病前往南京，召开黄河水灾救济会，研究了救灾工作。委员会一成立，他又全力投入筹划黄河治本治标事宜。还亲自参加培修黄河金堤，验收贯台堵口工程，又为黄河董庄决口而奔忙。李仪祉不畏旅途的艰难与危险，长途跋涉，亲赴黄河上游各地查勘，并先后到京、津、平、汉、郑、汴、苏、鲁、陕等省市多次视察。在百忙之中，他笔耕不辍，为我们留下了很多的治河文献。如《关于治导黄河之意见》《治黄关键》《治理黄河工作纲要》《黄河上游视察报告》《研究黄河流域泥沙工作计划》《黄河流域土壤研究计划》《黄河水文之研究》等等。

1933 年，黄河决口泛滥，淹没了五十余县，亲赴灾区的李仪祉看到被洪水淹没的屋舍、农田和衣不遮体、呻吟道旁的灾民，苦不堪言。国民政府在南京成立了黄河水灾救济会，他积极组织防洪抢险，救济灾民。1934 年，他长途跋涉，到黄河上游考察。同年，黄河在贯台决口，他组织抢险。1935 年，黄河又在董庄决口，他奉命加修金堤。这两年他还巡查黄河、沁河、不牢河、微山湖、运河，验收贯台堵口工程，督筑金堤，疲惫不堪。

李仪祉在担任黄河治理委员会委员长及总工程师后，又兼任了扬子江水利委员会顾问。他风尘仆仆，奔波于祖国各地，勤勤恳恳地查勘、访问，撰写了一大批文章。后来，全国政协副主席钱正英曾评价说："像李先生这样对于我国水利问题探讨研究之深，涉及范围之广，在近代是非常少见的。"

4. 理论与策略

黄委会成立后面临最迫切的工作就是赈济灾民和堵口复堤。李仪祉作为第一任黄委会委员长和国民政府临时成立的黄河水灾救济委员会委员，亲领同人，抱病忘我地日夜奋战在抗洪救灾最前线。

在上中下游并重的思想指导下，李仪祉对治河的目标和措施进行了多方面的研讨。早在河海工程专门学校任教时，他就如何实现下列五项治黄目标做了详细的论述。这五项目标是："一、如何使河床稳定；二、如何使河槽保其应有之深，以利航运；三、如何以减其淤；四、如何以防其泛滥；五、如何使之有利于农。"1933 年，他主持治黄工作时，又拟定了八项治黄任务："维持黄河西岸有入海之道，使不迁徙"；"巩固堤防使不致溃决漫溢为害人民"；"使河槽刷深，河防益固"；"使海口通畅，排洪顺利"；"使河床整一，帆楫无阻"；"使泥沙之来量有节制，险工不生"；"使泥沙来量大汰减，河床不淤"；"使黄河远达腹地，上以连贯其主要支流，下以错综乎淮运，使成一良好之航道"。

李仪祉治理黄河的理论，概括起来有以下几点：

一是泥沙未减，本病未除。

李仪祉纵观古今，博览中外，总结我国前人治黄经验，他认为，必须革除过去那种治标不治本的治黄理念，根除泥沙隐患。虽然汉代王景、明朝潘季驯、清人靳辅治河功昭绩殊，但用他们的治河方法，始终未能节制洪流，不能减少河中泥沙含量。犹如对一个久病患者，不探其重症所在，仅仅解决身体疼痛表面现象，病人是很难恢复健康的；治河如果不找出隐患根源，仅仅囿于洪来加堤，决口堵漏，黄河难保以后不再为患。故李仪祉坚定地认为：河患症结所在之大病，是在于泥沙。沙患不除，则黄河恐终无治理之日！所以欲图根本治理黄河，必须由治沙做起。如能将沙根除，河患自然可消灭。他进而提出，黄河地层，黄土为壤，最易于冲走。土随水行，河无保障。故去河之患，在防洪，更须防沙。此言击中黄河为患之要害，指出土壤侵蚀，土随水去，形成泥沙是黄河的症结所在。

二是中上游不治，下游难安。

黄河流程5464公里，其流域面积752443平方公里。从内蒙古托克托县的河口镇至河南郑州桃花峪为中游，桃花峪至山东利津县为下游。李仪祉经过细致考察、研究、计算后认为：流经三门峡河水，每年输沙量为16亿吨，其中有4亿多吨沉积于下游河床，这是造成黄河为患的最根本原因，也是洪水泛滥的源头。前人治理黄河，皆注重下游，而中上游几乎无人过问。他认为黄河挟带泥沙，泥患尚轻，沙患为重，泥沙本应随河流入海，因为沙重沉于河床不能泄运，酿成河南境内多沙，河北次之，而山东境内沙少而泥多。河南河北两省黄河南北河堤距离宽广，而洪水所占无几，大多为泥沙所淤塞。所以治黄不在中上游减沙，根除祸患，只在下游修堤，防不胜防。河床历年加高，说不定什么时候便有改道之虑，其祸害更不可胜言。历来河防，专重下游。上游、中游的河害，如绥远、秦、晋亦自不少，无人问津，由此看来，我们专对于河防，亦必要改弦更张。

三是兴建水库，蓄洪减沙。

李仪祉认为，在黄河中上游开展防止土壤侵蚀，减少冲刷的同时，要在黄河支流和干流上兴建水库，可以最经济、最有效，兼能减轻下游之河患与上游之河患。其工程以施于陕西、山西及河南各支流为宜。鲁、陕之间的一些支流，如山川河、无定河、清涧河、延水河亦可做一蓄洪水库，下游洪水必大减，而施治易为力，非独弥患，利且无穷。或议在壶口及孟津各做一蓄水库代之，则工费皆省，事较易行，亦可做一比较设计，择善而从。这样可以分散黄河洪水，减下游之患，在上中游拦蓄，黄河水患可以基本免除。他还提出汛前将水库放空，汛期将相当水量从底洞泄出，可冲刷库内泥沙，减少水库淤积。

四是综合治水，利用黄河。

在中国治理黄河的历史上，李仪祉是第一位提出黄河要上中下游综合治理的。他在《黄河治本计划概要叙目》一文中，展示了科学治黄的治河方略和规划，其内容主要有：黄河下游河防整理计划，黄河入海口整理计划，黄河干支流水库建设计划，黄河防沙(即上中游水土保持）计划，黄河流域造林计划，黄河干支流水利计划。提出了每个规划的方向方法和实施的内容。对于黄河干支流水利计划，在中上游各省考察后，把除害与兴利结合起来，综合开发水土草木电力资源，繁荣经济，为民造福，总结提出了“灌溉、放淤、垦荒、航运、水电”五大水利综合开发计划。他在《黄河水利委员会工作计划》中，提出的“全河应有统一之管理，不宜以省区割裂”的观点，比现在我国水利权威部门所倡导的“流域水资源统一管理”大约要早七十多年。

五是整治河道，发展航运。

李仪祉在《黄河治本的探讨》中写道：“再言整理航道。现在的黄河，不过支节能通几只牛皮筏和木船而已。用现代眼光看来真可谓之不通航。”“论黄河本身，占地流域面积一百万平方公里，流长五千余公里，附属于河者凡九省，居民一亿四千万，而不得其用以发展交通，殊为可惜。并且西北辽远之地，政府方事全力开发，则交通为第一需要。开发的事业，无非在当地振兴农业，开采矿产，再则利用本地物产制成工艺品，运到沿海口岸以与外洋争雄，才能得其实用。”为此李仪祉提出了发展航运的具体方案：兰州至包头，以发展拖轮为主；包头至禹门口，治理河床以令民船和木排通行为度；禹门口至潼关，通行拖轮，以运煤、铁、盐为度；潼关至郑州铁桥，令民船易行；郑州铁桥至山东利津，以拖轮为度。铁桥处设车船转运场，在济南附近小清河羊角沟设商港，转运货物。航运还要与陇海、津浦铁路、西兰公路、包宁公路，以及南北大运河实行水运与陆运配套，联合调运，振兴交通业。

六是水土保持，公认先驱。

水土流失导致了干旱、洪涝灾害的频繁发生，全国有水土流失面积 367 万平方公里，占国土总面积的38.2%，我国是世界上水土流失最为严重的国家。黄河流域的水土流失，也是加剧黄河洪灾和淤积成为“悬河”的症结所在。李仪祉在《黄河治本的探讨》中特别强调，上中游是黄河泥沙主要策源地，是黄河祸害的根源，为根治黄河，必须在上中游大力植树造林，使“森林之有益于河”，退耕山坡地，用来造林。在沟壑打坝淤地，代替耕种坡地。

李仪祉认为，森林对于保持水土流失、治河防洪具有不可替代的作用。他说：“培植森林，遮蔽日光，有截留蒸发到空中去的水的功效，使地面水分为根系吸收，林中为积年落叶所盖，拘留水分不能流去田间，可是渗入地下之水也多由泉眼透出，终归人用。森林对于河流的益处还在于它能防止土壤为雨水所冲刷，掩护地面以减少河流之荷重。”

在多年的实践中，李仪祉建立了一整套水土保持综合治理的理论，他主张从土地利用上培植森林，广种苜蓿，治理坡耕地；在治理方式上层层设防，对坡、沟、川、滩分层治理；在拦泥减沙上采取保（就地蓄水保土）、拦（沟道、水库拦淤）、排（排洪排沙）、淤（引洪灌溉），实行全面综合治理。李仪祉对于水土保持不仅仅止于理论，他把自己提出来的主张和观点，诸如“平治阶田推行沟洫”“修筑横堰控制沟壑”“固堤治滩防止塌岸”“培植森林治河防患”“广种苜蓿肥田养畜”“拦水浸田膏沃压卤”等等，用于实践，并给出了完整具体的技术实施方案，如阶田沟洫技术、谷坊横堰技术、造林植树技术等许多科学的、操作性很强的技术指导。

5. 道不同，不足为谋

人们不禁疑问：既然李仪祉对黄河研究造诣如此之深，既然李仪祉把治黄作为终生之己任，那为什么他只在黄河水利委员会工作两年多，就于1935年三次向民国政府提出辞呈呢？

应当肯定，对于黄河泛滥的治理，李仪祉有着他超人独到的见解，并已经用于实践取得了成果。他不囿于黄河一时的貌似安稳，特别是在每次黄河出现大的决口时，政府慌乱，灾民恐惧，这时只要尽快地堵住决口，政府就欢欣鼓舞，人民也拍手称庆。然而，李仪祉则认为不能盲目追求全部堵合决口，因为堵合一处，他处难免会出现新的险情，因此要因势疏导。更重要的是，每次出现重大决口时，也是一次根治河患千载难逢的良机！

1933 年大决口，南北二堤溃决多达三十余处，豫、冀、鲁、苏四省三十余县受灾，险些酿成黄河第七次大改道。当时政府出动了大量的人力、物力、财力，在短期内成功堵合了几乎全部决口，只剩下石头庄一口难以堵合。经过勘查下游并分析整体情况，李仪祉大胆地提出了前瞻性建议：现在黄河下游河槽已经被冲刷形成新的河槽，就可以不再花费较大的人力财力去堵石头庄决口，使黄河在金堤和当时黄河河床之间流动，在陶城埠流归原河。

李仪祉分析道："首先为地方安危考虑，黄河按照这种办法改道北徙，可以使河南境内黄河安流，免除黄河夺漳河、淮河的危险，从而大大减轻河南境内南北两岸的河防；河北、山东境内南北两岸在陶城埠以上的诸多险工，使山东、河南、河北、安徽、江苏五省的河患减轻，还可以节约数十年的河防经费。其次，对于黄河的根本治理而言，黄河自石头庄夺流以后，导致其本床日益淤积，单纯堵塞决口而不真正治理，难免以后仍然会出现大决口。第三，对于人民生计而言，黄河决口以后泛滥的地方，会使贫瘠的土地变为良田，将良田让给受灾的农民耕种，比让他们担惊受怕地生活在决口泛滥的阴影下为好；第四，对鲁、豫、冀三省的修堤防工而言，顺应黄河改道形式，对其因势利导，可以缩短三省长达 410 公里的大堤和民埝，使河北境内只需守 50 公里北岸以及 40 公里的连接两坝头至濮阳的新堤，大大缩减了防线，减少了河防经费。"

多么高瞻远瞩的眼光，多么才能卓越的见地！李仪祉在抢险救灾的时候，就处处想到对黄河的究根治理。

然而，李仪祉极其合理珍贵的建议并没有被重视采纳，政府将堵口的任务交给黄河救灾委员会工赈组孔祥榕进行，从而失去了一次治理黄河的大好机会，这也导致了 1934 年夏天黄河再次决口。

为堵石头庄决口，孔祥榕修筑了孟岗小埝，但此举不但没有起到良好的水利作用，反受阻碍，使得黄河之水东行不畅，致使 1933 年修筑的石车段四口于 1934 年夏全部决口。

孔祥榕曾任石家庄河务局长、黄河水灾救济委员会委员兼工赈组主任、黄河水利委员会副委员长。客观地讲，孔祥榕对我国的江河治导做出了一定的成绩，但孔祥榕的重位喜金、急功近利的德行和李仪祉淡泊名利、求真务实的性格是完全格格不入、水火不容的，所以，在他们同事时期，作为副手的孔祥榕，对李仪祉的工作处处掣肘，无视他的直接上司李仪祉的意见。孔祥榕为人迷信，遇疑难大事多取决于“扶乩”，求神相助。每次主办堵口工程竣工后，他必高搭彩棚，中奉小蛇，尊为“大王”，为其唱戏庆功。在他任职期间，只准讲“安澜”，不准说“开口”。一次在开封宴会上，先上一道菜名“开口汤”，孔祥榕立即让改为“安澜汤”，一时成为笑谈。

孔祥榕如此胡闹，一意孤行，我行我素，致使李仪祉许多治黄方案不能实现，黄河之害得不到根治。

能发生这种僭越，很简单，每个朝代都会有的，因为“上面有人”！所以当时孔祥榕等人主张堵合贯台决口，遭到李仪祉断然反对，但贯台的一切人事、财政权全部掌握在孔祥榕手中，他的哥哥孔祥熙手握财政大权，是当时炙手可热的人物。

志不同，道有异，不与谋。百般无奈，李仪祉向国民政府递交了辞去黄河水利委员会委员长的请辞报告，但未得到政府的批准。

此时的李仪祉，继续向全国经济委员会陈述自己不堵贯台决口而建议因势利导的主张，建议在口门后向东开一道引河，并筑排坝落淤工程。此建议没有被接受，全国经济委员会将堵口之事全权委托给孔祥榕，而让李仪祉专门负责培修金堤。直到 1935 年 4 月 11 日，在总花费 106 万元、近乎一年的时间后，溃决大堤才最终堵合成功。堵合贯台决口工程，短期来看，确实减少了黄河泛滥给当时民众带来的损失，也给孔祥榕带来了声誉，但李仪祉则科学地大胆预言：这次堵口，黄河水患仍然未能从根本上得到解决，在 1935 年夏季，黄河即使不在石车段决口，也必定会在陈桥以下、沁口或中牟等处溃决。

果不其然，时间才过整三个月，1935 年 7 月 10 日，黄河在山东鄄城县董庄及临濮集间决口，山东、江苏两省有 27 县被洪水吞噬，341 万人受灾。

1935 年 8 月，黄河水利委员会在济南召开堵口会议，在会上，孔祥榕联合韩复榘共同反对李仪祉“开挖民埝”的正确主张而进行堵口，李仪祉据理以争，双方相持不下，最后报至行政院。遗憾的是行政院为了顺乎当时灾民民心，支持了孔祥榕的意见。虽然决口在 1936 年 3 月 27 日堵合成功，但实践证明，由于这次堵口，黄河又一次失去了根治的机会。

在治黄宏愿多次难以实现的状况下，李仪祉即使再有满腹治水经纶也于事无补，于是再次辞职，最终于 1935 年 11 月 2 日得到民国政府的批准，回到陕西继续担任他的水利局长，成就陕西水利。

后来有人问李仪祉："为什么离开黄委会？"他气愤地说："以孔（指孔祥熙）理财，以孔治水，水和财都要从那个孔里流出去！"

关于这段历史，李仪祉的学生、水利专家胡步川为其恩师李仪祉所撰写的年谱中便记述如下：

> 1935 年，先生年五十四岁，仍任陕西水利局长兼任黄河水利委员会委员长，并兼任全国经济委员会常务委员。是年春，辞黄河水利委员会委员长职未准，渭惠渠开工，时关中水利有泾、洛、渭三渠同时进行。夏，奉令验收贯台堵口工程，又奉命培修黄河金堤，时黄河董庄决口，亲历河干实地决策，泾惠渠第二期工程完成。秋，赴苏、鲁巡视不牢河、微山湖及运河上下水灾，辞准黄河水利委员会委员长职专任陕西水利局长，筹备梅惠渠工程。

1936 年 7 月 9 日，李仪祉的伯父仲特公逝世。

第二十章　江淮赤子

1. 淮河之灾

淮河发源于河南省境内桐柏山，主要流经为二：一路向东流至河南、安徽、江苏三省，到淮河下游水分四路。主流通过三河闸出三河，经宝应湖、高邮湖，在三江营入长江，此流径是淮河入江水道，全长一千多公里；另一路经洪泽湖东岸出高良涧闸，经苏北灌溉总渠在扁担港入黄海，全长 168 公里。淮河干流可以分为上游、中游、下游三部分，洪河口以上为上游，长 360 公里；洪河口以下至洪泽湖出口中渡为中游，长 490 公里；中渡以下至三江营为下游入江水道，长 150 公里，总落差高达 200 米。其流域地跨河南、湖北、安徽、江苏和山东五省，面积约为 27 万平方公里。

12 世纪以前，淮河原本是一条直接入海的河流，温良驯顺很少发生水患。那时淮河流域景色秀丽，古迹遍布，土地肥沃，物产丰富，自古就有“走千走万，不如淮河两岸”风光锦绣的民谣。

然而好景不长，风云变幻，噩梦突来。1194 年，暴戾的黄河在河南原阳县决口，特大洪水通过泗水侵入淮河，“诱使良善为恶”，从此淮河变成了一条多灾多难的河流。尤其是历史上黄河第六次大改道，将黄河洪水强行灌入淮河，黄水所到之处泛滥成灾，漫卷挟带来的泥沙淤塞了淮河的干流和许多支流，造成了淮河下游的河床越淤越高，尾闾不畅，入海出路被阻塞，瞬间肥田沃地恶变成了泽国水乡。黄河入淮的古道，也变成了一条高出平地二至四米的沙冈，致使淮河也像暴虐的黄河一样变成为“地上河”。其河水已经无法进入自己的下游河道，四处游走，浪迹八方，使得泛滥现象更为严重，平地变成了泽国，积水洼地被迫演变成为大湖，洪泽湖就是其中最为典型的一个例子。有的支流下游河段被淤塞成长条形的湖泊，因此部分淮河坚守本分而无奈改道从洪泽湖向南，被迫成为长江的一条支流。然而，这条支流并不畅通，“难以从良”，洪水一来，就在中下游的低洼之处到处漫溢，从而使水灾日渐增多。1916 年至 1931 年的 15 年间就有 4 次特大水灾为祸。淮河流域两亿多亩农田经常受灾的就有 1.3 亿亩之多，而且每次洪水肆虐，几十个县、市和上千个镇乡顷刻就沦为汪洋泽土，受灾人口动辄逾越千万，致使淮河流域人民真是处在水深火热之中。

历史上，淮河多灾多难，发生过多次洪水灾害。三百多年来发生的几次大的洪灾有：

一、明神宗万历二十一年（1593 年），淮河流域发生特大洪水。

1593 年的 4 月初至 8 月，淮河流域淫雨不止，7、8 月间又发生多次强大的暴雨，洪涝灾害异常严重。据文献资料记载，流域内各支流、干流等地区 120 多个州县受灾。尤以淮北平原地区灾情最为严重，“平地水深丈余”“舟行树梢，人栖于木”“大水进城关市几没”。由于淮河大水，又受黄水顶托，排泄不畅，“高堰决高良涧、周家桥等二十二口，高宝诸堤决口无算”。

据《明实录》记载：“自五月以来大雨倾注，河流漫溢”“黄淮两河先后决口，黄河决于山东单县黄固口，淮河决于洪泽湖东岸高家埝之高良涧、团家桥等二十二口”。汝阳“雨若悬盆，鱼游城关”。新蔡“平地水深数丈，……凡人物房屋冲陷殆尽，无麦无秋禾”。上蔡“春夏淫雨，入秋更甚”。固始“雷雨大作，水漫山腰，人畜随水而下”。阜阳“八月八日水自西北来，奔腾澎湃，顷刻百余里陆地丈许，舟行树梢”。鹿邑“夏五月连雨至九月，麦禾具不登”。凤阳“淮河涨，平地引舟，大水进城”。盱眙“水漫泗州”。宿州“州境半为泽国”。菏泽“五月大雨至八月禾尽没”。曹县“大雨，自四月至八月不止”。曹州府“五月大雨决单县黄固口”。邳州“五月大雨，邳城陷水中。六月，邳州、宿迁溺死人无算”。丰县“夏霖雨三月，人食木皮，次年春，瘟疫大作”。高邮“高宝诸堤决口无算，明年尽塞”。宝应“淮水决高堰，……没田庐人畜，死人无算”。

在全淮河流域大雨，淮河、黄河决口的情况下，从“徐州至扬州间，方数千里，滔天大水，庐舍禾稼荡然无遗”。

这是淮河历史上最为严重的一次大水灾。

二、清世宗雍正八年（1730年），沂沭泗水系发生大洪水。

1730年沂沭泗水系6月至7月长期淫雨，发生了历史上罕见的大洪水。《莒州志》记载：“夏五月初旬阴雨连绵四十余日。六月十九日大雨如注七昼夜，无一时止息，二十四日洪水横流，东至屋楼，西至浮来，接连四十余里，平地深渊。二十五日冲毁城垣，城门北关只存房屋七间，淹死五六千人……乡区村庄坟墓骸骨随波而起，沙压良田，沧桑尽变，人畜漂没，不可胜言。”《沂水县志》记载：“六月十九日大风雨，沂水溢，淹田禾庐无算。”“沂沭两河大决于沂水、莒州、临沂、郯城，大流直注邳(县)，宿迁、苏北一带尽成泽国。”《滕县志》：“大水，米贵如珠，藻满市，人相食。”《定陶县志》：“夏雨连绵，至七月雨如倾盆，遍地皆水，墙垣多坏。（雍正）九年春，民多逃亡。”《山东省历史洪水调查资料》记述：“是年六月十九日暴雨，自江苏赣榆县，经山东省日照、莒县、沂水、临朐，东南西北走向，暴雨中心在沂沭河上游沂蒙山区，历时长，强度大，范围广，灾情重，群众传说至今，在沂河、沭河、弥河、淄河等河道均调查到这次洪水。”

据调查估算，这次洪水，沂河在沂水许农湖乡赵家楼洪峰流量为17500立方米每秒，临沂市西朱旺洪峰流量为30000立方米每秒。沭河至临沭县大官庄洪峰流量为15300立方米每秒。是近三百年来最大的一次洪水。

三、1921年的洪水。

1921年淮河流域由于连续两个月以上的长期降水，形成了全流域的大洪水。该年7月份至9月底，淮河干流长期处于高水位、大流量行洪状态，全流域上、中、下游普遍成灾，沂沭泗洪水灾情也很严重。根据当时淮河流域山东、江苏、河南、安徽四省灾情调查统计资料，农田淹没面积近4973万亩，灾民760余万人，财产损失2.15亿银圆。其中以安徽、江苏两省灾情最重。

四、1931年大洪水。

1931年6月下旬至7月底，淮河流域不断出现长时间持续的大雨和暴雨。降水超过500毫米的面积约13万平方公里，其中超过600毫米的面积为5.1万平方公里，超过700毫米的面积为1.3万平方公里。淮河干流6月下旬开始涨水，7 月底、8 月初相继出现最高洪水位。当年里运河开启归海坝 3 处，东西堤溃口 80 多处，里下河地区尽为泽国。

1931 年淮河流域灾情极为严重，遍及流域内河南、安徽、江苏、山东四省 100 多个县。据统计，全流域淹没农田 7700 余万亩，受灾人口 2100 多万，死亡人数 75000 多人。灾后瘟疫流行，急性传染病蔓延城乡，仅江苏省高邮县统计死于瘟疫的就有数千人。经济损失高达 5.64 亿元（银圆）。

2. 任重道远

黄河侵淮初期，两河的下游合流入海，但到了明朝（16 至 17 世纪），黄河水全部侵入淮河。它不仅借道泗水，而且还从颍河、涡河、濉河等同时入淮，拦腰一截，袭夺了淮河的中下游。黄河的洪水在淮河到处泛滥，黄河的泥沙淤塞了淮河的干流和许多支流，淮河的水系被打乱，淮河下游的河床越淤越高，也成为“地上河”。淮河的水已经无法进入自己的下游河道，使得泛滥现象更为严重，瞬间肥田沃地恶变成水乡泽国。

1915 年，身负历史使命、留德学成回国的李仪祉深感水利事业在中国实施的重要，当听说张謇先生为了中国的水利事业准备在南京创办河海工程专门学校时，就专程拜会了张謇。

张謇先生非常欣赏李仪祉主张从根本上治理河患，利用科学技术发展农业灌溉、航运的远见卓识，也仰慕其博学专才。张謇素以“实业强国、教育救国”思想著称，与李仪祉“科技兴国、治水救国”思想有着异曲同工之妙。

李仪祉在出国留学前就知晓张謇先生对中国水利事业有着孜孜不倦的执着追求，尤其是这位状元公奔走“导淮”也被两淮人民广为传颂。

北洋政府时期，张謇先生就曾发表过《导淮计划宣告书》及《治淮规划概要》，他所提出的有关水利事业的真知灼见也展现出杰出的治水智慧。而李仪祉也已将“导淮”事业视为已任，因此当下痛快地接受了邀请，鼎力协助张謇先生创建河海工程专门学校，并担任教务长及教授之职。

李仪祉刚到“河海”任职任教时，除了大量繁杂忙碌的建校事务工作和教学外，他立即投身到治黄、导淮的研究中去。李仪祉的潜心研究绝非仅限于理论闭门造车，而是理论联系实际。他多次带领学生到淮河中下游考察，实地参加治水实践活动，使学生在学习近代西方水利科学的同时，也了解中国黄河、海河、淮河的历史和现实灾害。

张謇先生在北洋政府担任高官（1913 年，张謇被北洋政府任命为农商部部长兼全国水利局总裁），但凡张謇先生来到南京，李仪祉总要和他彻夜深入探讨治理淮河方略。

张、李二位先生在治水见解上颇为投机，李仪祉格外振奋，深感遇到难得知音，所以，他在“河海”一直待了七年之久。

孙中山先生在《建国方略》中把导淮作为“培国本，纾民困，裕民生”“刻不容缓的政治问题”。1929 年 7 月 1 日，国民政府导淮委员会在南京成立。7 月 7 日，国民政府任命李仪祉为导淮委员会委员、总工程师。导淮委员会委员长蒋介石在宣誓就职演说词中说：“淮河人民在八千万以上，如导淮成功，则民生问题可以解决。”

导淮委员会成立后，迫在眉睫的是首先要开展对淮河中下游各河道、湖区及流域的查勘，摸清各河道湖泊及水利工程等情况，为淮河洪水实施江、海分疏选择路线，为制定导淮工程计划提供科学依据。

1929 年 7 月 20 日，在李仪祉的提议下成立了工务处，下设办公室、设计组、测绘组；8 月 20 日，又成立总工程师办公室。

成立“总办”的第二天，李仪祉就亲自率领工务处勘查队，前往苏北调查。参加勘查队的人员，几乎都是当时水利界的精英：副总工程师须恺、测绘主任工程师刘梦锡、设计主任工程师许心武、技正工程师汪胡桢、汪干夫，另外有随队医师张之棠、事务员罗忠懋等先生。

为了保护勘察人员安全及工作顺利进行，陆海空军总司令部派副官胡镇同行，以便和沿途地方驻军沟通，借助军方力量确保勘察人员人身安全万无一失。

李仪祉率领勘查队，历时月余，深入江苏、山东、安徽三省淮河干支流上查勘江、淮、运、沂、沭、汶、泗及黄河各处，每天早出晚归，风雨兼程，使用的交通工具都是极为简陋的车船。

苏北航运复杂，有些河道根本连小汽轮都无法通行，每遇此种情形，勘查队只能乘坐木帆船前往目的地；在山东查勘时，有很多地方道路狭窄崎岖，勘察队人员只能奔走在乡间的高低不平崎岖山路上。最艰难的是一遇下雨，独轮车都无法前行，勘察队员只能深一脚浅一步地走在泥泞的土路上，稍不留意摔倒，立刻就成了一个泥人，不难想象，那样的查勘，每个人都需要付出怎么样的代价。

对李仪祉率队的艰苦考察历程，当时新闻界《民国日报》《申报》《时事新报》先后发表多篇导淮查勘专访。《中央日报》《大公报》特派记者随勘查队跟踪采访，对勘查队每天行程和考察内容择机做详细报道。

现从民国十八年9月15日《大公报》发表的“导淮工务勘查日记”中摘录两天行程日记，即可看出李仪祉率队查勘付出的艰辛和深入细致的工作态度：

8月23日，晴，晨四时开船，六时半抵江都，停泊福运门外，入城赴江北运河工程处，晤晋处长及工程科长张树源，详谈淮运关系、下河水利及归江十坝情形。

运河及运东农田灌溉，均恃淮水接济，民十以后，频年干旱，上游来水有限，运河立呈枯涸现象，高邮、淮阴之间，航行濡滞，甚感不便，其由里运东堤各闸洞，旁泄之水量既无多，复大半均为近河农民所截取，不得尽量东趋，滨海各县，既苦旱患，兼之海潮内侵，卤质停留，难施耕种，本年虽曾开堵山坝，迎纳汇流，但水量甚微，仍不足以济运河之需要，旱年之情形，大致如此。

张科长意见，甚望早开张福河，以裕里运河上游水量，即以济运东农民急需也。旋由该处赠给运河图多种，以供途次参考之用。

午餐后尽欢而散，船自江都开行，已午后二时半，行经沙河坝及湾头老坝，四时至壁虎坝，是为归江十坝中之最大者，登岸步行至新河坝，过新河行在陇陌间，以达凤凰坝，再北行经太平河口，旧有西湾坝，从西湾坝上游之岔口至金湾河，北行至通扬运河，河口旧有双孔闸，名六闸，今已圮坏，仅存石础而已。

自邵伯至仙女镇之轮船，皆别循岔口出入，而其对岸即为邵伯湖水入运之口，以湖中水浅，致水草丛生，远望之几如平地，而在水大期间，则汪洋浩瀚，波涛万顷，七时抵邵伯，初泊镇南，两岸壁立，高出水面二丈许，河面复狭隘，如居山谷，暑热不可耐，改泊镇北清旷之地，气候随觉凉爽，是夜邵伯驻军在岸上站岗守卫。

> 8月25日，晨五时鼓轮北行，六时半抵黄浦，看黄浦闸，大小略同子婴闸，上游石块已被冲去二三尺，而成深潭，宜加修筑，闸的上游有涵洞一座，结构甚好。七时到双闸，复至对岸堤上视察，近堤均农田，甚繁荣，惟涵洞小灌溉水不足，将来导淮成功以后，在运河西堤多建闸洞，引流灌溉，一如东堤之制，则农民受益不少。此地西去湖边十余里，南去湖边二十余里，滨湖均筑有土堤以障湖泛。
>
> 据农人言，民十大水，堤圩溃败，湖水内浸，上距运河堤顶仅余二三尺，居民皆移居堤顶上。所以，此地水旱之灾不可避免，若在淮河导治以后，非独此处可以免灾，即宝应、高邮湖滨被水之区，均可化为良田。七时三刻至大迳河，视察大迳河闸及涵洞工程均完好。自此以上，经平桥达淮城所历运河东堤涵洞凡十，西堤涵洞只三处而已，午后一时抵淮阴。

实地翔实勘测之后，李仪祉认为:“治淮之道宜江海分疏，首以防洪灾，便航运，裕农利为三大目的。然而淮河流域面积逾27万平方公里，被灾有轻重之别，施工期应分先后。按世界治水之策，恒以下游为入手之基。推究淮河水量频率，洪泽湖蓄水拦洪之量与航运、灌溉之需，既减除山东洪水之策，如初步施工计划之标准。”

如果计划定得标准过高，工程过细，则“非短期间所能竣事，其工费需数千万元，也非短期所能筹集。权衡利害，害当先去其重，利应先兴其大，唯有先治入江之道列为第一期工程，从下游着手以畅排洪之尾闾，庶下游免泛滥之灾，上游也减壅遏漫溢之患。对于防洪、航运、灌溉三者并重，而于全淮流域也皆统筹兼顾”。

“五年工程完成而后，江北可永无水灾旱荒，航运阻塞之虞，苏、皖、鲁、豫田地免水患者约可4000万亩，……鲁南、江北受灌溉利益者约4100万亩，……河湖增垦之地可得245万亩。”

“等到第一期工程收到效益之后，再进行第二、第三期淮河中上游治理工程”，总之“导淮之事，便要防止淮水泛滥为灾，同时定要顾及农田灌溉及运河航道之利”。

这就充分体现出李仪祉的淮河综合治导思想。

按照李仪祉编制导淮规划的指导思想，工务处和总工办公室的须恺、汪胡桢、肖开瀛、陈和甫、雷洪基、林平一、祝家栋、蔡作翔等连同李仪祉以及“导委”顾问方修斯十多位先生积极投入到导淮计划的编制工作。

经过夜以继日、废寝忘食的大半年时间，1930 年 5 月底，一部在淮河水利发展史上具有里程碑意义的治淮方略——《导淮工程计划》终于诞生了。

李仪祉没有想到，千辛万苦的计划却迟迟得不到实施。

3. 不畏权贵

1930 年 9 月 11 日至 12 日，南京召开导淮工程计划讨论会，也就是对李仪祉主持编制的《导淮工程计划》进行论证。

参加会议的有国民党元老、监察院院长于右任，国民政府财政部部长宋子文，国府委员、监察院副院长陈果夫，教育部政务次长段锡朋，国府委员、国府主计处主计长陈其彩等诸多要员，德国水利专家方修斯，国联水利工程专家、中英庚款委员会顾问查得利诸位先生也在座。还有豫、鄂、皖、苏、鲁五省最高长官或代表，当然还有主管水利高层官员和水利界精英等。

仅从与会人员来看，足见其之重要重大。

李仪祉站在台上，指着大幅根治淮河水系、流域水患及导淮地图，系统介绍了《导淮工程计划》，用时较长详细叙述了《导淮工程计划》实施的前景、步骤及经费预算。

李仪祉颇为急切地说道：“……以观目前之现况，仅以洪泽湖为例，该湖面积日益缩小，实令协忧虑之至。湖之周边多地围湖造田，苟以贪图近利，不计长远，破坏生态，此举直接加大淮河灾害，实为犯罪之极。

“现今淮水流入洪泽湖，一水以张福河出湖入海，一水以三河出湖入江。两河水量之和可达每秒 15.158 立方米，归江归海各途之泄量每秒 13.7 立方米，壅积于高邮、宝应二湖者每秒 1.458 立方米，致之尾流不畅。继若上游流量不减，高邮、宝应二湖水量增加水面继续上涨，水患为灾后果不堪设想，且淮河中上游，上壅下阻，堤防溃决，各支流颇显浅狭，漫溢之灾更为惨烈。民五年其流域被淹8000平方公里之多，民十年竟达1.37万平方公里，如此之广土地被淹，试想多少家庭妻离子散，已有多少百姓命丧泽国！

“协以为当务之急应尽快开启以下工程：第一，排洪入江而不令江受淮之害；第二，利用洪泽湖拦洪以减尾闾；第三，开辟入海之道以减轻洪泽湖之重负；第四，兼用洪泽湖蓄水以灌溉农田。如此一来，杜绝淮害，短期在望，根治千百年之河患，必定实现。”

在座的官员、学者纷纷鼓掌，对李仪祉《导淮工程计划》之构想赞不绝口。

李仪祉接着说：“受命之后，深恐才拙任重，竭蹶不前，有负政府民生建设之意，用多征集专门人才，以共仔肩。”

《导淮工程计划》后经国联水利工程专家与中英庚款委员会审核，一致赞同。1931年4月12日，国民政府批准公布实施。

《导淮工程计划》内容共分总论、排洪工程、航运工程、灌溉工程、测量设计五大章，并附有淮河流域图，淮、沂、泗、沭排洪工程总图，入江水道平面图，沂河治导图，泗河排洪图，沭河治导图，苏北运河邵伯、高邮、淮阴三座船闸工程等十多幅工程图和设计图。

《导淮工程计划》的最大特点是具有现代科学性。民国以前，由于局限性，各代虽对淮河都有过治理，但对洪水缺乏定量记载，从来没有对地形及河道断面进行过测量，且挖河、筑堤的防洪标准一般都用传统直观定性的方法确定，毫无科学依据。

李仪祉带领的勘察队，不但通过实地详细勘察得到宝贵的第一手资料，还充分利用江淮水利测量局、江北运河工程局、安徽水利局及山东运河工程局等部门对淮、沂、泗、沭流域地形、河道测量资料和水文观察记载数据，使得《导淮工程计划》符合现代治河规划原则和设计要求。

此外，《导淮工程计划》参与编制者，如须恺、汪胡桢等先生都是中国近代水利界前辈精英，也是李仪祉的得意门生，他们所掌握的西方现代水利科学技术，尽可能地应用在编制《导淮工程计划》中。

《导淮工程计划》的宗旨是防止洪涝灾害，兼顾发展航运、灌溉事业，实施步骤是先除害而后兴利；其内容主要有：淮河下游治导，淮河中上游及支流之治导，沂、泗、沭、运河之治导，还有航运、灌溉等发展计划，治淮内容比较全面，堪称中国淮河治理规划史上的创举，为后人治淮留下宝贵的经验和科学依据。

为慎重起见，在制定《导淮工程计划》之前，李仪祉还特地向在德国的世界级水利专家恩格司（*H.Engels*）先生致函，邀请其前来中国指导制定《导淮工程计划》。

恩格司教授在进行黄河下游河道的水工模型实验时，李仪祉提出对明代治河名臣潘季驯以“缕堤束水攻沙，以遥堤约束洪水泛滥”的理论进行验证实验。恩格司事后回信说，经过实验，得出固定黄河中水位河槽的结论和潘季驯当年的方法一致，此理论非常合理。这个例子恰好证明了李仪祉自明的“注重学习和研究先进的治水技术，也要注重现代技术与传统治水实践经验的结合”。他始终恪守从中外历史中寻求治水方法的宏观掌控，从对传统治水策略的批判性扬弃中形成成熟的治水思想，乃至从传统思维与现代技术的兼容并包中提炼出独具特色的治水理念。这已经不是仅仅停留在如何排洪和如何治旱的层面上了，而是一种对文化传承的深刻领悟，对文化实践性的敏锐觉悟，以及对文化导向性的由衷感悟。

由于恩氏年岁已高，故推荐德国汉诺工业高等学校教授方修斯先生为导淮委员会顾问，共商导淮事宜。

李、方氏二位先生一起很快就拟定出了《导淮规划概要》。方修斯先生是德国颇有名望的水利科学家。自参与《导淮工程计划》以来，他与李仪祉朝夕相处，李仪祉的学识之渊博，治学之勤谨，律己之严格，给这位德国学者留下了极为深刻的印象，他深为钦佩，亲切地称李仪祉为“佛”。

方修斯先生回国后仍念念不忘感人至深的李仪祉，逢人则宣扬中华。他从李仪祉的身上，感受到中国的文化、道德精神可冠世界。方氏被德国人称为“中国狂”。

原以为有了完备的《导淮工程计划》，治淮工程就可以立即进行贯彻实施，可李仪祉万万没有想到，政府却一直没有什么动静，也丝毫没有下拨款项的迹象。

他哪里知道，国民党政府只是企图以导淮名义与英国交涉退还庚子赔款，借重李仪祉的名望，以求有助于对外交涉，并没有为了广大人民的利益而开发淮河水利的诚意。

一段时日后，李仪祉实在等得坐不住了，急切地去找财政部长宋子文。

一开始，宋子文还用话来搪塞，后来见这个“不识相”的李仪祉找的次数渐多，不胜其烦，干脆直接挑明，由于经费无着，导淮工程暂缓。

李仪祉当下便气得写了请辞报告，还没有递交给“导委”，就愤而离宁返陕。

那么，李仪祉与宋子文就此事到底是怎么交谈的呢？

多年以后，李赋林先生回忆了这段往事。李赋林是李仪祉的三侄子，他当年亲耳听杨虎城将军绘声绘色地讲述了这段故事。

有一次，宋子文见到杨虎城，当即很气愤地说：“李仪祉胆大妄为，竟敢对我拍桌子，对委员长不敬。”

杨虎城问：“发生了什么事？”

宋子文愤愤地说：“李仪祉主持的《导淮工程计划》，的确是精彩绝伦之作，本人对其治水的宏图大略、远见卓识、专业精良也相当敬佩，只是他太不了解政府的难处，多次前来催款。

“我给他讲了，眼下政府确实有困难，一年多来，庚子赔款退还的问题还没有交涉出一个结果，当前国内政局如此混乱，冯玉祥、阎锡山倒戈反对政府，共产党也到处搞暴动，政府实在无力顾及导淮的事情，委员长心有余而力不足，还让我向李先生致意，一定要谅解政府的苦衷，导淮工程要向后缓缓。”

杨虎城问：“那李仪祉先生怎么说？”

宋子文道：“嗨，本来我是要安抚李协，谁知我的话还没说完，他竟然说：‘委员长的缓后，不过是不实施的借口而已！’他还指责我们，‘说来说去，你们考虑的仍然是争权夺利，哪怕拿出少量的款子也好像抽你们的筋一样。’你看这话说得难听不难听！”

杨虎城说：“然后呢？”

宋子文道：“李仪祉越说越激动，最后站起身来，跟我拍了桌子，还说这点事你财政部长都做不了主，那我去找委员长，随即拂袖而去。”

“嗯，李协性子倔直，说话从来都是直来直去的样子。”杨虎城说。

“这事还没完呢。”宋子文顿了顿，接着说，“第二天，委员长叫我去，一进门就见委员长和李协都沉着脸坐在那里，不知道李协如何向委员长要款。我只好打圆场说：‘李先生昨天还没有等我把话讲完就走了，委员长已向中央提名李先生为中央政治委员会专门委员，政府已经决定聘任李先生为全国经济委员会常务委员，这是委员长对李先生格外器重。’谁知李协竟不顾委员长在场，愤愤地说：‘我不懂经济，更不懂什么政治，我只懂修水利，那样的高官我做不了！没钱治淮，那我在南京还有什么意义！’说罢就走了。气得委员长半天没有说话。良久，委员长像是对我说又像自语道：政府再多有几个像李协这样的人，国家幸甚，民之幸甚。”

杨虎城听罢哈哈大笑，说：“见识了吧！这就叫陕西冷娃！”

4. 临危受命

李仪祉的《导淮工程计划》1931 年 4 月经国民政府批准公布，却迟迟不得实施。当年，梅雨期长雨量剧增，淮河流域发生的大洪水使淮河上、中、下游普遍成灾。中游堤防大都溃决，下游里运河东堤全线崩溃。淮河流域被淹七千七百余万亩，受灾人口两千余万。

1931 年江淮大水之后，国民党从美国借来小麦举办工赈，在上海设立水灾救济委员会，由宋子文掌事，聘请李仪祉为委员兼总工程师。任事之初，李仪祉一秉救溺之忱，仆仆于江汉淮运之间，制定修堤浚河计划，并号召水利界人士通力合作，在很短时间，组成了工赈局十七处，分头实施。但是水灾救济会以借麦关系，操有权力的均为宋子文手下的亲信，他们乘机牟利，李仪祉与他们很难共处，不到几个月就引退了。

《中国救荒史》显示：“苏、皖、赣、鄂、湘、豫、浙、鲁八省大水，被灾区域达 32 万平方公里，灾民一亿人，被淹田亩二亿五千五百万亩，被灾县 290 县。”

大灾当头，国民政府不得不紧急致电李仪祉，委任他为导淮委员会委员长。

身任陕西省建设厅厅长、陕西省水利局局长的李仪祉先生，此时正在家乡陕西为自己设计的“关中八惠”实施而奔波。在接到委任电文后，李仪祉愤怒难抑。想起官僚对导淮之事不重视而推诿，如果当初按照《导淮工程计划》实施的话，哪能有今日灾祸！他愤愤地说：“天灾人祸！简直是误国误民啊！”

李仪祉越想越气，坚辞不就。但宋子文再三电文恳请，言及国难当头，先生还应以大局为重，还应以国民生命为重，先生的宏伟导淮蓝图肯定会实现，如此云云，好言相劝。

李仪祉以为这些官僚政客，每每话说得极为好听，但一到事后具体为民办实事时就言不由衷，本想置之不理，但一想到波浪滔天的洪水肆无忌惮地吞噬着黎民百姓，千万人民流离失所饿殍遍地的惨景，具有菩萨心肠的他遂不计前嫌，最终还是安排了陕西的诸项工作，临危受命，赶赴江淮，进行赈济救灾工作。

白天，李仪祉奔赴各地勘察淮河溃决泛滥情形，现场指导进行抢修工程；晚上，又组织工程技术人员连夜紧急制定修堤浚河计划及图纸。

经过一段时间的艰苦奋战，水患终被平息。

此时，李仪祉准备为根治淮河、为导淮工程大显身手，不意接到杨虎城将军由家乡发来的急电，陕西政府筹划40万银圆，要立即动工修建李仪祉先生早已设计好的泾惠渠，急召他回陕实施。

这使李仪祉万分振奋，激动得彻夜难眠。他此时虽在南京任职，但一直还兼着陕西省建设厅厅长及陕西省水利局局长，而实现“关中八惠”是他终生实现水利千秋大业宏愿之首，恨不得马上动身回陕。

对于功利名望，李仪祉先生从来看得犹如浮云。他认为，《导淮工程计划》完备，他个人的离开，丝毫不影响导淮工程进行，只要政府能投入足够款项并完全按照计划实施，没有他李协，根治淮河水患，也无任何问题。

李仪祉再次把请辞报告递交“导委”。这次辞职，和上次愤然离去的心情完全不同。但没有想到，上峰坚决不同意李仪祉离开“导委”。费尽时日，几经周折，最终，蒋介石勉强同意了请辞报告。

1932年7月25日，国民政府特派陈果夫为导淮委员会委员兼副委员长。国民政府自公布导淮计划以来，多年没有按照《导淮工程计划》做实质工程。在李仪祉离开“导委”三年后的1934年11月1日，国民政府迫于强烈的社会舆论，导淮入海水道工程终于在淮阴杨庄举行了开工破土典礼，此时身为黄河水利委员会委员长的李仪祉正在黄河上游勘察，听到开工消息异常欣慰。

1937年初，苏北的导淮入海水道工程终于竣工，国民政府欣喜地宣布，导淮入海水道工程的建成，标志着国家多年致力于水利建设而取得的重大成就。当时报纸对工程的竣工以及今后的效益做了大量宣传，也对陈果夫大加赞颂。

《大公报》以“导淮入海，大功告成”为标题载文预言：“将来淮水畅达，苏皖一带将永无水灾之虞，沿岸农田灌溉受益极大，农村经济复兴有望”；江苏教育厅厅长周佛海说：“此项伟大艰巨工程之完成，悉由主席（江苏省）陈果夫惨淡经营，丰功伟绩亟应表扬”；“导委”秘书长、江苏省建设厅厅长沈百先说，陈果夫“在近五十年导淮事业上实为创始事功之第一人”。

陈果夫听到种种溢美之词还算清醒，明知世人皆知没有李仪祉率领团队的前期查勘精当制作的《导淮工程计划》领航，治淮成功难以想象。陈果夫遂说：“导淮工程，完全是按李仪祉先生所定方案进行的。”

李仪祉当时正奔波于扬子江中上游进行考察，听陈言后淡淡地说：“不然。如果没有大笔工程款项，没有几十万大众长年累月、寒冬酷暑的艰苦劳动，任何水利工程都是不可能完成的。”

其实，除李仪祉与同人精心设计的《导淮工程计划》引领，还有在当时极端困难的条件下，李仪祉在天津创建的水工试验所，为导淮入海工程成功地进行了入海水道杨庄活动坝（在淮阴杨庄镇，用以控制淮水入海水量并调节运河水位）和入江水道三河活动坝的模型试验。这些，都是使该工程能够实施成功的坚实基础。

李仪祉于1930年底第一次辞去“导委”职务回陕后，即与北平华洋义赈会合作进行引泾工程，开始了陕西水利工程的具体实施。

他主持创办了《水利学报》，并担任《水利杂志》《河海月刊》《黄河水利月刊》《导淮委员会月刊》《陕西水利月刊》等刊物的主持者或主要撰稿人。

李仪祉在天津倡办了中国第一水工试验室，所做的模型试验为导淮治黄起了至关重要的作用。所以他当之无愧是我国现代水利科学研究机构的奠基者。他还兼任浙江省建设厅顾问，忙中偷闲亲赴杭州考察钱塘江，为之设计了杭州湾新式海塘等。

在繁忙的导淮期间，李仪祉还写出了《华北导淮黄河三委员会有联合工作之需要》《华北之水道交通》《中华民国水利机关组织拟议》《陕西省民国二十年建设事业计划大纲》等三十多篇文章发表在杂志刊物上。按李仪祉的学生亦是水利专家的胡步川的说法，“先生所发表文章，均足以沟通世界水利学术，且为水利界及其他各界圭臬”。

在李仪祉团队前期实地考察、深入调研取得第一手材料，苦心凝炼而成的《导淮工程计划》指引下，水利专家、地方官员、沿岸百姓同心协力，前赴后继，励精图治，终于给致淮为患的祸首黄河套上了治服的笼子，亦使淮河归顺不再施虐。沿河两岸青山绿水复原，秀丽风光重现，恶土蜕变良田，稻谷弥香丰产，百姓安居开颜。

第二十一章　一腔热血，壮志未酬

1. 我以我血荐轩辕

1937年7月7日，日本帝国主义在中国制造了震惊世界的“卢沟桥事变”，从此，日寇的铁蹄践踏华夏，大举侵城略地，所到之处，烧杀抢掠，无恶不作。贫穷落后的中国人民，在强权暴力下饱受摧残蹂躏，命如草芥。

中国自清末在甲午战争中惨败给日本后，国势大衰。民国建立之后又是军阀混战，发展缓慢。至抗战军兴以前，可以说是一个彻头彻尾的弱国。而日本自从在甲午战争中大胜中国，得到了清廷巨额赔款以后，国势大增。至1937年，可以说是一个不折不扣的强国。抗战前夕，中日两国国力根本就不是在一个重量级别上。偌大的中国在当时与蕞尔倭国的差距之大，今天想来，也令人汗颜。

当时，中日两国无论在哪方面的力量相较都悬殊太巨。据1937年史料记载：日本人口1亿，可动员兵役1000万，飞机2700架，汽车9500辆，坦克2000辆，火炮16000门，军舰190万吨，其中含航空母舰6艘；中国虽说有4亿人口，但拥有作战飞机不到100架，汽车千辆以下，坦克几乎没有，火炮千门左右，军舰只有6万吨。不仅如此，日本当年的工业总产值60亿美元，是当时中国的44倍；钢产量580万吨，是中国的145倍。而且，中国的东北三省、华北一部、台湾均被日寇占领，日本帝国主义的实际控制地域很广，我国东北实际上已经成为供给日本侵略中国的工农业产品的重要战略基地。

军事工业方面，我国当时的大口径火炮、坦克、汽车尚不能生产。飞机和舰艇虽已生产出少量产品，但主要部件仍需进口，无批量生产能力。按战时标准，实际上等于不能生产，仅能生产步兵轻武器和小口径火炮。而日本方面工业门类齐全，大口径火炮、坦克、汽车、飞机、舰艇均可生产研发，步兵轻武器和小口径火炮等的年生产能力，完全满足进行大规模战争的需要。

陆军方面，我国步兵 182 个师又 6 个旅，骑兵 9 个师又 6 个旅，炮兵 4 个旅又 20 个独立团，另外还有其他少量特种部队（其中 40 个师是以第一次国共合作期间的黄埔军校生为军官而组建的部队，训练与装备较其他部队为好）。陆军总兵力约二百万人，兵役制度不完善，军需补给与人员补充能力薄弱。日军陆军有 17 个常备师团，4 个混成旅团，4 个骑兵旅团，5 个野战重炮旅团，3 个战车联队，16 个飞行联队，及守备部队，总兵力约 38 万人。但由于完善的兵役制度，尚有后备兵员总计 448 万余人。加上海军，日本战时陆海军共可动员一千万人。

海军方面，中国海军自甲午战争遭日本海军歼灭性打击以后就一直未能恢复元气。至 1937 年，全中国所有的舰队加起来只有大小舰艇一百二十余艘，总排水量约 11 万吨。但实际作战的舰艇仅六十余艘，排水量约 6 万吨，且多为超龄旧舰。无论从装甲、火力、射程、航速上讲，抗战时的中国海军都远逊于日本海军。当时我国虽然也可制造少量舰艇，但重要零部件都要进口，且无批量生产能力，根本满足不了战时需要。

日本海军自甲午战争中大败清之北洋舰队之后，一跃冲天而起。日本海军军舰种类齐全，全部可以自主设计制造，年造船业能力47万吨。至1937年，日海军共拥有大小舰艇285艘，总排水量约115.3万吨，其中战列舰9艘(27.2万吨)，航空母舰 4 艘（6.9 万吨），巡洋舰 33 艘（21.5 万吨），实力仅次于英美海军，居世界第三位。

空军方面，1937年时的中国空军尚处于初建阶段，共拥有各种飞机600架，其中作战飞机 305 架。大部分飞机分别购自美、意、德、英、法等国，机种复杂，维修不便。至全面抗战爆发时，能参加起飞战斗的飞机仅 223 架，能执行任务的飞行员 620 人。基本无飞机制造能力。

日本没有独立的空军，航空兵分属陆海两军。日航空兵机种齐全，飞机设计制造能力完善，年产量达1580架。零式战斗机曾独领风骚一时。至1937年，日航空兵（陆海两军）总共有作战飞机1600架，此外还有运输机、训练机及研究机数百架，差距很大。抗战中的中国空军远远比不上日本空军，日军是为远大的战略目标设立空军，而中国还谈不上，空军在中国是摆设，从蒋夫人担任空军司令来看就知——幸亏是名誉上的。

鉴此，那时世界上大多数人感慨道：中国有什么实力与侵华日军来进行抵抗？！更有甚者，在国民政府供职的德国王牌顾问、战略专家们也都估计中国灭亡只需六个月！

泱泱几千年之文明大国却生死悬于一线，辉煌耀世的中华民族险遭灭顶之灾而发出最后的呼声：抗日救亡，捍我国土！

尽管形势如此严峻，尽管中国随时都有亡国灭种的可能，但就是在这片神奇的中华大地上，却发生了让世人瞠目结舌的旷世奇迹：八十年前的今天，由于我们有着无数甘洒热血的民族英雄，有着顶天立地的英雄人民，中华儿女前仆后继，众志成城，忘我牺牲，多年抗战，赶走日寇，终于赢得了抗日战争的伟大胜利。

李仪祉便是这些铁血义士中的一员。

从1937年7月7日起至1938年3月8日止，李仪祉亲身投入到这场伟大的抗日战争，仅仅只有八个月的珍贵时间。在他还没有来得及和人民一起经受长期抗战、度过极端艰苦岁月，在他还没有来得及和人民共享抗战胜利后的喜悦、战后重建被毁家园，李仪祉就与世长辞了。

然而，就在这短短的八个月，李仪祉为抗战所做出的努力，所付出的艰辛，所做的工作，无疑为他的爱国主义情怀和民族精神做出了最好的注脚。

1937年7月7日“卢沟桥事变”爆发时，李仪祉正在北平治病，在病榻上得知此消息时，他愤于日寇的侵略兽行，感于我将士英勇抗战，即作新诗声援抗日：

卢沟桥畔晓月高，
卢沟桥上风萧萧。
轰！轰！是哪鬼放炮？
咳，原来是敌人来到。

假着演操，来把衅挑！
抗，来的一个也不饶，
抗，来的一个也不饶！
卢沟桥前，尸如石抛，
卢沟桥下，血同水潮！

轰！轰！敌人又来了，
哼！他们想夺卢沟桥，
一次不逞，几次三番把死讨！
杀，男儿要试宝刀！
杀，男儿要试宝刀！

卢沟桥是我们的长城，
卢沟桥是贯日的长虹！
死着守，莫放松，
看岛夷，怎样去纵横！
看岛夷，怎样去纵横！

这首诗壮怀激烈，感人肺腑，令人热血沸腾，想起岳飞的《满江红》："驾长车，踏破贺兰山缺。壮志饥餐胡虏肉，笑谈渴饮匈奴血。待从头，收拾旧山河，朝天阙！"感情慷慨悲凉，音调激越高亢，充满爱国激情。李仪祉的这首诗，正如他毕生为振兴祖国水利事业奔走呼号一样，是赤诚如炽，正气凛然的。

"卢沟桥事变"后的第三天，即7月10日，李仪祉在医院实在待不住了，他要求提前出院后，立即抱病回到了陕西，参加抗日救亡运动，以羸弱之躯积极加入陕西抗敌后援会，并任后援会常委，非常耐心地对后援会所开展的工作做出具体指导。

抗敌后援会每次开会，李仪祉即使再忙，也要硬挤出时间来参加。凡他人所顾忌不敢说的事，李仪祉总是毫无顾忌侃侃直言。他常说："政多滥行是少言辅，吾人正宜人之不敢言者。"他为中外报刊撰写文章，把日本侵略中国的霸权行径公之于世，揭露日寇蹂躏中国人民的暴行；他给国际知名人士写信，希望争取他们支援中国。

抗战刚一开始，李仪祉就经常赴西安电台发表演讲，呼吁社会各界、市民团结、组织起来进行抗日。在这腥风血雨的危难局势下，在这敌强我弱的窘迫现实中，西安上空战云密布，警报长鸣，敌机经常越过潼关在西安城扔下炸弹，致使人心惶恐，但李仪祉对抗日战争必胜充满信心。

一次，李仪祉在电台演讲中说道："战事初开始，一时得失不必介怀……吾不信吾之国家遭此暴风雨之摧残，四万万之民族即烟消云灭于地球之上。现强敌虽攻我益急，但吾信其绝不敢渡过黄河进攻西安，吾人仍然照常工作，以求增加后方之生产。"接着他慷慨激昂地说："吾人学工不熟军旅。自今日起，每日费一小时之工夫研究军事，同时需节衣省食，储费做国家不急之需。"

李仪祉号召青年人拿起武器，保家卫国。他饱含着对祖国赤忱的爱和一腔赤子深情，写下了《告青年》书：

国家兴亡，匹夫有责。

国家是一个什么东西呢？我们为什么要爱他呢？得分析分析：

国家的构造，外面一个大圆圈，表示国土疆境的意义。里面一个"或"字又怎么讲呢？

"或"字的意义，翻成英文（*Any One*）就是任何一个人的意思，"或"字放在大圈里面，就是"国内任何一个人"的意思。不管是男性，或者女性，是老年或者幼年，是富人或者穷人，是做官的或者放牛的，都是一样。

"或"字拆开，中间一个"口"表示任何一个人都有吃饭和说话的权利，这便是民权主义。下面一平画，表示任何一个人都有占一片土地之权，这便是民生主义。在边一个"戈"字，标示任何一个人都有执干戈保卫国家的义务，这就是民族主义，一部三民主义包括在这一个字里面。能具有上面讲的两项权利，能尽那一项义务，这才算个"或"，算一个人，算一个完全的国民。

国里有上边讲的国民，才算是一个国。

一国里面有政府，有人民，这是一个组织，是一个生命的组织，是一个进化的组织，他完全同一种植物一样，向上发育的，开花的，结实的，他有他的生理，他有他的生活率，有他的灵魂。可惜一直到现今，这一类的科学，还没有十分发达。只有英国历史学家 *Jhomes Buckle* 在他的著作中很提倡研究民族生理学，加入研究透彻了，一个国家或者一个民族生理学，知道怎样养护，怎样去医治，治理国家的人或者可不再走错路了吧。

我们为什么要爱国呢？一般人说："因为我们在这一国里生存，我们受这一国的保护，便应当爱这一国。"这个见解太浅薄，太不周到。假如我们经商在大阪，在日本国内生存，受日本保护，便应当爱日本的国吗？

爱国的心是天然的，不是人为的。原因是人民与国家，是一个身体，并不能分而为二。比如一个人身体上任何一部分，不能离开整个身体而独立。爱国的心理便是痛痒相关的生理，爱国的事实便是血流贯注的生理，一切都是天然的。不爱国的人正好比烂脚上的死肉，通敌卖国的汉奸，只好比身上的毒疮。这些分子都应该铲除掉，才能保持一个鲜活灵健的身体。

一个国里的人民有的属于一个单纯民族，例如土耳其、阿拉伯。有的是以一个大民族为主干，许多较小的民族附着共同生活，比如中华民国、美利坚合众国等。这比如别的树枝在一个树干上，也便成了一棵树，不可再分开的。事实上证明凡是能接的树，其种类相似，本来有亲属的关系，民族亦是如此。再将爱国一字分析："爱"字可分为"受""心"，中间的一个心字，凡是爱一个人，必然是必受那一个人，即是将那个人稳稳安安、深深切切地放在我心里。于是那个人的愉快，便造成了我心中的愉快，那个人的不安，便造成了我心中的不安。你们恋爱的青年们，以为我说得对不对？

爱国的人们，时时刻刻不能抛却的观念，如同心中的爱人一般，并且还要深切一层。爱人有将要脱离关系，顶多不过登上一回报，或者作几首忏情诗，或者自杀。而人民脱离了国，便自然而然地没有再活的路。除非是你要自己情愿做死肉败肉一般地活着。那不叫活，那叫摆在世上放臭气熏人，那是遗臭后世的。

日本的浅薄人们，不要做梦罢！中国既是即使老得要死，也会复活。复活一语，是由基督教传出来的，耶稣死了复活，为人们显示出死了还可以复活的道理。

复活有身体上的复活，有道德上的复活。身体上的复活，比如一个人精神疲弱不堪，忽然因为经过一场大病的缘故，全身的细胞，老的死了，新的重新组织起来了，经过相当时期的修养，又重新健壮起来了。似这样的人很多，连我自己也有过这样的经验。

道德上的复活，比如一个人浪漫了，各种坏习气，无一不染，忽然因为受了一种刺激或者接受了一种教义，立绳改革，完全变成了另外一个“人”。晋时的周处，便是这样一类人。

个人如是，国家也是一样，我们的民族，身体上，道德上，自从蒋委员长例行新生活以来，完全改变了，我们复活了，湮没了数百年的爱国心理，重新勃然焕发起来了！

复活以后的爱国心理，比如经过严霜寒冷的木兰，一一回复得很快，发得很为茂盛。敌人的炸弹炮火声，便是春雷一般，听见震声的人们，他们的爱国心理，更为不可遏止。

全国的青年男女，都是中国复活以后新组织起来或者是新组织的细胞，个个细胞都要健全组织起来，遵守生活律，输将生命液，而成一整个的健新民族，强大而文明的国家，这才是真正的爱国。

抗战开始后，李仪祉认为水利是民生工程，非常重要，他在《抗战期间之农工水利工作》一文中写道：

敌之寇我，主要目的在破坏我国之经济建设，经济建设不成，则国防无力，则敌人可以任所欲为，毫无顾忌，故我国始有六年计划之开端，而敌人之炮火已临，摧之阻之，毫不迟疑。

尝见健农之冒烈风暴雨以力田者矣，尝见勇士之当狂涛怒波以筑堤者矣，若曰，姑缓之以待平息，则田且崩，堤且毁，稍可为之而风雨波涛又至，则终于为其所毁灭而无可救援也已。

故大难当前，敌人之所欲破坏者，即我之急欲建设者，敌人之破坏愈力，而我之建设愈必猛进。兴水利，劝农功，国民经济建设之最关重要者也，而尤为抗战时期之必不可缓者也。

李仪祉认为，国难当头，国家建设应有轻重缓急之分。“非合乎国民经济之建设，宜立止以节省国力，合乎国民经济之建设，宜力进以增厚国力，而同为合乎国民经济之建设，又宜择此时之需要，分别缓急而为之。”

李仪祉又分析了战时敌我双方的情况，强调后方供给的重要性。他说：“孔子论为政曰：足食，足兵，民信之矣。今全国一致拥护中央之抗战政策，民信可谓坚强矣，武器设备虽不如人，而敢战之士十倍于敌，兵亦可谓足矣，然使民食空虚，则兵虽足而馁，民虽信而竭，激昂何以胜敌？况乎吾国形势与英日等国不同，英日之民食输自外地，故战时重在维持运输交通，我国民食供自本国，故在战时，重在竭力生产。”

李仪祉认为战时后方与前方一样重要，鼓励战时加紧生产，保证供给，以必胜的决心战胜敌人。他说：“农业水利，在战时尤为重要。德国大战时期，被封锁后支持七八年之久，完全靠农业有科学的方法来处理，方能有此成绩。抗战期间，前方战士用枪炮去和敌人拼，后方人民的责任，就是在尽量地供给粮食。我国虽为农业国，但过去每年进口的粮食也极可观。粮食问题，实不容忽视。未来的农业，亟应增进其生产率，旱灾水灾，学水利的更应设法防止。抗战期内，后方前方，责任是同样的重大。要是后方工作不努力，直接就减小前方的作战力量，大家务必担负起后方人民应有的责任，同仇敌忾，赢得胜利！”

2. 放眼全局，深明大义

1937 年 7 月 16 日，蒋介石代表国民政府电邀各省省长、各军总指挥、名流学者及以周恩来为代表的共产党人等参加在庐山召开的各界谈话会，“陕西三杰”李仪祉、于右任、张季鸾均从陕西、南京和上海赶赴庐山参加。

翌日（7 月 17 日），蒋介石向全国人民发出号召：“如果战端一开，那就地无分南北，人无分老幼，无论何人皆有守土抗战之责任，皆应抱定牺牲一切之决心。”继而，蒋介石说道：“我们既是一个弱国，如果临到最后关头，便只有拼全民族的生命，以求国家生存。那时节再不容许我们中途妥协，须知中途妥协的条件，便是整个投降，整个灭亡的条件。全国国民最要认清，所谓最后关头的意义，最后关头一到，我们只有牺牲到底，抗战到底，唯有'牺牲到底'的决心，才能博得最后的胜利。若是彷徨不定，妄想苟安，便会陷民族于万劫不复之地！”蒋介石的这次庐山演讲，于7月19日以《最后关头》为题，在报纸上公开发表。其时，即就在7月17日当天，中国共产党人周恩来、秦邦宪、林伯渠和蒋介石、张冲、邵力子等还在庐山进行着艰苦的谈判。为了共赴国难一致抗日，中共代表交给蒋介石一份《中国共产党为公布国共合作宣言》，其中提出了共产党的四项保证：

一、孙中山先生的三民主义为中国之必需，本党愿为其彻底的实现而奋斗。

二、取消一切推翻国民党政权的暴动政策及赤化运动，停止以暴力没收地主土地的政策。

三、取消现在的苏维埃政府，实行民权政治，以期全国政权之统一。

四、取消红军名义及番号改编为国民革命军，受国民政府军事委员会之统辖，并待命出发，担任抗战前线之职责。

李仪祉对中国共产党光明磊落大公无私与委曲求全的抗日态度，表示出极大的赞赏和欣慰。

7月18日，李仪祉离开庐山回到西安，立即组织西安军民修建防空设施；奔赴各地演说，大力宣传抗日。李仪祉向各方面募集捐款支援抗战，提倡秦中禁烟种麦。他呼吁伤兵难民灾童之养护，募集救国公债。

8月13日，日寇侵占北平和天津后，又发动了对上海的大规模进攻，并狂妄叫嚣三个月内灭亡中国，由此抗日战争全面爆发。

8月28日下午，百忙之中的李仪祉又一次来到西安电台演讲，他再次告诫人们：“不要以为我们在大后方，我们还平安无事。唇亡齿寒，战火已经烧到了山西、河南，我们绝不可掉以轻心。敌人飞机常来骚扰，我们要做好防空准备，要坚定沉着、机智勇敢，时刻警惕来犯之敌。”继而，他呼吁：“日本侵略我国本在利于速战，我为消耗其作战力量，当然要以持久抗战来应对，抗战时间延长，需要供给不断。在此期间，我认为我们供给持久抗战所需一切建设，有积极充分进行的可能。”同时他还提出要“做十年、二十年长期抗战之准备”。

李仪祉与杨虎城的关系，可以说是以国为重、为民谋福、肝胆相照、情同手足。没有杨虎城，很难有泾惠渠；没有李仪祉，绝不会有泾惠渠。

1936 年 12 月 12 日，“西安事变”发生之际，正在渭惠渠工地上的李仪祉，一听此消息，立刻动身回到西安。他支持张、杨二将军提出的八项主张，并拟定和平解决西安事变的方案上书他的好友、南京国民政府行政院院长翁文灏（咏霓）。李仪祉不止一次给杨虎城写信，言及当前国内、国际错综复杂形势，告诫二将军，千万不敢一时冲动杀了委员长（此信原件现保存于杨虎城之女杨拯英手中）。在一次聚会上，他满怀信心地说：“国步艰难，如人之患痈肿然。若内毒未净，决不得愈，此次事变，系国家出尽内毒之日，将走入隆昌之运乎？吾人更当振作精神，为增加西北生产事业而迈进。暴日之寇我东南，不能亡我国，盖自来外族之亡中国者，皆自西北而来，若日人大蒙古国、大回教国之政策成，即可致我死命，故西北之国防及生产实为当务之急。”李仪祉对中国共产党人深明大义、团结抗日、国共携手、拯救中华的伟大胸怀极为敬佩。

有一次，李仪祉对友人说：“据渭北人来云云，红军纪律非常严明，政治工作尤能令人们爱戴，国家如能因势利导，诚莫大之幸福，此意余已密上书某要人建议矣。”

令李仪祉痛心的是杨虎城被迫出洋考察。

1937 年 4 月 16 日，蒋介石在南京给西安行营主任顾祝同发出电报，强行命令杨虎城“辞职出洋”。

5 月 19 日，在西安各界举行盛大欢送会上，杨、李二人相对凝视，双手紧握，没有语言。

回到家中，李仪祉忧心忡忡，沉默不语。侄子李赋林向他询问有关杨将军出洋考察的事时，李仪祉沉重地说：“你杨叔早有思想准备，这次出国不是好征兆……”话没讲完，眼泪便夺眶而出，哽咽着没有再讲下去。

历史后来无可辩驳地证实了李仪祉的不祥预感，他与杨虎城此次分手，便成永诀。

3. 厚德行善，身正为范

随着日寇侵略的战火向内地大片区域蔓延，越来越多的老百姓不得不背井离乡逃亡。战区人民扶老携幼向大后方撤退，灾民毙倒路旁随时可见，惨不忍睹。一时间，西安城内大街小巷涌满了逃亡难民，他们大多是老、弱、病、妇、幼，个个饿得面黄肌瘦，衣不蔽体，没有住处，蜷缩在街道屋檐下、城门洞、城墙边，甚至老树旁。李仪祉看到此惨景，立即大声疾呼政府，极力倡议在后方设立义养会，成立劝募队并自告奋勇亲任劝募队队长，主持救灾工作。

李仪祉平日生活朴素，衣食粗淡，忠厚慷慨，志行高洁。朋友、下属、学生若有困难，他多方周济，甚至不惜自己借债也要向别人伸出援手。当此紧要关头，他更是率先垂范，带头捐出自己家里节衣缩食积攒下来的全部积蓄五百大洋，并劝导自己的夫人捐献出她的全部私有家当——玉镯一对和一枚金戒指。

不仅如此，李仪祉还专程前去他的哥哥李约祉家（兄弟两个虽在同城，但俩人都由于忙于公务，往来罕见，有事或交流，均以书信沟通），动员嫂子张季珍（张季鸾的唯一胞妹），捐献出了她的全部金银首饰。

李仪祉常常带领队员行走各处，动员各方捐款来解决难民的衣食问题，并动员大家在非常时期认养难民和孤儿。

1937 年 10 月底的一天，李仪祉带着两名劝募队员，经过一整天的辛劳，出入了十几户人家做工作，最后收获颇丰，募得市民李瑞云、钟老太太等十多人的金银首饰二十八件。当晚向抗日后援会交完捐物回家的途中，李仪祉看到在一处倒塌的围墙下，挤着三个老人和两个孩子，只见他们衣衫褴褛，冻得瑟瑟发抖，在旁边点燃着几根小树枝和枯叶取暖。

李仪祉走上前简单询问了一下情况，立即带他们回到家中。

到家时已深夜，已经入睡的夫人张孟淑马上起床，给饥寒交迫的这五个难民寻找出了大致合身的衣服，并亲自下厨房点燃灶火，拉起风箱，为他们几个煮挂面充饥。

这家人感动得跪在地上向李仪祉夫妇叩头谢恩，李氏夫妇慌忙扶起他们，再三安慰。

这家五口人在李仪祉家里吃住了一周后，李仪祉的三侄子李赋林担心时间过久叔父身体欠安，以至于会影响叔父一家的正常生活，便主动提出，让这家老小五口人去东关自己家里居住，专门给他们腾出一间大屋并隔离成一小院落，再盖上厨房厕所，永久解决他们的住处。

李仪祉特别高兴，很满意自己侄子的善良和大度，由衷地给他的侄子竖起了大拇指。由中可见，李仪祉身正为范、厚德善行，用实际行动影响了家人并践行了自己提倡的“视人溺如己溺，视人饥如己饥”的人生信条。

4. 铁血丹心

虽然抗日烽火连天、战事频发、国无宁日，但李仪祉丝毫没有减弱经济建设的设想和施工计划。他敬业有加，在一次会议上说：“大战之时，一切建设经费，自难免受有限制，然农工之务重在指导，水利之功亦在督率，大工即遇挫折，小工乃可普兴……”李仪祉进一步指出，“兴水利、劝农工，农民经济建设中之最关重要者也，而尤为抗战时期之必不可缓也。”

一次，李仪祉赴西乡沔县一带视察水利工程，每到一处，方圆几十里的众多农民，都赶来想见一见这位当代治水“大禹”。李仪祉总是利用这种场合，号召广大农民在抗战时期要增加粮食生产，支援抗战，保卫国家。他对农民循循善诱地说道：“大战期间，敌人在我国纱厂多已歇业，我亦不能再供以棉花，吾国纱厂亦将受摧残不少，故棉花之播种宜加以限制，而麦豆小米之生产宜尽量增多，又毒卉宜立即禁绝。”他的讲话句句为国为民着想，所以深受当地农民的欢迎。

在实际治理水患的工作中，李仪祉对他正在修建的水利工程不因战乱而有一丝的懈怠，相反，他更加抓紧对渭惠渠的修建、织女渠的施工。1938 年 1 月 4 日，李仪祉临终前六十四天，他还抱病赴郿县参加渭惠渠拦河大坝南土坝合龙工程，赖以富国强兵的实际行动支援抗日，充分表现出了中华儿女坚毅刚强不屈不挠的赤子之心。

那时，中国各地的市场上，到处充斥着日本商品，随着抗日战争的开始，中国人民抵制日货的浪潮席卷祖国各地。

为抵制日货，李仪祉多次发表讲话说：“自战事发生后，所来之货物，日货甚多。来自日货是仇货，故绝不能买。”李仪祉平日生活就一直极为简朴，其穿戴简单朴素，在高官，在同人——甚至在学生眼里简直觉得不可思议。

每年一进入11月份，西安就受到北方寒冷空气影响而开始降温。一天清早，李仪祉换下平日所穿的土布衣衫，身着土布单棉袍来到水利局办公。同人们早已见惯了李局长的简朴，只是今天看到的是局长的棉袍上与前不同有两块明显的补丁。

李仪祉举起胳膊展示补丁并笑容满面略带自豪地说：“看看，这就是你们师母的杰作。”在同事们一片惊叹的议论声中，李仪祉趁机宣传，“……所谓土布，不仅是各县各乡人民所用手搬足踏等机所织之布，谓之土布，如大华纱厂所出各种国布，统谓之土布。我们公务人员身为人民表率，以后凡做便衣及制服，均须一律采用，以资提倡，并随时随地宣传劝导，期收宏效。”“今后我们万勿再用日寇之洋布。”由此话题展开，继而李仪祉对水利局同人们语重心长地说道，“抗战为非常时期，凡局事项，切应节省物力减少开支为原则，以有余之财力，用充国库，俾长期抗战时，不致顾虞，对于已兴修之水利工程，如渭、洛、梅及陕北织女河等各渠，由节得起饬属缩短期限完成，其准备兴修耀等水利工程，则极力减少预算，对于水利工程人员履行甄别，切实裁汰冗员，以期减少开支……”在抗战期间，陕西省水利局全体同人在李仪祉的带动下，抵制日货蔚然成风，不用洋货成为一种爱国习惯。

日寇侵华，我国各行各业无不遭受到重大损失，而国家的教育事业，受到的创伤尤为更巨。就在李仪祉带领陕西抗敌后援会和劝募队人员救助流落街头难民时，作为教育家的李仪祉，发现越来越多的流亡学生充斥在西安的大街小巷。

原来东北、华北沦陷区的各个学校已经被迫停课，很多学校组织起来，开始向西北、西南的大后方疏散，华东各大专院校也向大西南、西北搬迁。

李仪祉看到混杂在难民中的这些教工、学生由于组织不力，无专人管理而沦入流浪的境地，感到非常的焦急和痛心。他认为，学生是未来的希望，战后还是要靠他们来重新进行建设，现在很多学生如此沦亡，这将是国家的不幸，将是国家的损失。于是，李仪祉多次建议政府教育部门要重视这一现象，把他们组织起来，迁到偏僻山村，借用深山庙宇继续开学上课。这样做，有利于社会治安，有益于保护、继续培养学生，有益于农村文化的发展，更重要的一点是在大敌当前，有益于学生接近农村深入最底层民众，宣传号召民众同仇敌忾，一致抗日。值得庆幸的是，省政府采纳了李仪祉的建议并做出了相应的统筹安排，使得这些流亡的教工和学生妥善安顿下来，得以继续完成他们的学业。

李仪祉从繁忙的公务中抽出时间，经常去西安各校进行演讲宣传抗日。他呼吁各大中学校在大敌当前的非常时期，要对学生进行爱国主义教育，这是当务之急。他同时极力建议学校教学时，应结合当前抗战，加强中国历史、地理课程之分量，并增加军事体育训练技能等内容。

1937 年 10 月 20 日，李仪祉在视察正在建设中的眉县渭惠渠拦河大坝后，驱车绕道来到武功农校进行演讲。因为他事前听到学校个别学生因战局动荡而无心读书，甚至出校不归放任自流，此次之行的一个重要举动就是专门为纠正某些学生这种自甘沉沦现象的发生而来。

李仪祉首先动情地说道："来到校中，就觉生气蓬勃，气象更新。我知道校长不仅领导大家读书，同时并领导大家救国，且领导得宜，能循正轨前进。"在提到有些学生弃学流浪时，李仪祉非常严肃地说道，"要知敌人以大炮、步枪侵城略地，乃一般之侵略行为。但现在敌同时并用飞机炸弹，专门破坏我们的文化机关、大学、中学、图书馆、医院……此实敌人不仅想亡我国，并且想灭我种，使我四万万同胞，子子孙孙都变成无知无识，文化断绝。敌人既已有此种恶毒计划，我们如再自动弃学，不读书，就是直接地促成敌人计划，还谈什么救国、什么抗战呢？！

"今后各种事业，均待兴办，断非过去诸不学无术者所能胜任。此次抗战得胜之军队，皆为受过高等军事教育，平时有严格训练者，即为明证。其他各项有利于国家之建设事业，更迫切需要人才，认为现在不必再读书，实在是最危险的思想！"

国家处于危难当头，尽管随时都有亡国的可能，但李仪祉十分清楚地意识到，中国要在微乎其微的胜算可能性中战胜日本，最重要的是"我国在此决心抗战到底期间，要怎样应付持久战，必先对后方一切政治经济机构调整完善"。因此李仪祉在1938年2月，即他临终前一个月条陈国防工业建设、航道、铁路交通、水利水力增产等八项建议的《上经济部抗日建设条陈》，致函国民政府经济部，其中不乏真知灼见。国难当头，殚精竭虑，呕心沥血，为国家献计献策：

寇患日深，吾国沿海工商农矿等业，并毁灭于炮火，即陷于敌手。政府为抗战持久计，退而守腹地，并恃西南西北为奥府。然西南西北素乏建设，欲恃之以抗战之根据地，自非谋所以充实其力不可。前读领袖训话，谓："一面抗战，一面建设，抗战终结之日，亦即建设完成之时。"以目前战事之剧烈，吾国民生之凋敝，窃疑何以实现是等壮语？今读大部对于经济建设之谈话，知建设事业，果有可为而且必为之。本会同人素以工程学术为职志，亦感觉若不迎头赶上积极建设，则持久抗战，将何以凭恃？盖必使国内民生，及抗战之所需，不必依赖于他人，而后可永立于不败之地也……

……至于水利行政，素患机关庞多而涣弛，以借此非常时期，去各委员会，而供其政权于一部。黄河及扬子江防河之事，值此军事时期，处处与军事有关，宜统归军事机关节制，承平以后，再议分域管辖。目前可集中水利人才于农业水利及水电二途。

今者失陷各省，人民逃窜，工程技术人员，失业者多，若听其困顿无事，青年有志，报国而无从，学力体力，不免因之荒废，皆为国家莫大损失。若各项建设，能排百难而进行，则不惟国防有恃，民生有赖，而此可贵之青年技术人才，亦不患无工作矣。

至于建设之资本，除政府自筹，招纳内资，并可大批由英、法、比等国借款，吾国虽目前战事失利，而国际信用犹坚。加之日寇行为，举世同愤，苟吾许以稍优条件，借款必有可成……

李仪祉彰显出了他"鞠躬尽瘁死而后已"的爱国情结，闪现出了他呕心沥血倾情竭力忘我敬业光人裕后的盖世奇功。在他最后的生命时光里，李仪祉被选为中美工程师协会董事（这是美国非常看重的一个组织）；而且以国府要员身份视察了扬子江中上游水文状况，并指导了扬子江正在建设中的水利工程、交通航运等；紧接着李仪祉赴江苏调查导淮入海工程，这是在他离开"导淮委员会”多年后，后继者完全按照他的里程碑之作《导淮工程计划》所进行的水利工程；是年秋季，他被聘为国立中央研究院评议会会员，数次赴南京、重庆开会商讨决定重大课题；最让李仪祉牵肠挂肚、劳心劳力费时的，还是他用心良苦为抗战抢时赶度正在修建的渭惠渠工程。他亲临工地指导直至冬季，渭惠渠第二期工程完竣，并成立了相应的渭惠渠管理局。与此同时，陕北织女渠也开始破土兴建。尽管健康不佳，李仪祉还时不时地去清华大学讲学，履行所聘教授之职。

就在李仪祉苦心敬业真正“日理万机”之时，他还废寝忘食抽出时间写下了大量的具有独特见解的文章，即使在他病重之际，他还以惊人的毅力和超强的意志力抱病写下了《函经济部论大战中经济建设八条及水利行政等事》《农村与国家》《函西安行营主任论收容流亡工程师拟编为大战中工程队》《目前及将来重要问题》等卓有远见的文章，直至耗尽他生命的最后一滴心血，李仪祉用他人生如椽的巨笔饱蘸热血，书写了撼天动地的伟人足迹。

第二十二章　鞠躬尽瘁，死而后已

1. 情系八惠

泾惠渠一期放水后，灌区农民获得巨大丰收，关中一片欣欣向荣的景象。各大媒体纷纷报道，泾惠渠一时成了全国瞩目的焦点。

引泾工程进行顺利，李仪祉有了兴修洛惠渠的信心。他在1933年写的《陕西省引洛工程计划书序》中说："渭北平畴既得泾惠之利，乃更图引洛。余洛畔小儿也，每登高临深，辄叹逝者如斯，无以利用……去年泾惠渠已经放水，余乃辞去建设厅长，专事水利。水利局始设，即派傅健、陈靖二技士，沿洛河而上，穷探幽谷，以及白水南河……于大小巇之间，做引水之址，沿河循壑，以穿铁镰，而达大荔、朝邑之平原。"

泾惠渠竣工以后，李仪祉辞去了陕西建设厅厅长，专职任陕西水利局局长，曾去陕南考察水利。就在这一年的秋天，李仪祉身患重病，几濒于危。他在病中派员勘测洛河，根据查勘资料在枕旁指示方略，从洛河大小状头之间引水，沿河循壑穿铁镰山而达大荔、朝邑平原，然后又派员再往勘测绘图。李仪祉看到洛惠渠测量图后，确知可以施工，便函杨虎城主席说："泾惠渠由公手而成，亦复有意再成洛惠乎？"杨虎城欣然同意，亲自和总工程师孙绍宗等专业人员，到洛河实地视察，并成立了洛惠工程局。

"现在泾惠渠初期工程完成，从前原隰旱干之地，可灌溉者已数千顷，若能更完成其余全部工程，则渭北平原，尽华灌溉区域。秦汉旧观，不难恢复。至于黄渭汉洛，皆急待整治，或以开通航道，或以耕辟农田，兼及水电。如果次第兴办束驭有法，则于便利交通开发生产，更有莫大之助，又岂仅衣食万家，灌溉田地而已耶！”李仪祉说。因为前期工程进展顺利，宋子文同意拨款200万元，上泾惠渠二期工程及渭惠渠和洛惠渠工程。

李仪祉在测量工地的时候，常常身着粗布棉袍或单袍，光着头，胸前挂着一副他从德国带回来的望远镜，身后背着一顶草帽，手中拄着一根拐棍，袍裤挽到了膝盖，满脚都是泥巴，带领测量人员穿山越岭，过沟涉水，时不时地还和队员们诙言戏谑拉拉家常，有时兴之所起，在空旷的山间野外，扯开嗓子，大声吼上几段秦腔。他经常接过老乡们专门为他做的油泼面，虽然只有葱花没有菜，一点也不影响他的食欲，李仪祉就地蹲在老乡的院内，口称：“麻烦大嫂给拿两瓣大蒜。”便香甜地吃了起来，吃完后再舀一碗面汤一咕噜灌下去，擦擦嘴，满足之情溢于言表。

在同事眼中，这哪里是堂堂的省政府建设厅厅长兼水利局局长大人，分明就是一个十分可敬、同甘共苦的贴心朋友啊！

1933年，渭洛工程继起，八惠各渠依次萌动，陕南、陕北各渠也纷纷开始兴工。

此时，陕南各渠的水利工程问题较多，李仪祉甚为焦虑。为了更全面地掌握陕南水力资源的第一手材料，拟出切实可行的工程计划，他不顾身体疲惫，坚持去陕南实地勘察测绘。在陕南短短的几天中，李仪祉白天涉河越山，实地调查，晚上执笔修改，拟写方案，甚至彻夜不眠。由于操劳过度，从陕南回来后便病倒了，十分严重。病中，他仍惦念着陕南的水利建设，躺在床上口述报告。

病重期间，他仍念念不忘渠事。一日，他将水利局的刘钟瑞召于榻前，嘱咐道：“泾惠渠甫成，诸凡分水工程，改进工程，农民之组织及灌溉之管理，在须逐步加以设施。”他对各渠工程的进度及农民灌溉的情况殷殷垂询，并就改良农事提出自己的意见。

经过一段时间的治疗，李仪祉的病情有所好转，他便不顾医生及亲友的劝阻，立即开始工作。他对朋友说：“天既假年，欲吾完成水利之大业也。”

洛惠渠1934年春开始动工。

洛惠渠即古“龙首”旧渠。总干渠自蒲城县洛河洑头滚水坝起（坝址在蒲城县苏家河村与洑头村之间），至铁镰山南大荔县义井村分水闸止，全长十多公里。洛惠渠的可灌溉面积虽不及泾惠渠的大，但工程结构十分复杂。按李仪祉的计划，阻截洛河水必须建一座滚水坝，坝长177米，顶宽5米，高16.2米，坝基宽22.5米，全坝体积为19600立方米。这样的大滚水石坝当时在全国也属罕见。

设计中的洛惠渠要经过五个隧洞。第一号洞长264.5米；第二号洞长77.4米；第三号洞长576.97米；第四号洞长184.6米；最长的是第五号隧道，它穿过铁镰山，全长达3037米，为当时世界上穿过黄土层最长的隧道。铁镰山的地质构造极为复杂，除黄土外，还有流沙暗泉，给工程造成很大的困难。

五个隧洞均宽3.6米，高2.7米，洞身断面仅10.38平方米，在当时缺乏机械运输设备与通风设备的条件下，要打通这五个隧洞绝非易事。

除隧洞以外，洛惠渠的总干渠还有两个大渡槽。第一渡槽长74米，高30米，设计为双孔拱碹。两个大渡槽都用钢筋混凝土建筑，其势宏伟壮观。李仪祉在大渡槽落成之时，还亲笔在第二个渡槽两端的支架柱上题写了“大旱何须渴云至，自有长虹带雨来”十四个苍劲有力的大字。

至1937年，洛惠渠各项工程大部完成，永丰附近数万亩地得到灌溉，唯通过三公里多长的铁镰山五号隧洞时，遇到了流沙，抗战时期又缺乏器材，工程进展缓慢。

按照当时的设计图纸，水过铁镰山进入灌区有两个方案：一个是渠线沿洛河岸绕铁镰山进入灌区。这个方案由于渠线长、水头损失大、灌溉面积缩小而未采用；另一个方案是打隧洞，穿过铁镰山，把水引入灌区。据史记河渠书载：“自征引洛水至商颜山下岸善崩乃凿井。”说明汉时也是两个方案，首先是渠线沿河岸绕铁镰山进入灌区，由于洛河岸易崩塌，所以采用打隧洞方法进行。

当时的五号隧洞洞线很可能与汉时的洞线走向一致。

五号隧洞洞线先是出水口在汉村，后张平之工程师提出出水口在义井比较合理，得到大家的认同。张平之工程师在北洞口施工期间发生意外，跌入沟内殉职，由于他对洞线选择有功，李仪祉命名五号隧洞为平之洞，以做纪念。有一次，五号隧洞13号井着火，火焰冲天，即汉时隧洞支撑木料长期埋在地下产生沼气所致。据当时挖出的木料看，汉时洞线较今之洞线高出19米，在地下水以上通过，因流水冲刷形成流沙，仍有崩塌的可能，此乃“未得其饶”之故。

当时，渠首引水也有两个方案，一是从河西引水，浇灌河西蒲城面积。西岸穿山至水出地面，挖方量大，工程艰巨，费工费款；一是河东引水，浇灌大荔面积，工程费用少（那时并不知道五号隧洞工程艰巨情况），从而确定为河东引水方案，渠道沿洛河东岸南下，此渠线也基本是汉时渠线位置。

五号隧洞采用的井渠法，是先进的打隧洞施工方法。而对洞体，只要上碹就能支撑，这比汉时木料支撑先进，但在流沙层，导坑挖不出，洞碹上不上，这是最困难的。由于洞线在地下水位以下，所以施工十分艰巨。

当时的洞线在地下水以下穿过，无抽水设备，排水是用牛皮包。为了减少提升高度，加快排水速度，李仪祉要求增加了工作洞，将水提到工作洞流出。

施工中，因正洞不能打，于是便向左拐。左拐仍打不通，再向右拐。在挖导坑时是用木板顶着头打，挖一块顶一块，若遇流沙，及时用麦秸塞缝，不能让其流动。若稍微迟缓，则发生流沙塞洞，其后果不堪设想，只要够一碹就上一碹，上碹后才属安全，工程进展尤为艰难，其中有一年仅完成了一米进度！其间，曾考虑用冻结法冻结隧洞断面，再开挖导坑上碹，由于设备能源困难而未采用。后采用钢板洞壳技术，结果又失败了。大家商议后考虑挖明渠，经计算土方量太大，土要堆到垣下张家党各村。

这个工程直至1946年才将隧洞打通，但遗留工程量很大，不能放水灌溉。后根据地质勘探情况，将南口西移，工程才告结束。

1949年，扶眉战役结束后，中国人民解放军西安军管会农林处即决定拿出五万石小米，进行洛惠渠的复工安排，至1950年4月10日通水，大荔人民引洛灌溉农田的愿望，经过了三个社会制度，两千多年的漫长岁月才得以实现。

在泾惠渠二期工程进展的同时，1933年，李仪祉命人勘测渭惠渠，1934年完成设计，决定从眉县魏家堡筑坝引水，灌溉武功、兴平、咸阳等县60万亩农田。

1934年，在努力推进泾、洛二惠渠的同时，李仪祉着手组织测量渭河河道。他说：“渭水灌田，始于汉时，但渠道淹没日久，现无水利而言。”李仪祉构思的渭惠渠溯古成国渠遗迹，起自眉县，终于咸阳。

实地考察之后，李仪祉初步选定导引点于眉县治城上游于家堡。他派人钻探了坝址的地质，依据测量所得的数据、图，设计了拦河坝，并拟定干渠及大支渠共长约170公里，包括五个退水闸及分水闸，一个渡槽，桥梁涵洞约100座，跌水17处。

在初步计划告成以后，李仪祉又开始进行干支渠及附属建筑的定线测量。他亲自督导测绘的每一步骤。整个渭惠渠的测量、设计工作于1934年12月即告完成。这时，陕西省政府为促使渭惠渠开工，以泾、渭、洛三渠水捐，向沪银行抵借工款150万元，支持渭惠渠工程。

1935年春，渭惠渠破土动工了。

是年夏天，阴雨连绵，渭河暴涨，拦河大坝被洪水冲毁，工程所需材料的运输遇到前所未有的困难。

当时，正在病中的李仪祉闻讯后焦虑不安，他不顾亲人和朋友的劝阻，竟然抱病冒雨前往工地，亲自指挥大坝的修复工程。李仪祉根据雨情及材料的供应情况，多次修改建坝方案。在别人的搀扶下，李仪祉拖着虚弱的身体多次走上渭河大堤，查看大坝修复情况。他的忘我精神令在场的每一个人为之感动。大家齐心协力，昼夜奋战，一座拦河大坝终于又巍然屹立在滔滔渭水之中了。

李仪祉在卧病中，还潜心研究我国渭河流域水利资源的充分利用问题。他在《我国的水利问题》中写道：“关中泾、渭、洛三惠在渭河北岸，灌溉渭河自眉县到朝邑共十二县的地，约有二百万亩。北岸需继续发展的还有湃惠、耀惠及第二渭惠三个渠。若是成功了，又可增加灌溉一百万亩地。渭河南岸向来有秦岭山流下来的水十余道，灌溉面积只有十数万亩地。若统统加以整理，也可增加到一百万亩。关中有了四五百万亩灌溉之田，便可以使民抗物阜了。将来铁路通到汉中和成都之后，汉江流域、岷江流域和渭河流域联络一体，便可以使西北贫瘠之地，成为中国富强之基础。”

1935年，李仪祉还拟定了《陕西水利工程十年计划纲要》，计划在十年之内，使水利惠及全省，成为一个模范农田水利区，以为首倡。另外，还计划搞了沟洫、治田、凿井、蓄水及各项农村建设，如植棉试验场、林业试验场、蚕桑试验场、垦殖场等。

经过紧张的施工，1936年12月，渭惠渠第一期工程完成。二期工程加速进行。当时虽发生震惊世界的“西安事变”，李仪祉仍然按照原计划，于12月15日举行了隆重的放水典礼。

举行放水典礼的那天，茫茫渭水之滨，大雪漫天飞舞，两岸群众在寒风中击鼓鸣炮，李仪祉冒雪主持了庆功大会。他激动地对在场的人说道：“渭河曾哺育了关中人民，几千年来奔流不息。经过大家的不懈努力，渭河的水今天又为我们的子孙后代造福了！”

与此同时，梅惠渠也在1936年开工,1938年6月竣工通水，灌地三十万亩。

1936年之前，眉县斜谷关口东石岸下，堆石成渠，水小时，拦河亦堆石堰遇水，灌下游齐家寨一带水稻约万亩，群众皆称梅公渠。李仪祉带领泾洛工程渠查勘后，认为石头河水源充足，河西及下游尚可发展近十万亩灌区，遂派队测量，筹备设计整顿施工，组织工程处，做渠首工程块石滚水坝，增开河西渠，并增东西两座钢筋混凝土闸门干渠用石衬砌，经年竣工，灌水稻田三十多万亩，灌区已扩到五丈原下。

李仪祉为关中地区筹划的“八惠”有：泾惠、渭惠、洛惠、梅惠、黑惠、涝惠、沣惠和泔惠渠，其中黑惠渠引黑河水可灌溉周至县农田15万亩。黑惠渠包括拦河大坝一座，东西引水闸及冲刷闸各一座，防洪堤一道，以及东西两干渠等工程。

在陕南，李仪祉几经勘测、视察后，亲自拟定了汉惠、褒惠、湑惠、冷惠四条渠的工程计划。

汉惠渠自沔县高家泉引汉江之水，可灌溉沔县、南郑、褒城三县田地近11万亩。汉惠渠建有拦河堰一座，长约二百多米，进水闸、冲刷闸各一座，共六孔，隧洞一处，长129米，河底隧道4处，其中最长者169米；渠首长35公里，建桥梁34座，涵洞16座，跌水一座，陡坡4处，平桥13座，退水闸3座，斗门28座，工程颇为复杂。

褒惠渠引用褒城外黑龙江水，可灌褒城、南郑等县农田十五万亩。李仪祉预计要建滚水坝一座，东西两干渠、引水闸、冲刷闸各一座，沉沙槽一处，渠闸及排洪闸一座，隧洞一处，分水闸、退水闸各一座，排洪渡槽两座，渡槽8座，涵洞10座，跌水11座，桥梁20座，斗门15座。

对于陕北的水利建设，李仪祉也十分关心。陕北的织女渠、定惠渠就是经他设计而成。织女渠以在米脂县织女庙对岸引无定河水而得名。织女渠中建进水闸一座，冲刷闸一座，明石渠一道，暗渠9处，渡槽7座，虹吸管一道，跌水4座。土渠长15公里，可灌榆林、米脂、绥德三县土地近万亩，堪称陕北水利之前驱。

1936年11月，李仪祉邀请旧友美国人塔德先生来陕西参观。1924年，李仪祉曾就自己拟定的引泾工程计划，当面求教华洋义赈灾会的塔德工程师。当时，塔德仅表示：此计划原则上可行，至于实施工程，尚须李先生自行为力。这一次，李仪祉命刘钟瑞陪同塔德前往各渠参观。看到规模宏大的泾惠渠，工程艰巨又复杂的洛惠渠以及初具规模的渭惠诸渠，塔德十分震惊，他对李仪祉多年来在水利事业上的迈进表示万分的敬仰！

至1938年李仪祉逝世，泾、渭、洛、梅四渠已初具规模，灌地一百八十万亩；到1948年，李仪祉倡修的陕西各项水利工程共可浇地三百万亩，超过了古代郑白渠的规模。

李仪祉为陕西的水利事业倾注了满腔热血，使其造福人民普惠三秦。抗日战争爆发后，他以"救危定难，自愧无方，爱国悯人，亦何能后"的急切心情，积极参加抗日救亡活动。在陕期间，他积极推进陕西的各项建设，主持修建了西潼、咸铜、凤汉三条铁路，建成了西安电厂和革命公园，修复了华清池，建立了西安、南郑、榆林三处测候所和各县雨量站。

李仪祉费尽心血精心设计而成的陕西"关中八惠"，从1932年泾惠渠建成，到1947年涝惠渠通水，历经十五年。与此同时，1938年陕北建成织女渠灌耕地近万亩；1942年陕南建成褒惠渠，灌耕地十五万亩；1945年陕南建成汉惠渠，灌溉耕地十一万亩；1948年建成陕南湑惠渠，灌耕地十六万亩。1949年新中国成立前夕，全陕西省灌溉面积达到了336.34万亩，惠及秦岭南北、三秦大地，基本实现了李仪祉从年轻时就立下的"郑白宏愿"。

李仪祉的"关中八惠"取得了举世瞩目的成就，堪称现代农田水利的典范，引起了世界各国的关注。1940年3月，爱国华侨陈嘉庚率南洋华侨代表团，考察了渭惠渠工程。1943年5月，英、美、苏6名记者连同中国9名记者考察了陕西洛惠渠工程。同年10月，美国水利专家巴丽德考察了泾、渭、洛、汉、褒、湑六渠工程，对陕西水利事业给予高度的评价。巴丽德称赞陕西的灌溉事业，从工程到形式到严密的用水管理，堪为中国之模范，也在世界之前列。这些水渠在设计、修建中不仅继承了中国古代水利建设的优良传统，而且更广泛地应用了近代西方的水利科学技术，从而奠定了陕西具有现代水平的灌溉工程基础。“关中八惠”成为中国北方水利工程之冠而闻名海内外，大大促进了陕西关中地区农业生产的发展。这些水渠，至今还在发挥着促进丰产、为民造福的巨大效用。

后人对李仪祉在水利事业上的贡献做了如下评价：

> 水利建设实施在旧社会是很困难的。盖以大江大河的治理涉及面广，在治理上有新旧之争，在厉害关系上有畛域之议，这是旧社会所难得解决的，最多亦只能做些调查研究功夫。李先生则专心致力于关中水利，锲而不舍，誓以终身。在关中八惠的计划中先后完成泾惠渠与渭惠渠并洛惠渠与梅惠渠的施工。这是旧社会水利建设中罕见的成就。尤可贵者，从勘察设计，到奔走呼号筹款、施工，皆身任之。为减轻陕西旱灾，历尽辛苦，长期不懈，终有所成。”

2. 笔耕不辍

在李仪祉生命的最后三年里，他尽管身体患病，非常虚弱，但日夜操劳，席不暇暖，风雨兼程。泾惠渠二期开工后，洛惠渠与渭惠渠也同时开工，他来回奔波在三个工地上的同时，还要治理黄河、淮河，可谓日理万机。1935 年的夏天，李仪祉奉令验收贯台堵口工程，又奉命培修黄河金堤，当时，黄河董庄决口，李仪祉亲历河干实地决策。是年秋天，李仪祉又先后赴江苏、山东等地巡视不牢河、微山湖及运河上下的水灾，他辞去黄河水利委员会委员长的职务，专任陕西水利局长，筹备梅惠渠等工程。

那段时间，李仪祉在百忙之中依然写下了《农田水利讲义》《利用洪水与蓄水地下》《陕西省水利行政大纲》《陕西水利工程十年计划纲要》《巩固西北边防策略》《黄河流域之水库问题》《黄河治本计划概要叙目》等几十篇论文和著作。翻译《彭胃氏水力学》。此外，他还写了《乘陇海铁路快车东行》《冬至视洛惠渠工至老洑园省墓》等诗。

在人们的心目中，李仪祉是设计水利、公路、桥梁工程的科学家，然而他的古汉语基础也非常扎实，除了大量的学术论文外，还有一些极富文采的散文随笔及诗歌。如散文随笔《华山奇迹》《南岳观日出》《三十年前之北平》等，还有秦腔剧目《李寄斩蛇记》《复成桥》《卢采英救父记》等。有时性情所至，还写一些颇有笔彩的诗词：

夜梦吟诗

欲绾清风住，却教野云闲。
一笠江上叟，独立钓寒泉。

柳絮

春尽濮阳不见花，
惟看柳絮落人家。
多情无寄还怜尔，
却恼东风吹散他。

无题

万物静观皆自得，
相看脉脉各无言。
泉声阵阵刘迂疾，
树上浓荫人听蝉。

以上几首诗均写于 1935 年 4 月。诗文朴素真挚，意境开阔，清新自然。李仪祉融逻辑思维与形象思维于一炉，可谓才思敏捷，左右开弓的一代奇才了。

1935 年可以说是李仪祉最为操劳的一年。1 月，他因公自陕西至洛阳，然后又到开封，陪国联水利专家到陕西参观，接着他又赴京参加水利委员会第一次会议，请辞黄委会之职，未获批准。到天津参加华北水利委员会会议，行程紧密；2 月，李仪祉视察黄、沁二河并定黄河铁桥新址，赴陕西为先父举行泽祭；3 月，渭惠渠工程开工，李仪祉赴京再次请辞黄委会之职，未获批准，然后到河南开封研究贯台堵口工程防河北徙，回到陕西后脚跟还未站稳，再次赴开封进行全堤工程，并两次进驻濮阳；4 月，他督筑金堤，公余著书；5 月，李仪祉到河南开封验收贯台堵口工程，再次赴濮阳视察堤工，至陶城埠后又返回开封，参加中国水利工程学会董事会；7月10日，黄河董庄决口，李仪祉赴山东决口处勘察，又先后往返开封、北平多次，返回开封后再次赴董庄视察决口情况，然后返回开封议定统一河防办法；8月6日，李仪祉从陕西赴京后，又赴江苏及山东巡视不牢河、微山湖及运河上下，然后赴董庄开会，巡察朱口及陶城埠等处河道，风餐露宿致遭腹疾，肚子疼痛难忍，稍事休息后又赴山东、天津、北平等地，商谈水利大计；9月，李仪祉因公先后赴河南、山东、北平、武汉、郑州等地，然后又回到陕西，查看水利工程进展情况；10月，他终于辞去黄委会职务，回到陕西视察渭惠渠大坝工程及泾惠渠灌溉情况，然后又视察泾惠渠工程，返回富源村省墓后，从大荔赶回西安……

在短短的十个月内，李仪祉共赴京五次，赴河南开封十次，赴陕六次，赴天津三次，赴郑州二次，赴濮阳三次，赴陶城埠二次，赴贯台四次，赴董庄三次，赴山东四次，赴江苏一次，赴朱口及汉口各一次，另外还著书11种——真是“孔席不暇暖，墨突不得黔”啊！

李仪祉平日喜欢与人谈古人治河策略，均有所发明，或以麻纸作图，启发古人深意。这足以证明他在著书之前，已多次推敲，字斟句酌，故文字结构紧密，逻辑严谨，为当世所重视，达到水利救国之真谛。

1936年元旦，李仪祉在西安举行陕西水利工程展览会，昭示大众。

当时梅惠渠开工，李仪祉兼任扬子江水利委员会顾问，视察江汉期间，修筑长安崇义路艮垒。在艮垒，他用新笺写道：“俟渭惠渠工程完竣，即辞去一切职务，居垒中闭户著书，不问世事。”

这年冬天，渭惠渠第一期工程完成，陕西省水利局大楼筑成，适逢中国水利工程学会开年在此召开，全国水利专家会聚一堂，高谈阔论，共商水利大计。

这一年李仪祉也著述颇丰，先后写有《我国水利问题》《日本水利略述》《水土经济》《西北水利问题》《对于治理扬子江之意见》等著作。

李仪祉在《不就经济委员会顾问工程师致郑权伯肇经书》中写道：“在陕工作之技术人员，完全以精神相团结，忠诚努力而彼此毫无间言，此不能不谓有一人领率之关系也。若我一去不免人心涣散。余在水利局每月仅支一百五十元以颇敷家用，而此等精神相济之人心则万金难买，故宁舍彼而守此也。”在《不就国民经济计划委员会专门委员复曾养甫书》中有云：“猥以菲材，辱承聘为专门委员，本应勉尽绵薄，用副知爱之厚顾。以主持陕西水利工程任重事繁，鲜有暇晷，来京开会既非时间所许，势不能尽襄助之责云云。”此二书语出至诚，可以说是李仪祉的代表作。后来，在他去世后的十多年时间里，陕西水利局的同人仍然坚持仪祉先生的一贯作风，不计个人权利，不见异思迁，而能踏到枵腹从公之诺言，这些都是李仪祉先生精神所感召而形成的。

李仪祉在《论华阳河工程意见致傅汝霖、沐波书》中写道：“窃以为本计划能待一二年，将内部地形测量明确，江水情形再加探讨，然后将马当工程，水库工程，水库内之排水系统，及航路与堤防等工程，水闸与泄水道工程融纳为一，彼此相顾，拟成一完满计划，上可取信于政府，下可取信于人民，然后定为步骤，分期兴工，策之上也。若此时即欲为之，弟亦之敢言其必不可为，然其将来成效或得或失，正未可必，恐工成之后待补救者必多。此犹小事，而计划未能完备，使一般人士不免生疑，徒为华阳河口附近一部分人民之利益，殊觉不值云云。”可见仪祉忠于谋国，大公无私，其之水利事业成功，全在于兢兢业业，一丝不苟所成。

1937 年，李仪祉五十六岁，仍然担任陕西省水利局长。这年夏天，他视察了扬子江中上游，并赴江苏调查导淮入海工程。秋天，李仪祉被聘为“国立中央研究院评议会会员”。抗日战争爆发，李仪祉应邀参加庐山谈话会，返回陕西后便加入陕西抗敌后援会，积极宣传抗日。

1937 年冬，渭惠渠第二期工程完竣，管理局组织就绪，织女渠开工。这年除夕，李仪祉赴兴平召集渭惠渠同人聚餐，庆祝渭惠渠大功告成。返回西安的时候感觉浑身疼痛，四肢无力，很不舒服，似感了伤风症。同以往一样，他以为操劳过度所致，休息几日便好，所以也没放在心上。谁知身体早已提前透支，这一次病情来势汹汹，是他没有想到的。

这一年，李仪祉在身体状况每况愈下的情形下，仍然著有《如何救四川之饥馑》《视察灌县水利及川江航运报告》《抗战期间之农田水利工作》《水土基础》等著作，并作《行三峡中吊屈大夫》《卢沟桥》《南岳观日出》等诗。

3. 脊檩西倾，邦国殄瘁

李仪祉为水利事业殚精竭虑，呕心沥血，1932 年和 1935 年曾大病两次，病情来势汹汹，岌岌可危，可谓大难不死，死里逃生。

1937 年秋，李仪祉为修水利东西奔走，身体每况愈下，已成大疾。他在江苏了解潍水入海工程时，突然又发大病，经医院检查，确诊为胆囊炎，疼痛异常，身体极度虚弱。由于病情严重，他不得已返回了陕西。病重期间，他仍牵挂着陕西的水利情况，每天必听汇报，不断拟定各种建议和方案。

1937 年除夕，李仪祉在兴平聚餐回家后感染风寒，身体虚脱，浑身颤抖，软弱无力。1938 年 1 月 4 日，他又抱病去眉县，参加渭惠渠拦河大坝南土坝合龙工程。回到家中，因劳累过度，又再受风寒，致使病情加重。在家人的再三劝阻下，他才在家中养息了几天，就投入了紧张的工作。

2 月 19 日，李仪祉办公归来，和家人一道吃晚饭时，还谈起抗日，精神尚好。晚餐后，他突然觉得腹痛难忍，辗转呻吟，此后便卧床不起。痛苦剧烈，遍体流汗，四肢发冷。虽延医诊治，病益增重，大便不通，饮食不进，逆气失眠。初断为胃瘤，继认为是急性胃炎，剧痛之下，汗流不止，恶寒气逆。家人将他拉到基督教堂医院医治。继输血注射皆无效，体表温度增高，脉搏增急，喉有浓痰不净。

各惠渠农民闻讯，惶恐忧惧，前往探视的人将院子围得水泄不通。

仪祉病情危急，需要输血，大家争先恐后，伸出自己的胳膊。老农妇媪，悉跪病室外庭院中。他们日夜分班，虔诵佛号，祈求佛佑，并多上疏，愿借寿延年。洋人基督教牧师目睹农民爱护至诚，亦大受感动，祈求上帝保佑李仪祉平安。牧师以极诚恳之态度，日夜在仪祉病床之侧，宣道祈祷。

经过一个星期的治疗，病情不见减轻，反而逐渐加重。这时李仪祉的家属亲友一再集议，苦无良法。

李仪祉当时身体十分衰弱，寸步难移，想要去外地就医已不可能，况且身体状况也无法承受开刀手术，全家人万分着急，束手无措，一筹莫展。

自此以后，李仪祉的病情日趋加重。至 3 月 5 日，脉搏突然加快，体温无常，呼吸短促，唇燥痰涌，讲话已感困难。3月6日，病情急剧恶化，医生采取紧急措施，屡次输血，并不断注射强心剂，均无效果。

病情进一步恶化，门人环伺啜泣不已，院外老百姓扶老携幼，默默垂泪。仪祉艰难地睁开眼睛，仍在关心渭惠渠施工情况。他气息微弱，几乎听不见在说什么。当时渭惠渠工程虽极艰困，大家为了不让他担心，均答以状况转佳，不敢实告。仪祉听了，微颔其首，状似稍慰。

3月7日晚，李仪祉心脏更显衰弱，但神志尚清，家属环立榻前，李仪祉一一与他们握手，久而不释，他喃喃地对侄子李赋林等家属嘱咐："处此国难时期，身后葬礼，须力求简约，尸体送医院剖验，以探病相之究竟，为医界做一贡献……"

黎明时分，水利局孙绍宗、刘钟瑞、胡步川、刘秉镄等人赶来，站立在先生的病床前。李仪祉又一一与其握手，并问及前方抗战的消息，接着先生又艰难地说：

> 余深感水利事业在中国之重要，幼年即以攻求水利学识。自余民四年由德返国，迄今已逾二十三年。在此期内，虽已竭尽余之所能，贡献国家，便距余素所期望尚远。
>
> 兹病逾二周，自度天不假我，并切望后起同人，对于江河治导，本余之素志，继续效力，以科学研究，次第实施。
>
> 本省已成之灌溉事业，须妥为管理，其未竟及尚未着手之水利工程，应竭尽人力财力，以求于短期内，逐渐完成。
>
> 国事至此，亟望国人信仰三民主义，服从最高领袖，以国家民族利益为前提，共赴国难，求最后之胜利。
>
> 此嘱。

李仪祉的这些话，由李赋林执笔，李翥仪、李文祉、孙绍宗、刘钟瑞、刘秉镄分别在遗嘱上签字证明，作为先生的遗嘱。这时，李仪祉又嘱咐孙绍宗等人："以后处事需大公无私，勿以人求事……"言至最后，精神不继，口齿不清，然犹以目示人，表示切望之殷。

几天来，夫人张孟淑一直含泪守在丈夫身旁。此时李仪祉已不能言语，只是伸出两个手指头，用指尖对着墙上一张画有两个胖娃娃的年画，张孟淑知道这是丈夫放心不下两个儿子。

李仪祉一贯对两个孩子教育非常重视，要求很严。小儿李赋洋幼时，写字用了水利局的一支绘图铅笔，李仪祉发现后严厉批评道：“凡是公家的东西，不论大小，都不能拿。”小赋洋认错将铅笔还给了一旁的公务员。李仪祉对公务员说，“以后公物，不论大小，都不能随便送人，不管是谁。给孩子一支铅笔事小，但给他们惯下了坏毛病。”公务员被李仪祉严格要求子女、公私分明的精神所深深感动。

张孟淑对丈夫的心意很理解，流着泪对他说：“你放心吧，两个儿子我一定严加教育，要他们勤奋学习，清白做人，长大后成有用之才，忠心报效祖国。”

李仪祉弥留之际还挂念着渭惠渠大坝的抢修工作，他对前来探视自己的陕西省水利局同人、学生已经不能说话，只能伸出颤抖的手，十分艰难地在追随他多年的学生刘钟瑞的手上写出“大坝”两个字。刘含着泪给老师汇报了大坝工程进展顺利，李仪祉脸上露出了欣慰之情。先生至死，没有一句遗言是为自己及家人的，所有在场的人看着眼前面色蜡黄、骨瘦如柴的恩师、领导、亲人时，无不潸然泪下，甚至失声痛哭。

1938 年 3 月 8 日上午 11 时 50 分，李仪祉先生在他的寓所——西安市崇义路静修巷一座小楼里与世长辞了！

时病室外的院子里，跪满了农民，闻听仪祉已经去世，哭声震天，如丧考妣。

9 日下午，陕西省水利局及西安各界三百余人前来吊唁，人们绕着他的遗容深深地躬身告别。

此时，外面大雪纷飞，天地一片素白，为之举哀。远处传来日寇飞机轰炸的隆隆声，许多民房被飞机炸毁。

噩耗传出，万民悲哀。国内外唁电交驰。

国民政府特令褒扬，文云：

陕西水利局局长、前黄河水利委员会委员长李仪祉，德器深纯，精研水利。早岁倡办河海工程学校，成材甚众。近年于开渠、浚河、导淮、治运等工事，尤瘁心力，绩效懋著。方期益展所长，弼成国家建设大计，永资倚畀，遽闻溘逝，悼惜良深。李仪祉应予特命褒扬，着行政院转饬陕西省政府举行公葬，考试院转铨叙部从优议恤，并将生平事绩存备宣付史馆，以彰邃学而资矜式。此令。

时任中华民国总统蒋介石电文：

仪祉先生学术精湛，治事忠勤，立身卓然，足为世范。顷闻在陕逝世，国失良贤，震悼殊深……

时任民国政府监察院院长于右任唁电：

仪祉学长治学精严，德行并茂。倡修水利，嘉惠民生。实科学界之大师，亦为海内所宗范。兹悉忧国触疾，竟以不起，非特公私悼惜，想泾惠、洛惠诸渠人民闻之，其悲痛当更深也……

时任国民政府陕西省主席的邵力子在唁电中写道：

警闻仪祉先生逝世，曷胜痛悼。先生不仅为水利大家，其科学精神，政治道德，尤足楷模群伦……遽丧大师，实深邦国殄瘁之痛……

李仪祉的好友、著名建筑学家刘梦锡在纪念李仪祉的献词中写道：

大禹之后，中国一人，唯陕西李仪祉先生。先生笃学力行，敦品持志，晚清负笈德国。回国主讲河海水利工科大学，桃李满天下。历事各大江河治水灌溉农田水利，伟绩遍全国。以仁者之心，行仁者之术，先生诚近代水圣也！

当时，身陷囹圄的杨虎城将军在给弟弟杨茂三的家信中写道：

宜之（仪祉）兄逝世，兄甚伤心，常在梦中对话，他说：洛惠渠失败（指铁镰山隧道遇到的困难）心中难堪，究不知工程进展若何？仪祉主维新，涉水登山，远逾谷口，计熟图样，丝毫不苟，筹借赈款民享乐利，实泾之惠肇始，嘉名流芳百世。

导淮委员会、扬子江水利委员会、中国水利工程学会、中国华洋义赈救灾总会等均发来唁电、悼文。

《西北文化日报》《大公报》《申报》等各大媒体纷纷发表社评，沉痛悼念李仪祉先生。

《大公报》悼评：

中国水工界领袖李仪祉先生的逝世，是国家的不幸，特别在科学落后的西北，真如天陨巨星，是不可挽回的损失。李先生不但是水利专家，而且是人格高洁的模范学者。一生勤学治事，燃烧着爱国爱民的热情。李先生在陕西经营的“八惠”渠，利及万民，功在百代。而若黄、若淮、若长江、若河北诸水，先生皆有计划，而为世所宗。今虽逝世，其人格与事业，业已不朽！

《申报》社评：

先生不独为我水利事业之功人，仰亦我科学界之典范学者。……治水事业，本极艰巨，非有学识与毅力不易成就。先生既有学识，又有毅力，此所以难能可贵也。……李先生二十三年间，不变求其学本旨，始终埋头于治水事业，其毅力之伟大，迥非常人所得比拟其万一。……李先生独能坚持不懈，始终一贯，人之所言苦者不以为苦，人之所言难者不以为难，此种精神，最为宝贵。

3 月 11 日晨 7 时，大雪纷飞，天地间一片白茫茫的景象，像一张巨大的白色孝布。李仪祉的灵车缓缓开出古城运往泾阳，沿途无数民众冒雪肃立道旁。在西安参加追悼会的军、政、水利、文艺各界名流和群众达三万人之多。

公祭时，日本飞机盘旋轰炸，主持人恳求大家疏散隐蔽，然而人群却岿然不动，场面催人泪下，哀感天地。

渭惠渠农民路祭于咸阳，泾惠渠沿途均设案吊奠。

15日发引，关中各惠渠之男女老少，自备素巾，以草绳束腰，不约而来者数万人，列队长十余里……此种平民化农民化之丧礼，不仅在西安破天荒，亦为全国各地甚或世界各国所仅见。农民于丧葬时，无不涕泣相告："食我、衣我、活我者，李先生啊。从今以后，我们将何以报德呀！"赤子之心，尤足令人感叹。

关中的老百姓痛哭流涕者比比皆是，为失去这位国内外著名的科学家、为人民谋福祉的卓越水利大师而深感痛惜。

李仪祉的灵柩于当日运抵泾阳时，沿途人民自动路祭者不可胜数，泾阳、三原、高陵等地民众，远道奔丧不期而会，泾惠渠区域各乡人民携挽联、香帛前来祭奠者不绝于途。许多农民失声痛哭，争来询问："李先生去世了，我们水利以后怎么办呢？"

修坟时，民众争相运送沙石，来宾竞相负土，三日之内即完工。

下葬时，群众争先恐后，用簸箕，用衣襟，甚至用自己的双手盛土，排队覆于椁上，以表示其最后的敬意。不到两个时辰，集万人之土，仪祉的坟冢便堆成了，气势巍峨。水利遗爱，感戴皆出肺腑，李仪祉不愧为民之衣食父母，他虽死不死，将永远活在老百姓的心中。

此情此景，令人不觉潸然泪下。洋人牧师边拭泪边自言自语："我今生初次——或最后一次见到老百姓之赤诚表现，真正难得啊！"

15日，李仪祉先生长眠于泾惠渠两翼闸畔塬上，先生的墓碑上刻着"永垂不朽"四个大字。于右任先生题写的"殊功早入河渠志，遗宅仍规水竹居"十四个苍劲有力的大字分别挂于陵园大门两侧。

……

李仪祉去世后，人们在他的办公桌上，发现一张"十年规划"：

1935年　泾惠渠二期竣工，洛惠渠兴工，渭惠渠开始施工。

1936年　洛惠渠竣工，渭惠渠兴工，眉、沣、龙三渠同时开工。

1937年　渭惠、龙惠二渠工竣，眉、沣两渠继续施工。

1938年　眉惠、沣惠两渠工竣，耀惠、滑惠、灞惠三渠开工。

1939年　灞惠、耀惠两渠完工，滑惠渠兴工，定惠、云惠两渠开工。

1940年　定惠、滑惠两渠工竣，开惠渠开工，整理渭南、二华渠堰及排水。

1941年　开惠渠工竣，隧惠渠开工，整理廉、冷、黑、涝河渠堰。

1942年　整理西乡诸河，安康、平利、汉阴、石泉渠堰与渭河扩岸堤防开工。

1943年　渭河护岸兴工，整理丹江、丏县煮水与汉江白马堰。

1944年　整理渭河航运。

1945年　整理汉江航运及发展水电……

由此可见，李仪祉胸怀大略、高瞻远瞩。他的宏伟蓝图不仅仅限于“关中八惠”，他由泾惠渠看到了水利之巨大成果，自那时起，他就运筹帷幄、决胜千里地开始制定十年规划，大力发展水利以使陕西各地农村大多农田，即使是在干旱年间也能得到丰收。遗憾的是李仪祉壮志未酬，过早陨世，宏伟蓝图不能一一实现，令人扼腕长叹，唏嘘不已！

附录

回忆先父李仪祉

文 / 李赋宁

父亲是一位受人们尊敬的水利学者，他短暂的一生给我们留下了深深的印象。我出生那年（1917 年），他任南京河海工程专门学校水利教授。母亲张孟淑女士生我和弟弟李赋洋。我在南京上鼓楼幼稚园时，堂兄李赋林在南京上初中，住在我们家里。还有两位堂兄李赋京和李赋都在上海同济大学附中上学，每周末也回到南京我们家里来。他们高中毕业后，都由我父亲资助去德国留学，获博士学位，回国后分别在医学研究和水利工程方面做出了杰出贡献。有一段时期，我伯祖父李仲特和祖父李桐轩也来南京我家小住。我父母敬老爱幼，家里和睦融洽，有浓厚的学习空气。

由于父亲志在兴修陕西水利，所以他于 1923 年辞去河海工程专门学校教授职务，带着他的毕业生胡步川和刘钟瑞先生以及祖父和我们母子三人，自南京回陕西。当时豫西闹土匪，铁路不通。我们经过千辛万苦，历尽许多磨难，终于回到故乡。记得我们一行骡车艰难地爬上有名的仁义山陡坡时，终于看见了黄河风陵渡。大人们说：“走过仁义山，把张茅、峡石当平川。”

1928 年，父亲在天津华北水利委员会任主席，兼总工程师，我家自西安迁往北平。父亲每周末坐火车来往于平津之间。在火车上，一般达官贵人坐头等车厢，普通百姓坐三等车厢。父亲总是和老百姓同坐一个车厢，从不暴露自己的身份。一次他和一位级别相差不多的同事偶然相遇，谈到两人都是坐同一次列车由平返津的，这位同事十分惊讶地问，为什么在头等车厢上没有看见他。父亲支吾说自己坐在前面位子上。父亲后来被任命为黄河水利委员会委员长，兼总工程师。国民党政府财政部长孔祥熙极力拉拢他。有一次孔祥熙说他在山西大学曾见过父亲。父亲坚决否认，说他从未在山西大学任教，也从未去过山西大学，使孔颇为难堪。泾惠渠修成后，当地土豪劣绅阴谋种鸦片。父亲最痛恨鸦片，主张种棉花，并与无锡纺织业民族资本家商议利用泾惠渠灌区所产的棉花作为原料，在陕西开办纱厂。当时陕西地方保守势力十分排外，父亲被指责为"引狼入室"。父亲在《秦风日报》上发表一篇短文，重申自己的主张，同时严厉批评种鸦片和吸鸦片的人。

抗日战争爆发后，先父在西安积极参加抗战救亡工作。他给国际友人写信，争取他们支援中国抗战。他把自己的存款和我母亲的首饰捐给伤员，家中还寄养过五个难民。他发表爱国演说，为抗战撰写文章，表现出极强烈的爱国思想和感情。

父亲是中国科学院前身中国科学社的早期社员之一，后来是中央研究院的评议员，也是我国现代科学的一位奠基人。他 20 年代就在商务印书馆出版了几本高等数学的著作《微积分》《最小二乘式》《诺漠术》等。后来他在国内外发表的水利专著就更多了。我记得他还翻译过一本书，叫作《宇冰学说》，他可以称得上著作等身。

先父的外语造诣相当深。在京师大学读书时，他已打下坚实的德语基础。在德国留学期间，他又学会了法语。在河海工程专门学校教书期间，由于采用英文教科书和参考书，他又自学了英语。他不仅能够熟练阅读英文书刊，而且能够用英语交谈，甚至能够用英文写作。30 年代他曾用英文为《中国年鉴》（英文版）撰写关于中国水利事业的文章。抗战前夕，他曾计划赴欧洲考察水利，开始自学意大利语和俄语。后因战争爆发，出国考察计划未能实现。

父亲清末中过秀才，他的国学基础相当雄厚，擅长写文言文、古典诗词和散曲，编有悲剧《芦采英》、喜剧《复成桥》和历史传奇剧《李寄斩蛇》等。先父书法学苏东坡，笔法圆润秀美。他在 30 年代被清华大学聘为名誉教授，曾为清华大学水力实验室题匾。后来他还为陇海铁路武功火车站题站名。这些字迹现在还被人们珍存着。

父亲对西方文学的爱好也颇为广泛。他晚年在睡觉前喜读托尔斯泰的小说和短篇小说的德文译本，也爱读张谷若先生翻译的哈代的《还乡》和《德伯家的苔丝》。他对苔丝姑娘的命运充满同情和怜悯。

父亲只活了五十七岁，就在疲惫中过早地离开了我们。父亲短暂的一生是勤奋学习、艰苦创业、全心全意为人民谋福利的一生。他永远是我做人的楷模。

1987 年 4 月 11 日于北京大学

（原载 1992 年第 2 期《陕西水利》，作者系李仪祉之子）

中国近代水利事业的奠基人——李仪祉

文 / 李晴

千百年来，华夏儿女前承后继，在艰苦卓绝治理水患中，创造出了光辉灿烂的中华文明。一部中华民族的文明史，在一定意义上讲，就是中华民族坚持不懈与洪涝、干旱做斗争求得生存与发展的壮丽史诗。从大禹到李冰，从范仲淹到郭守敬，再到李仪祉，华夏大地锻铸造就出一大批驭龙降蛟杰出人物。

李仪祉（1882—1938），名协，字宜之，后改为仪祉，陕籍富原，生于1882年正月初三。其父李桐轩、伯父李仲特，都是清末关中地区很有影响的学者。伯父李仲特“耽历算之学，搜求中西天文数学之书，孜孜研习，著述不休”；父亲李桐轩“好为古文辞，尤究心于社会风气之纠正，民间教育之普及”，二位先辈对李仪祉影响颇深。

1898年，在推崇八股的清末年间，李仪祉却以精于数学，考取了“省试”秀才第一名，次年又考入泾阳崇实书院。学习期间，李仪祉对中国民主革命先行者孙中山十分仰慕，积极组织同学参加主张妇女放脚的天足会，撰文《女子不缠足歌》等，还撰写了《权论》《神道设教辟》，反对封建迷信，提倡人性解放，探讨社会改革问题，其时年仅十七岁。

1901年，李仪祉由崇实书院又考至宏道高等学堂。1903年，他应商州中学堂堂长于右任相聘，赴商州中学堂任教员。1904年，李仪祉和胞兄李约祉同时考取北京京师大学堂（北京大学前身）。第二年，时年二十三岁的李仪祉，为反对清政府同美国签订中美不平等条约，上书清廷侍御使王仙洲，尖锐地指出：“天下事以千万人之力成之而不足，以一人败之而有余，历观历史，从古如斯，但不意此等事乃见于先生，先生不为全国人民计，独不为一身名誉计乎？”即此数语，既表现出他大义凛然的正气，又彰显出他不惧权势，旨反封建刚锐的无畏精神。1909 年，李仪祉从北京京师大学堂毕业，请辞清政府委派其为某部录事，由陕西西潼铁路局派赴德国柏林皇家科技学院留学。1911 年，辛亥革命爆发，他立即回国，意图报效反清革命。

1912 年，李仪祉在西安与友人创办私立三秦公学并任教，同时自学西方科技并传输给学生，该校培养出诸如魏野畴（中共陕西军委书记）、刘天章（中共山西省委书记）、杨钟健（地质学家、古生物学家）等这样的革命家和科学家，他们对政界、科学教育界曾产生过巨大影响。

1913 年，他二次赴德继续求学、1915 年学成归国，即协助张謇在南京创办河海工程专门学校，任教授、教务主任，并兼任南京高等师范学校教授、中国科学社学董事、南京鼓楼公园工程师等，直至 1922 年下半年回陕就任陕西省水利局局长兼渭北水利工程局总工程师。1923 年，李仪祉被国民政府委任为陕西省教育厅厅长，1924 年又兼任西北大学校长，还担任陕西贫民教育促进会董事长。

1927 年，李仪祉离陕就任上海特别市港务局局长、重庆市政府工程师，亦被聘为北京大学、河海工程专门学校、第四中山大学教授。1928 年，被国府任命为华北水利委员会主席，他精心筹划了白河水利，并亲自勘察了运河和淮河。1929 年，担任导淮委员会委员兼总工程师及工务处处长、北方大港筹备处主任、浙江省建设厅顾问，倡办华北灌溉讲习班，设置黄河水文站。与此同时，他拟定了导淮计划，设计了杭州湾新式海塘。

1930 年，李仪祉匆匆回陕，国府任命他为陕西省政府委员、陕西省建设厅厅长，继续担任水利局局长。1931 年，受聘为全国救济水灾委员会委员兼总工程师，中国水利工程学会会长，江苏运河工程善后委员会委员，与此同时，还被省府任命为西安市工程处处长。1932 年，他担任了中国科学社年会会长，其间，还协助杨虎城在故乡蒲城，创办尧山中学，并任校董。

1933 年，李仪祉担任黄河水灾救济会常务委员，兼任扬子江水利委员会顾问、清华大学名誉教授等，民国政府命令李仪祉筹建黄河水利委员会，并任命他为黄河水利委员会委员长兼总工程师，仍继续任职陕西省水利局局长。1934年，国府委以他为全国统一水利委员会常务委员。此年，他先前所创办的陕西水利专修班合并于国立西北农林专科学校设为水利组，他被聘为主任。1935年，他被推选为中美工程师协会董事、中央研究院评议会议员、渭惠渠工程处处长等。1936年，被选为中国土木工程学会董事，即就在他临终前八个月的1937年7月，李仪祉在国难当头之际，心系民族安危，全力抗日，被推选为陕西抗敌后援会执委。

据不完全统计，李仪祉短短一生，或被任命，或被聘用，或被委以各种职务竟达七十之多！他所担任的一切职务绝不务虚挂名，仅以1923年至1926年，他担任陕西省教育厅厅长、兼任西北大学校长为例，就足以证明其求真务实，鄙视虚荣的君子之风。此期间，他亲自动手，为西北大学编写教材，教授学生，筹建实验室，并赴京、津、沪、宁筹集办学经费。西北大学在2012年10月隆重庆祝建校一百一十周年之际，在校园建立三座雕像：西北大学创始人张凤翙、在国际享有盛名的物理学家侯伯宇和近代水圣李仪祉。

1938年3月8日，李仪祉终因劳心劳力过度，不幸英年早逝，享年五十六岁。

李仪祉逝世噩耗传出，国内外唁电如雪纷至。关中的老百姓痛哭流涕者比比皆是，为失去这位国内外著名的科学家、一心为人民谋福祉的卓越水利大师而深感痛惜。西安参加追悼会群众竟达三万人之多。当李仪祉的灵柩出西安城时，大雪纷飞，沿途老百姓进行公祭。在安葬时，泾阳、三原、高陵等五县自发送葬民众多达五千人。

李仪祉的一生，是为祖国水利事业奋斗的一生。他呕心沥血，为祖国水利建设事业鞠躬尽瘁，死而后已。我国的四大水系黄河、长江、淮河、海河都烙印下了他治理、建设的坚实足迹。

李仪祉一生致力于水利教育和水利工程建设，取得了举世瞩目的丰功伟绩，也赢得了诸如“中国近代水利先驱”“中国水利教育奠基人”“中国近代水利之父”“一代水利大师”“水利泰斗”等殊荣。纵观李仪祉治水生涯，之所以获得如此高的成就与声望，诚如原陕西省水利厅厅长王锋慨言，这与李仪祉在中国近代水利发展史上敢为人先，首开先河、创造的十个“第一”息息相关。

是第一位到国外学习水利的中国专家。

1909 年 7 月，受西潼铁路筹备处派遣，李仪祉赴德国柏林皇家科技学院土木工程科攻读铁路和水利。1911 年 10 月 10 日，武昌起义爆发，他离开德国回国参加革命。1913 年，他在考察欧洲水利后，进入德国丹泽工程大学专心致志攻读水利专业，这为他实现水利救国抱负奠定了坚实的基础。

参与创办了我国第一所水利专科学校。

1915 年，李仪祉回国，参与创办我国第一所高等水利学府——南京河海工程专门学校（即现在的河海大学），被聘为教授和教务主任。

是把西方水利科学技术引入中国的第一人。

李仪祉一方面刻苦攻读西方现代科技知识，一方面注重实地考察，他对欧洲的莱茵河、多瑙河及罗纳河的治理都留下了深刻印象。他回国后，第一步就是通过著述、教育，将西方先进的水利科学技术介绍给国内，在河海工程专门学校执教期间，编写了《水工学》《水力学》《水工试验》《潮汐论》和《中国水利史》等教科书，系统介绍阐述了西方水利科技的最新成果。

设计主持兴建了我国第一座运用近代科学的大型灌溉工程——泾惠渠。

李仪祉不仅是西方水利科技的早期传播人，而且是实践西方水利科技的第一人。1930 年泾惠渠工程开工，1932 年 6 月第一期工程竣工通水，可灌溉农田 50 万亩；1935 年第二期工程完工，扩灌至 65 万亩。泾惠渠的建成受益，成为中国当时现代水利工程之典范，在我国水利史上写下了辉煌灿烂的一页。

创立了我国水利界第一个民间学术团体。

1931 年，李仪祉会同著名水利科技工作者李书田、张含英、须恺、孙辅世、汪胡桢、张自立等，针对当时政府不重视水利建设、水行政不统一、水利工作者涣散等情况，倡议创建了“中国水利工程学会”，即现在中国水利学会的前身。李仪祉被推举为学会会长，并连任六届，直到逝世。他在担任会长期间，精益求精主持创办了《水利学报》，以此广泛传播水利科技。此外，他还担任《水利杂志》《河海月刊》《黄河水利月刊》《导淮委员会月刊》《陕西水利月刊》等刊物的主持者或主要撰稿人。

担任黄河水利委员会第一任委员长。

1933 年 4 月，李仪祉受命于危难之时，负责筹建黄河水利委员会，并出任第一任委员长兼总工程师。8 月，黄河决口泛滥，国民政府在南京成立了黄河水灾救济会，李仪祉积极组织防洪抢险，救济灾民。1934 年，他长途跋涉，到黄河上游考察。同年，黄河在贯台决口，他组织抢险。1935年，黄河又在董庄决口，他奉命加修金堤。

倡导开展了首次黄河河道模型试验。

为了科学治理黄河，李仪祉十分注重开展河道模型试验，他回国后，在学校授课和撰写论文时，多次介绍德国的河道模型试验技术。经他设计促成，1932年在德国奥贝拉赫水工试验所进行了黄河河道治理模型试验，并推荐在德国留学的工程师李赋都参加试验。这是我国治理黄河历史上第一次进行河道模型试验。

倡议设立了中国第一个水工实验所。

李仪祉高度重视水利科学研究，积极倡导建立自己的实验室和科研机构。1928年，李仪祉等倡议设立河工实验室，1931年8月开始筹备，1933年10月1日成立董事会，他亲自担任董事长。1935年11月12日在天津举行了中国第一个水工实验所落成典礼，同时开始进行官厅水库坝下消力实验。后因抗日战争爆发，房屋毁于战火，到1947年，水利专家李赋都，秉承叔父李仪祉的遗愿，与众人重建天津水工实验所，后与北京水利科学研究院合并，成为现在的中国水利水电科学研究院的前身。鉴此，李仪祉当之无愧地是我国现代水利科学研究机构的奠基者。

首次给水利和水利工程明确了定义。

李仪祉在介绍西方水利科技、继承我国古代治水经验的基础上，创造性地确定了一大批水利专业术语，首次给水利和水利工程下了定义。他指出："水利为兴利除患事业，凡利用水以生利者为兴利事业……凡防止水之为害者为除患事业。"在中国水利工程学会第三届年会上，他明确提出水利工程包括防洪、排水、灌溉、水力、水道、给水、河渠、港工等八种工程。正因为有了李仪祉这些明确的阐述，才有了我们今天的"兴水利、除水害"的水利事业。

是第一位提出"综合治水"的水利专家。

李仪祉虽然在黄河水利委员会只工作了三年，但他对黄河的问题进行了深刻而认真的研究，撰写了大量的治黄论文，论证了黄患之要害、治黄之方针。对于河流治理和水资源的开发利用，中国自周秦以来就有过许多好的意见和主张，但始终未能全面付诸实践，治理、开发中总是"单打一"居多。李仪祉吸纳了历史上的合理意见，又根据西方近代治水思想的新主张，形成了"全面开发、综合利用”的水利规划思想，把中国数千年的传统治水思想推向一个崭新阶段。他首先提出了“治理黄河要上中下游并重，防洪、航运、灌溉及水电兼顾”的观点，开创了“综合治水”的先河。1933年，他在《黄河水利委员会工作计划》中，提出了“全河应有统一之管理，不宜以省区割裂”的观点，比我们现在所倡导的“流域水资源统一管理”大约要早七十来年。全国政协原副主席钱正英评价：“李仪祉把我国治黄理论和方略向前推进了一大步，直到今天仍然具有现实意义。”

李仪祉一直情系水利教育事业。1923年到陕西任职，积极倡办了陕西水利道路工程学校，这是由他此前创办的水利道路技术传习所改组而成，以后更名国立西北大学工科。他还匠心独运地创办了陕西水利专修班，后合并国立武功农学院农业水利系。

李仪祉亲力亲为勘测、设计、修建、创办陕西“关中八惠”，即泾惠渠、渭惠渠、洛惠渠、梅惠渠、黑惠渠、涝惠渠、沣惠渠和泔惠渠，以及陕南、陕北等渠灌区的宏伟规划，既是他的全部心血，又是他的毕生夙愿。直至1938年李仪祉逝世，泾、渭、洛、梅四渠已初具规模，灌地180万亩，初步实现了他的“郑白宏愿”。

李仪祉不仅在水利方面成就巨大，也在文化、教育、陵园设计、公路交通、戏剧方面贡献颇广：他参与设计的南京中山陵陵园举世闻名；他为四川成渝公路设计了老鹰岩盘道，被后人赞誉为“巧夺天工”之杰作；他先后编写过《复成桥》《卢采英》《李寄斩蛇》等秦腔剧本和《柯费尔公爵花厅》《毛符家里》等话剧剧本，为东西方文化艺术交流做出了独特的贡献。

李仪祉为中国近代的水利事业和水利科学技术殚精竭虑，硕果累累，蜚声中外。在国际，有人认为，20世纪二三十年代，全世界只有两个半水利泰斗：一个是德国的恩格尔斯，一个是中国的李仪祉，半个在日本；在国内，当代水利学术界有一个共识，即：李仪祉把中国传统水利思想向现代水利进行了转变，研究李仪祉水利思想就是研究中国近代水利思想。2001年9月，在我国北京召开的国际水利学大会上（*I-AHR*），李仪祉被确定为“20世纪最杰出的科学家之一”。

李仪祉逝世后的几十年中，新旧国家历任领导与学术界领军人物均给予高度的评价和赞誉：

中华民国政府在李仪祉逝世后特令褒扬，其文：

陕西水利局局长、前黄河水利委员会委员长李仪祉，德器深纯，精研水利。早岁倡办河海工程学校，成材甚众；近年开渠、浚河、导淮、治运等工事，尤瘁心力，绩效懋著。方期益展所长，弼成国家建设大计，永资倚畀。遽闻溘逝，悼惜良深。李仪祉应予特命褒扬，着行政院转饬陕西省政府举行公葬，考试院转铨叙部从优议恤，并将生平事绩存备宣付史馆，以彰邃学而资矜式。此令。

时任中华民国总统蒋介石电文：

仪祉先生学术精湛，治事忠勤，立身卓然，足为世范。顷闻在陕逝世，国失良贤，震悼殊深……

于右任（当代草圣、时任民国政府监察院院长）唁电：

仪祉学长治学精严，德行并茂。倡修水利，嘉惠民生。实科学界之大师，亦为海内所宗范。兹悉忧国触疾，竟以不起，非特公私悼惜，想泾惠、洛惠诸渠人民闻之，其悲痛当更深也……

邵力子（曾任陕西省府主席，1949 年后任民革中央副主席，全国政协常委）在唁电中写道：

惊闻仪祉先生逝世，曷胜痛悼。先生不仅为水利大家，其科学精神，政治道德，尤足楷模群伦……遽丧大师，实深邦国殄瘁之痛……

刘梦锡（著名建筑学家，负责监修南京中山陵）写道：

大禹之后，中国一人，唯陕西李仪祉先生。

身陷囹圄的杨虎城将军在给弟弟杨茂三的家信中写道：

宜之（仪祉）兄逝世，兄甚伤心，常在梦中对话，他说：洛惠渠失败（指铁镰山隧道遇到的困难）心中难堪，究不知工程进展若何？仪祉主维新，涉水登山，远逾谷口，计熟图样，丝毫不苟，筹借赈款民享乐利，实泾之惠肇始，嘉名流芳百世。

郭希仁（民国陕西省政府委员，李仪祉前任水利局局长）：

李君（仪祉）天下奇才也，亦难得人才也。性质直、沉稳、坚韧，爱国心与事业心均极强。对治学不但能深钻研透，且术兼中西，誉为东方少有之水利专家。

中华人民共和国总理周恩来：

李仪祉先生在关中兴修水利，对关中的农业尤其是棉田，有很大的好处。

钱正英（全国政协原副主席、前水利部部长）：

李仪祉先生是中国现代水利的开拓者。

张奚若（原教育部部长）：

李家人四口，革命党两双。

张含英（原水利电力部副部长兼技术委员会主任）：

怀念仪祉先生：传世文章论水利，造福事业惠关中。

汪胡桢（原华东军政委员会水利部副部长，著名水利专家）：

人少有不朽的，只有立德、立功、立言，才可以不朽，李仪祉先生是永垂不朽的。

张勃兴（原中共陕西省委书记、全国政协常委）：

李仪祉先生是一位值得人们高度崇敬的爱国人士、水利专家。他为中国、特别是三秦大地水利事业的奠基性建设和发展建树了丰功伟业，至今那时所兴建的诸多工程依然在惠及广大人民群众。

李赋都（原黄河水利委员会副主任、全国政协委员）：

李仪祉先生在他短短的一生中，忧国忧民，呕心沥血，数十年如一日，为发展我国的水利事业贡献了毕生的精力。先生一生热爱科学，追求真理，谦虚谨慎，平易近人，诲人不倦。

索丽生（水利部原副部长）：

李仪祉先生在1933年的《黄河水利委员会工作计划》中，提出了“全河应有统一之管理，不宜以省区割裂”的观点，比我们现在所倡导的“流域水资源统一管理”大约要早七十年。

张印忠（中国水利文协主席）：

总结和传承李仪祉先生水利思想，无疑具有重要的意义。李仪祉水利思想是一个有机整体：水利兴国思想是他水利思想的核心，水利科学思想是他实现水利兴国主张的基础，水利规划思想是实现水利兴国主张的纲要和蓝图，水利教育思想和水利行政思想，是他实现水利兴国思想的两个重要支柱。

王锋（原陕西省水利厅厅长）：

李仪祉先生修建的“关中八惠”，破解了陕西粮荒问题，把千百万人从饥饿的死亡线上解救出来。先生远见卓识和胆略气魄令人折服，一生担任许多重要职务，但都把职务作为造福人民的平台，有公无私、有人无我，献身水利、矢志不改，鞠躬尽瘁、死而后已。先生离开我们已经七十余载，但他的先进治水理念和诸多主张至今仍在闪光并取用。

自从李仪祉1938年逝世后，新旧政府、民间各种纪念李仪祉的活动从未间断过，对李仪祉几乎每年都举行各种形式的纪念。可见李仪祉身上具有一种远远超越了政治，超越了时空的震撼力。他虽然去世近八十载，但彰显人格魅力和特定精神内涵的李仪祉，的确影响了一代水利人。

伟人，是在一定历史条件下，通过自身努力和旁人的协助，完成常人所不能想、不能做的事，不过前提是这些事不是一件或几件，而是足可以产生一系列社会变革，或对后世有深刻的影响。这些变革或影响是有积极意义的，对人类是有益的。意即人类有史以来，在各领域，开创独到的学说并付诸实践，取得成果的人，因为他做到了常人所做不到的事，且被后人所承认、所敬仰、所一直怀念的人物。

李仪祉应该算是伟人吧。

（作者系李仪祉之小孙女）

李仪祉家族名人辈出

文 / 李昉

李仪祉的父亲——同盟会会员、《陕西易俗社》创始人李桐轩

李桐轩(1860—1932）名良才，号莲舌居士，蒲城马湖富原村人。1878年，李桐轩与胞兄李仲特同科考中秀才，后去华州任私塾师。1888年因其参加同州府院试成绩优异被拔入三原宏道书院。1902年与同县举人张拜云在同州创办“求友学堂”，以科学知识和爱国思想教育学生和子女。1904年李桐轩的两个儿子李约祉和李仪祉同时考入京师大学堂，他作诗六首相送，诗中有云“唯华人兮神明胄，不可奴兮不可虏”“人生自古谁无死，死于愚弱最可耻”。

1905年，他应知县李体仁之聘重修县志。同年，井勿幕由日本返陕发展同盟会组织，李桐轩弟兄率先加入。1906年任蒲城高等小学堂教习，次年与同盟会会员常自新等组织蒲城县教育分会；1910月，陕西咨议局成立，李桐轩被选为副议长。1911年10月，西安起义（即响应辛亥革命）而举义时，因土匪蜂起扰乱，陕西与外界断绝音讯，他以与鄂军大都督黎元洪有旧，故代表陕西革命党自请去武昌，甘冒性命风险，向湖北军政府通报信息，与革命军进行联络。民国建立后，李桐轩婉拒省长署、省政府、督军府相邀为官，赴京开会担任全国读音统一会会员，研究制定国音字母并为之撰写专著，他自创的《注音字母教学法》，利用纸牌游戏，贯穿识字整个过程，使学习者易学易记兴趣

不减，且学之数日可通。

李桐轩回陕后，担任陕西修史局总纂。在与修史局修纂孙仁玉同心协力整理史稿时，常常研究社会教育问题，深感戏曲对移风易俗有着重大作用，遂与孙仁玉等发起创办陕西易俗伶学社（后改名为陕西易俗社）。该社以“辅助教育，启迪民智，移风易俗，推陈出新”为宗旨，按照资产阶级民主制度制定章程，建立领导机构。李桐轩先后担任第一任社长、评议、编辑及名誉社长等职。他用后半生心血倾注于易俗社，被誉为陕西“新剧界之星宿”。李桐轩极力提倡使用白话文。他编写的《甄别旧戏草》，对过去流行的几百个剧目，进行了分析评价，划分为可去者、可取者与可改者三大类，取舍标准“以影响于人心为断”，《甄别旧戏草》是评判传统剧目的重要理论著作。李桐轩在二十年间编写了《一字狱》《孝子金》《文山殉国》《鲁相拔葵》《人伦鉴》等三十多本以表现社会现实题材见长，文笔犀利，泼辣深刻，直指封建统治者及其爪牙的剧本，皆为宣扬爱国思想、破除封建迷信、提倡科学民主的新戏剧本，无怪乎时人评论：“其为戏也，若陶渊明之诗，冲微淡远，耐人寻味，选句之佳，尤非他人所能及。”他的遗著还有《民兴集》《兵农说》《慈幼篇》《集孟政谈》及《莲舌居士传》等十多种。

李仪祉的伯父——同盟会会员、数学家李仲特

李仲特（1858—1936）名异才，晚号一如居士。自幼熟读四书五经，虽习“八股”，但学不泥古，好天文数理。约在一百二十五年前，大多数国人还不知算学为何物的时候，一个奇人，在没有任何参考读物的情形下，通过刻苦钻研，不但求出质数的平方根，而且著书《开方数理图论》，影响后世（原稿现存于陕西师范大学图书馆）。这个奇人，就是对李仪祉影响至深的其伯父李仲特。1888 年，李氏兄弟俩同时参加同州府院试，当时西方科学初入中国，学使柯巽庵，独出心裁，增加了算学试题，全场考生皆瞠目结舌，唯独李氏兄弟用心算得到答数而震惊学使等人，而被拔入三原宏道书院。毕业后，李仲特应聘入陕西舆图馆，参加陕西省地图测绘，后被浙江学使徐季和所聘做幕僚，给他以“国士”级的丰厚待遇。李仲特不负众望，测绘完成了绘制《秦晋豫三省

黄河图》等。李仲特在工作之余常独自“夜观天象，按图索骥”，逐渐通晓了各大恒星和行星的名字及运行规律。他偶得古代算学《算法统宗》一书并刻苦钻研，从而对数学产生了浓厚的兴趣，自此，李仲特把毕生的精力都投入到对数学的研究上。他对曲线、椭圆、圆周率、对数之研究，均具有开创性，尤其对微积分的研究，更是引起国际数学史专家的重视和推崇，成为造诣很深的数学家。1930 年，在李仲特七十二岁高龄之际，完成了他最后一本数学专著——《级数比类》第五卷，为我国数学的进步和发展做出了杰出的贡献。

1898 年，李仲特应陕甘总督陶勤肃之聘，赴兰州兰山书院担任主讲，教授数学。后回西安受聘于陕西高等学堂任算学教习。在当时科考的大环境下，李仲特却刻苦钻研数理化等自然学科，更学以致用，自制测量仪器，在野外实习，进行测量计算绘图。1903 年，四川省筹划兴建川（四川）汉（武汉）铁路，跨江越涧，穿山过岭，地形十分复杂，进行科学准确的测量，是首当其冲的难题。时任四川提学使的郑叔晋，久闻李仲特大名，重聘李仲特到成都，担任工程师，负责勘察测量川汉铁路。李仲特还极力倡导并参加西潼铁路筹建工作，倡议开发延长油田、兴办北山牧场。凡此种种，李仲特已经大大超越了“数学家”这一名号，致力于为民谋福祉。

1906 年，李仲特加入了孙中山领导的同盟会，并当选为同盟会西北分会会长，与同盟会盟友恭祭黄陵，誓言推翻腐朽封建王朝、建立民主共和政府，“誓共驱逐鞑虏，光复故物，扫除专制体制，建立共和国体，共赴国难，艰巨不辞”。

革命成功后，民国建立伊始，李仲特却婉拒一切委任，或飘然远行，或杜门学佛。尽管如此，历任政府官员皆礼聘李仲特为顾问、咨议，李仲特亦为之尽心尽力，以尽国士之责。1936 年夏，李仲特结束了他伟大传奇的一生，时任陕西省政府主席邵力子为其写了墓志：“生平行谊，略近禹墨，厚人薄己，衣不帛，食不肉，夏不持扇，淡于荣利，独喜科学，好著书……皆苦思冥索不屑傍依，其天性也。”

李仪祉的胞兄——同盟会会员、教育家、戏曲研究者李约祉

李约祉（1879—1969）名博，别号金粟逸农。早年就读于三原宏道高等

学府，1904 年秋，与其弟李仪祉一同考入京师大学堂（北京大学前身）。就读期间，目睹清廷腐败，民不聊生，兄弟二人侠义之心顿生，加入同盟会，不顾个人安危，组织联络革命党人，宣传民主。辛亥革命前夕，在陕西发生了一起震惊朝野的革命运动——“蒲案”，清政府把此列为重案要案。李约祉、李仪祉兄弟二人联络革命同志，动员在京同乡支持进步学生，为受害师生奔走呼吁，而在陕西革命爆发地蒲城，李约祉的伯父、父亲，自始至终参与其间，多次奔走蒲城西安两地，支持学生，交涉政府，付出心血，直至胜利，故有“李家人四口，革命党两双”之美誉。1904 年，于右任因所著《半哭半笑楼诗草》涉及反清，陕西巡抚恩寿密令三原知县德锐拿办于右任。李约祉从其父亲处得知此讯，立即相告于父，李雨田出资黉夜差人急骋开封告知于右任，才得免于难。1909 年，李约祉从京师大学堂毕业回陕后，先后担任省立女子高等小学、女子中学校长，并在陕西教育厅任督查主任等职，自此开始了他几十年的教书育人生涯，并为之做出了重大贡献。他本着“女子教育乃国民教育之本”的理念，在被委派督办延安、绥德、榆林等地学务时期，创办了蒲城女子小学，此举在那个时期意义之重大，不言而喻。

1912 年，其父李桐轩和孙仁玉创办了“易俗社”，李约祉继承父志，在易俗社早期，先后担任社长、评议长、教务主任、编辑主任等重要职务；创办《易俗日报》，为易俗社、为秦腔的发扬和传承，做出了不可磨灭的贡献。鲁迅先生为易俗社曾题写牌匾：“古调独弹”。1921 年，李约祉率领易俗社甲班学生组成分社赴汉口演出。李约祉为让外省人对秦腔有所了解，他印发张贴《戏报》、编印《说明书》、出版所编演的剧本等用诸多方法扩大宣传，收到预期效果，使秦腔这一古老剧种与新兴的易俗社蜚声武汉三镇及长江两岸，演出长达一年半之久而不衰。他还主动向外省剧社学习观摩，曾得到欧阳予倩及楚、汉剧名家的指点。

李约祉一生撰写了《算卦骗人》《千字鞭》《假斯文》《庚娘传》《优孟衣冠》《韩宝英》（亦名《石达开》）等二十多部剧本，还写完了其父桐轩公未写完的《刀客王改名轶事》一文（载入《蒲城县志》和《陕西文史资料选辑》第一辑）。其作品寓深刻内涵，反封建迷信，抨击时政、抨击假丑恶，于幽默风趣、嬉笑怒骂之中，真正做到了寓教于乐、教化民心，故其作品长演不衰，深受民众喜爱，一扫戏剧动辄满场帝王将相、才子佳人的颓风，用实际行动将易俗社的真谛诠释得淋漓尽致。

抗战时期，李约祉任蒲城县县志馆馆长，编写了几十万字的地方史料。20世纪40年代初，受各方敦请，出任蒲城县参议会会长，常常不顾自身安危为民请命。1946年，陕西大旱，蒲城尤甚，李约祉多次亲赴省城，请求救灾。1949年后，年逾古稀的李约祉被选为陕西省第三届人大代表，多次以爱国之心，提出利国利民的建议，并撰写回忆录，体现了“老骥伏枥、志在千里”的可贵精神。

李仪祉的庶弟——失聪自学成才之楷模、水利专家李知祉

李知祉（1911—1989），名隼，幼年因高烧导致神经性耳聋，父亲李桐轩用当时新出现的拼音方法教他读书，自此，天资聪颖的李知祉，在其哥哥李仪祉、大侄子李赋京的耐心帮助下走上了艰难崎岖的自学之路。他克服了常人难以想象的重重困难，通过自学掌握了古汉语、德语，熟悉了历史、文学，学习了数、理、化、工程原理、材料力学、建筑结构。

1928年，李知祉跟随二哥李仪祉到天津华北水利委员会工作，在绘图室学习绘制地形图。白天工作，晚上自学，又掌握了测量学、投影几何学、水工学等知识。1931年，他回到了陕西，以水利工程师身份，参加了渭惠渠、汉惠渠、褒惠渠的建设。同时又自学了水利学、土力学、材料力学，在此基础上，又学习了河工学、航运工程、灌溉工程、给水工程、水力发电工程、桥梁结构工程等，从而成为一名学识出众、见解独到的优秀水利专家。

可以说，李知祉是一位天才的学者。通过自学，他有着极深的古文造诣。十四五岁时便已通读《资治通鉴》三遍，可以用文言文流利写作。他又是一位见解超众的爱国知识分子、实践家，而且善于分析时局，准确预测时局的发展，往往料事如神。一次和张季鸾笔谈了一个多小时，分析中原会战的展望，李知祉斩钉截铁、掷地有声地断言，蒋介石必定胜利。抗日战争期间，有次和他的小侄子水利专家李赋丰公干后从汉中返回西安，路过安康住在客店里。由于李知祉七岁耳聋，长大后语言发音没有抑扬顿挫、含混不清，兼之语速特快如连珠炮，一般人根本无法能听懂他的话。因此，查店的宪兵怀疑他是日本间

谍要逮捕他。李赋丰在旁百般解释没用，碰巧店里有一份重庆《大公报》，上面刊载了李知祉写的一篇政论文章，拥护蒋介石团结全国一切爱国力量把抗日战争进行到底。宪兵查看了李知祉的身份证，看了《大公报》上的署名文章，证实了李知祉就是该文的作者，于是怀着崇敬之心，鞠躬致歉。

李知祉在黄委会工作期间，利用工余时间，查阅了大量水文资料，于1947年写成了《黄河流量之二重控制论》一文，惜因战乱，未能发表。直至解放后，党中央号召人人献“治黄良策”，在三门峡库区管理局工作的李知祉，给毛泽东主席写了一封信，得到毛的重视，回信要他的论文。以后的三门峡水库改建，有些部分就是根据他提出的理论设计的。在一次北京召开的会议间歇中，周恩来总理专门走到黄委会副主任李赋都跟前，特地问道：“你们家除了李仪祉，还有一位李隼，也是水利专家，对不对？”

李仪祉的大儿——西方语言文学家、教授博导李赋宁

李赋宁（1917—2004），原北京大学副教务长，北京大学西语系、英语系主任。1934年，年仅十七岁的李赋宁，考入天津私立南开大学经济系，1935年，他又考入北平国立清华大学土木系，后受吴宓教授的影响转入外文系。在外文系学习期间，卓然超群，大一即获全年报英文会考魁首，1941年以优异的成绩毕业于清华大学研究院。同年秋，年仅二十四岁的李赋宁始任西南联大外语教师。1942年，他被提升为清华大学外文系专任讲师，教授英语、法语。1943年至1946年，他首倡开设莫里哀专题课、法国文学史、英国文学史等课程。1946年秋，被清华大学选拔公费留学美国耶鲁大学研究院，学习古英语、拉丁语、英语史、中世纪英语文学、莎士比亚等课程。1948年，他在获得耶鲁大学英国语言文学硕士学位后，继续攻读博士学位。1949年，在海外求学的李赋宁得知祖国解放，作为一个满腔热血的爱国知识分子，迫不及待地回到了祖国，受聘为清华大学外语系副教授。自此以后，他倾情竭力都在教书育人，为祖国培养了大量的杰出人才。1952年，李赋宁被调至北京大学西语系任教授。李赋宁教书之余，尚有《李赋宁论英语学习和西方文学》等著述，他的著作《英语史》更是被誉为“英语史教学研究之里程碑”，作为20世纪的优

秀著作，入选《中国文库》。

李赋宁还多次担任亚太地区和平大会、中共八大、国际学联等的外事翻译工作。历任第五、六届北京政协委员，第六、七届九三学社中央委员，兼任深圳大学外语系主任、九三学社中央参议委员、国务院学位委员会学科评议组特约成员、中国外语教学研究会副会长、中国外国文学学会常务理事、陕西省比较文学学会名誉会长、北京市翻译工作者协会副会长等职。李赋宁的正直善良、待人真诚、谦抑热心、绅士风度，在北大校园有口皆碑。

李仪祉的小儿——生物学家、教授李赋洋

李赋洋（1920—1979），1942 年毕业于国立西北大学，旋即就职于西安私立力行中学。1944 年，他以优异成绩考入刚刚建立的陕西省立师范专科学校，成为一名“元老级”教师。1954 年，该校更名为西安师范学院，1960 年西安师院与陕西师范学院合并后改称为陕西师范大学。由于历史原因（父亲早逝，晨昏侍奉高堂），李赋洋没能像他的胞兄、堂兄那样出国深造而为国家做出更巨大的贡献，但他代表了那个时代中国高等学校大多数教师阶层，尽自己的最大力量恪尽职守、默默无闻地在辛勤耕耘，呕心沥血为建设祖国培养出了众多的人才。

陕西师范大学成立后，李赋洋在生物系教授动物学和植物学，他白天上课，下午回到家中不是备课就是观察自植的花草树木和自养的各种动物，大到奶牛，小至蜜蜂等几十种畜禽类。正因为长期的观察与实践，李赋洋讲课不仅异常生动、活跃，引人入胜，而且他不拘泥于现成教科书，经常自己编写讲义作为指定教材之补充。时至今日，李赋洋早期的学生、年近八十岁高龄的张德蓉女士说：“我一生受教许多老师，但现在能留下印象的，而且所学内容历历在目的，就是李（赋洋）老师给我们讲的生物课。”有趣的是，解放前夕，蒋介石派专机到西安，要接走包括李仪祉家眷在内的个别陕西名人家属去台湾。当时李仪祉的遗孀张孟淑带着家人已经登上飞机，但是一转眼就是找不到小儿李赋洋，他们只好下了飞机返回家中。西安解放的当天，李赋洋手里拿着小红旗，就出现在欢迎解放军进城的群众队伍中。

李赋洋深知理论和实践相结合的重要性，1960年陕西师范大学生物系创建初期，李赋洋就向领导开创性地提出要相应地建立教学实践基地“生物园”，但是当时由于各方面条件还不具备没能实现。此后在李赋洋的一直坚持和努力下，1963年，陕西师范大学生物系生物园终于获准建成，李被任命为生物园主任。以后，李赋洋除了教学外，把全部精力和心血都用在生物园的发展和诸多的事务性工作上而乐此不疲。生物园的建成，成了日后师生教学不可缺少的实践基地，也为师大校园的绿化、经济收入等做出了不可磨灭的贡献。1973年，邓小平恢复工作，国家形势向好的方面扭转。陕西西安鱼化寨公社为了发展经济，修建大面积鱼塘开始养鱼。一段时间后，池塘所饲养的鱼群不知何故大批大批地死亡，经济损失惨重。公社陆续请了许多专家兽医长时医治都没有结果，最后受人指点求助于陕西师大。生物系派出李赋洋和王振中两位老师蹲点鱼化寨，专门现场调查医治鱼的病情。李、王二位不仅学识渊博经验丰富，而且不辞辛劳经过认真细致观察，因陋就简地进行了就地试验，只经过了三天跟踪治鱼就圆满地解决了问题。原来是水中聚集了一种大量的微生物细菌，侵蚀鱼眼致瞎，使得成批鱼看不到鱼食而饿死。此事经过众人传播、交口称赞之后，陕西师大在当时当地名声大振。

李约祉的大儿——医学专家、教授博导李赋京

李赋京（1900—1988），医学博士、教育家，国家高教一级教授，著名解剖学、组织胚胎学家，钉螺研究专家。

李仪祉先生目睹李赋京的成长，发自内心地感到欣慰和自豪，他毫不犹豫地倾其克勤克俭的所有积蓄，并借钱资助李赋京赴德国留学，去实现他“科学救国”的蓝图。他在1920年元旦写给友人的信中慨言：“似两侄留学言……一为舍侄得有成就计，一为陕西人才太缺乏。谓宜积极培植也。试看江苏留学生不下千余人，吾陕有几？……兄独肯慨借五六百元，甚感！甚感！弟已决心自费先遣大侄赋京西去，弟在此为摒挡千元，再得兄惠借数百元，即可不乏资斧矣！”李赋京的父亲李约祉为这个即将远渡重洋、赴异国他乡留学的年轻人手书了“约法三章”：不许娶洋人老婆，攻获医学博士学位，回国服务。

奉叔父李仪祉之命，怀抱科学救国理想，李赋京于1920年毕业于上海同济医工学校之际，即远涉重洋留学德国著名学府哥廷根大学，受到了以严谨著名天下的德国教育。经过八年励志奋勉、寒窗攻读医学本科和医学博士的留学生活，李赋京不辜负父辈的殷切期望，于1928年通过了博士论文答辩，获得了连德国人都梦寐以求的医学博士学位。李仪祉在1928年写给友人的信中表达了他对两个侄子留学德国成功归来的真实心情：

“年来两侄留学，负债甚多，正欲作苦数年，还清夙负，刻大侄已归、二侄不久返程，国中失一老朽之留学生，而得崭新之二留学生；家中去一无能之子而获二克承之孙，此弟所以自宥也。”

寥寥数语道出李赋京的父辈们为国家培养后代的拳拳之心和苦乐之所在，这样的家庭教育和氛围怎能不激励李赋京在事业上奋进？！

回到国内不久，李赋京留学德国获得的医学博士学位就通过了民国政府教育部的正式认证，在人才奇缺的旧中国，他很快就有了稳定的工作和收入，先任南京中央卫生署技正，兼任东南医科大学病理学教授。1929年，他坚辞国民党政府卫生署技正，来到上海中央卫生试验所任病理科主任。

1930年，面对血吸虫病的危害，时任上海中央卫生试验所所长陈方之先生委派李赋京对江苏和浙江的血吸虫病进行实地调查。在实地调查过程中，李赋京目睹了湖沼地区农民遭血吸虫病危害的凄惨状况，以此点燃了李赋京为攻克中国血吸虫病奋斗的激情，开启了伴随他一生的钉螺研究。

由于他还兼任东南医科大学的教学任务，科研工作只有利用教学的间歇和假期进行。他发挥了绘画的特长，精心绘制了大量生动逼真的钉螺形态和发生图，先后发表了《钉螺的解剖》《钉螺的治后发生》《日本血吸虫的中间宿主》《钉螺的解剖、生活习性和种的鉴别》等多篇研究论文。1936年，年仅三十六岁的李赋京在安徽的调查中，发现了一种钉螺，经过查阅和反复对比大量国外此前的钉螺研究资料之后，他肯定这是一个钉螺的新种，并在《中国动物学杂志》首次公开发表这一发现。经国际专家组织鉴定，正式给这种钉螺命名为“安徽李氏钉螺（*Oncomelania anhuinensis Li*）”，这是在那个时代的科学领域里，以中国人命名的极少数医学发现之一，这是对中国科技的一大贡献。

1931年至1956年间，李赋京在研究工作之余，还先后在上海东南医科大学、河南大学医学院、台湾大学医学院、西北联大医专、同济大学医学院、武汉大学医学院等高等学府，或任校长，或任教授，讲授人体解剖学、组织胚胎学、病理学和寄生虫学等。在教学中，他认真备课，反复琢磨教学方法，呕心沥血，首创了形态教学法。

1948 年，李赋京作为思想进步的学者，收到上海首任市长陈毅开会议事的邀请，还收到陈毅和粟裕签发的委任他担当同济大学校务委员的聘书。

1951 年，刚刚成立的新中国百废待兴。中央政府决定对中国的大学布局进行调整，将同济大学的医学院搬迁到武汉。在上海生活了多年的医学院教师，突然面临要离开上海，去既远条件又不如上海发达和方便的地方，思想上的障碍是可想而知的，搬迁的难度更是难以想象的。鉴于李赋京在教师中的威信和学术地位，学校请李教授作为迁校委员会的委员，直接参加了学校的搬迁和新校址的选定及建校工作，并不辞辛劳地奔波于上海和武汉之间。

1984 年 6 月，当李赋京在病榻上得知自己得到彻底平反并恢复党籍时，兴奋不已，决意在晚年为党、为国、为民发挥余热，做出贡献。

李仪祉的二侄——著名的黄河问题专家、水利工程学教授李赋都

李赋都（1903—1984），水利博士、著名的黄河问题专家、水利工程学教授。少年时代时，其叔父李仪祉先生就把他带出故乡，先后在西安、南京、上海等地求学。1923 年，李仪祉先生负债资助他去德国汉诺威大学攻读水利专业。

1928 年，李赋都怀着满腔报国热忱，学成回国，随李仪祉先生在导淮委员会工作，为其德国导师方修斯教授担任顾问。叔侄、师徒在近一年的协作共事中，风餐露宿，马不停蹄地奔波于淮河上下，实地勘探淮河、运河水系，并制定出疏导规划。岂料国民党政府并无开发黄河水系的诚意，而是企图借李仪祉先生的名望，以导淮之名与英政府交涉退还庚子赔款，充作军费之用，叔侄二人遂愤然辞职。

1932 年，李赋都二次赴德国留学，在德国参加了恩格尔斯教授主持的黄河实验，撰写了《黄河的治理》论文，对黄河上、中、下游的治理，治本与试

验等进行了系统的论述，被授予博士学位。1933年底，再次学成回国的李赋都，在叔父李仪祉先生的亲自指导下，历时两年，备尝艰辛，终于在天津建成了中国第一个“水工试验所”，李赋都被董事会聘任为所长。水工试验所的建立，为我国各种水流的定量分析和直观研究提供了必要的条件。试验所建成后两年期间，在李仪祉先生的直接指导下，所长李赋都和工程师刘崇质、马修文等人主持进行了永定河官厅防洪坝消力试验、黄土河流预备试验、卢沟桥滚水坝消力试验、彭仲氏堰口公式检验试验、黄土渠冲淤及押转力试验等，并取得非常理想的成果。1937年，在日寇的狂轰滥炸中，“中国水工试验所”和李氏叔侄多年花费的心血所积累的大量资料包括三百多张极有价值的图纸，以及珍贵的第一手试验资料毁于一旦，这是中国水利史上的最大损失之一。李氏叔侄愤怒至极，李赋都更是在公开场合痛骂日寇。某一天，大公报社来人透漏消息，说日本鬼子把李赋都列入黑名单，为防不测，在友人的相劝催促和帮助下，李赋都离开天津回到了陕西。

时值关中大雨，灞河决口，威胁陇海铁路，受重病在身的叔父李仪祉所托，李赋都亲临现场，奋战一月，终于驯服了灞河，使陇海铁路得以畅通运行。之后，他又受李仪祉推荐去四川水利局工作，担任设计测量科科长、都江堰治本工程设计室主任、顾问工程师等职。李赋都在任职四年中，经过多次实地勘察、研究和科学论证，就兴办了十几处小型灌溉工程，并写出了《都江堰治本工程概要》，依据《概要》施工治理后，短期内使都江堰灌区近二百七十万亩农田的灌溉状况得到了根本改善，使丰饶的天府之国更加富饶。

1942年，时任黄委会工务处设计室主任的李赋都便对自己多年的治水研究和经验进行了系统的整理，撰写了十多篇有关论文；1948年10月，受西北农学院之聘，李赋都出任该校水利系主任。1949年5月西安解放，李赋都被任命为该校院务委员会主任委员，他立即投入到教学、教务工作之中，并编写了《河流总论》《静水力学》《水的循环》等论著，深受学生欢迎和爱戴，为新中国培养了众多水利人才。

1950年，李赋都调任西北军政委员会水利部长，1954年当选为第一届全国人民代表大会代表。

1955年，李赋都被任命为黄河水利委员会副主任，后兼黄河水利科学研究所所长。他在担任黄委会副主任期间，多次受到周总理接见，会商治黄大计；他一生从事治水五十一个春秋，其中四十二年为治理黄河而呕心沥血，业绩卓著，硕果累累；他曾连续五届当选为全国人大代表，长期担任河南省人大、政协、民革、科联和中国水利学会等许多领导职务。

1984年11月，李赋都因心脏病在郑州辞世。党和国家领导人没有忘记这位功绩卓著的治水赤子，中共中央顾问委员会委员张稼夫，全国政协副主席、民革中央主席王昆仑，全国政协副主席屈武，水利部长钱正英等相继发来唁电并送了花圈，以示悼念。

李约祉的三儿——实业家李赋林

李赋林（1907—1980），1930年，自学英语成才的李赋林，考入急需英语、德语人才的“北平华洋义赈会西安办事处”，从事翻译文件的工作。由于他的笔下、口头翻译俱佳，颇得办事处同人一致好评。

1931年，陕西省政府建设厅聘任李赋林为渭北水利工程处事务主任；1932年，他又被聘为陕西省水利局技师，从而李赋林因公废私，结束了自己早年经营并已初具规模的恒通汽车运输公司，并拍卖了全部财产，追随叔父李仪祉，担任陕西省水利局专务科长，成为李仪祉的得力助手。其间，获陕西省主席邵力子的大力支持，用水利局多年的经费结余，领导修建了水利局办公大楼及职工宿舍、食堂、球场等附带建筑物。李赋林多次奉叔父李仪祉之命前往京沪两地，为推动筹建黄河水利委员会做了大量的工作。黄委会成立后，李赋林担任秘书，并代理西安办事处一应事务。1934年，李赋林陪同叔父远赴黄河上游视察甘肃、宁夏河水灌溉农田，途中遇险，李赋林挺身而出，奋勇救险化解了危难。

李赋林天性洒脱不羁，不愿受制于刻板的公务员生活，在1938年叔父李仪祉病逝后曾提出辞职未果，豁达大度的李赋林毫不介意，仍尽自己的最大努力为水利局兢兢业业地工作，不辞劳苦奔波于陕南工地，推动了引汉水灌溉农田的水利工程建设。1941年，李赋林终于获准辞职，开始了他的创办实业生涯。

李赋林一生最大的贡献就是辅助叔父李仪祉修建了陕西省的诸多水利工程和他创办的实体，他的理念是实业救国。在封闭落后的西安，李赋林创建了陕西第一个现代化的制冰厂；他在西安东郊建成了两个新式果园，首次为陕西引进了番茄、芦笋、草莓及苹果、梨的名优品种，还在果树行间套种、培育各种蔬菜，为此殚精竭虑任劳任怨，虽苦犹甜，乐在其中。继后，他怀着对故乡的热爱之情回到家乡经营农场，栽培果树，引进优良品种，开创了陕西蒲城县种植苹果的先例，并为家乡陕西蒲城富源村修建了一所小学。

1945 年，李赋林代理仪祉农校校长。任职期间，他忘我工作、积极扩建校舍，聘请教师，扩大招收学生范围，为仪祉农校做了大量的卓有成效的具体工作。1948 年，新上任的水利局局长刘辑五极力邀请李赋林重回水利局担任主任秘书，李碍不过情面只好答应下来，这是在他离开水利局七年之后又重新回到昔日的工作岗位，此刻叔父李仪祉已经逝世十周年，由于人事变迁，水利局工作作风较前完全不同，回想往日克己奉公为民治水的情景，李赋林不禁感慨万千。

新中国成立后，李赋林被留用参加革命工作，历任陕西省水利局主任秘书，西北军政委员会水利部水政处办公室主任、副处长，陕西水利研究室主任等职。

李约祉的四儿——水利学家李赋丰

李赋丰（1918—1966），1937 年，遵照叔父李仪祉意愿，十九岁的李赋丰考入西北农学院农田水利系，1941 年毕业后立即参加陕西湑惠渠的建设。他从定线测量和小型设计做起，很快便能胜任大的施工、管理工作，被提升为副工程师，领导重要的监工处。1945 年，在接管旧五门堰的灌溉系统后，李赋丰排除来自于各方面的阻力，对旧系统进行了大刀阔斧的改进，收效卓越，使灌区“无田不插”，这是旧堰历年来都达不到的。

1948 年，李赋丰受陕西水利局派遣赴台湾考察，颇有所获。同年冬，到陇县测量咸惠渠，在艰苦的工作环境中坚持设计工作。西安解放后，上级任命李赋丰为大荔洛惠渠工程处工务科长，负责全面的技术工作。经过两年多不懈的整修，使 60% 的土地浇上了水，农民的棉花获得了大丰收，并由此带动了陕西省大荔县的经济快速发展，使其变成了繁荣富饶之地。

1952年，陕西省水利局为了加强陕北水利的技术领导，任命李赋丰为绥榆水利工程处总工程师，李赋丰和八位同事共赴陕北，开始了建设榆林水利工程的艰难困苦工作。李赋丰用了三年的时间，一边工作，一边到处考察，走遍了榆林的山山水水，掌握了所有的水力资源等一系列的第一手资料，并据此制定了宏伟的榆林地区水利规划图。当时新中国成立不久，百废待兴，国家财力物力有限，李赋丰带领广大水利工作者，每年都能保质保量完成一两项工程，并保证各年收益。根据榆林农业生产的具体情况及水利事业发展的趋势，李赋丰还提出了“一水、二坝、三梯田”的工作主次排序，并与同行们总结出了风沙地区群众以水治沙的经验和方法——“引水拉沙”，这一切实有效的方法还被推广到了非洲。

1963年，百忙中的李赋丰总结了赴榆修水利的部分经验，发表了《关于榆林地区发展淤地坝的意见》《陕北水利治沙》等论文。李赋丰十分重视业务干部的培养，在他的建议下，在陕北米脂县办起了一所水利学校，并同时在水利局内部组织业务培训。

十五年的辛苦工作成绩斐然：李赋丰和他的同行们修建成了能够灌溉5000亩以上土地的渠道二十多条，有效灌溉面积达74万亩，水土保持初步治理面积达5427.2平方公里，修梯田46.5万亩，坝地11.3万亩，打水井6133眼，基本实现了川地水利化。依据当时的粗略估计，占全区百分之十的水浇地产量达到全区的百分之五十，李赋丰为改善榆林的贫困面貌，提高当地人民的生活质量做出了杰出的贡献。迄今为止的五十多年里，由李赋丰主持设计施工改造的各项水利工程，从未发生过一起事故，至今仍然在榆林的农业灌溉中发挥着重要作用。

李约祉的大女——妇产科专家李赋萧

李赋萧（1916—1968），七岁时随舅父——《大公报》总编张季鸾去天津在法租界上小学。1934年，她考入北京燕京大学医学预科，1935年，她又被转入南京中央大学医学院，为减轻父兄负担，她勤工俭学，以每月所得作为伙食费。

李赋萧为人宽厚、文静、热情，自尊心强，洁身自好，深受父兄影响，具有强烈的爱国之心。她曾以南京中央大学医学院代表的身份参加1935年的“一二·九”学生爱国运动，游行请愿，反对内战，要求抗日。1941年毕业后，她毅然奔赴滇缅战场，冒着枪林弹雨抢救伤员，为民族独立、国家存亡而贡献出自己的全部力量。

抗战胜利后，李赋萧在兰州中央医院任妇产科主任。新中国成立后，中央医院更名为兰州军区总医院。之后的近二十年间，在李赋萧的领导下，兰州军区总医院妇产科成了甘肃乃至西北地区妇产科医疗、科研和人才培养的重要基地。为了提高医术，她向丈夫张汉祥学习中医，从上世纪50年代起，使用中西医结合的方法治疗诸多妇科疾病。李赋萧原本有很好的英语基础，四十多岁时又自学了俄语，不断翻译、阅读国外新资料，及时用于临床做了许多国内领先的高难度妇科手术，著有《新生儿溶血病》《臀位助产术之研究》等。1961年，她被授予军区少校军衔，1964年，她又被授予军区中校军衔，曾先后荣立三次三等功，被评为先进工作者，并出席了全国妇女代表大会。李赋萧不仅医术精湛高妙，更有一颗仁慈之心。她自己生活十分俭朴，却常常慷慨资助经济困难的病人，为她们掏钱买药，并在家里煎好亲自送到病床前，就连她家保姆的女儿也是她资助供养成人的。

李仪祉的长子长孙——计算机网络专家、清华教授博导李星

李星（1956—），清华大学毕业后留学美国，获博士学位，1991年回国。现任清华大学教授、博士生导师，*CERNET* 网络中心副主任，赛尔网络有限公司副总经理、首席技术官，中国教育和科研计算机网专家委员会委员，美国 *Sigmaxi* 科学学会会员，洲际研究型网络协调委员会（*CCIRN*）联合主席，曾任亚太网络工作组（*APNG*）主席，亚太网络信息中心（*APNIC*）理事会委员。

李星自1994年担任中国教育和科研计算机网 *CERNET* 的主要技术负责人，设计建设了“中国教育和科研计算机网 *CERNET* 示范工程”，该项目获1996年国家教委科技进步一等奖；承担国家“九五”重点科技项目计算机信息网络及其应用关键应用技术研究，该项目获2000年中国高校科技进步一等奖，

2001 年被科技部等四部委评为“九五”国家重点科技攻关计划重大科技成果；1998 年开始研究下一代互联网技术，主持建立了中国第一个 *IPv6* 试验网络 *CERNET-6BONE*；2006 年李星作为主要技术负责人研制成功“中国下一代互联网示范工程 *CNGI* 核心网 *CNGI-CERNET2/6IX*”，获 2007 年国家科技进步二等奖。

李星从 2006 年开始进行 IPv4 到 IPv6 过渡技术的研究，是国际互联网标准组织 *IETF* 中 *softwire* 工作组的发起人和技术顾问，是中国大陆首个非中文相关标准 *RFC4925* 的第一作者。他是 7 个 *RFC* 的作者，其数量在中国大陆作者中名列第一；他发明了无状态、基于运营商前缀的翻译技术 *IVI*，已经成为 *IETF* 的核心系列标准 *RFC6052*、*RFC6144*、*RFC6145*、*RFC6219*。

李星还是国家自然科学基金项目高速试验网 NSFCNET 的主要技术负责人，承担国家有关的科技攻关、自然科学基金、国家重点信息网络工程等项目，在国内外学术刊物和学术会议上发表论文百余篇，获国家“科技进步奖”二等奖三项，教育部“科技进步奖”一等奖两项，中国高校“科技进步奖”一等奖一项。被评为“全国优秀留学回国人员”，获国家教委跨世纪人才基金，国家杰出青年科学基金以及国务院颁发的政府特殊津贴待遇。令人称道、赞叹不已的是，李仪祉、李赋宁、李星祖孙三代三人在不同年代作为清华大学教授，都是为国尽忠、为民造福的俊杰，被称为“三代清华人”。

李氏家族数代众多人物几乎都在科技、教育、卫生等系统供职，克己敬业，为国效力。

（作者系李仪祉之大孙女）

后记

为了纪念李仪祉先生，1939年秋，于右任、杜斌丞等社会知名人士和泾惠灌区五县代表会聚西安，提出创办一所以李仪祉名字命名的学校，培养中级农业和水利人才，以适应农村建设的需要。遂成立了由二十多人组成的校董会，推举李翥仪为校长。校名经陕西省教育厅批复定为“陕西省私立仪祉农业职业学校”。

1981年，学校更名为“陕西省仪祉农业学校”，先后承担国家、省、市、县科研推广项目一百八十多项，取得了显著的社会效益和经济效益。

2004年，仪祉农业学校并入咸阳职业技术学院，成为仪祉农林学院（二级学院）。学院图书馆被命名为“仪祉图书馆”，并且在2012年李仪祉先生诞辰一百三十周年之际，在图书馆前面竖立了李仪祉先生雕塑，供广大学子及前来参观的人瞻仰。

长篇历史人物传记《一代水圣李仪祉》从2012年开始搜集资料，我先后去了张家山、泾河河谷、泾阳李仪祉纪念馆、蒲城李仪祉故居等地，在河海大学、西北大学、西北农林科技大学、中国水利博物馆及省图书馆查阅资料，特别是在李仪祉之孙李焗先生的帮助下，前期准备工作进展顺利。2015年，《一代水圣李仪祉》被列为“中国作家协会重点文艺作品扶持项目”，接着又被确立为“中共陕西省委宣传部重点文艺创作资助项目”，引起各界关注。

在写作的过程中，李仪祉曲折传奇的人生经历吸引着我，伟大的人格魅力感动着我。他德才兼备，刚正不阿，视名利如浮云，践行了“做大事不做大官”的诺言，一生为中国的水利事业呕心沥血，鞠躬尽瘁，可谓功盖三秦，惠泽桑梓，堪为一代楷模，令人无限仰慕和崇敬，值得浓墨重彩，在中国水利史上留下辉煌灿烂的一页。

李仪祉一生除了关中八惠及治理黄河、淮河等水利伟绩，百忙之中笔耕不辍，著述宏备，结合教学和实际工作，写下了大量的水利专著和诗歌、戏剧、杂著达四百余种。他的著作（包括译著）除散佚的以外，新中国成立前已印成书的有:《最小二乘方》《实用微积术》《水工学》《实用水力学》《宇冰学说》《宇冰本论》《重农救国策》《南园忆胜》等。1940 年汇编的《李仪祉先生遗著》（石印本）十三册，包括《水利概论》《水功学术》《西北水利》《华北水利》《黄河水利》《江淮水利》《农村建设》及自传、日记、诗歌、戏剧、书札、杂著等。水利部在 1981 年决定，由黄委会主持编印一部《李仪祉水利论著选集》，选印的论文共计 159 篇。

李仪祉的著作有两个基本特点：一是贯穿着振兴中华的爱国主义思想；二是中西融合，古今贯通，并体现了理论和实践的结合。后人评说道：“……其所论著，充实宏备，均从学理与经历中得来，积二十余年之心血，冶新旧于一炉。”

李仪祉在百忙中还写了三个秦腔剧本和两个话剧。他的剧作，也表现了“爱国悯人”的思想，并在运用外国题材编剧方面做了新的尝试。

李仪祉一生清正廉洁，两袖清风，不徇私情。他去世后，遗留下的所有财产仅仅只有一所房屋，此外没有任何存款和有价或无价物品。

有两件事真实地反映出他的清正廉洁：

一件是在李仪祉逝世五年后的 1943 年，他二十三岁的小儿子李赋洋与女子学校一才女相恋，一年后上女方家提亲。其女之父是个开商号的生意人，家境殷实非常人所比。他刚开始见女儿的男友大学毕业，风度翩翩，一表人才，很是满意，经过详细了解，父辈名望很大，但家庭经济太过一般，遂借口为女儿终身计，拆散了这一对甚是恩爱的青年。

另一件是 1949 年末，李仪祉的大儿子李赋宁，一听说成立了新中国，立即启程，从美国回到北京，投身于新社会的建设。其时李赋宁带着他的未婚妻前往西安拜望老太太。听到此消息，李老太太很是高兴和激动，很快就要见到多年日思夜想的大儿子，可同时也很是为难，第一次见从未谋面的准儿媳，手头实在拿不出一件像样的见面礼物，准儿媳还是四川省财政厅厅长的千金。万般无奈，苦无良方，最后还是一直伺候老太太的小儿媳为其解难，主动拿出自己陪嫁带过来的一枚金戒指，作为老太太送给大儿媳的见面礼。

这两件事情大抵就能看出李仪祉先生家的经济状况了。正如李仪祉先生常说的“做大事不做大官，求实际不图虚名”。李仪祉先生不曾为李家谋过一丝一毫的私利，一门心思为民谋福祉。

李仪祉是中国近代水利第一人。他在中国近代水利发展史上创造了十个第一，名震中外。这十个第一是（引自王峰《敬仰先祖功德，弘扬仪祉精神，加快水利发展》）：

1. 第一位到国外学习水利的中国专家；

2. 参与创办了我国第一所水利专科学校——南京河海工程专门学校；

3. 把西方水利科学技术引入中国的第一人；

4. 主持兴建了我国第一座运用近代科学的大型灌溉工程——泾惠渠。李仪祉不仅是中国西方水利科学技术的早期传播人，而且是实践西方水利科技的第一人；

5. 创立了我国水利界第一个民间学术团体——中国水利工程学会，即现在的中国水利学会的前身；

6. 担任黄河水利委员会第一任委员长；

7. 倡导开展了首次黄河河道模型试验；

8. 倡议设立了中国第一个水工试验所；

9. 首次给水利和水利工程明确了定义。李仪祉在介绍西方水利科技、继承我国古代治水经验的基础上，创造性地确定了一大批水利专业术语，首次给水利和水利工程下了定义；

10. 第一位提出“综合治水”的水利专家。

李仪祉的学生宋希尚在《近代两位水利导师合传》中写道：“先生天性淳厚，德器深宏，生长于水旱频仍之乡，求学于科学昌盛之邦，故其治事为学，刻苦自励，掌教执政，端为利人。而以我国治水经验引证于近代科学原理，沟通古今中外技术，发扬我国治水精神，有助于世界学术之启发，宜其言论著述，每为中外学者所重视，奉为金科玉律也。”

“文革”期间，李家遭到空前的迫害。李仪祉生前从国外带回来的大量珍贵影像资料及水利模型被付之一炬，李仪祉的亲属被打成了“走资派”。“文化大革命”初期，一群红卫兵来到陕西泾阳县要砸毁李仪祉陵墓，周围老百姓听到风声，纷纷操起榔头、拿起棍棒组成人墙保护陵园，阻止狂热小将的“革命”行动。在老百姓们义正词严耐心说服下，这群少不更事的年轻人心悦诚服地掉头回到西安。

如今，陕西泾惠渠沿岸老百姓，众多的大、中、小学和很多单位每到清明节，不顾路途遥远，都会扶老携幼、成群结队自发地来到李仪祉陵墓前，或鞠躬敬拜，或朗诵诗篇，或载歌载舞，满怀深情地缅怀李仪祉造福百姓的丰功伟绩。特别是在2012年建成陕西泾阳李仪祉纪念馆后，在社会上引起强烈反响，慕名前来观瞻纪念的来自全国各地的团体与民众，以及港澳台同胞、海外侨胞，络绎不绝地庄严步入纪念馆，领悟“水圣”的人格魅力。他们都被纪念馆以及陵园的宏伟建筑和设施所震撼，更被李仪祉的丰功伟绩和人格魅力所折服。

本书在书写过程中，参考了李正义《李仪祉传》、张骅《水利泰斗李仪祉》、尹北直《李仪祉与中国近代水利事业发展研究》、胡步川《李仪祉先生年谱》、宋希尚《李仪祉的生平》《近代两位水利导师合传》等书，引用和借鉴了李仪祉先生的《自供》《南园忆胜》《硖石镇遇盗记》《甲寅修学旅行记》《再生记》《致妻书》《忆冬娃》等资料，并得到咸阳职业技术学院党委书记刘聪博的大力支持。刘书记倡议立项，出谋划策，督促鼓励，鼎力扶持；评论家李建军博士提出修改意见并拨冗作序；咸阳职业技术学院招就处处长王晋远溯博索，热忱帮助；西北文学研究院汤文华老师四处查找、整理资料，在此一并表示深深的感谢！

高鸿

2017年5月于闲云阁

图书在版编目（CIP）数据

一代水圣李仪祉 / 高鸿著. -- 北京：作家出版社，2017. 8
ISBN 978-7-5063-9529-8

Ⅰ. ①一… Ⅱ. ①高… Ⅲ. ①传记文学 - 中国 - 当代 Ⅳ. ①I25

中国版本图书馆CIP数据核字（2017）第144940号

一代水圣李仪祉

作　　者：高　鸿
责任编辑：省登宇
助理编辑：张文剑
装帧设计：百丰艺术
出版发行：作家出版社
社　　址：北京农展馆南里10号　　　邮　　编：100125
电话传真：86-10-65930756（出版发行部）
86-10-65004079（总编室）
86-10-65015116（邮购部）
E-mail:zuojia@zuojia.net.cn
http://www.haozuojia.com（作家在线）
印　　刷：中煤（北京）印务有限公司
成品尺寸：170×240
字　　数：420千
印　　张：23
印　　数：001-25000
版　　次：2017年8月第1版
印　　次：2017年8月第1次印刷
ISBN 978-7-5063-9529-8
定　　价：48.00元